AMERICAN DREAMS: LOST AND FOUND

美国梦

[美] 斯塔兹·特克尔 著
孙安逸 译

江苏凤凰文艺出版社
JIANGSU PHOENIX LITERATURE AND ART PUBLISHING, LTD

献给纳尔逊·艾格林

奇异恩典，如此甘甜。
我罪竟得赦免。
我曾迷途，今被寻返
盲目重又得见。

——一首美国赞美诗

所有人都做梦：但不尽相同。
在夜的幽暗处做梦的人天亮醒来，
发现梦中尽为虚幻。
但白天做梦的人是可怕的，
因为他们会睁大双眼行动起来，
把梦想变成现实。

——T.E.劳伦斯

目　录

上 册

雇佣枪手，天涯歌女，漂泊的孩子，印第安人

幻想曲

山间播种

奖 状

老街旧邻

孤　独

取　胜

尽人事，听天命

母与子

科尔曼·扬 619

他是底特律市市长。

“人们无论做什么都是为了自身利益，而不是为了理想中的乌托邦。人人都能得利。这是一切的出发点。”

约翰和卡尔

约翰·麦克劳格里 640

他是保守主义核心会议的领导人。

“你不确定自己将会做什么，但确定有些事是肯定不会做的。”

卡尔·海丝 646

1972年，他因抗议越南战争在华盛顿被捕。

“美国梦关乎一种观念：我不必非要听从世界上某个人的意见。并不是我不关心别人。它仅仅意味着，我为自己说话。”

关于责任的说教

弗兰克·威利斯 656

他是在水门大厦夜间巡逻时发现胶带的那个警卫。

“我相信诚实自有其报偿。我的信念就是当个诚实的人，积极地看待自己的处境。”

编辑和出版人

帕特·吉什与汤姆·吉什 664

这里是肯塔基州的怀茨堡。他是《山鹰》报的编辑和出版人。这份报纸在这个州的东部有庞大的读者群。她是他的同事。

“我认为许多报纸犯的错误是低估了读者的智慧。”

校和家里净惹麻烦的小男孩。
“我取得成功是因为我积极地对抗那些说‘不行，你永远成功不了’的人。”

罗兹·里斯比 722

她白皙的手臂上纹了一颗黑色的心。在芝加哥某个中下层白人社区的同辈中，她相当知名，因为她曾是一个帮派的头头。
“如果我只为自己而活，我又算得了什么？”

贫民区出身的姑娘

萨拉·帕尔默 730

她是三个孩子的母亲，二十七岁，没有结婚。
“小女孩应该这样或那样。可谁也没告诉我要怎样做一个女人，或一个人——或者说怎么成才。我只知道一件事，就是怎么做自己。”

家庭画像

弗兰克·米勒 737

他二十六岁。“我断断续续地上大学已经有差不多十年时间了。我上自己感兴趣的课程。我对目标啊学位啊什么的都不感兴趣。我让好奇心来引导我。”

贝思·坎贝尔 738

她是中西部一家杂志的编辑。今年二十八岁。
“爸爸希望我拿到一张师范文凭，或者去上秘书课程，这样才能应付现实生活。他把这世界看成一个谋生艰难的地方……”

某种微笑

詹尼弗·泰勒 748

她二十七岁。“大多数人看到我以为我只有二十一岁。我觉得自己内心有种孩子式的好奇心。”

她时而微笑，时而大笑，始终表现出一副好脾气。

潘达里克·达斯（哈罗德·刘易斯） 753

他是国际黑天觉悟会的成员。属于中上阶级，二十五岁。

“潘达里克·达斯是我的教名。潘达里克的意思是‘莲花’，达斯的意思是‘上帝之仆’。我现在的人生目标就是努力搞清楚：我究竟是谁？”

人到三十

布鲁斯·本丁格尔 758

他是广告业的自由职业者，事业相当成功。

“其实我什么也做不了。我当不了国王，当不了总统。要是我那时还足够清醒，只愿把我的花园打理得漂漂亮亮的。”

乔迪安·卡尔伯特 766

她是一位芝加哥女演员，今年三十一岁。

“冷冰冰的人是没法改变世界的。没有哪本文学名著是冷冰冰的人写出来的。”

汤姆·伯恩斯 771

他一头金发，蓝色眼睛，头脑冷静，身材瘦削。他很少微笑，也不皱眉，但不经意间会偶然爆发一阵大笑。他三十二岁。

“我赞同这样的理想：人在头脑和身体上都该出色。我希望得到幸福和快乐。”

威廉·戈瑟德 778

他是个二十七岁的美国白人，在洛杉矶当开业律师。体重超重。

“只有极少数人找到了美国梦。一旦你停止追寻，就失去了这个梦。”

自　序

在人类活动某个非凡的阶段结束后，在转型期的末尾，旧的路标已经消失，新的路标尚未被识别，如何明智地导航，穿越忽然变得疏远陌生的人类社会图景，让每个人都异乎寻常地迷惑。

——埃里克·霍布斯鲍姆[①]

对一个九岁的孩子来说，1921年乘坐普通客车从纽约到芝加哥的经历是简单的，也是兴奋的。尽管他不似体面的英国男管家拉格斯[②]那般，头脑中塞满了西部的狂野景象，以及同样狂野、带着多种羽毛制成的羽冠的印第安人形象，那个男孩也把中西部想象成了边疆之地。

那是一次二十四小时的旅程，火车发出咔嗒咔嗒的声音，穿越广阔的乡野和宾夕法尼亚州中等大小的城市，穿越俄亥俄小镇的主要街道，在那些不期而遇的小径上，商贩们大声叫卖着自己的货物，还有冒着热气的咖啡、自制三明治，以及叫作《环球》的地方小报，还有《太阳报》《星报》《地球报》。是的，也有《先驱报》，因为总有些特别激动人心的消息在上面宣布。那是一种重大冒险，非常具有美国特色。上面还有更多的信息：一片尚未开发能源的储藏地，以及其他令人惊讶的新事物。

① 埃里克·霍布斯鲍姆（Eric Hobsbawm，1917—2012），英国左翼近代史专家。

② 1935年美国电影《风雨血痕》（Ruggles of Red Gap）中的人物。

我的早期记忆之一，是跟我祖父[1]一起横跨全国旅行。我们坐在“大北号”的火车驾驶室里，跟列车一起翻山越岭。前面是很大的蒸汽火车头，我记得自己惊异于这个国家是多么广阔，蒸汽机的动能又是怎样强劲。而且我是和祖父这样自信又有权势的人一起旅行。这也许可以解释我为什么如此喜爱托马斯·沃尔夫[2]的作品。那大约是1940年，我七岁，整天无忧无虑。

沿途一座座芝加哥牲畜围场在夏夜散发的味道，伴随着猛烈的风，征服了这个男孩。他完全没觉得不愉快，因为他有种感觉，事情正在发生，后面会是如意的好时光。十五年前，厄普顿·辛克莱[3]在《屠场》中揭示出屠宰场工人的生存状况，从而引发骚动，可在那时，由于善意的忽视和社论的沉寂，公众的愤怒已经消融。

沃伦·迦玛列·哈丁[4]，相貌英俊，一头银发，性格温和，这就是我们的总统。就连好莱坞也创造不出比这更好的形象了。他是弗朗西斯·X.巴斯曼[5]和泰德·邦迪[6]之间的一种过渡。眼下一切安宁，恶灵已经远去。1923年，这个男孩的回忆中出现了第一桩政治

---

① 原注：罗伯特·E.伍德，西尔斯罗巴克公司增长最快时期的董事会主席。

② 托马斯·沃尔夫（Thomas Wolfe，1900—1938），20世纪美国文学史上最重要的小说家之一。“垮掉派”作家杰克·凯鲁亚克也将沃尔夫视为自己的文学偶像。

③ 厄普顿·辛克莱（Upton Sinclair，1878—1968），美国著名左翼作家，《屠场》（The Jungle）是他的代表作。

④ 沃伦·迦玛列·哈丁（Warren G. Harding，1865—1923），1921年至1923年担任美国第29届总统，在任期间死于心脏病。

⑤ 弗朗西斯·X.巴斯曼（Francis X. Bushman，1883—1966），二十世纪一二十年代美国最耀眼的电影明星之一。

⑥ 泰德·邦迪（Theodore Robert “Ted” Bundy，1946—1989），活跃于1973年至1978年的美国连环杀手，电影《沉默的羔羊》的人物原型之一。

丑闻：茶壶山丑闻案[①]。他的老师说，这是一种精神迷乱。腐败的情节在美国并不常见。每个桶里都有坏苹果。而我们的桶呢，赞美上帝，里面果实满满。

那个男孩在他母亲开的旅馆的门廊里听说的，却是另外一回事。那里的住客包括流动消防员、短工木匠、前世界产业工人组织成员，以及各式各样的“剪嘴鸥”[②]和忠心耿耿的公司职员。在一轮轮单人纸牌、红心牌局和克里奇牌局间，有人作弊，有人抱怨上家。要是你不喜欢，去俄罗斯吧，去反击别人。不可避免地，粗野的政治争论变得高度个人化，并且似乎大多是由私货威士忌激起的。

“本世纪初是美国历史上一段激动人心的时期。”九十五岁的经济学家打开了记忆的闸门，“几乎每个团体都有发声渠道：城市俱乐部、商会、中央机构、公共论坛、古柏联合学校等。发言者从一个州跑到另一个州，一个镇跑到另一个镇，这里得十美元，那里得五十美元，跑到纽约，跑到加州，一直以做这种事为生。愿意来听吉恩·德布斯、我自己和克拉伦斯·达罗演说的人有成千上万，放眼望去，麦迪逊广场公园挤满了人。”

艾德·斯普雷格和“大老”是其中最为雄辩、脾气也最火爆的两

① 发生于1922年至1923年的“茶壶山丑闻”（Teapot Dome scandal）被视为“水门事件”发生前，美国政治历史上最大和最轰动的丑闻案。政府高官同石油商人相勾结，收受贿赂，损害国家利益。

② 原注：剪嘴鸥是对支持老板、反对外国人的工人的蔑称，上世纪初的一首打油诗专门讽刺了这种人——“你为英国人工作劳碌/你和法国裔加拿大人同住/你居住在瑞典之家/荷兰人在那儿为你把饭煮/你找德国犹太人买衣服/买鞋子要去波兰人的店铺/在拉丁裔教父那儿安放希望/那是拯救你的爱尔兰人灵魂的支柱”。

位门廊表演家。其他人平时总是精力旺盛，在这两个人发言时却都罕见地服帖。艾德话很多，对食物倒不怎么上心。他在墓地的炉子旁吃饭，把掰碎的面包浸在热牛奶里。他没有牙——1919年西雅图总罢工期间，警戒会成员打掉了他的牙齿。这丝毫没有妨碍他的辩论、从他被烟熏变色的齿间发出的怒吼。这是他与恶魔之间的殊死搏斗：这是大事。这个男孩想起了比利·桑戴[①]，他驱除恶魔时说："我要重重踩他，用力击打他。我要咬他，上帝为证，就算我的牙齿全没了，我也要用牙床把他咬回地狱去！"

大老是艾德的眼中钉，是离他最近的对手。他拥护约翰·D.洛克菲勒[②]、J.P.摩根[③]、亨利·福特[④]，并为泰迪·罗斯福[⑤]作为信条的温和话语和大棒政策感到自豪。他和艾德在分贝上旗鼓相当。他们的角力并不以对方的想法和观点为靶子，纯粹是想让对方下地狱。他们以美国式风格大声吵嚷。每个人都是国王，每个人都是狄摩西尼[⑥]。这是一种沉积、开凿，是没有禁招的比赛——仿佛哈肯施密特[⑦]与弗兰克·高齐[⑧]的对抗。和其他人一样，这个男孩被迷住了，因为在狂野的咒骂和奔溢的比喻背后，他们正在"讨论"权力。事关有影响力的少数人与没有影响力的多数人。

"如果你听听美国任何一位总统的讲话，"尼古拉斯·范·霍夫

---

① 比利·桑戴（Billy Sunday, 1862—1935），美国福音传道者，20世纪初拥有众多追随者。
② 约翰·D.洛克菲勒（John D.Rockefeller, 1839—1937），美国实业家，美孚石油创办人。
③ J.P.摩根（John Pierpont Morgan Sr., 1837—1913），美国银行家，曾出资建造泰坦尼克号。
④ 亨利·福特（Henry Ford, 1863—1947），美国汽车工程师与企业家，福特汽车创始人。
⑤ 西奥多·罗斯福（Theodore Roosevelt, 1858—1919），昵称泰迪，第26任美国总统。
⑥ 狄摩西尼（Demosthenes，公元前384—322），古希腊政治家、演说家和雄辩家。
⑦ 乔治·哈肯施密特（George Hackenschmidt，1877—1968），美国职业摔跤手。
⑧ 弗兰克·高齐（Frank Gotch，1878—1917），美国职业摔跤手。

曼说，“‘权力’是他们从来不会谈论的一个词。参议员也从来不用这个词。这个词会让人们思考。谁知道思考会把你带往何处呢？如果你不谈论权力，就好像不拉起汽车的发动机罩一样。你不知道那鬼东西是怎么运转的。”

艾德·斯普雷格和大老有三个共同点。他俩都掌握了非凡的技艺，是手艺人。他俩都在星期天早上拜访了格拉迪斯。她在奥尔良街经营着一家下流场所。如某个自作聪明的人所说，那是艾德藐视上帝之举，也是大老的恭顺演出。格拉迪斯两个人都喜欢；她喜欢活跃的男人，安静的也喜欢。格拉迪斯是个平等主义者，一个真正的创业者。他俩都给编辑写过信，频率就像铁路时刻表一样规律。在种种人类活动的进程中，他俩的名字会出现在社论版上，那便是庆祝的时刻。让记录显示奥勒·汉森[①]的名字出现得比艾德·斯普雷格更频繁吧！

旅馆里一位更清醒的学者住客让那个男孩转向了E.霍尔德曼·朱利叶斯[②]的“蓝书系列”。那些书小小的平装封面下包裹着这个世界上最聪慧的男人的文字——偶尔也有聪慧女人的文字——时间上能追溯到很久之前。这些在吉拉德出版的书籍只需一美元加一份邮资就能来到你身边。特别厚的一本要花十美分。亚里士多德和伏尔泰的著作、法布尔写石蜂的书，每本只需五美分。莎士比亚所有的悲剧作品都是十美分。真是不错的交易。这些图书手册都整齐地待在他的屁股兜里，对他而言，就像艾略特先生主编的那套五尺

① 奥勒·汉森（Ole Hanson），即大老的名字。

② E.霍尔德曼·朱利叶斯（E.Haldeman-Julius，1889—1951），美国犹太裔社会主义作家、改革家、出版人，由他创立的“蓝书系列”文选曾获得极佳的销量。

丛书[1]一样。

那是他第一次遇到汤姆·潘恩[2]的作品。在学校里，他学过这个惹是生非者的文字：时代能考验人性，而不是他的文字能挑战人的思想。“由于美国是政治世界中唯一一个能启用人类改革种种准则的地方，所以它也是自然界中最好的地方。这个国家呈现给观者的景象可以产生及扩展伟大的思想。他看待他的同类，不是用自然天敌冷酷无情的眼睛，而是将其看作自己的亲属……”

在俄勒冈森林中，四面楚歌的伐木工没有在意女侍者放在他面前的早餐。他的思绪停留在别的地方，他的热情也在那里。“在我看来，森林是个可畏而又美丽的地方。年轻的伐木工人没来过，不知道这里以前是什么样子。如果你没见识过有些什么，就难以欣赏已经失去了的东西。那些威严的大树遭遇了什么？我相信，只有留住美，还有我们周围那些伟大的事物，人类才能最终摆脱想要彼此杀戮的该死的仇恨。美景正在消逝。”

一位来自爱达荷州的流浪歌手称，她已不再能感到她的故乡有祖先传承下来的那份魅力。“博伊西对我而言已经不复存在。一切能唤起我愉快回忆的地方都被拆掉了，重新盖上了丑陋恶心的建筑……博伊西商业区已经被覆盖得严严实实，就像为消费人群准备的那种类似牲口通道一样。这里过去仿佛一个盛满了树木的小茶杯。只有树木和河流。这里曾经有古旧的房子和友好的社区气氛。如今它们都不复存

① 由哈佛大学第二任校长查尔斯·艾略特主编的系列丛书，于1901年问世。

② 汤姆·潘恩（Tom Paine，1737—1809），英裔美国思想家、作家、政治活动家、理论家、革命家、激进民主主义者，代表作是《常识》。

在了，一去不返。”

六十年代中期，我到各个州的农田里寻觅萧条时期的故事讲述者的旅途中，沿着南达科他州边境偶然来到了艾奥瓦州的马库斯，那里的人口数是1263人。我在超级市场里遇到的三个人都不认识我要找的人——此人的父亲建起了这个村镇。收银员看上去比较了解情况，她表示“这个名字有点熟悉，但我说不出他住在哪儿”。对她而言，这也是一片陌生之地。

过了些日子，在勒马斯镇，我朝一个汉堡摊走过去。当时是晚上。那大约是镇子的郊外，我记得那里是没有人行道的。一辆巡逻警车在我旁边慢慢停了下来。两个警察只是十分好奇。周围完全没有其他行人。

“我们在美国的起步相当不赖，是不是？”杰西·宾福德[①]煞有介事地说，她是简·亚当斯[②]的老同事。1963年她回到了家乡马歇尔城。她的父亲创建了那个地方。“每当想到关于这个国家的所有承诺……我真不知道还能有什么更伟大的承诺，或者说更伟大的起步。不过，我在这个城镇发现的最普遍的东西，却是对未知和陌生的恐惧。我们应该有才智和勇气面对已经或将要发生在这个世界上的诸多变化。但是，什么才是我们不该放弃的本质性的价值取向呢？这是我们所有人面对的巨大挑战。”

二十年代，那个男孩坐着火车驰骋的年代，既非最好的年代

① 杰西·宾福德（Jessie Binford，1876—1966），美国社会工作者，赫尔馆成员，未成年人保护协会常务董事。

② 简·亚当斯（Jane Addams，1860—1935），美国社会工作者、社会学家，1931年因争取妇女、黑人移居的权利而获得诺贝尔和平奖，社区睦邻中心赫尔馆创建者。

也非最坏的年代，尽管纵饮狂欢一样的天真带来的是天亮后的宿醉感。男孩感觉到，一个更好的世界就要到来。怎么会不来呢？有太多尚未开发的地区。而且，还有那么多的不平等存在，有那么多可以改善的空间。

鲍勃·拉福利特和乔治·诺里斯两位具有独立思想的参议员，一起在夜晚摇响铃铛——警告人们权力已落入越来越少的人手里——美国人意识到尖锐的现实，甚至更尖锐的危险，也许会有所回应。带着十二岁孩子特有的确信无疑，以及旅馆客人喧嚣的雄辩，那个男孩有种从未有过的确定。他不太理解的是，越来越少的人获得了毫无限度的过多关注，花费了打印机越来越多的墨水。在之后的一些年，人们效仿柯立芝，进行熟练的自动化生产，并借助媒体炒作，取得了相当的成绩，而且至今依然表现优异。艾德·斯普雷格的威吓仍然在男孩耳边翻滚："谁拥有这些东西？谁扰乱了我们的头脑？在他们的豪华大宅里，他们抢走了我们平静的心绪。"

汉娜·阿伦特[①]的"恶之平庸"可以转换为"平庸之恶"吗？在1792年，潘恩观察到："他所见的自然外物非凡而壮丽，扩展了他的头脑，对他产生影响，他本身也参与到了他所思考的这份伟大之中。"1972年，我们的两位少了些奸诈的总统候选人，在赢得加州初选之后，笑容满面地对着美国的三张电视网表示："我不能相信我赢得了所有这些。"所以说，一条消食泡腾片广告确实扩大了我们的政治词汇量。

人民的心声都是关于美国梦的吗？每天在所有频道以成千上万条六十秒、三十秒、十秒广告插播？只是一种品质恶劣的商业化的

① 汉娜·阿伦特（Hannah Arendt，1906—1975），原籍德国，思想家、政治理论家。

语言，此外无他？不再有其他语言，也没有其他梦想了吗？

“有些人可能会觉得我这样太幼稚了，一个贫穷的白人，对我的人民抱有深切的热望和信念。”一位来自南方的妇女说，“他们很像墨西哥来的人。如果一个人在人群中被认为是诗人，或者能绘画、能演奏乐器，这个人就会有声望。”（还记得科尼拿起吉他唱歌，约德爸涌起的骄傲吗？“那是我的女婿。”[①]）

真是棒极了，就算是在亚拉巴马州的蛮荒林区也是如此，经典的作品被塞进那些乡村学校的课堂里。很好笑的是，诗歌有一套塑造人的方法。那里有一种被埋葬的美——加里的《挽歌》改变了我的人生。谁知道谁被埋葬了，谁本来可以成为什么？掌权者应该把所有诗歌都从学校中驱逐出去，任何能够接触到真实美好的东西都不能留下。那是危险的。”

这个九十岁的波兰人1896年来到这里，他一辈子都在钢厂工作，仍在渴求着什么。“我过去常去赫尔馆听讲座。让我烦恼的是，很多东西我都听不懂。有位大学教授曾经开讲座讲爱因斯坦的相对论。可最糟糕的是，他用的词我连一半都听不懂。我从没弄懂过相对论。我猜是因为我太老了、累坏了。”

“Kuume”在芬兰语中是“发热”的意思。那是一种“美国狂热症”。他们在世纪之交早早来到了这个国家。人们都来到这片土地，靠自然和工业赐福。为了取得成功，当然也是为了逃避刀锋，

① 美国作家约翰·史坦贝克于1939出版的长篇小说《愤怒的葡萄》中的情节。

他们中有很多人都在躲避故国的征兵。他们的母亲把儿子养大不是为了当兵的。他们来这里的方式因地理和环境而不同，但对所有人而言都是艰难的旅程。

穿越北海的一条木船，“海面上卷起甜面包圈一样的波浪，在船舱里会感到剧烈的颠簸，要进铺位得靠爬”，到利物浦，换上卢卡尼亚号，然后去美国。还有一个人，从意大利出发，取道马赛，“独自一人”搭乘撒丁岛号，来到理想中的黄金国，也就是后来到达的马萨诸塞州的纺织厂。第三个人，从二战前东欧的犹太人小村出发，“我们有十个人”，坐马车到华沙，坐火车到汉堡，坐火车再到利物浦，再坐五个星期货船到那个流着奶和蜜的安乐乡。对他们多数人来说，一路都在晕船。对所有人来说，一路都在发着“美国狂热症”。

1903年，或者是1904年？我的父母从故国来到了美国，他们的梦想并不独特——稳定的工作，之后十年生下的儿子们有学可上，诸如此类。父亲是个裁缝，一个安静的男人。母亲也是个裁缝，手指和头脑都十分灵巧。他为人随和，安守本分。她很狂热，总在寻求更多。她精于手艺活，却也具有创业者的精神。在外面，在某个地方，肯定有发财的机会。说到底，这就是美国。

在我父亲生病不能继续工作之后，母亲做出了一个大动作。去西部，去芝加哥。她看到一页告示，有个男人的旅馆正在出售。这是份苦差事，但她熬了过来。她成了旅馆老板，为她自己经营。她就像梅·罗伯森[①]扮演的苹果·安妮，正在发迹。可她不是在卖苹果，她是个有产业的女人。但1929年出了点问题，她预料不到的事发生了。她敬仰的那个强大男人，那个巨头（她把自己想象成尚未

① 梅·罗伯森（May Robson，1858—1942），美国女演员，因饰演喜剧片《一日贵妇》中的苹果·安妮获得第6届奥斯卡金像奖最佳女主角提名。

发迹的海蒂·格林[1]）搞砸了。轰的一声，她的美国梦破灭了。

她省吃俭用存下的积蓄都在萨缪尔·英萨尔[2]帝国的崩塌中付之东流。这对她是格外苦涩的一击。他是她最敬仰的企业家，她眼中的芝加哥巨人。此前，我母亲曾战胜过当地的一个银行家——R.L.奇泽姆，他坚信体制的稳固性，以上帝的名义信赖国家银行，略显讽刺。虽然他以自己母亲墓碑的名义起誓，并对我母亲的节俭大加赞赏，但我母亲还是从他的银行里取回了她的数千美元。第二天，这家银行就垮掉了。可她没有逃出公共事业巨头之手，因为这件事，她永远无法原谅英萨尔，也无法原谅自己。[3]

经过反复考量后去拜访R.L.奇泽姆的那天值得铭记。在我母亲的坚持下，我陪她去了银行。往常我经常走到那里的存款柜台。而那时，大额取款的时刻到来了。那个酷似爱德华·阿诺德[4]的银行职员惊呆了，深受打击。他曾是我母亲的朋友、她的顾问、她信任的人。她不再相信他了吗？她当然信。可是她的谨慎胜过了她的信任。对我而言，那是个顿悟的瞬间，我尴尬地观察着他们两人。会面从紧紧的握手、轻松的谈话、一些玩笑和表面的优雅开始，却在不太友好的气氛下结束。这两个人，银行职员和我的母亲，都遭到了贬损。某个鞭长莫及的东西把他俩都打败了。他们都没有能力拯救自己一文不值的生活。

---

① 海蒂·格林（Hetty Green，1834—1916），华尔街第一位真正意义上的富婆。

② 萨缪尔·英萨尔（Samuel Insull，1859—1938），英裔美籍公共事业巨头，爱迪生早年的私人秘书和密友，通用电气创始人之一。大萧条时期他的商业帝国倒塌了，60万股东遭受了损失。

③ 原注：《艰难时代：大萧条的口述史》（纽约：诸神图书，1970年）。

④ 爱德华·阿诺德（Edward Arnold，1890—1956），上世纪二三十年代好莱坞著名性格演员之一，善于扮演上流社会的各种人物。

我母亲的上帝让她失望了——此前一直相信能获得成功的她，也开始隐隐地感到自己失败了。虽然后来的年月待她并不算太冷酷，但她的激情被封存了。她的梦想变得晦暗了。她去世前是个愤愤不平、爱抱怨的坏脾气老妇人，一个几乎从未真正发过财的人。

那时候失败是不可原谅的，现在也是一样。也许这就是为何如此多的年轻人从未听人说起过大萧条的原因；正如一个愤慨的女孩所说，这是“否认我们自己的历史”。

年轻的机械师一边开车载我驶过肯塔基州的蓝草之乡，一边给我讲述了他的家族概况。他的父亲，一位花言巧语的推销员，是威利·洛曼式[①]的人物。“我总把自己视为威利·洛曼的儿子比夫。我父亲现在跟我和我老婆住在一起。我的嫂子们都不想管他。他们就过来直接这么说的。我想他代表着一种失败的恐怖。我大哥和我父亲百分之百沉浸在崇拜力量、至高地位、男子气概和功成名就的思想中。”

轰炸北越的那个圣诞节期间，圣路易斯市的一名出租车司机在车流中穿行，发表着“晚间六点钟评论”。

“我们必须这么做。我们别无选择。”

“为什么？”

“我们不能当可怜的、无助的巨人。我们得给他们看看我们才是老大。”

“你是老大？”

他停顿了一下说：“我啥也不是。”他列举了一连串个人麻烦、委屈和疾病。他的老婆离开了他；女儿是个浪荡女人；儿子吸食海

① 亚瑟·米勒1949年的剧本《推销员之死》中的人物。

洛因上瘾；他厌恶自己的工作。如此这般，他对自己的事不怎么感兴趣。这个谈话的转折让他厌烦，他看了一眼后视镜，说："你听了昨晚鲍勃·霍普[1]的演讲吗？他说……"

在自己的生活经历、天生的才智、个人的尊严被剥夺后，他们只好更多地让那些虽然著名但想象力可能更为匮乏的代言人来为他们思考、说话，以更崇高的名义来代表他们。习惯于作为"小人物"的他们，期待着向"大人物"寻求答案。而这并不是美国市民大会[2]的要义。

不过，一些事情正在发生，但还没被社会测震仪记录下来。显然，针对个人错误和公共权利的愤愤不平之声正在惊人地增加，先驱者来自各个领域：有家室的农民、蓝领工人的妻子、揭发公司内幕的管理人员。在所有意想不到的角落，此前一直保持沉默的那群人，正在试图发出自己的声音。一项已经湮没许久的美国传统复苏了。在一个变化如此惊人、陌生事物越来越多的社会和时代，最终的公报尚未出现。与七十年代相比，八十年代将因为巨大的跃进而变得不同。

变化的容量将超越任何数字和民意调查的量度。我写这本书的过程中遇到的那些人，他们之中有赢得了所在州公共事务奖的前三K党领袖；有曾在街区里最爱惹事、而后成为杰出社区工作者的姑娘；有未受过教育却成为她所在社区的诗意之声的阿巴拉契亚山妇女；还有蓝领家庭主妇，在生了九个孩子之后她说："我不喜欢

---

① 鲍勃·霍普（Bob Hope，1903—2003），美国电影、电视、广播喜剧演员。从二战到1990年波湾战争，他多次远赴海外慰问演出，成为美国民众心中头号"爱国艺人"。生前获得1500余个奖项，《吉尼斯世界纪录》因此称之为"最受尊重的娱乐界人士"。

② 市民大会也叫市政厅会议，是一种非正式的民众集会。美国竞选者与当地选民保持接触和交流意见的形式之一。

‘梦’这个词。我甚至不想明确地把它和美国联系起来。我开始搞清楚的是，人类的潜能很大。所有值得兴奋之处都在于此。如果你能加入其中的一部分，就会有所觉悟，充满活力。这不是一个梦想，而是一种可能性。是人们每天看得见摸得着的东西。”

在邻里间、乡野中，你可以看见那些最初的激情和梦想，它们来自一群最平凡的人，但这群人讲出了一个时代的心声。这非常吸引人。但不走运的是，这些上不了晚间六点档的新闻。

在《过去的用途》一书中，赫伯特·穆勒[①]写道：“在平庸之辈、卑鄙之人、商业欺诈持续不断的喧哗中，我们倾向于忘记那种最朴素的理想主义。追求民主、自由和平等的过程是漫长而痛苦的……每个人都在说，现代社会极富革命性。关于我们这个时代的论调是如此矛盾且极端，人们过度地把问题单纯化了。如果我们想拯救这个世界，就必须让头脑保持清醒。”

这本书中有一百个美国人的声音，是靠直觉、某些细节和粗陋的想法筛选的。这里没有毫无事实根据的、经过矫饰的“真相”，也没有试图达成某种共识。仅仅是想以一种爵士乐般的方式，在主题和创作方面做一点尝试，用以描述那些失去的和寻得的梦想，以及对希望的认知。

---

① 赫伯特·穆勒（Herbert J. Muller，1905—1980），美国作家、历史学家，牛津大学出版社于1952年出版的历史著作《过去的用途》（The Uses of the Past）是其代表作。

序　幕

美国小姐

艾玛·奈特

她是1973年的美国小姐，今年[1]二十九岁。

“有时候你不得不埋葬过去的自己，因为你已经成长为另一个人了。你不能总去挖掘尸体。”

① 编注：如无特殊说明，书中的“今年”都特指受访对象接受本书作者采访的“当年”。

听到有人叫我“前任选美皇后”或“前任美国小姐”，我会在内心打个寒战。我总觉得他们是在说别人。人们谈到选美皇后，眼前会浮现一些特定的画面，比如胸部和屁股之类的。总之毫无才智可言。对参赛的众多女孩来说，这是美国梦的一部分；对我来说却并非如此。

我过去常常坐在电视机前看《美国小姐》节目，心里想，真是激动人心、魅力四射，真有趣啊，但到了八九岁时，我开始觉得有些看不下去了。我很快进入了青春期，大概是十四岁左右，那时我从没出去约会过，觉得自己又笨又难看。我的个子比班上大多数人高很多。像其他女孩那样争夺男孩，我觉得自己做不到。我那时真有些孤独。参赛女性之间残酷的竞争着实把我吓着了。我不喜欢《十七岁》杂志的建议：“如果你爱慕谁，就要彻底颠覆你的爱好，转而研究他喜欢的东西。要是一起玩牌，可千万别赢他。”这些社交把戏我特别不在行。

1968年到1971年，大约三年半时间里，我都在科罗拉多大学念书，然后入了这一行。回家过暑假时，有个经纪人遇到我，希望我去参加一些商业广告、模特和演艺工作的面试。好。我去试了，而且真赢得了几个机会。

演员刚起步时的那些事，我都经历过：在展会上发宣传品、在平面广告中露脸，找机遇、投简历。有一天，天很冷，我去了一家模特代理公司。有个经纪人对我说："我想让你去参加一个选美比赛。"我说："不行，呃，肯定不行。我会输的，太丢人了。"她说："我需要几个姑娘代表我们公司参赛，可能也对你自己有好处呢。"于是我填好了表格：兴趣爱好、身材尺寸之类的一大堆信息。后来我收到一封信："祝贺你，你已成为'伊利诺伊-世界小姐比赛'的参赛者。"现在该怎么做呢？我一点儿头绪都没有。

你必须找个赞助人，否则就得自己支付好几百美元的费用。于是我打电话给负责这方面事务的女士说："实在抱歉，我不能参赛，我没有钱。"几天后她回电给我："我们给你找了个赞助商，是个木材公司。"

比赛场地设在迪凯特[①]，大约有来自伊利诺伊州各地的六十位选手参赛。我打扮得像个伐木工：蓝色牛仔裤、远足靴、法兰绒衬衣，肩上挂着背带，手里拿着斧子。第一次出来时，我穿这身参赛服，介绍自己，告诉他们我的星座，或者任何别的他们想知道的事情。我斜挎一条缎带，上面写有赞助商的名字。然后我再出来，穿着连体泳衣旋转展示，让评委们好好看一看我。最后，我着晚装亮相，又旋转了一会儿。第一晚就是这样。

第二天晚上，他们要挑出十五个人。其间要经历评委面试环节。他们会在三分钟内问各种问题。你能回答吗？能控制好自己吗？和你的姿态、性格有关。他们就是所谓的性格评判员。

我想：很快就会结束的。明天就搭飞机离开，这只是走过场而

① Decatur，位于美国伊利诺伊州摩根县，属于中部城市。

已。但是我进了十五强选手名单，不得不再次经历这一切。

我当时在想：我没抱任何期待，我在这儿完全超然物外，但他们喊了我的名字。我是优胜者，伊利诺伊小姐。我能做的只有大笑。我二十二岁了，穿着借来的晚装，心想：我在这儿做什么？就像是顽童汤姆·索亚[①]变成了帮神父举行弥撒的男孩一样。

人们认为我是个大龄选美皇后。在二十二岁的我看来，这种说法实在有点吓人。这正印证了人们对选美皇后的典型期待：年轻、清纯、没脑子。

我得走到一个房间里，立刻签下“伊利诺伊—世界小姐”的合同。“世界小姐股份有限公司”是这家公司的全名。它的所有者是凯泽–罗斯股份有限公司，后者又被海湾与西方工业公司收购了。全是大买卖。

我坐在那儿端着香槟酒，读着合同。他们说：“啊，你不是非得读这个。”我说：“我从不在没读过的合同上签字。”他们全在等着拍照，我却坐在那儿读着这份长长的文件。我签了合同，然后电话铃响起，是一个来自芝加哥某报纸的家伙，他说：“告诉我，该称呼你小姐，还是女士？”我回答：“是女士。”他说：“你开玩笑呢。”我说：“不，我没开玩笑。”第二天他就写了篇文章，说这件事终于发生了，选美皇后竟是个女权主义者！我想，当选选美皇后之前我就是女权主义者了，现在为什么要改变？

这之后，我开始了那些宣传、培训和访谈活动。倒退回那个脚踝要交叉放好、戴着白手套娴静地端起茶杯的年代。他们教我怎样头顶一本书走路，怎样文雅地坐着、怎样穿泳衣摆造型、怎样卷头

① 美国作家马克·吐温的代表作《汤姆·索亚历险记》中的主人公，是个聪明好动、调皮捣蛋的小男孩。

发。他们想让我把头发弄成小卷，是我讨厌的样式。

有一天，培训老师让我跟她握手。我伸出手。她说："不对。和男士握手时，你要保持戒指朝上的姿态。"我说："像主教那样手背朝上，好像要那人亲一下似的？"没错。我想：糟透了！由于一直在培训，那年二月、三月、四月和五月都显得非常漫长。

我在选美大赛上赢得了"美国小姐"称号。我开始笑。他们说，我是历史上唯一一个获胜时没有哭出来的选美皇后。这段话在电视里播放了。我小声对自己说："你们在开玩笑。"主持人鲍勃·贝克说："不，不是开玩笑。"那时我不知道还能说什么。在新闻发布会上，他们把这件事称作伟大的美国梦。就是她，美国小姐，你们的理想。好吧，但不是我的理想，小家伙。

从加冕的那刻起，你就成了他们的财产，要服从他们的支配。第二天早上七点，他们就来叫你起床，让你穿上轻薄的晨衣，在床上吃早餐。这样纽约的各路报纸记者就能进来拍你坐在床上的照片了，尽管你夜里并没睡好，一副睡眼惺忪的样子。他们让你换上凯泽—罗斯品牌的晨衣，递给你早餐盘子，你咬了三口。摄影师们打道回府，你旋即脱下那件晨衣，他们拿走盘子，就是这样了。那天我根本没吃到早餐。（笑）

你立刻开始频繁亮相。青年商会说："我们要预定美国小姐参加圣诞巡游。"他们为此每天支付七百五十美元，还有飞机头等舱和往返旅行花销等费用。如果联合基金会打电话来，要我在午餐会上讲五分钟宣传选美皇后比赛，也得付费。慈善活动也不例外。收入百分之百归"世界小姐股份有限公司"所有。你只领薪水，也就是年度奖金。我得到一万五千美元，所得税是在纽约上的。基本上一张三千美元的支票，我能得到其中的一千五百美元。

从赢得“美国小姐”头衔，到我出发去竞选“世界小姐”，大约两个月时间内我只有一天半假期。那年我一共亮相了两百五十次。兴许有三百次。都是些巡游、购物中心的活动和剪彩什么的。你在购物中心还能做什么？当服装模特儿。公共演讲是我喜欢做的事。他们说：“需要有人替你写稿子吗？”我说：“真见鬼，不需要，我知道该怎么讲话。”我自己写演讲稿。他们不相信女孩们能走出去侃侃而谈，因为她们大多数都不行。

有一次，通用汽车的主管请我到华盛顿演讲，谈谈消费者和能源危机。那是全国企业管理协会成立十五周年纪念大会。不知何故，白宫发给我一批相关材料。我读了，简直是一派胡言。我站起来，说：“我们现在面临能源危机的原因是，无论从工厂的角度还是个人角度，我们都笨到家了。我们对可用的能源状况非常短视；除非我们觉醒过来，认清我们对空气和水资源做的蠢事，否则我们会陷入真正的饥荒而不仅仅是目前的危机。”哦，他们听了可不大高兴。（笑）

最让我反感的是，许多人并不希望我生活在我自己理解的美国梦里，而是认为我应该按照他们要求的方式生活。

一家报纸发表了对我的访谈，我说尼克松应该辞职，他是个大骗子。我的天啊，然后就闹翻了天。他们极度恼怒，直到后来我收到白宫的一份邀请函，他们希望我把嘴巴闭上。“世界小姐股份有限公司”过去那些年一直尝试和白宫拉关系。我发表了反对尼克松的言论，却得到了这份白宫的邀请。

我估计，他们会把我拉到地下室，用橡胶软管抽打我，或是在政府顾问团给我个一官半职。他们给我一张十五人名单，都是我需要见的。我从没见过神经这么敏感的一群人。我原本很想带一台录音机过去，但又想到，在尼克松的白宫里，即使只提到“索尼”两个字，你就该有麻烦了。他们会心肌梗死的。但我仍旧随身带着纸和笔。他们摆出一副屈尊俯就的样子，有一个人把我请进办公室，说所有的记者和电视工作者都是自由派。我就和他们谈黑名单[①]、《赤色频道》和电视业。他转换了话题。

世界小姐大赛在希腊雅典举办。当时希腊还是军人执政。我看到很多吉普车、部队和机枪。美国人理应保持低调。我从来不喜欢希腊军人政权，但我明白在这儿得把嘴巴闭严。我好歹代表着美国。菲律宾小姐赢了，我是第二名。

那一年快结束了，我彻底感到身心俱疲。在告别之夜，他们请了过去几年的皇后到场。在新皇后加冕前，现任皇后要来一场他们所谓的“告别走台”，扩音器里的一个声音说：“现在是老皇后走台时间。”我才二十三岁，已经是个老皇后了。老皇后走台时，广播里还在放一篇傻透了的告别辞。你在皇后宝座上坐了三十秒，走下来，他们宣布新任皇后的名字，你把皇冠戴在她头上。之后就没我什么事了。

新任皇后加冕时，记者和摄影师涌上舞台。我曾经见识过摄影师把三十秒前刚卸任的女孩猛推下舞台的情形。我那会儿已经下来了，穿着晚礼服自己跳下了舞台。这种恐怖的结束方式会让女孩们很不好受。一刹那（打个响指的工夫），你就出局了。谁他妈的在乎老皇后啊。

作为美国小姐生涯纪念品的那顶皇冠，现在放在我父母家的阁楼上。至于当年的缎带，我甚至不知道它掉在哪儿了。美国小姐的

① 1950年6月发布的麦卡锡主义反共报告，其中列出了150余位广播电视业雇员名单，建议不要相信他们是忠诚的美国人。

粉丝们并非觉得我本人漂亮，而是觉得皇冠和缎带漂亮。要是我把皇冠和缎带戴在一盏灯上面，我对上帝发誓，会有十个男人过来约它出去玩的。要是有人叫我“前选美皇后”，我会考虑抡起斧子砍人。我再也受不了这个了。

当选美皇后那年，我看了好几遍电影《骗中骗》，其中主角常有个小动作，表示他正在骗人：用手擦几下鼻子。在卸任美国小姐前，他们播放着那篇傻兮兮的告别辞时，我走台一圈，站在宝座旁，盯住镜头，用手指擦了擦鼻子。第二天，选美大赛的工作人员花了一整天向人们解释我没做那个动作。我也一直告诉他们，当然了，我确实那么做了。我仅仅想暗示：他们正在骗人。（笑）

作为美国小姐的艾玛·奈特已经被埋入坟墓，十二岁或十六岁时的艾玛·奈特也一样。都是过去的自己了。有时候你不得不埋葬过去的自己，因为你已经成长为另一个人了。你不能总去挖掘尸体。

如果我能坐下来，和未来五十年的任何一个美国女孩谈谈选美大赛的事，我愿意告诉她们哪些部分是我喜欢的，哪些部分是我厌恶的。但这不会造成什么改变。总会有女孩想参加选美大赛。这是一个白日梦啊，一个“美国梦”。

流　动

莱昂奈尔·I.卡斯蒂略

他是美国移民和归化局前任局长。

“每一批新居民都比上一批更坚信美国梦。他们上夜校，他们努力了解美国。要是失去他们，我们也就完了。”

我父亲的父亲是1880年从墨西哥来到得克萨斯州小城维多利亚的。他花一个托斯顿，也就是半美元，成为了美国公民。本世纪[1]最初那些年，他一直为争取墨西哥人能和美国白人埋葬在同一片土地上的权利而抗争。墨西哥人本来是死无葬身之地的。最终他从几个德国信义宗人士手里得到了一块地。这成了我的家族和墨西哥人社区的永久地产。我的祖父和朋友们一起清理了土地，作为第一片墓园。我们保留了1898年起的所有埋葬记录。我们在这里埋葬了许多人。

每一代新移民总是千方百计想让自己融入到这个体制中。他们有同样的渴望。每一天，全世界有三百万人申请加入美国国籍，分享同一个美国梦。他们总要经过同样的奋斗。我读旧报纸时还能看到这样的片段：1886年，招募女佣。不论宗族，不论肤色，不论民族，不论宗教，我们都接受，均可来应试。爱尔兰人除外。（笑）广告有点粗鲁——爱尔兰人不需要申请。

多数没有证明文件、未经法律许可的人，以为他们会在六个月内返回原籍。最终回去的人却很少。一些意大利老人回去靠养老金过活，一些中欧人也回去了。然而，大多数移民，不管年轻还是

① 文中此处指二十世纪。——编注

年老，都留了下来。他们觉得自己已经不认识故土的什么人了。他们的孩子不会讲波兰语、意大利语或希腊语。他们的孩子习惯了空调，爱吃麦当劳快餐。

越南人也坐船偷渡。他们不知道能不能上岸，轮船是不是会沉。他们不知道会有什么事发生在自己身上，但他们凭直觉相信，自己会到达美国，这片“自由之地”。

饥饿，这是个实际存在的难题。为了弄到吃的，人们能忍受天大的困难。来这儿的墨西哥人一般不属于赤贫阶层。太穷的人根本负担不起旅费。你要花钱买通“郊狼”。“郊狼”是护送非法移民过境的人口走私犯，也叫作“鸡贩”，他们是在过境负责处照应“鸡群”的人。

有时候，一家人省吃俭用，把全部积蓄交给家里最聪明的男孩或女孩。有些家庭甚至要一两年靠典当过日子。他们把全部希望寄托在那个孩子身上，把他送上长途车，让他远行到千里之外。他一句英语也不会说，才十七八岁，却肩负着拯救全家的使命。一切全得靠这个在旅馆当小厮的孩子。

我们见过一些才十一岁就离家千里的孩子。这个孩子带着家里的全部积蓄和值钱的东西。有好多关于母亲和孩子的歌曲和故事，他们彼此可能再也见不着了。但最后我们还是得把这孩子驱逐出境。太让人心碎了。

他是家里最聪明的孩子。笨点儿的根本做不成，可能还会送命。身体不好的受不了旅途劳顿，没法穿过沙漠。他不能太大，不能太小，不能太穷，不能反应慢。他得是最聪明、最优秀的。

他就像一个钩子，是进入美国这个陌生社会的先锋。他可能就在这里，在芝加哥，是个整夜工作的旅馆小厮。他们只付给他最低工资，甚至更少，但使劲用他。他从不抱怨，甚至有可能感谢他的老板。他尽量少说话，因为他不想让别人知道自己的身份。除了干活儿、上教堂或者去跳舞，他总是待在房间看电视。如果每周赚一百美元，他总能寄二十五美元回家。全国来看，要是你周末去西联汇款营业厅就能看到许多人在汇钱。在西南部地区，比如达拉斯，西联汇款的统计显示他们75%的业务是往墨西哥汇款。

之后这孩子学到了些东西，因为他年轻健康又精力充沛，他可能得到另一份小厮的工作。一份工作结束，他立刻换班到另一个地方。他想试着当一个侍者。他每天工作时间之长超乎想象。他不在乎工会定的工资标准，不在乎工作环境，不在乎是否受屈辱。他把这些都当成是自己的命运。

他的能量和雄心在看不见的地方燃烧。他比那些美国小厮卖力，最终当上了侍者。如有可能，他想抓住机会当上店主，这对当地侍者构成很大的威胁。餐馆老板们告诉我，要是有的选，他们更愿意雇用外国打工者。他们工作热情高，又懂得感恩，而且一点也不贪婪。（笑）只付给他们一点钱就够了。

我们经历过很多可怕的剥削案例。在圣地亚哥和亚利桑那州，我们发现有人住在地洞里或者大树底下，没有卫生设施，没有房子，啥也没有。还有很多人住在鸡笼里。

“郊狼”剥削他们，有时还打他们，也让他们受了不少罪。“郊狼”到处做广告。如果某个移民到了圣地亚哥，他能得到明确的信息：到哪儿去，谁在招人。甚至有人来联系他。要是他钱很多，“郊狼”就安排他直接从提华纳[①]到芝加哥，而且会帮他找工

① 墨西哥西北部城市。

作。他们会弄到所有文件，社会保险、出生证、驾驶证等——“郊狼”们读报纸，看哪些美国公民去世了，然后伪造这些死人的重要身份信息。

通常雇主推说对此一无所知。他们是睁一只眼闭一只眼而已。他们靠雇用廉价劳动力赚钱。“郊狼”也靠这个赚钱。

“郊狼”从边境过来，卡车里装满了人。一辆卡车可以装二十个人。他们专拣坏天气运输，因为被拦车的概率小得多。车连续开二十多个小时，只在一两个加油站停一停。他们不让人出来。没有尿壶也没有淋浴间，整个旅程中他们只能在狭窄的空间里坐着或站着。

一辆卡车在芝加哥城外抛锚了，是个暴风雪天。司机跑了。车里的人冻伤了，最后脚趾没保住。在雷拉多[1]，一辆卡车出了事故。警察快来了，人们四散而逃。卡车着火了。没人记得卡车里还有两个人。车子上了锁，没有钥匙。当然，他们被烧死了。还有一次，边境巡警在亚利桑那州的沙漠找到了濒临死亡的三十三个偷渡者。他们在最后一刻获救并被遣返。我和你赌一美元，他们每个人，身体一旦好些了，又会再次尝试偷渡。

去年我们实施了至少二十五万次逮捕行动。如果我们在边境逮捕他们，就让他们调转回去自动遣返。他们调头回到墨西哥。几小时以后又卷土重来。在埃尔帕索[2]，我们一天内把某个家伙遣返了六次。好莱坞有一家餐馆，老板被我们遣返过三十七次。有些人我们遣返了超过一百次。他们总想回来。他们到这边有活儿做，回那边只有死路一条。

二战期间，我们这边雇用了不少墨西哥人。战争结束我们本国

① 美国得克萨斯州南部城市。

② 美国得克萨斯州西部城市。

的年轻人回来了，他们立刻遭到了遣返。1954年，遣返工作压力很大，主管移民事务的将军下达了“湿背[1]行动”令。那年我们实施了一百万次逮捕，规模堪比大萧条年代。我们把他们圈起来，塞上大巴车，送回墨西哥。有时候那些人只是长得像墨西哥人而已。侵犯人权的情况很严重。

一半没有证件的游民并不是墨西哥人。他们来自世界各地。初来时他们是合法的，十年前带着证件以游客身份来到这里。这种情况要难处理得多。我们要讨论一个方案，如果他们在美国待了七年以上，没有违法记录，纳税且不以社会救济为生，要就发给他们永久居留权。你不能赖在这儿成为社会的负担。公众常常有种所有移民都靠救济金生活的印象。事实恰恰相反，他们中很少有人靠救济金过活。

很多人是人道主义者，认为应该对陌生人热情友好，但一旦涉及工作机会问题，他们就变得不那么厚道了。（笑）我们收到墨西哥流浪乐团成员和足球队员的抗议。流浪乐团的乐手不高兴，因为真正的墨西哥乐手来了，而且开出的演出费更低。足球俱乐部经理也宁愿签约外国球员，因为他们技术更精湛。

海地人也涌进来，这是西半球最穷的国家。他们乘船偷渡而来，在佛罗里达州上岸。佛罗里达人对此大为反感。有个古巴裔美国人甚至对我说，海地人会毁掉他们的文化。这种等级观念真是诡异。

每周我们在边境进行约三千次逮捕。才二十二公里长的一段边境而已。边境巡警知道，这些小家伙为谋生而来。他只是需要干活儿。他们知道他不构成安全威胁。他们说：“这是我的工作。”其中

① 湿背人，指偷渡格兰德河非法进入美国的墨西哥人或劳工。

很多人对自己遣返的家伙们抱有很大的尊重。但看到你遣返了三四次的某人一再回来，你有什么感觉？你再也不想和这个人重新兜一圈了。

我心里很不好受。我在驻菲律宾和平部队任职时，有一次，一个母亲想把她的小婴儿交给我。你自己当时也是个二十一岁的小伙子而已，她却说："把我的孩子带走！带他去美国。"经历一千次这种事情，你的心就被撕碎了。

我清楚地知道，这些黑户对我们整个社会和提升美国人生活水准所作出的贡献甚至比那些合法移民更大。他们是极少数不带寄生虫的社会阶层。他们走钢丝，努力不掉下来。如果你是合法公民，你掉下来了，会有一张网接住你：福利金、食品补助、失业保险、社会保险，等等。但如果你是黑户，跌倒了，却不能走进任何一家机构寻求帮助，因为这可能以遣返告终。他不能领福利金，不能享受公共服务。即使被暴打也不会报警。如果他在街上被鞭打、被凌辱、被抢劫、被强奸，他们是不会控诉的。有一次在巴尔的摩，一个雇主强奸了两个女孩。但控诉人不肯告诉我们受害者姓名，就是因为担心我们会遣返她们。结果是，这四百万人在我们的国家受到了严重的伤害。

唯一能让我好受点的就是回顾这个国家的历史。尽管这里一直发生着糟糕的、令人难以置信的本土保护主义行动，但持续引进的新居民能令这种文化保持一种活力。每一批新居民都比上一批更坚信美国梦。每一批新居民都害怕去救济中心或失业办公室排队。他们上夜校，他们努力了解美国。要是失去他们，我们也就完了。

旧梦没有结束。左邻右巷的夫妻店还开着，但不是意大利人、犹太人或东欧人在经营，而是韩国人、越南人、伊拉克人、约旦人、拉美人。他们住在店里，每周工作七天。他们的孩子在学校里成绩很好。他们在努力实现着自己的美国梦。听上去有点耳熟吧？

我们在洛杉矶的办公室旁边有家咖啡馆，门前的牌子上写着："洁食"[①]面卷饼。（笑）面卷饼是一种墨西哥玉米粉圆饼，里面裹肉。大多数主顾是黑人。店主是韩国人。（笑）银行家，我猜，是WASP[②]吧。（笑）这就是今天的美国正在发生的事情。这不是个大熔炉，但各类文化在这里以这种或那种方式融合着。

我看到各种新移民在这里从头开始，试图把自己纳入这个体制中。他们在经历新的战役，也是旧的战役。他们想要分享美国梦。流动从未止息。

---

① 指烹制过程符合犹太教规。

② WASP，即White Anglo-Saxon Protestant的简称，意为新教徒的盎格鲁撒克逊裔美国人，现在可以泛指信奉新教的欧裔美国人。

上　册

我歌唱一个人的自我，一个单纯而独立的人
然而要用民主和集体这两个词的语音来歌唱

——沃尔特·惠特曼

个人已经前所未有地意识到自己与社会的从属关系。他并不把这种从属关系看作有利因素，而将其视为对自己自然权利的威胁。所有的人类，不管他们在社会中处于何种地位，都在经历这个堕落的过程。他们在不知不觉中已沦为自我中心主义的囚徒，缺乏安全感，深陷孤独中，不能享受纯真、简单、质朴的生活。人类的生命短暂而惊险，只有将自己奉献给社会，一个人才能找到生命的意义。

——阿尔伯特·爱因斯坦

I

前进，向上游

老　板

华莱士·拉斯穆森

芝加哥比阿特丽斯食品公司总经理。他魁梧健壮，双手长满老茧，有着老工人的典型外貌。

“如果你不懂得磨难，也就识别不出幸福。得到任何东西都要付出代价。”

我只是个乡下小子，在内布拉斯加州出生，正赶上了大萧条时代。我深信经济衰退总是会卷土重来，也许这对国家有好处。对没过过苦日子的人们来说，这是段艰难岁月，但你总能熬过来，着实让人惊讶。你一无所有，开始花更多的时间和家人待在一起。历史和大自然总有办法让人们更加务实。

有些人比其他人更能争抢。人们总要保护自己的势力范围，这是种天性。雄麋鹿在山坡上叫唤，没有其他目的，只是要警告其他麋鹿：离我的雌鹿远点。雄性并非为打架而打架，而是为了守住自己的领地。你能轻易分辨出谁会是幸存者，因为他们总在斗争，像拳击手一样难被打倒，非常灵活。在我看来，只有这样的人才能生存下去。

早上七点钟。一个寒冷的冬日清晨。芝加哥比阿特丽斯食品公司行政部长长的走廊里空荡荡的，你仿佛行走在英格玛·伯格曼导演的梦幻场景中；你走进一个大房间，在长桌的尽头独自坐着的那个人，正是这家公司的总经理。

他掏出怀表瞥了一眼。两杯咖啡放在桌上，一杯是他的，一杯是为客人准备的。他魁梧健壮，双手长满老茧，有着老工人的典型

外貌，身着礼服，待人直率、友好。他得过霍雷肖·阿尔杰奖[1]。

有人问过我，你曾梦想过从事现在这份职业吗？我说没有。我对生活的唯一抱负就是今天比昨天更好一点，比昨天多学一点。我常常读书。孩童时代我读过能弄到的每一期《大众机械》杂志。甚至还在学校的时候就有人拿东西让我帮忙修理了。

在那个年代，农民们总是互相帮忙。十二岁时，我跟着一伙人干活，拖起成捆的干草，把它们扔上打谷机。有一次我转弯太快，把一车干草弄翻了，我只好跨过沟去。你认为那些农民会帮我吗？先看看他能否自己搞定吧。这给我上了一课，从此我再没翻过车。

我懂得了人性的特点。你能从大自然中了解到人们的行为及其动机。我指的是那些野生动物。我一生都在打猎，不只是为了那些餐桌上的必需品。你了解到今天的动物和人类的种种习性，两千年来其实一直没改变过。

我从来不想当失败者。我总要当第一个下飞机的人。我有个理论，当你从机场的人群中穿过，不管现场有多拥挤，只要你望向前方十五米开外的地方，人们就会为你让路。别只盯着某个人，人们便会为你闪出一条路。多年前有次我带太太去塔尔萨，马上要登机时，有人问："你不是带太太一起来的吗？"我答道："天啊，带了。"我居然把她给忘了。（笑）人们常说在街上看到我了，我却没打招呼。我当时在想着其他事。表现出友善并不是我的天性。

我认为要过上好日子，经历些磨难是必须的。如果你不懂得磨难，也就识别不出幸福。如今，有些父母不愿让孩子尝自己过去吃过

① Horatio Alger Award，设立于1947年，颁给白手起家，历尽艰辛，在各方面取得惊人成就，可作为全国楷模的杰出美国人。

的苦。我对此不以为然。我有两个孩子，一个四十岁，一个三十六岁。我仍会对他们说："这是你该做的。"他们照做了。我坚信，他们得知道事情不会总是那么容易。得到任何东西都要付出代价。

人们现在过于习惯不劳而获。他们认为这没什么，但其实是有代价的。他们失去了尊严，失去了谋生的能力。这就像笼中的动物一样。不管一头动物曾经多么野性十足，假如你圈养它足够长的时间，它就会忘记怎么谋生。人类也是如此。忘记怎样捕食的狮子只能猎杀其他动物，那些跑得慢的，因为它们追不上那些跑得快的。这就是如今有些失业的人走上犯罪道路的原因。他们不知道怎样养家糊口，只好去有这种能力的人那里剥夺。经济衰退，或是革命，又使一切重获平衡。这样的情况贯穿了整个历史。这是我读历史书学到的。

问题的根本在于：谁会成为幸存者？这将考验许多人的实力。你不可能静止不动。如果不能成长，就只能灭亡。

我离开家，去了加利福尼亚，找了份发传单的临时工作。啊，我可好好学到了一课。我不懂为啥有些人几小时就能发出一千份，而我要用一整天。我跟踪了其中一个人，看到他正把大部分传单扔到下水沟里去。我去找雇主质问，他怎么能允许工人把传单塞进下水沟。我可是把传单一份份发出去的，鞋都磨烂了。每天才赚十美分。用这十美分买一篮子葡萄，够我吃的了。他说："我们早想到工人会这么做。"我说："这不对。"他说："我们不会多付你工钱的。"所以我辞了那份工作。辞掉每天只赚十美分的工作也需要点勇气。（笑）我觉得他在敲竹杠。那时人人都知道，在加利福尼亚，你不先骑在别人头上，别人就会骑到你头上。

我在苜蓿农场工作了三个月，每月挣十美元，包食宿。早中晚三顿，全是黑豆，牛奶总是酸掉的。他们给了我一封信，证明欠我二十美元，让我找农场主去讨。我真是个笨蛋，信给了农场主，二十美元却没拿到。这是个教训。对任何人都不能太信任。

我回到了内布拉斯加州，帮人给玉米剥皮。一蒲式耳[①]玉米卖十美分，剩下的烧掉了事。之后我找到一份组合香柏木箱的活儿。我从不对别人说我不能做什么。这家公司倒闭了，我又找了份切割拼图玩具的工作。每做一副我赚十美分。

我读了很多成功人士的传记，想看看他们是怎样成功，怎样开拓局面的。我那时只读这些书。我下定决心，如果日后进了一家大公司，就永远不离开。我舅舅是林肯市比阿特丽斯公司的工程师。我在那儿得到了一份工作，当时我十九岁。我的工作是把冰从一个大池子里拉出来。你要用电动起重机把近两百公斤的罐子拉起来。很有挑战性——我能拉多重？上限是一百吨。我总想超越这个数字。倒是工程师常常要提醒我："慢点啊。"（笑）

我自己维修所有的设备，不想让其他人乱掺和。总工程师发现了我了解机械，对我说："你觉得你能维修乳品车间的机器吗？"我回答："当然了。"（笑）我知道乳品车间什么样，我从那儿经过了几次，但仅此而已。我之前并没见过低温消毒设备。但没多久我就学会了。我想做的事一定能做成，这点我从没怀疑过。

六个月之后，我跑到总经理那儿说："这点活儿不够我干的。"他说其他人得一刻不停地干才能完成呢。我说："我不管。反正你再给我找点活儿做。"我想让自己保持忙碌。于是我去了乳品车间旁边的灌装车间。我从那边的机械师兼冷藏工那儿学到不少东西。不

---

① 一种定量容器，在美国，一蒲式耳相当于35.238升（公制）。

管是谁掌握着知识和技术，我总要像海绵一样拼命吸收过来。

就这样，我负责了乳品车间和灌装车间的维修工作。我又跑去找他：“活儿不够干。”他说：“你为什么不去管管冰淇淋车间？”于是我开始照管三个部门。我还嫌这不够有挑战，又找了份夜班兼职，负责一家酒店的空调系统，我还帮人家做室内电线安装。我每天只要睡两三个小时。

比阿特丽斯公司安排我到印第安纳州文森斯当总工程师。那里有国内最大的牛奶车间。我当时二十二岁。那里的工人都已经四五十岁了，还有些六十多岁的。我想，我的年龄会引起一些人的不满。我努力容忍着人们的弱点，我知道，只有尊重他们，才能让他们产出最大的工作成果。

对于这份工作来说，那个我要接替的人有些不称职。他在设备方面是个天才，做事却拖拖拉拉。比如，现在有个人躺在桌子上，快要失血致死了，而我们这位医生却还要分析一下。结果他身边总有四五个游手好闲的人。我的理论则是：先修好机器，再分析故障原因。

最终我去找管理层说，他应该离开。这是我第一次采取冒险政策。我需要那个工作，就跟你在严寒中需要穿鞋一样。我知道他们需要我，而且比我需要他们更为迫切。我两个星期都待在自己的房间闭门不出，直到他们告诉我：“他走了，你回来吧。”从此以后，我们让工厂重新步入了正轨。

我需要走出芝加哥那间办公室来制订未来规划。这方面我毫无经验。我买了书研读，并且弄到了设备。我对工程师们说，我们今天得大干一场，我能穿着西装拆卸制冷设备，身上一点油污也沾不上。他们自己都没拆卸过。要是你想领导别人，你自己必须掌握这个领域的知识。如果有人跑来说某个事情怎样怎样，我立刻就知道他说的是不是实情。做决定之前掌握事实真相，这是幸存者策略的一部分。

我想说的另一个经验是：不管你为谁工作，都要确保他成功。否则你就要超过他。现在，我超过了……（*声音淡出*）

我一直把这视为生活的一部分。这就是我们的世界。社会要保持强大，需要强大的领袖。和过去的人相比，现在华盛顿这帮人太不顶事了。

他讽刺地看了一眼《福布斯》杂志上他的侧面照。“唯一写得不公平的是他们的最后一句：‘他是个冷酷决绝的人。即使快到六十五岁了，还是不允许别人用华莱士·拉斯穆森对待别人的那套来对待他自己。’”

你做某些事时可能看上去冷酷无情。但一些人在公司里甚至家庭中不作为时，并不能意识到自己阻碍了工作，你要替他们作出决定。如果你想获得成功，就不能让任何人站在那里挡路。公司有100万雇员，50万持股人。我们对至少150万人负有道德责任。150再乘以每个家庭的平均人口数3.5，就是500万人。我们对这些信赖我们的人负有责任。

一百五十万人敬重你，是不是也害怕你？

（*长时间的停顿*）最好别用“害怕”这个词，但确实有这种感觉。我也没什么办法。可能是种敬畏吧。还有99%是敬重。三种情况都有。我有个习惯，和办公室里的最低级职员谈话。总能比和高级职员谈话了解更多信息。（笑）高级职员试图掩饰他们的失误，可怜的小职员不知道他们正在犯错误，于是我能发现更多问题。

公司有43亿美元资产时，我不是董事长，也不是总裁或执行副总裁。我那时是高级副总裁，拥有公司四分之三的股份。这是1968年或1967年的事。

1976年7月1日起，我开始担任总裁和首席执行官。之后两年我们的资产从52亿增至74亿。不行，不行，你完全不能停止增长势头。你必须让人们对投资你的公司保持足够的兴趣。

很多人问：你什么时候退休？接任时我说过，等公司价值80亿之后就退休。现在我要说，要到100亿我再走人。

P.S. **他于1979年从比阿特丽斯食品公司首席执行官的位子上退休了。当时，公司市值达到了78亿美元。**

吉罗德·弗雷曼

1975年的某个清晨。他是芝加哥第一国民银行董事会主席。这是他在任的最后一年，他已经选好了接班人。

“我们这个年纪的人的世界变得狭小了。一个年轻人走出校园，对一切都感兴趣。然后他有了工作，世界变狭小了一点。他结婚了。工作、家、家人，世界又狭小了一点。终于他变老了，随着事业的结束，家人的离去，他最后关心的不过是每天清早大便是否通畅。我们的国家现在正经历着这个过程。”

他的领带图案是银行的标志：名字和铸币。“我让我们银行的一个小伙子设计的。工作日我没戴过别的领带。戴这条领带是对团队的暗示，表示我在乎这家银行。”

这是一间扩建后的办公室，前厅和正室都陈列着艺术品，旁边一间是他的私人餐厅。五十七层有一个巨大的宴会厅，今天中午他的继任者将在那儿为日本大使举行午餐会。午餐会有近千名嘉宾出席，包括城里多位顶尖实业家，以及市长理查德·达利。

我1934年来到这家银行，1975年退休，在这儿待了超过四十一年。眼下我感到那些退休征兆了吗？（他淡淡一笑）有个朋友给我讲过她父亲爱德华·瑞尔森[①]的事，他退休以后就再没人请他吃午饭了。他必须找个他妈的没事可做的人陪着自己。我也感受到这种气氛了。我刚把鲍勃指定为继任者，果然就有人说：“吉尔[②]·弗雷曼这家伙不错，可如今有事我们得找鲍勃谈了。”

现在大约两周我才有一个午餐饭局。我觉得挺有意思，并没有什么不高兴的。我有点自嘲地想：退休以后我去哪儿吃午饭呢？现

① 原注：二十世纪三四十年代内陆钢铁公司董事长，一个知名人物。

② 英文中，吉尔是吉罗德的昵称。

在我有一间阔气的私人餐厅，以后就得去俱乐部了。过去三十年我一直是“正午俱乐部”的会员，却从没在那儿吃过饭。以后我倒是有地方可去了。

再没人需要我了。以后多半是我来找公司，而不是公司来找我。只要你能想通就行了。我其实特别幸运。我得到了一切希望得到的东西。虽然不是特别富有，但我生活得很舒适。我没有什么未竟之志，不觉得自己抄了近路，也不对自己失望。我从生意世界全身而退，拿到了不错的成绩报告。我不像以前那么争强好胜了。让别人接过这份声誉吧。我不用再去争夺这些了。

觉悟得早是件好事。我有一个朋友，他在生意上非常强势。退休时他说：“城里没人喜欢我。从现在起，我要让自己讨人喜欢。”但太晚了。成见已经形成，习惯又根深蒂固，他没能让一切发生变化。他死前很不开心，和孩子们关系紧张。诀窍是（笑）有必要让你的生活富于竞争力，但也要用爱心和谦逊加以中和。

我的好朋友米尔顿·弗里德曼[①]说过，对商人来讲最糟糕的事情就是觉得自己对社会负有责任。他说那都是瞎扯淡，有违商人的真正使命。他这种观点颇为傲慢。我不能认同，尽管在其他方面我很钦佩米尔顿这个人。

这是种基督教思想吗？并不是。我们每个人都希望自己在商业社会屹立不倒。在这个以盈利为目标的社会里没有什么神圣性可言。《圣经》或是宪法里都没有明文确保你能拥有私人财产。如果我们仍有这些机会，只不过因为大多数人认为这是可以接受的，没有去修改法律来禁止它。

① 原注：芝加哥大学经济学教授。

我工作很努力。早上七点一刻就到这里了，一直工作到下午五点半或六点。我三十年没打过桥牌，二十年没打过高尔夫，因为比起高尔夫球，我更喜欢工作。我不喜欢同事们在衣帽间营造的那种虚假的亲密氛围，就像是四五杯酒下肚，醉醺醺地回到家睡一大觉。该死的，一整天都给毁了。

你是想游历欧洲各国，拜访各国财政部长和州长呢，还是和最近二十年都没想出过一个新点子的人一起打桥牌？这是退休后我将面临的问题。思想上缺乏刺激。

三年后。1978年某个清晨。

我们坐在另一楼层一间略小的办公室。周围没有艺术品。

我没觉得自己牺牲过任何东西。年轻时，我错过了和孩子们共度亲密时光的机会。但年岁更大以后发现这其实也算不上牺牲。我有两个孙子，一个十八岁，一个十六岁，过去几天一直陪在我身边。这是很理想的情形。

我在董事会或更衣室遇到的那个企业家，天啊，他可真是百分之百拥护“美国道路”的那号人，认为任何背离这条道路的人都是该死的共产主义佬。我问他：“你说的‘美国道路’究竟是什么意思？”“嗯，大家都知道的嘛。”我说：“指导创立了我们这个国家的理念是什么？”他很窘迫，不想谈下去了，因为首先他从没好好思考过这些问题，其次他不确定自己能不能为一个允许收入上存在如此大悬殊的体制辩护。所以他想避而不谈。

我的感觉是，不存在完美的体制。但相比于其他体制，我们的体制做到了更多，不只为富人，也为穷人谋得了更多福利。我们不应为这个体制感到窘迫，而是要增进对它的了解。如果我当初没有怀疑，也不会在事业上争取到那般境地。

我想我们的国家已经衰老了，衰老的速度很快。我们在这个梦里失去了很多。我们这个年纪的人的世界变得狭小了。一个年轻人走出校园，对一切都感兴趣。然后他有了工作，世界变狭小了一点。他结婚了。工作、家、家人，世界又狭小了一点。最后他变老了，随着事业的破灭，家庭的破产，他最后关心的不过是每天清早大便是否通畅。我们的国家现在正经历着这个过程。

今年一月，有一天下午我坐下来开始读一本小说。这是我1934年离开学校后读的第一本小说。我从来不觉得自己可以浪费一分钟时间。那是作弊。我觉得自己对银行、对社会都负有巨大的责任。工作花费了我太多时间。人有时候可真傻。我不像过去一样精明强干了，身体不那么强壮了，头脑也不再犀利。我得花好长时间来记住人名。所以我不再觉得自己要履行从前那种义务了，从前我是一台高速运转的机器。

机器?

（他轻轻一笑）我知道，我不该说那个词。

要是你当过头儿，情况就更糟糕。和没当过老板的人比起来，退休这事儿对我们更为艰难。（他忽然变得尖刻）商业世界该死的竞争！商界领袖从始至终和每一个人竞争，而非只和同行竞争。你和你在其他领域的朋友竞争，那可是你最亲近的朋友啊。这极大地影响了你的人生，而且不是什么好影响。（笑）商业友谊称不上真正的友谊。

那个家伙一生都在和别人进行激烈竞争，然后——咔嗒！他退休了，他很难带着愉悦的心情去欣赏继任者和朋友们的成功。他很难不觉得这是以他自己为代价而获得的成功。当然了，其实不是。他不再属于那个联盟了。这一点，很多人觉得难以承受。

我退休一年半了。关于所思所感我写了点诗：

我们的名字未曾改变。我们的容颜从未转换。我们的太太还是一样体贴。我们的感觉却已地覆天翻。年轻人并非静止不动，如同我们的期许。老朋友露出微笑，转而依靠年轻人，只在顷刻之间。多么公平啊。我们和过去一样是忠贞的朋友，但重要性已不似当年。不似当年。但，更有智慧?

S.B.富勒

他坐在办公桌后面，一脸严峻，戴着眼镜，就像一幅不苟言笑的高中校长的肖像画。

“我一直相信，不管人们对你做了什么，都是出于胆怯，出于不理解。”

窗外，列车在高架铁路上呼啸而过，大卡车的轰鸣和小汽车疾驶的声音不绝于耳。这是芝加哥黑人聚居区里一条繁忙的干道。楼里，一条狭长的走廊通向他的办公室。此处很安静，几位年轻的女士在柜台后办公，旁边有两个孩子在玩耍。

他坐在办公桌后面，一脸严峻，戴着眼镜，就像一幅不苟言笑的高中校长的肖像画（我们的第一次对话就这样被打断了：“你喝了酒。”午餐时，我的确喝了杯威士忌苏打。这是我们第二次见面）。

他七十三岁。

九岁时，我开始在路易斯安那州的门罗叫卖克劳福灵药膏。我想变成大人。成年以后，我想生产和当年我卖过的商品类似的东西。这就是如今我在做的事。

我来自佃农家庭。十岁时，我家租下一块地，买了头驴，开始自己耕种。十五岁时，我家搬到了孟菲斯。我父亲离家出走了。两年后，母亲去世了，留下七个孩子。临终前，她嘱咐我照顾好弟妹们。我那时十七岁。我出去帮人干活、倒卖东西，养活了孩子们。五年后，我们在芝加哥找到了父亲。他再婚了，和新任老婆回到孟菲斯找那几个小孩。虽然不是她亲生的，但她把他们都接走了。

我只受过六年教育，母亲去世前对我说过："那些体面的白人每年九个月都在学校里，而只让你待三个月。"每年我们只上三个月学，剩下的时间都在农田里干活。她说："不是他们不公正，只因为他们相信你用三个月就能掌握他们花九个月学的东西。以后无论你做什么，儿子，别让那些体面的白人失望啊。"

我发现读书人是治人者。我开始买书自学。我读一切能搞到手的书。你知道自己多无知，于是只能读书。我读书不是为了消遣而是要寻求见识。我发现1912年的美国有4043个百万富翁。其中只有89%拥有高中学历。有些人小学都没念完。我觉得自己并不孤单。了解到有些美国白人没接受正式教育也取得了成功，我大受鼓舞。

我离开孟菲斯往北边去，那里有更多买家。我一路搭车去芝加哥，1928年5月20日到达。那时我已经结婚了，有五个孩子。我在煤场找了份工作，把工钱寄回家。煤场主似乎挺喜欢我，说他要帮我教育孩子。我告诉他我不需要任何人来操心我的生活，然后辞掉了这份工。

这之后我开始挨家挨户兜售丧葬保险。有份杂志刊登了收入超过一万五千美元的人物名单，大都会生活保险公司的主席1934年的年薪是五万美元。"莱弗兄弟"肥皂公司主席收入为四十八万五千美元。我辞掉了卖保险的工作，开始卖肥皂。

我花二十五美元弄到些肥皂，开始上门兜售。那是大萧条时期，1935年。但劣势能变成优势。人们失业在家，什么活都不愁雇不到人。但销售业一片愁云惨雾，因为他们觉得没人有钱买东西。可每块肥皂只要十美分，没这点小钱的人还真是难找。

我工作起来没有时间概念。只要人们让我进家门，我就继续卖。他们说没钱买，我就接受订货，等他们有钱买了我再送过去。重复是知识之母。兜售的过程中我学到不少东西。你得撩拨起人们的好奇心。你得说服他们相信你说的都是真的。一旦被说服了，他们就想买你的东西了。

我学了一些心理学，因为我知道一切的关键在于人是自己命运的主人，是自己灵魂的统帅。我知道，能影响我的东西也能影响别人。我一直不觉得自己是个与众不同的人。大家都是普通人。我懂得所有人都生来平等。富家子弟有钱但没有进取心，穷小子没钱却勇往直前。勇往直前的人总会赚到钱的。这个道理应该告诉每个初次来美国的年轻人。这个世界上最大的优势就是出生在美国。只有在美国，如果你能找来吃的，就能随便吃，找不到，就得挨饿。在美国，他们不会让你饿死，但饿死也比领救济金强。依靠救济金过活，你的肉体不会死亡，但精神上已经完蛋了。

如今，我能让我们组织里成百上千的年轻人做我年轻时做的事：兜售。现在有这么多人失业，就是因为销售人员不够多。经营方面并没有什么问题，关键在于销售。挨家挨户推销是每个人的机会。可以上门推销的商品有真空吸尘器、渗漏式咖啡壶、地毯，等等。你随便说一件东西，它就能挨家挨户地卖。

如今伤害着年轻人的是那些镇静剂和麻醉剂。大自然赋予你的能量，你不该轻易虚耗掉。你理应利用那份能量让世界变得更美好，因为你就生活在其中。我知道大自然从来不造废物，每个人都生来具有某种天赋。

1935年，怀揣二十五美元的我开始贩卖博野国家实验工厂的货品。他们不愿意赊账给我，于是我告诉他们将来我要把这家工厂买下来。十多年后的1947年，我买下了博野。我曾发誓要炒了那个不肯赊账给我的经理，但他那时已经不在了。我留下了所有员工。现在博野工厂仍然归我所有。

1939年，我组织了芝加哥商会。完全是为黑人服务的。我们有句口号：为了在经济上得解放，要和自己人做生意。结果从中走出了不少少数族裔企业家。我培训的很多年轻人后来都获得了成功[①]。

1965年，我买下了一座百货商场。我想启发黑人同胞在我们的社区内部发展零售业。对那些领救济金的人，我是第一个给他们赊账的。现在所有大百货商场都允许人们赊账了。

我一度同时拥有十三家企业：箱子工厂、报纸[②]、农场，等等。我想教人们自己做生意，但他们还没准备好，因此我损失惨重。我那时有八百万资产、三百万负债、一千万现金流，却不能通过白人的渠道贷到款。

银行拒绝贷款给我，因为他们没听说过哪个黑人能经营百货商场，也没听过哪个黑人能拥有剧院。而其实整个街区都归我所有。金融机构感到害怕，因为觉得这很新鲜，而这是我一直尝试让人们理解的事。柏拉图曾说，让缺乏判断力的人去依靠直觉。理智源于观察。如果你记住些什么，就能拥有判断力。这些银行家的记忆仓库中缺乏黑人在我所在的领域取得成功的印象。正因为如此，他们胆怯了。

我决定找我们黑人寻求帮助。政府调查人员发现我们这样做不合法，于是我们必须放弃。这导致了我商业帝国的崩塌。1968年，我们彻底破产了。情况非常艰难，因为我已经六十五岁了。所有人

---

① 原注：约翰逊出版公司的约翰·H.约翰逊，约翰逊工厂的乔治·E.约翰逊，以及海路家具公司的里奇·麦奎尔都是他的追随者。

② 原注：《匹兹堡信使报》，全国范围内最具影响力的黑人报纸之一。

都说我太老了，没法从头再来了。但我东山再起，用的还是我只有二十五美元时的那套办法。我对这样的成功从不怀疑。对此质疑的人只有政府和没见识过这套方法的人。

他们置我于破产境地后，希望免除我的一切债务。我不会同意这么做的。我想走出破产局面，百分之百偿还我的债务。由于在技术上违反了一项我完全不了解的法律，我被起诉了。我在法庭上表示自己会还清所有欠债，他们认为我不可能做得到，因为我太老了。他们给了我五年缓刑期。大约一年前，缓刑期已满。我在行动上多少受到限制，如不事先汇报行程就不能出行。差不多再过一年，我就能还清所有债务了。我从没怨恨过。我一直相信，不管人们对你做了什么，都是出于胆怯，出于不理解。

我也雇用白人。我只知道人类这么一个种族。我雇用一切来我这儿找工作的人。我因为他们的优点而接纳他们。

我们面向所有人出售商品。有一种H.A.品牌卷发剂，现在我们仍在卖。六十年代民权运动时期，白人居民委员发现我们在这样做，就打击了我们的上门推销，让我们做不成生意。如今他们没法再这样对我了。

民权运动影响了你们的化妆品销量吗？比如直发剂？因为埃弗罗卷发[1]开始流行了？

这不只影响了我们的生意，黑人的生意总体上都受到了影响。以往黑人最大的买卖就是开理发店和美容院。埃弗罗卷发一开始流

① 一种类似非洲黑人自然发式的呈圆形的蓬松卷发。

行，黑人们就不去理发店和美容院了。现在他们刚开始重回这些地方，但也不像从前那样打扮自己了。对富勒公司的影响就是，原来能当推销员的人可以靠领救济金过日子了。

你得去说服他们，政府不是他们的管家。富兰克林·罗斯福的新政伤害了我们。他是富人家的孩子，拥有的东西都是别人给的，所以他认为给予是正确的。他不明白，你给别人东西的时候，其实伤害了他们。我们有赈粥棚和大萧条，就是因为人们对自己丧失了信心。胡佛总统告诉美国人民，繁荣就在眼前，但你得自己跑过去争取。人们不想跑，于是选举罗斯福上台。

福利能残杀人的精神。它使人的身体得到维生素，变得肥胖，心情可能也会快乐。但他不会有进取精神。有人喂养的狗不会打猎。要是你想要一条打猎的狗，就得饿着它。要是你希望让某人找到出路，就要让他面对生活的衰败。有钱买食物你就能尽情享用，没有足够的钱，你可以尽情挨饿。

一个人保持原地不动是违反自然法则的。要么向前行进，要么被不断行进的队伍推到后面。这是黑人没能理解的道理。他们以为是不平等的现状让他们落后，但这不是实际情况，缺乏进取心才是主要原因。1953年，黑人的收入是白人的57%。1962年更倒退到53%。主要原因就在于黑人不了解我们的资本主义制度，不懂得竞争。

黑人每年光买车就要花费30亿美元，却仍旧意识不到黑人社区内部的机遇所在。如今在美国有多少黑人汽车制造商？每天晚上，一些富裕的公民离开黑人社区回到他们自己的社区，这其实致使黑人社区更加贫穷，这里零售业产生的财富都白白转移到别的地方去了。

马丁·路德·金博士认为通过人权立法可以解决黑人的困境。我比他更清楚这个问题。抵制蒙哥马利公交线路时我和他谈过。我对他说，我们要做的就是买下那条公交线，然后公交怎么跑全听我们的，因为那是我们的公交线。他不想这么做。

他们当时陷入麻烦，不得不出售那条公交线。搭那条线路的人本来绝大多数是黑人，因为要抵制，他们不再乘坐了。公交公司已经准备好出售这条线路了。

无知是不幸的根源。甘地在牛津大学接受过高等教育，金拥有博士学位。安德鲁·卡内基[1]来到这儿，作为移民，没有受过正规教育，去世时却拥有三百万美元的财富。这其中有着无知和没有文化之间的差异问题。你可以当一个没文化但不无知的人，也可以当一个有文化但无知的人。

我母亲生来是奴隶，她了解这一点，并且向我指出："你是我的第一个儿子，我想让你知道真相。"她告诉我，白人害怕黑人，是因为不了解他们。她想让自己的大儿子在这个世界上创造出一片立足之地，为自己，也是为了帮助弟妹。"他们不能像你有这样一个妈妈了，你要照顾他们。你要了解这些他们不知道的事。"

① 安德鲁·卡内基（Andrew Carnegie, 1835—1919），美国"钢铁大王"，曾经的世界首富。

吉姆·维图斯

他戴着老式赛璐珞护眼罩，伏在办公桌前看账本。他四十九岁。

“我需要新的挑战，让车轮不断向前。这就是美国梦。得让一切运转起来。”

这家超级市场坐落在芝加哥北边。从城东过来采购的常客很多，这里也是年轻人往来南北进行非法买卖的通道。我们所在的新城中心位置是最最繁忙的地段。西边住着工人和中下阶层，他们购物一般去别处。

他所在的办公室位于商店上方，二楼。他戴着老式赛璐珞护眼罩，伏在办公桌前看账本。他四十九岁。

那是1975年。

自我满意比什么都重要。有时候，我坐在楼下那间办公室中，看着收银过道五台现金出纳机忙个不停，小运货车往来穿梭。我就对自己说："他娘的！运转正常！运转正常！"（笑）可能我最大的快乐就是坐在那间办公室里，看着五台现金出纳机进进出出，看着人们推着购物车在货架间挑选商品。简直是音乐啊。

大约两周前，有一台现金出纳机坏了。（笑）我急疯了，恼火得直想扔东西。后来现金出纳机都恢复了正常，我长舒了一口气。感到周围的一切都很美好。（笑）

我现在希望拥有三家超级市场。那些连锁经营者别想吞并我，想都别想。我觉得政府应该制订规则保护小本生意人不被吃掉。因为只有他们才能让那些大家伙守住底线。真见鬼，看看汽车制造业。只有三四家。几个狗杂种每年坐在一起一次，净商量着要怎么涨价。

要是有连锁企业企图收购我的商场，我就跟他们说：见你的鬼去！好价钱也不行。我不喜欢听人指挥，还是自力更生比较好，不依靠什么联合大企业和所谓大人物。他们说这能让你赚多少多少钱。但我觉得钱并不能衡量一切。重要的是那种知道自己有所成就的满足感。（笑）

三年后的回访。1978年。

（笑）我年轻时总是想象当大人物有多么爽。我想当老板。（笑）你去看电影，看到那个人嘴里叼着根雪茄，把腿搭在桌上，指挥别人做这做那。你心想：嗬！真棒。你想当个大人物，这样生活会轻松很多。现在呢，我是大人物了，工作却比从前更辛苦。有时我生气了就说："该死！下次再做生意，我要自己一个人弄。其他人都他妈见鬼去！"（笑）

我需要新的挑战，让车轮不断向前。这就是美国梦。得让一切运转起来。这才是我真正在乎的。一旦我看到事情正常地运转，就想看到这好势头继续下去。

我太太也在这儿工作。我们的家庭生活和社会交往都和生意密切相关。有些家庭会说："啊，我们去野餐吧。"然后就去公园了。我对此不感兴趣。我对电影不感兴趣。伟大的"美国城市"[1]，管他

① 原注：Great America，一个公园。

妈的别人怎么叫它，我也丝毫不感兴趣。这类东西抓不住我的心。只有我的商场能让我高兴。

你要想继续干下去，就得不停地赚钱。游戏就是这样。要是在账单上看不出你的盈利成果，银行是不会理你的。银行可不像社会福利机构，让你能上门要捐助。

我们刚刚买了一套公寓，就在商店的街对面。我小时候住在一家餐馆楼上。我们是高等希腊人：住在别人头上而不是身后。（笑）

我本来希望看到我儿子成为某个领域的专业人才，比如注册会计师、律师、医生、牙医什么的。我想错了。我那时太自私了，也太势利。我认识一些人，受教育过度了，脑子简直有病。我把这种人叫作“受过教育的白痴”。我认为受教育相当重要，但我说的那些哈佛毕业生受教育过量，变笨了。（笑）我们这儿有过两个这样的人当头儿，但并不像吹嘘的那样厉害。我们是做苦工的人，但并不是笨蛋。

丹·欧布莱恩

他的脸上挂着一种有点悲哀的笑容。他今年五十七岁。

他结婚了，有六个孩子。一个大块头男人，讲话语速很慢，小心地遣词造句，好像回忆往事让他很痛苦似的。

“你真正期待什么？你生活的目标是什么？”

“下一季。”

这个社会把成功的机会留给了年轻人，年老的……（声音淡出）

我父亲是个热爱生活的人，他年轻时是个极其成功的地产商人。他把所有钱都投给了房地产，然后在大萧条中赔了个精光，却又卷土重来成为一家啤酒厂的董事长，后来又当起了政治家。去世时他三十九岁，没有人寿保险。我那时十八岁。

爱尔兰人衡量一个人是否成功，是看死后别人为他守灵的情况。三天两夜，我家楼梯的上上下下都挤满了人。我的母亲婚后没有工作过，这时却突然要加入政治这行。守灵时，那些政治家说："罗兹，以后有的是时间谈这事。"她说："我现在就要谈！"然后她就开始了。

我们都出去工作了，同时我还去学校上学。我们像夫妻一样经营这个家。她有次对我说："丹从来不像个年轻人，他在我的记忆中始终是个老头。"我妻子常和我说，母亲和我讲话时就像是两个生意人在对话。

我那时工作到精疲力竭，晚上还要去法学院上课。二战爆发时我二十一岁。我是为了服满一年兵役才报名入伍的，最终却在军队里待了四年零十个月。

在军队里我有生以来第一次遇到一些重要人物。我那时是一名步兵军官，被指派给驻西西里岛的新任将军做副官。和我们同桌的还有奥马尔·布雷德利、艾森豪威尔和巴顿。我也为蒙哥马利将军做过联络工作。

盟军诺曼底登陆那天是我经历过最痛苦的日子。我们乘坐小艇跨越英吉利海峡。那真是最艰难的一天。我晕船晕得厉害，但一直没法忘记黑压压一片飞机遮天蔽日的壮丽景象。

那天我负伤了。我所在候补军官学校那个班的一百来人里只有五个幸存者，我是其中之一。我至今认为自己拥有化险为夷的本事。退伍后，我去管理学校上课，学会了怎么操作工厂里那些事。

我成了一家公司的副总裁，那家公司的年营业额为两千五百万美元。我被许诺了总裁的职位却没兑现，我渴望升职，于是离开了那家公司。我在另一家公司当上了总裁，然后赶上了公司合并。

我新加入的那家公司前一年亏损了一百万美元，我上任后第二年就盈利一百万美元。我为那家公司在很多方面带来了奇迹。

他们有全国最难缠的工会。七个月的谈判之后，我们敲定了一项解决方案。工会主席说："你是把我们搞定了，但我们没法和工人们交代啊。"我说："交给我吧。"在走廊里我就听到工会成员们沸反盈天的议论了——我的办公室就在旁边。他们呐喊叫嚷着，都是些难搞的家伙：大多是第二代或第三代爱尔兰、波兰、意大利移民。我就是在这群人中间长大的。我站上讲台，讲了点小故事，把他们都逗笑了，然后解释了我们的一揽子计划。我把我的讲话录了音。演讲结束，大家为我鼓起掌来。一揽子计划也一致通过了。嗬，我得到了各种各样的赞扬。真是一次历史性的谈判。每个人都在听我的讲话录音。我真是春风得意啊。我正朝着自己的宏伟梦想迈进。我怀疑这家公司是不是有点配不上我。我还要寻找一个更大的目标。

（停顿良久）美国商业生活最大的悲剧之一，是一些有才华的管理人员的遭遇。他们全心全意地把一生奉献给公司，取得了成功，却无法不为糟糕的公司制度所累。把公司从百万亏损扭转成百万盈利的过程中，我不是没伤害过一些人。当时我不得不做的一件事就是裁减了35%的行政人员。其中很多人都为公司服务了二十多年。你对别人做的事有时会反过来发生在你自己身上。我就像是带队参加世界大赛的棒球队经理，要是没赢球，惹得上头某个人失望，一个心血来潮就把你炒了。

尽管我把这看作我一生中做过的最残忍、最该死的事，结果却是卓有成效的。相比裁员前，公司能更高效地运转了。

我想庆祝一番这个大好成果，请我的核心部门经理们去一家私人俱乐部吃晚饭。我说："我们找个星期五去吃晚饭吧，对大家都方便。咱们去吃鱼，都没问题吧。"于是办公室里就开始有了流言蜚语，说我想知道这些人和他们的太太都有什么宗教信仰。事情就是这么开始的。

（长久的沉默）我有个患癫痫病的女儿，必须每天开车送她上私立学校。那所学校是天主教教会办的，所以车里常有些学校发的小圣像和标语。有一次泊车时我占用的车位是公司某个销售经理常用的，但我并不知情。他跑去董事会主席那里说："有个宗教疯子占了我的地盘。"我说："恐怕我就是那个宗教疯子。"过了一会儿，主席对我说："丹，今晚我们一起去喝两杯，吃点东西怎么样？"我说："不行啊，今晚我得遵守宗教斋戒。"没想到……

一天早上，我在桌上发现了自己的辞职报告。半点原因都没透露。我几乎没法思考，心想这其中肯定有什么可怕的误会。我把车开得特别快，却一个人影也没找到。所有的主管都不见了，他们有意避开我。三个月里我找不到一个我要找的人。难道我的职业生涯就这样终结了？

我立刻走人了。这是当初协议中的一部分。他们用了同样的招数来对待我。你对别人做的事，最终也会落在自己头上。现在我真是自食恶果。可是我解雇别人的时候，会给他们一张两万五或一万八的解雇补贴支票，告诉他们有困难可以来找我，而且给他们写很好的推荐信。到了我走的时候，这些却都没有。

我的履历中产生了一个缺口。我成了招聘人员眼中所谓的“争议人物”。意思是你离开上家公司是因为某个不为人知的理由，你这家伙肯定有点问题。可能你到处惹是生非，不然就是离经叛道。而且这些事完全没有讨论的余地。这会极大地降低你的市场价值。

回想起来，我那时并不愤怒。并没有我要打那人一拳，或是有枪就崩了他之类的念头。我觉得凄凉、沮丧，极其孤独。我不想回家告诉妻子发生了什么事，因为我也不知道究竟发生了什么。我的照片曾三次出现在《华尔街日报》金融版，现在却突然发生这样的事情。

你开始怀疑自己曾经信仰的资本主义和一切靠利益驱动的原则。我以前告诉过年轻的经理们，整套游戏都是以利益的名义在进行。你开始怀疑这究竟是谁的游戏。我只知道不称职的人应该被逐级降职，直到他能胜任自己的工作为止，而表现好的人应该得到升职机会。我是这么被教导的，也是这么做的。

在人生的这个当口，我感到心灰意冷。我想赚足够多的钱购买我想要的东西。为迎来一场激动人心的挑战，我能不惜一切代价，拿掉我一条胳膊都行。但这很难。我有一个邻居是某家大公司的会计，他曾经试图说服那些人雇我，让我参与管理。我可兴奋了。他后来打电话过来说："他们嫌你太老了。"

我们赖以生存的利润体制，在将来准备成为经理的年轻人那儿呈现为一场趣味游戏。如果你能缩减做某件事的时间，你就能增加利润。增长和投资者的好心情都建立在这个基础上。你也能发挥自己的能力……因此美国是一片富足之地。我真为这个体制骄傲啊。创造出这么多东西可真好，电视啦，汽车啦，污染啦，一切一切，我们什么都有。再没有这样的地方了。

但资本主义到底是个啥？看看它对自己最坚定的支持者做了什么吧！我遭受了当头一棒，在街上无助地游荡，快要喘不上气了。

电影《救虎记》[①]里有句很棒的台词。杰克·莱蒙问一位技艺高超的工匠："你真正期待什么？你生活的目标是什么？"那人一脸纯真地看着他说："下一季。"我正在寻找下一季。我只知道不久之后事情会好起来。

我从自己的家庭获得了不少力量。我的大女儿事业极其成功，还有个同样兴旺发达的丈夫。我的两个儿子在商界打拼，他们的公司都发展得很顺利。我还有个长得像电影明星的女儿，漂亮得什么似的，在大学里的成绩全是A。机会对年轻人来讲是很多的——真是越年轻越好。

他们都喜欢我，但不明白究竟发生了什么。他们还是孩子时，我是一家公司的总裁，每个人都谈论我。现在呢，老家伙到底怎么了？其实我也特别关心他们，想看看他们将怎样与这个让人困惑的世界相处，这个我正在撤出的世界。（笑）是啊，让我们再来一季吧。

---

① Save the Tiger，1973年上映的一部剧情片，杰克·莱蒙凭借此片获得第46届奥斯卡金像奖最佳男主角奖项。

比尔·维克

他是芝加哥白袜棒球队主席。今年六十四岁。

“要是你没赚到大把的钱，你就什么都没有。快乐并不算数。我在挑战这种看法，而且得到了不少乐趣。”

他在“诗人屋”一张桌子前慢悠悠地喝着啤酒，这是家平平常常的餐厅，就在考米斯基球场的看台下面。他周围环绕着记者、朋友、朋友的朋友、偶然经过的陌生人，还有不时过来占小便宜的人。

从很大程度上说，我们都是失败者。这是个只要你获胜了人们就觉得你伟大、漂亮、道德高尚的国家，而我们都是失败者。如果你没造出大笔的财富，就是失败者。庞大、机器、建设，这些观念深深影响了我们，要是你没赚到大把的钱，你就什么都没有。快乐并不算数。我在挑战这种看法，而且得到了不少乐趣。

现在我们这支队伍在赛场上表现挺差劲的，但看台上助威的歌声不断。我们可能是全国最糟糕的棒球俱乐部，球场也差不多是全国最旧的。在考米斯基球场，我们有个霹雳记分牌。一开始，他们宣称这是非法的、不道德的、腐败的、蹩脚的，简直烂透了。（笑）想到这主意的过程说来好笑。读萨洛扬[1]《你这一辈子》的剧本的时候我有了这个念头。故事都发生在一家沙龙里。那儿有一台弹球机，一个年轻人。他找招待买了很多游戏币。玩了一局又一局，完全没运气，

① 威廉·萨洛扬（William Saroyan，1908—1981），美国小说家、剧作家，话剧《你这一辈子》（The Time of Your Life）是他的代表作之一。

正准备不玩了的时候，他赢了。铃声大作，升起一面旗子，《迪克西》战歌奏起，还有各种别的花样儿。这就是我们霹雳记分牌的作用。萨洛扬没有明说：你一遍又一遍地尝试，最终成为胜利者。你希望着，梦想着，那家伙能来个本垒打。忽然间，他击中了。火箭升天，炮弹齐鸣。（笑）失败者也有光耀之日。

我们每个人都有竞争精神，但争胜已经变成某种殊死搏斗了。我们没看出这只是一场游戏。这是一场令人愉悦的游戏，偶尔有技艺高超的人参与进来。菲尔·莱格利①说过，要是有一支常胜俱乐部就好了。这评论糟透了。大家都喜欢胜利者，但没有欢乐的胜利不值得赞颂。我讨厌失败，但输了也不是世界末日嘛。明天也许会更好。（笑）我就是弹球机旁边那小子，等待着霹雳火箭。

我猜这是我被丢出棒球组织的原因之一。我更愿意称之为“从容的全身而退”。他们同意，说要是我退出，就让圣路易布朗队搬到巴尔的摩去。他们和我解除关系是在1953年。十三年后我回到白袜队，并没有受到热烈欢迎。因为我没表现出太多虚情假意的客套。

我的结论是，我和这个时代不合拍。妻子和我又创造出另外一些和时代不合拍的人：我们的儿子们。对此我挺满意。

P.S. **我在1954年遇到了艾迪·盖德尔。他是个侏儒，只有一米高，靠替人送信为生。1951年，维克雇他当圣路易布朗队的球员，让他尝试上场击球。“他上垒了，”维克回忆道，“他有个独特的击球区域。要是我有足够的胆量，早该签下八名侏儒队员，那样我们可能就是1951年的冠军了。”**

---

① 曾任芝加哥小熊队老板。

盖德尔带着沉抑、遗憾的神情回忆道：“那年我击出一千次好球，每次击球都能上垒。我对维克先生很失望。我本来确定他会继续用我的。可是……”他露出一个天使般的笑容，“只要还活着，我就忘不了那一天。粉丝们都快激动疯了。我觉得我现在还能做到。”这是他一生中的荣耀时刻。

雇佣枪手，天涯歌女，流浪儿，印第安人

杰伊·斯莱堡

他是时代之石公司的总裁，这是一家采石加工公司，坐落于佛蒙特州巴里市。

“美国梦就是超越你自己。你必须去争取更多——更快，更好。要是你没变得更快、更好，你就是变糟了。”

“公司备忘录里记载了很多我们做成的大事。”他办公室的墙壁上悬挂着旧金山全景图，以及罗纳德·里根的签名肖像画，“他当州长时，我在他的私人班子里工作。他是个了不起的人。”

我有时觉得自己就是个雇佣枪手。我去一家公司，消灭麻烦，然后去另一家公司。我担任过两家企业的总裁，两次在时代之石公司任职，还在另外两家公司做过执行副总裁。不管去哪儿，不管做什么，雇用枪手向来听命于人。啥地方都得去。

我生长在洛杉矶和旧金山中间的一个小镇，那儿盛产奶牛和石油，附近是大片荒漠。我父亲是个农民，他更喜欢别人称他农场主。我们有大约三百亩地，其实不算多。

我祖父人很特别。他一度颇能在当地呼风唤雨，而且帮助了一个佐治亚州来的穷小子，那人叫J.G.博斯威尔。他教会了我祖父喝酒取乐泡聚会。我祖父不胜酒力，后来什么事都由J.G.博斯威尔代劳。如今“J.G.博斯威尔”是全国最大的农产品企业之一了，他儿子吉米·博斯威尔是通用电气的董事会成员。我祖父最后却一事无成。抓到过什么却没拿住，这能怪别人吗?

因为缺钱，我们很小就见识到了这世界的真面目。这是如今的孩子们没法得到的好处。我十二岁那年，男人们都出去打仗了，我找到一份开拖拉机的活儿。每天干十二小时，每周六天，我恨透了这工作。我当即决定，以后绝不能这样生活。孩子们现在不做这种活儿了。等他们意识到这个世界多么冷酷肮脏，他们已经三十岁了，想改变也来不及了。

我在普华永道做了一段时间的咨询工作。后来又到华沃思阀门公司供职，差不多一年后，他们把我派到圣路易斯。不管我被派到全国哪个地方，我妻子都做好了跟我一块儿去的准备。

我后来离开那家公司，回到旧金山做咨询业。我有个老朋友是华沃思公司的执行副总裁，希望我去管理达拉斯的一家小公司，我以为是去做咨询呢，他想的却是雇我过去经营那家公司。他果然那么做了。我跑到那儿经营起来，使那家公司增长迅速。他后来因为公司的内部政策离职了。之后不久，我也离开了。那家叫德尔塔·皮的公司在我们的经营之下股价涨到了每股十五美元。我们走后，又跌回每股两美元了。我回到纽约州尤蒂卡市的国际供热公司工作，那里的股价第一年涨了七倍，第二年又翻了一番。

我是怎么做到的呢？我听取了很多意见。公司里的人知道应该做什么。要是需要除掉某个人，他们会告诉你。他们并不直接说，可你若是愿意听、会听，就能听出他们的弦外之音。有时候必须要拿掉一些人，不过这是万不得已时的最后一招。

有时他们会说："别炒掉这个人啊，你会把其他人也弄疯的。"如果有个家伙总犯错，每个人都知道他总犯错，然后你炒了他，其他人会说："早就该这么办。"他们会更尊重你。他们心想："哈，这家伙现在知道我工作表现好了，因为他把表现不好的给开除了。"

要是不干活的人和干活的赚的一样多，那就没人干活了。你可以用其他办法激励人，但最有效的就是变冷酷点，威胁着要开除他们。在我看来，世界上最有益的事就是让一个人完成他以为自己做不到的事。你让他对自己刮目相看，家人对他刮目相看，公司对他刮目相看。再没有人能帮他这么一个大忙啦，可他会记恨你一辈子，就因为你给他的那些压力。就算如此，我还是觉得这是很值得的。

我和某些上层人士深入讨论过关于激励的问题。有个人说，在军队时他佩有一把枪。他从不掏出来，但枪就在那儿。他说："我从不刻意给人们制造恐怖气氛，但我带着枪啊。"

我对公司有认同感，但不在乎职位。我总感觉自己是个局外人。我觉得人们要想客观考虑问题，就应该抱有局外人心态。这样你才能做出理智的决定。如果你感情用事地卷进某件事，最后只能是一团糟。任何人都知道，要是对一个女人动了真感情，你会有多狼狈。教育孩子也是一样，太感情用事是教不好的。如果你保持彻底的客观——怎样对孩子最好？你就能采取正确的行动。可如果你太动感情，太爱孩子，他们就永远跟小婴儿似的。你不能对什么事都情绪化，而要冷静理智地思考，这样才能把事情做得更好。

有利于公司的事就有利于每个人。有利于每个职员、消费者、供货商，还有上帝。（笑）

我到时代之石公司的第一年，员工的税后工资增长了250%，销量增加了25%。后来我离开那儿去了惠特尼·布莱克公司和美国弹性管道公司。等我回来时，时代之石已然一落千丈，不能盈利，甚至可能在亏损。而去年，我们的年度报告显示公司盈利近两百万美元。

我并非一直这么成功。我曾经被时代之石的母公司诺塔克解雇过。我们是一个联合大企业的附属企业。他们的要求多到我没法满足，尽管我认为自己做得很成功。

除了持续增长，人们还想要得更多，这也是必然的事情。诺塔克的执行副总裁买进了惠特尼·布莱克公司。这是一次糟糕的购买：买的是一家电缆公司啊。那是1975年，业内没有哪家电缆公司是盈利的。我去了那家公司，替他把公司推上正轨，却没意识到这个行业真正的问题所在。那时铜价低到了五十美分。一旦铜价继续下降，电缆企业就遭殃了。诺塔克不懂这个道理。我刚到时，那儿正在亏损，等我们回来时它已经收支平衡了。母公司却以为那里能赚大把的钱。根本就没门儿。那个副总裁违背了诺塔克总裁的意愿买下了这个公司，又不肯承认是他的过失，于是总裁说："我们做点什么来纠正这个错误吧。"他做了。我被开除了。我觉得很不公平。我离开的第二年，公司亏损了将近两百万美元。

你还记得被开除时的感觉吗？

（他停顿了一下）我记得那感觉，但不想谈论。

我接到诺塔克公司的电话，说是让我回到时代之石。他们说："我们搞错了。"诺塔克是一家强势的联合管理大企业。销售额仅比一个亿低一点点。

你必须要强势。我总觉得人生如逆水行舟，不进则退。没有一成不变的事物。你要么变得更好、更强，要么反之。

我感觉在商界，每个人都在和你作对，世界上每个人都会和你作对。你手下的人和你作对，因为他们想要更多薪水和更少工时，让你付不起。供应商和你作对，因为他们想要你高价进货，让你买不起。消费者和你作对，因为他们想低价买你的商品，让你卖不起。市政府和你作对，因为他们想收你更多税。联邦政府和你作对，因为他们想对你加强控制。母公司和你作对，因为他们想抽走你更多运营资金，又不想增加现金投入。当人人都在阻碍你成为一股重要的、有发展的经济力量时，他们也在伤害自己和周围每个人。

我们来面对现实吧。如果我们不增长，就没有钱给员工加薪和升职。如果不增长，你就不能从供货商那里进更多货，你没有新机器，就不能为消费者提供更好的产品。也没有更多的收入让政府收税。我可以举个上帝都受害的例子，因为捐款盘里的钱都会少。

美国梦就是超越你自己。多少钱是“足够多”呢？“足够多”总是比你现有的再多一点。什么东西都没有足够的时候。因此人们继续奋斗。如果足够了，人们就会停下脚步。你前方大约一百米处总有个明晃晃的戒指引你前进。就像是沙漠里的海市蜃楼，总在你前方一百米以外的地方。

如果我有更多钱，如果公司有更多钱，我就能成就更多。我能做更多对经济有益的事。你必须去争取更多——更快，更好。要是你没变得更快、更好，你就是变糟了。

（*若有所思地*）增长——更好——更快。我猜这是我的一大怪癖。我有种强烈的压迫感、急迫感。每当我钻进汽车时都有这种感觉。我开车速度特别快。我总在前进着。

罗莎莉·索雷尔斯

她是一位四处游历的民谣歌手。

“用钱来衡量一个人的价值，就是有钱人搞出来的把戏。我没有屈服的打算。我要按自己的节奏敲自己的鼓。”

我们这个社会的流动性实在太大了。你能轻易地逃离一些事。我常常这么做。就因为你可以轻易换个地方，脚下的土地好像随时都能坍塌似的。想换个地方待待这种想法，每年都会以更快的速度冒出来。

我时常回想我长大的地方——爱达荷州的博伊西，回想我的家族曾经怎样抵达那里，还有我自己对那个地方的感觉。我热爱托马斯·沃尔夫那样的作家笔下描写的这个国家的气氛。

我的祖父母是深具冒险精神的那种人。我的祖父是位牧师，他想在印第安人聚居区生活，于是成了克劳族和苏族[①]的传教士。他去了蒙大拿[②]，独自一人穿越大片不毛之地。那是1900年。对我而言他是个神秘人物，我只从祖母和我父母口中听到过一点他的故事。

我父亲出生在蒙大拿。他们那时住在帐篷和平房里。我父亲有兄弟四人。我祖母是一名真正技艺高超的摄影师。她到今天仍保存着一些当年的摄影作品。其中有些照片记录了他们的第一段旅程，这是一次伟大的长途跋涉，马匹们驮着行李翻山越岭，队伍拉得很长。他们全部骑马行进。

---

① 克劳族和苏族均属于北美印第安民族。

② Montana，美国西北部的一个州，以农牧业为主要产业。

后来他们又乘船涉水而行，没碰到任何一个怀有敌意的印第安人。他们和印第安人的所有接触都是宗教性的。不过当时在那样的条件下，生存本身已然充满了危险。比如在野外临产生孩子之类的事情。这次旅行用了七八年时间。

我祖父成了艾奥瓦州海利一座教堂的牧师。他常穿着雪地靴一路走到凯琼的一座教堂布道。后来人们把那儿改成了一间酒吧。我还在那儿唱过歌呢。酒吧的名字叫埃斯普雷索小屋。

我的外祖父是个思想过激的探险家。我觉得连他的妻子都有点怕他。（笑）我一直和他合不来。他是那种真正的南方人。不喜欢黑人，不喜欢日本人。认识没超过一百年的人他统统不喜欢。（笑）但我对外祖父的记忆比其他任何人都深。他在我九岁那年去世。他参加过美西战争[①]，淘金热那会儿去过阿拉斯加，还在西雅图做过组织劳工的工作。他老对我说个没完没了。他教我《哈姆雷特》的所有独白，我当时还只是个小女孩呢。他说那些词句就像音乐一样，以后我会明白的。他常用莎士比亚式的语言咒骂他驱赶着的马匹。我对他的印象如此深刻，是因为他待我那种方式就好像我什么都能做到。我才丁点儿大的时候，他就让我驾驭那辆四匹马拉的干草车。而且他从没表现出我不应该爬上那棵大树的样子。（笑）

我一直觉得父亲是个年轻人，直到他去世那天也是一样。他长得很漂亮，留着两撇小胡子，身材有些瘦削。他生性活跃，一想到他我就有种愉悦的感觉。他也喜欢看书，热爱巴尔扎克和拉伯雷的作品。就是他让我对这些东西感兴趣的。他喜欢玩文字游戏，总爱

---

① 美西战争（Spanish-American War），1898年2月15日，美国派往古巴护侨的军舰“缅因”号在哈瓦那港爆炸，美国遂以此事件为借口，要求惩罚西班牙。4月24日西班牙首先对美国宣战，次日，美国对西班牙宣战。

讲些故事。

结婚后，我把唱民谣作为一项爱好。我收集旧时的歌曲。所以相比于歌手，我更倾向于认为自己只是把听到的老歌唱出来的人。我开始写作，把犹他州到爱达荷州大量不为人知的曲目记录下来。1966年我收到一份到新港演出的邀请。之前我还从没去过丹佛以东的地方呢。那天清晨七点，我开车驶进了纽约，感觉就像登陆火星。前方是一座座摩天大楼在天空中的剪影，真让我着迷。我简直要心脏病发作了。我太激动啦。（笑）我们来到城里，我弟弟和我在一起，还有一大帮朋友。时间还太早，不能把别人吵醒。我们来到一间酒吧。那儿早上8点就开门了。我可从没见过早上8点就开门的地方。我们开了瓶香槟庆祝最终来到纽约这个事实，我们还登上了帝国大厦的顶层。（笑）人人对我说我一定会讨厌纽约的，因为它冷漠恐怖，简直糟糕透顶。但我恰恰热爱纽约，每分每秒都能感觉到。现在依旧是这样。（笑）我对城市上瘾，我想弄明白，是什么东西使每个地方如此与众不同。

博伊西对我而言已经不复存在。一切能唤起我愉快回忆的地方都被拆掉了，重新盖上了丑陋恶心的建筑。他们想建一个步行商业区。用我母亲的话讲，为消费人群准备的那种类似牲口通道的东西已经把博伊西的闹市区覆盖得严严实实。一切都是为了买卖和消费。我记忆中那些美好的东西全部荡然无存了。博伊西这名字本是法语单词“树木”的误读。这里过去仿佛是一个盛满了树木的小茶杯，还有一条河流从正中穿过。视线之内你很难看到两三座以上的建筑。除了州政府和博伊西旅馆，就只剩下树木和这条小河。啊，完全是一条绿色走廊。在这儿射杀松鼠是违法的，于是到处都是这种小小的棕色松鼠。你能看到非常古老的房子，感受到友好的社区气氛。如今什么都没有了。他们砍倒了树木，拆了旧房子。现在那是一座真正的消费型小镇。我记忆中那些可爱的东西都不在了。

我始终是个不合群的人，比如说在学校我就没留下什么美好回忆。我和那些孩子相处得不咋样，因为我读书比他们快。三年级时我们做了个阅读测验，我得了高分。我倒没觉得自己比他们聪明到哪儿去，只不过是我从很小就开始读书罢了。1949年，在爱达荷州的博伊西，如果你是个女孩，就不应该表现出聪明的样子。你不该让别人发觉你知道些什么。（笑）

有一天，我一出校门就看到四五个五六年级的大块头女生在那儿等着我呢。她们拖我进了一条小巷，把我打倒在地，对我说我得爬着回家了。她们告诉我，以后再也不许考那么高的分了。就跟儿童黑手党似的。（笑）她们还用棍子戳我。我气坏了，彻底被激怒了，把其中几个伤得不轻。我飞起一脚踢向其中一个的喉咙，结果她一个星期没法上学。我还给了某人胯下一脚，她当场就没法走路了。然后我一路跑回家。我记得自己呕吐了一个半小时，就在那场可怕的暴怒之后。我仍然时常想起这件事。我没法接受的是，有些人仅仅因为别人获得了成功，就对那人痛下黑手。他们觉得我赢了。我却从没想要和谁竞争。

我没有试图打败谁，只是在我行我素。有些人一辈子都争强好胜，甚至因此赌上自己的整个人生，让我觉得好可怕。我一直喜欢玛尔维娜·雷诺兹的一首歌[①]，她唱道：

我不在意自己衣衫褴褛

① 歌名是I Don't Mind Falling，出自Malvina Reynolds于1967年发行的专辑Sings the Truth。

只因成功都是狗娘养的
在如此世间我不怕失败

还有这么两句，

我会留下来和穷弟兄们一起
如果只有踩着你才能往上爬

我从没感觉到真正的贫困，因为我们有一所房子。我们一点钱也没有，可我还是觉得很满足，我们有那么多书，还有一个安居之所。弟弟比我小十岁。很久以来我都是个孤零零的小孩。我那时不知道怎么交朋友。

我丈夫的家庭和我的大相径庭，他本人也跟我很不一样。遇到他的时候，他正在反叛自己的特权阶层中产家庭。他们的价值观似乎就在于占有各式各样的东西。

他们家非常富有。永远物资丰富。在大萧条中也没有遭罪。我家的男人们则在大萧条中吃尽了苦头。他们从来不知道怎么赚钱，怎么变得成功。我却总觉得父亲是个成功的人，因为他这人很妙。我上高中时他喝酒喝得很凶，让我很困扰。但回想起父亲我总是觉得愉快，因为他如此与众不同，和别人都不一样。

父亲去世以后，我记得，我家来了个在殡仪馆工作的浑蛋（笑）——原谅我用这个词。弟弟和我不想让母亲和这些事打交道。首先，他暗示说，我们真小气，因为没买昂贵的棺材。反正那时我们要火化父亲，把他的骨灰收集起来安放在他一直住的那间小屋。那人问：“你们要我们叫哪位花匠？”我说：“我们自己从小木屋带松枝和干草过来。”他说：“那好吧，你们要我请哪位风琴师？”“我自己为父亲唱歌。”然后他说：“好（清了清嗓子），我们有一项写讣告的服务。跟我说说瓦尔特的事吧。”我说：“呃，我们叫他沃特。”（笑）我看着他，什么也想不起来。那人问：“他的宗教信仰是什么？”我说：“你瞧，他不太信教。”他又问：“嗯哼，他以什么为生？”我说：“他很久没工作了。”“退休了？”我想：算了，我什么也不会告诉他的。然后那人又问：“他属于哪个兄弟互助会吗？”我看着他，心想：我父亲能倒立着走两个街区。他过去常那样做。人们从旁边经过，他会说早上好，仿佛是在平平常常地走路一样。

他每年过生日时都会并着脚跳过一张牌桌。我想是五十六岁那年吧，他没跳过去。（笑）他拥有这片土地。他盖了这座漂亮的房子。每块木头都是他自己砍的，每块砖都是他自己烧的。房子就像凭空从地里长出来的。而且他一直在打猎。他喜欢一边踏过树林一边吟诵那种五行打油诗。他了解每种鸟和每种花的名字。他痛恨美国医学学会和那时站在我面前说话的这种浑蛋。（笑）所以我什么都没告诉那人。我只说：“我想不起来你想听的那些关于我父亲的事了。”（笑）于是他随便写了点什么登在了报上。你怎么描述那样一个人呢？他和这世上任何一个人都不同。

1966年之后，我开始独立生活了。拥有那些朋友是我的幸运，在他们的帮助下，我在全国有了名气。我认为自己的成功不可思议。我没有钱，却得到了一些人的尊重，而我又渴求着他们的尊重。我把爱奉献给观众，而且赚到的钱能够维持生计。我希望生活得更宽裕一点，但也得按自己的方式来做事啊。

我这个人不能生活在绝望情绪中。我不想带着“以后要走下坡

路了”这种想法生活。我不相信这一套。我没有绝望的感觉，因为我还活着。当我死了，也就不再有什么感觉了。（笑）

可一看到我的孩子，我就会有一种绝望感。我的大儿子自杀了。他花了些力气让我知道这并不是冲着我来的。但我不明白，为什么我没能教会他在生存中感受快乐。

看着其他孩子，我也为他们难过。他们生活得很乏味。我不记得自己何时觉得乏味过。他们没有好奇心。他们游离于生活之外，好像本该如此似的。我想这其中有个巨大的阴谋，谁是幕后指使者呢？是ITT[①]，还是那些有钱的、有权的或善于操纵别人的家伙呢？他们使我们都变成了一个样。确保我们看许多电视节目，确保我们都有信用卡、汽车、房子和各种乱七八糟的事物。我们害怕失去这些，我们会按照他们的要求来保住这些东西。用钱来衡量一个人的价值，就是有钱人搞出来的把戏。对我来说，那些踢打着、叫嚷着不肯跟他们走的人，才是真正有价值的人。他们坚持独立人格。他们拒绝同流合污。

我没有屈服的打算。我要按自己的节奏敲自己的鼓。

① ITT是英文International Telephone and Telegraph Corp的缩写，即美国国际电话电信公司。

安·班克斯

她是一位记者，目前在写一本关于军人妻子的书。

“每个人都以某种方式长大。你可能从未意识到自己成长的环境是与别人不同的。”

如果你想知道某个人是不是军人子女，只需要问他“你是哪里人？”这么一个简单的问题。如果他们沉默，那么就是了。我曾训练自己回答说佛罗里达，我的老家和我出生的地方。但我不是在那儿长大的，不太觉得自己是那里人。通常我会沉默片刻，然后鼓足勇气说：“哦，其实哪儿的人也不是。”

我是在军队驻地的庇护中长大的。你得穿越警卫才能进入其中。我就生活在美国中心被保护的孤岛上，周围环绕着醉人的公主气氛。让我印象深刻的是，这些军队驻地全都长得一个样。全部经过了精心安排。即使在俄克拉荷马州中部沙漠驻地也是一样，住宅区放眼望去是一片绿色，有着精心修剪的草坪，绿树成荫。从某种角度看，在这种地方长大真是美好。就像一个巨大的游乐场。孩子们可以非常安全地跑来跑去。我很清楚，这里并不是真正的美国。

学校也在军队驻地内，因此你的周围世界是自成一体的。走出驻地，就是那些酒吧啦，嘈杂的商店啦，随处乱扔的汽车配件啦什么的。你从极有条理的环境一下子转入一片彻底的低级混乱中。

当军人子女意味着你周围的整个生存环境都被安排好了，比你父亲能做的要多得多。你在一整套制度中成长。我常觉得自己像在马戏团长大的小孩，周围有很多二代、三代军人家庭。你的每一个需求都得到了充分考虑，没有人以为你会离开。如果你是女孩，你就是预备的军人妻子。如果你是男孩，人们会期待你上西点军校。

父亲一直希望我嫁给一位军官。（笑）要是我说自己愿意参军，加入陆军妇女队，他一定会非常惊诧。我想他会吓晕过去的。（笑）他对陆军妇女队很有看法，不想让自己的女儿加入。

父亲会对我们说："你们要去拜访表亲了。他们是可怜人啊，一辈子只能住在同一个地方。够无聊的吧？我们四海为家，什么经历都有。还是我们这样比较有趣吧？"我们会说："当然了！"我们确实有这种感觉。很显然他对拖着我们到处走这件事有些愧疚。奇怪的是，直到去上大学我才知道别人可能对我们这种生活方式存在异议。

我父亲曾在驻伯恩大使馆工作，于是那时我在法兰克福一家为军人和外交人员子女准备的寄宿学校上学。第一周我结识了某个同学，他从小在迈阿密长大。"你搬过几次家？"他问。"十四五次。"我告诉他。"啊，你真可怜。"他说。我回答："你才可怜呢，一辈子就住在那一个地方。"（笑）

每个人都以某种方式长大。你可能从未意识到自己成长的环境是与别人不同的。大约五年前我顿悟了这个道理。那时我在加利福尼亚，开车沿着一号公路行驶，那条路有一段从奥德驻地中间穿过。忽然你听到了什么，一种你还没意识到究竟是什么，却感到极其亲切而熟悉的声音。你还没弄清楚是怎么回事，心中却已经有一股强烈的感情在奔涌了。我听到了这个声音。那么抚慰人心，仿佛是一支摇篮曲。然后我意识到究竟是怎么回事了。那是一次炮兵演习。我听到的是远处传来的枪炮声。

我学会的第一首歌就是炮兵之歌：**越过山峰，越过峡谷**。还有升降旗仪式，同样非常动人。每天下午五点，他们会把旗子"啪嗒啪嗒”降下来。那时不管身处驻地哪个角落，你都要停下车，面向旗子的方向。你怎么知道旗子在哪儿？我不知道，但每个人都这样做。

六岁时，我们住在宾夕法尼亚州卡莱尔军营，然后我们搬到了俄克拉荷马州的希尔驻地。那是一座被围墙圈起来的城市。我想军方希望它看起来像一座小城。那里有杂货商店、影剧院、保龄球球房、马厩、泳池——许许多多座泳池。没人敢开快车，要是车速超过每小时十五公里，他们就会把你送进牢房。还有那些房子。中尉们的房子都一个样，上校们的房子也都一个样。草坪都得按一种方式修剪，否则你就会从军需下士那儿收到一封提意见的信。就是从这段时间我开始理解，其实还有其他一些生活方式。我那时在学习阅读。

我四年级的时候，父亲被派往朝鲜了。母亲决定让我们生活在萨拉索塔海岸的安娜玛丽亚岛。我心想，这可是我了解真正的美国人生活的一个机会！什么事我都要仔细观察一番。我们住的那条街道尽头的一个家庭有六个小孩。我想：好家伙，可让我抓住这么一个典型的美国式家庭了！我是个十岁的小小人类学家。那家的母亲在试着让孩子们种鳄梨树或者养金鱼。她也想引起我对这些建设性项目的兴趣，我却想：我的任务就是观察你们啊！（笑）

我认为安娜玛丽亚岛代表了典型的美国生活。有趣的是，这个地方是如此怪诞。（笑）就像一个古怪的大联盟，浪游者和逃避者都跑到这个气候温暖的地方来了。这儿酒鬼也很多。到处是流浪汉和游手好闲的人，如果这个国家稍微倾斜，这些人就都滑荡到加利福尼亚州或者佛罗里达州，全是些漂泊无根的人。我很爱这儿。他们在海边有些破烂的小房子。每当风暴来临，他们就齐心协力堆沙袋。我记得自己曾经偷偷溜出去观看。他们都在那儿，在彻夜咆哮的暴风雨中醉得无以复加。有趣的是，我那时确信，这里便是我们国家的心脏。

我记得某一年我读了《星期六晚邮报》和《生活》杂志。其中刊有贝尔电话公司的商业广告。那是一幅士兵的木炭画。旁边写着：丈夫、父亲、兄弟、恋人，他们每分钟都可能丧命。反正就是类似的一大堆话。我之前从未想过父亲可能被杀。从来都没想过。我心想：他们告诉我这些是想干吗？我不该知道的。之前没人告诉过我。他们把孩子们保护在一个田园牧歌般的环境中。

作为一个整体性机构，这里其实有一些问题。如果你青春年少，惹上些年轻人的麻烦，事情就会被记入档案，而且会影响你父亲的前程。确实很有问题。我们在德国使馆时，姐姐告诉我有些孩子属于一个叫“默西迪斯俱乐部”的组织。入伙的方法就是弄坏小汽车上的银星标志，默西迪斯发动机罩上的那种装饰。这就是他们莽撞的英勇事迹，典型的少年过失行为。一旦被发现，全家人就得打包回老家。

我十六岁那年发生了两件事。为了写一篇关于匈牙利革命的学期论文，我到美国使馆图书馆查阅资料，而且阅读了联合国记录报告。关于美国的角色，美国之声和欧洲自由电台给了匈牙利反叛分子虚假的希望。我认识一些匈牙利难民，采访了其中一人。我认为这件事是一种暴行。

另一件事是，我那时在意大利北部的利沃诺，一天晚上，我和两个意大利男人出去跳舞。我十六岁，风华正茂的年纪。我们在城中一路嬉闹畅游，大约在午夜12点半或12点吧。我们经过了一家小小的修鞋铺。一个很漂亮的年轻男人正在钉鞋。他看上去如此精力充沛、生机勃勃，却又如此愤怒。他似乎把这世间每一个人的愤怒都击打到他正在钉的那只鞋底里去了。而我刚刚还站在世界的顶峰，和伙伴们一边喝着香槟一边跳舞。我被那个情景迷住了。世界那么美好。下一个瞬间我看到了这个满腔怒火的钉鞋青年。我仍记得那个画面。如照片一样明晰。

我花了一段时间才真正觉醒过来。在布拉格驻地，我是一家军官俱乐部泳池的救生员。我十九岁，那时正是六十年代早期。一些人接受训练，准备被派往越南当顾问。我记得有个年轻人从HALO学校毕业。这学校的名字由几个首字母缩写组成，意思是“高空跳伞，低空开伞”。你从高海拔飞行的飞机上跳下来，做自由落体运动，然后在靠近地面的地方打开降落伞。他学习丛林生存技巧，然后又被送去学缅甸语。不难猜到他即将被空投到缅甸丛林。我觉得，这些人将要去统治别人，就是因为他们敢从飞机上跳下去，颇有大丈夫气概。我唯一的武器就是取笑他们。我试图唤回自己对美国帝国主义的感情，但已经荡然无存了。很多军人子女最后都反对战争。

我有个高中同学，他也是军人子弟。人很聪明、自大，性格粗暴。他上了西点军校，进了所谓的越南班。他毕了业，而且得了个罗兹奖学金，总之是聪明的疯子。他在越南被杀了。他为自己写了篇讣告登在《纽约时报》专栏版。他认为这场战争是完全正义的，不想让他的死成为任何一个人的政治资本。我一边读一边想：讨厌的亚历克斯，又在玩这套把戏了，就和过去一个样。（笑）还是关于道德影响力的那套玩意儿，一个人写了点东西，知道只有在自己死后刊登出来，才会无可辩驳。他在谈论一个我所了解的生命，一个军人子女的生命。我想：这不公平，是种不公平的优势。（笑）我的反应很古怪。不公平之处就在于，他不得不到那里，让自己白白送命。

有趣的是，尽管我有七年不在国内生活，却觉得自己是个十足的美国人。虽然我反对我们在全球的政治行动，在情感和文化上我还是十分认同美国风味的。我喜欢这里的爵士乐、乡村和民谣音乐，宽阔的公路、荒漠和广阔的空间。

军队试图营造一种集体感，建立一种超越个体家庭的共同目标。从某种程度上看，这是种相当令人愉悦的东西。我想，对主妇们而言这却是种沉闷可怕的生活。这里有全套的传统和繁琐的礼仪。不过那些仪式性的东西倒颇受孩子们的喜爱。

然而，所谓的共同目标是虚伪而邪恶的。对此，我丝毫不能认同。

怀恩·德罗里亚

他是苏族印第安人，正在图森到华盛顿的旅途中。《卡斯特死于你的罪恶》是他最著名的一本书。他在亚利桑那大学教授政治学，今年四十五岁。

“也许美国梦是关乎过去的，帮你了解你是什么样的人。”

在我们的国家，一旦旅行的速度得以加快，地理的重要性就不见了。我如果在荒漠中搭上一架飞机，三小时后就能抵达湖区。我并不是真的在旅行。我也不知道究竟发生了什么。

一个阴冷的雨天清晨。芝加哥奥哈拉国际机场。

我们的对话偶尔被一位年长侍者语气尖酸地打断，她一次次给我们的咖啡续杯，碰巧听到我们的谈话。“美国梦？得了吧，你们这些家伙。”我们何时续杯全由她来决定，其间她絮絮叨叨讲述了自己被一个奸猾的律师诓骗了上千美元钱财的经历。“美国梦？你们开玩笑吧？”

我知道不少美国各地印第安人的故事。圣安东尼大瀑布曾经是苏族印第安人的圣地。你到了那里，整个人惊奇不已：这地方当年归我们所有时是什么样子？在电视机、快速汽车和喷气式飞机出现之前是什么样子？

我常想到唐纳一伙人。那是1846年，他们被围困在山口，以像野人一样互相残食告终。我记得自己曾开着我的奥尔兹98型汽车在那片盐碱地按照同样的路线行驶。沿着丹佛到夏延的州际公路，我只用了四十五分钟就开过了那片盐碱地。在拓荒时期，越过这片盐碱地要花上三十六个小时。要是你稍有耽搁，就会在一年中最危险的时间到达内华达山脉。唐纳那伙人用了六天。我则以时速七十五公里开过了那个地方。“嗖”一下就过去了！曾有各种各样的人在那儿丧命。你会想到很多关于白人和印第安人冲突的问题。

任何时候，这些部落都没把白人视为危险。如果一个五百人规模的部落盘踞在山坡上，看到一支两百人的白人马车队经过，他们是不会感到任何威胁的。有好多传统故事说印第安人害怕白人，因为觉得白人都是疯子。你读过那些拓荒者穿越中央大平原，做出了巨大牺牲的描述。你想象着自己的族人坐在山坡上，熟悉附近千里之内的每一条溪流、每一块岩石。他们俯视着下面那群因走在高草中而恐惧不已的人们。两拨人不能互相理解。如果唐纳那伙人和印第安人交了朋友，如果他们不惧怕这些熟悉地形的“敌人”，也许本有脱险的机会。你必须以新的眼光打量美国历史，然后才能判断它将往何处去。

我在南达科他州的松岭印第安人居留地长大。那里距离“伤膝地[①]”约三十五里。那个小镇约有四个街区长，三个街区宽，远离主路。真的差不多只有两条街有建筑。我还记得没铺马路的时候，街道就和牧场一样。一下雨，你好多天都寸步难行。几乎没有白人住在那儿。

我所在的小学，学生一半是白人，另一半是混血印第安人。他们教我们拉迪亚德·吉普林那套世界观。那套理论很简单，什么社会在往工业化发展，科学造福于人；我们都是美国人，没有人曾

① Wounded Knee，南达科他州地名，1890年这里发生过一场对印第安人的血腥大屠杀。

对国家不忠诚；美国在任何问题上都未曾站错队；政府从不对人民撒谎；联邦调查局的存在是为帮助人民，要是你发现任何可疑的事情，就快点报告给他们。总之有强烈的旧式英国殖民地调调。没人提到奴隶制。少数族裔的历史并不存在。不知怎么回事，世界变成了白人的乐园，其他人找个地方栖身就得了。这种栖身并不有辱身份，因为是上帝的旨意。没有人轻视你，西方文明为你找到了一席之地。

这全是在二三十年代阵亡士兵纪念会上背诵的那种虚为历史。我记得六岁时参加过这种集会，那些老牛仔和老酋长们聚在一起。盛大的烤肉会之后，衰老的高音歌手唱起《古老的忠诚》《马车轮》这样的歌曲。他们为封锁的边疆悲叹呜咽，一边打着手鼓。很久以后你才发现，这些场景并不真实。

我的父亲是一位居留地圣公会牧师，他的父亲也是。我猜我家是最早从古老生活方式转变为白人生活方式的一批人。情况着实窘迫，简直有些精神分裂。转投基督教之前，我的祖辈就是宗教领袖了，那是种古老的印第安宗教。我不光是牧师的儿子，我家还有祖传的医药知识。人们总来找我父亲请教各式各样的事情。他知道各种医药口诀和传奇故事。

他在两种文化间周旋，一直没遇到什么冲突，直到六十年代晚期。民权运动带给他猛然的转变。教会对印第安人的归化施加了很大压力。他说："我们不是非这样不可。离开那个大熔炉，我们能够保持自己的本色。"有成千上万的印第安基督徒是以古老的印第安方式看待基督教的。耶稣的启示并没有那么了不起。不过很多印第安人最终有所改变，什么宗教信仰都不再相信。我父亲只是放弃了基督教。

也许我这一代人是受印第安价值观影响的最后一代人了。我四十五岁了。现在我看到有些比我小七八岁的人去参加会议，一到场就立刻摆出一副想控制一切的架势。我五六岁时，年长的亲戚告诉我在聚会中不能出声，因为除非是长辈，其他人都不该讲话。我这个年龄的人现在仍受这些社会规则的制约。但再往下七八岁，看看那些在战后粗鲁无礼年代长大的人吧，只知道吵闹争抢。越年轻的越糟糕。年轻人把你死我活的竞争视为必然。他们脑袋里只有这么一件事。我这代人则把这想法深藏在心底。

年青一代印第安人也和年轻的白人一样，一点历史感也没有。我认为第二次世界大战曾经造就过历史感。很久以来，历史是被欧洲人主导的。美国经历过二战，成为一个强国。忽然间我们有了责任。我们以往的历史观念为偏狭的地方主义所局限。美国被海洋与外界隔开，我们不知道自己身处何方。反共偏执狂接管了国家。没人想要征服这个国家，上帝可以作证。如果我们毁灭了，一定是自取灭亡的。

一位苏族老酋长“立熊”曾说，白人来到这片大陆，从最开始就带着恐惧。他们畏惧动物，畏惧自然，畏惧大地。这种恐惧投射给土地和动物，使它们也害怕白人。随着白人的迁入，动物们逃跑了。我本以为有句话出自一位有智慧的印第安人之口，但去年重读托克维尔[1]的著作时发现原来是他说的：一片遍布动物的土地上，可以生活一千个印第安人。两三个殖民者来到这里，动物和印第安人就都走了。

你不得不问自己：来这儿的都是些什么人？他们为了扎根，简

① 亚历西斯·德·托克维尔（Alexis de Tocqueville，1805—1859），法国历史学家、社会学家，政治社会学的奠基人。最知名的著作是《论美国的民主》《旧制度与大革命》。

直彻底发了狂。这不只是征服土地的问题，我的意思是，为了获得在这片土地上生存的权利，他们该死地投入了太多。

也许美国梦是关乎过去的，帮你了解你是什么样的人，而非放眼未来。我不是单单在怀旧。我是说，要找到熟悉的路标。也许已经到了我们需要反思的阶段。

去年二月，一些医学界人士和耶稣会会士举行某个集会。一位医学人士站起来发言，表示美国的全部问题在于人人都想当年轻人。他说："在印第安人社会里，你们每个人都要按照自己的年龄行事。如果每个人都想当年轻人，就不存在睿智的老人了。如果你是祖父，你最好表现得像个祖父的样子。如果你是父亲，你最好表现得像个父亲的样子。别学白人。永远别来那一套。"

我想未来会出现一批人，比例不会太大，他们能想方设法过上有意义的生活。而对大多数人来说，生活只会更加单调乏味，他们的情感会在种种社会局限下变得麻木不仁。这想法颇为阴郁黯淡。但许多人也在奋力回击。

在某些地方，美国永远拖延着不肯成熟起来。但我并未真正绝望。你不得不成长起来，对此你不能放弃希望。

幻想曲

吉尔·罗宾森

她是一位好莱坞前电影制片人的女儿。

“如果不做梦，我们要靠什么抵御现实？要是我不相信会有快乐结局，我坚持不到现在。我想，每个人都是如此。”

我是在好莱坞长大的，这是唯一能确定的现实。我母亲的女佣多萝西让我第一次发觉自己有魅力，她常叫我“美人儿”。她是个黑人，那时被称为有色人种。当我看到母亲（或出于等级观念由母亲的秘书）面试女佣或厨师时，我会联想起电影中的女佣或厨师。

我以前不爱上学。我更喜欢跟着父亲去上班。我喜欢跟着他，因为有权势的人总不像是在工作。他有四五个秘书，全都美艳动人。我心想：有漂亮的秘书多好啊。我想她们肯定擅长音乐节拍。我能想象出她们跳着踢踏舞给父亲送信的样子，但我从没在现实中见过这种场景。

在我看来，电影公司的头头掌控着所有人的生活，就跟当校长似的。他是那种你害怕的人，洞悉一切，知道你的所思所想，知道你想去哪儿，知道你什么时候以时速八十公里的速度开车赶往电影拍摄场地，知道你没及时赶到摄影棚。演员会挨一顿臭骂，十足的家长式统治作风，带有封建时代色彩。这种旧式体制旨在让人们一直演下去：让我们装扮起来吧，让我们以假乱真吧。

首先，你邀请到某个演员，把他当成另外一个人的化身。接着，你就用对付小孩子那套来对待他们，只让他们维持基本的认知水平，然后天真地觉得自己就是这样的人。在摄影棚，片场医生会对他们说："哦，你身体没什么毛病，亲爱的。把这个吞下去就行了。"这些能左右我们梦想的明星仿佛是童话中的仙女或精灵，可他们却无法掌控自己的生活。

我还记得那时我和兄弟姐妹们玩的游戏。我们玩拍电影，就和别的孩子玩牛仔或印第安人游戏一样。我们又是哭又是笑，银幕上的角色怎么做我们就怎么做。我们有精心制作的戏服和布景。我们把娃娃泡到水里淹死，反正什么都干。不同的是，如果没弄好，我们就重来一次，直到满意为止。我们甚至在过家家的时候加入了工作样片之类的概念。要是一个公主惨遭杀害，她会一次又一次地被杀。没关系的。她能再活过来。没有人会死。没有人长大。这就是我们眼中的现实。

我那时能感觉到，外面的世界里存在吃不饱饭的可怜人。但他们穿着色彩艳丽的乞丐服，在街上来来回回载歌载舞。母亲并不喜欢我们到家里用人住的地方去。

我母亲出身于上等犹太移民家庭。她家在大萧条中输了个片甲不留。我父亲尽他所能，想让我母亲重回她父亲曾在沙皇宫廷体验过的奢华生活。至于她的父亲是否真的在沙皇宫廷待过，其实并不重要。我父亲想让母亲过时髦气派的生活。但她总嫌不够好，永远不够好。她当不了波士顿贵族。

从犹太人聚居区来的俄裔犹太移民，进入了好莱坞：这地方光怪陆离，既是热带丛林天堂，也有可以放牧的荒漠。这个神奇的地方与他们经历的或听说过的现实没有一丝关系，他们决定自己创造出一套东方贵族理念。我指的是那种他们不可能受邀拜访的东方贵族家庭。结果，当然了，他们做过头了。那种贵族家庭甚至是连他们的父母都永远没法涉足的公爵宅邸。高德温、萨兹尼克、祖科、拉斯基、华纳，这些好莱坞大佬都是犹太人。好莱坞这个美国梦是犹太人制造出来的。

在某种意义上，这是犹太人对美国的复仇。它把回避了性和终极满足的清教伦理观与巴洛克式的壮丽辉煌结合起来了。俄裔犹太人发明了皆大欢喜式结局，就是想让美国人陷入疯狂。

多了不起的主意啊。把他们扔回过去住过的小镇，还有什么比这个更让人发狂？看看现在这里多快乐吧。对比一下真实存在的小镇和米高梅电影公司摄影棚里的小镇，真是一点相似度都没有。

电影里那条街叫作榆树大街。绿意盎然，光洁明亮，环绕着草坪和树木。这是美国中部的某座小镇。白色的篱笆围绕着房子，房子有宽大的门廊。人们已经在这里居住了三四代。他们生活在本世纪初，还没学会对彼此大声叫嚷。男孩女孩奔向彼此的怀抱。其他人都在歌唱。晚餐时每个人坐在那里，凝视对方的眼睛，每个人看上去都棒极了。没有人生病。没有人生别人的气。那么的简单。完全是我描述的这样。

玛丽姨妈有点疯疯癫癫，她和我们住在一起是因为她爱我们。她还没疯到有天想要勒死我们中间某个人或是变成个酒鬼的地步。她仅仅想和我们住在一起，照顾我们。父亲可以是刘易斯·斯通[1]。他有时犯点脾气。母亲肯定是斯普林·白灵顿[2]，她脑袋不灵，却从不耳聋。她认真倾听你的每一句话，然后拥抱你，带着轻柔甜蜜的

① 刘易斯·斯通（Lewis Stone，1879—1953），美国演员、编剧，因出演米高梅的《安迪·哈代》系列电影而出名。

② 斯普林·白灵顿（Spring Byington，1886—1971），美国女演员，是米高梅影业的签约演员，活跃于二十世纪三十到六十年代的好莱坞大银幕上。

气息。女儿是朱迪·嘉兰[①]，她信任埃姆姨妈[②]。儿子是罗伯特·沃克[③]，他怎么也想不到自己未来将醉酒而死。爱情和婚姻都是纯真柔和的。没有性爱什么事。

我梦想着变成金发姑娘，有高挑的身材，会隐身术。我喜爱那些有男孩们奔向大海的情节的电影。我想当那种讲话精练、冷静从容、身材魁梧的雅利安男人。这完全是某个易怒、焦虑，有杂色头发的犹太女孩的反面。

我想当这样一个家伙，事情稍有不顺就拂袖而去，责任义务统统甩手不管。美国梦意味着快乐的结局，避免责任和承诺。如果一件事快乐地结束了，你明天就不用再担心了。

电影明星是外貌无可挑剔的男人女人，他们坐在天台上的玻璃桌子前吃早餐，周围一只蚊子也没有。电影里没人去厕所。因而我一直觉得电影明星是不用去厕所的。我心想，当个普通人太糟糕啦。电影明星从来看上去光彩照人，他们从不呕吐，从不生病，如果生病也只是稍稍出一点汗，让脸颊有些光泽而已。他们不长粉刺。女人们也从来不痛经。我经历的性生活和看过的电影没有一点相似的地方。我不知道如何是好。

我认为美国人之所以对性如此疯狂，就是因为我们的所作所为是在演戏。我们不知道怎样诉诸感情。我们只知道在电影里是什么样的。我们知道电影里坏蛋不可能取胜。因此我们绝不会过分投入某项事业。好人不管怎样总会赢的。真是绝妙的政治武器。

---

① 朱迪·嘉兰（Judy Garland，1922—1969），美国女演员及歌唱家，早年因出演电影《绿野仙踪》的女主角桃乐丝而一举成名。

② 埃姆姨妈是《绿野仙踪》里的虚构人物，也是桃乐丝的姨妈。

③ 罗伯特·沃克（Robert Walker，1918—1951），美国电影演员。

好莱坞电影表现的四十年代的第二次世界大战与现实中的越南战争有所不同。电影里的战争还不错。当然也有不好的事情，但你能看到关于士兵的音乐剧和喜剧。女孩们的梦想是嫁给穿军装的人。我相信这一套东西。尽管我见识过怎么拍电影，却仍然深信不疑。

记得有一次，一个木匠路过我家门口，我对父亲说，他长得像罗伊·罗杰斯，给他试试镜吧。父亲真这么做了。可这家伙完全不会演戏。我们经常让各种人试镜，想看看他们能是块什么材料。在教室上课时，我把自己假想成制片人，坐在那儿考虑这个孩子能演谁，那个孩子能演谁。曾经，我盯着班里的罗伯特·雷福德[1]，想象着他长大后变成电影明星的样子。四年级的时候，你总把活人看成财产。我们的生活中处处是这种事。

我讨厌别人说我聪明。聪明和漂亮、诱人是矛盾的。我想成为男孩们一拍即合的那种姑娘。我想成为那种金发尤物。他们就是这么称呼姑娘们的——尤物。修长的尤物，苗条的尤物。总之是你能展开攻势的类型。

我想当朗达·弗莱明或者拉娜·特纳。我拒绝观看她们生活表象之下的内情。甚至她们自己也看不到。人们小心翼翼地不让她们看到。老天爷啊，看看她们的生活吧。早上五点四十起床，还没清醒过来就得搭豪华轿车赶往片场，由专人在身体和脸上摆弄一气。记住，她们刚来的时候都非常年轻。试着想象一下吧，你所有醒着的时间都被各种安排占满了。她们变成了机器。难怪有些内心敏感

① 罗伯特·雷德福（Robert Redford，1936—），美国著名电影导演、演员。1973年与保罗·纽曼二度合作的电影《骗中骗》使他首次获得奥斯卡最佳男主角提名。1981年，罗伯特凭借导演处女作《普通人》荣获奥斯卡最佳导演奖。他主演的《走出非洲》囊括了1986年度七项奥斯卡大奖。

的演员发疯了或者自杀了。

电影公司大权在握，会组织影迷俱乐部。俱乐部头头的工资由明星本人支付。明星自己也常常不知道钱究竟跑哪儿去了，给了谁，为了啥。整个过程都有人操控。名声是操控而来的。明星的地位是操控而来的。多年过去了，这番光景还是让我很惊讶。

这个国家还留有我对谢丽-尼德兰酒店①的回忆，就因为这个名字，我还以为这家酒店归我父亲所有呢②，我以为他们把名字拼错了而已。另外我还记得“泵房”餐厅③。我们乘坐“超级领袖”号列车横跨全国，住在火车上带起居室和双床卧室的套房中。抵达芝加哥以后行李被转送到东方大使酒店，我们就在那儿过夜。我们在餐厅右侧第一张桌和随笔专栏作家共进午餐。打消没人请吃午饭是件清净好事的念头吧，这意味着权力已从你手里溜走了。然后我们登上了“20世纪号”列车，我以为是扎纳克④所有的，我不明白为什么父亲要乘坐这趟列车。

我想当然地以为好莱坞拥有一切，从未想过世上还有其他生意。我以为一切都是为了维持电影业的发展而设计的。好莱坞人扮演老板，但他们不是。真正掌握财权的人是东部的股东。他们每次到来就像乌鸦飞过一样。我们怕死了他们。好莱坞长大的小孩能用直觉感觉到，东部意味着麻烦。

他们一旦到来，我们会举办更多正式的晚宴。人人保持警觉。而且要雇用额外的帮手。他们头戴礼帽，身着深色细条纹西装。他

① Sherry-Netherland Hotel，位于纽约的老牌酒店，于1927年开业至今。

② 原注：她的父亲Dore Schary曾任米高梅公司老板。

③ 原注：多年来颇受芝加哥名流欢迎的火车酒店餐厅。

④ 原注：当时另一家竞争公司的老板。

们是另一类人，你很难取悦他们。他们现实而冷酷。我们害怕东部人，害怕他们拿走我们的玩具。

麦卡锡统治期间，有些过去和我们一起玩的小孩忽然不见了。有些人陷入沉默，有些人则消失了。实际上，我不记得自己想念过这些小孩。但我确实记得事后对他们有一种愤恨情绪。我不知道究竟是怎么一回事。我记得跟他们一起参加聚会的情景。我们这些小孩不把对方当成独立的个体，而是对彼此的父母是谁更感兴趣。

我们知道玩伴的父母在业界的分量。一个小孩是否受欢迎完全取决于他的父母是谁。你想跟某个小孩当朋友，因为这样做对父母的事业有好处。回家后父母可能问你：他们知道你是谁吗？人们爱说这种话，这些可恶的话。他们知道你是谁吗？你是谁完全取决于你父亲是谁。

我和某个女孩玩塔牌游戏时有种“最好让她赢”的感觉，因为她父亲更有权势。她父亲手握权力，所以我觉得输牌更好。胜负游戏对我而言不算什么。我是配角。好莱坞是真正的复杂社会。父母没教我们这么做，都是从电影里偶然学来的。电影里的孩子们都这样奴性十足，他们知道哪边面包抹了蜜。

小时候我觉得自己看过最棒的电影是《一个美国人在巴黎》。差不多跟《绿野仙踪》《乱世佳人》一样好。如果现实中有任何东西与这两部片子不符，那它就根本不存在。任何人物、任何梦想、你亲身经历的一切都能在里面找到原型。除此之外，生活里再没有其他需要你了解的事了。这两部电影编造了最初的神话。

父母卖掉房子以后，我只能想到郝思嘉。当我去赛克斯公司卖衣服时，我拿出账本，举起小小的拳头说：“上帝为证，我再也不要受穷了。”我真的这样想：要是郝思嘉能做到，我也能做到。我毕生都渴望拥有白瑞德那样的勇气，好对快把我逼疯的那些人说："坦白说，亲爱的，我他妈的一点儿都不在乎。"

从前给过我最大影响的东西已然烟消云散。忘记那个迷人而超现实的地方其实是很容易的。奥兹国并非由美工师设计，而仅仅是东部来的人第一次见到的加州的复制品。某个清晨，多萝西对奥兹国的第一印象就和我后来每次从东部回到加州时的感觉一模一样。那种色彩真的无与伦比。你能想象人们第一次看到这种景象的反应吗？彩色影片只不过是加州现实的翻版罢了。天啊，在这样一片土地上，你怎敢不快乐？可这番景象已经荡然无存了。对我来说那些逼真和迷人的东西并非来自电影，而是来自这片土地本身。如今一切都经过电脑计算，已经完全毁掉了。

这个国家的其他部分都带着深褐色调，比如堪萨斯州。我对美国其他地方的印象都来自电影。大学校园总是一片绿色的海洋，教学楼爬满了常青藤。还有啦啦队、足球队什么的。这就是你在电影里看到的。我想，对在加州长大的孩子来说，电影引起了更严重的困扰，因为和别处的孩子相比他们没见过这个国家的其他部分。电影是我认识世间万物的教科书。要是现实和电影不符，我就把它改造成电影里的样子。

走进一所大学校园，我只会看到啦啦队队长和金发女孩。来到纽约，我就想探访电影里看到的有野孩子玩耍的贫民窟。如果去芝加哥，我想见识见识群架和黑帮。

成为作家之后，我的幻觉消失了，我不得不审视现实。这一切不是从精神科医生那儿学来的。美国梦是实实在在的金钱梦啊。因为要抚养两个孩子，我领悟到这一点，实在是可怕。

我记得，那天我正躺在山上美丽城堡里自己的床上。窗外是一片角豆树荫，树上开着紫色的花，一片阳光灿烂。丈夫打电话过来告诉我肯尼迪总统遭枪击身亡了。我眼前浮现出《双城记》中的场景。我想：他们要闹个天崩地裂了。

“他们”指谁？

他们是国家，是人民。是我在电影新闻短片《时代在行进》里看到的人群。我从来不把人民当成个体看待，而是把他们看作人群，看作临时演员。那些临时演员会该死地发疯，把这鬼地方撕烂。这些全是电影里的情节。

他们拍了一部讲肯尼迪遇刺的电影。然后在电视上一遍又一遍地播放。和每个美国人一样，我一次次地观看，希望这一次结局会不同。为什么我们日复一日没完没了地看这个片子？不就是想看看是否有其他结局吗？也许这次他们能把电影弄得更完善一点。但他们不可能重拍啊。

这种事不能发生在那些临时演员身上。他们已经接受了惩罚。电影里总会有像扔给猫吃的鱼一样的倒霉蛋，而临时演员又是观众的预设。我看到这些人就潜伏在剧院外。电影审查准则里有一条风险条款：电影里的儿童不能真的受伤。我觉得应该再加一个条款：总统不能真的被杀害。太让临时演员不高兴了。他们没法忍受这个。

用余光扫一眼我就知道，比我们聪明的大有人在。有些作家，那些愤世嫉俗的人，他们不相信一切能尽如人意。他们也不相信电影都是好的。我感觉到这种趋势了。我想我在这些方面日益增长的觉悟就像是伊甸园中的那条蛇。现实就在那里。我选择不去看它。而最让我害怕的是我的智力和观察力。我看到的越多，就越想回避。所以我酗酒和吸毒，这样我就能不去面对了。

真的没法承受啊，那些现实。我没法承受父亲是错的。没法承受任何一个可能的世界是不完美的。没法承受谋生的艰辛。不总是罪有应得的人接受惩罚。好人最终也会死去。

小人物的胜利是另一类好莱坞神话，在四十年代中期非常流行。一旦梦想破灭，幻象消亡，我们开始怀疑究竟发生了什么。而一旦我们明白过来，那条蛇又出现了。我们认识到权力，认识到战争并非一场阅兵式，认识到现实。这就是扼杀了旧式电影的元凶。人们意识到群戏中临时演员的存在，而我自己也变成了临时演员。

我认为，我们正在消亡，正在自我毁灭。加州只是一小部分。我越感到阴郁凄凉，就越……我不是住在康涅狄格州吗？我在哪儿读到过，康涅狄格州是世界上肠癌发病率最高的地方。我想是因为我们正在这里进行自我吞噬。我们带着绝望的气息，渐渐腐败。我住的地方其实特别像米高梅公司搭建的新英格兰小镇外景场地。人们在康涅狄格州并没有压力，一切都还不错。大家不怎么工作，实际上这儿也没什么工作机会，很多企业都在衰落。但它看上去如此逗人喜爱。暴风雪期间，它看上去就像柯里尔和艾伍兹[1]的石版画一样。我认识的好几个人在那场该死的惹人喜爱的暴风雪中落得倾家荡产，但没人真的考虑这些。看上去就像是美国梦。

很好，我们发现了康涅狄格州，但事情还是不怎么顺利。他们退休后回到了加州的家，仍旧不舒服。他们担心地震。我们一直知道会有一场地震。我崇拜那些在六十年代试图实现这一切的人。一大群狂热分子，他们站在安第斯山脉的断层上，拿着凿子和锤子，

① Currier and Ives，美国著名版画复制公司，以纽约冬季雪景题材的版画最为知名。

试图见证它的发生。他们需要这场地震。他们预测了它的发生，又担心它永远无法到来。于是来到断层之上。他们真的相信上帝需要帮助。要我说，上帝从来都不需要帮助。甚至，我的上帝就是一位电影之神。他真的在经营一家电影公司，就像我祖母常说的，把自己搞得筋疲力尽。

好莱坞之梦把我们弄疯了，但不比其他神话更过分。宗教阶层统治了整个国家，决定人们应该信仰什么，不管是希腊罗马的男神女神还是天主教。好莱坞不过是一份图样，一个更加完美精良的版本。

如果不做梦，我们要靠什么抵御现实？我们需要相信些什么。最让人发疯的，就是每天面对的现实即生活的全部。要是我不相信最终会有快乐结局——天空中回荡着“你愿意嫁给我吗”的声音——我坚持不到现在。那是真的，我想，对我们每个人都是如此。

琼·克劳馥[①]

这是1963年。她是百事可乐公司的代言人，正在进行全国推广，这一站是芝加哥；她是董事会成员。

“要活在今天，活在当下。但你说出‘现在我要做这件事’的刹那，‘现在’就已经过去了。”

① 琼·克劳馥（Joan Crawford，1906—1977），好莱坞黄金时代著名影星，曾凭《欲海情魔》获第18届奥斯卡最佳女主角奖。

她所在的酒店套房外，坐着一位年轻警官。进入房间前，他首先跟你核对了信息。

电影教会了我一切。事实上我得到的教育全部来自电影。有时我连对白中的一半都听不懂。我离不开字典。我有五本字典，分别放在我的纽约办公室里和我家里。韦氏字典、法英字典、英德字典我都有。每种类型的字典我都有。我常用它们查词的，相信我。（笑）永远别对你现有的东西满意。要不停生长、生长、生长。种子生长，植物生长、蕨类生长。我们的营养和水分来自喜欢我们的人，他们伸出手，对你说："嘿，见到你可真好。你在想什么？"他们就是我们的阳光。

我对自己的形象向来没什么概念。我一直在拼命奋斗。九岁起我就开始工作了。那时我们特别穷困。我家住在洗衣店的后身。母亲洗衣、熨衣时我就在一旁帮忙。夜里我只能打地铺睡觉。我家没有浴缸。每当母亲洗完了一天的衣服，我就擦净洗衣盆，用炉子烧水，然后洗个澡。九岁到十三岁的那几年，我负责为堪萨斯城一家私人学校的十三个孩子打扫十四间宿舍，并且每天做六顿饭。活儿很艰苦。我六年级就辍学了，但我觉得即使离开校园，人们在智慧、美貌、道德、精神这些方面还是能继续成长。

我面临着强烈的竞争。每天工作十八到二十个小时，你肯定没时间能想到自己。你要活在今天，活在当下。一位杰出的女性曾对我说："你说出'现在我要做这件事'的刹那，'现在'就已经过去了。"

我认为与过去的黄金时代相比，当今世界更像是一座丛林。那时的竞争是良性的、没有恶意的。路易斯·B.梅尔是当今世上最伟大的人物之一，我们中很多人都是他培养出来的。我加入米高梅这家从1926年起就雄霸全好莱坞的电影公司时，它正由梅尔先生掌门。我目睹了这个行业的瓦解和衰败。朱迪·嘉兰做任何事都要事先征求梅尔先生的意见。我则没事轻易不登门。我简单地陈述事实，不添油加醋地抱怨。这就是我和好莱坞所有人都关系良好的原因所在。

我去非洲为百事可乐做宣传的时候，根本没想到在莫桑比克也会有人认识我。早上七点，机场有一万人在等着我。在刚果（金）首都利奥波德维尔也是一样。在约翰内斯堡机场则有两万人在等我。甚至当地土著人都带着鲜花，张开双臂欢迎我。我激动得只能说："谢谢你们，天啊，太感谢了。"我热泪盈眶，难道不奇妙吗？我深受感动。

这给了我一种责任，去做他们期待我做的事。这责任着实不轻啊，亲爱的朋友。这使你获得勇气，踮起脚尖，变得更高。你要去做一切事情来满足他们的期待。为了他们，你特别愿意尝试，真是很神奇的事。你不会允许自己偷懒的，我跟你说。（笑）

你希望成为怎样的人？

那种大众愿意我成为的人。我热爱大众。晚上我回到家，脱掉鞋子，卸了妆，一边织毛衣一边看电视。这是我难得的宝贵时刻。

一位本地专栏作家提到你的昂贵珠宝。门口的警官和这个有关吗?

没有关系，旅途中我不再戴真的珠宝了。值钱货都在纽约。多谢啊，抢劫的太多了。我现在戴的都是为了和服装搭配的廉价首饰。比我过去习惯戴的少多了。对面的房间放着我的行李箱，正准备打包。还有我的帽子、手包和鞋子什么的。

走廊对面，警官打开一扇门，是另一个套间。沙发和咖啡桌上的帽子，堆得像小山。

一共三十三顶。大约有三十六只与之相配的手包，还有各种搭配服装的手套。（她打开壁橱）旅途的全套服装。我每天往来十座城市，换五套衣服。你不知道每个城市天气如何，只有多做准备。

坦白讲，我没有私人生活。我生活得很孤独。我对孩子们很感激。我希望自己使他们感到充实，就像他们使我感到充实一样。哦，是啊，我就是我，琼·克劳馥。

（站在门口说）上帝保佑。

莎伦·福克斯

她是芝加哥最孜孜不倦的名人签名收集者。她以在商贸局当信差谋生。

“如果我能留下一些有创造性的东西，也许我就能成为某些人心目中很重要的人物。”

“在这儿工作是很受尊敬的，即使你只是个信差，因为这是全世界最大的一家商会。有很多富人在这儿工作，这的确是个使人仰慕的地方。不是谁随随便便就能在这儿工作的，你得认识些门道。不是谁都能走进这扇门。所以来到这里，我感到有些骄傲，即使我只是个信差。

“我的父母亲都已经退休了。我父亲过去在一家工厂上班。我母亲为白速得牙膏公司工作了很多年。他们都是体力劳动者。”（她停顿了一下，然后轻轻说）“我不该让你记下这个的。”

她拿出一个无比厚的皮夹子，里面放满了签名和照片，还有潦草写下的祝福，其中最常出现的有“最好的祝愿”“上帝保佑你”之类的词汇。

我只是芸芸众生中的一员。百年之后，我只是墓碑上的一个名字。只能是这样。我不会出现在图书馆的书目中，不会进入人们在电视上看的纪录片或者电影里。在人群中脱颖而出，能被人们记住多好啊，比只当人群中一张平凡的脸要好。

有些人很知名，他们很重要。所以你愿意看到他们，得到他们的签名。这也意味着你不会再见到他们了，但你曾经有几分钟和他们待在一起。我自己是相当安静、迟钝的人，所以碰到任何发光的东西都会兴奋。

我遇到过查尔斯王子，那天是我生日，他送给我一个吻。他是重要人物，也很出名。那天他到商贸局，我们的一切正常事务都暂停了。有人告诉我们说别靠近他，但现场太拥挤了，查尔斯王子自己决定出来和大家握手。

我碰巧在那儿。他和我握手时，我说："今天是我的生日。"那天确实是，我没撒谎。我问："我能得到一个吻吗？"他想了一秒钟，说："当然了。"然后在我的面颊上亲了一下，我也亲了他。商会每一个人都看到了。真让我飘飘欲仙。

我之后再没见过他，也没机会见他，而有一天他可能会成为英国国王。我希望我能了解他。他看上去人很好。我们在一起只有几分钟时间，我们……我给他写了一封信，随信附了一张我的照片。我在心中写道："不是每个姑娘都能被王子亲吻。"我想感谢他。

这事一直让我很开心。在商贸局我待得算不上很开心，于是我有了这个附加计划鼓励自己：遇到名人并且获得他们的亲笔签名。（她打开了百宝簿）这上面有芭芭拉·史翠珊、猫王，很多人，还有西尔维斯特·史泰龙、杰克·尼科尔森、路易丝·弗莱彻，以及杰克·福特，总统的儿子。

翻开一页又一页，许多熟悉的面孔出现了，还有各式各样的签名。我们来称赞一下这些名人吧：托尼·班奈特、尤·勃连纳、乔治·伯恩斯、巴斯特·克拉比。

我在电视上看着这些人长大。我朋友一直不多，这是种替代。

我觉得应该更进一步，和这些人见面，而非仅仅在远处崇拜。我母亲有一张珍·哈露的签名照。这种爱好可能是通过基因遗传的吧。

我喜欢待在家里。我从不上街闲逛或是去那些聚会。我不吸烟也不饮酒。我家按时去教堂，我们是浸礼教教徒。我父母是我的全部，我也是他们的全部。他们没什么爱好。他们除我之外就没有别的外在兴趣了。他们希望看到我开心，他们对我正在做的事感兴趣。不管我做什么，都能在他们那儿得到反应，就好像他们是通过我在生活一样。在这个国家你想做什么都行，他们每天都在证明着。

你看过布伦达·斯塔[1]的漫画吧？我很认同她这个人。她很有魅力，和我不一样。她跟巴希尔·圣约翰有过那么伟大的一场恋爱，我还没谈过这种恋爱呢。她总有这些激动人心又时髦的经历。（笑）漫画的作者戴尔·梅西克女士几年前把我画到布伦达的婚礼场景里去了！那时她还不怎么认得我。我去拜访她，给她拍照片。她说："布伦达要结婚了。你想参加她的婚礼吗？"我回答："当然啦！"她就在办公室里开始画我。后来我不得不把画里的我指给别人看，因为那幅小画里人太多了。

我一直追随卡普、古德和麦吉戴利[2]写的报纸专栏，我认识他们，他们也认识我。卡普还在文章里提到过我一两次哩。莎伦和麦吉也一样。在我的小圈子里，我也变成了名人。同事和商会经纪人尽管比我赚钱多，却更尊敬我，因为我的名字能见报。

我制作了一份关于埃尔维斯·普莱斯利的刊物。在他去世以后。为此我几乎花光了全部积蓄，但我想做这件事。我在其中加入了一

① 美国女漫画家Dale Messick自二十世纪四十年代起创作的系列漫画，主人公Brenda Starr是一位富有冒险精神的女记者。

② 原注：均为芝加哥专栏作家，其专栏记述各类名人的动向。

篇《他触动了我的生命》的文章。这也是我喜欢演奏的一首埃尔维斯·普莱斯利的赞美诗的名字。人们开始想要我的签名了。他们希望我在文章上签名，而那篇文章甚至不是我自己写的！我的牧师也要我在文章那页签名。他可是我的牧师啊。（笑）他没想到我如此善于交际，本来还以为我是那种沉默害羞的姑娘呢。他们没看到我的这种特质。他们把这件事写进了教会简讯。

我父母拥有了他们为之努力的一切。他们有一座房子，他们去教堂做礼拜。现在他们什么梦想都是通过我来实现。他们可以说："我女儿的名字上报纸了。"不是每个妈妈都可以说这种话，"我女儿的名字和埃尔维斯·普莱斯利相提并论。"

她把她办的刊物打开放在桌子上。其中有猫王的照片，还有一段话。她读道："埃尔维斯是上帝的馈赠。不然你怎么解释他从如此卑微的起点一跃成为全国巨星呢？我们最好把他的宗教歌曲牢记于心。而他毕竟也是个脆弱的凡人。谢谢你，埃尔维斯，因为你触动了我的生命。爱你的，莎伦·福克斯。再会了，我们会再相见。"

你相信来世吗？

是的。那儿肯定有比签名更多的东西。（笑）有这么多人，这么多星球，你只需迈一小步就能到达。如果我能留下一些有创造性的东西，做一些事情，也许我就能成为某些人心目中很重要的人物。

如果你的签名簿丢了会怎样？

比这更悲惨的事情也可能发生呀。生活就是这样。

凯里·爱德华兹

他留着小胡子，很瘦，脸上长着雀斑，红头发。

“对我而言，美国梦就是人们对自己生活的掌控。”

我母亲出身贫寒。青少年时代她就想当演员了。她上过踢踏舞课。我们几个小孩都做过一些表演。我哥哥还登上过《自由》杂志封面呢。当时正值战时，封面上的他全身绑着绷带。安塞尔·亚当斯为他和我妹妹拍过照片。我三岁开始当模特，给商品目录、广告牌或者杂志展示衣服什么的。我那时是个一脸雀斑的红发小鬼。

他给我看了一张十岁时候的照片。他看上去和默片时代的乡村英雄小子卫斯理·巴利惊人相似。

我拍过一百多条广告。弟弟和我就是“看，妈妈，我们没有蛀牙”那条广告里的小孩。我俩每人都拍过三条佳洁士牙膏广告。电视上经常放，人们也喜欢学那句广告词。（笑）当然了，现在不再拍这种广告了。如今广告上会说：“看，我只有两颗蛀牙。”然后画外音加入，“即使使用高露洁或其他品牌产品，还是无法保证每次口腔筛查只发现两颗蛀牙。”

我弟弟和我，还有母亲一起坐飞机来到纽约，为佳洁士做现场广告。广告只有一分钟。他们事先和我们谈了话。我那时有三颗蛀牙，我如实对导演说了。他说：“照样去，就说你一颗蛀牙都没有。”换句话说，就是和一百万看着你、相信你的观众说谎。我照他说的做了，媒体的力量和媒体怎样滥用信任给我留下了深刻的印象。

我必须得这么做，因为这是我的工作。但我觉得这么做不大对。这和他们给你一份台词，让你作为一个角色表演并不一样。他们是在访问我本人，还介绍说：这位是凯里·爱德华兹。

他们访问我们时，母亲也在一旁，他们问她：“你们一直使用佳洁士牙膏吗？”“是的。”她回答。但实际上有时我们也用高露洁或者艾帕纳牙膏。整件事让我很不满。

我不想远离这份营生。这样长大我觉得挺有乐趣。我对拍电视剧的印象要比拍商业广告更深。我拍了不少西部片。我记台词很有两手。我三次参演了《弗吉尼亚人》，有一次还是主角呢。

十二岁时我决定退出这一行。我想当个普普通通的青少年。当儿童演员其实有很多不利之处。放学后我们就去参加面试，有时候一周有四五次之多。我们生活在成人世界里。我们是劳动者。一开始我很喜欢这种感觉，因为关注我的人很多，好像自己是个大人了。我们必须走到制片人和导演面前，让他们相信我们能胜任某个角色。我们自我介绍，握手，推销自己……

他们也面试其他红头发、长雀斑的小孩。他们会问你拍过什么、获得过什么荣誉之类的问题。但他们从来不问你的兴趣何在。还得念一段剧本，这我倒很拿手。一切对我来说都很正常、很自然，因为我那么小就入行了，没什么顾虑。

电视影响了我的生活，不只因为我能上电视，更在于我爱看电视。电视就像电子家长一样。我花了很多时间在这上面，也学到了很多。你一点一滴地了解了世界上发生的事。电视也能帮我投入到正在做的事情当中。哥哥和我过去常常坐在电视机前，给广告编新的歌词和短歌之类。电视是相对新的媒体，在米尔顿·伯利[①]时代之后崛起，伴随我成长。我生长在好莱坞，周围到处是这种节目。

要是我真的愿意，还是能回到演艺圈的，如果我有机会出演达斯汀·霍夫曼接到的那类角色的话。但我不愿意再拍电视广告了。十八岁那年，我参加了演员协会的一个集会，发表了一段简短讲话，支持广告的客观真实性。主席直敲桌子，他不喜欢我的发言。那之后，我在美国银行的广告里看到了他。（笑）

我猜自己还在寻找美国梦。对我而言，美国梦就是人们对自己生活的掌控。我觉得自己在这方面做得有点过分好了，但我也知道，还有很多人没有做到。我所理解的这个梦——不知是否只是幻想——是你在三四十年代的老电影里看到的生活态度。人们夜不闭户，既了解邻居也了解送牛奶的工人，彼此友善地相处。七十年代完全不是这番光景了。不过也可能我眼前这些画面只出现在好莱坞电影中，而不是实际情况吧。

我们又仔细看了照片：十岁的凯里·爱德华兹，一脸雀斑。

有一次我和杰基·库珀[②]一起上了亨尼西节目。（他出神地轻轻说道）节目结束后，他买了两个圆筒冰淇淋，分别递到我的两只小手里。一个巧克力口味，一个香草口味。他把我举到肩膀上，工作人员们朝我欢呼了三声。他自己也是童星出身，我猜他知道那种感觉。这是一次小小的胜利。

哦，我也有过辉煌时刻。（笑）

---

① 米尔顿·伯利（Milton Berle，1908—2002），美国喜剧电影演员。

② 杰基·库珀（Jackie Cooper，1924—2011），首位获奥斯卡影帝提名的好莱坞童星。

泰德·特纳

他身兼多职——亚特兰大勇敢者棒球队老板、雄鹰棒球队老板、酋长足球队老板，以及一家叫“17频道”的电视台老板，并且他还是一位有名的帆船运动员。

“你要定一个自己永远够不到的目标，这样即使老了，还是有些东西可以仰望和期待。”

尽管他的日子可能过得颇有计划，他的生活节奏可是像即兴演奏的爵士乐一样放荡不羁。我们这次谈话很有偶然性，是突然间心血来潮的产物。有一天我打电话给他，提出采访请求，他回答说："你现在做啥呢？""没啥。""那过来吧。"

看《乱世佳人》这部电影时，有个微不足道的细节启发了我。我一直是那种浪漫成性的人。我觉得自己可能是现代版的白瑞德。他这人很酷帅。每个人都该把自己看成这样的人。你也觉得自己又酷又帅吧？他来到了亚特兰大。我也一样。于是我也留起了小胡子什么的。我是第一批留小胡子的人。那时我才二十五岁。十五年前可是没人弄这种造型的。下周我将满四十岁了。终于要到这一天了，前提是我下周到亚拉巴马州的航班不会失事。

我总是想要取胜。但也并非事事如愿。最终我进了帆船和商业圈。其实最重要的也都不是实际的胜利。一些事结束了也就结束了。关键在于尝试取胜的过程。不管是棒球联盟赛还是帆船，只要参与你就能获得一半的乐趣。然后我会考虑接下来该做点什么。

我得承认，自己出身于中上阶层，虽然我不喜欢用"阶层"这个词。从很多方面看，我父亲则来自真正的社会底层。他野性十足，常常酗酒，然后在酒吧里寻衅滋事。他是那种粗鲁的个人主义者。大萧条时代到来时他才十五六岁。

我祖父在大萧条中落得倾家荡产。他的余生都花在偿还欠债上面了。他当时没有申请破产，为四万美元的欠债耗尽了精力，这在1931年是很大一笔钱，就和今天的三四百万美元差不多。他用了二十年才还上。去世前他终于还清了每一分钱。

我父亲从大学辍学了，找了份工作，对此他倒不怎么烦恼。做生意是他自己的主意，主要是承包户外广告。刚开始是小本生意，但到他去世前已经很大规模了。

父亲对当年可鄙的贫穷表现得愤愤不平。他十七岁时就决定自己到三十岁时要变成百万富翁。直到五十岁他才完成这个目标。实现了这个梦想的两年后，他亲手结束了自己的生命。我二十四岁那年，有一次，他对我说："不要设定目标。别把什么有生之年能够实现的东西当成你的梦想。"

如果说我犯过什么错误，那就是我太渴望成为百万富翁了，在实现它的过程中错过了太多真正重要的东西。你要定一个自己永远够不到的目标，这样即使老了，还是有些东西可以仰望和期待。

我希望自己能过很多种生活。我想读西点军校或者安纳波利斯海军军官学校，有段军旅生涯，我想当消防员，我想当州警，我想当探险家，我想当钢琴师，当欧内斯特·海明威，当F.斯科特·菲茨杰拉德，当电影明星，当超级球星，当乔·纳马斯[①]。（他停下来喘了口气）我都喜欢。（他开始继续说，语速逐渐加快）我想当战斗机驾驶员，登山运动员，参加奥运会，跑马拉松，当骑白马的

① 乔·纳马斯（Joe Namat，1943—），美国著名橄榄球星，六十年代的风云人物。

将军。（*在场客人的笑声似乎更鼓励了他*）还要当船长，回到航海时代与霍雷肖·纳尔逊一起航行。我想跟库克船长一起发现香料群岛，还要和哥伦布一起，和弗朗西斯·德雷克爵士一起。我想当海盗，当船长，当穿着闪亮铠甲的十字军战士。难道你不想吗？我想追寻利文斯顿[①]博士的脚步，深入黑非洲心脏地带。我想去探寻尼罗河和亚马孙河的源头。

（*泰然自若地说*）当最后一场比赛结束，我把球棒放回架子时，我希望人们能领悟到我一生的成就。在这个时代，我觉得自己能成功。哥伦布航海的目标是发现新世界。如今这片领地已经得到了很好的开发。我现在也恰恰站在时代的前沿啊。我是探索卫星技术的先锋，目前正在建设第四张广播网。可能不会像哥伦比亚广播公司、美国广播公司或是全国广播公司的那么大，但也相当大。

我愿意把自己看成一个很谦虚的人，因为还有好多事我没做过。我认识到我有能力上的局限，却仍为自己感到骄傲，毕竟我已经尽全力了。我在学校很用功，最多拿到过九十五分。我没当过在毕业典礼上致告别辞的学霸。我进不了足球队，进不了棒球队，进不了田径队。这也是我参加帆船运动的原因。

我赢得过美国杯。人们把它看作帆船界的圣餐杯。我赢得过三次年度帆船运动员。之前还从没有人得过这么多次呢。类似于最有价值球员奖。

我们的注意力转向了墙上的一块匾。“哟，你上过《时代》杂志封面。”“那不是《时代》杂志，是《体育画报》。伯特·兰斯把我

① 利文斯顿（Dr. Livingston，1813—1873），苏格兰人，非洲探险家。

从《时代》杂志的封面上挤下去了。上封面可有各种各样的办法。”

我想赢得棒球联盟杯，建立一个棒球王朝。我想赢得全国男篮锦标赛，建立一个篮球王朝。我全力奔跑，快要筋疲力尽了。所以我开始从事摄影了。我要成为拍摄野生动物和自然风光的摄影家。哈，这可不是竞争性的，对吧？

钱什么也不是。在美国，只要全心投入，每个人都能成为百万富翁。看看雷·克拉克吧，他五十岁时才创立麦当劳。他在五十岁到七十岁之间赚的钱，我也说不准，怎么也有十多亿吧。七年前，我几乎破产了。现在又过上了富裕的生活。都是纸面上的价值，可能明天全部付之东流。我又不是没破过产。来得快，去得快。你不会知道是否有一场经济危机正在袭来。钱这东西真是很容易就失去了。

重要的是做个让自己觉得了不起的人。做个明星。每个人都是自己生活中的明星。我曾经和穆罕默德·阿里、亨利·亚伦共进午餐，那可是个壮观的情景。没有几个人经历过。大家都想和某位名人一同吃饭，但同时和两位一起吃真是……哇，了不起。

约翰·菲尔丁

他是肯塔基大学美国史教授。

这场对话开始的几天前，他刚被学校辞退了。“下周一我就三十三岁了。祝我生日快乐吧。”

我是在得克萨斯州小城波斯特长大的。到处是红土、沙暴、种棉花的农民，有种深深的孤独感，让我至今记忆犹新。除了打棒球、去上学、观看往来的牛仔之外其实没啥好做的事情。也许偶尔看场电影，或是去听浸礼会的布道。要是你看过《最后一部电影》这部片子，你就知道我们那座小镇是个什么样了。

你看到电影里的美国人各个有抱负，相当关注个人命运。五十年代的得克萨斯州的情况更特殊：这个州的面积最大，发展最迅速。

五十年代电影表现的东西和现在不一样。那时还没有达斯汀·霍夫曼、罗伯特·雷德福这样的反英雄角色。过去的英雄从不困惑。他们明确地知道自己该做啥。兰道夫·斯科特[1]，还记得他吧？

你走进影院，坐下来，灯光渐暗，忽然你就进入了那个幻想世界，里面有一个哥们儿翻身上了马。这情景对一个爱哭鼻子的八岁小毛孩来说是多么逼真！他坐在昏暗的剧院里，体验着这番幻景，一边嚼着爆米花、喝着樱桃味可乐。兰道夫·斯科特骑马而来啦，然后拯救点什么东西。他骑着闪光的大白马。女士们全都崇拜他，村民们总是傻呆呆地不知如何是好。他一来，一切就好了。

---

① 兰道夫·斯科特（Randolph Scott，1898—1987），美国演员，曾参加过一战，退役后于1929年进入好莱坞，开始其银幕表演生涯，主演过很多优秀西部片。

原教旨主义神学在此地影响很大，而且愈演愈烈。你必须按章程办事，否则会遭受恶报。要是你做了好事，你就能进入《绿野仙踪》中翡翠城那样的地方。你会像多萝西和她的小狗托托那样沿着黄砖路奔向奥兹国。关键就在于做大事。但这在得克萨斯州这座红土弥漫的小城很难实现。所有那些电影的背景都是设置在洛杉矶、纽约或是芝加哥这样的大城市的。

我所有的朋友都有这种感觉。在棒球队里你得是最棒的，在班里你要是最拔尖的。长大了，你必须有辆最酷的高速改装汽车。如此都算是成功。这就是生活循环往复的主题。你不能买低级便宜货。

我觉得美国梦其实有更丰富的内涵。我看到很多收入颇丰的人并不快乐。我认为他们更需要另外一些东西。我遇到的最为郁郁寡欢的人最后拥有大量银行存款。其他一些人希望自己成为大人物，追求自尊心的满足。我则愿意诉诸一种爱国主义：不管作为个人还是作为国家一员，我们都要体现出自己的重要性。得克萨斯州持这种观点的人很多。现在回过头看来，这观点有点幼稚的沙文主义味道。

对我们这代人而言，民权运动和民谣让美国梦有了更宽广的外延。你看到彼得、保罗和玛丽三重唱组合，你看到台上的鲍勃·迪伦，他们吟唱着我们神圣的使命，给你一种温暖而备受鼓舞的感觉。

大萧条期间我父亲为一家国际收割机公司做推销员，他每周的大部分工作时间都花在旅途中。他的差旅费并不太多，但也够用了。他没处花钱，因为他去的都是哈斯克尔、拉雷多、塔霍卡这样令人兴奋的大城市[①]。

① 这是一句反话。哈斯克尔（Haskell）、拉雷多（Laredo）、塔霍卡（Tahoka）都是位于美国得克萨斯州的小县城。

我母亲留在家里照顾孩子。我是三兄弟中最小的一个。我八岁那年，大哥就结婚了。我对他总有种陌生感。他是个成功的保险推销员，业务主要针对那些英年早逝的人，他每年都能赚六七万。

我二哥很有艺术天赋，是个音乐家。他第一次让我意识到文化的可贵，这在得克萨斯波斯特小镇可是个难得的领悟。二哥的大书架给幼年时候的我留下了极深的印象，书架是他自己做的，放了差不多六百册书，多数是我们从每月读书俱乐部得到的。我是学校里脑袋最灵光的小孩，体育也不错。两方面优势都被我占尽，于是我有个快乐的童年。

我家每年都换一辆新车，因为销售庞蒂亚克牌汽车是父亲的副业。他开了家农业装配店，专卖拖拉机、小货车和卡车。他经营得不错，工作努力，赚了不少钱。1947年到1957年的十年间，国家发展很快，尤其是农民的生活得到了很大改善，我父亲也冲上了事业的顶峰。可大约在1956年，情况急转直下，三年旱灾再加上经济衰退，把父亲彻底搞垮了。

1960年，父亲五十岁了，他做了件勇敢的事。他搬到四十公里以北的卢博科市，一切从头再来。那时他都快要挨饿了。他干起了保险推销员。卢博科是个挺大的地方，有27.5万人口。我因此有机会去上好一点儿的中学。

1960年到1964年是特殊年代，人们现在还对我们1964届毕业班津津乐道呢。那是学习最好的一届学生。我们经历了政治运动、音乐、抗争、使命这些关键词。每个人都穿着粗布条纹衬衫，纽扣从上扣到下，扎三厘米多宽的皮带，穿着白色牛仔裤、黑色懒汉鞋。大家就像是一个模子扣出来的，但这挺好，让我们超越了自我的局限。

1963年9月，我碰到一个正在餐馆排队买饭的朋友，他手里拿着介绍耶鲁大学的小册子。我说："外交官和有钱人家的小孩才能去耶鲁呢。"他说："不是啊，他们现在还考虑地理分布，给得克萨斯州和艾奥瓦州的人们一些单独的录取名额。你怎么不申请呢？你脑瓜够好使的。"我没敢申请耶鲁，但一个哥伦比亚大学招生代表过来叽里呱啦宣传招生的时候，我想："嘿，为啥不试试。该死的，不试怎么知道？"1964年3月，我被录取了。

我父母吓了一跳。我是他们知道的小孩里第一个上常春藤学校的。然后他们非常自豪，既惊讶又自豪。1964年9月18日，那天爸妈和我一起出发去纽约。我们是一路开车过去的。我本来想搭公交去，但老爸说："我开车带你去。就这么定了。"

那天天气晴朗，有一点薄雾。我们把车拐到校园里面的小路上。我看到了图书馆，真是座宏伟的建筑，壁缘刻有荷马、希罗多德、柏拉图、狄摩西尼等伟人的浮雕。我对自己说，就是这里啦。我来了。巨大的城市，伟大的文化。我做到了。我的生活从此一分为二了。

我感到震撼、惊恐、担心，但又极其兴奋。不只是因为我成了常春藤联盟的一员。我去哈佛大学或者普林斯顿大学时也有这种感觉。我在纽约啊！人生来了一个大飞跃。我和室友一起搭地铁潜入闹市区。我们到处找帝国大厦，我们想看看它。

1964年到1968年，越南战争形势愈演愈烈。我当新生那年轰炸就开始了。我本以为会速战速决。我想：好吧，快点去打败他们。就是那套爱国主义的一部分——"把民主带到全世界"，肯尼迪在就职演说中这么告诉大家的。我当时相信了这些鬼话。

第一年我是支持这场战争的。但随着战争的继续，各种恐怖的传言流出了。我开始琢磨：这并不是我们要争取的。

我仍记得一个戏剧化的场景。我就像走向大马士革的使徒圣保罗一样。那是1967年4月，我要写两篇关于莫奈的论文，跨过第五大道的三十个街区往博物馆走去，当时正有一场胜利游行。我看到一个家伙坐在敞篷车里，旁边还有三个小孩，全都装扮成山姆大叔的样子。汽车的一侧刷着标语：把他们轰回石器时代。我想：这些孩子知道死亡是什么吗？

我继续走，看到一个人正在大声呵斥某个看台附近的长发青年，这人从看台高层向下喊道："你们这些人都该被消灭！你们不配生活在这样的民主社会里。"我停下脚步，心想：如果这就是越南战争带给我们的东西，它应该结束了。从这天起，我成为了反战主义者。

"第二年，海军陆战队来哥伦比亚校园招募新兵，'学生争取民主社会组织'不愿意他们这么做。我说：'进入校园是他们的权利。现在是多元社会。''学生争取民主社会组织'占领了学校一座建筑，骚乱开始了，我被困在里面。

"往后的六个星期，观念严重抵触的人们没日没夜地辩论争吵，那期间我学到的东西比过去三年半还要多。我当时也在第一批入伍名单上，但找了个健康方面的借口。我反正是不会去的，幸运地找了个轻易脱身的办法，没被抓去坐牢或逃亡加拿大。"

1968年夏天，我开起了出租车，再一次领略了人性的种种表现。对一些议题人们并不是真的支持或反对。他们这么做，只因为找不到其他出路。他们很害怕。他们也认为越南的局面十分混乱。他们感觉这么下去可能成就美国梦，也可能击碎美国梦。一些人认为取胜和失败一样糟糕。另一些人则认为，不论如何，一定要打赢，因为如果输了，我们将蒙受损失，国家遭到贬损，个人也就遭到了贬损。他们他娘的不知道如何是好。整个国家一片空虚。兰道夫·斯科特没有骑着白马而来。他没来拯救这个处在拼命挣扎中的社会。

我怎么看待自己和美国的前途呢？我来自得克萨斯的一座小城，进了全国最好的大学之一接受教育，表现得挺不错。之后另一家大学约翰斯·霍普金斯大学接纳了我。在这儿我学到了成功是柄双刃剑。做任何事都有代价。这是当年作为大学生的自己，或是坐在漆黑影院里看着兰道夫·斯科特的那个孩子无论如何也没法认识到的。

你从得克萨斯的小城起步，新教伦理告诉你，做事用功，好好表现，上帝就会从背后拍拍你，把你送上天堂。这一套在学校里也行得通。

大学首先是企业，其次才是教育机构。教育就是他们交易的东西。大学之间也存在名声的竞争。波音公司总想要最大的喷气式飞机，大学则想要最有声望的教授。他们通过终身教授制来达到这个目标。给你六年时间，然后做个评估。要是你课教得好，在委员会表现好，在学术刊物发表了好文章，他们就会再拍拍你的头，递给你一份终身合同。进入极乐世界？做你的黄金美梦吧。

总共三个按钮。我全按了。我课讲得好，在同事中人缘不错，也有文章发表。各方面工作都超额完成，这下行了吧？你想错了！

我没考虑到的可变因素是声望方面的竞争。各家大学都在打造明星学术团队。就和扬基队买进明星球员一样。结果就是学校要解雇未获得终身教职的教授或者驳回他们的申请。忽然间，几年前的政策全都一笔勾销。

绝大多数教职人员推荐我获得终身教职，但行政层决议表示历史系已经没有额外的副教授空缺。所以这是我在学校的最后一年。

完全是晴天霹雳啊。我不知道自己做错了什么，也没人告诉过我。有些人可以随心所欲地改变规则。行政层大权在握，而教职人员两手空空，命悬一线。

教职人员本来以为在自己的系里可以独立自主，现在他们知道并非如此了。我最倒霉，因为我要失业了，而且很难再找到一份这样的工作了。

我已人近中年，却总感觉自己像个孩子。我十一岁那年，埃尔维斯灌录了自己的第一张唱片。我那时很疑惑：可怜的老埃尔维斯三十岁以后可怎么办？披头士成员和鲍勃·迪伦满三十岁的时候，我也在想：他们之后会怎样呢？

我们之中很多人都过了三十岁：艺术家、失败的历史学家、哲学家、数学家，资历够高却没有工作。十年后，这些失业的人道主义者的头发开始灰白，又会怎样？他们品尝到生活的苦涩了，然后呢？他们会被解雇，之后他们仍旧是人道主义者吗？

我用最痛苦的一种方式了解到自己在别人眼里价值几何。我不是兰道夫·斯科特，却更像那个唠唠叨叨不知如何是好的镇长，尽管我以为自己是兰道夫·斯科特。可是话说回来，兰道夫·斯科特又真的经历过什么呢？（笑）

忠实信徒

马特·马特约夫斯基

他魁梧健壮，铁灰色头发，来去匆匆。他一来就立刻打开了鼓鼓囊囊的文件夹，里面装满了平装书。

“我五十四岁，自己当自己的专利律师。我住在康涅狄格州的一座小城市。”

现在我正在芝加哥推销一本平装书，是我自写自编的。我亲力亲为，自己找到了印刷商。目前正在搞销售。

哦，大约六个月之前，我呕心沥血地为这本书付出了太多之后，产生了一个想法。我问自己：马特，这他妈的算怎么一回事？其中有你的一席之地吗？我对自己说：在美国，我们生活的关键就在于：竞争。

我为约翰斯–曼威尔公司工作了二十年，然后在董事会竞选的时候落选了。当时的情况是，不是我输就是另一个人输，结果呢，我是那个倒霉蛋。在权力游戏里落败你不该有啥不满，美国的体制就是这样。你前进一步，就必定有一个或两个或三个家伙出局。这是毫无疑问的。

此后差不多一年时间，我写了简历到处邮寄，却都没有回音。我年过五十了，那年好像是五十一岁吧，四处碰壁，找不到出路。

好，我决定写点东西。我对自己说：我喜欢《太阳依旧升起》，我觉得迪奇的《解脱》是部伟大的杰作。我说：小说写作25%靠你的亲眼所见和想象，另外75%就像烟熏红肠，完全靠填充，是从你脑子里挤出来的。

大约三年前，我已经领了一年失业救济金，剩下的花销全靠存款，真的是坐吃山空。我们买不了新车，不添置新东西，精打细算过日子。差不多一年前，我完成了小说书稿。我说，咱们搬到纽约附近去吧。

我把小说取名《白·瑞兹——1937》。小说讲述了酷似毕加索的十二岁男孩那种“哈克·费恩”式成长故事，背景是1937年的新英格兰。我跑到纽约一家家去敲出版社的大门。实际上像我这样的人想出版作品几乎没戏。

平装书中有小说的灵魂。平装书对准大众市场。一般人买精装书，要么是特有钱不在乎银子，要么纯属脑子有病，因为你明明只花1.95美元就能买一本看。记住，我不是没找过精装书出版商。电话簿上有的出版商我都试过了。

我住在纽黑文、斯坦福一带，附近住着不少出版商。我盯上了一户夫妇都是出版社副社长的人家，去敲他们家的门。我找的时间挺好，那是个星期六清晨，他正在院子里修剪草坪。他邀请我进屋，我对他说自己希望得到关于这本书的专业批评意见。哦，我的天，他最不想遇到的就是我这种人。他说：“好吧，你把书留在这儿，一个星期后告诉你我的看法。”我按约好的时间回去，他说：“我有啥说啥啊，这书我看到六十五页就看不下去了。写得太差劲儿，烂透了。”嗬，他给我上起课来了！讲海明威。我说：“天啊，海明威和今天这个时代有啥关系？”要有竞争力还得出平装书。

我心想：好吧，马特，你聪明得什么似的，靠自己得了！我有这么一个独特的产品，谁和你竞争呢？菜谱不和你竞争。技术书籍不和你竞争。名人传记不和你竞争。你这书又不妨碍名人写传记。小说才是你的竞争对手！

我给了自己一年半时间。我跑到我们那儿凯马特超市里的小杂货店打探："现在平装书一般什么价格？"出来后，我决定给自己的书定价1.95美元。

我记得在哪儿读到芝加哥一家印刷厂的情况，于是驱车前往。啊哈！真是出对了牌。他们开出的价钱是印两万五千册每册35美分，加印一万册，每册17美分。我开心死了。印刷厂也找到了！

我去了芝加哥，又开始进行敲门活动。

每一个关键人物我都登门拜访。这些收购平装书的人听我讲自己的故事，但我觉得他们大多不怎么相信。可他们说："给你个机会吧。"在卡森-皮里百货公司，我的书就摆在收音机后面。在马歇尔菲尔德百货公司位于闹市区的书店，我的书也摆在显眼位置。现在还那样摆着呢。我又过了发行这一关！

我正在为它宣传造势。我写了六七封信给报纸上的书评家们。我到他们的办公室，递上我的书和信说："可以帮我写书评吗？"

离开芝加哥前，我读到了关于普契尼的一件小事。他写了一出歌剧，我连它的名字都不知道，他说："好了，我要替自己的作品辩护。我准备好在台上朝观众席扔石头了！我的作品就是这个样。"我想自己就和普契尼一样，把作品呈现给读者，准备好了为自己辩护。我也做好了在台上朝观众席扔石头的准备。

不错，现在我还要更进一步。我书里有一个主要人物叫伊万，是个出色的骑手。嘿！嘿！等一下。我想到一个该死的波兰笑话。我说："行了，你不能当个波兰笑话。我读了十本平装书。那时《教父》已经出了电影。他们付给马龙·白兰度一百万片酬。他们为啥给白兰度这么多钱？我对自己说：嘿，马特，让你问着了。白兰度赋予这部片子很高的水准。没有人会嘲笑《教父》。为什么？因为没有人会嘲笑马龙·白兰度。好，假定我的书写得不错，但怎么防止它变成一个波兰笑话呢？我说：哈！伦勃朗。我记得在弗里克艺术品博物馆看到过伦勃朗的一幅画。很好，就是它了，封面定下来了。

我看了看书名，是个加分项。我看了看封面，一幅画，当然了，是个加分项。好，你还有个发行基地，加分项。这是座大城市，加分项。我随身带着这些书搭公交跑遍了芝加哥的上上下下，一辆出租车也没坐过。我说了，你唯一要做的就是站起身行动起来。有了这么多加分项，我觉得就会成功。我和你说，这书在全国能卖五百万到一千万册。

如今我还考虑到一件事。靠出版并不能赚大钱，拍电影才会财源滚滚。剧本已经写好了，我写的。十有八九胜券在握。我还有些疑惑，但尽量不表现出来。

我家有一张父母的结婚照，我把它放大了挂在墙上，偶尔抬头看看它，心里想："爸爸妈妈，那是你们和我。"我的哥哥姐姐牺牲了自己的受教育机会才让我上了学。我是家里最小的孩子。多亏了他们省吃俭用的供养，才有了我的今天。

你可以回头看看亚历山大大帝时代，看看古希腊，有史以来还没有一个国家像美国这样。有时候你得特别吃力地尝试，才能看到一点点亮光，可真该死，钻石就在那里。不管我成功与否，机会就在那儿。是啊，也许我应该在写作方面更上一层楼，在某些方面有所提升，但我已经尽了最大的努力，就是这样。未来会有人比我更优秀，不管是你儿子还是我儿子，我希望他们能从我的经历中学到些什么。

Ⅱ

哦，迦南地[1]

① 迦南（Canaan）地，原意为“低”，指沿海低地。据《圣经》记载，这是一块“流着奶和蜜”的土地。

过去的抵达

安迪·约翰逊

尽管他满脸皱纹，但仍比实际年龄显得年轻。

“如果保持目前这种趋势发展下去，我们很快就要完蛋。最让我恼火的是人们根本不在乎。”

最穷苦最困顿的人们来到这里，因为他们在故土看不到什么希望。在这些人看来，美国的街道都是金子铺成的。他们得了芬兰人常说的那种“美国狂热症”。

这里是明尼苏达州的奥罗拉，距离埃弗莱斯约三十里。人口约2500人。这地方盛产铁矿石。

我们正在比尔·奥加拉的家里做客。他的妻子多萝西端上蓝莓派招待我们。在座的还有九十一岁的安东·安蒂拉，他在美国的全部生活就是在矿井下干活。

还有安迪·约翰逊，尽管他满脸皱纹，但仍比实际年龄显得年轻。“今年夏天我来参加奥罗拉建镇七十五周年纪念会了，心想是不是能见到过去那些老哥们儿。结果一个也没见着。我们1906年初来时住过的地方如今变成了地底下的大洞。”

我是在芬兰出生的，1906年来到这里。我父亲出身佃农家庭。那儿的土壤里都是砂石，让他看不到未来。日俄战争又爆发了。他已经被列入了参军名单，所以他以最快速度逃到了这里。

无论是初来时还是过后的很长一段时间里，我父亲一直是个典型的基督教徒，为人保守。我家卧室的一面墙上挂着基督的画像，另一面墙上挂着沙皇尼古拉斯的画像。我还记得1905年俄国和芬兰革命的一些事。当时发生了沙皇指使的刺杀芬兰上将事件。我们的邻居有一把带刺刀的来复枪。我不太明白究竟是什么情况，但能感受到局势的紧张。我记得他们把来复枪往地里扎，试试它是不是锋利。

我们搭一艘木船离开芬兰。船由粗栎木制成，没有上漆，简陋不堪。船上设有桅杆，以防蒸汽机出故障。（笑）他们大部分人住在一个大船舱里，妇女和儿童住小船舱，空间狭小，要进铺位得靠爬。北海常有暴风雨天气，海面上卷起甜面包圈一样的波浪，在船舱里会感到剧烈的颠簸。因为晕船，大船舱里的人都在呕吐。母亲从家里带来了咸鱼干，我们一晕船就切一小条鱼干吃。

我们坐火车穿越英格兰，然后从利物浦乘船去纽约。我们乘坐的是丘纳德航运公司的卢卡尼亚号，那是一艘大船。到达纽约后，人们都来到甲板上看自由女神像。母亲把我抱了起来，好让我也看得到。埃利斯岛[①]上有个医生，拿着汤匙压在我和同行其他人的眼睛上检查我们有没有病。有病的就会被遣返。

我们又坐火车旅行了好多天，其间经过了不少美丽的乡村。好多次我都在想，我们应该停在这里，别再往远处走啦。（笑）我们最终来到了明尼苏达州的纽约米尔斯，一个芬兰人聚居区。我父亲就在这里修铁路，他两年前就来了。我们久别重逢，心情相当激动。来到美国就像是斗转星移、跨越世纪。改变可真够大的。

他们买来一大把香蕉给我们吃，这东西我以前从没见过。结果

① 纽约市曼哈顿岛西南的一个小岛，曾是美国入境移民的主要检查站。

一下子吃太多，生了病。我发誓再也不吃香蕉了。后来我果然至少十年都没吃过。（笑）

在德卢斯[①]联邦火车站的站台上，我生平第一次见到黑人。我不明白为啥他的脸是黑色的。我想可能是因为他没洗脸，或是其他什么原因。我那时还不知道不同人种的区别。我记得在祖父家读过关于非洲和传教士的只言片语。《圣经》和布道杂志是我们当时唯一的读物。这份杂志上有一张图，黑人们的双手绑在一起，用链条拴住，旁边有个强壮的白人男性，拿着一根马鞭。我不喜欢这图片里人们的样子。我问婶婶："这些人为什么拴着铁链？"她回答说他们是奴隶，但没解释更多。

一旦定居下来，我家立刻买了一本《圣经》。我们没像其他人那样从老家带一本过来。于是我开始阅读《圣经》，并学习芬兰语。我挺感兴趣的，可书里有些故事太野蛮了，让我觉得害怕。

大约十三岁时，我和一个伐木工有所接触，他有很多观点都和父亲不同。我开始思考一些事，我父亲也是。他开始阅读芬兰语的《工人报》，这是一份左翼报纸。而刚开始有人让他读这份报纸时，他从柴火箱里拿了根木棍，连同报纸一起扔进了火炉里。第一次世界大战刚开始，他却自己读了起来，观点发生了转变。

我父亲在米勒煤矿工作。上完工就穿着在煤矿的那身衣服回家。我母亲一点也不喜欢他这样。她不喜欢周围的环境和陌生的人们，树木大多遭到砍伐，到处一团糟。道路没有好好铺上砂砾，而是散落着铁矿石。一下雨，这破玩意儿就溅得四处都是。

后来父亲辞了这份工作，又在莫霍克找了份工作。那时我该上

---

① 明尼苏达州东北部海港城市。

小学了，但家里总是不安宁。父亲不是被炒就是辞职，后来他去了亚得里亚海煤矿。亚得里亚海煤矿的工人中有斯洛文尼亚人、意大利人和芬兰人，彼此说着陌生的语言，谁也听不懂谁的话。这恰合公司的意。有些房子归公司所有，有些则是私有的。我们刚来的时候，房子只有六尺高，靠几根插入地里的杆子支撑，然后再用硬纸板固定。房顶上铺着一层沥青。我不记得屋里铺有地板。

第二年夏天他们盖了一所学校。我和妹妹开始上学了。学英语是件难事，不过你一旦开始和别的小孩玩耍，学英语的速度便快得惊人。我没上完七年级，因为雪融化得太快了。我上学的时间一共也没多过五个冬天。

经济局势时而繁荣时而衰退，我们的生活状况也在两极间游走。大约从1912年起，经济增长开始放缓，到1914年一战开始，情况已经很糟糕了。我们搬到乡下，弄到一座可以耕种的农庄。当时政府仍在发放免费土地。于是我们搬到了那个荒无人烟的地方。

父亲在一个伐木营当铁匠，母亲给工头们洗衣服赚钱。这些活计支撑我们度过了那个冬天。更大的伐木营到来后，他们买下了铁路。我父亲当过矿工，当过木匠，当过农民，当过普通劳力。要是某个人在一年中频繁更换工作，其中必有缘由。他对自己的境遇并不满意。他开始读报，和人们谈论资本主义和剥削，他开始觉察了什么东西，思想发生了转变。

我直到三十岁左右才开始关心政治。三十岁时的生活颇为艰辛，我开始表达自己的观点。我那时有份不错的工作，是县政府的雇员。每天早上头头钦点一些人，分配给他们当日的工作。那些没分到活儿的家伙从我的窗户旁经过，我们开始聊天。好吧，他们开始用手指着我，说我是个共产主义佬。

县长把我叫进办公室，警告我不要用那种方式发表意见。我坚持思想独立，但这增加了我生存的难度。直到今天依然如此，我不认为情况会有所改变。一旦你因为自己的政治观点被开除了，你就自动进了煤矿企业的黑名单，就算你从没在任何一家煤矿企业工作过。因为煤矿的主管一度当过市长。

我的美国梦？我过去住过的地方现在是地底下一个难看的大洞。洞里注满了水，财富却已经从地下被攫取空了。我看它已经完全丧失了价值。另一方面，也有人住在漂亮的房子里，墙壁粉刷一新。有工作的人以工作为生，没工作的人只能靠领救济过活。

我看到了人类的美好未来，或者是尽头。

如果保持目前这种趋势发展下去，我们很快就要完蛋，我们会把自己从这个星球上打飞，会将自己毒死。这取决于我们自己。最让我恼火的是人们根本不在乎。我不知道怎么才能触动他们。过去四十五年我一直坚持给报纸写信。我每月至少给一家报纸写一封信。这是我唯一力所能及的事。

弗农·贾勒特

他是《芝加哥论坛报》的专栏作家。

“我本来不知道自己是黑人，直到我照了照镜子。”

我是在田纳西州的派瑞斯长大的。那是个不为人知的小地方，得靠介绍附近的大地方才能指明具体方位。我们那儿距离肯塔基州的默里三十里，距离帕迪尤卡六十里，距离孟菲斯一百二十里，距离纳什维尔一百一十里，距离克拉克斯维尔四十里。我们那儿正处于路易斯维尔和纳什维尔的铁路线上。

路易斯维尔和纳什维尔的火车都从芝加哥开来。我家两条街之外就是铁道。我们总是对火车格外敏感，支棱着耳朵时刻等待它的到来。我们会说："巴拿马号晚点了。619号也晚点了。"火车司机拉响汽笛，人们侧耳倾听，狗则闻声而吠。

乡下人总在星期日下午到处溜达。他们走到火车站看看谁来了、谁走了，或者仅仅看看开进来的火车。火车象征着流动性，让我们总能意识到在我们这里之外还存在其他地方。另一个地方。你能够去另一个地方。

小时候我们常玩一种"摇摆游戏"，有一个汽车轮胎和一棵树就能玩了。一个人推，一个人当"售票员"。你要报出城市名：帕迪尤卡、圣路易斯、埃文斯维尔。有人说："我想我要从这儿下车了。"有人说："不下，我再等等。"然后每个人都喊："芝加哥！四十七街！"有很多布鲁斯老歌都是唱这个的，比如《宝贝，晚班列车开走多久了？》《去芝加哥》《心中烦恼》。

现在我脑海中就浮现出几个画面。人们采摘棉花。过去我常在林子里乱逛，在番薯田里干活。一听到火车来了，你就看到人们伫立在那里，拿着锄头和耙子，就好像在对火车开过表示敬意一般。你能看到他们脸上的表情，一种渴望的表情。你看到人们戴着扎染的印花头巾，穿着工装裤，有老妇人也有年轻人。他们停下手里的活儿，朝火车挥手，朝那些陌生人挥手，或许也在朝自己缥缈的梦想挥手。

密西西比一带的情况有些困难，因为你必须偷偷溜走才行。我从一些在种植园干活的人那里听说，这地方仍有苦役制度，火车在人们心中是十分重要的。要是你被逼得太紧，你可以离开。如果你住在这些三角洲小镇，火车就是一种象征，代表你可以离开这里，重新把自己变成自由的男人或女人。

我们把家乡视为伊利诺伊中央铁路网的一部分。铁路线从路易斯安那州起，一直延伸到芝加哥。那地方对芝加哥这个词的发音甚至也变成了“赤加哥”。火车总能把你带到某个地方。他们过去也开游览列车。坐上这列火车，至少你就能说自己去过哪里哪里了，某个“应许之地”。周末游览列车也去圣路易斯。圣路易斯是我们黑人称之为“黑鬼天堂”的地方之一。小时候在文法学校，我们排着队站着看过一部叫《哈勒姆天堂》的电影。那是我第一次知道比尔·波强格斯·罗宾逊①。高中时他们又放映了这部电影。电影胶片被租出来卖给学校和教堂。你看到了哈莱姆②是什么样，就觉得即

① 比尔·波强格斯·罗宾逊（Bill “Bojangles” Robinson，1878—1949），美国黑人踢踏舞者、电影演员。

② Harlem，纽约曼哈顿一个黑人居住区，二十世纪美国黑人经济和文化中心，贫穷和犯罪问题严重。

使待在底特律都应该知足。亚拉巴马州人去了底特律城，他们在亨利·福特工厂的遭遇人们都有所耳闻。当然了，对密西西比、亚拉巴马、部分乔治亚州和阿肯色州的人们来说，芝加哥就是我们的天堂。你懂吗？

《芝加哥卫报》[1]是我们黑人的报纸。你可以拉住送报人瞅一眼大城市里的黑人生活近况。即使你从没在那儿居住过，心里却总是牵挂着那里。信不信由你，连伊利诺伊州的凯罗都是他们吹嘘的对象呢。

我们常常谈论三十年代。那时的世界是由梦想家组成的。黑人在做梦方面尤其富有创造性，因为你不得不拿一个你认为在未来世界可能成真的梦想来敷衍自己。《甜蜜的再见，再见》就是很受欢迎的教堂歌曲之一。此外还有《我要卸下重担》和《圣徒们在行进》。这些歌曲里都有一种流动性。你想戴哪种冠冕？我外祖母从前是个奴隶，她过去总谈论当她去"应许之地"时，头顶的冠冕上得有多少颗星星。

我认识从前住在那里的许多奴隶出身之人。我外祖母常找个地方一坐，给我们讲他们的故事。故事不乏虚构和混淆的成分，但其中某些部分的确是真实可信的。故事讲的是当时她这个奴隶小女孩的生活。她记得格兰特将军[2]来到田纳西州的拉格兰奇，组建了田纳西军队。她听到了火炮的轰鸣。她常给我们讲他们对老主人玩的那套把戏。主人叫他们"住家黑鬼"。

我祖父是所谓的"农田黑鬼"，这两个从旧时代走出来的人从

① 美国创办时间最久、影响力最大的黑人报刊，这份报纸只有一页纸，主要刊登和揭露丑闻，在美国南部十分盛行。

② General Grant，美国南北战争中北军的统帅。

前在冬季会到我家来，因为我父母觉得他俩太老了，不放心他们自己住在农场里。两个老人坐在一起，一遍又一遍地讲这些故事。外祖母常讲的是人们听说联邦军队要来解放奴隶了。他们要展开这个大行动了。他们这些奴隶就跑到老主人那里表示自己多么抱歉，要是北方佬来了，他们绝不会把火腿啦、这啦、那啦交出来。然后他们就跑到后院里，哈哈大笑。

奴隶制结束时她还是个小女孩。我祖父是个逃跑的奴隶。他是个文盲。听说联邦军队解放奴隶，他就跑了出来。他甚至连自己从哪个州来的都不知道。

有时候在星期天的教堂，人们开始唱起古老的赞美诗，这些老人就互相对视着呵呵笑。我们这些孩子不知道他们到底在笑什么。我记起一次我们中的某个小孩鼓足勇气问起到底有啥好笑的。他们回答："我们不是真的在笑。你们这些年轻人永远不会明白的。"他们为自己存活下来这个事实而笑：我们现在坐在这儿，摆脱了奴隶身份。孩子们也在这里和我们一起。我有了一个家，我女儿当上了教师。这是我过去常听外祖母说的话。

让我记忆犹新的还有这些人的走路方式中蕴含的无限的尊严和骄傲。他们走起路来就像是一根笔直的棍子。他们也让我那样站立，把我整得够呛。我们每个人都得挺直站好。他们会走过来对你说："你小子长大以后是不是得当个了不起的人？"他们老说："我是等不到那天了啊。"

我来给你讲讲我哥哥从费斯克大学拿到硕士学位那天的情景吧。在教堂或是有伟大的黑人来我们小镇演讲的场合，我父亲向来不喜欢人们到处闲晃。一拨又一拨人过来鼓动你，给你讲非洲的事情，告诉你非洲是沉睡的巨人。他不喜欢听演讲的时候其他人讲话，大笑或窃笑都不行。我记得父亲当校长时，有的小孩因为私下讲话还挨了打呢。可那天在费斯克大学的礼拜堂，了不起的黑人学者阿林·洛克博士致毕业演讲辞的时候，父亲却跟我聊个没完。

母亲一直对父亲示意“嘘”。他却仍然喋喋不休。她说：“快别说了，别人会以为我们是乡下来的，没规矩。”他还是一直在说。我抬起头，看见他泪流满面。他告诉我，1893年他从家里跑出来，想“为自己创一番事业”，我哥哥正在领取学位的这座建筑，父亲当年参与了施工。他侧过身来对我说：“这些座椅和我当年安到地板上那些旧的铁椅子很像。过去我常在别的工友晚上回去后悄悄溜到这儿，躺在椅子上睡觉。我从没想过自己能活到看见儿子在这座建筑里领到硕士学位这天。”你知道好笑之处是什么吗？他几乎笑出了声，就像我曾看到的其他奴隶出身的人一样。他们其实是在庆祝“我在这里，我还活着，还有希望”这个事实。对这些老家伙来说，这是一个真正的奇迹。

父亲曾对我说，他活了快七十九年了，这辈子听到那些白人叫他“先生”的次数不超过四五次。我母亲则被叫作“丫头”“黑鬼”“大妈”。实际上她是个漂亮女人。

父亲不想回芝加哥，他认为自己的事业在南方。我父母都是教师，他们两个人的教龄加在一起有一百一十年。他们是那种老派而富有献身精神的教师。我父亲还是众所周知的学校创建者。

那所学校仅和一套中等面积的城市公寓差不多大小。学校有两三名教师，他们每月赚二十五美元。信不信由你，孩子们学的是高等数学。（笑）很疯狂，是不是？九年级我就在学乔叟的《坎特伯雷故事集》了。我现在仍能用古英语背诵。我们一直有很多演说比赛，要是你讲得精彩，发音准确，就能得到奖品。到城市之后，我的这项本事丢了不少。

这学校是我见过的最奇妙的事物之一。那是一座框架结构建筑。我们有一座户外厕所，没有自来水。后院有个水龙头。

五岁时，我爱做游戏扮作罗伯特·S.阿伯特。他是《芝加哥卫报》的发行人。这份报纸在许多小城镇都禁止发行，因为它被指有煽动性，鼓动黑人去北方。他们的梦想是以北方为中心的。

1879年发生了大规模移居，就在蒂尔登—海斯妥协事件达成两年之后。人们大批离开南方。这些人被称作“出南方者”。他们中一些人遭到绑架，又被带回密西西比州和亚拉巴马州。

二战期间，我从五大湖区来到芝加哥。我加入海军的原因就是想看看芝加哥。那时，这里的黑人都在当服务员。但我宁愿留在芝加哥当服务员，也不愿在路易斯安那州附近的军队里待着。

我这辈子全在听人们讲芝加哥。有些故事是纯属编造的。你听到人们说：“我本来不知道自己是黑人，直到我照了照镜子。”我到了芝加哥，有些事让我难以置信。芝加哥有一个叫奥斯卡·德·普莱斯特的国会议员，政府里有黑人雇员，另外还有黑人律师和黑人警察。

这意味着这是个伟大的地方，所有人都得到了平等对待。你能成为你想成为的人。没有白人辱骂你。他们不会叫你母亲“丫头”，叫你父亲“小子”。人们齐心协力。你能成就一番事业。完全是我们从小被灌输的那套东西。黑人历史周期间，人们给我们讲哈莱姆文艺复兴。我们要背诵朗斯顿·休斯[1]，克劳德·麦凯[2]的诗

---

① 朗斯顿·休斯（Langston Hughes，1902—1967），美国黑人诗人、小说家、剧作家、专栏作家，哈莱姆文艺复兴代表人物之一。

② 克劳德·麦凯（Claude McKay，1890—1948），牙买加裔美国人，作家、诗人，代表作有小说《回到哈莱姆》等。

歌。你得起立唱《生生不息》这首歌。你歌唱自己的生活，好像现实就是如此。我从不感到绝望。

我知道的一些南方穷苦人从不真的感到彻底绝望。这种乐观情绪基于一个事实之上，那就是这些老家伙，不管他们是厨子、男仆、司机，甚至是一些庄稼汉，都觉得种族歧视太过荒唐可笑，因而他们断定歧视一定不会长久存在。黑人觉得有一天上帝会显灵，降灾祸于白人。上帝“有天将要用白人对待我们的方式回过头去对待他们自己”。你知道这话是什么意思？感觉就是如果你坚持下去，不自杀，精神屹立不倒，你就能取胜。

一旦感到绝望，你就去教堂把它宣泄出来。在葬礼上你常能看到这种场景。黑人们的确彼此依恋、真诚互爱。因而葬礼上总有很多话讲。你不能让一个人就那样死了，好像什么也没发生过一样。人们都感到遭受了重大损失。我早已学会在所有的葬礼上哭泣，即使我不知道死去的究竟是谁。人们已经灌输给我这样的想法，我们失去了某样有价值的东西。我那时还是个小男孩，坐在那儿和其他人一起哭。

有个人走了。你听到人们说，要是有机会，他或她本来能成为这样那样的人。有时候，某个姐妹会弯下腰和她的老伙伴吻别。我父亲去世时，母亲来到殡仪馆，入殓前她坐在那儿轻轻拍着父亲的双手说：“这双手，干过多少活儿啊……”

街对面的殡葬师是我家私交很好的朋友。我好多年没见过他了。有一次我跳上飞机飞到帕迪尤卡，仅仅是为了跟他告别，好多人对此不理解。直到假期结束前最后一刻我才回到芝加哥。可我必须得去那儿，看看八十七岁的老鲍勃·伍德森。看着他，我就能想起自己的童年。就是这个人给我父母的遗体涂上防腐香料的。我们那个地方没有互相不认识的人。大城市里这种状况早已消失了。

哦，我那时是个胃口很大的梦想家。我喜欢听艾灵顿公爵[①]的爵士乐。他们让我们一到某个时间就关掉收音机，可我们会偷偷溜进去，收听公爵在纽约棉花俱乐部的演出。我们最终弄到一台收音机听乔·路易斯和麦克斯·施梅林的拳击赛。那天晚上我们甚至办了一场祷告会，你知道我们当时的心情有多迫切了吧。马丁·路德·金出现之前，乔·路易斯是我们那个时代最伟大的人物。

我在四十年代第一次到芝加哥时，常常搭乘高架列车，读报纸。我会查查看哪个大人物要来演讲了。我会去那里，如果能免费听，就闲逛一会儿找个座位坐下。我走在一条条伟大的街道上。在家信里我写道："我沿着南公园路散步，你能想象吗？"或是："星期六晚上我站在四十七街和南公园路的街角"。你在信里净写这些话。或者写我看到了这个，看到了那个之类的。人们说星期六晚上只要你在街角多站一会儿，你就能碰到老乡。那是我们碰面和散步的地方。

我们有种感觉，那就是我们一直在前进，事情颇有进展。每次全国有色人种协进会取得了小小的胜利，我们都感到那是个重要的时刻。

在这里你可以自由自在无拘无束地过日子。晚上收音机里传来的不只有艾灵顿公爵在棉花俱乐部的演出，还能听到有人说："有请格兰德泰利斯来的海恩斯神父和大家讲话。"从人群的喧哗声看来，人们在那儿很自由。白人和黑人在一起。

那是多久以前的事了？有三十五年了吧？我的梦想还没有完

---

① 艾灵顿公爵（Duke Ellington，1899—1974年），爵士乐史上最伟大的作曲家之一。

全破灭。我常常在绝望的深渊和希望的火花中摇摆不定。多年前处境糟糕的时候，我们想有一天要去北方。好，现在我们已经在北方了。我们身处那片“应许之地”。和我们没来到这里相比，如今“应许之地”带给我们的希望比过去要小。我们过去常说：“现在我们受欺辱，但有一天我们会拥有选举权。有一天我们会拥有不欺辱我们的总统和政府。有一天三K党不能再对我们用私刑。”所有这些都实现了。但我们还没意识到，仍有一些基本的修正有待完成。

我们的出路何在？我父母爱说：“要是我的孩子受了教育，他们就能过上更好的生活了。”可不容易看到的困境在于，我可以找到一份好工作，但如果我居住的社区到处是穷人，我也就没法好好享受生活。你有没有意识到，如今我拥有的豪华生活是当初我们为之打工的白人家庭也没法享受到的？但和刚到这里时相比，我更难看到多数黑人同胞的希望所在了。我看不到问题的解决之道，我过去的方法已经不灵了。工作机会不够多。

如今，和过去相比，我看到了更多的对抗力量。南方的状况有所不同。一些重大的改变已经发生了。我没料想在密西西比能看到一群人对一个黑人橄榄球前卫欢呼的情景。可北方又是另一回事了。

黑人的遭遇是未来白人遭遇的极端版本。还记得人们只把吸毒问题和黑人小孩相联系的时候吗？如今虔诚的白人中产阶级也开始担心他们的子女和麻醉剂扯上关系了。还记得同居法仅仅为黑人制定的时候吗？如今同居对白人青年来说也是时髦之事。

过去的黑人聚居区有种敢于尝试的气氛。那里有一种节拍，一种特定的节奏，充满了希望。我不在乎事情多艰难。他们常常说：要是你在芝加哥成不了事，到哪里你都成不了事。你今天可能处在低谷，但明天你可能反败为胜。

包装工厂在运转，钢厂在运转，你还有一份兼职帮你“渡过难关”。有个人每天都在散布希望，就是那个卖彩票的家伙。在暴民接手之前，彩票业可以视为我们文化的一部分。人人都玩彩票。你总能听到谁谁当天中了大奖。啊，中奖了。你总听说有人中了大奖，发了大财。（笑）

如今这成了累赘。成千上万的人毁掉了自己的生活。他们正在服刑，好像有个高等法官宣布说：“你被判处终身监禁于地球，这就是你的牢房。”被判终身监禁，你该怎么办？你玩监狱政治，你强买强卖，兜售香烟，你威逼利诱，欺负狱友。你迫使人们低头屈膝，惟命是从。

有些人认为在这个自动化的社会里，自己是不可能获得成功的。很多白人同样看不到自己的未来。你在电视里看到，一按电钮就能把人送上月球。你说：“老兄，这些人比我超前太多了。我一点儿机会也没有了。”你看到别人掌握的语言和阅读技巧，都是你不会的。你说：“该死的，太晚了。我本来有机会学，却没抓住。”你自暴自弃了。之后呢，即使你学过某些东西，你还是看不到工作机会。

有些人过得顺风顺水，这也让我担忧。我认为有些身居高位的人已经断定了某些问题是无法解决的。一战时有种优先分配原则，而如今我们又要重蹈覆辙了。我们要保全三分之一的人，让他们能获得成功；也许另外约三分之一的人我们也能挽救；对剩下三分之一的人，我们唯一能做的就是控制他们，不让他们碍我们的事。我们让他们维持现状就行了。没有足够的工作给他们。我们不会重新整合社会，从而让他们也有机会得到如今我们享受的这些好处。再过些年，混得好的黑人与混得不好的黑人之间的身份认同可能会丧失殆尽。种族主义阻止富人们团结起来。（笑）一些年前，种族主义试图不让白人工人和黑人工人团结。现在它又在阻止社会上层人士团结。

多年前我结婚时，本没房子可住。后来我和妻子高高兴兴地住上了罗伯特·泰勒之家[1]对面的房子。我去买了根长绳子。万一发生火灾，我们可以靠它爬下那些九段梯。我们当时不在乎生活条件。我们知道一切在将来都能变得美好起来。那些已经有三代男性后代都失业的家庭却说，一切都不会美好起来了，他们怎么办?

有些事我们在南方从没经历过。在南方你总能发掘一些活计来谋生。而且食品便宜。你总能打到零工。如今你却没有零工可打，很多白人也在同样的处境中，只是他们不愿承认罢了。而讨伐失业率的重担他们却要黑人来承受。有两千六百万美国人生活在贫困线以下，其中只有八百万是黑人。

现在你还愿意住在罗伯特·泰勒之家对面吗?

不，我会害怕的。我不敢住在那儿，除非附近还有像我一样的中产阶级居住，我们要组建保护协会一类的组织。我尝试过。我曾经住在恩格尔伍德，当时那里的犯罪率位居全国三四位。我住在黑石突击队和信徒党[2]大打出手的地方。那里有些房产为中产阶级所有，但在那样的社区养育孩子实在太难了。邻居们夜里遛狗，在操场集合。那些狗可不是什么小可爱，而是见你走近它家就要咬你的大家伙。我刚搬到那里时，还看到过黑人妇女独自在凌晨两点下公交车或小巴

① 原注：一个公共住宅项目，住户全部是黑人，坐落于芝加哥南部，是全球类似项目中规模最大的一个。

② 均为二十世纪六十年代芝加哥黑帮组织。

车，在夏夜里步行三个街区回家。四五十年代早期，她们可以带着钱包和购物袋在马路上溜达。现在她们可不敢这么做了。

五十年代，芝加哥有49.2万黑人，现在这个数字接近150万了。多了100万人口，他们多数是来找工作的，困在这里，老家也回不去了，因为回去同样一无所有。政府制定了政策，让家庭破裂者能获得更多的福利。于是如今的黑人穷汉子不能赢得我小时候见过的那种黑人男性的尊严了。你知道有首黑人圣歌叫《有时候我觉得自己是没有母亲的孩子》吗？现在有时候我觉得自己是没有父亲的孩子。这可能更糟糕。

有一天，一个黑人邮递员跟我描述了在黑人聚居区见到的一个场景。一个父亲教训孩子要离街头小混混远点，让他别去威胁和抢劫商店。那孩子说："去你妈的你以为自己是谁？你屁也不是。该死的你干吗要告诉我该做啥。"这男人在自己的孩子面前毫无威信可言。

我记得过去在南方场院里干活那些人，虽然别人不叫他们"先生"而是把他们看成"汤姆叔叔"，这些人却受到自己孩子的尊敬。在家里，他们代表着积极有为的人。我父亲当校长的那所学校的看门人是我父亲常去的那座教堂的理事。如今我们的生活中不再会有这种事了。

扫大街的老家伙范·戴克，走路姿态很有风度。在L&N铁路工作的沙克·威尔金斯，我记得他是怎样把皮鞋擦得锃亮的。啊，我现在星期六还会这么做。我是在模仿沙克·威尔金斯。他过去总买昂贵的皮鞋，汤姆·麦克昂斯牌子的，我们视之为奢侈品。乖乖！他的鞋总是很亮。他还带我们去捡栗子。

星期天，他们的着装打扮完美无瑕。我们把室外厕所保持得干干净净，其他人也是这么做的。我们把粪土铲出来，埋入深坑，再用石灰覆盖上。

你一来到芝加哥这样的城市，就在人群中迷失了。你不过是众多名字中的一个而已。要是一个孩子说“去你妈”，他不会遭到任何惩罚，因为街上走来的那个老太太并不知道他姓甚名谁。她不认识他的爸妈。你能听到他们说：“去你妈的浑球儿，滚一边去。”年长的人经过时，听到的净是这些话。有时候出于习惯我会说：“能对这些老奶奶放尊重点儿吗，年轻人？”然后他们才有所收敛。

我记得自己有次被抓到在玩一种骂娘游戏。这是黑人间玩的一种侮辱亲属的游戏，一帮小孩聚在一起，攻击你的薄弱环节：你妈妈。其实你也没什么真正的损失。“操你妈的”不是个好听的昵称，这意味着你是个狗娘养的小崽子。妈妈是跟你一辈子的永恒烙印，即使在奴隶中间也是如此。如今对这些孩子来说，这不再是个游戏，而是一种生活方式了。

要是我感觉良好，想要打击一下自己的士气，我要做的就是在一个晴朗美丽的日子开车去麦迪逊大街兜一圈，看看一伙失业的年轻人穿着古怪的衣裳想要与众不同的样子。他们一个个大字不识，流露出自私刻薄的神色。你看到这些孩子四处闲逛，既痛恨自己也痛恨别人。就是这种情绪让流氓们对互相残杀毫不在意，再杀个黑人也没什么。

在恩格尔伍德，我们装过一种凸出来的窗户。我组建过一个合作社，并尝试着维持下去，最终还是失败了。但那是一次很好的试验。我们并没有尝试离开黑人聚居区，我们想要留在那儿。我们坐在家里，看着电视，窗户是敞开的。旁边是一条小马路。我听到了一声爆炸巨响。我拿起一把美泰枪，你见过这种玩具枪吗？它们做得非常仿真，看上去就像一把强力来复枪。这是别人送我儿子的圣诞礼物。从他们卖的玩具里你也能看出点门道。（笑）我抓起了这把枪，因为我担心有人会破门而入。

有个没带武器的黑人小孩从容地在进门过道晃来晃去，刚才显然是他跳起来打破灯泡引发了爆炸。我想他看见我板着脸拿着一把枪过来——这枪看着像个真家伙——他得举起手来，说："别开枪，先生，我是闹着玩的。"可他毫无反应，只是斜眼看着我说："你瞎激动什么，操你妈的狗杂种，来啊，开枪啊。"他一点也不在乎。这个陌生的孩子就这么走了。

我们都变成了彼此不知道姓名的人。我们迷失了。我刚来这个所谓的聚居区时，这里还保持着一种稳定性，你能相信吗？人们不像今天这样频繁地搬家。人们有机会知道这条街都住了什么人，谁毕业了，谁结婚了。所有的黑人都去同一座教堂。所有的大学生都回家过圣诞节。就餐时你得站起来讲几句。你的家人想拿你炫耀一番。

过去你有种想上大学的渴望。可如今你的渴望呢，也许是变成一个炙手可热的篮球运动员，因为你听说卡齐·罗塞尔在场上表现抢眼。你可能想成为O.J.辛普森，因为你在电视上看见他了。你想当一流歌手，因为你知道柯蒂斯·梅菲尔德就住在高架铁路旁边。要是你不考虑这些事情，你的渴望又从哪里而来？在种族问题以外，很多东西导致了渴望的消逝。你看到很多白人不酗酒根本活不下去，他们只有依靠过量酒精麻醉自己，因为他们觉得自己生活在牢笼里。

这座城市不再是天堂了。它更像是避难所，而不再是希望之城。白人同样是受害者。他们没有权利。作为白人他们没赢得什么好处，那只是一种身份而已。我们必须制订出行动策略来赋予普通人权利。过去我们一直在对自己胡扯，我们总是一边谈论理想主义，一边人人都只为自己。我们必须换一种新的思维方式。

托马斯·博伊尔斯顿·亚当斯

他坐在皮子已经磨破的老式转椅上，面前是一张卷盖式书桌。从他爷爷那代留下来的座钟上刻着雅致的罗马数字，表针正在滴答滴答地走着。

“我仍然相信思想能拯救世界。”

“这间办公室里的家具都是我的曾曾祖父约翰·昆西·亚当斯置办的，是1820年的物件。卷盖式书桌是他儿子查尔斯·弗朗西斯·亚当斯的，表也是他留下的。椅子最初是我的曾曾曾祖父约翰·亚当斯用的，他的第一间律师事务所开在法院街一号，那是在美国革命之前。19世纪末，全家人转移到了国家街五十号。

我们正在他的办公室，位于波士顿国家街61号一栋最新的商业办公大楼。

“在《亨利·亚当斯的教育》这本书里，我伯祖指出了亚当斯家族和国家街永不止息的战争。你我现在就在这条街上。（笑）我们站在这条街上，但并不属于这条街。国家街关乎一种精神状态，代表着社会体制。国家街到处是信托和遗嘱，是资产的象征。我家却从来不在乎社会体制。我们总是质疑某种看法，我们相信百万富翁的观点不一定比只有十美元的人的观点高明。”

我祖上是从英格兰破败地区来的穷苦农民。第一代亚当斯在昆西建了一座酿酒厂。他自己种小麦，酿造威士忌，发了一笔小财。他成了终身保有不动产的那群人中的一员。

不动产保有者不用为自己耕种的土地交租，原因之一是我祖上到达时，这儿有的是土地，而且很便宜。在殖民地时代，英格兰的富人试图买下或者免费获得大片土地，但后来发现把庄稼种好实在太难了。他们不得不把土地卖给自由地主。这就是新英格兰得以建立的根基。

最初的时候，由于发现了《圣经》，人们觉得只要自己能读懂这本传达了上帝意旨的书，就能过上完美的生活。这是种幻觉。但此种看法刺激了清教徒移民的增加，可不是什么幻觉。

清教牧师约翰·罗宾逊说得好。在送别“五月花号”[①]的朝圣者布道中，他讲道：“我恳求你们学习福音书。当你觉得自己已经找到答案，回去再细读。你将发现自己并没有获得答案。那是一种永恒的幻觉，你应永远寻觅它。”

他带我到波士顿广场及周边散步，正是秋天，我们步履轻快。我们看了一眼朝圣者教堂，空荡荡的屋子里没什么装饰，摆放着木质长凳。“这儿不分等级。人们进来就坐下。听布道或者讨论福音书时人人平等。”我们走进国王教堂，“这是保皇派的地盘，属于英国国教。地板上摆放着整洁的长椅，较之其他地方更显得高贵和气派。由此我们能推测，这就是我们进入天国的方式：按照次序，依据你钱包的大小。”（笑）

我们在萨缪尔·亚当斯的雕像前驻足。“我并不完全赞同萨缪尔这家伙。他这人挺有趣的，可我觉得他走了极端。美国革命就是他给煽动起来的。”

我们走进阅览室，看到古旧的图书与和蔼的人们，安宁而平

---

① 1620年9月6日，“五月花号”载着102名清教徒由英国普利茅斯出发，在北美建立了第一块殖民地。随着美国的独立，该船闻名遐迩。

静。然而，不知什么原因，我总想回头张望，好像在期待玛格丽特·富勒会忽然朝我跑来，悄悄告诉我霍桑、爱伦·坡、马志尼，还有一些十九世纪妇女的近况。外面熟食店的腌牛肉香味飘进来，这种感觉立刻消失得无影无踪了。只剩下卡车开过古老的墓碑时发出的隆隆声响。

我家当了很久的穷人。如果说我的家族曾经成就过什么，我想实在是因为我们至今仍旧保持着清贫的作风。我们家从来没有把钱投到信托基金里。我们一代又一代总是把钱花在想花的地方。我把钱全投在反对越南战争上，变成了穷人，但一点也不后悔[①]。如果当初没这么做，我现在仍然会很有钱，但相比起来，回想起自己曾经努力阻止战争这件事更能让我获得坦然的心境。

刚记事时我住在马萨诸塞州的林肯，一座距离波士顿二十里的小村庄，我现在仍旧住在那儿。我家有五个孩子。大人总鼓励我们读书。我们常陷入长久的讨论，我猜说成是争论也不为过。我父亲极其热衷阅读，他总是谈论他读的书。我们晚餐饭桌上的谈话能和你在其他地方听到的任何高水准谈话媲美。

我记得那些漫长的冬日夜晚，我们坐在熊熊燃烧着原木的火炉前，倚靠着高背沙发，好像害怕那炉火把自己吸进去似的。每年秋天，我们在房子地基周围支起木板，在空隙中塞满落叶。这就是我们唯一的御寒措施了。一阵猛烈的西北风能在整座房子里呼啸而过。我们坐在一起，每个人都在油灯下做着功课。那是房子里唯一暖和的地方。我的卧室冷得要命。我记得自己从前一边做功课，一

① 1966年他作为反战候选人参选美国参议员。如他自己所言，“这当然是孤注一掷，但这是非常重要的尝试，是我一生中最骄傲的一件事。”

边伸出手去烤火，好让那只手能继续写字。五岁时我有个婶婶曾经教过我法语。她过去曾跟着她的叔叔亨利·亚当斯在法国住过。我还记得那个停战协议，十分激动人心。一个秋天的晚上，我父母去波士顿听克列孟梭[①]的演讲，就是那个有“老虎”之称的总统。那次演讲有个了不起的议题。

什么议题？就是说这个国家要走下坡路啦，一直都是这个议题。（笑）

我认为这个国家在二十年代遭遇到的危险，比我经过的任何时代都要严重。看似美国已经实现了美国梦：每一年每个人都赚到了更多的钱。大约在1918年到1924年间，一切发生了巨变。忽然间每个人都拥有小轿车了。就像是亨利·福特把我们每个人都解放了一样。我们要做的就是造更多的汽车，建更大的房子。之后我们才意识到，随着福特汽车而来的是灰尘、污垢、车祸，以及装配线上无可避免的种种问题。

我们对J.P.摩根和金融界行家们言听计从。当时的总统是卡尔文·柯立芝。状况似乎会永远好下去，而且会变得更好，好到无与伦比。可就在我上大学的时候，大萧条袭来了。

我记得1930年一个夏日清晨在波士顿广场见到的景象。看上去就像夜里刚下过一场大雪。广场的每一寸土地都铺着报纸，人们晚上就睡在上面。我们猛然意识到，欧文·扬、J.P.摩根和其他天才们并没有答案。机器哐当响了一声就抛锚了。这是我平生第一次经历一个体制的失败。

我从未质疑过美国梦。如果人们不去相信缥缈的乌托邦，而是

---

① 克列孟梭（Georges Clemenceau，1841—1929），法国政治家、新闻记者、第三共和国总理。

坚持思考种种问题，即使找不到最正确的答案，至少也能找到某个答案。拥有了这些多种多样的答案，我们便有机会改善社会。

我想不出还有什么比让哈佛那帮人变成一切事物的仲裁者更可怕的了。他们的主意都挺好，世界缺了他们就得彻底完蛋，但其实也存在其他智慧大脑和天才啊。哈佛那帮人想出来的很多主意都有机会写进宪法，但并不是每一条都那么高明。我觉得要是每个人在一生中都拿出一两年，做点自己从前没做过的事，会是个好主意。

战后我在生意圈混得不错，但我开始对早期美国史感兴趣了。我停下了活跃的商业活动，深入地投身到学习跟研究中。之后呢，嘭！事情有些不对劲儿。这个国家在动用权力抑制我们，就像从前大英帝国做过的那样。我们好像是红制服英国兵，他们是美国佬。因为这些研究，我他妈的快被搞疯了。我发现自己一下被丢进1965年到1966年那团乱麻当中。怎么到这番境地的倒颇让人费解。

有一次，一位朋友邀请我共进晚餐，另一位客人是沃尔特·李普曼[①]。讨论问题的时候，李普曼用手指着我说："你为什么不搞政治呢？没有人会以为你是共产党的。"沃尔特·李普曼是个聪明人，但这次他错了。（笑）我作为反战候选人竞选参议员时，经常有人说我是共产党人。我还成了第五纵队队员。你说我是啥我就是啥。我没觉得气愤。我觉得挺逗的。

我仍然相信思想能拯救世界。一旦人们不再有新想法，灾难就要降临。你要做的仅仅是经常更新你的思想。我们该有的基础性的认识就是，社会存在更好的出路。

---

① 沃尔特·李普曼（Walter Lippmann，1889—1974），美国知名政治专栏作家。

安吉洛·罗科

他九十四岁，是个小个子男人，精力充沛，三句话不离业务。

“我相信那个德国人歌德的话：‘我宁愿遭受不公正对待，也不愿意制造不公正。’”

他的年龄并不是问题，因为他的所有业务都是在电话里谈的。他是建筑开发商。这个街区的房子都是他的工程。

他的办公室坐落在马萨诸塞州劳伦斯市一个中产阶级下层社区。

1902年，我从卡塞塔省[1]来到美国。卡塞塔位于罗马和那不勒斯之间，是罗马帝国诞生的摇篮。我祖母的名字是波希厄。你知道吗？刺杀恺撒的布鲁图斯，他老婆的名字就是这个。（笑）

1900年我来到法国里昂，在这里待了两年。我做工，上学，学会了法语。我想成为大人物，明白？我开始读历史。我了解到罗马帝国的辉煌成就。我觉得自己出身于一个很不错的民族。我们对世界的贡献比其他民族都大。我为自己的出身感到骄傲。

我追随姑姑的脚步来到美国。路途中我是一个人，我坐的那艘船叫"撒丁岛号"。我在12月13日到达，那天恰好是我的十八岁生日。要是在意大利多待一个月，我就要被抓去当兵了。（笑）我来这儿是希望能找到工作。我想受教育。我英语学得很快，你懂吗？我买了一本意英词典，还有一本英意词典。

---

① 位于意大利西南部。

一开始我在罗德岛波塔基特的一家纺织工厂干活。因为会说法语，我成了领班。和我一起干活的大多是意大利人和法国人。这份工作很不错，我每周赚九美元。后来我又在劳伦斯市找了份工作，因为我弟弟也来了，他在那里干活。

我赚到不少钱，寄了些回家，足够让母亲和妹妹也过来了。

有些人是从纽约的约克维尔来的。我们在那儿干过活。我不喜欢那地方。之后我们去了佛蒙特州的伯灵顿。我们坐船渡过尚普兰湖，在午夜时分到达。我们不得不睡在地板上，因为家具还没到。（笑）我也不喜欢伯灵顿那里的人，于是我们又搬到了佛蒙特的威努斯基。我在那里一家毛纺工厂当织工，那是完全不一样的工种。我学得挺快。

缅因州斯考希根的另一家毛纺公司在招人。他们想找一个精纺毛料工。我技术一流，于是成了那里一名称职的织工。1908年，威廉·霍华德·塔夫脱当选总统，我去了文索基特，那里的织工挣钱更多。我们那时觉得威廉·霍华德·塔夫脱当总统，世道应该不错。我们觉得如果共和党取胜，会是件好事。我们是坐火车去的，在去文索基特的路上，我们在劳伦斯市稍作停留，在这里遇到了很多朋友。他们跟我说，留在劳伦斯吧。于是我们决定留下来。

我说过，我想上学。我想平衡工作和上学这两件事。我想当大人物，你知道的。他们办了一所夜校。我那时二十四岁，其他学生都比我小得多。我在那里念高中课程。我记得我们学的书，包括查尔斯·狄更斯的《圣诞颂歌》等。第二年，我就去读日班高中课程了。

我开始学习代数和几何。我想当机械工程师。只要是书上有的知识我都学。我们读了很多历史方面的东西。我学了希腊语和拉丁语。然后罢工开始了，因为罢工，我离开了学校。

我就是这场罢工的组织者。你知道罢工怎么开始的吗？有一群里尔①来的讲法语的比利时人，他们成立了世界产业工人组织。我跟他们关系不错。我那时法语讲得比现在好。（笑）他们鼓励我组织起世界产业工人组织的意大利工人分会。意思是说，这个组织不分行业，而要各工种联合在一起，组织一个大联盟。纺纱工、织布工、羊毛分类工、织机修理工联合在一起。他们播下了社会主义的种子。

当时多数意大利工人是脱离组织的，脏活累活全由他们做，明白？意大利人要想争取到更好的工作，就得靠罢工才行。他们进行了一系列罢工。于是他们得到了较好的工作，懂了吗？意大利人得了个“工贼”的名声。（笑）但我跟你说，我很为自己的先辈骄傲，也为自己的出身骄傲。意大利人加入其他工人的罢工从而摆脱这个名声的时机已到。他们就是这样做的。

你知道罢工为什么开始吗？马萨诸塞州立法机关通过了一项法律，规定妇女和儿童每星期工作时间不得超过五十四个小时。而他们过去一般工作五十六个小时。每小时工资十美分，每星期就是二十美分。因此他们的工资每星期少了二十美分，明白？

罢工开始前，我召集了一次大规模会议。我向镇上居民散发了传单，会议现场围了个水泄不通。走锭纺织工和羊毛分类工来参加了，所有的意大利工人团结一致地跟其他地方的工人一起站出来了。法国工人也来参加了。他们都站出来了……（笑）许多在工厂干活的妇女也来了。报纸上把她们称为在美国的外地人、异类。真正的美国人是建立血汗工厂的人，不给工人发工钱，只顾自己赚大钱。这些美国人是好样的。我们这些非美国人想争取好一点的生存

---

① 里尔（Lille），法国北部城市，历史悠久。

条件。明白？

我那时还在学校。好，然后怎么办？我走出了学校，那时正是下午一点半。我做的第一件事就是给乔·艾特发电报。他是意大利人，前一年我遇到他时，他是世界产业工人组织的一位负责人。我让他到劳伦斯市来，我们要举行罢工了。

他召集全体罢工者开了群众大会，组建了各国工人委员会。这些工人来自二十四个国家，你懂？有法国人、德国人、讲法语的比利时人、讲法语的加拿大人、波兰人、立陶宛人、亚美尼亚人、叙利亚人、黎巴嫩人、西班牙人、葡萄牙人，等等。我们组建了一个全体工人委员会，向全球发布援救信息。我们还有间厨房给大伙儿做吃的。我去为人们采购豌豆、通心粉等食品，厨房由我主管。

乔·艾特从纽约带来了另一个家伙：乔万尼提。在这之前，世界产业工人组织是以挑战法律而著称的，如果你还记得世界产业工人组织佩蒂伯恩和莫耶两个人在爱达荷州的遭遇的话[①]。工厂主想搞臭这次罢工，尤其是这两位领导人。要是他们遭到逮捕，被人带走了，罢工的问题就解决了。明白？他们做的第一件事就是在这些领导人晚上开会的地方安放炸药，然后指控是世界产业工人组织所为。

伍德先生为美国羊毛公司创建了这家工厂，是他策划了这次行动。他找一个叫彼得曼的家伙采办了炸药，交给殡仪馆老板兼校董约翰·布利金，准备放在印刷工人科伦坡家，那是我们过去开会的地方，但科伦坡先生没有接受。他只得离开，又去找鞋匠迪·普

① 原注：1907年，大比尔·海伍德、查尔斯·乔万尼提、查尔斯·莫耶三人作为世界产业工人组织领导人在爱达荷州博伊斯接受审判，被指杀害了弗兰克·斯特恩伯格州长。卡拉伦斯达罗是他们的辩护律师。他们最终被宣告无罪。审判期间，西奥多·罗斯福总统曾痛斥被告是凶手。

拉多，他把炸药用报纸包起来，说："给我修修鞋，等会儿我过来拿。"旋即他就报了警："快点！快过来，逮捕每个人，他们要把这地方给轰了！"警察发现了炸药，逮捕了迪·普拉多，但上帝插手这件事了。你可知发生了什么？布利金用来包炸药的是一张纸波士顿的报纸，上面写着约翰·布利金本人的地址。（笑）所以他们逮捕了布利金，之后伍德也放弃了。就是想出放炸药这馊主意的那个人。知道我的意思了吧？

好，罢工仍在继续，工厂主不想和世界产业工人组织谈判。他们又想出个主意。两个领导站在演出台上对大家讲话。人群静静地倾听着。他们安插了一个名叫卡塔尔多的家伙在人群中，他是从波士顿过来的，准备蓄意搞破坏。他们的计划是，让他证明罢工领袖煽动群众，一个罢工工人杀了另一个罢工工人。结果呢？另一个集会召开时，一名警察杀死了一个叫安·卢皮佐的女人，然后罢工工人安吉洛·卡鲁佐遭到指控。他们逮捕了乔万提尼和莫耶，指控他们煽动谋杀。

我一生向来不喜欢暴力。不知道是否因为我是小个子的缘故。（笑）有一次示威者多达两三千人，我最大的目的就是让他们冷静下来。其中一个罢工者带了一把左轮手枪，他被逮捕了，被带进工厂里。人们想要闯进去把他救出来。我意识到如果我们闯进去，肯定会有人丧命。我对人们说，那小子已经走了，他去了警察局。我们避免了一场暴力。

这之后，我的一个朋友，一个讲法语的比利时人，在罢工期间遭到了逮捕。我去警察局保释他出狱。警察局长认出我是罗科，立即下令："把他铐起来！铐起来！"他把我铐起来了。（笑）他指控我扰乱治安。（笑）我们去了地方法院。他要收我五十美元罚款。

我没交。我向高等法院上诉。我赢了。

罢工在持续。工厂主想到去影响那些有名望的意大利人，说服他们接受5%的加薪条件。我们彻底拒绝了这个方案。

我们去见了制造商协会的主席。我们敲定了一份协议。每周工资七美元二十五美分，而人们之前的工资是每周四美元四十美分。罢工因二十美分而起的，可最后他们给我们的要比二十美分多得多。（笑）他们要给我们赔偿金，要是他们一开始就答应我们二十美分那个条件，罢工本来就不会发生了。我们大获全胜。这对工人来讲是种改善，对小镇来讲也是改善。他们有了更多的现金收入。事实上，还有商人为我们设了宴席呢。那些犹太人给我们做了很多味道鲜美的鸡汤。我就是这么喜欢上喝鸡汤的。

他们仍旧关押着艾特和乔万提尼。既然当初是我把他们请来的，我就有责任让他们摆脱麻烦。我们获准在劳伦斯市进行游行。时间定在一个星期日的晚饭后。一些林恩和波士顿的无政府主义者不请自来，参加了我们的游行。他们还带来了标语："不要上帝，不要主人。"这个团体的领头人是卡罗·特雷斯卡。很多劳伦斯市市民都追随他。（笑）警察设了二十五米警戒线阻挡游行。特雷斯卡来到阵前，用双手像这样冲破了警戒线（他示意着用手分开波浪的样子）。他把警察推到一边，继续游行。（笑）

我们后来争取到奥瑞里神父，组织了另一场游行。追随上一次"不要上帝，不要主人"游行的人同样追随奥瑞里神父，这次的标语是："为了上帝，为了国家。"（笑）

到了1912年9月，要审判两位领导人了。卡塔尔多声称艾特和乔万提尼发表了鼓动杀戮的讲话，是卡鲁索杀了那个女人。我则表示他们没做这些事，他们是想看到人们团结在一起取得胜利，而不是

杀戮。最终的裁定是他们无罪。之后我们举行了庆祝活动。看，我的使命完成了。（笑）

我想重返学校。我失掉了三个月学习时间，一心扑在罢工上。学校负责人不想让我回来，因为我和罢工这件事联系在一起了，而且我是个坏小子。（笑）可他们最后还是接纳我了，明白了吧？我1912年从高中毕业。我开始读大学了。我上数学课和英语课，读了很多莎士比亚的作品和希腊罗马史。我学习了所有尤利乌斯·恺撒、卡塔利纳的著作，还有西塞罗对元老院的演讲辞。他和尼克松是同一类演讲者：讲起话来八面玲珑。（笑）

我一直想当一名机械工程师，所以才学了那么多数学知识。可我后来看清了时局，认识到意大利人需要有人为他们辩护。我去念了波士顿大学法学院，表现很好，差不多以优等成绩毕业，因为我热爱学习。我毕业了，取得了律师资格。我当了十二年律师，代表各个民族的人们打官司。我成了当地最好的律师。

我变成了有钱人，那时我才三十三岁。第一次世界大战爆发了。我还没结婚。我本来可以声明母亲要依靠我而不参军，但我没这么做。本来并没有征兵到我头上，我却主动报了名，因为我不喜欢德国皇帝那套理论：强权即真理。我不信这一套。

战后我继续当律师，收入很不错。我有了一个温馨的家，那些银行家都跑来我家跟我喝酒。我是1922年结婚的，太太跟我是老乡，我认识她父亲。

我投资进行了第二次抵押贷款。他们买了一座房子，他们需要这笔钱，我支付了。我那时身家三十万美元。1924年，政府着力削减意大利移民的数量。他们采用了1890年的普查数字，那时在美国的意大利人并不多。他们给了意大利人一记痛击，明白？他们在欺诈意大利人。他们把狱中的萨科和范泽蒂虐待致死，就因为他俩是外国人、无政府主义者。他们动用了电刑。

我们做了一切能做的事来对抗这种思想。我在意大利文报纸《进步报》上发表了一篇文章。我说，意大利人为美国干尽了脏活累活，建设起这个国家，对他们的歧视是不可理喻的忘恩负义行为。卡尔文·柯立芝那个蠢货，他给人们提的建议是：戴破帽穿旧鞋的，都滚回煤油灯时代去。

1928年我把选票投给了胡佛。我过去是保守派。1908年的时候我也是保守派，因为我投了威廉·霍华德·塔夫脱的票。那之后我改变了主意。

我如此这般坚持到1928年。大萧条来了，所有人都欠我钱，我却一分也要不回来。他们拿那些抵押的房子给我，谁也没法付钱给我。我被套牢了。我代表一个讲法语的比利时人打官司。他死了，留下一座价值一千五百美元的房子。我用这笔钱付了账单，可还是入不敷出。我本想付清的。他们判我两年监禁。我待了十五个月就被放出来了，但他们取消了我的律师资格。我丢了职业。

我们失去了所有房产。好吧，算了。我不担心，没觉得难受。我接受了这个现实。我说："这是上帝的旨意。"我该怎么办呢？我维持着生计，靠买卖土地赚了一点钱。

"那时我的两个儿子已经出生了——其中一个后来当了化学家——还有一个女儿。我首先要关照的就是儿女们。"他指了指一幅照片，"那是我儿子，他去了朝鲜战场。我另一个儿子参加过第二次世界大战。他在塞班岛打过仗。"

1933年，我赚了好多钱。而后我买了一些股票。全赔了。我翻不了身了。1938年，我想到利用我们手里的一点钱做木材生意。我看出卖木材并不赚钱，就决心造木材。生意蒸蒸日上，然后就爆发了战争。（笑）他们总是为难我。

我们熬过了战争。我办了家锯木厂，生意不错。我又成了建筑商。1956年起，这个街区所有房子都是我造的。如今我还在做买卖、工作着。我还没退休。（笑）可有一点，我领社会保险。

在我看来，这是个不错的国家。体制完善，至少大多数时候是这样。是管理国家的人不好。全是亨利·卡伯特·洛奇、约翰·福斯特·杜勒斯这类货色。企业的完全自由并不是一件好事。看看洛克菲勒。他怎么变成百万富翁的？还不是靠找这人偷一点，找那人偷一点。他没有造出等量的价值。我们并不把这称为高尚的行为。你知道《哈姆雷特》中的一句独白吗？“忍受仕宦官吏的无耻与傲慢之人的侮慢，可否视为高尚……”（笑）我相信那个德国人歌德的话：“我宁愿遭受不公正对待，也不愿意制造不公正。”还有一点：我不喜欢拿破仑。他说过：“比起被吃掉，我更愿意吃别人。”

我觉得帮助别人比接受帮助更好。我生来就是帮助别人的。我和大天使加百列同名，我要跟魔鬼抗衡。看吧，那就是我的先人。（笑）我保持着他们的传统，为此我感到高兴。

斯坦利·西冈

他九十岁，身材瘦小，举止温和文雅。他沉思着，为自己记不清往事的细节而道歉。

“我以为上学之后我能多懂一点。可我还是不懂。”

我们身处某幢整洁的两层建筑的一层，房子反映了芝加哥斯拉夫社区特色。这是个星期天的下午。他坐在宽大的安乐椅上，漫不经心地看着电视里的职业足球比赛。

我父亲是波兰农民。那时的生活很艰辛。所以他1893年来到了美国。他在宾夕法尼亚州的麦基斯波特落脚，在一家钢厂干活。三年后，他存了足够的钱把母亲、姐姐和我接来。我那时六岁。我还记得那次旅行，因为一路上我都在晕船。（笑）

麦基斯波特的波兰人不多，差不多全是德国人和爱尔兰人。我们做工资最低的工作。（笑）波兰人从全国各地涌到我们这里来，和我们待在一起，直到找到别的地方安居。所以我们有了一个波兰人社区。我们有一所宗教团体兴办的学校，建在山上。两间教室里装了八个年级。除了波兰文课本，我们还有英文课本。

我到父亲的工地给他送过饭盒，才知道了他究竟做的什么活。他那顶小帽全让汗水浸湿了。他去世那年我十岁。母亲养活不了我们，把我送到了威斯康星州的波兰侨民孤儿院。那个波兰人聚集区很像一座农业小镇，居民大多是讲德语的波兰人。我们把他们叫作卡兹祖比克。我记得我们被送过去的那天正是7月4日国庆日。我在床上看着窗外燃放的烟花，一直在哭。我在那儿待了一年。他们只让你待到十一岁。他们说：“你长大了，该自己养活自己了。”

我母亲改嫁了，我回到了麦基斯波特。我继父身体不好。他在一家钢厂工作，体力活很繁重。医生告诉他，若想活下去，最好去一家农场。他没钱在此地经营农场，但在波兰老家还有些土地，不多，只有一两亩。于是他们决定回波兰去。我那时将近十三岁了。我不同意回去。我挑食时总有人跟我说，在波兰，你得从地上捡面包屑吃。（笑）所以，当然了，他们吓着我了。在美国没有这种事。他们把我托付给一个婶婶。

十六岁那年我去了钢厂。我很后悔走了这一步。

从波兰来的我这个年纪的小伙子干活都很拼命。我的工资是每星期3.5美元。白班十个小时，晚班二十小时，一星期六天。拿的是钢厂最低的工资。工资好的岗位全让爱尔兰人和德国人包了。后来我也在这儿找到好活干，纯属因为这里的英国人、爱尔兰人跟德国人不够用。（笑）我母亲说波兰人在麦基斯波特很受轻视。“到芝加哥去吧！”于是我去了东芝加哥。那是1909年，年景不好，找不到工作。最后我在一家轧钢厂找到一份活。老板会出来挑几个他需要的人。我们大约二十五个人在那儿等着被雇用。他就是那样挑人的。我有个叔叔和工头交情不错。所以他挑中了我。

我干的是重活，白天有两个人负责，到了晚上就靠我一个人管。我赶不上滚轧机的速度，主管就不喜欢我了。

大约1913年或1914年，我去了这家炉子修理公司。一开始我每周赚10.5美元。我从扫地做起，最后当上了样品部的负责人。差不多有五十万种样品。你不会相信世界上竟然有这么多种不同的炉子。

我在他们这儿一直工作到公司关闭。一共四十二年。丹·瑞恩高速公路要穿过这块地，他们把地皮卖了五十万美元。我们不得不搬走。他们给了我三个月的工资。（笑）我挺走运的。我不知道别人是不是也拿到这么多。他们拿到了想要的东西——我们的力气。

刚到美国时，我想要一份真正的工作。我想当聪明人。二十九岁时我进了学校。一个季度后我通过了八年级考试，开始念高中，每晚上好几个小时的课。那时我已经有三个孩子了，可我还想变聪明点。

我过去常去赫尔福利会听讲座。让我烦恼的是，很多东西我都听不懂。我以为上学之后我能多懂一点。可我还是不懂。我猜因为我太老了。

我曾梦想当个化学家。我就此问过一个开讲座的教授。他告诉我要花六年时间。他告诉我他的众多同学中只有两个靠做这行过上了好生活。我觉得六年时间太长了。

有位大学教授曾经开讲座讲爱因斯坦的相对论。我读过相对论的介绍，觉得挺好奇。我花了一个半小时坐在那里听他讲课。可最糟糕的是他用的词汇我连一半都听不懂。我从没弄懂过相对论。有太多我不懂的事，要是我多上几年学，就会懂了吧。

多拉·罗森茨魏希

尽管行动不便，她还是坚持一个人住，而且颇为享受。她有两个女儿，都已结婚，大女儿常来看望她。她今年九十四岁。

“如果你对生活有兴趣，你就能活下去。”

这是洛杉矶一座整洁的单层住宅，坐落于城中一个让人愉快的绿意盎然的角落。

“我父母有十四个孩子，我是大人堆儿里唯一的小孩。我1885年出生在俄国靠近平斯克的一个犹太人小村庄。那时人们常常谈论美国。我父亲去了那儿。我两个姐姐长大了，需要嫁妆，父亲就去那里挣钱了。就在那时，一把火把我家的房子全烧毁了，于是母亲决定，我们都应该去美国。”

我能记起的全部就是，我们离开那天全村人都跟在马车后面，高声道着再见。我们得先到华沙赶火车。我们住在边境上。每个人都带着包裹，甚至连羽绒被褥都带了，还有铜烛台、铜锅、盘子和衣服。母亲做了大袋大袋的烤黑面包给我们在路上吃。

为了到美国，移民们会雇用旅行代理人。有传言说一个旅行代理人把一家人带到树林里，抢走了他们的全部财物。所以我母亲说：“我们干吗还需要代理人呢？”

华沙是个大城市。马车在乡下一处停下，我记得有个小贩在叫卖瓷器。一个脑袋从一座小楼的二层窗户探出来。我之前从没见过两层的楼，也没见过楼梯。我心想：她怎么跑到上头去的？我家的房子倒有个梯子通往阁楼。我还记得一件事，母亲走向一面墙，拧了一个东西，水就出来了！我认为水是从墙里出来的。墙里怎么能出水呢？

在边境处，有个德国警察来到火车上，要看我们的护照。他撕了我们的护照，我们被赶下了火车，正是在俄国境内。母亲意识到这是因为我们没雇旅行代理人，他们在报复。这是他们跟警察的交易。贿赂起作用了。

母亲和十个孩子流落街头。怎么办？她把孩子们放在铁轨上。我记得自己坐在铁轨中央，心想下一辆火车开来我们都玩完了。有人看着难受，把我们接到了家里。我母亲进来说："铁下心来吧，孩子们。我找了个旅行代理人。要是他们杀了我们，我们也没啥好失去的了。"

母亲给我换上节日穿的衣服，告诉我别往两边看，直直地走我的路。她一会儿就来。我们来到了边境。我转过头，看到一杆枪正对着我。是哨兵。两个小孩和我先到了德国。我们来到一座房子里，那是旅行代理人的地盘。我看到了一个带着猴子的风琴艺人，我之前从没见过这个，我还记得那支曲子，是歌剧《游吟诗人》中的《求主怜悯歌》。我现在仍然喜欢。

我们被偷运进去。他们不得不把我们一个一个带过边境。我的哥哥们假装成带着面包进入德国的童仆。我们每个人都进去了，除了母亲。夜幕降临，母亲不在身边。想象下多恐怖吧。我们等待着。有人过桥，有人涉水。一个走私贩子背着母亲过来了。

我还记得坐火车的情景，火车一站不停地开往利物浦。警卫每次过来我们都心惊胆战，觉得自己又要被轰下火车了。我们到了利物浦，船已经开走了。我们来晚了。于是我们只好上了一艘货船，在上面待了五个星期。只有哥哥和我没晕船。

我们到了芝加哥，父亲来接我们。他给我们带了一篮子水果。我记得自己咬了一口香蕉，都不知道需要剥皮。（笑）我母亲还以为那是猪肉肠呢。（笑）她说我不该吃。父亲则说那是洁净的，犹太人可以吃。

我们弄到一所靠近铁道的公寓，街角处有一座酒吧。我们十个孩子住在四间屋子里。我母亲之前从没见过电炉。在俄罗斯，我们用的是砖灶。而最让人惊奇的还得算室内厕所。

1891年，芝加哥的人行道是木板铺成的，一些时髦的街道除外。最开心的莫过于在人行道走路时捡到硬币。木板人行道对穷人而言是个福音。没钱买煤的时候，你可以在夜里去挖一块木板回来烧。

我上学了，从幼儿园开始。老师对我说了些什么，我没听懂。她肯定觉得我很笨，给了我一巴掌。好啊，竟然敢打多拉。我逃学了，不再回来。幸运的是因为生病，那个学期我都没回学校。我和其他孩子一起玩，学会了英语。

很显然，我迷上了读书。我还不会阅读，但我可以看插图。我在班上听讲，记住他们读的东西。我只花了两年就升到了五年级。那时我大约九岁到十岁。我遇到一些很棒的老师。

我开始对阅读极有兴趣。在我了解并喜爱简·亚当斯[①]之前，一群年轻女性在犹太人聚集区内办了一个文教团。我父亲断定她们是想宣传基督教，让人们改变宗教信仰。她们用糖果吸引小孩子。她们有图书馆，给人们放音乐，让孩子们美国化起来。我父亲认为她们想让我们成为异教徒。在街上走路时我得小心翼翼地避开她

① 简·亚当斯（Jane Addams，1860—1935），美国社会学家、哲学家、改革家。

们。我的其他女伴没有我那样虔诚的父亲，她们去了那里。我喜欢糖果，但最羡慕的还是她们出来时都带着书。

有一天，我背着父亲去了那里，她们很欢迎我，我得到一本书。我偷偷摸摸地往那儿跑，这就是我美国化的开始。我第一次遇到了非犹太人小孩。

我十一岁时，父亲开始跟我说以后要我当裁缝。母亲则关心我的教育。她对我学英语的情况颇为骄傲，希望我当一名教师。这简直是极限了。在俄罗斯，妇女是不会这么进取的。这引发了我家的很多争论。十二岁时我厌倦了这些争吵，找了份卷雪茄的工作。我讨厌当裁缝，宁愿像哥哥那样去卷雪茄。

顶楼上有几张长凳，小伙子和姑娘们就在那儿干活。幽闭的环境和烟草的味道让我很难受。人们把这种破败、肮脏、不透风的工作场所叫作“七叶树”。我们有个领班，德国佬，刻薄得像个魔鬼。我们中间一旦传来暗号：德国佬来了，就赶快正经干活，默不作声。他笑嘻嘻地出现了，刚刚这里发生的事情他全知道。但不管谁得了肺结核，他总是第一个给这个人安排救济。

卷雪茄给了我更多空余时间，我们和男人们平等做工，领的钱一样多。我大一点之后每星期的薪水是十五美元。好多男人挣得都没我多。那时我们在谈论1898年美西战争。我记得自己喊着：“西班牙见鬼去！别忘了缅因！”（笑）

我融入一群关心社会问题的来得更早的移民中间，开始听讲座。我就是这么遇到我丈夫的。我遇到了那些关心工人运动的人。工作环境很是恶劣，我所在的美国烟草公司已经是条件最好的了。厕所和好几百人的工作地点在同一层，而且敞着门。这就是我对雪茄工人进步联盟产生兴趣的开始。

我十六岁时，母亲去世了，我就此离开了家。我和一些陌生人住在一起。而一般不管家里房子多破败，犹太姑娘也不兴和陌生人一起住的。这是我获得自由的关键一步。他们叫我无政府主义者，叫我布尔什维克，可我什么组织也没加入过。我对很多课程感到好奇，一次不落地听课。我想把很多问题搞清楚。

我听说过自由恋爱，觉得挺吓人的。我那时大约十九岁。探寻自由在当时很时兴。两个姑娘打理好一套两居室北向公寓，让我和她们合住。谁听过三个姑娘住在一起的？那是1905年。你知道人们怎么看吗？卖淫。我从姐姐家搬出来时，她说，我以后会生四个私生子。她为什么说是四个？我不知道。当时竟有这么天真无邪的三个姑娘，你真的没法想象。

我觉得自己与任何男人都是平等的。我能像男人那样思考。我可以自己走上人行道，不用别人搀扶。我不需要男人挽着我的胳膊或是替我开门。去剧院的时候我自己付钱。我喜欢今天年轻的女权主义者。（笑）

我们那儿卷雪茄的工人都向往更美好的生活，他们渴求知识化，都去听讲座，上夜校。我是唯一一个所谓的美国人，因为我懂英语。我上了六年学。空气中弥漫着一种东西，影响了我们每一个人。

工场几乎有一条街那么长，分两个部分，一个空间小，一个空间大。我情愿在小的那间干活，那里能装下三四十个工人。他们选我读书给他们听。我那时一般每小时能卷五十根雪茄。这是我计件工作的极限了。如果我读一个小时书，他们就捐出五十根雪茄补给我。我读两个小时，他们就捐给我一百根。我坐在椅子上念书，他们一边听一边干活。我读时事新闻，读书，甚至也读剧本。我来选择要读什么。谁听说过二十岁的姑娘读《萨朗波》的？只要能打动我的故事，我就要念给别人听。我读托尔斯泰，什么都读。

他们中大多数人仍旧年轻而叛逆。如今的嬉皮士和我们那个年代的叛逆者的区别就是，我们太穷了。我们总是缺这少那，甚至食物都不够吃。我们爱去剧院，我们爱听音乐会。剧院门票倒不贵。在曼斯菲尔德剧院，从最平淡无奇的角色，到《培尔·金特》，我全都领教过，我永远忘不了那场《培尔·金特》。易卜生的《群鬼》当时也在日场演出。剧场里人满为患，观众多数是移民。我看过伊莎多拉·邓肯的舞蹈演出。我们渴求着生活中更美好的东西。

1903年到1904年有场可怕的经济危机。发生了很多次罢工。那场秣市骚乱事件[①]，在此前大约十年或十五年吧？对我们有深刻的影响。我知道露西·帕森斯[②]。在一次罢工中我看到警察打开消防栓，企图冲散正在进行和平抗议游行的队伍。

他们常常突然闯进家里检查书刊。啊，一直没停过。我过去也去旁听过那些会议，但一直没加入。我向来不活跃。我的名字从来不曾出现在请愿书或其他什么东西上，因为我很小心。我已经美国化了。（笑）

我丈夫是国际妇女服装工人联合会的领导人。我们没能加入萨缪尔·龚帕斯[③]领导的美国劳工联盟，他是做西班牙雪茄的，也就意味着他包揽了制作雪茄的全过程。他不在乎产业革命、部门工人、流水线之类的。我们仅仅是卷烟的，申请没被接受。我也参加了那场斗争。

---

① 指1886年5月美国芝加哥市警察镇压抗议群众的暴力事件。

② 原注：阿尔伯特·帕森斯的遗孀，阿尔伯特·帕森斯在1889年秣市骚乱事件的判决中遭绞刑的四个人之一。另外一个被告在狱中自尽。三个幸存者在1893年被州长约翰·彼得·奥尔特盖尔德赦免了。

③ 萨缪尔·龚帕斯Samuel Gompers（1850—1942），1886年创立美国劳工联盟。

我们一到星期日就去听免费讲座。早上我们常常步行去美术大楼听文学讲座。之后我们走回家吃午饭。省一分钱是一分钱嘛。午饭后，大约两点，我们去交响音乐厅，听一场教育方面的讲座或历史讲座。然后我们又走回家。晚饭后，我们走到市中心的共济会听诗朗诵。

结婚时，我二十一岁，我丈夫二十四岁。犹太女孩结婚后就不出去工作了。我婆婆觉得丢脸。邻居会怎么说？我说："让邻居们见鬼去。"我同样反叛宗教。我是那个年代的嬉皮士。（笑）

我丈夫讨厌他的工作。我也讨厌我的工作。我们想离开工场，我还想要一个家。我们都喜欢乡村生活，于是决定去当农民。我们想有一座农庄。二十世纪初，铁路公司希望人们去西部定居，因为这样就有人坐火车了。花上三十二美元你就可以从芝加哥到海边。到了1909年，到处是"去西部，年轻人，去西部"的口号。铁路公司体育场里办了展览，介绍西部的农产品。西瓜都那么大！他们给我们讲在那边能得到的一切好处。但没人告诉我们那里干旱缺雨。

南达科他州的罗斯巴德印第安人居留地向定居者开放。他们从印第安人手里夺走了这块地。这里有一种彩票。我丈夫中了奖，可他不想跟他的朋友查理分开。于是我们回到了芝加哥。在火车上他们听说蒙大拿州有广阔无际的土地。谁来就归谁。于是他们去了蒙大拿州的斯科比。

你可以在大草原上选一块地——三百二十亩，谁也不会停下来问为什么。我为了增加收入留在芝加哥，每周赚十五美元七十五美分：一枚十美元的金币、一枚五美元的金币，还有二十五美分和五十美分的硬币。我们存下两千美元，已经是很多钱了。

他盖了一座大约二十二平方米的木屋。1910年8月，我跑去和他团聚了。我下了火车，看到我丈夫，他皮肤被太阳晒成了棕色，穿着一身工作服，围着一块红头巾。没人和我说过那儿每年降水量只有两百三十毫米（笑），而且乡下常有草原大火。八月里寸草不生，一片焦黄。热得让人头昏目眩。我想：上帝啊，我这是到了撒哈拉沙漠。

我坐上了一辆草原大篷车。我们是在十二点出发的，晚上我们停在一条小河旁。我自告奋勇带马匹去饮水。我之前没在马旁边待过。没想到这里有仙人掌，扎透了我的鞋。这儿没有木柴，也没有树。我丈夫用带来的一点木柴点了火，拿一口生锈的小锅煮了点咖啡。他铺开毯子，说："今晚我们就睡这儿了。"

天气十分晴朗，满天星斗仿佛一伸手就能摘到似的。真美。一切都是新鲜的。我们花了两天半到了斯科比。

邻居们都很好。第一天早上，一个骑马的人停在我家门口。是住在五公里外的拉森先生。"西蒙，我想请你来打谷脱粒。"我说："我能去吗？"他说："来吧！给我们当厨师。"我能做鱼饼冻[①]、白面包，但给二十五个蒙大拿农民做饭实在是……（笑）

他给我说菜谱：土豆烩火腿。我没做过这个。我问丈夫："土豆在哪儿？"他说："你得从地里挖。"（笑）还要烤饼干。我以前没烤过饼干。拉森先生说我做了一顿好饭。第二天清晨，一个十六岁的姑娘过来教我怎么做乡村风味，然后我烤熟了人生中的第一个馅饼。

我们的救星是附近三公里内的邻居们。他们都是虔诚的卫理公会教徒。要是没有他们，我觉得我们真的活不下来。沃茨太太简直

---

① 用鱼糜加入鸡蛋和面包粉制成，一种犹太食品。

和我母亲一样，也像我的顾问，我的一切。我丈夫受伤时，他们都过来帮忙。她懂民间药方。打谷时节，人人互相帮助。

我丈夫得为生计跑东跑西的。我很孤单。我们常谈论要搬到更往西的地方去。我渴望到人多的地方居住，这是为家庭着想。我想让女儿上学。这时我已经有了第二个孩子。学校在九公里之外，我很怕女儿变成文盲。在蒙大拿的冬天里，你怎么送一个小女孩到那么远的地方上学呢？我们想变卖田产，但没有人买。

战争爆发了，但我们还没有参战。加拿大参战了。有一天，我正在做杂务，两个人骑马过来了。十五分钟后，我丈夫过来说，我们把农田卖出去了。有个加拿大人不赞成战争却要被拉去充军了，于是他决定搬来美国。我丈夫开出了脑子里冒出来的第一个价码：一万六千美元。其实光是两百五十亩土地上长着的庄稼就能卖这个价。我丈夫不懂怎么做生意。（笑）

我们回到了芝加哥。然后在密歇根州经营了很多年度假村，但我一直不太适应。

我活了将近一个世纪。回首往事，最糟糕的事情是卫生条件。婴儿在出生第二年死掉，往往是因为喝了变质牛奶。他们称之为暑瘟。另外还有天花、白喉、伤寒。这些病如今都被扫除了。尽管吃着有毒食品、呼吸着不好的空气，我们却比以前的人活得久了。儿童的死亡率也降低了。

过去的生活真是艰难、艰难、艰难。如今的日子好过多了。当年我母亲看到洗衣板时，不知道那是做什么用的。我现在却用上了洗衣机。

我们享受着这些发明创造带来的便利。别忘了，我还记着过去的烛光。我们刚装煤气灯时，只有在特别的场合才打开用。而且火苗摇曳颤抖，并不像煤油灯烧得那么好。电灯是我们到蒙大拿州以后才有的。我还赶上了留声机时代。小时候我有一次去找父亲要一个铜板，说："街角有个人，给你戴上耳机，你就能听到音乐。"我挨了一顿斥责：哪有盒子能奏乐的？我从那个时代活到了电视时代、把人送上月球的时代。

我有个幼稚的理论，可以解释为什么月球上没有生命。别笑话我。我觉得月球上曾经有人，他们太聪明老练了，开始做我们现在做的这些事。首先，出现了枪支。然后是炸弹。和以往逐个杀人不一样，炸弹可以一次杀掉成百上千人。广岛就是这样。现在他们还发明了氢弹，而且在讨论中子弹。我相信月球人发明了超极端武器来摧毁生命，让月球变成了一颗烧毁了的星球。这是个幼稚的想法，也许吧，但我们要是继续这么发展下去……我不担心。那时我已经不在了。（笑）

美国梦和世界其他地方的人们的梦想是一样的。有人为了活着而活着，有人为了吃饭而活着。如果你对生活有兴趣，你就能活下去。他们说我思想年轻，样子也年轻。因为我关注生活、时事和人。我的朋友圈子彼此关系亲密，保持了很多年，直到他们去世。我也结交新朋友，发现新的兴趣。我扩展了视野。我仍旧希望增长知识。

我过去常常感到惊奇：我们为什么到这儿来？我们怎么来的？我们必须做什么？我是个老妇人了，身体上有一些不方便。可我觉得欣慰的是，我的理智还在，幽默感也还在。

两代人：父辈和子辈

诺曼·麦克莱恩

他是芝加哥大学荣誉退职教授。

“家庭是宇宙的核心，也是美国的核心。”

我父母是第一代加拿大移民。我父亲来自新斯科舍省[1]的一个苏格兰大家庭，那是个穷苦的地方。他的崇高信念是上帝面前人人平等。诗人彭斯有言：“无论何时都要保持尊严。”他是长老会牧师，他觉得这句诗很深刻。

我父亲如此热爱美国，初来时他的苏格兰口音很重，但到我出生时，他已经改掉了口音。他把改掉这种口音视为美国人的责任。他瞧不起苏格兰口音浓重的长老会牧师。他对我成为美国人抱有大到可怕的期望，我这个长子要完成这个使命。

他告诉我必须学美式英语。他颇善言辞，但不会说地道的美国方言。他把我留在家里自己教，直到我十岁半。他教我用美式英语写作。没有“展示和讲述”“个性评价”这类课程。（笑）我那时还小，觉得自己挺厉害的，这语言也挺美，我有点古怪可笑，但自己没有察觉。你拿一篇美国式演讲辞，仔细地聆听，然后综合起来思考。我的美国化训练明明白白地全跑到我的语言学习中来了。

我父亲擅长抑扬顿挫地朗诵。他每天清晨都给我们读《圣经》。我们跪在椅子上祈祷。每天两次，早饭后和晚饭后，用的是

---

① 加拿大东南部一省，拉丁语意为“新苏格兰”。

伟大的詹姆士国王钦定版本。

文学对父亲而言很重要：他痴迷于马克·吐温的散文，还有富兰克林·罗斯福、威尔逊和惠特曼的奇怪组合。他知道这不是英式英语，而是美式英语。他忘不了威尔逊是长老会牧师的儿子。他是许多代散文作家的楷模，包括罗斯福在内。

家庭是宇宙的核心，也是美国的核心。我不知道我们是否只有一个美国梦。我们有许多不同的美国梦。父亲最大的梦想之一就是这个国家的孩子能接受很好的教育，而且最紧要的是，每个人都能受教育。

我是家里第一个不靠双手挣饭吃的人。“麦克莱恩”这个姓氏的意思是木匠的儿子。我家过去是做这行的。他们从前全是木匠。我父亲后来不以当木匠为生了，他的姐妹们都为他自豪。他本人的确是个手艺高超的木匠。他和我一起，在1921年盖了一座木头小屋，现在那里仍归我所有。

用双手劳动是我们最深刻也是最美好的特征。我觉得人体最美妙的部分就是一些男人和女人的双手。我几乎不能把视线从他们的手上移开。我从小就受到教育，相信双手是大脑的工具，即使只做简单的事情。我现在用斧子的样子看上去还是有板有眼的。我父亲使用工具时动作潇洒。是的，包括鱼竿。他姿态优美地拎起四盎司重的鱼竿，甩进布莱克福特河里。看上去美极了。

大体上，我至今成功保持了一半时间在书斋里动用脑力、一半时间回到树林里的生活。我保留着那座小屋，尽管我的家人都早已过世了。现在我已经退休，三分之一时间都在那儿度过。只要天气允许，我都尽可能不走，直到十月的驼鹿季结束。

在城市里我发现着各种各样的美。二十分钟之内，我就可以来到河狸和小鹿们中间。我差不多每天下午都出去散步。每星期要去乡下三四次。我领略了我们过去未曾发现的一种美。我发觉芝加哥工业区的几何图案美得让人难以置信。乘船沿卡拉麦特河溯流而上，看看这条肮脏河流两岸的大型起重机、升降台和其他巨大的家伙，简直像经过了纯粹的设计。就算是塞尚也拿不出更好的几何图案了。要是让我来列举世界上最美丽的情景，依照我的品位，我要说，是夜晚站在天文台上，望向堤坝另一侧的汉考克大楼和希尔斯大楼所看到的景象。没有地方比这更美了。对于美，你不能目光偏狭。

我年纪大了，试着把这些梦想融进我自己的生活中。我的小屋离冰河只有二十五公里，那里每个月都下雪。而且芝加哥大学的教学楼是哥特式的。要是你知道哪所大学在建筑上更美，我倒很愿意知道。伦敦大学也好，牛津大学也罢，根本比不上。

要想成就梦想，生活得和谐，你得长寿才行。我活到这么大岁数了，在这个国家度过一生，在家庭中接受了我所需的最好的教育，我无比感激。我没干过什么伟业，但在七十五岁的我看来，我已经完成自我实现了。我本身并没有尚未发掘的潜力。他们也许会在我一生结束之后说，我的人生不存在争议。我有两个孩子，我欣赏并爱着他们，尽量不干扰他们的生活。在孩子们身上我看到了父亲的影子。你把球一代代传下去了。

弗洛伦斯·斯卡拉

五十年代末期，反抗市政府拆除芝加哥西侧旧居民点的抗争就是她实际领导的。

“曾经，我认为自己的生命中会出现奇迹。我想每个人都有过这种感觉。”

那是一个多民族、多种族社区，简·亚当斯就是在那里建立了赫尔共济会。那是城市最活跃的地区之一。如今则是诸多机构、高速路、公共设施，以及一些旧时居民仍在坚守的地方。

她和简·亚当斯的同事，已经八十岁高龄的杰西·宾福德一直抗争到活动失败的最后一刻。她们向赫尔共济会的董事会呼吁，那些人是城市里最尊贵的公民，来自古老而饱受尊重的家庭。“当时暴雨倾盆，我们从屋里走出来，像打了败仗一样。我们看似镇定，但都一言不发。宾福德小姐几乎说不出话来。她心中有些东西被压碎了。她所熟识的那个芝加哥已经灭亡了。”

曾经，我认为自己的生命中会出现奇迹。我想每个人都有过这种感觉。我觉得自己能成为自己想成为的人。我是个梦想家。高中时我想当作家、记者。我个人的梦想没有实现。

我出生在1918年。我还记得自己是个小女孩时的事情，我去上学，但不会讲英语，惊慌失措的我一路跑回了家。我为母亲感到羞愧。她很情绪化，常常大吵大闹。我不想让她再带我去上学了。

我记得那条拥挤的街道，父亲在熨衣服，母亲在店里缝缝补补，而我们都在大街上玩耍。回忆起这些日子我并不觉得留恋。那条街太糟糕了。但我喜欢夏天的傍晚，夕阳下人们回家时的情景。对我而言这是个奇妙的时刻。

我父母干活很卖力。开裁缝店的小生意人不得不这样。从早到晚他们都在用双手劳作着。我父亲负责熨烫、裁改衣服。母亲做点修补的小活。从大清早就开始干活，一直忙到深夜。父亲一般白天熨衣服，晚上缝衣服，晚间九点关门。我们一直住在店铺后面。直到我长到十几岁，母亲才决定我该有自己的房间了。

啊，当时的邻里环境简直一团糟。糟糕到让人惊讶的程度。街头的阿飞常闹事惹人不安。我父母很担心，害怕孩子们卷入麻烦而丢掉小命。我们这里的洗衣业让一群暴徒控制了。洗衣业行业联盟斗争期间，我父亲很害怕。连续好多周，小店只能关门，因为罢工期间他没处去送衣服。后来他只好背叛罢工活动，偷偷把衣服送到别的洗衣店去洗。大街上有人被杀了，我们过去都见过这场面。意大利人中有类似黑手党大佬的角色出面协调局势。

我父亲从未参与过这些事。他游离于这些事情之外，是个孤独者。以那时的标准看来，他真的是个很有教养的人。他读了很多书。他热爱戏剧。他买了好多歌剧剧本。我们现在还保存着老卡鲁索的许多唱片。他还热爱天文学。他知道月球距离地球多远，金星距离地球又有多远。他觉得探月工程是浪费时间浪费金钱，因为，他说，他们那些发现他早就知道了。

他唯一的梦想是去看看大峡谷。这个愿望没能实现。等到他终于有了时间，已经虚弱得不敢出去旅游了。我从未好好跟他聊过天。他极其腼腆和孤独。

黑人常来店里，把衣服交给我们。他们是油漆工和木匠，都是手艺人。我父母并不嫌恶黑人。他们把黑人看作和自己一样的移民，身处同样尴尬的困境中，试图在这座城市站稳脚跟。我不记得小时候有什么种族斗争事件。后来我见识到了。

如今我们这个社区很小，只有五六个街区。都是公共住宅，住的大多是黑人。那些医疗中心的学生和广告电视业的年轻人倒觉得这是城中的时髦地带。一些意大利家庭还坚守在这里不搬走。随着我这一代人的成长，这地方发生了变化。我这个年纪的人想让自己更像其他社区的人。他们举办大型四对舞舞会（笑），在跳舞时介绍自己的女儿，完全是模仿上流社会那一套。他们把孩子送到天主教学校念书。我的父母则把我们送到公立学校。我的一些朋友宁愿跑到其他社区约见朋友，也不愿意把他们邀请到自己的社区来。我不存在这个问题，因为我去过赫尔救济会。我是在一种截然不同的、充满尊严感的气氛中成长起来的。

我没有什么遗憾。我深深地相信，而且我看到了如今的一些迹象，那就是当初我们努力尝试却并未成功之事已经在人们身上留下了烙印。他们不再坐视不管任由事情发展了。他们记得当初那场为了拯救这个社区而进行的抗争，其中有悲壮的成分，也有尊严的成分。

我不像从前那样爱做梦了。我过去相信，在这个国家我们能得到一切所需，过上像样的生活。如今我不再这么看了。个人的利己主义——“我是第一位的”这种想法，正污染着我们的头脑。这在我们的公共机构里也不鲜见。他们的所作所为都是为了自己的利益。

这个世界似乎已经难以说清了。甚至这座城市也是一样。我看着它在日益迷失方向。我反对城市为了扩大而扩大。我们走在街上，彼此看都不看一眼。我们都是陌生人。这是个让人难以理解的时代。

这是个我不了解的世界。是电脑和微波炉的时代。我永远也不会买这些的。（笑）这些东西让我觉得陌生。正在成长起来的年轻人更容易接受它们，但我抱有质疑。他们能适应起来，因为只能这样。老大哥就在那里。我想他们会变成数字。我不把自己看成一个数字，可我知道自己正在变成数字。我没有信用卡，所以要随身带着社会保险号码和驾驶证。这样很不像个美国人。无论去哪儿我都花现金。你看，我还不是个数字。

我没法再说得清美国梦是什么了。也许就是拾起一些我已经丢掉的东西吧。

斯特拉·诺维茨基

她曾经出现在纪录片《工会女佣》中，是三位受访的老妇人之一，她们回忆了自己的青春岁月，三十年代，以及劳工纠纷。

“真正投入到生活中的人总有积极的态度。”

你梦想着长大离开家。你要怎样安顿自己？怎样过你的生活？

我来自密歇根州马特文一个穷苦家庭。信不信由你，我最初想当一名医生。结果我当上了给猪看病的医生。我们过去常杀猪，之后我会帮着把公猪切割成小块。我也杀过鸡。动物们病了，我就给它们看病。我把夹板固定在断肢上面。在高中里我是护士的助手。流血和血污我都不怕。我看过躯体内部什么样。我意识到，哎呀，我愿意做这种事，而且有能力为人们治愈伤痛。高中毕业后，我甚至连去芝加哥的钱也没有。于是我估摸着自己也许能当个护士，这是当医生之外第二好的事啦。

那是1933年大萧条期间。要当护士，你得有钢笔和铅笔，还要有旧手表和几套制服。你要自己支付这些东西。我一样都没有。所以剩下的最好的事情就是找份工作。美国梦是那种飘在云上的东西。而现实就在眼前。我能做什么？我能得到什么？

我父母都出生在南斯拉夫。他们是到这儿以后才认识的。我父亲是1917年来的，为了逃避征兵。他是家里的八九个孩子之一。他长到一定年龄之后父亲把他从家里踢了出来："我们粮食不够吃了。去美国吧，那儿马路都是金子铺的。你能找到工作，赚大钱，当个有钱人。"

我记得发生于矿井下的悲剧。我记得那些意味着事故发生的号啕痛哭。我记得我们都跑到矿井边。我记得那些噩梦。一些我们认识的人死了。我记得父亲被解雇，母亲为了让收支平衡，找一些人来我家住宿，她也赌博、贩卖私酒。

这些都是违禁的。我可怜的母亲像在地狱里干活似的，要照管我们这些孩子，还要贩酒和照顾房客。这些家伙常在外面玩牌，还要点吃的，喝得烂醉如泥。（笑）我母亲常从一个罐子里掏钱出来。母亲靠赌博和贩酒攒了一千五百美元，我们用这笔钱买了一座农场。

我们的农场完全靠自己经营。霜降季节来临，葡萄季结束了。我父亲在卡拉马祖一家生铁铸造厂找了份工作。他同时做两份工。他乘车出去二十里，在铸造厂干一天，然后回家，晚上干农场里的活。

我们去上学，一放学，十五分钟内我们就能到家，开始干田里的活。都是重体力劳动，男人干的那种。高中生活很快结束了。我很聪明，我爱上学。我们的老师特别好。我们有一种截然不同的态度，这一点在国外出生的孩子身上尤其明显，因为我们的父母常说："你不是新来的移民，你不能当个傻瓜，你将来的生活肯定比我们好。"实现的方法就是受教育。高中结束后，我搭上去南黑文的便车，然后又坐上一条去芝加哥的船。

我十七岁来到这座城市。真是难以置信。对这座巨大、复杂的城市，这么多不同种族和肤色的人们，我一点心理准备都没有。

刚到芝加哥时，我看到黑人住在破烂小屋里，比白人住的地方差很多。和我住在一起的人常和我讲这些事。他们告诉我，种族歧视是资本主义必不可少的一部分。我那时在政治上十分幼稚，只听我父亲讲过一点社会主义的事情。

我父亲买了一些克罗地亚语书籍。后来我读到列宁和高尔基的书的时候，一下子就把他们认出来了。我父亲是通过这些社会主义书籍教我克罗地亚语的。他告诉我，我唯一能成功的方法就是和其他工人团结在一起。

在芝加哥，我看到排队买面包的队伍，看到连同家具遭扫地出门的租户，看到失业者的游行。当时正是大萧条时期。我找不到工作，觉得自己身上肯定有什么问题。我的朋友说："除非撒谎，否则你是找不到工作的。"我说自己当过屠夫，终于在牲畜围场找到一份工作。

在那之前，我到医生家里做家务活，每周赚四美元。洗熨衣服、做饭、陪他家娇惯坏了的小孩说话。隔周的星期日，还有星期四下午歇班。我把一半收入都寄回家了。你能想象吗？每星期我寄回去两美元。我们有这种与生俱来的责任感。你长大了，离开了家，就得给家里人帮把手。我憎恨这种观念，每晚我都哭，因为我必须在屋里干各式各样的脏活累活。

在牲畜围场，我干的第一件事是切肉。政府从干旱地区收购牛肉，把肉装到罐头里，接济穷人。所有的肉都经过高温蒸煮，很烫，他们把肉倒出来，我们割生肉，把腱子肉和老肉割出去。我们一个挨一个地站在那儿，手里拿着刀子，热蒸汽弥漫，没有通风，多可怕的工作啊。

恶臭和高温让人受不了，常常有妇女晕倒。还好有我这个强健的乡下姑娘，十七岁，体重72公斤，脸色红润，我把晕倒的女工背在身上，跑下楼梯，把她们送到休息室。我身体就这么棒。在农场里我曾经用一把巨大的锯子伐倒大树，然后把一段段原木搬起来。所以我不能理解他们说的那套胡话，什么要逼迫妇女才能让她们干和男人一样

的活。该死的，我们一直就这么干活的。（笑）

我们常谈论机器的防护措施，这种防护能让我们的手指不被切伤，我们也应该戴上拇指护套，这样磨刀的时候也可以免受切伤了。可是，看啊，有个妇女的手指尖让该死的香肠机切掉了。意外发生时我在场。当晚我们的小组开了会，我们中的三个妇女在那个部门里干活。第二天早上，我们写好了一份传单。我们把传单藏在胸前带到厂里，张贴出来。我们提议，安装防护措施后，我们才肯恢复工作。

妇女们终于意识到她们的四肢比工作更重要。我们罢工了。我们的安全得到了保障。我们又分发了传单，上面写着：看到我们团结一致的成果了吧？要是我们有一个工会，团结一致，又会怎样？这是1933年，产业工会联合会还未出现。

我加入了共青团。共产党当时的行动非常重要。你可能会说到共产主义的幻灭，但我说的是当时的情况。因为冷战、恐共和联邦调查局，我们的集会是秘密的。我们在阁楼上开会，条件艰苦。要是邻居发现有黑人和白人一起集会，他们会有所警觉而报告警察。我们行事非常小心。我们穿过小巷从屋后进门，当时的会议就是在这种条件下召开。

我们讨论工作条件，听产业联合主义、美国工人阶级历史的课程。我们阅读德布斯[①]的著作。我们阅读别国社会主义的历史，了解苏联。在这个全世界最富有的国家，我们却饿着肚子。在苏联人们至少不会挨饿。对我这个年轻的理想主义者来讲，看到社会的出路是很重要的一件事。

---

① 尤金·V.德布斯（Eugene Vitor Debs，1885—1926），美国劳工领袖，五次成为社会党总统候选人，晚年遭迫害入狱。

所以我加入了共产党。那是段不错的日子。人们觉得我们是群蠢货。我记得党组织在约翰·里德俱乐部举办过为《工厂工人报》这份当地共产主义报纸募捐的活动。我们拿到牲畜围场的新闻，由通讯员稍加润色就发表在报纸上。我们总有关于共产主义的文章发表。我们从不隐藏观点。我们尝试使用工人能理解的语言，不用浮夸的言辞，也避免激烈的争辩。

干活时你不能讲话。你像机器一样站在那儿。他们在监视着你。规则就是不能讲话。后面有十个人眼巴巴等着你的工作岗位呢。老板没看着的时候，我就小声说话。午饭时间或十五分钟休息时，我们能在厕所里说几句话，这是你唯一能真正说几句话的机会。你是跑着去吃午饭的，因为只给你半个小时，还要处理私人的杂事，你匆忙抓起吃的咬上两口，低声说几句话。

有一天，一个人事主管走进厕所，看见了四周散落的《工厂工人报》，那时我刚出去。（笑）下班时，他们给我一个信封，里面有张解雇通知书：拿上你的工资，你被解雇了。没人告诉你理由，他们不是非得解释不可。我不得不又去别人家里干活了。

就在这时，共产主义青年团把各类年轻人送到牲畜围场、煤矿、铁路和电力企业中去散布产业工人联合的主张。我在街上碰到那个年轻女人，她说："我找到一份秘书的工作。我不想在该死的屠宰场干活了，又臭又累。"我说："你用什么名字呢？"她回答："罗斯·沃尔什。"她是犹太人，却用了另一个姓名。她说："拿着我的卡片，到阿莫尔去吧。"我去了那里，上次解雇我的那个人事头头的助手正在那里，她让我明天下午开始上班，从一点到七点。

我朋友说："咱们去美容院吧，把你的头发染染。"我几个礼拜没上班，有点晒黑了。他们把我的眉毛修细了。我是个乡下姑娘，很少化妆。可现在我擦着胭脂，指甲修得亮亮的，穿着漂亮的条纹露背装。我直接回到工厂，没有人把我认出来。（笑）换了不同的名字，做的是同一份工作。

猜猜看发生了什么事？我在那儿工作了差不多一个星期时，有个女领班朝我走过来。她是个克罗地亚女孩。她戳戳我，用克罗地亚语说："不用出声，干你的活，一切都会好起来的。"她在暗中给我透露消息。你能想象吗？我觉得她是支持工人联盟的。那感觉真美妙。

激动人心的事件有很多。产业工业联合会建立起来了。然后是麦卡锡时期。绝望和幻灭的时代。斯大林遭到揭露。我一直坚信社会主义，所以这真的让我烦恼不堪。就像一个你不愿意相信的噩梦。这是你过去那些年里一直信奉的事业、为之献身的事业。

我彻底震惊了。我没法相信我们在所谓资本主义报纸上读到的关于苏联的那些事。但他们说的是真的。怎么说得通呢？接着又发生了捷克斯洛伐克事件。我不是个能弄懂所有理论的人，看不出措辞中的微妙之处。说到底，我是个什么人呢？我整天干活罢了。从前我信任通晓理论的人。可现在我开始怀疑了。

一个朋友的姑姑从莫斯科来到这里。她讲了很多苏联有多好多好的话。我就问了她一个问题："给我们讲讲你们那儿典型的一天吧。"她开始描述在一天里她要做什么。我说："这就是社会主义？"假想我是个工程师，或者别的什么角色，每天还是要做这些破烂事，一个个排队买面包、买肉、做饭、和好多人共用厨房？我确实觉得和过去相比是有进步的，但放在五十年里面看，进步并不大。

如今我保持着乐观的态度。年轻人，尤其是年轻的女性提出了各种各样的问题。随着妇女运动的开展，很多人在觉醒。哦，是啊，我挺乐观。我觉得悲观是惰性的产物。

一些和我同时代的人现在很悲观，因为他们太富裕了。他们赚了很多钱。他们关心别人，但缺乏实际行动。他们仅仅是在发牢骚。真正投入到生活中的人总有积极的态度。人民没有灭亡。如果想成长，一个人必须投入到自身之外的事情中去。不要闭目塞听，要花一切时间学习。我不在乎别人怎么说那群六十年代的年轻人。我从他们身上实在学到了太多东西，真是了不起啊。

我觉得自己重又变成一个年轻女孩了。（笑）

里奥 · 邓肯

他是新英格兰[①]的一位历史学家。

“在尚未实现的时候，美国梦总是对你有更大的影响力。”

① 新英格兰，位于美国本土的东北部地区，毗邻加拿大。

我出身统治阶级家庭。成长过程中我总觉得这世界一切都好，而且我要为世界贡献一份力量。一切都运转良好，只有某些小地方需要改进。

我父亲是一家农业综合经营公司的经理，这家公司在世界的很多地区都有业务，是一家跨国企业。他负责的地区如今有一家分公司。他是个典型的商人。

我曾跟随父亲到南美洲旅行，当时公司在那边主要的业务在于甘蔗园。我有机会走进那里的乡村。那是我第一次把事情联系起来，开始意识到这些黑皮肤的家伙在38℃的炎热中劳作，为了赚每天6先令[①]，而在某些意义上说，是为了支付我的大学学费和我使用的其他好东西。我开始有些困惑。大学毕业时我获得了一种不同的世界观。那是1960年的事。

我相信自己八九岁或十岁时的经历在很大程度上导致了这种局面的产生，那时我是我们那儿唯一坐高级轿车上学的孩子。我恨透了这种不同。最终我和司机做了个约定，放学后他在两个街区外等我，这样别人就不会觉得我在摆阔炫耀了。我觉得任何让自己显眼

① 先令，英国的旧辅币单位，1英镑=20先令。

的东西都是可怕的。这让我对各种和财富相关的标志感到厌恶，我从来没有爱好过游艇、高级轿车这类东西。

我母亲是犹太人，父亲是特权阶级美国人。我祖父是十九世纪八十年代来美国的。我很少听他们谈论美国。我们是欧洲化的家庭。二十岁时我已经看过世界的很多地方，之后我对旅行就没什么兴趣了，国内旅行倒还好。

我父亲眼中的国家只有他那个圈子里的人，都是跟他一起长大的那些有钱的特权阶级白人。他在英格兰和爱尔兰有很多亲戚，我们曾经旅行去看望他们。我父母对身为美国人这点并没有切身的感触。在成长中我也觉得自己不太像美国人。

在我生命的最初八年中，我从没见过比比肯山[①]更高的地方。这就是我了解的美国。后来我重回波士顿，在从前住过的那一带散步，我仍旧觉得那里就是世界的中心。

我去上格罗顿学校，这是位于马萨诸塞州的一所预备学校。在格罗顿的四年是我一生中的重要岁月。在大城市中，学校里多是工人阶级子女和中产阶级教师，教师总觉得跟学生之间有隔阂。寄宿学校的情况正好相反。学生全属于上层阶级，教师都是中产阶级，他们多数靠半工半读念完大学。在这样的学校教书很不容易。他们工作得非常努力。

他们都是好人。他们大多毫不掩饰对学生某些行为的反感。他们会对我这样的孩子谈起他们对看到的浪费行为的看法。我记得一个老师提到过他见到一个宿舍里的男孩把裤子扔进垃圾桶时的不满。那是条新裤子，刚从盒子里拿出来的。那孩子说：“我只想要这

① 波士顿的一个地名。

套衣服的上衣。”我忽然意识到自己从前不喜欢浪费、不喜欢必需品之外的奢华的想法原来是正确的。这是我第一次思考阶级问题。

惠灵顿公爵[1]说过滑铁卢战役其实是在伊顿公学的球场上赢得的对吧？从很多方面看来，这些精英学校是统治阶级的第一个训练场。校董会议是在银行开的，他们每年来一次学校，然后就不再上心了。学校里全是男生，当然了，以后他们保证能成为股票经纪人、银行家之类的人物。

我父亲心中的楷模是洛克菲勒家族。第一代创造财富，第二代巩固财富，第三代进行我称之为寄生资本家的活动：进入政府部门，当基金会主席。他们不必操心怎样具体保管钱财。他们可以向外延伸。我父亲希望我成为这样的第三代。父亲愿意让我当律师，成为某些像六十年代的林赛市长那样处于上升期的年轻特权阶级白人政客的学徒。之后再当上助理国务卿之类的职务，进入政坛。

在尚未实现的时候，美国梦总是对你有更大的影响力。而在还没实现美国梦的那些人的成长过程中，总有人告诉他们，要是你工作勤奋、卖力，就能得到彩虹尽头那一罐金子。可当你已经拿到那罐金子，这个梦就失去感召力了。事实上，如果有我那种想摆脱豪车等物质附属品的经历，你就不会再去追求任何物质方面的东西了。你需要以另外的方式赋予人生意义。在一切制度都遭到质疑的的六十年代，这个道理尤其适用。

我父亲不得不接受了我成了作家的事实，可他的表现是：为什么你不给《纽约时报》写东西呢？他的梦是那种贵族改良派的梦，是这个国家在本世纪初就形成的强大传统：泰迪·罗斯福的类型，

① 惠灵顿公爵（Arthur Wellesley Duke of Wellington，1769—1851），英国著名军事家、政治家。

好的政府，行政廉洁，使现有机构按照预想的方式运转。他们是好人。但这不是我向往的。对我而言，美国梦就是改造社会的梦。

我羡慕那些政治梦想受到父母引导的人。我有几个朋友是所谓的“红尿布婴孩[①]”。对那些社会主义者的构想，我不得不靠自己一点一点拼凑起来。这并不是我从小就知道的东西。好笑的是，如果是靠自己拼凑起来的，这种渴望就会更强烈。我知道许多“红尿布婴孩”后来离开这个阵营去当企业经理了。（笑）可我还是羡慕这些在宗教般的政治梦想中长大的家伙。要是你能够回到过去，选择在美国历史上的某个特殊时刻出生，我会选择三十年代。

---

① 红尿布婴孩（red-diaper baby），指活跃于1905年至二十世纪五十年代的美籍左派分子的孩子。

拉斐尔·罗萨

他在曼哈顿一家常有戏剧圈人士下榻的酒店当侍者。他永远面带微笑，尽量使人愉快，反应机敏。他在家里十兄弟中排行老九，这一年十九岁。

“不要一个人走夜路。别喝太多酒。你得时刻保持清醒。有人说，不要犹豫不前。可在现实中，你需要适当的犹豫。”

“我父母生在波多黎各。他们来这里已经整整十七年了。我父亲也在这家酒店干活，是个勤杂工。我父母在家里讲西班牙语。我就出生在纽约，所以我去上学之后西班牙语变差了。我现在总觉得，当初该把两种语言都抓住。如今有讲西班牙语的人过来跟我搭话，我总是结结巴巴的。我读书只读到高中二年级。”

我的美国梦就是要成名。比如当大公司的大老板，轻轻松松地靠在椅背上收钱。啊，我会好好对待员工的，付给他们高薪，不怎么加班，不像多数老板那样，喜欢冷不丁地解雇别人。

我真想有一辆带司机的豪华轿车，里面一边有冰箱，一边有彩色电视。哦，对了，还要有姑娘们。这样我就不用早八点来晚八点走了。也许未来有天我能发明点什么，变成百万富翁。目前我很希望当上空军的领航员。

在纽约骑着自行车，我看到各式各样相貌好看、衣着时髦的人，他们坐着高级轿车，看上去跟普通人没有两样。我想既然他们可以，为什么我做不到？为什么我就不能走出去，坐上车让司机载我一程呢？我还没做成大事，但我仍在努力。

我长大了，知道外面的世界是一片残酷的丛林，你最好能抓住一根藤条。于是我抓住了一根藤条，着陆到这儿了。（笑）城市生活真是艰难，你找不到工作。我希望上电视，当当新闻记者什么的。

我的朋友们总在谈论要有辆漂亮汽车，轿车或大型车都行，车里要有高级内饰，有折叠床，满地地毯，车壁有护墙板。轮胎很大，车侧伸出几个消音器，车子能开很高的速度。他们常到这条高速路上来，在平坦的道路上赛车。真让人难以置信。我不知道这些家伙怎么做到的。只是单调的赛车而已。

我想当出租车司机。我觉得这是份刺激的工作，整天在外面开来开去。我那时有种开车狂热症。现在我常常梦想着自己可以飞，不停地上升，直到最上面。但我不知道自己该怎么上去，除非我发明点什么？反重力腰带之类的。做这种玩意儿得花一大笔钱。我现在会修自行车，只用一个轮子也能骑，但我觉得这样不能去太远的地方。我真想骑着摩托车去探索广阔世界。

我常常站在大街上，东张西望，仔细打量走过的漂亮女人。我喜欢她们的穿着打扮、走路和讲话的方式。那些女人真应该喜欢我。我不知道这个梦怎么才能成真，但早晚能以某种方法实现。

我哥哥在邮局工作，赚钱很多。我另一个哥哥在一家工厂上班，只要加班加点，薪水也很好。我们都在做一件事，那就是尽力向上爬。尝试看看自己能否弄到一间修理轮胎的店铺，或是一家食品杂货店。只要位置对了，我们就能有所提升。

我很想投资一些真正的大买卖，比如婴儿食品。人们永远离不开婴儿食品。汽车也一样。只要我们离不开人，就离不开汽车。我可以投资轮胎。有轮胎的地方就有汽车。我猜我在这上面能获得巨大的成功。

如今的人们都把想法藏在心里，不让感情外露。他们害怕失去人们的尊敬，十分孤傲冷漠。我却对别人敞开心扉，好像有个情绪的旋钮似的。我是那种和任何人都相处得来的家伙。我是波多黎各人，又有黑人的肤色，所以两个圈子都能融入进去。好几次有白人追着我跑，但没发生什么特别的事。

最近暴力活动很多，人们上街前都要三思而行。有一次我在南布朗克斯街被人袭击了。我走在昏暗的街上，三个家伙跳出来，一个人拦住我要烟，我给他拿烟的时候，另外两个人从后面抓住了我。他们开始揍我，掏走我身上的钱，把我扔在地上，跑走了。我好了以后就开始谨慎了。遭抢劫之前，什么路我都敢走。如今我宁愿绕道也不会直穿某条暗街，不管这要多花费我多长时间。如果有不认识的人叫我，我就继续走，不理会。我会回头看看，然后接着走路。

我建议，不要一个人走夜路。走路时要带根棍子防身。别喝太多酒，这会让你反应迟钝。你得时刻保持清醒。有人说，不要犹豫不前。可在现实中，你需要适当的犹豫。

如今的抵达

阿诺德·施瓦辛格

对，他就是那个施瓦辛格。“就叫我阿诺德吧”。

“‘赢’很重要。让你脱颖而出的一个词就是：赢家。”

就叫我阿诺德吧。

我出生在奥地利格拉兹城外一座小村庄。那座房子已经有三百年历史了。

十岁时，我就梦想着成为世界上某个领域最优秀的人。十五岁时，我的梦想是变成世界上最棒的健美运动员和最强壮的人。这个梦我不止在夜里做，白天也做。我天天想着这事，觉得它必须成真。我下了五年苦功夫。五年后，我把这个梦想变成了现实，我当上了世界先生，我是世界上最优秀的健美运动员。

“赢”很重要。某个人成就了他想成就的事情，另外成百上千的人失败了。让你脱颖而出的一个词就是：赢家。

我曾三次获得亚军，可我并不认为是失败。我的基本要求就是：阿诺德必须获胜。我必须比别人赢得更多次世界先生的头衔。我连续赢了五届。我保持着“奥林匹亚先生”的纪录，这是健美界的顶级专业赛事，我赢了六届。这也是我后来退休的原因。甚至没人能接近我的纪录。人人都放弃了和我比赛。这就是我对赢家的理解。

还是个小男孩时，我的梦想并不是拥有强大的身体，而是追求另一种强大——我讲话时每个人都要认真听，因为我是重要人士，人们能认出我来，觉得我很特别。我强烈地渴求着脱颖而出。

我的另一个梦想是定居美国。我十岁时就希望当个美国人。当时我对美国知之甚少，只知道那是个了不起的国家。我觉得自己是属于那里的。我不想待在奥地利这样的小国家。我尽我所能想离开这里。1968年我终于来到了这里，那时我二十一岁。

如果相信来世的话，我要说自己上辈子一定是在美国生活的。所以如今我才在这里感觉如此良好。这是个你能把自己的梦想化为现实的国家。当初我来到这里，感觉就像是到了天堂一样。在美国，我们没有任何阻碍。没有人能阻拦你。

在美国得了第一名，世界其他地方的事情就全是小菜一碟。你到其他地方也都能如履平地。我试图让美国人意识到他们应该感激自己拥有的一切。你们有最好的税收政策、最好的物价、最好的产品。

我一直很有商业头脑。高中时我的大部分课程是关于商业的。经济、会计和数学。我最初一点英语也不会说。后来我上了英语课，并开始学商业方面的课程，因为美国的商业很厉害。怎么在短时间内把一美元变成一百万美元？还有发财之后，你怎么经营这些钱呢？

这是你手里有钱之后最紧要的事情之一，怎么保住这些钱？或者创造出更多钱？投资房地产是最佳方式之一。我买了住宅楼和办公楼，还有地皮，房地产是我的心头好。

我是个感情丰富的人。但当你想感情用事的时候，你要保持冷静，把感情储藏一段时间。你必须控制感情，能够支配自己的所作所为。比赛前三四个月，我能做到不受他人问题的干扰。有时这被称为自私。但如果你想成就某个目标，这是唯一的方法。我心中一旦有什么感性的东西作祟，我就保持冷酷的态度，这样它就不会干扰我的训练了。

有很多次，我真的被一些事触动。我真切地感受到了什么，但不得不对自己说，别去想。为了继续前进，我不得不抑制这些感觉。体育是必须全神贯注的活动之一。你要百分之百投入到你正在做的那件事情当中。心中不可有杂念。不能受情感因素的干扰。否则你就会想到自己的女朋友。如果恋爱了，你的精力和能量就会转移到另一个方向去，而不是用在体育场或是赚钱上面。

你必须早日选择自己想要什么，是过平凡的人生，还是成就你理想中的事业？我从来不为取悦别人去赢某些比赛。我总是挑自己觉得好的路走。一些人说我冷漠、自私。之后他们发现并不是这样。目标实现后，我就可以当好好先生了。你懂我的意思吗？

对我而言加州是一块梦幻之地，这里集合了我所追寻的一切东西。这里集中了全世界的金钱、演出、好天气、美丽的乡村，还有海洋。冬日里可以滑雪，在同一天也能去沙漠。人们各个长得漂亮，全都晒成了棕褐色皮肤。

我深信饥饿的哲学。如果你已经把梦想变成了现实，不要过久地感到满足。你要有一个新的梦想，追寻它，使它成真。当你把这个梦想也实现了，就再创造一个新的。

我是西方哲学的坚定信徒，这是一种追求成功、进步、获得财富的哲学。东方哲学是消极的，我只有3%的时候相信，另外97%的时间里还是相信西方哲学，追求征服和前进。这是种美丽的哲学。美国人应该保持下去。

卡利斯·伊宁斯

他是芝加哥商业中心区一座办公楼的维修主管。

“我住在芝加哥，日子很舒心。我的梦想是到处走走，看看这个国家，就是这样。”

他是拉脱维亚人，1956年来到美国。“二战之后，俄罗斯人回到拉脱维亚我们那个地方。我在1945年1月离开了那里。”

我家多年来一直是农民，所以我父母从没出过国。农民就是这样。他们年岁都大了。知道俄罗斯人要回来了，我们这儿的人纷纷出走，人们愿意到瑞典去，可大多数只去到德国，因为德国不让人们去瑞典。你必须得弄条渔船渡海。前线越移越近了，我们只好撤回来，直到战争结束。我们进了外国人待的集中营。

难民营吗?

是的，难民营，这名字不太好听。我当时在德国霍斯坦的难民营，那里大约有两万人。我在那儿结了婚。之后我一直待在德国，直到两个孩子都出生了。1950年，我们动身到了这里。

美国是山的那边海的那边一片快乐的土地。在美国的拉脱维亚人不多，但他们会彼此交流。他们都很快乐。你常常能听到的就是：美国最好了。从没有人说过美国的坏话。当然了，他们也说黑帮跟偷盗这些事。可美国仍旧是大家都愿意待的地方。

我跟老婆、儿子和女儿到了纽约。我老婆说："看啊，这就是我们的理想世界了！"（笑）的确如此。你来到这里的一路上似乎都在呼吸着这个国家的芬芳。这是很难言传的一种感受，在这里居住真是美好啊。

我们在芝加哥有朋友，于是在他们那儿借住了几星期。然后我领了第一个月的薪水，弄到一间公寓。我们是自食其力的人。我从没失业过，一个小时也没有。

在过去的二十一年里，我的想法一直没有改变。我在美国很快乐。也有难过的时候，比如我们陷入了越南战争的泥淖。我一向支持我们的政府。如果政府决定我们必须坚守原则而派兵，那么就应该如此。因为这是我们选举出来的政府。你必须服从你选举出来的政府。否则还有什么出路呢？我真觉得我们的政府做得不错。他们有时候也犯错误，但人无完人啊。

有很多美国人，比如一些电影明星吧，他们是好人，但我知道他们是左派。我不喜欢这些人。有些人总爱抗争。他们想要与现在不同的体制。你怎么能为了某样别的东西而放弃自由呢？可有些人就是这样。我觉得拉脱维亚人不存在这种问题。

我看到媒体有时会损害政府，就好像有什么秘密泄露出来了一样。埃尔斯伯格案就是一个例子。媒体认为他是正义的。我却觉得他有错。媒体那些家伙兜售秘密，靠这个赚钱。我的意思是，一个人这么做怎么会是正确的行为呢？而有些小伙子正在越南打仗，随时可能丧命。也许我错了，但这正是我的看法。

如今在美国，我们面临着一些问题。城市全被黑人接管了。这是毫无疑问的。一些人说如果他们接管了大城市，他们就将统治整个国家。我也说不清。我不喜欢事情的走势。白人都在往郊区跑，尽管他们买的都是实际上支付不起的房子，一个个债台高筑。

我住在芝加哥，日子很舒心。附近都是老邻居，来自各个国家。人人都有一份营生。都是诚实的人啊。就算你敞着后门也不会丢东西。

我有一套两层的房子。楼上住着三个拉脱维亚人，三个单身汉，他们都是我的朋友。我有一个儿子。他住在本森维尔[①]。他今年二十四岁，上了两年大学后结了婚，之后就没回到学校去。他老婆在芝加哥商业中心区当秘书。我还有个女儿，她也结婚了。她是护士，我女婿是汽车机械师。所以他们的日子过得相当不错。我老婆则是个簿记员。

我的梦想是到处走走，看看这个国家，也许要再等几年吧。我对老婆说："咱们事先不订计划，一路开车去。"比如黄石公园、产巨杉的地方[②]、洛杉矶、肯塔基州的落基山。要看的地方真是很多。还有新墨西哥、死亡谷……我要先看看美国。很多地方我还从未见过。这就是我的梦想。

---

① 原注：芝加哥近郊蓝领住宅区。

② 巨杉主要分布于美国加利福尼亚州内华达山脉西部。

米格尔·科尔特斯

他显得很年轻，今年四十二岁，淡棕色皮肤。

“我从小就想来美国。我想留在这里，有一天我也想死在这里。”

我出生在古巴最早的首都巴拉科阿。那是一座漂亮宜人、趣味盎然的小城。居民彼此大多有亲戚关系。我母亲是圣地亚哥人，她是一名医生。我父亲从商。我是圣地亚哥大学的学生，专业是教育学。

我从小就想来美国。为了我在杂志和电影中看到的那些东西——伊丽莎白·泰勒、费雯·丽、奥莉薇娅·德·哈维兰、克拉克·盖博，是的。我会在美国拥有一座漂亮的城堡。我将有一千名用人。房子里有五辆劳斯莱斯轿车。那些电影里都有漂亮的房子、华美的衣服、金钱、汽车。尤其是汽车。我们以为人人都过着这种生活。有钱、友好、相貌漂亮。我做着这样的梦。

我看了《生活》和《人物》之类的美国杂志，觉得美国是世界上最好最伟大的国家。后来我长大了，想法却没有改变。我有个表哥每年都去美国迈阿密，可我母亲从来不让我去。她说："不行，那儿没什么你非要了解的。你就待在这儿。"出于种族问题的考虑她才这么说的。

我家从来不存在这类问题。我们家族的名声很好。我祖父是巴拉科阿的巨富之一，拥有银行、剧院和其他买卖。我们也不是真正的黑人。我们本来是白人家庭，后来才加入了黑人血统，所以我们是黑白混血的穆拉托人。我并不觉得有什么问题。而且我父亲参与政治，他表兄是卡斯特罗之前的教育部长。

我一直在圣地亚哥当教师。卡斯特罗开始执政后，他们把我送到一座小镇去教书。我在那儿工作了一年。一年之后，他们又把我换到北边的奥连特。我当上了学校的视察员。我工作十分卖力，因为在这一年，也就是1961年，国家开展了学习运动。人人开始学习读写。

卡斯特罗让古巴的所有教师，以及每一个人都参与到运动中来。专业教师和中产阶级都去帮助人们学习读写。这时我在奥连特当助教，主抓技术教育，也就是说要制订送多少人去农场的计划。这份工作不错，但我不喜欢共产主义制度。我父亲从来不喜欢卡斯特罗，这个人杀了他的表兄，指控他表兄是驻古巴的联邦调查局成员，大概是类似的罪名。

1967年，卡斯特罗下令，想离开古巴的人尽可离开。我提交了申请。我们等了一年，一年半，两年。我说："啊，不能再等了。"我尝试来到关塔那摩基地，待在一个好朋友那里，他是个医生。然后我们离开了关塔那摩，想找艘船去美国。在路上，警察和守卫抓住了我们。

我在监狱里待了两年。我的待遇并不差，因为我在那里当老师。两年后，我到了美国。那是1971年。

佛罗里达州的迈阿密，哦，真的非常美丽。我第一次见到了美国国旗，看到停车场里的那么多汽车，还有飞机。这就是我的梦想。我非常开心。许多朋友来"自由之家"看我，这是古巴人找到住处前临时住的地方。之后我去了新泽西州，因为我有很多朋友在那里。就是在这段时间，我看清了美国的现实。

我开始在纽瓦克机场工作。我擦地板，洗盘子。到第三天，我觉得有点不是滋味了。我说："好吧，也许我很快就能换一份工作。"我那时还不会说英语。我对美国的看法没有改变，但觉得有点不对劲儿。

这不是我的梦想。我来这儿不是为了清洁地板的。我并非不喜欢做这些，但在古巴我不需要这么做。我在想自己来美国也许是个巨大的错误。我开始憎恶自己的工作。我为什么要来这里呢？既然我在古巴已经有了一份好工作，而且我没有钱。这座只有一间卧室的公寓里挤了五个人。（深深地叹了一口气）我变得非常不开心。但我仍旧需要看清美国的现实，找一份更好的工作，有些作为。

我和一位住在伊利诺伊州罗克福德的朋友保持着电话联系。有一天他对我说："来罗克福德吧，你可以在克莱斯勒公司工作。"于是我开始在那儿工作了。我有了更好的工作，赚的钱也更多了。那份工作是在流水线上。一切都发生了些许改变。我找到一间公寓，交了更多的美国朋友。我说："不错，我正走在实现梦想的路上。"我在克莱斯勒工作了两年半，心里却仍旧在考虑着去教书。我搬到芝加哥去了，因为克莱斯勒在大裁员。在芝加哥，我参加了很多次公务员考试，终于获得了资格。

美国就像是卡斯特罗之前的古巴。由富人、中产阶级和真正处于底层一无所有的人构成。穷人依靠救济金生活。这是有钱有权阶层的社会。有时候政府很愚蠢，有钱人和高层人士管理着这个国家。

如果警察在街上拦住你，想给开你一张罚单，你给他五美元或十美元，罚单就能免了，很像卡斯特罗之前的古巴。

在古巴能贿赂警察吗？

不行，因为人人都是警察。（笑）

我在古巴时，一家大型糖厂的老板是美国人。我们见过那个美国人，个子很高，很有商人派头，看上去有点像上帝。在卡斯特罗之前，那些商人觉得自己在别的国家高高在上：我是美国人。我是史密斯先生。人们理应尊敬我（他模仿恭敬顺从的声音说）：哦，史密斯先生。因为他高人一等，是个美国人。我家的农场有个蔗糖厂。不少美国人在管理层任职。农场工人们常低下头打招呼说：哦，史密斯先生。但后来情况不同了。

一切都改变了。在古巴，卡斯特罗上台后，穷人掌了权。这挺愚蠢的，因为他们中大多数人并不知道自己在做什么。妓女们不再当妓女了，而在银行里工作。用人跑到政府里任职。真是鱼目混珠。

卡斯特罗掌权后一年，富人们发现这个国家有些不对劲儿。他们说，啊哦，然后开始把财产转移到美国，之后他们自己也过来了，上流阶层都转移过来了。然后中产阶级和专业人士家庭也开始转移。他们把用人也带来了，但用人离开了他们。在美国的工厂工作，每小时能赚三美元。他们都跑去工厂干活了。（笑）那些用人每个月在古巴只赚二十五比索①。

我有一些专业人士朋友，他们从没爱过这个国家。那些特别快乐、深深爱着这个国家的人都来自最底层，因为他们在自己的国家从来没有工作过。

我有舒适的公寓、漂亮的家具、全套的配置。我待在家里，听听古典音乐，出去和朋友吃晚饭，四处旅游。我热爱自己的工作。

---

① 古巴比索是古巴共和国的法定货币，由古巴中央银行——古巴国家银行发行。1980年底，汇率为1美元合0.7045古巴比索。

美国式英语我掌握得不是特别好，但我深深地热爱着美国，就像从前我热爱古巴那样。我认为自己的生活不会再改变了。我想看看家人，他们也想看看我。我母亲现在会说：“你就留在那儿吧。”她现在很高兴我待在这里。尽管我没有得到最开始想得到的那些东西，但我很高兴待在美国。我想留在这里，有一天我也想死在这里。

阿纳斯塔西亚斯·（安迪）·科斯泰利斯

在高速路上，他与开另一辆车的金发姑娘调情，技巧出神入化。

“我生来就想当重要人物。我愿意到美国来，就是想获得自由、活出真我。”

我和你说，我十四岁那年，军人集团开始在我的祖国实施独裁，我很烦恼。他们声称我们是自由的，但实际上并非如此。他们甚至搜查我们的口袋，审查书籍，审查一切。

他开着出租车在波士顿闹市区接上了我。他载着我，一边在拥挤的车流中左右突围，一边轻松自如地跟我讲话。在开往劳伦斯的高速路上，他与开另一辆车的金发姑娘调情，技巧出神入化。当她在下一个高速路出口转弯时，他朝后视镜孩子气地一笑。“我不打算开很多年车，也许再开几个月。在美国我孤身一人，完全靠自己。”

我出生在雅典的比雷埃夫斯港。父亲是一位牧师。我们兄弟姐妹五人。两年前我大哥也当上了牧师。我二哥是律师，大姐是会计，我最喜欢的小妹妹则是服装设计师。

在希腊，我进了商船学院念书，并从那里毕业。我在学校里分数很高。在船上我是无线电报务员。我在四条船上待过。我去过北极，大概去过三次，还有一次航行到非洲西北部。我也去过赤道。当无线电报务员薪水很高，尤其对我这个年龄来说。我每个月挣

一千两百美元，而当时我才二十岁。就算是纳奥西斯[1]的儿子也赚不了这么多钱啊。你知道纳奥西斯是谁吗？（笑）

我能力出众，于是他们付给我更多的薪水。在希腊，无线电报务员并不好找。希腊有全世界最大的商船舰队。

他们让我参加“斯特拉·K号”的航行，我从德国的基尔港上了船，我们要在格洛斯特[2]装上鱼，再返回波兰。我不得不在当无线电报务员的同时兼任船长的副手。天气极其糟糕，那是1976年2月。我告诉船长风暴即将来临，冰山正从南边漂过来。我们卷入了气旋中。哦，我的老天，我一生也忘不了那段时间。风速每小时240公里。无线电坏了，发不出求救信号。紧急传送装置也出人意料地不能工作。每个人都看着我，好像我是上帝一样。我向上帝和圣尼古拉斯祈祷——圣尼古拉斯是海员的保护神，我说：“上帝啊，求求您，就算您不喜欢我，也请帮帮其他人，我只是这里的一分子，求求您。”在风暴中颠簸了九天之后，我把所有衣服都抛到大海里去了。我想我们会葬身海底。而就在同一天，醒来时我们发现海面恢复了平静，好似铺了一层油，就像块玻璃似的。我们喜出望外。这次航行花了十九天。

在风暴中，我吸食可卡因之类的，为的是让自己觉得轻飘飘的，让自己醒着、活下去，而不是瘫软下来。

我到了格洛斯特，兜里有两百美元，还有身份证和移民护照。我病得不轻，他们抓着我，给我下了驱逐出境令。这事说来话长。

我还是个孩子时就想当老鹰。我喜欢在高高的位置上待着。我到达了山巅。两年半前，我在风暴中坠落，翅膀冻僵了。我飞不

① 纳奥西斯（Aristotle Onassis，1906—1975），前世界首富，希腊船王。

② Gloucester，是英格兰西南部的郡，在塞文河口的东北方。

起来了。我痛哭流涕，日夜祈祷，直到太阳再次升起。我尝试了很多方法使翅膀上的冰融化，好让我能再次展翅飞翔。最后，感谢上帝，经历了那么长时间、尝试了那么多次、花了那么多钱之后，我的太阳再次升起，积雪开始融化。我的翅膀干燥起来，也许不久就能起飞了。

美国是世界上唯一一个只要不干扰别人你想做什么都可以的国家。你想变富有？你可以变得富有。你想工作？你可以工作。你想学习？你可以学习。你想做什么都行。你有很多机会。

如今我的首要目标是努力变成美国公民，即使去服预备役也没关系。我希望在这个国家享受充分的权利。我希望在这里了却此生。在达到这个目的之前，让我付出什么都可以。我有很多想法，可有时候还是冒冒失失的。前段时间我拿到了外侨登记卡，而几个月以前我还面临着驱逐令的威胁。现在我是美国的永久居民了。生命短暂，美国给了你成就自己人生的机会。

现在我孤身一人，对吧？我能到哪儿跟别人聚会呢？你能告诉我吗？实际上没处可去。只有迪斯科舞厅。你走进一间酒吧买醉。酒吧里的人都不是上层人士，他们全来自底层。

我过去和一些希腊来的人混在一起，对吧？我是在迪斯科俱乐部遇到他们的。希腊人有特殊的据点。什么也逃不过我们的眼睛。（笑）没有哪个姑娘从我们身边经过却不知道我们想跟她交朋友的。（笑）我们差不多有十个人。外面停着他们的凯迪拉克埃尔多拉多牌汽车、马克四型、马克五型和其他各种牌子的汽车。他们很有钱。他们大多拥有从父亲那里继承过来的餐馆。跟美国姑娘交朋友是很容易的。

在希腊人里，我的美国舞算是跳得很好的。在希腊，我们不过在大街上逗弄一下女孩子寻开心。“嗨，你好吗，宝贝儿？”这啦那啦。这些家伙都笨嘴拙舌不知怎么搭讪，对吧？总是我先开始。我尝试着尽我所能多交几个女朋友，然后好分给他们。

我们经常换迪斯科舞厅。我们想找更好的舞伴，遇到更重要的人。即使你是个医生或年轻律师，也总能看到有些家伙在你面前表现出高高在上的样子，想当所有人的头儿。那些人跟我们搭话了。

我们一遍一遍地看那部电影——《周末夜狂热》[①]。没错，是约翰·特拉沃尔塔主演的。这部电影我看过四次。很多人说，它拍得就是你们这群家伙。可我们没有电影里那种手提厕所。我的朋友们什么都有，我可以数出五辆埃尔多拉多、一辆弗利特伍德、两辆马克五型汽车，最便宜的也要一万美元。

有天晚上，我又回到了迪斯科舞厅，跟我跳舞的那姑娘很漂亮。而且她是个绝妙的舞者。于是我朋友说：“来吧！约翰·特拉沃尔塔，舞起来！”我对那姑娘说：“尽情跳吧，宝贝儿，别把骨头折断就行。”我告诉你吧，这是我生平第一次看到一对对跳舞的人走下舞池，仅仅为了把地方留给剩下的三对。我生平第一次看到人们全站在台下看我们跳舞。我简直飘飘欲仙了。我不知道自己在做什么。那晚太棒了。他们把我拉了出来。我不知道那晚他们花了多少钱。

那天晚上我太开心了，头也抬了起来。在那之前，我被移民案子困住太长时间，像冻在冰箱里似的，特别不自在。但那次我感到了片刻的快活。我觉得自己就像一只老鹰。

我从不争第二，总是争第一。我从小就有这种感觉。我脑海中

---

① Saturday Night Fever，1977年上映的美国电影，带动了当时的迪斯科热潮。

仍有十四岁时的一些画面。参加主日学校的那群孩子里，我总是站在中间一排或者最上头，中央或者最前面。要是我达不到目的，怎么会开心呢？

我的大脑有点疲惫了。我十一岁就开始工作了。我有过这么多糟糕的经历，对我这个年龄而言颇不常见。我白白丢掉了那么多时光，三年。这就是我不得不重头再来的原因。二十岁时，我赚了一大笔钱。我父亲当了二十五年牧师，赚得还没有我多。你知道那时我的感觉吗？就像在天堂里一般。我觉得自己好像生来就这么富有。你知道一个兜里有一千美元的二十岁小伙的想法吗？但是暴风雨来了，把我送到了这里。今年八月，我就满二十四岁了，我必须从头开始。而我已不再是十一岁小孩子了。

来来往往

珍妮·伯德

她四十三岁。

“我是妻子和母亲，可不再是我自己了。我开始找寻自己，但还没找到。”

我们决定离开这个国家。我大儿子的一个老师总在班里讲她的儿子们都移民到了澳大利亚的事，而且旅费是由澳大利亚政府付的。我们也在考虑移民到国外去，而且必须得去讲英语的国家。听上去棒极了。我给领事馆打了电话，然后就起程了。我们变卖家产，登上旅途。那是1970年。

穿过洛杉矶一座座霓虹闪烁的卫星城，我们来到了一座灰泥粉饰的仿西班牙式建筑住宅区。这里的居民多为该区域的中下阶层。

她四十三岁。后来，她二十一岁的女儿罗拉也加入了谈话。

“很多墨西哥人和黑人住在这里。他们都是工人阶级，离富人远，离穷人近。我不反感他们。我的小女儿觉得这地方糟透了，不想住在这儿。她十五岁，憎恶黑人。她跑了，住到别处去了。

“我有个儿子，十八岁了。他和另外三个人住在外面。房子里有他们每人养的一条大狗，还有大蟒蛇，另外还有沾满泥的自行车跟吉普车。他在五金店里干活，而且挺喜欢这工作的。我最大的儿子快满二十三岁了。他已经在海军服役四年，正身处太平洋上某个地方。退伍后他准备开一家计算机修理店。”

当了妻子和母亲，我才意识到其中的滋味。（笑）这不是件易事。我丈夫总跟我吵架，我们一直缺钱。我决定出去工作。留在家里照顾四个孩子并不像人们想象中那么美好。我是妻子和母亲，可不再是我自己了。我开始找寻自己，但还没找到。（笑）

“我是从底特律郊区来的，朋友们似乎都比我更加衣着讲究，手头的钱也比我多。也有很多人不如我，但我的眼睛总盯着比我更富有的人。我父亲根本不怎么和我们讲话。他就是重复每天出去干活，一回家歪倒在沙发上睡一觉，吃晚饭，再出去这些事。我完全不了解父亲。

“我丈夫一结婚就从大学退学了。其实没啥要紧的，反正他没有科目能及格。（笑）他在福特汽车流水线找到一份工作，干了一天半就放弃了。最后找到一份质量检测的工作，一直做到现在。”

我们的钱向来不够花。我丈夫痛恨他的工作和生活。他总是为此责怪黑人、他差劲的老板和差劲的警察。全是别人的错，跟他自己毫无关系。他开始沉迷酒精，情况越来越差劲儿，我们争吵得更频繁了。我的大儿子经常惹是生非，给警察局、学校和家里都找了不少麻烦。我们家所有人都成天愁眉苦脸的。

我在超市工作，我挺喜欢这份工作的。底特律总有种暴力气氛。连杂货店都随时有两名武装警卫把守着。我个人没遇到过什么麻烦，但你能感到周围总有那种气氛。如果我们都是温和平静的人，我们也能感到其他人是温和平静的，但如果我们都怨气冲天，也就只能感受到其他人的怨气了。你看到的仅仅是自身的反射。于是我们看到的一切都很糟糕。我们永远在跟人争论吵架，而且觉得全国都是这样的。我们不存在什么黑人白人的种族问题。我们只存在自身的问题。

对我们而言，周围的一切都跟暴力和麻烦有关。我们想从头再来，过上全新的生活，在不一样的地方，遇到不一样的人，总之一切都要不一样。

我们都辞掉了工作，翻箱倒柜，卖掉了大部分东西，剩下的捐给了救世军[①]。我们订了开往澳大利亚的奥瑞安娜号船票。就在出发前两天，我们收到一封通知，说船上着火了，出发时间推迟了。可这时我们的家具没了，房租也到期了，我们没处可去。我们修好了汽车，打包好帐篷，横穿全国去往旧金山。这是一次绝妙的旅行，花了两星期。中途我们想停在哪儿就停在哪儿。我们在一个地方待了四天。谁也没争吵。大家都很友善，棒极了。在旅途中我们变成了不一样的人。这是我们第一次看清楚美国。

我们最终登上了那艘船，花了两个星期零两天到达目的地。使领馆的人员在那里接我们，我们将要去墨尔本。那里有一家福特工厂，我丈夫将在那儿工作。他们把我们带到一家移民居住的旅社，条件很不错……

劳拉：（打断）但是那里的人不好。

珍妮：这家旅社以前从没有美国人入住。黑人和东方人也不行，他们不受欢迎。那儿有很多南欧人，很多地中海一带不会讲英语的人。他们对我们的小孩充满敌意，冲他们吐痰，辱骂他们是肮脏、有钱的美国佬。（笑）

---

① 基督教一种传教组织，仿照部队编制。

劳拉：那儿有一座很大的商场，我们常过去购物，其他人却都买不起里面的东西。

珍妮：他们比我们过去还穷。

劳拉：跟他们一比，我们像有钱人似的。

珍妮：我丈夫试着去福特公司找工作，没能如愿。他登上火车到悉尼。几天后，他打电话回来说找到工作了。那时天气还很冷，没有暖气让人很不适应，我们就靠一台小小的煤油炉取暖。

我在超市找了份工作，一间街角杂货店。在底特律，我星期日工作七小时，能赚五十美元，可在这里，每星期工作五天半只能赚四十美元。这家杂货店昏暗而狭窄，没有取暖设备，没有空调，货品上都不带价签。你必须把所有价格都记住。早上他们把滑动门打开，大风、寒气、潮气或者雨水统统往里灌。不过他们现在也在那里建起美国式超市了。

过了两年，我意识到事情其实不会有什么改善。我们没办法赚足够多的钱来接近我们离开的故乡的生活水准。我们的衣着十分寒酸。至于家具，我们就坐在板条箱子上。

劳拉：我开始念叨着想回去。我有些朋友拿的是美国工资，因为他们是教会的传教士。他们还访问了美国，回来时跟我说那边有多美妙。我一直在说我想回家。

你同意留在这里两年，否则就得交钱。最多就两年，我们开始存钱准备把爸爸接回来。我们认为这次出国是我们办的一件蠢事。即使这里的人会说英语，说得也不纯正啊。

珍妮：学会欣赏美国是一个奇妙的过程。人们只是没有意识到这是个多么伟大的地方，把一切当成是理所当然。

劳拉：你看到人人都说同一种方言，熟识超市里的各个品牌。

你不懂得感谢你的取暖设备、电话、电视机和汽车。在澳大利亚，我们的朋友有一半都没有汽车。当然了，那里的快速公共交通很了不起。有些地方即使不通火车，也通公共汽车。我花上十五分钱就能在一天内把悉尼和周边的角角落落玩个遍。但我宁愿待在家里，守着中央取暖机和烘干机之类的小玩意儿。（笑）

我认为他们跟我们一样渴求物质。他们都想要汽车和彩色电视机。他们都喜欢问起迪士尼乐园的情况。

珍妮：我丈夫终于在洛杉矶找了一份工作。一周工作七天，每天干十二或十四个小时，每天开车上下班，单程就要五十公里，他为的是赚钱寄给我们。就在我们起程的前一天，他父亲去世了，给他留下一笔两万五千美元的遗产。我们回来了，买下一座房子。

好笑的是，这之后我却不想回来了。我想留在那里。他离开了五个月，恰好让我意识到自己不想再过婚姻生活了。我们已经不吵架了，但我想挣脱婚姻。我说："我想离婚，我再也受不了了。"

我不想再结婚。我愿意在加利福尼亚当个单身女人。我可以赚钱养活自己，不用因为没钱就只能容忍某个差劲的男人。

劳拉：我和妈妈截然不同。我想结婚。我想建立一个家庭。这对我而言很重要。我在澳大利亚变成了基督徒。那是我找到上帝的地方。我是基要主义者[①]。

珍妮：我相信超自然学。是埃德加·凯西[②]的书领我入门的。我在一个车库卖场中买到这本小小的平装书——《神秘之人，奇迹之人》。我读得入了迷，简直没法把书放下。我跑到图书馆去，把

---

① 基要主义（Fundamentalism），近现代基督教新教神学思潮之一，是对抗现代主义（试图调和基督教教义、科学发现和圣经学说）的保守派运动。

② 埃德加·凯西（Edgar Cayce，1877—1945），美国著名预言家。

所有关于超自然学的书读了个遍。我还去夜校参加了速读课程。（笑）就是从这时开始我的生活发生了改变。

劳拉：作为基要主义者，我是不怕死的。我哥哥是海军，他说如果一颗核弹击中洛杉矶，不是所有人都会死。还是会有许多人活下来。我们读了太多科幻小说，简直被洗脑了，认为要是有爆炸，所有人都得死。但这不是真的。不管怎么说，就算我死了，也会上天堂的，对我来说是件好事。

天堂一定是个好地方。安宁平静，一丁点儿噪声也没有。我特别受不了噪音。我是个生活在南加州的二十一岁姑娘，可那些吵闹的聚会真是——唉！天堂里没有人抽烟，人们也不会喝醉。过去我的耳朵都听了些什么蠢话啊，我在这样的环境里生活了十六年，真的受够了。

珍妮：我感觉自己并不是真的身处于此。我觉得我们就像在学校里，你死去了，去了另一所学校。你就这么循环往复。当然，我相信轮回转世说。我想再转世为女人。上辈子我是男人，我母亲是个酒鬼，她怀着我时一直喝酒，我一出生就是喝醉的。我八岁就开始喝酒，十九岁时因酗酒而死。

多数情况下我转世为女人，而且有个和这辈子相似的丈夫。我只转世过六七次。我希望再转世的时候，我能成为一个比现在的自己更具雄心的独立女性。多年来我一直在寻找某样东西，但还未找到。这是一种我所需要的内在的、精神性的东西。如果说我在哪里能找到它，那么一定是在美国。

劳拉：回美国之前她对我们这些孩子说："这不像是回去。沧海桑田，底特律已经和过去不一样了。这是我们在美国的家，但我们再也回不到那个家里了。"

佩吉·特里

她在肯塔基州西部出生，在俄克拉荷马州居住，曾经在得克萨斯州采棉花，在格兰德河谷摘水果，在堪萨斯州割小麦，也曾在北卡罗来纳州一家国防工厂当工人，在亚拉巴马州一家超市做收银员，在芝加哥当餐馆招待，后来她当上了芝加哥厄普顿区来自南方的穷苦白人群体的发言人。

“可能是很小的东西，打动了你，忽然间你就发现外面的世界原来那么大。”

她和女儿、女婿、外孙住在芝加哥北边。她一有机会就回帕迪尤卡老家看看。

我不记得自己童年时有什么梦想。我们的梦想就是在发薪日之前熬过每个星期，食物每个星期都够吃，不至于青黄不接饿肚子。我们是按收益分成的佃农，以采棉花为生。没人给我们任何可以做梦的理由。大人们没有梦想，所以他们没办法把自己都没有的东西传递给孩子们。

我女儿开始存钱了，准备买一座两层住宅。我小时候可没有这种事。我们只是要熬过每个星期，仅此而已。

我的祖父母是第三代爱尔兰人。他们看上去特别苍老，每天脑子里只想着采棉花，从日出干到天黑，有时候一直忙到深夜。

我父亲什么活都做。他在俄克拉荷马州当过油田工人，在肯塔基州当过煤炭工人。他对炸药爆破这类活计特别懂行。爸爸是家里最狂放不羁的人，别人对他的闲言碎语他通通不在乎。他是我家唯一一个生命力旺盛、敢想敢为的人。

他们都不是那种爱造反的爱尔兰人。如果说哪个民族盛产梦想家，我想那就是爱尔兰民族。可让我难过的是，我认识的那些爱尔兰人没有一个人有任何梦想。没有人说“梦想能让你开阔视野”这种话。我确信是《圣经》让他们如此低眉顺眼地过日子，这是我所知他们唯一读过的书。

我祖母是个真正了不起的人，整个人总是喜气洋洋的，可她身上也背负着可怕的重担。他们把这称之为悔罪。当你感到自己做了罪恶的事情，你就要悔悟。可她没做过什么坏事啊，她不过是太穷罢了。（笑）

教会让人们觉得自己有罪，快把他们压垮了，而且说他们是无足轻重的小人物。不要向往尘世间的任何东西。你死去那天就会得到你活着时没能得到的东西。我花了三十年才摆脱这种观念。我从前以为自己一文不值。

我们认识的每一个人都是一副饥肠辘辘的样子，可我们却不知道人们为什么挨饿。事实就是如此。我没法理解，直到我开始学习。

我读书读到六年级。我一直喜欢唱歌，可学校里只教我们苍白的宗教性歌曲，和我们这些喧闹的乡下人喜欢的蓝草音乐一点关系也没有，但我们喜欢的音乐是有生命力的。

每当有人展现出一点生命力，教会就猛烈打击他们，把他们叫作蠕虫。在我们去的教堂常能见到一个漂亮姑娘，她每次来教堂从没有人和她讲话，因为她是舞蹈演员。她是我们合唱的领唱。我对她很着迷，总是坐在她身边。她那么好看，而且喜欢孩子，是和我爸爸一样洋溢着生命力的人。可回过头想想，不管是谁爆发出一点生命的火花、敢于梦想，总会受到众人的排斥。教会是梦想的残杀者。

种族仇恨是让我们远离梦想的另一种方式。我还记得我们采棉花时，能望到旁边田里的黑人也在采棉花。他们是黑鬼，跟我毫无关系。这正是那些种植园主希望的事。他们对待我们真有两手。你忙着憎恶别人，就没时间发现自己身上的美好，以及世界上又有多少美好的东西遭到了毁灭这些事。

我不确定自己身上发生了什么事，忽然间我就发生了转变。公交车抵制期间，我在蒙哥马利见到了尊敬的马丁·路德·金，完全被他迷住了。我从没见过任何人像他那样着装，不管是黑人还是白人。他穿着一身白衣。他刚从狱里出来，五六个白人跳到他背上。我脑海中立刻冒出“两个打一个，欺负黑鬼乐”这句话。人们看到两个白人小孩痛打一个黑人小孩时就会这么说。我看到他们痛打尊敬的马丁·路德·金时，只听到心中咔嚓一声响。

我记得在帕迪尤卡发生的一件事。有天晚上下班，我沿街走回家，附近光线昏暗。那里是黑人区。一卡车白人男孩在街上飞驰而过。他们喊道：“嘿，黑鬼，25美分，跟我们走？”起初我感到难过愤怒，因为他们错把我当成了黑人。接着我又想道：“如果真的是黑人女孩呢？她会怎么想？”

我是个身材魁梧的姑娘，我把自己看成盎格鲁–撒克逊人。我母亲说：你不是盎格鲁–撒克逊人，你是凯尔特人。然后我得了解这是什么意思，因为我不想当黑人或印第安人或上帝才知道的什么玩意儿。我就是想当盎格鲁–撒克逊人。（笑）

我十五岁就结婚了。我们去了得克萨斯，一路打工去了底特律，然后又回到了得克萨斯。其间我怀孕了。我忘不了绝大多数帮助过我们的人，但那些拒绝帮助我们的人我同样记得。生孩子时我们恰好在朱利叶市。我记得有个修女告诉我，除非我们付清账单，否则我和婴儿都不能离开医院。我哭得昏天黑地。我下定决心，就算自己快要流血致死了，也要在深夜带着孩子从消防通道逃出去。我的叔叔和丈夫找到了好办法。他们假装喝醉酒来到医院，趁乱把

我们赶了出去。（笑）

我一路打工，从蒙哥马利来到芝加哥。我到了厄普顿，南方的穷苦白人进入芝加哥一定会经过这里，就像西区是南方黑人进入芝加哥的必经之地一样。我们就好像是从外国来的。南方人初来芝加哥时都显得迷迷糊糊的，和德国、意大利、波兰移民没啥两样。要是穿着讲究，我们也跟其他白人没有区别。但他们就是不明白我们为什么会在地铁上迷路，为什么搞不清地址。在南方的家乡，我们说“某某住在路的转弯处”或是“某某住在去老枫树那条路的半路上”。这种指路方法在芝加哥行不通。

不管是南方白人还是黑人，北上的原因并无二致，那就是失业。我们忍饥挨饿，心怀恐惧，我们想过更好的生活。梦想就是这样产生的。乐意跑到这里来的南方人我一个也不认识，不论白人或黑人。要是南方有工作，我们都愿意回家去。

我们听说，在北方黑鬼们掌管了一切。来到芝加哥我首先注意到的是，早上黑人妇女到城北去，白人男性往城南去——女佣跟年轻经理人走相反路线。我从来没见过不当女佣的黑人妇女。

我认识一个黑人妇女，她叫艾玛·蒂勒，是我第二任丈夫的朋友。他要把她带回家吃晚饭。我对他说，我才不为黑鬼下厨房呢。他说：“要是你不好好尊重我朋友，我也不会尊重你。他们那些黑人的事情我已经忍受得够多了。”我从老家来的朋友常来我家喝得醉醺醺的，他还好几次把他们从牢里弄出来。我觉得自己最好要维持这个家的和谐。（笑）我最好调整一下心态。

她来吃晚餐了。我丈夫在门厅里帮她脱下高筒橡皮套鞋。我永远忘不了这一幕。我心想：天啊，太可怕了。但随着时间的推移，我开始从她身上学到一些东西，而且发现我们两个人如此相像。她告诉我她第一次从得克萨斯州来芝加哥时就去了就业中心。这辈子别人总给她灌输所有白人都会读写的想法。可她偏偏碰到一个请自己帮忙填写就业表格的女孩。艾玛说她当即惊呆了。那女孩不会读也不会写，是个白人。我家也有不会读写的人。就是从这件事开始，我愿意认真听她讲话了。到1963年"向华盛顿进军"游行爆发时，我和艾玛一同跳上火车去声援。我发觉自己已经被带上了某条花园小径。过去我所听到的都是谎言。

我从没想过要把南方来的乡亲们组织起来。我是个挺好的白人，也不欺负黑人，可我还是不想和这些南方乡亲如此扯上关系。我不想去组织和自己境遇一样，并想摆脱这种身份的这群人，老天啊。但后来我学会了包容这些人。我和你说，一旦我开始组织穷苦白人，我才发觉自己其实如此在乎这些南方老乡。我为自己感到骄傲，过去我从未真正有过这种感觉，因为我从小就一直背着有罪的重担，被教导说自己啥也不是，只是蠕虫而已。

一开始我只是和妇女们谈话。我们谈论伤害到我们的事情。我从来不提黑人的事。可或早或晚她们开始说，黑鬼怎么怎么样。黑鬼把福利金全领走了。我们什么都没有，黑鬼把好处占尽了。我没把她们引向论战，而是等她们把自己的经历和这个问题联系起来。穷苦的南方白人谋生不易，要下煤矿干活，生活真的要把他们压垮了。多数男人得了黑肺病。我们针对这些男人的宣传进展得不顺利。但在妇女这方面的工作比较成功。

关于儿童游乐场的活动把男人和女人都联合起来了。厄普顿是南方穷苦白人聚居区，孩子们除了在街上玩并没有其他地方可去。孩子被车撞到的不幸每个月至少发生两次。我们举行了模拟投票，活动在邻里间持续了一个月。从前对投票不感兴趣的人们也过来投票了。

我们一大群妇女拥到了公园管理处。他们声称黑人把城市弄得乱七八糟，他们把钱全花在平息黑人闹事上去了。又是在利用那套种族主义的玩意儿。在场有个安静的小个子乡下女人，一天的劳作之后，她看上去甚至不如一条肥皂大，怀里还抱着自己的宝宝。她气极了，说："你们的意思是，黑鬼们为了争取自己的权利才闹事，你们把钱都给了他们，没给我们剩？要是这样行得通，我们这帮乡下佬也要闹翻天让你们见识见识！"（笑）我当时就站在那里，我是说，天啊，换作是我肯定会张口结舌，但这个小个子女人说出了我想说的话。

因为我们的活动，厄普顿变得和以前不一样了。戴利市长想必认定了我们是危险分子，否则我们组织得最好的那条街不会在城市重建中第一批遭到拆迁。这座城市把我们轰出去了。很多人不得不走。最得力的组织者不在了。

我觉得我们把自己的能量燃烧尽了。我很疲惫，讲话风格也变得迂回婉转。我可以跟二十个人讲话，但如果你录音下来，我发誓我对那些人说的全是一样的内容。这不是好现象。你必须倒退回去，看看自己都经历了什么，然后重新评估你正在做的事。

这是值得为之战斗的事业。我们组织过的很多人现在都在别处开展活动。有位妇女曾是真正的种族主义者，现在住在佐治亚州。她工作的那座服装厂被迫关闭时，她和其他白人妇女联合黑人妇女，把那座厂子买了下来。这些妇女脱胎换骨了。一旦你已经站起来，一旦你知道自己在被谁压迫，就再也不会坐以待毙。

我的心中充满了无数梦想。我的梦想都很远大。在电视上看到日本的农民为反对在附近修建机场而抗争时，我觉得自己是他们中的一员。我说：“好哇！这就对了！”我关心一切种族的人们，我想跟他们交朋友。我希望世界语可以快快发展，这样我学习之后就能和他们畅所欲言了。

我之所以有如此的希望，是因为相信既然像我这样无知的笨人都能学到这么多东西，别人一定也能做到。这不是什么大秘密。可能是很小的东西，打动了你，忽然间你就发现外面的世界原来那么大。你只是想去了解万事万物。我相信每个人都能做到。

P.S. **“有一天，消防车来到我们的社区。一个消防员冲我们喊道：‘嘿！你们闪开！’我们不是消防员的敌人，他也没损害到我们什么。可我们听了不开心，问他为什么要说‘嘿！你们闪开’？要是参议员珀西的邻居家着火了，一旁有人围观，他们肯定会恭敬地称呼先生或太太。我想，我们每个人都该被称为先生或太太。”**

Ⅲ

在乡村

田野新迹

赫歇尔·利根

他骨架很大，长年的日光暴晒让他的脸颊爬满了皱纹。他就像从约翰·斯图尔特·柯里[1]的画中走出来的人物一样。

“有人说我注定失败，可我还在这里坚持。”

① 约翰·斯图尔特·柯里（John Steuart Curry，1897—1946），美国乡土主义画家。

这里是田纳西州一座农村，坐落在朱丽叶山的边缘地带，距离纳什维尔十四里。“我不过是个养牲口的普通农民，养牛、养猪、养羊。”

我的曾曾祖父参加了美国革命。我们已经有五代人生活在这里了。农场一直归我的祖辈所有，从来没有过其他主人。可能我是个怪人，但我猜自己身上还带着一些我曾曾祖父初到这里时具有的品质。我父亲在大萧条期间下了很大决心继续干这行，艰难程度可想而知。

我只在治理工程和第二次世界大战期间离开过农场。我率领连队在犹他海滩登陆，建设起从法国瑟堡到德国法兰克福的通信线。退伍之后我本来能在电话公司或工程建设部门谋职的，也有人在田纳西国民警卫队给我提供了一份全职工作。但我回绝了，我要回农场去。我生来就是当农民的料，不过我担保这是份苦差事。

我就是热爱大自然。我喜欢跟牲口一起待着。农场里的挑战实在不少。我喜欢跟着父亲，我还不会走路时他就把我带到谷仓去了。第一次给奶牛挤奶时我才四岁。

我父亲总希望我们能搬到好一点的地方去。（笑）为此他一直在拼命挣扎……我在战场上那四年，他一边经营三座农场，一边照顾卧床不起的叔叔。所以我觉得既然他能这么做，我也应该回来陪他度过余生。

要是我们不经营家庭农场，大企业就会接管农业。不用说，消费者不得不承担后果。看看石油公司控制了煤炭供应以后，我们的电费单有什么变化？如果大企业控制了我们这样的农场，食品业也会发生同样的事情。这就是我在这件事上面如此执着的原因。我们这个地区只有我一个人如此坚持。

其他人都跑去别的领域工作了。我认识三个人，他们很懂乳品业，他们不是去学校拿到学位的，而是从小就跟奶牛一起长大。经济形势逼着他们往外走。我唯一的办法就是让妻子离家去外地工作，供孩子们上大学。我用陈旧的机器经营着农场。1945年我买了一台拖拉机，没有它我在这里简直干不下去。坚持奋斗，也许我们会成功。有人说我注定失败，可我还在这里坚持。

毫无疑问，农业正在把我们排挤出去。我们仍在小规模生产着，他们还不能完全控制这个产业。这么说你可能会明白：如今五家企业控制着养猪业的三分之一份额。养猪是我的主要收入来源。他们全部接手只是时间问题。他们已经把太多的农民从土地上赶走了。

事实上，因为我们不卖地，惹得很多人极其不高兴——就是那些地产商。他们现在正骑在马鞍上。如今这个县有九十五家地产商。我们现在有几百亩地，周围全是一片片小块土地。

我用驴和马在田里干活。没什么比驴子用双驾横木拉犁发出的声响更美妙的了。双驾横木能让驴耕地更快。要说去体会对土地和自然的热爱，没有比跟在犁后听着这声响更好的方式了。多年来我一直这么做，直到那些驴死掉。最后两头驴死后，我们把它俩埋在山坡上我们的家族墓地里。来来回回犁地的声音真是悦耳。

秋天是我最喜爱的季节。我父亲在过去的艰难岁月中常说："要是我们弄到足够的草料，加到牲口食槽里让它们吃个够，心里真是感觉棒极了。"然后你回到屋里，生起炉火。再也没有比照顾好牲口更让人开心的事啦。要是天气好，你还可以去猎鸟。这才是真正的生活啊！

独立战争以来，美国如今的状况最为糟糕。局势太差劲了，要是有希特勒那种强势的领导人来到这里，足能引发一场革命。有人趁虚而入，就能控制局势。乔治·华莱士1968年竞选总统期间，曾让我和朋友坐飞机到他的总部，帮他写施政纲领。（笑）很好笑的。他说："来跟我聊聊吧，趁我换衣服这会儿。"我刚提到我们的项目，他就和他手下的工作人员说："这老兄就要说出我听过的最好的观点了。"他说："我是在农场长大的。我母亲不得不卖了农场，因为我们负担不起了。"很多人喜欢乔治·华莱士。他代表着普通民众。

"我是典型的叛逆者。就是这么回事。（笑）战争期间，我们连的士兵全是黑人，军官全是白人。一共二十七位军官，包括我在内只有四位来自南方。我到那里还不到一个月，这些北方人说：'你和这些人怎么打交道的？一向这么对待他们？'我说：'我这辈子一直是这么对他们的。''哦，你对待他们的方式不对。'我们到英格兰一个月之后，我发现其他军官对黑人的歧视是我的一百倍。因为他们不知道怎么和黑人打交道，我却知道。我了解他们。

"我是个纪律严明的人。对牲口我也有一套纪律。要当个养牲口的精明人，你得和牲口一样聪明才行。因为如果你聪明，你能从

它们身上学到东西。牲口知道自己什么时候干得好，什么时候干得差。这是毫无疑问的。它们知道该从哪扇门走，不该从哪扇门走。你可以快速教会它们什么是对的。我打它们一顿，它们之后就不再那么做了。和人一样，牲口也有脾气秉性。通过遗传，它们把脾气秉性传给下一代。”

现在我每天都给娟姗牛[①]挤奶。我早上四点就起床，把大母猪放出来，喂食，送它们回栏，然后回到房子里，吃我的早饭。要是土地比较干，我们就下地干活。否则就修篱笆、修房子。事情永远做不完。听着清晨公鸡打鸣，鸭子嘎嘎叫，吐绶鸡咕咕叫，我说：“这就是美国。就是这么回事。”（笑）在这片农场我们能得到一切，除了钱。我看不到有什么能赚钱的办法。（笑）

他们给我开出了不错的价码，可如果这事让你不高兴，拿到钱又有什么用？我和太太可以去佛罗里达过上国王王后一般的豪华生活，但我们能为子孙留下什么呢？要是我的曾曾祖父没有留下来，我现在会在这儿吗？我不想让他们把我赶走。（笑）

世界上没有比日落而息、日出而作更美妙的事了。没有比在田里干活直到太阳落山，每晚借着拖拉机的灯光回家更幸福的事了。也许我他妈的是个傻瓜，但我就是喜欢这样。

日后我也想埋葬在这片家族墓园里，在这座山的山顶上。我的先辈都埋在那里，除了我的曾曾祖父和曾曾祖母，他们埋在威廉逊墓地。有个孩子死了，雪太深，他们没法到山下的威廉逊墓地去，所以就把孩子埋在小山上了。从那时起，克罗伊德家所有的人都埋

① 原产英国泽西岛，乳中含脂率高。

在这座家族墓园。将来我也想让自己埋在那里。毫无疑问，这种连续性是不该打破的。（笑）

P.S. 我们出发去纳什维尔机场时，经过了假日旅馆、麦当劳、万豪酒店、阿比斯餐厅。他若有所思地说：“要是你走进一家乡下餐馆，发现是当地人经营的，一定会大吃一惊。人们过来喝一杯咖啡，讨论讨论时局。让我们有种很好的感觉，这里还是原汁原味的美国。这种店很难找到，可一旦找到，感觉实在很棒。”

杰西·德·拉·克鲁兹

她的六个子女都已经长大成人，最小的二十一岁了。她是“国土归人民”运动的积极分子。

“对我而言，美国梦就是拥有一片土地。一个你能叫作家的地方，你可以一直待在那儿，有个体面的家庭，建立起社交小圈子。你有一份稳定的工作，不会有谁把你解雇。我母亲的梦想是有一座房子，可惜她生病了，1930年就去世了。”

弗雷斯诺一幢独门独院的房子，门前小花园打理得十分整洁。

“小时候，我们家都是流动工人，总是搬来搬去。搬家的间隙，我看到过一些带漂亮花园的房子。我总是看着那些花，心想：要是我能有自己的房子和花园该有多好啊！当流动工人是不可能实现这一点的。现在，你站在我的门廊上，满眼都是绿色。（笑）我现在拥有花园了。”

这一年，她五十九岁。

我跟母亲和祖父母生活在一起。我父亲回墨西哥了。阿纳海姆[①]的洪水是我最早的记忆。我能看到前后摇摆的灯笼，还能听到喊叫声。不管大人还是我们这些小一点的孩子都跑出去弄得满身泥泞，堆驻堤坝，不让洪水进入我们的房子。

我最快乐的记忆是我祖父星期天歇班的日子。他会把我们拎起来，裹在毯子里放到燃烧着木柴的火炉边，然后出发去商店。他会带着橘子、苹果和其他好吃的东西回来，这些东西都是我们平时吃不到的。

① 加利福尼亚州奥兰治县的第二大城市。

老师们全都是盎格鲁人。他们让我们介绍自己的名字、住在哪里、是怎样一个人。我说："我叫杰西·克鲁兹，美国人。"她说："不对，你是墨西哥人。"年复一年，老师们一直在和我重复同样的话。现在忽然间他们又想让我说自己是美国人了。（笑）我学会了怎么说英语，怎么反击。

我想，我待在同一所学校而没换地方的最长时间是两个月。我想，我大约去过四十五所学校。我父母或哥哥们没找到工作的时候，我们就不去上学，因为我们不确定是不是要搬离这个地方。所以我落下很多功课。

我在学校很安静。有时我受到惩罚，不是因为我太安静了，而是因为我不会说英语，我没法为自己辩护。这就是我说过我为什么要学英语的原因。我还是个孩子时，在餐桌上，我哥哥会说："杰西，好好吃饭！"然后他们说："你在干吗？"我说："我在空气中写字。"（笑）

我的孩子们也去收庄稼，但我们觉得必须要让他们上学。也许十二月前后收棉花的时节，最大的两个孩子不得不辍学。这样我们就能多赚一点钱来买食品或者给他们需要的新鞋、外套。不过我们还是一直想让他们受教育。

我应该是在八岁那年开始侍弄庄稼的。每年冬天我们都要北上。我站在一排李子树的尽头照看弟妹。他们帮我把摘下的李子装箱，然后装进大盒子，家里其他人都在一排一排李子树间采摘。

在劳工营，房子是用护墙板搭成的。用钉子把2×4的板子钉起来。房子有两扇小窗和一扇前门。一间12×15大小的房子既是起居室也是餐厅，做什么都在这一间里。这就是我们的家。

我家有八九口人。白天我们把毯子卷起来，为了留出空间能走来走去做家务活。只有一张床，我祖母睡在上面，那是一张可折叠的行军床。我们其他人都睡在地板上。在那之前，我们睡过帐篷，帐篷上打着补丁。在有帐篷之前，我们就睡在大树底下。真是非常艰难。这种事我不希望任何人去经历。冬天，地下水从地表渗出来，我们的衣服永远干不了。

我丈夫是在墨西哥出生的。两岁半时，他的父母带他来到这里。十二岁时他就开始灌溉庄稼了，这可是成年男人干的活。干十二个小时挣一美元二十美分。每小时十美分。我是1933年遇到他的。我们在一起的第一年就住在劳工营。

我认识的所有农场工人都爱说："要是我自己有一块地，我知道怎么经营。我要把所有时间都花在上面，孩子们也会帮我。"奇卡诺人[①]家庭常这么说。我们一辈子都在土地上劳作，所以只要有一块地，我们知道自己肯定能经营好。

墨西哥人的家庭观念很强，所以他们想买一块地，一家人在那里生活。我祖父一直在念叨这件事，可他的梦想没能实现。

直到1966年，我们一直在种庄稼。我们北上到萨克拉门托地区摘李子。我们有一辆大卡车，能把冰箱、洗衣机、床上用品、大锅小锅、衣服等都装上去。那段日子并不难熬。我们希望孩子们在树下阴凉处采摘，而不是在炎热中摘葡萄。我自己摘葡萄时也简直受不了。我总是很怜惜十二三岁的孩子。我丈夫说："咱们到北上摘李子去吧。"

塞萨尔·查韦斯[②]组建工会之后，我们结束了四处漂泊的生活。我们加入了工会，我还是第一个妇女组织者。我走到哪里就组织那里

① 指墨西哥裔美国人。

② 塞萨尔·查韦斯（Cesar Chavez，1927—1993），美国劳工领袖。

的人们。我和丈夫签了一份工作合同，之后就不用搬来搬去了。

我知道怎么把人们组织起来。我和丈夫去跟其他家庭谈话。我们买些土地怎么样？我们搬到弗雷斯诺，和那里的很多家庭谈话，还开了一些会。我们各自去借钱，再加上自己的一点点积蓄，也许是一百美元，凑在一起就能买一些土地。我们讨论成立一个联合社，大约有两百户人家。

我们制订计划，为学龄前儿童建一座我们自己的学校，大一点的孩子可以去读镇里的公共学校。我还想到一个主意，为老人们建立我们自己的养老院。那些干不动活的奇卡诺人就能得到照顾了。我们也讨论了医疗问题。

我们成立了一个委员会，去和那些大种植园主谈话。我们五个人去了这家伙的办公室。我们听说他的土地已经过量，根据1902年的法律必须卖出[①]。从前没有人给我们讲过法律方面的事情。住在西区的每个人都使用受联邦补助的水源。一个大工程建立起来了。在此之前，灌溉完全是靠水泵完成的，农民们把水都抽干了。所以他们呼吁政府修建一条大的灌溉水渠。他们达到了目的，拿到了资金，并且获得了国会议员的帮助。

---

① 原注：乔治·巴拉斯作为人民土地组织的主席曾说："1902年开垦法案规定，一个人能拥有的享受联邦水资源补助的土地不得超过160亩。受益者必须以土地为生。若想获得额外的水资源，除非你签下合同，同意在十年内卖掉160亩及以下的小片土地。灌溉者须付此项目17%的费用，其余83%的费用由纳税人承担。这是个福利项目，的确是个不错的协议。有些人手中持有的土地实在惊人。南太平洋铁路公司拥有10.6万亩土地，方圆170平方公里。一百年前他们从联邦政府那里得到这片土地，作为修建铁路的补偿。这是基于一个假设：铁路公司会把土地卖给定居者。但这种事从未发生。有一种'纸上的农民'，一个人可以控制十二块土地，但每一块都属于不同人名下。他借用姐姐和姐夫、常喝酒那家酒馆老板、酒馆老板女儿、房地产推销员、两个建筑工人，甚至一个酒吧鸡尾酒侍者的名义，让每个人都拥有所谓的160亩土地。数千亩土地就以这种方式传下去。于是我们开始造反了。我们提起诉讼，打赢了官司。"

在我看来，这项法律使小农场收益，意味着对家庭小农场的帮助。这些人不得不依靠土地为生。妻子有一百六十亩，丈夫有一百六十亩，两个孩子各有一百六十亩，不得超过两个孩子。这是六百四十亩土地啊，谁还需要更多?

我告诉这个种植园主，我们有些家庭对买他的土地很感兴趣。他甚至没让我多说一个字。他问我们是否有一百万美元。（笑）他每小时付给我们七十五美分，为他采棉花、摘甜瓜，已经快十年了。我来这里工作之前，工人的工资更少。然后他竟然问我们有没有五十万美元首付。

他们卖了旧拖拉机、平地机、轧棉机。他们把这些和土地一起卖了。我们对飞机跑道不感兴趣。他想连这个一起卖，可我们没有私人飞机啊。我们这些农民觉得，你不是非得有这些大型机械才能干活。我们有的是人干活。

在下一次会议上，我们告诉人们那边的答复。他们泄气了。除了六个家庭，其他家庭都退出了。我们听说那个人为了交税款，有一些土地要脱手。我们用合理的价格买下四十亩土地。

六个家庭，四十亩土地。第一年我们还不能耕种，土地有待平整。我们没有水泵，也没用水源。土地已经闲置多年了。那年冬天我们开始拔地里的风滚草，然后堆起来。那年常下大雨，我们没法干活。

一个朋友对我们说："我租给你们六亩地。"我们开始在六亩地上耕种。我们从早到晚都待在那儿，趴在地上种西红柿。因为担心寒潮来袭，我们不得不给作物扣上保温罩。

有一天种完了庄稼，我们说："明天就扣保温罩。"那是一种用电线和纸做的帽子形状的东西。大约两三点时，我听收音机里说——

我总是带着一台小型便携式收音机——气温要降到-5℃了。我们的作物会冻死的。我吓坏了，跑回去对他们说："喂！今晚要上冻，我们的作物要完蛋了！"我们立刻出发去扣保温罩。

我们用土把保温罩压住。我们有成千上万个保温罩。风特别大，天很冷。我们趴在那儿一个个扣保温罩。我哭喊着。美极了。我不是说我的哭喊美极了，而是那些才五六岁的小孩也在帮我们，因为他们知道保护这些西红柿有多重要。风势很猛，好像要把保温罩从我们手中抢走似的，你看到它们都卷起来了。（笑）保温罩用完了，好，我们每个人拿了一把锄头，把土轻轻地盖在作物上。我们把西红柿秧全部压盖完毕才回家。天黑了，又冷又湿。

第二天早上，我们都焦急地跑去看一夜之后那些西红柿的情况。哦，它们在那里好好的，把土移开，一株一株都挺立起来，完好无损。我们保住了每一株西红柿。这是下了苦功夫才做到的啊。

如果这块田属于某个大种植园主，又会怎样呢？他会走到外面，看到死掉的作物，说一句："哦，真见鬼。"然后他回到家，把一切忘得一干二净。他会接上拾音器，按下电钮，拿起电话，告诉苗圃再拿几千株秧苗来。这就是他种田的方法。

我们一旦有了土地，自己耕种，就会尽一切所能保护我们的作物。我们可不打算浪费或丢掉任何东西。我们每天都勤勤恳恳地干活，从不放假。我们一直采摘到，哦，十一月。这就是我们的工作和收入。第一年，我们把西红柿分好类，卖给托运人，最终赚了六万四千美元。六户家庭靠六亩土地赚的。

分钱之前，发现了一个问题——我们必须给每个家庭分到他们应得数量的钱。我家只有丈夫、我和一个女儿，我们三个人干的活怎么能跟八口之家相比呢？所以我们说："我们按采摘的行数来分钱。”这是个好办法。没人争论谁干的活多，谁分的钱多。你坐下来和大伙儿讨论怎么办这件事，事情就会顺利解决。第二年我们继续耕耘我们的四十亩地。

任何人家需要帮忙时，大家都会过来帮把手。我丈夫是个机械师。一旦哪台拖拉机出了故障，他就去维修，反过来我们也能用那些拖拉机。我们有需要的时候，邻居就过来开着拖拉机帮我们干活。我们就是这么互相帮助的。

我们只有边边角角的土地，靠艰苦的工作和牺牲才挺过来。我们不属于西区，那边由政府供给水源。那里有绵延的田地，你站在那儿放眼望去，简直像一片绿色海洋。没有房子，啥也没有。只有树木、棉花和紫苜蓿。那边的田是靠纳税人的钱灌溉的。

使用这种水源的种植园主签了协议，答应十年内把土地分成小块出售。但实际上他们没有这么做。要是法律得到了强力执行，我们会立刻去买那边的地。

那边的土地非常好。我在那儿干过活。那边啥都能种：西红柿、玉米、甜瓜、蔬菜、柿子椒。他们只种一两种菜，因为不想多雇人。他们有大型机械来采摘。他们不会在一片地种点这个，另一片地种点那个，而是全都种一种作物。望向土地和水源的时候，他们眼睛里只看到了钱。他们看不到那片土地上的人。

我们不会想去得到更多土地，到欧洲旅游，每年买一辆新车。我们不谈论这些事。我从来不渴望拥有飞机。那些机器不值那么多钱，是我们不需要的东西。既然这些东西发明之前人们也过得挺好，我们为什么不行呢？

这些农场主不想着把食品送上人们的餐桌。他们只想着每亩地能赚多少钱。他们往土壤里施化学肥料，使用杀虫剂，为了提高单位产量。他们把这叫作……什么来着？进步？靠这种进步，他们会把整个地球都毁了，甚至包括他们自己。不会太久了。

他们心想：好啊，我活着，我得好好享受生活。我要当百万富翁。我们却想着子孙后代——我的子辈、孙辈、曾孙辈。我们想给他们留下好的土地，不想让他们在种不出庄稼的土地上饿死。

有些大公司和个人拥有土地，不只在加利福尼亚，还在亚利桑那、墨西哥等等地方。他们一丁点土地常识都不懂。他们对农业一无所知。他们甚至不以土地为生。

有一对夫妇拥有数千头牛、大片土地，还有一家牛排餐厅。他们觉得钱还不够多，想赚更多。他们来到意见听取会，对那些人说，我们想拿走他们的土地。实际上并没有。他们仍能保留足够的田地，只是把一部分卖掉罢了。他们从南太平洋铁路公司租下了大片土地。他们自称家庭农户，手里却有一万六千亩土地……

一位参议员说："他们三代务农，手上有老茧。"他们连锄头都不拿，手上怎么会有老茧呢？可能是在高尔夫俱乐部磨出的老茧吧。（笑）但肯定不是握锄头握的。那个年轻女士给出了证言："我不想回去弯腰劳作了，干活干得背都要断了。"我几乎敢用生命打赌，她从没干过一天庄稼活。她跟她丈夫拥有世界上最大的饲育场。

我去过华盛顿几次。和任何人说话我都不胆怯。我能轻松自在地跟任何人说话，因为我说的都是事实。我相信自己维护的都是我所相信的东西。

塞萨尔·查韦斯在我胳膊上打了一针兴奋剂。（笑）过去我常有些感触，比如我想说一些话，却总是退缩，因为我害怕丢掉工作，或是让别人以为我不是一个好女人，或是因为我小时候祖母给我灌输的那些恐惧，她总警告我们说，要是我们做了什么事，警察就会来抓我们。邻居也常吓唬我们："我要叫警察来，把你关进少管所。"我总听到这些话。所以听到塞萨尔·查韦斯说，妇女必须参与进来，必须发出自己的声音，她们也是农业工人这些话之后，我感觉特别好。我说："好了，看我们的吧！"

我一直在学习，我把每件事都记录下来。所以我说："瞧我的。"（笑）不管走到何处，我都会谈论我们想有一片自己的土地这个愿望。我们不是土地主，我们是农民。我们为别人种地。直到这时，我还是非常低调沉默。

我丈夫去参加各种会议，我却不去。我总是藏在后面。直到有一次，我告诉他我也要去。开始那几次会议我只是听。之后有一次，塞萨尔·查韦斯说："谁有什么要说的吗？"我举起手来，说："我的看法是……"然后我开始发表自己的观点。他说："这就是我需要的人，愿意发言的人。这不是我自己的工会，而是你们的工会。"

弗雷斯诺举办了一个大型会议，那是我第一次公开亮相。我很紧张。我记得那次听证会的主题，是关于……什么来着？关于妇女工资。会议在弗雷斯诺高等法院举行。我事先知道自己要发言。我在想：该说点什么呢？我开始在纸上写下点东西，我得把要说的记下来。

我环顾四周，所有大种植园主都坐在下面，还有那些在山里度假区开着店铺的大商人。他们来这里是为了反对为妇女涨工资。有人点到我的名字，我走上台。我的膝盖直发抖。（笑）我站在麦克风前，四下打量了一番，看了看我的发言稿。我唯一按发言稿说的只有"女士们、先生们"。我说："我的名字是杰西·德·拉·克鲁兹，我作为农民代表发言。"然后我就开讲了。

我说："我们被强迫和丈夫一起在田里干活，这不是我们自己的选择，不是说我们愿意在阳光暴晒下干十个小时，而是因为我们必须这么做。我们妇女不得不出去干活养家。"我说："我有六个孩子，都是丈夫和我拉扯大的，我们从没领过救济金。"哦，他们鼓起掌来了。很好。没领过救济金是件好事。我接着说："台下这些种植园主、商人、餐馆老板，要是他们付更高的工资，就能把救济中心的大门关上了。"我紧张得够呛，胃里很不舒服，就像放了个铅球似的。我忘记自己说到哪儿了，手背在身后。然后我听到我们队伍里有人说："继续啊，杰西，说给他们听听。"我说："我讲的东西不是从别处读到的，而是刻在我心里和脑子里的。因为这是我自己的经历，其他农场工人家庭也经历了同样的事情。"我继续讲啊讲啊讲啊。（笑）过后的三四天里，一直有人祝贺我，我的胃始终感觉不舒服。可我把想说的话说给他们听了。（笑）

我怎能描述出那些感觉？我小时候，祖母常因为没法给我们足够的食物而哭起来，我哥哥光着脚在哭，因为他不习惯不穿鞋在地上走。我怎样形容呢？我小女儿死时我的感受怎么描述？因为我们没钱请医生，也没人教我们怎样护理病孩。我们住在劳工营里，怎样写出这些感觉？当我要陈述内心深刻的情感、那些我目睹的孩子在田里出事故丧生的事件，我怎么下笔呢？有些感情是无法诉诸笔端的。

去年，就在这条街上，正是采摘葡萄的季节，我看到住在树下的一家人。那女的正在做饭，他们在几棵树上围了毯子，就算是圈出了自己的家。就是去年的事情，在曼宁街，1977年。而雇用这家人干活的主家有座漂亮的中国式住宅。看看那漂亮的装饰和花园吧。他们怎么忍心看到有人住在树下？他们也是人啊，他们也有孩子。那些孩子也住在树下啊。

我记得有一次我作为代表参加了1972年民主党大会。有个记者说："你就是那个激进分子，那个共产党。"（笑）我笑了，说："我不知道。他们叫我激进分子、闹事者之类的。可我不知道当共产党人是怎么一回事，我怎么变成了共产党人？"（笑）

我们设立罢工纠察队时，第二代美籍日本农民成立了一个组织。所有日本农民都来到警戒线那里，用各种难听的话骂我。清晨4点我们就到那里了。铁丝栅栏把建筑圈了起来，不愿参加罢工的人都围在栅栏里面。那些日本农民想把破坏我们罢工的人用大汽车送出去。我对他们说："喂，这些铁丝栅栏让你想起什么？"我说，"过去你们的家人被赶上拉牲口的卡车，送到弗雷斯诺集市带刺的铁丝网后面时，我也跟着他们哭啊。现在你们在对我们农场工人做同样的事，就因为我们维护自己相信的事。你们怎么能这样做呢？过去他们也是这么对你们的。这不会让你们更像个美国人，美国政府不会因此觉得你们比我更像美国人。你们仍旧是日本人，我也仍旧是墨西哥人。"他们把头低下去了。

我记得战争期间，有很多日本家庭经营小商店。我过去常去那里买东西。有一天我看到一个日本老大娘在哭喊着。他们只被允许用白布单裹几件衣服背到背上，就被赶到运牛的卡车上去了。看到这番景象，我也哭了。因为我想：我们会是下一个吗？这些日本农民把这些事都忘了。

流动农业工人也很健忘。弗雷斯诺有个广播员，他常说："我过去是个流动农业工人。我来到这里，获得了成功。所以那些奇卡诺人为什么成功不了呢？"哦，真让我大为光火。我希望和他谈谈，不是通过广播，而是面对面地谈。

我通过艰苦的努力获得了成功。但我并不满足，我要看到其他农场工人也在自己的农场上安居乐业。然后我才会觉得是真正的成功。

美国正在进步吗？没有，这个国家不会为我们做任何事。我们自己才是真正做事的人。我们必须不停地挣扎奋斗。我觉得情况会有所改变。有句西班牙语老话：希望是最后熄灭的东西。你不能失去希望。要是你失去了希望，也就失去了一切。

唯一让我难过的是，这种改变要等我已经很年老的时候才会实现。我希望自己现在是三十岁或三十五岁，这样我就知道自己还有很多时间。我不是那种老了以后坐在摇椅里自怨自怜的人。总是有事可做的。只要你想做，就总是有事可做。

他　们

黑濑亚纪和黑濑润

西雅图。一对日裔美籍中年夫妇。他们都生长在西雅图，四个子女均已长大成人。

“美国梦？我想这是白人才有的东西。”

他们住在一个中产阶级社区里。房子十分舒适，布局稍显凌乱，街道两旁绿树成荫。

润：白人们总是问我：你一直住在混居区吗？我回答：没错，是这样。这里一半聚居着日本人，一半住着白人妓女。我们曾经住在西雅图唯一没铺柏油路的地方。政府一开始实施整顿计划，日本人和妓女就搬出去了。

十六年前我们从一个开明的白人手里买下这套房子，当时还引发了一场争执。尽管限住条款是不合法的，房主之间却有口头协定，不让日本人或黑人住到山的这一侧。

亚纪：其实有一份书面合同。我见过。上面写着：不许黑人、犹太人、亚洲人入住。只有盎格鲁-撒克逊人才能搬进来。

亚纪：美国梦？我想这是白人才有的东西。二战之前我不是这么想的。我就读的学校里99%是亚洲学生。我们已经被隔离开来，只是没意识到罢了，因为这是人们已经接受的惯例。战争一打响，我们就尝到当少数族裔是什么滋味。日本轰炸珍珠港之后我们被排除在美国社会之外了。这是个重大打击。

校长总给我们宣扬美国主义，挥舞着红白蓝三色旗，要我们对国家忠诚。每天早上我们都在走廊里列队，宣誓效忠国家。一直以来我都觉得美国是自己的国家。当美国人让我觉得自豪。

润：我当时不像她那么天真。我是高中体育队的成员，球队聚会时却把亚洲孩子排除在外。只有和别人打架时他们才需要我们。因为在少数族裔聚居区长大，你得有副好拳脚。我们住在梅森—迪克逊线以南。白人住在北边。（笑）

亚纪：我母亲是教育工作者。她是极少数移民到美国而且接受了大学教育的人。我很小时她就对我说："这是你的国家。努力奋斗，取得立足之地，你要比白人多付出两倍的努力。"这是难免的，只有靠自己。别人帮不了你。

润：我从前一直想当体育教员。我在学校里表现很不错，直到大三。我和教练谈了一次话，他对我说，忘掉这想法吧。于是我丢掉了这想法，也放弃了书本和其他追求，开始混日子。

我后来在鲑鱼罐头厂干活。我们坐船底的统舱到阿拉斯加去，挤得像沙丁鱼罐头似的。机器出了故障，我们得去修理，因为机械师根本束手无策。可他们赚的钱却是我们的三四倍。他们吃的是牛排，我们只能吃鱼。

亚纪：我爸爸是火车站的搬运工，我妈妈在餐馆当服务员。他们1913年结婚后来到美国。我妈妈一直教日文，直到二战爆发。然后我们就被扔进了集中营。在里面待了三四年之后，她去了芝加哥谋生。她最后一份工作是在酒店里当换床单的女佣。

珍珠港遭轰炸时，我十五岁。第二天是星期一，我来到学校，老师立刻像对待敌人一样对我。她说："你们的人炸了珍珠港。"一切完全变了样。过去的朋友都带着怀疑的眼光看待我们。我们把自己看作美国人这种想法被击得粉碎。

润：那个星期天，我正在加油站干活。我到那儿一两个小时之后，报纸的号外来了。我说："该死的裕仁天皇！"情况如此糟糕，我仍旧爱着这个国家。我想：该死的，有天我要报仇。我像其他美国人一样愤怒。

一周之内，我的想法完全变了。我发觉自己不再是美国人了。珍珠港事件让我们遭到谴责，可我连珍珠港究竟他妈的在哪儿都不知道。（笑）

亚纪：你突然间变成了一个没有国家的人。我们对日本没有亲近感和归属感。我们和这里的社会联系紧密。西雅图就是我的全部世界。

润：1910年前后，我爸爸在海岸卫队服役。即便如此，他还是没有获得公民身份。他在白人居住区卖过水果蔬菜。有几位大人物也是他的主顾。他害怕了，不肯再去。我曾经在某个农产品商人手下干活，给华盛顿大学的食堂、学生联谊会和宿舍送货。我的老板也觉得害怕。我说："啊，还是去吧。"那时候我觉得，就算他们要杀了我，上帝为证，也得先和我厮杀一番。我不会束手就擒的，因为我没做错任何事。尽管我们没有宪法赋予的权利，但我还是觉得法律会保护我们。几个月过去了，我发现并非如此。我遇到的一些学生待人相当公正，但在食堂干活的厨子却处处为难我。我觉得仅仅是没受过教育的人会这样。可随着时间的推移，我发现人人都一个样。

他们说我们不可信任。我在集中营待了一年多，然后入伍了，又过了一年，我获得了美国最高级别的安全机密许可证。（笑）我被安插到反情报部队。我从前这个不被信任的人，被送到祖先的土地上去审问日本人。可他们仍旧说你不可信任。我天天面对这种事情，真的很困惑：唉，这他妈的是怎么一回事？

我哥哥是华盛顿大学的优等生，他获得了电气工程硕士学位。美国工程师紧缺，可他却找不到工作。那是四十年代。我们根本不知道会发生珍珠港事件。一家日本公司为他提供了一份工作。他所在大学的校长说："去吧，在美国你得不到这么好的机会。"要是他留下来，可能会以卖菜为生："来买生菜啊，五分钱一棵！"他去了日本，得到了那份好工作。几年后，在菲律宾某个地方，他死于美国空军的轰炸。

最终他们决定开恩，让我们参军。我想自愿报名，因为我所有的朋友都报名了。但我家已经在那里失去了一个儿子，我答应母亲不会自愿报名，但如果征兵征到我我就会去。九个月以后，征兵征到我头上了。

当时在欧洲有一万名美籍日本兵。太平洋战场有六千名。这些家伙真的要爬到战线最前方。他们钻进洞里，把敌方士兵赶出来。他们真够信任我们的，把我们送到太平洋战场去和我们的同胞打仗。

亚纪： 参过军并不会让你变成头等公民。这些人1945年退伍回来，美国退伍军人团却不接纳他们。我有一个女朋友，她丈夫在欧洲战场牺牲了。有人却告诉她："别到退伍军人堂来。我们不接纳东方人。"他们还穿着军装，我哥哥也在其中，许多机构却拒绝为他们服务。街角的店铺不卖东西给"小日本"，穿着军装的也不行。最后，就算已经收到了必须接待的规定，但他们还是会往日本人的可乐里放烟灰。我们从集中营里被放出来了，许多店铺却贴着标语："小日本不得入内。"

戴夫·贝克[①]拒绝运输美籍日本农民种植的蔬菜。我姐夫在德

① 原注：居住在西雅图，曾任卡车司机国际兄弟会主席。后因诈骗罪入狱，1975年由总统赦免出狱。

国当过战俘，全身伤痕累累。他回国以后种庄稼，却看到卡车司机的标语："不给小日本运输。"

润：参军之前，他们让我们做那些忠诚度测验。第一个问题：你放弃效忠天皇，忠诚于美国吗？回答是或不。我回答：不。我不会放弃效忠天皇，因为我从来就没效忠过。要是回答"是"，就意味着你曾经效忠过。我写了这么一句。在场的中士给我一顿臭骂。另一个问题是：你是自愿参军的吗？我写道：不。征到我我就去。他说我不忠诚。我说："你是自愿的还是被征的？"他回答："被征的。"我说："那我们是一条船上的。"他立刻没话了。多数人的回答是一连串的"是"，因为他们害怕。有些回答了"不"的人被称作"不不"小子。美籍日本人社会也排除他们，认为他们不忠诚。西雅图有个第二代美籍日本人老兵协会，他们特别团结一致，要是有任何餐馆店铺之类的不接纳他们，他们就绝不客气。

我从海外回来了，有一天穿着美军军装走在闹市区，胸前戴着绶带奖章。一个家伙从身旁经过，看着我说："你个恶心的小日本。"那时已经是战后了。我说："老兄，你看什么看！"我的态度十分粗暴。我没揍他是因为那天身边跟着姑娘。妈的，要是当时我只身而行，那天肯定得以我进监狱告终。上帝为证，你为自己的国家献出了生命中这么多东西，绝对没法接受这种侮辱。作为一个血气方刚的年轻男人，这关乎一种荣誉感。

亚纪：让我印象最深刻的是，突然间大人们都如此心惊胆战，而且这种感觉持续不断。我父母尽量不在我们面前表现出来。那些在日本出生的移民一旦聚在一起，讨论的总是：什么时候轮到我们？聚居区那些领袖人物已经被抓进集中营，送到蒙大拿州的米苏拉去了。

联邦调查局监视着街对面的房子。他们也闯进了我家，忽然间那里就不再是我家了。这些陌生人把家里翻了个遍。我记得一个联邦调查局探员来搜查战争违禁品，甚至和服和日文童书也在违禁品之列。我们只上在星期六去日文学校学习而已。这也成了我们不忠诚的表现。

我的同辈人中有很多人拒绝承认自己懂日文，而且表现出对日本的厌恶，因为他们不想让别人觉得自己不忠诚。直到今天，还是有很多人假装自己不懂日文。我相信，尽管我现在不愿意承认，过去自己肯定也有过那种感觉。

润：直到我们这些取得公民身份的日本人被关进集中营两个星期前，我们还是觉得这事不会发生。我们是在这里出生、在这里长大的啊。日本发生的事情跟我们一点关系也没有。对日本人来说，我们是外国人。我们和日本相关的东西只有家里的一个日本花瓶而已。（笑）

亚纪：首先，他们对我们实施了宵禁。这确实激怒了我们。我们害怕在白人中间公开讨论这个问题。我们变得小心翼翼，缄口不言。我害怕说错什么被别人曲解。我几乎得了多疑症，总觉得别人在怀疑我。

我觉得战争很快就要打到西雅图了。到处弥漫着歇斯底里的情绪。我看到在日本出生的第一代移民被带走了。流言四起，说我们也要被带走。忽然之间，命令下达了。我们离开了家，在战争打响前六个月。

润：我是第一批走的，那是1942年4月。他们是按地区把人带走的。（对亚纪说）你是五月来的。

全家人都得搬。有人告诉我们集合的地点，在早上某个时间，只能带双手拿得过来的行李。

亚纪：只能带两件行李。

润：不能带违禁品。收音机、剪刀、刮胡刀都不行。甚至连厨房切菜刀也不能带。有人带了，就要没收。我爸爸用一把折叠剃刀刮胡子，也被没收了。

亚纪：一家人分配一个房间。我们有六口人。

润：我父亲变卖了一切家产。他的卡车卖了二十五美元，那车本来值三四千美元的。我父母自1914年前后来美国后积累的家产全都付之东流了。我们甚至不用在报纸上登广告。人们来到我家，说："你们卖什么东西？这个多少钱？"我说："这个最少一百美元。""我出十五美元。"他们什么东西也不放过。我舍不得卖掉我的钢琴，把它借给了教堂。

那时我们这个移民家庭的生活刚刚有了起色，因为孩子们也有一点收入了，用辛辛苦苦赚来的钱为家里添置家具和其他东西，可就在这时，我们不得不离开。我父亲的许多主顾都欠他钱，有些还了，有些没有。

亚纪：有人想买我们的桌子，只出二十五美分。城里一座大教堂的执事来找我们，他看上去人很好，说他很同情我们的遭遇，愿意帮助我们。要是我们给他代理权，他愿意接管我们的所有东西。我父母感激得无以复加。在集中营里，我们忽然听说，我们的一切家具和银行存款都不见了。他拿走了我们的一切。我们之前却以为他是个诚实可信的人，真是太天真了。

润：我们是第一批被送到州露天广场去的人。

这时，我们谈话时在场的一位皮阿拉普族印第安人拉蒙纳·贝

内特插话说：“那是我们过去赛马、玩乐、举行婚礼的地方。那里是我们部落传统的宿营地。我们还邀请白人过来参观，请他们吃东西。可现在我们在那儿摆个小货摊都不行了。”

润：我们住的地方用铁丝网围了起来。我们挤在盖着油毡的棚子里。雨水能从墙壁渗进来，屋里泥水横流。

亚纪：我父亲病得很重。他有阑尾炎，要治病得经过一堆繁琐的手续，最后他盲肠穿孔了。但他好歹挺了过来。

他们给我们麻布片，让我们往里面塞上稻草当床垫用。我妹妹有哮喘病，她对稻草过敏，病犯得很严重。后来她终于分到一个军人床垫。要得到这样的待遇你必须证明自己有病。

润：主要停车场都设有机枪塔楼。要是你跳到铁丝网外面来，老兄，你就必死无疑了。直到今天我们都觉得特别愤怒。他们说：“这么做是为了保护你们。”当你想保护某个人的时候，你是不会用枪指着这个人的。

亚纪：枪口不是冲外，而是冲着我们的。

润：人们开着汽车在周围晃来晃去，嘴里骂着我们，让我们觉得自己就像动物园里的动物。

亚纪：一些关动物的笼子改成了我们的住处。

润：我们当中差不多有一半人住在马厩或者从前的猪圈里。

戴夫·贝克的某些文件写明了要杀掉我们这些人。沃尔特·李普曼[1]也不是个好东西。还有韦斯特布鲁克·佩格勒、沃尔特·温切

---

① 原注：“1942年2月12日和14日，沃尔特·李普曼基于同厄尔·沃伦的谈话，发表了两篇极有影响力的专栏文章。之后加州总检察长扭转了民意，使之支持大规模撤离。”引自凯里·麦克威廉斯《凯里·麦克威廉斯的教育》（纽约：西蒙与舒斯特出版社，1979年）。

尔，都是些嗜血的家伙。

富兰克林·罗斯福，所有美国白人都觉得他是伟大的总统。他搞了新政。但对我而言，他是个卑鄙的人，就是他建起了集中营。一想到他我就要愤怒得心脏停跳。

亚纪：看管我们的守卫都是带着机枪的年轻士兵。他们在铁丝网外听到一丁点噪音就吓得够呛。一天晚上，我们听到一声枪响，然后是一声牛叫。他们杀了一头牛。真是恐怖。

有些士兵从没见过日本人。我记得一个南方来的年轻小子。他实在太寂寞了，开始跟我们搭话。他很惊讶我们能说英语。整件事都让他害怕和不安。他是个正派孩子。

润：之后他们把我们送到爱达荷州。我们在那儿待了一年多。

亚纪：军营和食堂都改成了教室。我是在集中营毕业的。就像一场大梦，但我想这些事确实发生过。一切事情都那么超乎现实。一个老师留给我们的作业是："写写为什么当美国人使你骄傲。"（轻轻地一笑）我们每天都要对国旗敬礼，还要唱国歌。

我们有些人很早就被放出来了，也就是在他们开始接纳日裔美国人参军的时候。不管怎么说，集中营花费这该死的政府太多钱了，所以最好还是把我们放出来工作。我一抓到某个从前做过的工作机会，立刻就出来了。他们给了我一张火车票，还有25美元。我去了芝加哥。

亚纪：美国公谊服务委员会有一个学生再安置项目。可在重新安置前我们必须先找到住处。家政工作的需求很大。很多人想招女佣。我去了盐湖城，准备一边帮人干活赚食宿费一边上学。但有家女主人希望我白天干活，晚上去上夜校。我对她说："我来这儿是为上学的。"她说："去上夜校啊。要是你有什么不满，我可以把你送回集中营去。”那时我哥哥正从部队休假回家，他说：“你不必管她说的那套。”结果有另一家人请我去干活了。

你知道吗，有些当初和我们一起进集中营的人现在想为集中营辩解。当初我们要离开家的时候，美国公谊服务委员会说：“别走，我们会帮助你。”他们几乎变成了我们的敌人。有些日本人说：“别管我们的事，你们会让我们的日子更难过的。要是我们当初听了他们的话，本来可以少受一些苦的。是我们自己愿意去的，的确是这样。

润：我们第二代美籍日本人还是太年轻、太天真了。记住，我们聚居区的领袖只有几个小时打包时间，然后就被发配到蒙大拿州去了。那时我们中大多数人还是要在各方面依靠父母才行。

亚纪：很多第二代美籍日本人想忘记这些。为什么要提过去的事？长久以来，他们把这些不愉快的事情阻挡在记忆之外，而且他们也怕别人觉得自己不忠诚。他们的确是卖力地当着美国人，摇旗呐喊，从来不会质疑政府。

润：在波音公司当技工的时候，我和别人发生过好几次口角。那是五十年代，民权运动还没开始，有时我不得不闭上嘴巴，不然很可能会丢了工作。我要养活家庭跟孩子，要是失业了，我们就彻底完蛋了。到六十年代，孩子们长大了，工作对我而言不再那么不可或缺。我可以不假思索地把当时的情况讲出来了。

他们还是说：“那么做是为了保护你们的安全。”我说：“胡扯！机枪不是对着你那边，而是对着我们的。”我不知道这些人为什么如此想文过饰非。三十年过去了，他们还是想辩解。特别是那套补偿措施[①]的玩意儿。那个早川议员[②]，你看看他都做了什么！

---

① 原注：一项针对战争期间遭扣押的美籍日本人所受冤屈的补偿运动。

② 原注：加州议员早川反对补偿运动，他曾表示拘留营经历使收容者受益，受到教育。

在车间工作的小伙子们比他们父母那辈人受过更多教育。我初来波音公司时，这里的技工只上过四五年学。不管那些蛊惑民心的政客说什么，他们都全盘相信。但这些孩子上过大学，他们看问题明智多了。

亚纪：他把教育和判断力等同起来。我不同意。我是一名教师，如今我仍旧为同事们的态度而担忧。现在西雅图正在推行废除学校种族隔离的运动，目的是让各学校的人种分布更平均。我所在的学校里都是黑人孩子和亚裔孩子。我自己也是少数族裔，他们却要把我派到城北一座有钱人子弟上的学校。我反抗了。我不愿意去。我喜欢我的工作，觉得在原来的学校过得很舒服。我说："我所受的教育就是去教小孩子，而不是特定的某类小孩子。"那是一所幼儿园。

校长说："我们这里没有亚裔教师。"从前，他们会用"东方人"这个说法。（笑）她说："家长们想见见你。"那是1976年夏天。他们把时间定在八月中旬。我为此缩短了假期。校长对见面会颇为担心。她把我拉到那里去。

那是湖边一座漂亮房子。两个门卫打着手电筒，这样我们才找到房子在哪儿。我八点钟到了那里，而七点开始，那里已经陆续来了三十位家长。他们开了个会，请我来是想考考我。你在哪儿受的教育？你得到了什么学位？你的专业是什么？你在哪儿学的英语？我很会应付这些问题。我搬出了布鲁纳和皮亚杰这些人物。

他们不知道我究竟在说什么。

其实我也说不清。（笑）不过他们看不出来。那些家长都是些中产阶级上层白人，他们对我印象很深刻。（笑）我碰巧不爱喝咖啡，我更喜欢喝茶。他们说："你想来杯咖啡吗？"我说："我不喝咖啡的。"一个家长说："当然！"（笑）

这些白人妇女看到几个黑人孩子和日裔教师走进教室，简直吓呆了。电话在整个教区疯了似的响个不停，家长们在我的教室里进进出出，不停地询问课程方面的问题。我在那里的第一年简直像待在地狱里一样。

其他教职员工希望对我表现出友善，我想。首先，有位教师对我说："黑濑，这是怎样一个名字？"我说："这是我丈夫的姓。""他是谁？""他是我丈夫。""你从哪儿来？""西雅图。""不，我是问你的老家在哪儿？""我是在西雅图出生的。"最后，我说："你是想了解我的种族背景吗？"她说："你真得更加小心才行。"我问为什么。她说："附近的人还记得以前住在这里的一家日本人。我们对他们很不错，可他们从来不跟别人来往。他家的儿子加入了日本军队，当了军官。"我说："我不知道日本特意派过航母来接某个人，然后把他放到军队里。我觉得你在说住过这里的石胤一家。他家儿子加入了日裔美国人军队。美国军队不让日本男孩和普通的白人男孩在一起编队。"可她仍旧回答："你真的要更加小心。"

我曾问一名图书管理员，图书馆是否有关于日本与美国历史的书籍。她说："你为什么要旧事重提呢？"我说："这是历史的一部分。"她说："你要记住，是你们的人先挑起的战争。"这些都是受过教育的人。

润：在工作中，要是我和某个家伙对政治问题有分歧，他就会对我说："你为什么不哪儿来的回哪儿去呢？"我说："我生在这儿长在这儿。要是你不爱听我说的话，为什么不回你的老家欧洲去？”他们惊呆了。这是他们第一次听到这种话。

（喃喃道）1945年8月6日……

亚纪：（轻声说）广岛和长崎被炸。这里的日本人无比震惊。第一代移民的感情尤其受到了影响。他们中有些人想隐藏自己的悲痛，因为人人都害怕表现出对日本人民的任何感情。可你确实能感受到啊。一种完全的毁灭。

润：从百分比来看，与日本其他地方相比，从广岛来到美国的移民更多。他们中大多数来自农业家庭。不管你哥哥是否是敌人，你都会觉得悲痛。我觉得其中有种族主义的问题。德国战败前已经有原子弹了，可他们没有把原子弹投到那里。

亚纪：这是完全没必要的。他们把原子弹投到长崎了，为什么？为什么？我感到必须要一遍遍提醒人们，那种炸弹究竟多么可怕。现在人们却在谈论比那种炸弹威力更大许多倍的东西！

我认为事情正在改变。新的移民，还有第二代在美国出生的日本人常说："你们以前为什么如此沉默？为什么不告诉我们？"许多家庭从没讨论过这个话题。孩子们说："我们是从别人口中听说这些事的，怎么会这样？"

民权运动让我们开始发声了。他们带了头，其他人就更容易跟上了。许多第一代和第二代在美国出生的日本人参加了黑人运动，但他们还是不愿讨论自己的处境。他们花了很长时间才站出来。

润：长久以来，我们都带着无可奈何的心情活着。直到我们中很多人说："真见鬼，什么叫无可奈何？真没办法改变吗？"我们不会再沉默下去了，他妈的，不会了。

金色西部的姑娘

拉蒙纳·贝内特

和很多印第安人一样，她的母亲生来贫苦。

“可她一直保留着自己的智慧。她学会了用怀疑的态度看待事物。她教会我自尊、幽默和力量：遇事我不会哭鼻子、放弃或退缩。”

我们行驶在从芝加哥机场到塔科马的高速公路上。

“你知道我们现在正行驶在居留地区域吗？这片地永远归为我们的部落所有。‘永远’的意思就是在某些白人想占有这里之前。我是皮阿拉普部落的一员。他们这么叫是因为不会我们这个外来名字的发音：斯帕拉拉普布斯。（笑）

“我们从前是渔民。从麦克尼尔岛到萨蒙湾，再到罗丹多，一路都有我们的宿营地。1854年，美国政府的代理人找到我们的人，签订了一项协约。他们保证自己只需要土地来耕种。他们保证不会干扰我们作为商业渔民的权利。印第安人一向慷慨大方，我们答应了和他们共享此地。

“我们的部族被归置到这片居留地上，2.9万亩。在实际测量中我们又丢了1.1万亩，最后只剩下1.8万亩。我们本该察觉到，可我们一向信任别人。”

我们都住在长屋子里，采取女族长制，整个大家庭住在一起。我们没有真正的房产问题，每个人都有足够的地方居住，所以我们不是非得把长屋子竖起来变成摩天大楼。

白人决定让我们成为好庄稼人，他们把我们的长屋子分成40

亩、80亩和160亩的土地。要是我们不提高土地产量，就会失去土地。他们早就知道这不会奏效，但这是瓦解我们社会的一种方法。印第安民谣歌手菲尔卢卡斯有副好嗓子，他曾说非印第安人和印第安人的结合是绝妙的。印第安人用一个人能给予别人什么东西来衡量他的成功，白人则用一个人能攫取多少东西来衡量他的重要性。再没有比这两种文化相遇更奇妙的了，白人攫取一切，印第安人给予一切。

然后他们决定，既然我们不会说英语，不会写英语，应该给我们每个人指定一名监护人。于是来到密尔沃基铁路公司和威耶豪塞尔木材公司的律师、裁判、警察和商人，这些好公民都被分配去当一些印第安人的监护人。他们彼此买卖土地，留下遗嘱认证费，再请治安官出来把还住在那片土地上的印第安人清走。不肯走的印第安人就捆在铁轨上杀死。在我们自己的居留地上，我们失去了土地。

孩子们失去了过去本该属于他们的东西。有一门课程叫“家政科学”，让印第安小女孩学会怎么为白人洗盘子、为白人做饭、为白人拖地板。如果她们特别机灵，就会让她们学习当美容师给白人剪头发，或是当服务员在饭馆里给白人端盘子。也许去当打字的文书，记下那些白人的思想。男孩子们都念一门叫“农业科学”的课程，学习怎么给白人耕田、给白人养牛养鸡，照料那些非印第安人偷走的土地上长出来的庄稼，这土地本来属于他们自己。如果这些男孩特别机灵，就会被训练成非正式雇用的焊工或金属薄板工。雇主都是白人，他们当然觉得和自己的同类一起工作更舒服自在。

我们走进一片建筑群。其中一座与其他截然不同，看上去就像一座石头堡垒。

这是关押印第安小伙子的监狱。这里过去是整片地区唯一为印第安人治病的医院，整片地区包括阿拉斯加州、蒙大拿州、爱达荷州、华盛顿州和俄勒冈州。那些好白人看到新式现代医院的出现，立刻像发了疯一样。他们开始到处游说，想把医院从我们手中夺过来。十八年前，政府把这里抢走了。

作为皮阿拉普部落议会的女主席，我花了八年时间致力于收回这座建筑。如今，华盛顿政府把这里用作儿童监狱。这里被称为青少年诊断中心。（她朝操场上一个男孩点了点头）你刚刚看到了一个印第安小孩。你以为这个该死的国家关押了些什么人？是儿童，既有少数族裔的，也有白人。这个变态的体制遗弃儿童、关押儿童。你看到铁丝网了吗？（她对我不耐烦地说）我的意思是，你没看到那些围栏吗？看到那边窗户上的铁栏杆了吗？

我们走进街对面一座小楼里，它看上去并不像那种公共机构。幼小的孩子们脸上带着喜悦的表情，静静地听着其中一位年轻老师讲话。一个老师说："我们大多数师生都是印第安人。我们把精力集中在学习传统技艺和历史上。教孩子们尊重别人的看法。我们因为长者的智慧而尊重他们。奖励善意的幽默，尤其是针对自己的幽默。一切自然的东西都是我们的兄弟姐妹，让我们意识到自己是否能够感知和聆听。我们因为一个人能为他的族人做什么而尊敬他，而非他能为自己做什么。"

我们需要一所学校，让印第安人小孩可以脱离他们没法适应的公共教育系统。为了得到这所学校，我们进行了不懈的抗争。我从白人身上学到了如何掠夺和争取。政府不把学校还给我们，我们就强行进入建筑，占据了这里。

你在书里读到或在电影里看到印第安人时，都是约翰·韦恩主演的那种剧情。你看到一个印第安人偷偷潜入灌木丛中，杀死了无辜的白人。（她和经过的人们点头致意，这些人都认识她。偶尔，她还和其中一两个交谈几句。）你怎么也想不到那两个人是渔民，刚走过去的那个小伙子是会计。那个姑娘也是会计。你想不到印第安人也能从事专业性的职业吧。人们总把印第安人想成需要害怕的那类人物。

在学校里，我也学了你们学过的那些谎言：哥伦布发现了美洲，小大角战役[①]无一幸存，密西西比河以西出生的第一个婴儿是纳西莎·惠特曼[②]所生。你们学过的那套胡话我也学过。在那些电影里，我看到为自己的权利奋起抗争的爱尔兰人被视为爱国者，为自己的权利奋起抗争的印第安人却被看成野蛮人。我学过，拓荒者把西部改造成了适合文明人居住的地方。我学过，白人不得不把土地从印第安人手里接管过来，因为我们不知道怎么合理利用土地，这些地未经开垦、采伐、铺路，未曾露天开矿。土地必须从我们手里夺走，因为我们没有环境保护知识和意识。因为我们破坏得还不够，所以没法被称为真正的文明人。

真实的情况就是，我们手里掌握着白人想要的土地。政府下令让印第安人搬迁。他们搬了一次又一次，好像被装上手柄能推着走似的。总有一部分爱国者说："看在上帝的分上，我们出生在这里，我们的死者埋葬在这里。别再打扰我们了。上帝啊，这是联邦政府承诺过的。我们签过协议。我再不会带着祖母搬走了，也再不会带着孩子搬走了。去你的，我厌倦了这一套！"他们拿起武器起义

① 十九世纪美军与印第安苏族人的战争。

② 纳西莎·惠特曼（Narcissa Whitman，1808—1847），美国女传教士。

了。骑兵开进了。因为我们印第安人长相接近，他们看到印第安人就杀。这仅仅是个传统。骑兵团军官每一个都带着一面该死的小旗帜，还有一本该死的小《圣经》。哦，他们在宗教上非常、非常虔诚。（笑）他们猛烈开火，制造灭绝种族的大屠杀。

他们教育我们，小大角战役中唯一的幸存者是某个骑兵的一匹马。从那时起，我意识到小大角战役其实有很多幸存者。（笑）他们是苏族人和夏延族人，但显然他们是不算数的。人们从没见过列出他们名字的花名册。

在学校里，我们学习美国历史，他们说是为了不重蹈覆辙。我清楚地知道，如果美国学童知道，沙溪漂亮的夏延族妇女怎样用披肩挡住孩子的脸以免他们看到长刀挥来，如果美国学童知道，加特林机枪扫射使三百人丧生时，印第安母亲怎样把自己的婴儿紧紧抱在怀里，越南美莱村的屠杀本来不应该发生。如果历史教师真的对美国学童讲述实情，加莱下令屠杀时，部队是不会合作的。没有一个士兵会再去打仗。会有一种国家的良心产生。所有的谎言造就了美国式梦魇，而不是普通的梦。

我读一年级时，有一次在学校排演的戏剧中扮演一个小孩。那时正值二战。我是1938年出生的。我母亲个子矮小，有着深色皮肤。白人不懂得怎么区分不同肤色的人种，对大多数白人来说，中国人、菲律宾人、日本人都长得一样。我母亲来学校操场的时候，一个叫查理的小男孩斜着眼看她，还骂着脏话。我听不懂他说了什么，但我跳到他身上开始打他。他本来是我的朋友，所以他不知道我为什么会这样。其实我也不知道。演出开始，我的衣服凌乱不堪。我又困惑又难过，感觉糟糕透顶。我走上舞台，看着下面一张张面孔，第一次意识到我母亲和别人有着不同的肤色，引人注目。

她的皮肤总是色泽丰富，给人温暖的感觉。我的脸看上去却苍白而冷漠。我父亲是白人。想不到竟然有人因为我母亲是个温暖美丽的女人而憎恨她。很久以后我才知道，查理的父亲在太平洋战争中死去了，他们全家都极其憎恨日本人。

我想起曾经的印第安人，在签订条约时答应和一些波士顿人共享土地。他们万万想不到波音公司和惠好林业产品公司的到来。他们万万想不到港口会竖起一座自由女神像，引得成千上万的不幸难民如潮水般涌入，到这里追寻自由。这种自由是印第安人从来无法得到的。这些浪头打过来，把我们淹没在美国人的梦想中。

印第安人的平均寿命是四十岁左右。这个数字不一定准确，因为我们的婴儿死亡率是全国水平的四倍。在我们这里，十九岁是个神秘的年龄，很多人在十九岁因为酗酒、暴力和自杀死亡。我们的青少年自杀率是全国水平的三十四倍。

四十五岁是印第安人另一个神秘的年龄。人们多在这个年龄死于醉酒。我们民族本来吃着全世界蛋白质含量最高的饮食——水牛肉和鲑鱼，现在却在吃通心粉。如果我们不是豪饮过量，就是喝酒成瘾。我们十八岁以上的成年人中90%都是嗜酒者。这是一种慢性自杀："我不能正视自己的生活，前途渺茫。我不能直面自己周围的丑恶嘴脸，不能忍受贫困。所以我喝着这瓶利波酒，麻醉自己几个小时，杀死一些脑细胞。明天，等我清醒过来，也许一些事情就能有所不同。然后我接着喝酒。我还没绝望到真的杀死自己。"这是一种乐观的自杀。

有一次我喝得酩酊大醉。有个十七岁的女孩，在我看来还是个孩子，可她径直朝我走来，把我骂了个痛快。她说："你不在乎自己？你没意识到自己正在杀死一个印第安人吗？你为什么想糟蹋自己的身体呢？”从那时起，我戒酒了，而且我不跟喝酒的人混在一起了。哦，我不在乎你们那些人是否喝酒，非印第安人对自己怎么样我是不在意的。但我痛恨看到一个印第安人将自己置于死地。印第安人踯躅不前，浪费时光，几十年过去了，家庭也破碎了。

他们闯进我们的社会里，把儿童带走。35%的儿童都被从家里带到寄宿学校、托养家庭或是其他机构里去了。肖肖尼族、苏族或纳瓦霍族妇女住在我这种房子里，条件简陋，卫生水平差。居留地没有工作机会。没法接受足够的教育。摩门教有个再安置项目，旨在转移儿童。一般的程序是——

一个来自后期圣徒教会的女教徒来敲我家的门。我客气地请她进门，因为我们印第安人一向如此。她说：“哦，我看到你家房顶漏风，屋里有点冷，也没有卫生设备。厨房里没有足够的食品，我还注意到你家没什么家具。你家没接自来水，厕所在房子外面。最近的学校也在九十多公里外。你难道不愿意让自己的孩子住到漂亮房子里去吗？那里有他们独立的卧室，还会有好心人照顾他们，有很多钱购买食品，还有室内抽水马桶、软床垫、坎农牌床单、很棒的电视机和漂亮的庭院。学校就在附近，这样你的孩子就不必为了上学而每天坐车三个小时了。”然后她会说：“要是你真的——真的——爱你的孩子，为什么不希望他们生活在这样的环境中？你会希望他们拥有所有这些他们需要的好东西。之后这母亲会想：上帝啊，我爱我的孩子，我可真不像话，怎么能不让孩子住到天堂里呢？

和很多印第安人一样，我母亲生来贫苦。她被带到一所寄宿学校上学，在那里她本来的语言和宗教遭到禁止。可她一直保留着自己的智慧。她学会了用怀疑的态度看待事物。听到好笑的事情，她

就开怀大笑。她教会我自尊、幽默和力量：遇事我不会哭鼻子、放弃或退缩。

她会对着坟墓、植物或河流讲话。她不仅了解传统事物，还整天忙着种植、挖蛤蜊、熏鱼和缝缝补补。她是个出色的裁缝。同时，她对政治和社会问题也有敏锐的看法。

我还是个小女孩时，有一次几个联邦调查局探员来到我家。那时我大概只有四岁，二战刚刚爆发。他们悄悄地说："我们想和你们谈谈安全风险问题。隔壁住着一家德国人，另一边住着意大利人。我们想知道，你们是否觉得他们是忠诚的。"我娘家姓丘奇，一个地道的英国姓氏。我母亲说那家德国人已经在这里住了三代，骨子里完全是美国人，那家意大利人有个儿子在太平洋战争中牺牲了。接着她说："要是你们想调查安全风险问题，调查我好了，因为我看不出为什么一个意大利人要为从印第安人手里夺走土地的美国政府打仗。"她就这样朝他们嚷嚷，把他们从家里赶出去了。哎呀，他们就这样落荒而逃了。（笑）

我遇到过一些阿拉斯加来的爱斯基摩人，他们受卫理公会教影响很深，有一套卫理公会伦理观：你干活就好，不干活就不好。我不会把这套伦理强加于别人。这些爱斯基摩人如今只被工作这个想法支配，干活简直卖力到疯狂的地步。他们不知道怎么放松下来。卫理公会掌控了他们的头脑，他们失去了从前拥有的东西。他们整天横冲直撞地干活，不知道怎样坐下来思考。

我六岁的儿子常会走出去，坐下来对着树木讲话、观察鸟类。做这些事情时他是平静而自在的。他没受过我们其他人经历过的那种洗脑。

这些小家伙生来就知道某些和精神世界及造物主紧紧联系在一起的事情。学校里的小小孩童会告诉你，各种鱼类都是他们的兄弟姐妹。他们会对你说，自己的生命并不比动物、树木和花朵更宝贵。他们生来就知道这些。是我们的学校让他们抛弃了这些想法。

学历史是很重要的，过去发生的事情很重要。但如果只谈论1855年、1903年发生的杀戮，或1961年从我们手里夺走医院的事，我并不能满足。我希望我的孩子们能谈谈1990年或1979年发生的好事。他们不应该照着镜子，只看到自己是一个前途渺茫的印第安人。

我的小儿子和其他一亿九千九百九十九人共同居住在这片大陆上。（笑）要是你们的政府搞砸了，再引起一场该死的战争，那么他的棕色小屁股也会和你们肤色各异、观点各异的人一起被炸个底朝天。炸弹才他妈的不在乎他是不是扎着可爱的小辫子，是不是一个喜欢和松树讲话的棕色皮肤的小男孩，是不是一个甜蜜可人的小家伙。

在我看来，美国政府就是一个小屁孩——只要你反对他，他就抄起东西砸你。要是他看到什么，就要抢到手。他贪婪地留着口水，弄得满身污秽，需要别人走进来清理干净。这是个两百岁的小孩。1924年，他们开始发给我们双重公民身份。可这个一百五十岁的愚蠢小屁孩政府，怎么能给有八百年历史的亚基马印第安人或皮阿拉普人发放公民身份呢？真是一种侮辱！（笑）小撒谎精闯进来，有什么资格给人发这发那？为什么没有人来把这孩子教训一番？到头来，总有人会过来揪住这个小鬼，收拾他一顿。不幸的是，我也住在这里，将和其他人一起等待被收拾。（笑）我们都在同一条船上啊。

山间播种

弗洛伦斯·里斯

她看上去像电视里那种典型的祖母：银灰色头发、慈祥的脸庞、戴着眼镜。她七十九岁了。

先生，你能忍受吗？哦，告诉我，你怎能忍受
你要当带枪的打手，还是当真正的男人？
你站在哪一边？你站在哪一边？

来吧，穷苦的工人，我有好消息告诉你们
做好事的工会怎样来到这里扎根
你站在哪一边？你站在哪一边？

我出生在田纳西州联合市。那是一个农业区。刚开始写歌时我还很小，不管脑海中出现什么，我都会写下来。长大后，我开始写工人的生活。我想写出比花哨的歌曲和小调更棒的作品，于是我开始写更重大的主题，直到我写出《你站在哪一边？》这首歌。

我父亲是一名矿工。他死于1914年的一次矿难。他装一吨煤，还要在木头轨道上推四十五米，才赚十五美分。煤矿主不管埋葬他的事儿，也没给我母亲一分钱。经常有矿工惨死。差不多每星期你都能看到有人被抬出来，不是死了，就是砸伤了。

我常看到那些矿工——我有时候早上四点钟就出门了，他们帽子上带着一盏小煤油灯，里面有一根灯芯，像是漫山飞舞着一群萤火虫，他们就这样下到矿井里去了。他们下去了，可能再也上不来了。他们没有任何安全措施。那时的生活真艰难啊，工会还没组建起来。到了1917年，我们有了工会，矿工们团结在一起了。工资也提高了一些。

有了工会之后——啊，在1922年——他们又开始罢工了。警卫和打手开始追赶矿工，矿工们不得不躲到树林里去，聚在一起，组织活动。后来他们派了国民警卫把矿工赶出来，矿工的家具和其他东西也一并扔出来了。

哦，我丈夫也是矿工。他得了黑肺病，组织过工会活动。搜查队挨个儿搜查煤矿，把人们弄出来。打手过来问他是否复工，他说，有合同就干，没合同就不干。然后他们就开始拿我丈夫当靶子了。他们想除掉他，于是实行逮捕，把他送到监狱。到了那里，他们反而管得很松。他们想，要是我丈夫企图逃跑，他们就能开枪毙了他。他们需要一个借口。我丈夫偏偏不逃。他待在那里，直到有人把他带走。他们把他扔进水泥牢房，和其他五个人关在一起。有个人过来想给他戴上手铐，但另外几个人不同意。所以第二天，他们把他带去了派恩维尔监狱。

之后，他被放回家了。可仍受他们监视。有个叫约翰·亨利·布莱尔的家伙，和煤矿主是一伙的，他是治安官，手下雇用着一班所谓的治安副手，其实就是带枪的打手，真的带着枪。他们会搜查矿工的家，一旦发现枪支就带走，还会把矿工扔进监狱。

他们也来到我家，足足来了四五车人。他们带着两把手枪、子弹带，还有强力来复枪。他们闯进来，搜查我们的房子，上上下下地翻箱倒柜，旅行箱、床垫下、炉子、五斗橱全翻遍了。过了几天，他们回来了，说："哼，我们又来了！"我说："你们想找什么？"他们说："找世界产业工人组织的文件！"我不懂世界产业工人组织是什么，就去问邻居知不知道。他们也说不懂。我说："好，是时候弄明白了，这东西没准能帮我们对付带枪的打手。"但我们并没有搞清楚，所以日子还是照旧。

1930年至1931年发生了罢工。我对打手们说我跟罢工一点关系也没有。他们一大伙人全在我家屋子里。山姆走了，其他多数男人也走了，我不知道如何是好。于是我想：好啊，也许我可以写点什么。也许我能把想法写出来。我们的食物不够吃，孩子们年纪虽小，胃口却大。他们弄到什么就吃什么。至于那些矿工，他们饿得走路直摇晃。

他们把一个叫乔治·泰勒的矿工关进了监狱。他妻子得了糙皮症。她要搬过来和我们一起住，有人问我："弗洛伦斯，你不怕被传染吗？"我说："不怕，那女人得糙皮症是因为吃不上饭。"有一次她带着双胞胎女儿去监狱探望丈夫，正巧遇到了约翰·布莱尔。他可能觉得良心愧疚，看到这位母亲所处的状况，给两个小女孩一人一枚一角银币。他对那父亲说："要是你肯离开这个州，我就放了你。"他回答："我不同意。我要留下来组织工会活动。"可他们让这家人的日子实在过不下去了，他还是走了。情况越来越糟糕。我觉得自己必须做点什么。

我家有本旧日历，我把它从墙上扯了下来。这是我唯一能找到的纸。我开始写《你站在哪一边？》这首歌。我越往下写就越顺手。那些词对我来说，就像是别人写出来的，而不是我自己写的，特别顺畅地写了出来。我觉得伤心、担忧又害怕。后来我又给这词配上一首旧的赞美诗曲调。我以前是浸礼会教派的。我还记得歌词是（唱）：

我将到达彼岸
我将到达彼岸
我将到达彼岸
永远得拯救

于是我借用了这个，改写成"你站在哪一边？"（她唱道）：

我们开始了正义的战斗，我们确定自己会赢
因为我们遇到的带枪打手瘦弱无比
你站在哪一边？你站在哪一边？

我只读到初中二年级。那时的矿工营并没有高中，所以我只好读到哪儿算哪儿。我最大的愿望就是当作家。可之后我意识到自己当不了作家。我知道的东西不够多。我想：唉，要是我去上了大学，说不定我就能当上作家。但我后来忘记了这件事。有些人说："我挺高兴你没去上大学，要是你去了，可能就不会写现在你写的这些东西了，也不会像现在这样思考了。你会往更高处去，写点不一样的东西。"但我知道自己想做什么。许多矿工有我这样的子女。他们想更有出息，但又做不到。

我只有四五岁大时，其他兄弟姐妹要是弄到一些小猫小狗就说要给它们办葬礼，然后对我说："你来唱个歌。"我本来不会唱什么歌，但我会编。就是从那时起，他们开始管我叫牧师。（笑）

我外祖父是一名浸礼会牧师。我母亲是教师。可我父亲没怎么上过学。他仅仅靠单词的读法来拼写。我母亲总为这一点难过。他是个好人，干活很卖力。有段时间，他让我们搬到乡下住，要想回家他得翻过两座山才行。有时每隔两星期，有时每隔一个月，我们会收到他的一封来信。母亲一边给我们这些孩子读信，一边说："可怜的吉姆，可怜的吉姆。"她想让他有更多知识，可惜太晚了。

我自己也嫁给了一名矿工。我生了十个孩子，现在有七个在世。我有三十一个孙子孙女，还有八个曾孙。而且让我很高兴的是，他们没有一个跑到罢工纠察队的对立面去。（笑）他们知道我们的立场。

有一次在布鲁克赛德举行了一场罢工，法官要抓男人，于是女人们想把他们替下来，但男人们不同意她们这么做。我到了那里，告诉他们赶快同意。工贼一进来，女人们就把他们赶回去，还用鞭子打、用手抓，她们不光用棍子打，还把他们的脸都抓花了。有些工贼闯了过来，跑上山去。他们是收了治安官和高速路巡警的好处才来的。他们回来的时候，那些女人还等着他们呢。她们不让这些人回家。工贼们说："我们要回家。"一个女人说："既然你们上了山，现在就得好好在这里待着。"有个女人曾经进过监狱，我问她："你用鞭子打过工贼吗？"她说："看到我的指甲了吗？我狠狠挠过一个工贼的脸。我把他的脸毁得不成样子。"她确实做过这种事。希特勒说女人的职责就是去教堂、看孩子、下厨房。完全是一派胡言。

去商店时，我看到那么多食品和服装。可我仍能看到那么多缺吃少穿的人。我想知道这是为什么。我不知道，没有人告诉过我。我们这些矿工必须去干各种活，却赚不到什么钱。有些人能赚很多钱，矿工却只能干很多活。他们创造了很多东西，却什么也得不到。

我父亲去世前，我们一直没订过报纸。你记得泰坦尼克号沉没的时候吗？我一直不知道父亲是怎么知道泰坦尼克号的事的。也许是有人跟他说过吧。他说："他们让穷人住最底层，穷人是最先被淹的。"我父亲平时会读他那本《圣经》。每次他从矿井出来，总是到炉子那边，从咖啡锅里给自己倒一杯咖啡，然后到前廊去。我记得他有次走进来说："又有几个狗娘养的有钱人见鬼去了。"我母亲说："吉姆，别在孩子面前说这种话。"他把我吓到了，我不知道他这么说是什么意思。

我想：他们为什么让穷人先淹死？他们肯定逃不掉，要是有人能逃出来，也会是富人。我百思不得其解，想要跟母亲谈谈这事，可她不想谈。我开始思考，这世上应该有些好事情，工人的生活应该更好一点。但没人解释给我听。我不明白这个世界为什么会这样。

是啊，我见过人们祈祷，希望求得工作，求得他们没有的东西。他们说："《圣经》上说，好人的祈祷能成真，坏人的祈祷成不了真。"但是那些坏人的祈祷常常应验。我不明白。我说："为什么那些坏人有好生活，我们却要过穷日子？"我觉得穷人应该拿更高的工资，有个像样的家，生病了能得到好的治疗。可我们只是干啊、干啊。要是所有工人联合起来，我们会有一个大的工会，所有人都能过上更好的日子。

美国很美，很了不起。他们说我们是世界上最富有的国家，也是最正派的国家。我才不相信这一套。美国也许很有钱，但我们不是最正派的国家。不然情况也不会如此糟糕，抢劫、偷盗、杀戮和强奸随时都在发生。人们不想这么做，而是被强迫的。他们被丢进监狱，变成了更糟糕的人。要是我因为肚子饿偷了一条面包，就会被丢进监狱。但如果是个百万富翁用手里那支笔偷了什么，反而会青云直上，并不会进监狱。我不认为这样是对的。

他们不干活，工人们才干活，工人们也希望有个温馨的家，带孩子去海边、去爬山，让孩子受到好的教育。要是我爸爸有这种权利，他本可以受更多教育的。我也一样。然后我们也能写出更像样的东西。

美国是个美丽的国家，可以为人们造福。但人人只为自己，就和煤矿工人一样。要是他们搞垮了矿工联合会，就会像大坝决口一样。钢铁工人、橡胶工人和纺织工人协会也将解散，工人们鸟兽散，又回到从前一天赚十五美分的生活。我对他们说："别光看着你

的同伴推着运货车上山，你自己跳上去歇着。你去帮他一把，两个人一起推，快一点。”（她唱了起来）

要是你到哈伦县，这里没有中立派
你要么是工会会员，要么是J.H.布莱尔手下的工贼
你站在哪一边？你站在哪一边？

他们教育子女要提防我们
他们的孩子生活奢华，我们的孩子是野孩子
你站在哪一边？你站在哪一边？

先生，你能忍受吗？哦，告诉我，你怎能忍受
你要当带枪的打手，还是当真正的男人？
你站在哪一边？你站在哪一边？

乔·贝格利

我们坐在一家百货店的前廊，店主是乔·贝格利和盖内尔·贝格利。

“我们希望一切继续发展、发展、发展。我希望活到很老、很老、很老，看这一切发生。”

地点在肯塔基州的布莱基，布莱基位于这个州的东部。坎伯兰地区虽然雾气迷漫——也可能是烟雾？景色却十分优美。这里离弗吉尼亚州边境不远了。

沿着七号公路的土路一直开下去，我们进入了一座破败萧条的“鬼镇”。我们向一位行动迟缓、骨瘦如柴、长得很像林肯的老人打听乔·贝格利的情况。“你们正和他说话呢。”他回答。

他六十四岁。

“四十五年前，布莱基是一座由几家公司组成的小镇。这里有七座煤矿，都进行了深度挖掘。每天有六班火车经过。我们有一家银行、一家药店、一家制冰厂、一座旅馆，还有两三家饭店。1919年和1927年，两场大洪水来了，把这里的一切都毁了。之后立刻又赶上了大萧条，这下更是彻底垮台了。此后的生活就成了一场战斗。”

对我来说，这里的大山是远离尘嚣的地方。我觉得人们不了解阿巴拉契亚山脉的历史。他们也不了解这个国家迄今为止的历史。学校系统早就破产了，一百年前就完蛋了。

我花了五十年才站稳脚跟，彻底转变了观点，想明白自己是谁，在做什么事情。在学校里人们教给我的净是米老鼠那套东西，一个虚假的幻想世界。直到十五年前，我才知道什么是土地契约。“血泪之路”①我也没听说过。学校里不教这个。再说我也没上过学，所以我只能从别的渠道来了解这些。

我祖母是切洛罗族印第安人，她家没走过“血泪之路”。她还记得家里人告诉她，联邦士兵押解一万五到两万名切洛罗族印第安人到北卡罗来纳州和佐治亚州，把他们分散在各处。教科书上是不提这些的，不会提到大屠杀。她是拒绝离开这里的那些人之一。我觉得自己欠祖母一些东西，也欠这环境一些东西。我不赞成乔治·阿姆斯特朗·卡斯特②的观点，我也不赞成过去五十年里工业支配此地人民的方式。

我祖母告诉我一回事，我父亲却告诉我另一回事。我从小受到的教育就是，印第安人不受欢迎，黑人不受欢迎，穷人不受欢迎。我花了五十年才承认自己错了，转向了另一条道路。

我父亲曾说：“要想在这个社会上存活下去，我们必须把嘴巴闭严。你祖母太老了，她说的都是她自己以为发生了的事。”我父亲的顾虑太多，他需要一份工作，他要养家。这恰恰是这个国家的问题所在：我们都带着恐惧生活。

我父亲是在社会上颇受喜爱的那种人。我还是个小男孩时，就看到他和其他五个男人特别与众不同，就像麦田里的玫瑰似的。他们帮助穷人，教他们怎么打官司，帮他们请律师，还给他们送豆

---

① 指美国西进运动中大量印第安人遭屠杀，其他的印第安人则被强迫迁移到西部的贫瘠地区。

② 乔治·阿姆斯特朗·卡斯特（George Armstrong Custer，1839—1876），美国骑兵军官，也是美国西进运动的“急先锋”，“他身经百战，双手沾满了印第安人的鲜血”——《美国西进运动探要》（人民出版社）。

子、土豆一类吃的。他们把食品装上大车，送到吃不饱肚子的人们那里。教会并不赞成这种做法，因为这些人有时会喝点威士忌。事实上，他们是被教会逐出来的人，却是我们的社会里真正做实事的人。我父亲有一种——怎么说来着？分裂的人格。

小时候，环境对我而言特别重要。我辍学也是因为我想去附近的山里游荡。我观看狩猎，我跳到河流和小溪里去。我没时间去上学，因为我能在十分钟内读一本书，而老师的讲话就像牧师一样乏味。我听过一百位牧师讲话，他们总是保持一个声调。我没时间忍受这个。我想再活三十年，而且每年我都想再活三十年。生命就是如此短暂。我真希望每个人都能活一百五十岁。我的梦想是遇到各式各样的人，他们都有故事要讲。我想知道他们想去哪儿、我自己想去哪儿。

我参加过海军，是个鱼雷兵。那时我觉得轰炸日本舰船、杀死日本兵是件好事，而且我们能因此得到嘉奖。但三十五年后，我却夜不能寐，常做噩梦。我把家庭料理得不错，家人都过上了不错的日子，经济上没什么好担心的。孩子们都成了家，有了好工作。可还有些人在无助地呼号着，他们没有钱，在天寒地冻的冬夜没有栖身之所。我醒过来，全身发热，眼泪流进了嘴巴，然后我回想起在海军用鱼雷炸人的日子，内心十分慌张。

事实上，我很愿意当一名律师。我想了解关于土地的法律，因为我一生总看到人们没有任何权利。这想法如今仍萦绕在我心间。有些人受到了很好的教育，我猜自己也有些想做的事情。我想加入那些帮助别人的人，不管是以这样还是那样的方式。我还是个小男孩时就有这种想法了。

有时候，一个受过良好教育的人在我面前夸夸其谈，用一些我听不懂的该死的大词儿把我驳倒，技巧高超，我便真切地觉得自己需要更多知识。这就是我想受教育的原因，我想把他驳倒。

这里的人坐拥世界上最丰富的自然资源，却一点好处也得不到。大约一百年前，北边的工业主把土地顾问和高明的律师送到这里，用每亩两毛五的价格买下土地。人们签下了叫作土地契约的协议。这东西在后来的五十到九十年里让他们失去了一切。这里的人从没受过教育，不会读写，签字时只会用笔打个叉。工业主买下他们所谓的天然气和木材资源，但对剥离器和推土机却只字不提。当地人完全不懂开采煤矿、天然气、石油、云母矿、石灰岩的现代技术。这些矿藏里都有。这里有那些大企业想弄到手的十二种贵金属。“宝石岭”“蓝钻石”，你以为这些企业的名字怎么来的？那些土地契约接受方的孙辈和曾孙辈以为自己拥有这片土地。你知道那首歌吗？《这片土地是你的土地》，但有法律方面的东西证明这不是你的土地。只要这东西继续存在，这里迟早会有麻烦。我还是个小孩时我父亲就教我怎样用合法、诚实的手段买东西。他说：“要是你买一亩土地，不管下到地狱上到天堂，它都是你的。”土地契约可不是这么一回事。

他们进行露天开采、钻洞开采、表面开采，完全毁了这些山。露天开采的方法就是把整个山头炸掉，粉尘最后都跑到溪流和空气里去了，野生动物全遭了殃，家园被毁，人们只好搬走。这是一种丑陋、下流的采煤方法。我把这些露天开矿的人叫作响尾蛇。他们在毁掉阿巴拉契亚山脉。要是我们杀死一条响尾蛇，是受法律支持的。可这些开煤的响尾蛇却受到法律保护。

啊，这是一种快速的采煤方法。当然了。内华达州的雷诺有一座赌场，那里有一块广告牌，由白炽灯和霓虹灯照亮牌子上的一只银色舞鞋。这块牌子的耗电量足够三千四百个穷人家庭为每家的五个房间照明使用了。不久之前，北汉普顿的铁路调度场上有五十六节载重量六百七十吨的车皮，准备送往日本。就是这些东西埋葬了阿巴拉契亚山脉的人民。

这时，坐在门廊上的一位朋友奥斯汀·米勒插话道："在我住的地方，他们修了一条通往山顶的长约两百米的大路，把山周围的大树都砍了。树根周围的烂泥还能待一阵子，等根烂掉，雨水一来，这些东西全都会顺着山坡冲下来，足够把我家埋起来。

"那些公司留下个烂摊子走了。他们顶着不同的名字在运作，要是你想起诉他们，都不知道从哪里着手。"

人们啊，一下雨就不敢在自己家里住了。艾美特·塞克斯顿已经搬出来了。他跟我说，他已经三个星期没在家里睡觉了。滑坡随时可能发生，他不知道自己什么时候就会被埋住了。

经营者一般避开高速路这类地方，这样人们就看不见他们在做什么了。他们知道自己在做亏心事。不过现在市场上对煤矿的需求量这么大，他们就更他妈的不在乎谁看到了。

我们和邻居几家人想开自助洗衣店和洗车店，找点活干。我们买合格的肥皂来用，可以不污染小河。但是我们这里的卫生官员立刻指责了我们。但他们却让露天煤矿和深井矿的经营者把大量酸性污水排到小河里去。

有几个邻居家的小男孩没有许可证就钓鱼，被环保官员抓住了。这些男孩太穷了，交不起罚金。我跑到渔猎法监督官那里说："你给那些大采矿主发过传票吗？"他垂下脑袋，苦笑了一下，说：“我把传票撕掉算了，咱们忘掉这件事吧。”

有个小伙子刚从越南回来。他的土地已经因为露天采矿毁得不成样子。他的律师说：“你毫无胜算，那些法庭官员全和煤矿业有瓜葛。”他收到了各种传票，有些指控他杀了他根本不认识的人。他受到了新的教育，是以非常艰难的方式学到的。我们很多年轻人都经历了这个过程。

这些靠阿巴拉契亚山而居的人已经受了130年穷。四个县共有九万人每年收入少于3600美元。我说的是那些赤贫的人啊。他们中很多人靠救济金过活，得了黑肺病或者肺气肿。有些人耳聋了。他们是好人，诚实的人，一辈子都干着可怕的重体力劳动。

人们跑来说：“我们多少次被打翻在地，现在他妈的站起来反击晚了吗？我们得赢几场。”我们组织了一个“保护地面权利公民组织”。现在全国都有我们这样的小组织进行类似的抗议。我们赢得了几次小小的胜利。

我不知道阿巴拉契亚的争端能否不使用暴力。我希望可以。我被教育认同美国国旗，发誓效忠国家，而且加入了海军，为国家尽我的一份力。可现在有了这些推土机，我不相信穷人们还能坐视不管、默默忍受。一个人不能被恐惧压倒，如果是这样，还不如现在立刻了结自己。

我们希望以合法、客气的方式解决问题。可如果这样不能获得正义，还有其他方法。我不想使用暴力。但这里的人们却有充分的理由使用暴力。我看到鹿不见了，河狸不见了，鱼不见了，野兽不见了，溪流不见了。如今我发现连居民也要不见了。既然这一切在我活着的这六十年中发生了，我想知道什么时候这一切会真的终结。

“我们知道在越南发生了什么。我们和不甚了解的人打仗。三十五年前在海军的时候，我们到过东京湾，那时胡志明和他的人民都是我们的朋友。日本人才是我们的仇敌。我儿子在越南和曾经是我朋友的人打仗，反对的是别的东西。而在山里，真的要把我们毁掉的人却受到政府的支持。真把我搞糊涂了。我想分清是非好坏。”

我相信法律和秩序。我当过四年警官。我还当过二十九年治安官副手。我曾把很多人送进监狱。前段时间我还帮忙抓住了几个逃犯。他们叫住我说：“我们不想被杀死，希望你把我们送进去，知道你不会打我们，也不会虐待我们。”我把他们送进了监狱。我最好的朋友都是我亲手送到监狱里去的那些人。我不相信棍棒鞭打，我不相信用手枪柄打人那一套。我觉得应该告诉他们，他们做了什么，为什么是错的。对人友善是很重要的。

我是个百事通，铲煤、铺铁轨、拉千斤顶，会挖也会铲，可这都不是我想做的。我想修理发动机，了解它出了什么问题。要是这在内燃机上奏效，在人身上也会奏效。可问题在于，我们都他娘的不在乎它是怎么运转的。我们知道它运转，但不知道为什么运转。我们是从米老鼠世界那种简单教育中走出来的，学校根本没教过我们事物怎么运转，政府怎么运转，是谁在经营。

人们知道他们正在失去某些东西。在一生中人们总要经历所有这些灾难。我希望他们能记住其中的大部分。人们总想返回过去。可我不认为人们能返回过去，在我们面前只有未来，而不是过去。让死去的死去吧，我们要继续前进。但这个国家发展得太快了，人们来不及意识到大自然的美好，首先是意识不到我们到底为何生活于此的奇妙之处。

对我而言，那些大山是上帝在造物之初就放在这里的，我猜已经存在四百万年了。这里溪水清亮，树木苍翠，生活着各种野生动物。上帝把它们放到这里，不是为了让推土机和贪婪的人摧残的。

我们不该放弃希望，因为仍有少数人会在这个国家取胜。一开始就是少数人拯救了这个国家。他们奋起抗争，而另外四分之三的人只是看客。我们需要一部分决意取胜的人。我不想把他们全争取过来，失去他们中一部分让我挺高兴的。要是把他们全争取过来了，就没什么好抗争的了。如果你修建的大厦已经竣工，就再没什么可做的了。我们不想让大厦竣工，我们不想让这片土地上的事情一了百了。我们希望一切继续发展、发展、发展。我希望活到很老、很老、很老，看这一切发生。我现在六十岁了，我还要再活六十年，并像前面六十年一样享受生活。我生命最后的火星也要用在反对某件事上面，而不是去支持某件事。我要永不止息地去挑战。

盖内尔·贝格利

乔的妻子。

她是站在柜台后面的售货员。顾客总是络绎不绝：有小孩、老人，也有刚修路回来的身强力壮的年轻人。出售可乐、薯片、牛奶、面包，等等。就算是劳斯莱斯轿车的营业员也不会比她更热切地招呼自己的主顾了。她能叫出每个人的名字。买卖总是在轻松有趣的气氛中完成。“这不完全是经济活动，更是一种友谊和社交。对我而言，这就和赚二十五美分一样重要。”

如今的美国已经和从前大不一样了，尽管许多人还没有真的意识到。我觉得这很恐怖。我一点也不悲观，但我痛恨看到一些东西绝迹。我收到住在埃迪威尔的姐姐寄来的信，上面却盖着帕迪尤卡的邮戳。这是件小事，但让我相当抓狂。这是典型的大政府思想。埃迪威尔或布莱基的邮戳，对他们来讲又有什么区别呢？

人口状况相比我小时候也发生了变化。过去每家都有父亲、母亲和一大帮孩子。现在每三家就有一个寡妇，孩子去俄亥俄州或密歇根州打工去了。要是在这里能谋生，他们多数愿意回来。我们在布莱基的小学有八个年级。一百二十名学生中有70%符合享受免费午餐的条件。这着实能说明镇里的一些情况。说起来真让人心碎。

我们这里有许多病人。那些男人在矿井下干了太长时间，得了黑肺病，或者——刚才来买东西的那个人失去了双手。他的手是在一次雷管爆炸事故中炸掉的。镇里没有往日那种精气神了。是啊，当然了，我自己的精气神也不大一样。我父母从前经营餐馆，那时是二十年代，大萧条还没开始。我母亲会做各种馅饼，天啊，那些馅饼棒极了。餐馆生意十分红火。煤矿也发展得顺利。还有就是，人们对未来有种期许。人们想象着未来会有好事情在自己身上发生。如今看来只是些回忆罢了。

想到当年的愿望，我就觉得羞愧，因为如今我知道了许多当年不懂的事情。我尊敬的老人们给我的建议是：赶快，去读书，走出去。我完全没有深入思考过自己是怎样一个人、我能做什么。我没想到自己有一天会回东肯塔基。我把这个从单子上划掉了。（笑）

我去了贝立安大学念书，然后到新英格兰工作。我没想到自己会当山民，来到阿巴拉契亚山当乡巴佬，这显然没什么好骄傲的。我觉得很丢脸，所以离开这里时没让任何人知道。1939年和1940年在康涅狄格州，我努力用和其他人一样的方法讲话，借此告诉人们我的水平已经比乡巴佬高了。我现在已经克服了这种想法。乔帮我改过来的。（笑）

啊，我特别为自己的家族感到骄傲。但我从前总想：为什么这么好的人要在这种地方待着呢？他们可以去蓝草之乡啊。我真的不想当山民。后来我遇到了乔，好家伙，他完全不觉得自己有任何难为情的地方。这很了不起。

我父亲的姓“考迪尔”是此地最常见的姓。因为他们是最早期的定居者，时间上能追溯到美国革命时期。乔治·华盛顿在一些士兵退伍时给他们土地而不是金钱。其中一个年轻士兵是北卡罗来纳州的詹姆士·考迪尔。作为酬劳，他得到了几百亩土地。这片地在那时被称为弗吉尼亚。十八世纪末，他来到这里，在大概两里外定居下来。他就是我祖父的祖父，要是我没漏掉一辈的话。（笑）哦，是的，我家已经在这里住了很久了。

十六七岁时，我第一次意识到这地方不再归我们所有了。我发疯似的想去上大学，但根本付不起学费。那条街住着一个女孩，就要去上大学了，衣服多得要用卡车装。她父母是煤矿主。可这明明是我祖父的土地啊。我琢磨着这地方有什么东西不大对劲。你没法相信我花了多少年才搞清事情的本质：土地契约。那位住在外地的业主就和拥有美国的少数人一样，就是这么回事。

真正让我们无比气愤的是他们谈论穷人时的样子。其实我不太确定他们到底在谈论谁。在我看来，来到这里的人只是碰巧极度贫穷而已。但他们是斯特拉、沃什大叔、鲍勃这些活生生的人啊。贫穷只是他们生活的一个方面而已。我希望他们并不穷。可他们确实不只是纸上的一个名字，或者我们中间的某个百分数。

我爸爸是个特别爱国的人。他坚定地相信政府是好的，政府会保护我们。我也相信过，可后来不相信了。我和爸爸的爱国方式并不一样。我丝毫没有那种可怕的民族主义感情。我觉得把世界分割成那么多国家十分荒唐。不是说我希望各种东西混杂在一起，可我喜欢多样性：不一样的面孔、不一样的言语、不一样的人种。我就是喜欢世界主义。（笑）

教育是什么？我不知道你对此怎么理解。我想，如果你受过教育，就能很现实地看待事物和自己，作为整个社会的一部分，而社会又是世界的一部分。受过教育的人内心有种东西驱使着自己。要是一个人能回答关于自己的问题，他就是个受过教育的人。

我从小就喜欢读书。我母亲给我买过一套系列图书：《中国孪生儿》，还有《英格兰孪生儿》《苏格兰孪生儿》等等。我那时觉得这些书里讲的都是真事。这些孩子生活在世界各地，却和我没什么大的不同呀。这是我关于人们各有差别，但都属于世界大家庭这个想法的最初的记忆。

我特别热爱诗歌，埃德娜·圣文森特·米莱[1]十八岁时写过一

---

① 埃德娜·圣文森特·米莱（Edna St. Vincent Millay，1892—1950），抒情诗诗人，剧作家，第一位获得普利策诗歌奖的女性。

首诗。诗中写道：

> 站在那里，我极目远眺
> 只见三座连绵的山脉和一片森林；
> 我转过头，望向另一边，
> 看见海湾中的三座小岛。

然后她继续写道——哦，真见鬼（笑）。

> 一个男人正在卡普里岛[①]忍饥挨饿；
> 他抬起眼皮，望着我。

你知道吗，她的目光跨过那座山，看到了世界的其他地方。很早、很早以前我就被这首诗打动了，它让我意识到自己和这个世界的亲密关系。

---

① 位于意大利西海岸。

奖 状

哈特曼·特恩波

他是个热情洋溢、体格健壮的男人，外表与实际年龄不符。他今年七十五岁了，可看上去只有五十岁。他讲话时带有一种歌唱式的音色。

“我希望看到人人握手，好像兄弟一样，忘记彼此的不同。你忘了我是黑人，我也忘了你是白人。就像那样生活。”

这里是临近密西西比州楚拉的一座农场，距离杰克逊市约六十里。他和妻子在纱门后迎接我们。

墙壁上挂着他们两个女儿身着毕业礼服的照片。还有很多奖章。一面奖章上写着：“为在人权抗争中的奉献和领导。楚拉护理中心，1978年5月。”另一面奖章上写着：“为在人权斗争中鼓舞人心的努力。梅森三角洲，1978年。”第三个是高中毕业证书，时间是1976年。

我八岁起就在田里干活了。整天和犁地打交道，只用业余时间上了一点学。我七十一岁才靠自己的努力拿到一张文凭。要不是我多少学了点知识，在很多地方是根本混不下去的。（笑）

我祖父曾是奴隶。他的主人就是他的亲生父亲。获得自由后，他父亲把他操劳过的那片土地给了他。在他死后，他妻子，也就是我的祖母，把这块地给了我。如今我仍然拥有一些土地。我一直住在那里，直到长大成人。我还干得动活，不过计划今年歇一歇。

现在你能看出小山和三角洲的情况有所不同。战后，许多黑人在小山那边买了地。他们中很多人还从旧主人那里买了小房子住。但那些三角洲没有一片地出售，那里有种植园，他们想让黑人来干活。每个种植园都有大约四十到两百头驴子，每块地租给二十五至一百个佃农，都是黑人家庭。他们都归主人所有，没有其他地方可去。年复一年这样生活，直到四十年代才开始改变。

种植园并没有瓦解，只是他们不再需要劳动力了。佃农的木头小屋都拆掉了。种植园现在使用各种机器，把人工转换成了机械操作，他们就不再需要劳动力了。主人把他们打发走了："用不着你们了。"他们把棚屋拆掉，或者廉价卖掉。人们把这些材料拉走，重新盖起来，两三家人挤在里面住。我没遇到过这种事，因为我祖母留给了我一个家。他们没法强迫我。

那时很多人觉得，他们还能再次奴役黑人。他们觉得那些黑人会很愿意干一天赚二十五美分。有些种植园主亲口这样对我说过。但他们的如意算盘没有打成。

我能确定的一件事是，能保障佃农生活的只有福利制度。上帝肯定是从美国头面人物的大脑里溜走了，因为我们小镇从没有过福利部门。一旦你岁数大了干不动活了，他们就把你送到济贫所，坐在那里，别人给什么就吃什么，直到咽气。

他们把劳力赶走时，那些人搬到了小镇里住。北方有亲戚的就跑到北方去，哪里有活路就去哪里，有钱就行，或者哪怕只有睡铺也行。就在这时，联邦政府开始救济他们了。

美国梦？（他哈哈大笑了好一会儿）奴隶时代的精神至今还在，并没有灭亡。就像他们在弗吉尼亚州里士满把第一批黑人从船上卸下来时一样。白人之中，今天也还存在这种想法。三K党死灰复燃了，不是开玩笑。你知道他们的预言吗？他们说要在十五年内重新奴役黑人。

拿如今南方的白人来说吧。他们很狡猾。没学到什么，因为教训还不够大。现在真正需要接受教训的是黑人。所有黑人都得学会搞清白人脑子里在想什么。看看那些年轻黑人。我得跟他们谈谈过去我在种植园时，那些白人怎么把黑人带到铁匠铺或谷仓，用皮带抽打黑人，就像打小孩那样。

有一次他们也打了我。如果我说自己从没挨过打，那是在撒谎。我那时十六岁。他们有两个人，抓着我的头按下去，用手枪抵着我的后脖颈，用一条皮带抽我。

要是你和现在的年轻人讲这些事，他们会说“别废话了”，一点也不上心。现在那些白人像朋友似的跟你说话，拍拍你的后背，可一旦他去了你听不见看不着的地方，就能花大力气设法让你倾家荡产。白人说制服黑人唯一的办法就是让他一无所有。他们说得一点不假。

黑人从民权运动中唯一得到的——所有那些专家、黑人和白人，牺牲了生命和家园，破产，进了牢房，乱成一团——换回的唯一东西，就是投票权。可大多数黑人还没有足够的头脑来使用它。

投票权并没有太大意义。现在密西西比各地都建起了“袋鼠法庭”[①]。天底下没有黑人和白人打官司能打赢的事。三K党起死回生之后，黑人青年一旦坐牢就得服更长的刑期。我这辈子从没听过有这么多黑人青年坐牢的。

二十年前，一个白人只要准备好了就能随时杀害一个黑人。没什么大不了的，消息甚至不会传出那个县。如今民权运动激起了社会平等风潮，白人改了新策略。他们让黑人一无所有。这不是我说的，是白人自己说的：不管你在哪儿，你得让黑人失业。

---

① 英文kangaroo court，指私设的、不公正的法庭。

大约十五年前，黑人在约十四个南方州拥有两千万亩土地。现在黑人只拥有三百万亩土地了。三K党扬言要把这些地也买过来。你知道现在有多少黑人失业吗？情况越来越糟了。

直到1963年这场民权运动开始，我才第一次真正感到自己渴求自由。有人把这想法从田纳西州带到格林伍德，又带到霍姆斯县。他们跑到我们这里来，说是要教我们什么是公民权利，教我们怎样投票。我们嘱咐他们要再回来，我们会为这场运动祈祷。他们回来了，我们说自己愿意在这上面花钱，我们会为这活动卖掉汽车筹钱，把身家性命都投在上面。我们喜欢这场运动。我们认为这是件好事。

在这之前，还没有黑人登记投票过。白人把这项权利抓在自己手里，想让谁当官就让谁当官。我以前没考虑过这事儿，我想的都是吃饱肚子，有个地方住，弄辆旧汽车什么的。我从早到晚都在棉花地里干活。不过那时我已经离开种植园了。我看出在种植园干活没有前途，就算在那里干五十年，到头来还是和刚来时一样。我希望自己老了干不动活之后，手头能有点积蓄。

于是我们开始去教堂学习公民权利。每星期去两次，分别在星期三晚上和整个星期日。我们觉得自己学会了登记投票，就走出去想试试看。

我们出发去列克星敦县政府。我的妻子没去，男人们都去了，大概有二十个人。我们是开车去的。快到县政府，还没到路口红绿灯时，我们在路边停了车，说："现在下车，两个人一排走路过去，这样他们就没法说咱们阻碍交通了。"我们说好走路时相互间隔一定的距离，这样他们就没法说我们拉帮结派了。我们的确这样做了。

我们转过弯到了县政府大楼前门，遇到了治安官安德鲁·史密斯先生。他问我们："你们这是他妈的要去哪儿？"约翰·鲍尔回答："我们是来登记投票的。"治安官一只手握住手枪，另一只手去抓警棍，往后退了几步。我站出来，对他说："史密斯先生，我们只是来登记的。"他吃了一惊，说："那好吧，你们绕过前门去后门，到大树底下蹲着，别给我乱出声。"我们照办了，在树下挤着不说话。他走过来，看着我们，按着手枪，又摸了摸警棍，提高嗓门说："好吧，谁是第一个？"我们有二十个人，你瞅瞅我，我看看你。我对自己说：这些黑人快要被吓跑了。于是我站出来说："我，我当第一个。"他压低了嗓门说："好的，特恩波，你当第一个，沿着这条路走到头，进大楼左手第一间，办你要办的事。"

我进了那个房间，有位女士在那里。巡回办事员没在。她说："你想干吗？"我说："我来登记投票。"她问："登记投票？"我回答："是的，女士，登记投票。"她说："你得等麦克莱南先生回来。"我问："我能坐在这儿等吗？"她说："可以。"我坐在椅子上一直等到十二点。她说："午休时间到了，我要去吃午饭了。"我说："那我吃完午饭再来。"她说："好的。"我一点一刻回来时，麦克莱南先生已经在那里了。我走进去。他问："我能帮你什么？"我说："我想登记投票。"他问："登记投票？"我回答："是的，登记投票。"他抓起一本册子，推给我说："填这个。"我读了读，看明白了，填好又递给他，走出门去。另一个人走进去登记，那一整天只登记了我们两个人。

当地人，不管白人还是有色人种，都认识我，有些人是跟我一起长大的。可那时他们爬上汽车顶看我，好像我是从动物园里跑出来的动物。一场闹剧。我们回了家。之后他们就不让任何人登记了，而是让他们做很难的文化测验。他们派了个联邦登记员过来，让他待在邮局。每个人都去那儿登记，都通过了。我们就是这么登记上的。

之后大约一个星期，某天晚上有人开车过来，朝这栋房子扔燃烧弹。他们把燃烧弹从窗口和后面的卧室扔进来，朝这个房间射击。（他指指墙上一个洞）看到这个洞了吗？这是点45口径的子弹。（他指指另一个洞）那颗子弹穿透了窗户的下缘。

那天晚上我们去参加一个会，有人来过，把那条狗杀了，或放走了，之后我们再没见过它。我们上床以后，差不多凌晨一点的时候，袭击开始了。

特恩波太太插话说："他们是坐车来的，拿走了所有的登记册。我和十四岁的女儿从房间里出来，除了烟雾，什么也看不见。他在拿枪。我们出来后遇到了那两个白人。他们站住了，我们也站住了。我丈夫出来的时候，他们朝他开枪，我丈夫也开始朝他俩开枪。

"然后我跑去灭火，把窗帘扯下来，往上面泼水。我跑到后面的房间，拉出床褥，又跑回去往沙发上泼水。我到处泼水，我知道他正在外面开火。我把正烧得厉害的窗帘拽到地板上，跑到后面的房间拉下床上的被褥，往上面洒水。"

我开始射击，他们逃跑了。

那晚我给华盛顿政府司法部门打电话，让他们派人来调查开枪和纵火案。大约早上八点，他们坐在我家，把事情经过记下来。记完以后，当晚有治安官来我家逮捕了我，把我送进了监狱。他们说是我干的。说是我放的火。说没有白人来过。说墙上的洞是我自己打的。说房间里的燃烧弹是我自己扔的。

我待在牢里，后来自由民主党[1]把我保释出来了。他们在楚拉举行了一场初审会，判我有罪。他们说我这么做是为了出名，为了上电视。联邦调查员的秘书有窃听器那些玩意儿。他们常做这种事。他们在杰克逊市开庭审判，地点是邮政大楼里的联邦法庭。约翰·多尔[2]先生从华盛顿赶来了，他们撤销了诉讼。他们没什么可以拿来指控我的。事情就这么了结了。如果不是这样，他们会判我在密西西比州立监狱关十五年的。

特恩波太太插话说："他们后来又跑来这里开枪了。

第二年，他们又好几次沿着那条路开车过来，朝房子开枪。我从杰克逊市打电话给联邦调查局，说："我给你们一个救人性命的机会，要是这件事再发生，我就要大开杀戒。我有老婆和女儿，我很爱她们，和你爱你的老婆孩子一样。我是黑人，你是白人，可我们对自己老婆孩子的爱是没有分别的。你们过来转一圈，证据找到了，又敷衍过去，甚至没检举。我不是让你检举，我明确告诉你，要是这种事再发生，我就要大开杀戒，直到我自己被杀死。这就看你的了。我就想说这么多。"这事没再发生，他们知道是谁干的。

这是十五年前的事了。有这么多开枪和杀人事件，而黑人只得到了一样东西，就是投票权。其他的什么都没得到。

特恩波太太插话说："现在商店里雇用黑人，银行里也是。"

---

① 原注：自由民主党，由密西西比黑人组建，早于1964年成立的民主党全国代表大会。

② 约翰·多尔（John Doar，1921—2014），美国著名人权律师。

可他们迟早要拿回去的。（有点恼怒）我总是提前一年就告诉你们将要发生什么事情了，你们偏偏不听，直到这些事真发生了。我提醒过了。我总能跟上形势。

南方的黑人已经爬到顶了，没法更往上一步了。全南方的白人都联合在一起，他们说只有一个办法能让黑人翻不了身。就是让他们一无所有。要是没有福利金，三分之二的黑人都得饿死。

年轻的黑人卡桑先生是你们的崇拜者，他现在是楚拉的市长。

他遇上了各种各样的麻烦。白人希望他坐在市长的位置上，当个笨蛋傀儡。他不同意，他们就在背后搞各种小动作。黑人们甘愿愚蠢，让白人挑拨他们自相残杀。要是黑人真想取得进步，从白人给他们制造的混乱局面中钻出来，就得彼此团结，一起工作。要把一个人的困难看成是大伙的困难。可黑人还没法做到。白人完全把黑人当傻瓜。要是黑人再不觉醒，就会再遭白人奴役的，又回到以前那样，不会有一丁点好转。密西西比有些地方的人甚至不知道世道变了，还过着二十年前的那种日子。

看看马丁·路德·金吧。我最后一次看见他是在新泽西州大西洋城的一次年度集会上。有位年轻女士问我怎么看金牧师的非暴力计划。我对她说："我觉得金牧师的非暴力计划是有史以来最扯淡的东西。"他本人就坐在那儿，看着我。人们都笑了。笑声刚止，她又问："要是你处在他的位置，你会怎么做？"我说："以牙还牙。要是他们对我们微笑，我也对他们微笑。要是他们拿枪指着我们，我也拿枪指着他们。"那个会上的人全都站起身走过来跟我握手。我说："要是这样继续下去，他会在某个地方丧命，在地上缩成一团，像一匹马那样流血而死。因为他们就想让你们耷拉着脑袋，垂着眼皮，把你们快快杀掉了事。”当然，他们会杀掉我，还有我的老婆和女儿，把我们扔进房子里一把火全烧死。结果就像我在那次集会上对马丁·路德·金做的预言那样。他们枪杀了他，他倒下来，躺在血泊里死了。

我觉得是上帝有意让我们受折磨。要不是因为他，这一切早就结束了。《圣经》中有很多这样的观点。《圣经》写道，要是你给你的兄弟挖了一条沟，你要挖两条，因为第一条是给你自己挖的。人们可以变得如此罪恶，如此歹毒，离上帝那么远，直到上帝让那些坏事发生，再次引起他们的注意。你随便拿起一张报纸，上面写满了杀戮、偷盗，什么都写，对去教堂和主日学校却只字不提。唉，上帝也许因此让白人去奴役他们、鞭打他们，直到有一天他们的脑子清楚起来。

如果黑人能站起来团结一致——但这只是“如果”。他们是不会团结也不会站起来的。在楚拉这样的小镇，还没等他们团结起来，就又被白人分裂开了，又开始互相打架，什么也做不成。白人倒是挺会团结，他们是一条心的。

他们说我们取得了进步。我看我们是离死更进了一步。我们在自掘坟墓。这就是我们的进步。我主在上，要是我的来世还像此生一样，我干脆不想要什么来世。从现在算起十年内，要是黑人还没被奴役，那真是我主显灵啊！

你知道我愿意看到什么样的梦吗？我愿意美国往何处去？我希望看到人人握手，好像兄弟一样，忘记彼此的不同。你我握手，像亲兄弟。我生活愉快，待你友好，你也待我友好，你忘了我是黑人，我也忘了你是白人。就像那样生活。但这不会成真。

我们怎么让它成真？

（他哈哈大笑了好一会儿）我不知道。我不知道什么时候会成真，可我应该活不到那时候了。这是一条漫长的路啊。到最后，已经不分什么黑人白人了，只有人类这一个种族。那时候人人受到公正对待，离耶稣降临人间也不远了。《圣经》上是这么说的。人人称心如意，然后他就来了。但那时我已经不在了。还有很长一段路要走，要花很长时间，我只是为那些年轻人感到难过。

那些老奴隶经过了旧主人的训练，让做什么就做什么。获得自由的黑人身上仍有这种奴性。这种人在美国遍地都是。他们会告发其他黑人。这些习性应该灭亡。他们一代代出生、长大、死去，直到这些习性也随之消亡。

C. P. 埃利斯

我们身处北卡罗来纳州达勒姆市的一间办公室中。他是操作工程师国际联盟的事务主任。墙上有一面奖章，上面写着："服务证书，授予C.P.埃利斯，奖励你作为富勒姆人事关系委员会成员对这座城市的忠诚服务。1977年2月。"

他曾经是三K党富勒姆分支主席（绰号"尊贵的独眼巨人"）。

今年，他五十三岁。

我父亲以前在富勒姆一家纺织厂干活。他死时四十八岁，可能是死于棉尘病。在此之前我们从没听说过棕色肺。我那时十七岁，母亲和妹妹需要有人养活。父亲的保险只够支付葬礼的花费。我不得不辍学去做工。退学时我差不多念到初二。

我父亲干活很卖力，但从来没有足够的钱买体面衣服。我上学的时候衣服也不够穿。每天傍晚我都带着一种自卑感离开学校。别的孩子都穿着漂亮衣服，我却只能穿父亲买得起的。我现在有时仍觉得自卑，需要偶尔克服。

我爱我的父亲。他常陪我去看球赛。我们还一起去钓鱼。可他的衣着让我觉得很丢脸。他会把钱存起来给我，但不会花在给自己买衣服上面。我总觉得别人在看着他，拿他取乐，也拿我取乐。我想，这个想法对我后来的生活造成了一些影响。

父亲和我关系亲近，但我们不怎么说知心话。他有酗酒的毛病。整个星期他每天都出去工作，周末却总是喝个烂醉。我能理解，一个家伙看了一眼自己的工资单，又看了一眼账单，发现他辛苦工作了一个星期，赚的钱还不够付账单的。他可是一整个星期都尽了全力干活啊，看来日子是没什么希望了。这才是病根。最后你说："去他娘的。我要喝个烂醉，把这些都忘掉。"

我父亲在大萧条期间失业了，我记得和他一起去城里的金融公司，他遭到了拒绝。这种事你永远忘不了。

我父亲总是郁郁寡欢。他总是生活在挣扎中，我也一样。我很少见他大笑。他只想弄明白自己这样日复一日能搞出什么名堂。

在加油站当了几年加油工之后，我结了婚。我们有了四个孩子。其中一个天生失明和智障，对我们而言是个真正的包袱。他从没说过一个字。我去看他时，他不认识我。但我会搂着他的脖子，和他说话，说我爱他。我不知道他认不认得我，但我知道他受到了良好的照顾。我这一生都在工作，没休息过一天，能加的班都加了，却还是没有躲过经济上的困难。我开始觉得是这个国家有问题。我拼死拼活地工作，可还是没法让收支平衡。

我对这个伟大的国家有过真正伟大的期望。（笑）人们说，只要遵纪守法，去教堂，做好事，信仰上帝，一切都会顺顺利利。但并不是这样。情况总是越来越糟。

我做过送面包的工作。一星期最多赚七十五美元。我房子的租金是每星期十二美元。我永远忘不了，屋外有个能装一千升的油桶，可我的钱从来不够把那个油桶装满。我能做的就是每天晚上跑到商店去买十八升油，回来爬上梯子，把这点油倒进能装一千升的大桶里。我能听到十八升油撞击桶底四溅开来的声音，听上去显得里面更空了。可这点油能让屋子保持一个晚上的温暖。第二天你还得重复同样的事。

结束送面包的工作后，我口袋里有五十美元。我跑到银行贷款四千美元买下一座加油站。我每星期工作七天，从开门干到关门，终于犯了心脏病。那时离我们还清贷款只剩两个月了，我老婆尽了最大的努力让买卖维持下去。我很想从这个大坑里爬出来，可实在做不到。

我心里很不是滋味，不知道该去怨谁。我想找一个仇恨的对象。我开始把一切怪罪在黑人头上。我需要找些人来恨。恨美国是很困难的，因为它看不见摸不着。你得找些眼前能看到的人恨。（笑）所以我能恨的实实在在的人就是黑人了，因为在我之前我父亲是三K党成员。在他看来，三K党是白人的救星。这是世界上唯一一个关照白人的组织。于是我开始崇拜三K党了。

我在三K党中相当活跃，因为我在加油站工作。每个星期一晚上，总有一帮人过来买可口可乐，然后回到汽车旁，一边站着喝饮料一边聊天。我禁不住好奇去问：为什么这些老兄每星期一晚上都出来？他们说自己是三K党的，附近是开会的地方。我感兴趣吗？乖乖，这可是我一直在等待的机会！我希望成为什么组织的一员。我加入了三K党，从一般党徒成为小头目，从小头目再当上副主席，又从副主席变成主席。绰号是“尊贵的独眼巨人”。

我跟那帮家伙出去的第一个晚上，他们敲敲门，给了暗号。他们让几个穿长袍的三K党人跟我交谈，给我一些指导。我被引入一间大会议室，这真是我生命中的重要时刻！实在是激动人心。有个人一生都在挣扎着想有所成就，而这就是他成就的时刻。我永远也忘不了那一天——四个穿长袍的三K党人引我进了大堂。那里光线昏暗，唯一能看到的是一个发光的十字架。我在十字架前跪倒，发了一些誓言和保证。我们保证维护白人种族的纯正性，与共产党斗争，保护白人妇女。

我发誓之后，大厅内响起热烈的掌声，那里至少有四百人，就为了我这么个小人物。这是C.P.埃利斯一生中无比兴奋的时刻。

让我恼火的是，有些人并不完全了解三K党，却批判某个单独的三K党人。他们多数是低收入白人，很多事都没他们的份。他们被社会隔离出来了，就像黑人一样。一些人没受过好的教育，比如我。我们从一些医生、律师和警察那里得到了大量支持。

也许他们在生活中遇到很多心酸事，非得去仇恨什么人。于是他们就很自然地去仇恨黑人了。黑人开始赶上来了，开始读书学习，有了选举权，而且竞选政治职务。这些白人本该比他们优越，却被隔离在外。

我能理解为什么有人加入了极端右翼或左翼团体。他们和我是一条船上的，都被隔离在外。可在内心，我们渴求成为这个伟大社会的一部分。没有人听我们讲话，于是我们加入了这些团体。

有段时间我担任国家权利党的州组织人。我为三K党组建了一支青年队伍。我觉得我们这代人正在变老，大势已去。所以我和学校里一些孩子取得了联系。种族问题正困扰着他们。第一晚我们召集了一百名高中生。他们走进门时，我们奏起了《迪克西》①，把那些孩子激动得要死。我开始每星期给他们开会，教他们三K党的准则。那时我相信马丁·路德·金和共产党有瓜葛。我开始教他们说安迪·扬②也和共产党有染。

一天晚上，我接到了我们其中一个孩子的电话。他大约十二岁。他说："我刚才在闹市区让两个黑鬼抢了。"我刚喝了几杯，听了这话立刻火冒三丈。我跑到闹市区，但找不到那个小孩。我看到两个黑人年轻人。我当时带着点32口径的左轮手枪。我说："黑鬼，

---

① 在美国南北战争时期，南方邦联的非正式国歌为《我希望成为迪克西》（I wish I was in Dixie），也称《迪克西》。内容主要是对于南方乡土的歌颂。

② 安德鲁·杰克逊·扬（Andrew Jackson Young，1932—），美国政治家、外交家、社会活动家。

你在这儿看到一个白人小男孩吗？他给我打电话说黑鬼抢了他15美分。”我把手枪掏出来，正对着他的头，说：“我一直想杀个黑人，我觉得你可以当第一个。”我快把那年轻人吓死了，他赶快跑掉了。

那段时间民权运动正如火如荼地冲上顶峰。黑人开始示威，在闹市区的商店设纠察线。我永远也忘不了那个让我恨之入骨的黑女人。她叫安·阿特沃特。每次我到闹市区去，她都在那里组织抵制活动。我有多恨这个——原谅我用这个词，我现在本来已经不太这么说了——我就是恨这个黑鬼。（笑）又大又肥，是个胖女人。她组织过八场示威。总是你刚回过神来就已经有两三个黑人在账台边搞起活动了。我跟她有几次近距离交锋。

我觉得自己很厉害，没错！（笑）我们差不多是个秘密组织。我们不想让任何人知道我们是谁，所以我好好思考了一下。我干吗要躲躲闪闪？我这辈子从没犯过法。法庭里没有我的记录。我，C.P.埃利斯，美国公民，三K党成员，为什么不能跑到市议会的会议上说“这是我们的看法，我们不想把这些移动房屋放到学校里，我们不想让学校里有黑鬼”？

我们开始了公开活动。我们去参加各种会议，黑人参加，我们也参加。每次都是对峙局面。我什么也不隐藏。我们开始走市议员和县委员的后门。他们开始把我们当朋友一样招呼了，有时候晚上打电话给我说：“C.P.，很高兴你昨晚来开会了。”他们也不赞成种族融合，但不能公开承认，为了能竞选成功。他们不能站出来公开说这样的话，可他们喜欢有人把这些话说出来。我们去过一些城市领袖的家里进行私人聊天。不久之后就有市议员打电话给我：“黑人今晚要搞活动，提些无耻的要求。你们去几个人平衡一下，怎么样？”然后我会打电话通知我们的人：“黑人今晚要去市议会搞集会，市里的人给我打了电话，让我们派几个人过去。”

我们的人塞满了汽车，开赴市议会，把那里一半的地盘都占满了，另外一半是黑人。这种时候，我总是全副武装地到达会场，皮带外面挂着武器。我们人人都带着武器。然后场面总是一片叫嚷混乱。怎么回事呢？我们互相斗殴这种结果正和市议会的意。他们不想放弃对黑人、对三K党的控制。他们在利用我们。

我后来开始意识到其中的问题了。有一天我在闹市区走着，一个市议员看见我走过来了。我以为他会跟我握手，因为我们前一天晚上还通过电话。我还拜访过他。谁知他径直穿过了马路。啊！臭狗屎！我开始思考了，有些地方不大对劲。他们多数人是商人，或者律师、保险经纪人之类的。他们只要让低收入白人跟黑人斗，就能保持自己对社会的控制。

有了那次在外面被视而不见的经历后，我想，去你的，你们休想再利用我。那时我开始有了一些严肃的思考。

如今在美国这样的事仍旧发生着。人们被那些手里有权有钱的人利用。我并不是拥护共产主义。我们有世界上最好的政府体制。只是那些掌权的人不希望没权的人分得哪怕一丁点权力。不管是黑人还是白人，只要事情跟钱这绿票子有关，其他颜色都没什么要紧的了。

我度过了很多个不眠之夜。我还是不喜欢黑人。我不想跟他们扯上任何关系。我对黑人、犹太人、天主教徒都是如此。我父亲说过：“别和这些人有任何往来。”我一直是这么做的。直到有一天我遇到一个黑人，跟他眼对眼地讲话，还有一次遇到一个犹太人，跟他眼对眼地讲话。我发现这些人和我是一样的。他们也会哭、会骂、会祈祷、有愿望。就和我自己一样。感谢上帝，我终于学会不靠标签看人了。但在那个时候，我的头脑还是十分封闭的。

我记得在某个星期一晚上的三K党集会上，我说有些事不对头。市议会那帮人在利用我们，我不喜欢被利用。其他人的反应让我不怎么愉快，他们说的都是“我们得继续和黑鬼斗”这一套。

晚上回家时我内心颇不平静。我看到一个黑人在街上走路，这家伙穿着烂鞋子，衣服破得不成样子。这情景触动了我心中某个地方。六个月里我都在想这件事。我觉得自己必须退出三K党。但我那时还是没能退出来。

之后发生了一件事。州劳联-产联收到卫生、教育和福利部的一笔钱：七万八千美元，用来解决学校系统中的种族问题。我接到州劳联-产联主席打来的电话：“我们想召集各方人士。”我说：“各方人士？你指的是？”他说：“黑人、白人、自由派、保守派、三K党、全国有色人种协进会的人。”

我说：“别想让我跟黑鬼扯在一起。我不想跟那号人有任何联系。”一个白人公民议会的家伙说：“去看看再说吧！毕竟花的是纳税人的钱。”我走进门去，里面有很多黑人和自由派白人。我认得出其中大多数人，因为示威的时候我见过他们。安·阿特沃特也在那里。（笑）我强迫自己走进去坐下。

那次会议由一个头发乱糟糟的大个子黑人主持。（笑）我觉得烦透了。可他表现得很好。他说：“我希望你们都自由地谈谈任何自己想说的话。”一些黑人站起来说这是白人种族主义。我忍无可忍，要求发言，然后就敞开说了。我说：“不对，先生，这是黑人种族主义。要是学校里没有黑人，我们就不会遇到今天这种问题了。”

我永远也忘不了下面这一幕。霍华德·克莱蒙特，一个黑人小伙子，站了起来。他说："C.P.埃利斯来了，我特别高兴，因为他是今晚这里最诚实的人。"我心想：这个黑鬼想干吗？（笑）会议结束后，有几个黑人走过来想跟我握手，这我可做不到。我走开了。

第二天晚上，还是同样一拨人在那里。我觉得自在些了，因为我已经把心中的一些想法讲了出来。第三天晚上，他们选出了所有委员会成员后，还要选一位主席。霍华德·克莱蒙特站起来说："我提议选两位主席。"乔·贝克顿，一个长得黑到不能再黑的黑人，提名了我。有些黑人反应强烈。"不行啊……"这之后，他们还提名了安·阿特沃特当主席，那个又大又老又胖、让我恨之入骨的黑女人。我想："嗬！让我跟那女的合作可没门！"但我最后还是接受了，因为那时我已经筋疲力尽，没力气为了生存斗争或是反对黑人、犹太人和天主教徒了。

一个三K党人，还有一个好斗的黑人妇女，一起当上了学校委员会主席。真是不可思议。我怎么能跟她一起工作呢？但两三天后，我们接手了工作，必须确保它获得成功。这给了我另一种归属感，一种自豪感，有助于我克服过去那种自卑。一个男人曾公开表示自己看不起黑人，忽然间却愿意和黑人一起工作了。这对低收入白人来讲是个有所成就的机会。我把对黑人、犹太人、自由派的敌意放到一边，接受了这份工作。她和我就这样不情不愿地开始一起工作了。（笑）跟我一起工作，她也有很多心理障碍，就和我一样。

一天晚上，我打电话给她："安，你我之间有很多分歧，可我们面前有一大堆要做的事，这件事得成功，你和我要让它成功。我们把个人情绪放在一边好吗？"她说："要是你愿意，我也愿意。"我说："那就这么定了。"

我的老朋友晚上打电话给我："C.P.，你他娘的出什么毛病了？

你在出卖白人种族！”这让我觉得愧疚。我做得对吗？还是做错了？忽然间我的看法发生了转变，我开始和自己内心的感觉做斗争。我的头脑清楚起来了。我开始看清什么是对的，什么是错的。我不希望那些孩子永远打闹下去。

我们要忙十个晚上。那段时间我在为杜克大学的维修部门干活，赚一点钱。特里·桑福德给了我十天带薪假期。他是当时杜克大学的校长。他知道我是三K党成员，也知道黑人和白人和睦相处的重要性。

我说：“要是我们想把这件事做成，我就得去和像我这样的人谈话。我指的是低收入白人。我们走过杜勒姆一条条街道，挨家挨户敲门，和人们交谈。安也走进黑人社区去。我们去这些家庭时可没得到什么好反应。有些家庭把我们骂了出来。“你在出卖我们，埃利斯，滚蛋！我不想跟你废话。”安也从黑人那边得到了同样的反应：“你和三K党人搞在一起干吗？”

有一天，我和安回到学校，我们坐下来，开始交谈和反思。安说：“我女儿每天回家都要大哭一场。她说老师在其他同学面前拿她取乐。”我说：“老天，我家孩子也是！自由派白人老师取笑蒂姆·埃利斯的爸爸，那个三K党。他是哭着回家的。”就在这时（他停下来，清了清嗓子，压住呜咽）……我开始看到，我们在这里，篱笆两头的两个人，有着同样的问题，只不过她是黑人，而我是白人。就是从那一刻开始，我和你说，我和她工作上配合得特别好。我开始喜欢她了，真的。（他哭了）

神奇的是，在那一刻之前，她和我总是互相咒骂、大吵大闹、憎恨彼此。那一刻之前，我们根本不了解对方。我们不知道我们之间有共同点。

我们致力于此，和来参加这些会议的人一起工作。他们探讨种族主义、性教育、未获资格的教师等议题。七八个晚上之后，我们这些之前彼此没讲过话的人共同提出了一批决议。这真的很了不起，你得亲自在场才能有那种感受。

那时我不赞成种族融合，但法律是这么规定的，我得守法，对吧？我们说："咱们把这些决议拿到校董会去。"但是最让人沮丧的事情发生了，校董会否定了所有决议。这些建议可都是纳税付给他们薪水的人提出来的啊。（笑）

我觉得这些决议对一些问题给出了不错的答案。其中有一些我不大赞成，但我从头至尾经历了这个过程，不管得出的决议是什么我都支持。好，既然校董会拒绝了，我决定竞选校董会成员。

我在竞选活动上花费了八十五美元。和我竞争的那家伙花了好几千。真的没什么人支持我。三K党转而反对我，低收入白人反对我，自由派也不怎么喜欢我。黑人对我仍抱有怀疑。有些黑人想支持我，却又没有足够的勇气支持一位三K党员进校董会。（笑）但是我下定了决心，我知道自己在做正确的事，我要坚持下去，不管别人怎么说。

让我忧心的是，有人打电话恐吓我妻子。她本来一直支持我做任何我想做的事，但这时她的想法改变了，我的儿子们也是。一些从前我那个青年军的孩子们也卷进来了。他们仍旧跟随着我。

我受邀作为候选人参加民主党妇女的社交活动。可我只有一套像样的衣服，已经穿了六七年，甚至八年了。我把衣服清洗干净，穿上我最好的一件衬衫，系上领带。现场那些上流社会的有钱候选人彼此寒暄握手。我走到市长面前伸出手。他说："C.P.，很高兴见到你。"可我从他的握手方式中就能看出他在撒谎。这让我很烦恼。我知道自己收入低。我知道自己不富有。我知道他们在说:"这个小老头竞选校董会干什么?"可他们还是要微笑,假装很高兴见到我。我看到房间里有几个黑人,几乎不由自主地朝他们走过去。我们的握手是有力的。他们说:"很高兴见到你,C.P.。"我知道他们是真心这么说的——从握手中就能感受到。

不管我出现在哪里,我说过我都会倾听民众的声音。在和城里的各大机构取得联系之前,我不会作出重大决定。我得到4640张选票。赢了的那家伙比我多2000张。对于只花了八十五美元、没有赞助人的我来讲,这结果不算坏。

整个世界朝我打开了,我开始学习以前闻所未闻的真理。我开始睁眼看待黑人,跟他们握手,把他们当成人类的一分子。我还没有完全摆脱陈旧的观念,内心还存留了一点。但我的某些地方已经改变了。

我就像重生了一样,拥有了新的生命。我不像过去在三K党内表现活跃时那样夜不能寐,四处转悠了。我能安睡一整晚,感觉很棒。我更喜欢生活在当下,而不是历史上其他任何一个时代。这是一种挑战。

我回到杜克大学做维修工。我抄起工具,修理抽水马桶,疏通下水管道。但有些想法已经融入了我的血液。这个国家有些事不对头。我们在杜勒姆做的事有必要讲给别人听。我在杜克大学的日子很难熬,几乎承受不住了。我每天早上都去上班。但内心十分抗拒。

我的整个人生已经改变。我只上过八年学,而我如今想要完成高中课程。我每天下午去上一个叫PEP的在职进修班。我是班上唯一的白人,也是年龄最大的。我开始学生物学了,我把课本带回家晚上读,因为我决心完成这个课程。果然,我毕业了,我把文凭拿回了家。

有天早上我去上班，遇到一个家伙，他说："我们需要一个工会。"那时我并不支持组建工会。我爸爸也是反劳工的。我们的薪水很少，每星期连续干七天活，快要饿死了。第二天，我遇到了操作工程师工会的国际代表。他给了我授权卡。"把这些卡发出去，我们要举行选举了。"结果有88人支持组建工会，17人反对。我当选为总代表。

那之后不久，从夏洛特来了个工会的人，说我们需要一个全职代表。我们这儿的两家工厂里只有200个会员，会费刚好只够付你的薪水。你应该出去组织更多的人。我不懂怎么组织工会，可我们知道怎么把人们煽动起来。（笑）我就这样当上了工会的事务代表。

着手组织工会以后，我看问题更加深刻了。我再次看到人们是怎样被利用的。黑人反对白人。我要毫不犹豫地指出：工厂管理层太坏了。他们只想保持两件事：所有的钱和否决权。这两样他们一样也不想让那些可怜的工人得到。我看到管理层用他们拥有的一切和我作对。他们雇用反工会的律师事务所，败坏工会的名声。那些人一小时赚九十五美元，周末很少加班。我当了五年事务代表，早就看穿了这些。

去年，我竞选工会的事务主任，这是由工人选举的。和我竞争的那老兄是黑人，而我们会员中的黑人占了75%。我心想：克莱伯恩，你根本没机会打败这个黑家伙啊。人们知道你的背景，就算你已经大步迈向前了，这些黑人还是不会给你投票的。你知道我赢了他多少吗？四比一！（笑）

公司利用我的历史来攻击我。他们公示了一些信件，其中有一张长袍和面罩的照片：你要选一个三K党成员吗？他们不会处理这个问题。我立刻召集了一次群众大会。我和电子元件厂的女工们说："好，我是克莱伯恩·埃利斯，这就是我的过去。我现在希望你们这些黑人妇女知道，我一度是三K党成员。我希望你们知道，因为他们早晚会告诉你们的。"

我邀请了几个黑人老朋友。我说："乔兄弟，霍华德兄弟，诚实点，告诉这些人你们对我的看法吧。"他们照做了。（笑）霍华德·克莱门茨拿我开了个小玩笑。他说："我不知道我为什么来这儿，支持一个前三K党成员。"（笑）他说，"我知道C.P.埃利斯是从哪儿来的，我了解他的过去。我是看着他成长起来的，我是跟他一起长大的。我现在和你们说：'跟着他吧，跟着这个三K党成员。'"（他停顿了一下，费力地咽了口气）"有谁有问题吗？""没有，"那些黑人妇女说，"继续开会吧，我们需要埃利斯。"（他笑了，眼泪流下来）老天啊，黑人是这样说我的。我以134票对41票获胜，四比一。

当你走进一家工厂，和专门破坏工会的人硬碰硬时，感觉实在很好。你看到黑人和白人携手击败那些人利用种族问题进行离间的企图。他们过去就是这样利用三K党的。这种事今天仍在发生。你能想象只拿到成人高中文凭的一个家伙和大学毕业的专门破坏工会的人斗法的情景吗？我要和他们竞争。我每星期工作七天，晚上和周末也不休息。薪水不高，如果我不在乎，我可以辞职不干。但我在乎，我不想辞职。我尝到了其中的滋味。（笑）

我告诉人们，这个国家有巨大的机会来阻止战争、冲突和人民内部的争斗。人们说："这是不可能实现的梦想啊。你这话就像是马丁·路德·金说的。"一个前三K党成员讲话竟然像马丁·路德·金。（笑）我不认为这是不可实现的梦想。这种事已经在我的生活中发生了。它在其他美国人的生活中也能发生。

我不知道前方等待我的是什么。我并没有当大工会官员的愿望。我就希望在这里和工人们在一起。我希望走路穿过他们的工厂，去和那个双手沾满污垢的工人握手。我要尽我这个小老头的全力去做事。我五十二岁了，剩下的年头不多了，但是我想好好利用后面的日子。

当初从收音机里听到马丁·路德·金遇刺的消息，我打电话叫来其他三K党成员，在加油站办了个聚会庆祝了一番。我们真高兴啊，因为那个狗娘养的小子死了。我们的麻烦过去了。人们说你越老就越难改变。这并不一定对。我改变了。我曾坐下来听马丁·路德·金的讲话录音。我听着他的录音，眼泪流了出来，因为我现在听得懂他在说什么了。我明白世界上正发生着什么。

P.S. **电话铃响起。一段对话。**

“这个黑人小伙子是杜勒姆操作问题解决中心的主任。我想雇用一个对工人运动感兴趣、愿意学习的黑人年轻人。我希望找一个从前没有过这种机会的人，就像我自己过去一样。只要会读会写就行了，就是这样。”

Ⅳ

在城市

邻家男孩

本·格林

他是纽约街头的出租车司机。

“对我而言，美国梦就是受教育。要是你有知识，就可以穿过那些没知识的人穿不过去的门。就像魔法一样。”

在下午五点的纽约，拦到出租车可真难。我可能赶不上飞机了。在第五十八街和第五大街的街口，终于有辆出租车停了下来。一开始我和司机只是随意闲谈，时局啦、交通啦之类的，可不知怎么一个话题总能引向另一个话题。

（笑）我不知道。我总想象着一个有着穷苦背景的家伙，把自己的人生提升到新的水平，想做什么都做得到。我是在下东区出生的。

我父亲是个硬汉，我很爱他。他经常和街坊邻居那些流氓阿飞混在一起，尽管他已经结婚了，还是惹了不少祸。他是个拳击手，曾经获得1918年美国业余体育联盟六十八公斤重量级拳击冠军。他脾气很坏，样子像安东尼·奎恩[1]。

他遇事出手很快，而且为此坐过牢。有个雨夜，他开着货车在泽西一带运牛奶。他停下车加油，又重新上路。然后那车开始有点不对劲，他是懂机械的，他知道汽油里掺了水。他把车开回去，狂揍了那家伙一顿，然后在特伦顿蹲了一年监狱。我母亲那时正怀着

① 安东尼·奎恩（Anthony Quinn，1915—2001），墨西哥裔美国演员，因成功饰演《凡高传》（1956）中的画家高更而获得第29届奥斯卡金像奖最佳男配角提名。

我。这些都是我听说的。我父亲体能很厉害，他参加过科尼岛到布朗克斯的马拉松长跑。他就是那种家伙。我长大后，也看出他的一些缺点。我为他骄傲，因为他是那种——所谓的男子汉。他喜欢女人，我觉得这是我们家男人的一大特点。他也喜欢赌博。

他唯一上心的只是我有没有从学校拿个D等成绩回来。要是真得了个D，就等着一顿揍吧。他的拳头打起人来可不长眼睛。

我奶奶有个糖果摊。我爸十五岁那年，她出钱让某个有一条送牛奶和干酪线路的人雇用我爸。由我奶奶付给我爸工钱，那家伙白白得到我爸的劳动力，什么也不用花。我爸就是这么进入送牛奶这一行的。

我八岁那年，我家搬到布朗克斯去了。我父母愿意搬出去，就像黑人愿意搬出黑人聚居区一样。要是一家人从下东区搬到布朗克斯，差不多就可以说是混得有模有样了。他们中有些人再也不理睬从前聚居区里那些老邻居了。如今有些黑人也是这样。

黑人唯一让我恼火的一点就是，他们总在车费上捣乱。这种事我遇上过三四回了，每次都是黑人。我知道白人也可能这样，但我遇到的都是黑人。这事很让我讨厌。我是在白人世界长大的。和现在比起来，纽约以前的黑人人口数要小得多。现在是全新的局面了啊，我在努力适应。的确如此。

我在家里五个孩子中排行老二。我母亲是个古板的女人。她仍然健在，可过得很不快乐，整天郁郁寡欢的。她对任何人都保持距离，爱怀疑别人，总是抱怨。这个真是说来话长。（笑）

我和你说，我今年五十七岁了。我父母从前感情并不好。我父亲是那种外向的人。我母亲呢，只知道孩子。每次搬家，她都要找从窗口能看到学校的房子，这样她就能看着孩子从家里走到学校了。我父亲1954年过世了，孩子们也都长大有了自己的家。我们偶尔回去看她，她总觉得被子女忽视了。

她从来不说“我希望你好好上学”这种话。没人在学习上督促我，真见鬼。要是他们督促过就好了，那样的话我觉得自己能上大学。上高中的时候我表现出一点美术天赋。他们说：“你愿意去上画画学校吗？”他们只是这么说说罢了。他们没有推我一把。可能我是那种需要有人在背后踢一脚才能成器的人。

他们从来不重视教育。我记得从前看过《科里尔》杂志出版的一本轮转凹版画册，一本深褐色的大书。这本书无所不包，其中有体育、电影、建筑、艺术等内容。我读得多专心啊，我喜欢读这本书。我一直是爱书的。我有了孩子以后，该死的，我总让房子里能找到书读。

我父亲从来不和我们交谈。我哥哥是他的宠儿。很好笑不是吗？我从来不为此怨恨。老天，我愿意他碰到好事情。他是世界上最棒的家伙。可他现在已经死了。他死前人们正在考虑让他当约翰·汉考克公司的副总裁。他这一生挺成功的。他是那种必须事事争先的家伙，一个强有力的竞争者，一个了不起的诚实的家伙。他总想当第一，但不是为了钱。他在部队做过军官，当领航员。毕业时他的成绩名列前茅。一切都在他的掌控之中。我和他不一样。我总得依靠别人，开始是我哥哥，现在是我儿子。这样不太好，我总是自卑自贱，对自己评价很低。

我大哥对读书不感兴趣。他不想知道事情最初是怎么回事，他只想知道（拍一下手）——现在我们做什么？他不关心钟表的工作原理，只要知道现在是几点就行了。我呢？我奶奶曾经说：“你得打破砂锅问到底才踏实。”我必须弄清事物是怎么回事，我得搞清楚。直到今天，我还保持着对一切事物的好奇心。

生活这场比赛进行到现在这个阶段，我开始通观全局了。进球得分什么的，我这辈子本该更有成就。可我环顾四周，也能看到我的成果不错，我觉得也许不能把这些当作理所当然的。

我年轻的时候，成功意味着你当上大联盟的球员，或者当上消防员、警察，之后成功变成了要多赚钱。我认为成功是你能走到镜子前，看着自己，说：嘿，我挺喜欢你这家伙。（笑）说不清，说不清啊。我真不知道我是不是喜欢自己。我做过一些糟糕的事，也做过一些好事。基本上，我觉得自己挺诚实。

我儿子是那种自由派的小伙子。1963年他曾经跟着马丁·路德·金向华盛顿进军。我和儿子经常聊天。我读他读的书。他去念了法学院。他上了大学，又退学，被征入伍，复员后申请哈佛法学院，没有成功。他一路搭车去了智利的圣地亚哥。他渴望见到阿连德[①]。军政府一上台就把他赶走了。啊，他那时太年轻。随着年龄的增长，我看到他有所转变，也加入了当权派的行列。他现在是地区助理检察官了。我得承认，我更喜欢反叛时候的他，那时他会说："他娘的，我做我想做的事。"他是个好孩子。

要是他觉得愤怒，他就写东西。天啊，这很了不起。为不受欢迎的东西站出来发声是需要勇气的，对不对？他就是这么做的。他增长了一些年纪后，对黑人有些失望。我能说什么呢？到今年十二月，他就满三十二岁了。

我还记得他小时候的一张照片。他坐在交通栏杆上，嘴里叼着一支烟，好像在挑战全世界。我曾想把这情景画出来。

---

① 萨尔瓦多·阿连德（Salvador Allende，1908—1973），智利医生、政治家。1933年参与创建智利社会党，1970年当选为总统，1973年在军事政变中以身殉职。

我喜欢艺术，我爱画画。我以前给好多孩子画过画，甚至在生物课上也画。可我从没好好钻研过。我这辈子就是这样，我从来不会在某件事上坚持下去。

对我而言，美国梦就是受教育。要是你有知识，你就能获得很多东西。你可以穿过那些没知识的人穿不过去的门。要是没知识，你就不能和别人深入交谈。我一直崇拜知识，它就像一座制造人类的工厂，就像魔法一样。

你知道我四十六岁那年做了什么事吗？我去上了高等学校。之前我在做美容院生意，当了近十年店主，感觉无比厌烦。这行业给人的印象比生意本身更让我憎恶。人们觉得这一行女里女气的。这是我的另一个缺点，我很在乎别人怎么想。我哥哥才他娘的不在乎别人的想法。他说：“去他娘的，操他娘的，我才不在乎。”他只做想做的事。你不介意我说这么多脏话吧？

我得摆脱美容院生意。它能帮我挣口饭吃，可我不喜欢做这种生意。我看到自己又被关进了笼子。我总有这种恐惧，非得找个出口才行。我觉得自己越来越老了，可一无所成。所以我去纽约大学做了测试，花了我一百一十美元。连续三天，每天八小时，一共做了二十五项测试。一位心理咨询师和我谈话，她说我是个不快乐的人，我要去上美术学校。我应该申请去读柯柏联盟学院。我说：“你疯了吧。”她说：“我可没疯。”她说，在一项测试中，我的空间想象能力超过了同类人，可以和专业人士，比如建筑师——还有谁来着？室内设计师，一一媲美。我参加了柯柏联盟学院的测试，并被录取了。我是班上最老的学生，都四十六岁了，坐在一群娃娃们中间。我感觉很棒。我上大学了！人们看待我的眼光也不同了。我参加的皮西亚斯兄弟会社团也对我刮目相看。那老家伙去上学了！

哦，感觉真好。忽然间人们发现了我的存在。我愿意得到大家的承认。这对我提升自尊心有好处。

我终于把那家美容院脱手了，转而进入了保险业。我这人一直害怕讲话，你能相信吗？我口吃，说话磕磕巴巴。我害怕抛头露面，因为那样就得当众讲话，所以我总是退缩。顺便说一句，我儿子口才很好。他出席法庭听证时，我总是坐在那里想："耶稣基督，他讲得可真好。我们都想把成功的事情往自己身上拉，不好的方面就关到壁橱里藏起来好了。（笑）

我拼命努力。第一次成功推销出保险后，我的小女儿用纸片给我做了一面小奖牌——代表冠军。

我有两个女儿。大女儿是同性恋。我快难过死了。真没法接受啊。我够开明的，能理解同性恋，也能劝别人接受，但事情发生在自己头上就是另一回事了。你能相信吗？我总想着：要是我老爸知道了会怎么说？我很伤心，因为我对这孩子感情很深。她性格好斗，吸毒，在大学里拿到了3.2这个不错的绩点[①]成绩。我本该聪明点的，但我太迟钝了。我甚至没发现她吸毒。她后来把自己弄进了菲尼克斯戒毒所[②]。在那儿她成功戒了毒。她现在是一名教师，已经完全独立了。

我进了总裁俱乐部。（笑）销售量达到一定水平才进得来。我去迈阿密海滩旅游，所有费用都不用自己付。这样一直到我离婚。1971年12月1日，我记得那天——星期三，下雨。

---

① 绩点是评估学习成绩的一种方法。平均学分绩点（Grade Point Average，即GPA）是国际通行的学生学习成绩评估体制。在美国，普通课程的GPA满分是4.0分，即A=4，B=3，C=2，D=1。

② 位于纽约的综合性戒毒社区。

我必须做我自己。我妻子是个聪明女人。她很有魅力，一开始是性方面的魅力，可她想控制我。我反抗了，离家出走。除了衣服，我什么都没拿。银行里的钱也没有动。

我找了个带家具的房子住下。我挺喜欢那儿的。她想让我搬回去，我拒绝了。然后我的身体突然垮了。我那时住在泽西，距离纽约六十多公里。突然间我觉得身上很疼。我得了溃疡穿孔。后来我了解到这病25%是由精神紧张引起的。我在医院待了十二天，恢复得很不错。我是1969年开始开出租车的。现在开车已经成了我的职业。

刚开车那会儿，我心里很难受。有一天我载了一位专业大提琴手。他带着匈牙利口音说："你本来不是出租车司机。"我说："你怎么知道的？"他脱口而出："一看你我就知道。"这让我感觉很好。

我看不起开出租车这行。现在还是。我不爱提起这件事。我跟人们说："别告诉他们我是出租车司机。"大多数人我自己就能应付。在柯柏联盟学院，我得了三个B和一个C的成绩。得C那一门是书法。后来我干起了保险，晚上也得工作，没法再去上学了。

开车赚的钱够我生活的，可能比我做保险时赚得还要多。不过还是有面子上的问题。我为什么这么在意面子？有人当小贩，有人铲马粪。我为什么要这么在意面子？

如今，学校里的老师们也是为了赚钱才教书。我看要是不给加班费，他们谁也不会多讲十分钟。警察有些时候不逮人，因为他们不想晚下班写报告。他们有时看到事故扭头就走，我在街上瞧见过这种事。

我现在觉得权威一文不值。我不赞同德国那样的权威。可我觉得人们得有点尊重。现在人们会走到法官面前说：去你的。过去，要是你对警察说了不敬的话，是要遭警棍痛打的。其实，我就挨过打。我不是说警察应该走来走去打人。人们可以质疑，但有些人对权威是为了仇恨而仇恨。

我想现在事情发生了改变。在六十年代，我一度认为要发生一场真正的革命了。我不知道那群人现在怎样了。我喜欢那个年代。因为我觉得这个国家太让人窒息了。要是你属于某个集团，你就能过得顺风顺水，要是你不属于任何集团，你就得拼了老命钻进某个集团。如果你是黑人或西班牙人，困难就更大一倍。我不喜欢“这是我的国家，你喜欢就留下，不喜欢就滚蛋”这种言论。

我想现在的年轻人已经改变了。他们把脑袋往墙上撞，弄得伤痕累累，也懒得再撞了。他们发觉加入当权派能活得更容易。或者说，随着年龄的增长，他们也不得不养家糊口，光靠高谈阔论并不能把食物弄上餐桌啊。如今找工作比以往更难了。

我很好奇，如果人人平等，世界会是什么样。我是指真正的平等，没有人比别人更具优势。会怎样呢？现在有些人比别人有优势，但并不是自己赚来的。有人天生运气好，生在他妈的有钱人家里。唉！你说要是我开车拉上一个论头脑还不配替我擦鞋的家伙怎么办？为什么会这样？有些事情不对头。这个狗娘养的，啥也不懂，话都说不清。我又做错了什么？这真的让我很苦恼。之后这感觉慢慢消失，我继续开我的出租车。

肯·杰克逊

他三十七岁，衣冠楚楚，留着淡淡的小胡子。

“我们是按上帝的形象被创造出来的。也许是，但我不认为他想造出我们这样的人。因此我相信，我们还有改进的空间。”

纽约寒冷的一天。

“我的工作对象是年轻囚犯。除了使用甘油炸药，任何手段都不能让他们发生转变。只要还存在监狱，社会就得承担这部分花费。我们要找到社会发展的新车轮。我见过监狱里形形色色的人，要是你告诉我，他们被放回家了，我得知道他们去了哪儿，然后离那儿远远的。

“好运社是我生活的重要部分。组建它是出于一种需要。我从中得到了一些东西。对我而言，这是排解过去监狱经历带来的愤怒的机会。好运社试图让社会看到他们为监狱付出的代价，并且希望帮助那些出狱的人重新适应社会，给他们提供工作、教育之类的机会。

“六十年代我们刚组建好运社的时候，当个有犯罪前科的人是件很时髦的事。如今的时髦却变成了当个戴假眼的印第安人。要是你想请一个有犯罪前科的人吃饭，有人会说：‘如果非这么做，就请个白人吧。’我就是这个白人的角色。”

我是在一个嬉皮士家庭出生的。就是在今天这么一个天气，我父母决定要孩子。这是保持暖和的唯一办法。我是在破碎的家庭长大的，父亲酗酒，家里靠母亲干活赚钱，她不肯低头去领救济金。现在叫福利金了。这些东西的名字总是改变，可都是一回事。

我不喜欢上学。我觉得学校无聊得可怕，不愿意为了学东西挨打挨骂。天主教修士有一套他们的教学法。我在家挨的打已经够多了。所以我一到五年级就不上学了，而且从没想过要回去。没人真正在乎。管逃学的官员每六个月出现一次，把我带到法院去。法官威胁我说，要是我不回学校，就把我送走。于是我回学校待了半个小时，后面六个月还是不去。这套麻烦的程序每六个月就重来一回。

我在布鲁克林的贝德福德—斯泰弗森特一带长大，那里住的大多是黑人。我们从前把那地方叫作贫民窟，后来改成少数民族聚居区，如今又叫内城区。一直在改名字。我们过去住的地方甚至连卫生管理处都没有。没有人扫脏东西。

我第一次被捕是在九岁。因为我在布鲁克林动物园偷了一个小孩五十美分。我们从纽约搬到了布鲁克林。我们是吉普赛人。房子租期一到，天一黑，我们就溜了。

其实早在第一次被捕前，我就注定了一生离不开麻烦。1952年我就开始吸毒了，那时吸毒还不流行呢。我十二岁开始吸食海洛因。当时整个布鲁克林只有三个毒品贩子。现在每个街区都有一个。那时你得到处去找他们才行。

竞争无处不在。我从在体育上跟别人竞争变成了在犯罪上跟别人竞争。我想当爱尔兰人里第一个犯罪集团的头头。我总想高人一等。所以我成了我们那个地区第一个瘾君子。我是跟乔伊·加洛[1]那帮臭名昭著的家伙混在一起长大的。我发觉，他妈的，我比他们强得多。要是他们身边都能围着一群跑东跑西的小卒子，哼，我也能做到啊。

---

① 乔伊·加洛（Joseph Gallo，1929—1972），又被称作“疯狂乔伊”，是著名的纽约黑帮的成员之一。

十三岁时，我组织了一个盗窃集团。我们偷的钱超过一百万美元。我们中最大的一个十七岁。我是集团头子。我找了五个人一起干，每人挑选不同的地区。我们星期一偷一个地区，星期二偷另一个地区，下个星期再打乱顺序。我们从来不回偷过的地方，所以他们没法盯上我们。我们把偷东西的日子定在有道奇队比赛的晚上。我们知道星期四晚上女佣放假，那时中国餐馆生意火爆。我们主要偷犹太人聚居区。哪里有钱我们就去哪里。

被捕后，我进了少年法庭的审讯室，见到了那个骗子法官。我发誓再也不偷了。前一天晚上我还向警察发誓，不会把他们拿走我还没脱手的赃物这件事告诉法官。他们跟法官说我是个好孩子。他们的老婆有了新钻石戒指和新貂皮大衣。他们有了新的来复枪，可以好好喝一顿。我的地窖里堆满了赃物。

还是个孩子的时候，我并不厌恶自己，我厌恶的是自己的命运。当我发现自己很穷时，我想当犹太人。我被天主教学校赶出来以后，去上犹太人区公共学校的第一天就觉得，对我而言，那是一个全新的世界。孩子们的课本都是硬皮精装的，而不需要自己用纸包书皮。他们穿的衣服也很漂亮。我觉得挺尴尬的，因为他们有的东西我没有。我不想告诉他们我父亲是个酒鬼。他们的父亲不是律师就是法官或会计。我从没叫这些孩子去我家。我觉得很丢脸。我想：天啊，应该去犹太区作案。

然后我心安理得地想，我不过是二十世纪的罗宾汉罢了，我在劫富济贫。人们认为我是在犯罪，我很愤怒。我不在乎去偷那些小孩的父母。有些别的区的小孩过来打我们这里的小孩，我可看不过去，我多多少少地保护了他们。他们是不错的孩子。我不了解他们的家庭情况，我只知道他们有我想要的东西。所以我去偷他们。偷东西时我不挑选对象，我偷陌生人。

我们靠本事争夺领导权。有一次我打败了我哥哥。他比我大三岁，就像是我们这帮人的头子。不过我可没把他当成学习的榜样，因为他老是被抓到。我干了几件他干过的事，别人却抓不到我。我总能逍遥法外。他呢，每星期都被捕。我能连续干七八个月，然后换一种方法。我因为破门盗窃集团的事被捕，后来又开始组织偷车集团。

我们所做的事就是去弄我们没有的东西。要不是我们踏出了我们住的那片，也不至于落得犯罪判刑。我们不了解跟我们不一样的人。我们不知道自己那片地区过的是穷日子，因为人人的情况都差不多。

人们常讨论校车，我1952年就坐过了。我去了另一所学校，发现那里有各种华丽的玩意儿。我和那帮家伙说："喂！等一下，那里别有一番天地！"于是我们玩出了圈，去另一片天地淘金了。老天啊，我们无所不作。有一次我们在夜总会偷了八千美元，我和另外两个人干的。我们打了辆出租车去阿尔冈昆酒店。（笑）出租车司机不想拉我们到城里，因为他妻子马上要分娩了。我们给了他三百美元小费，又另外给了他孩子一百美元。他问了我们的名字，说生的要是男孩，就用我们的名字给儿子命名。

我们把那钱胡花乱花。我们订了酒店房间，然后去杰克·登普西餐厅[1]吃饭。我们叫了几个妓女玩乐，每一个都很漂亮。只要给的钱多，妓女啥也不在乎。十三岁时别人就说我长得像四十岁。我今天还是那副长相。我这张脸就像被火车撞过似的。

我回到家，给了我母亲五百或是五千美元，告诉她这是玩掷骰

---

① 位于纽约百老汇，以老板杰克·登普西（Jack Dempsey）的名字命名，他是世界闻名的重量级拳王。

子游戏时赢的。她觉得我是世界上最厉害的掷骰子玩家。她也许猜得出真相，可她不想知道。我是一家之主，没错。我们去了科尼岛旅游，一天就花了一万五千美元。那天科尼岛上不管谁玩旋风车，都是由我们付账。看上去人人都很开心，所以我们说，谁想接着玩都行，我们买单。我们在科尼岛上到处买单。我们想把每个人都拉到派对上来，全是些陌生人。我们把钱挥霍一空，不得不靠偷几辆自行车才能回家。

当时的感觉就是：我们必须快活快活，开开派对。一切只因为我们想逃离病态的生活，不用回家再跟老鼠、蟑螂争地盘。我们走进一家夜总会，要是里面的人多于五十个，我们就全包下来，请吃请喝，全由我们付钱。

染上毒瘾后，我的态度转变了。不管你偷多少、赚多少，只要染上毒瘾，钱永远不够花。我只好一直偷，好给自己买毒品。再也没有派对了。我再也不去酒馆和旅店了。我得去找毒品贩子。我毒瘾发作，去偷东西，找毒品贩子，毒瘾再发作，再去偷。恶性循环。然后就是连连被捕。过去那种机灵劲儿没有了，我斗不过警察了，因为偷的时候啥也顾不了。我进了监狱，在监狱里我痛下决心，以后再也不能让毒品控制我。我离家时十六岁，回来时刚好二十岁。

我去了北方，得到了某些教育。我两次被判刑五年，我是去那里接受改造的。在我的成长过程中，一直觉得帕特·奥布赖恩[①]是大老板。他就是那种父亲般的形象。每个狱友长得都像吉米·卡格

① 帕特·奥布赖恩（Pat O'Brien，1899—1983），美国演员，曾在电影《热情似火》中与玛丽莲·梦露合作过。

尼[1]。想象一下，你进了监狱，满嘴粗话，然后帕特·奥布赖恩上来递给你一根烟。后来你走了，成了牧师。或者你还留在那儿，娶了监狱长的女儿。我给吉米·卡格尼写过一封信，问他能不能让我摆脱他创造的这些神话。我是和约翰·韦恩[2]一起长大的，我们打赢了每一场战役。他把旗子插上了硫磺岛，打赢了巴丹半岛战役。其实那家伙从没离开过好莱坞。（笑）哦，我在那儿学到了很多。他们本该确保再也不把我放出来。

监狱里的规则是：白人和黑人互不讲话。这里就是外面世界的缩影，不过是隔着一层窗帘而已。监狱和社会建立在很多相同的基础上。你让地位相似的人彼此保持敌意，就没有人抬头看看究竟是谁在上面操纵一切了。有一小撮人在操纵我们。好，今天有人写文章说福利社会坑了我们，于是人人痛恨福利制度的骗局，明天我们痛恨抢劫八十岁老人的十三岁小孩，之后我们又痛恨抢出租车司机的人。我能理解人们对街头犯罪和暴力的恐惧。可我不明白为什么人们对理查德·尼克松[3]的犯罪不是太愤怒。圣克莱门特[4]成了他的“监狱”。我早就听说过监狱如何能弄成乡村俱乐部的样子。老天，他让这事成真了。

你不能跟这些关在城市监狱的小孩说，世界上存在着正义。小

---

① 吉米·卡格尼（James Cagney，1899—1986），第15届奥斯卡影帝，“AFI百年百大明星”之一，被大导演库布里克称作是“有史以来最伟大的演员之一”。以扮演强盗、演绎罪犯的病态心理而驰名。

② 约翰·韦恩（John Wayne，1907—1979），以主演西部片著称的好莱坞明星。

③ 理查德·尼克松（Richard Nixon，1913—1994），第37任美国总统，因“水门事件”而在任期内辞职。

④ 位于美国加利福尼亚州橙县，在圣克莱门特海滩边的考顿角庄园中，有一栋朝向太平洋的豪宅拉卡萨帕西费卡（La Casa Pacifica，西班牙语中意为“太平洋宫”“和平宫”），以“西部白宫”闻名，是尼克松离开白宫时的一个工作地点。

孩们又不是傻子。我们给他们胡扯一堆，什么要好好表现，不要搞鬼。可他们还是会乱嚷，唱反调。我们给他们灌输的全是些陈谷子烂芝麻。

在北方，他们教我活得像个傻瓜，满嘴粗话。教我去恨我不认识的人。另外不要有主见。别人说什么我就得说什么。我们被编入了一个系统里，要是你能搞到一块地盘，你就成了能发表意见的人。我记得曾经和几个满嘴粗话的人交谈，他们都吹嘘自己过去做过的大事。我禁不住想，要是这些家伙真这么有本事，现在怎么会落到这般田地?

你在那儿待的时间越长，被单独监禁的可能性就越小，自由行动的余地也越大。你成了那个机构的一部分，虽然不知道你的角色究竟是什么。我关了九十三天单独监禁，口粮只给一半。牢里啥也没有，只有你和大理石地面。

出来后我很容易动怒。我记得自己上了一列火车——你会发现监狱里人人都很讲礼貌，要是有人撞到另一个人，肯定会道歉的，你在里面听到对不起的次数比外面世界听到的总和还要多。可是在火车上，我挤在沙丁鱼罐头一样的人堆里，被人推来搡去。我看了看那几个狱卒站在哪儿，确保他们离我不是太近，这样我就能把那家伙的大牙揍掉了。很长时间里我都这样易怒。

在北方，我学到了一种不一样的犯罪方法。我遇到几个糙汉子，把犯罪当作自己的生意。这生意可不是闹着玩的，而是真正的生意，一种生存手段。出狱后，我觉得自己只有不再吸毒才能生存下来。所以我过上了和以往不同的生活。我为那种看不见的组织干活——有组织犯罪集团。

我遇到一个更狡诈的罪犯。我发现偷钱后挥霍一空太过荒唐。

如今我了解了美国的价值体制，那种辛迪加[1]价值体制。你要做的就是偷窃，然后把它和美国梦联系在一起。你赚了大钱，买一座房子，远离那些黑鬼。你再买一座大牧场，买辆凯迪拉克汽车，或是林肯汽车，这取决于你有多少钱。你在辛迪加体制中的位置决定了你生活在哪里，决定你怎么花钱。你的孩子能上好学校。没人知道你是做什么生意的，一切都在暗中进行。你只去顶级夜总会，都是辛迪加所有的。那些阔佬坐着喷气式飞机就去这些地方。所以我们又把钱还给了我们为之干活、给我们钱的这些人。这是一家公司，虽然没有拿到纽约州的营业执照。这是买家的市场，其中有供求问题。我们供给，然后我们要求他们付钱。这是状态最好的资本主义。

我回到家，一切还得靠拳头解决。我的双手一向灵活。我离家以后常练拳击。我在夜总会里得了中量级冠军，后来又得了重量级冠军。我是有组织犯罪集团的收款人。

有一些机器。你到那些酒馆，看到点唱机和打圆盘游戏机，其实那些都是归犯罪集团所有的。赚的钱一半归店主，另一半归犯罪集团。要是没拿到钱，我要确保他们能拿到。如果有人说“我没钱”，我就得打断他的腿。这生意的本质就在这里。

这种活我真干得厌倦了。我们跑到布鲁克林一家夜总会，其实就是个小酒吧，店主有一大帮孩子。他们都住在店铺后面的小房子里。这地方花十美元能住上一星期。我和我搭档到了那里。那家伙的机器坏了。你能看出不是有人破门而入弄坏了机器，而是他自己搞坏的。所以我们要花钱修机器，然后告诉那家伙，以后这种事绝

---

① 辛迪加（法语syndicat，原意是“组合”）是垄断组织的重要形式之一。参加辛迪加的企业，在生产上和法律上仍然保持自己的独立性，但是丧失了商业上的独立性，销售商品和采购原料由辛迪加总办事处统一办理。

不能再发生。但是我们老板出现了。他叫我们狠揍那家伙。可我不想打他。他的孩子们都在场呢。所以我们把他拉到后屋去，告诉他使劲喊叫，倒地不起。我还在墙上弄了个大洞。我走出来，发觉我真是受够了。我的搭档是个好人。我们合计了一下，他说："这不是咱们该做的，咱们得做点别的事。"接下来我们做的第一件事，就是把我们的老板给抢了。

我们有列出所有经营点的册子。于是我们每家都走了一遍，告诉那些家伙拿出机器里10%的钱给我们，剩下的留给他们自己。然后对他们说，就假装我们全拿走了。然后我们给老板打电话，说把店里的人暴打一顿，为了拿走几千美元，要是他不愿意，可以来和我们谈谈这事。

我搭档的头被打爆了。他们到处找我的时候，我去找那人说，要是他们还不放过我，下次我回来，他们就没有发号施令的人了。我们达成了协议。他们不找我的麻烦，我也不找他们麻烦。

他得雇用跟我一起工作的人，我也能听到风声。我们一起干活，关系紧密。要是他把我出卖了，他们中某个人会把消息告诉我，我再回去找他算账。他很清楚这一点。

就是这段时间，我又入狱了。为了一把枪，我坐了一年牢。是在跟这帮家伙干活时出的问题。我发现他们特别卑鄙，跟他们干活时我也如此。

可我又开始酗酒了。出来后我就开始喝了，就是这么回事。后面几年，我多数时间都醉醺醺的。我住在包厘街，常常醉倒在门廊里、过道里。这是一种逃离，我想保持这种感觉。我挺满意自己的状态，恍恍惚惚像梦游一般。不用和外在现实打交道。可有一天，不知什么缘故，我忽然对老婆说，我不再喝酒了。之后差不多十五年我滴酒未沾。

我清醒了，四处寻找机会，做了这样那样的工作。我当过搬运工，被解雇了，他们发现了我的犯罪记录。我当过看门的，也被解雇了，他们发现了我的犯罪记录。然后我跑到了建筑行业，只要你干完了一天的活，别的他们统统不管。之后我又去给《纽约时报》做临时工。我去那儿等着，要是他们缺人手，就临时挑你去干活。我还替分发星期天报纸的人干过活。老天啊，我干过各种各样的活，除了当临时工或是做那种真正的垃圾工作，我的犯罪记录总会跳出来坏我的事。最后我只好走人。我早就习惯了。我知道世道就是这样。

我存了点钱，又借了点钱，买下一家餐馆。我经营得相当不错。我们还住在贝德福德—斯泰弗森特。可当我的孩子们开始了解那些毒品的名字时，我发觉是时候离开了。我们搬到另外一区，那里住的主要是白人，毒品的泛滥程度和我们搬离的那区不相上下。不过，那边的人都不认识我。于是我成了社区的核心人物。

我参与了许多民政事务。后来人们发现我有犯罪前科，都不知道怎么办才好。他们中间竟然有这么个疯子！直到他们发现自己的孩子也在吸毒。他们会在午夜叫我去他们家，帮孩子处理一下。对邻居得保密。他们发现我有犯罪记录后立马排斥我，但自己的孩子有了麻烦，他们却又说："我们把那家伙叫来吧。"

白天，我是有前科的人，这种情况不会改变。到了夜里我又会接到他们的电话。他们束手无策。是自己冒着被人看到的危险来我家，还是让我冒着被人发现的危险去他们家呢？真让人左右为难。我对他们说，去的时候我会穿上雨衣，用帽子挡住脸。我对他们不感兴趣。我关心的是他们的孩子。我不想让孩子们进监狱。

他们对自家的狗都比对自己的孩子好得多。迪克·格雷戈里[1]曾说，假如家长们得知自己的狗要被送到越南去，准会闹得地覆天翻，可要是说他们的孩子会被送到越南，根本不会有人反抗。人们非常在意邻居怎么想。其实邻居不会想得那么多。

我去过别的国家。我并没有对美国失去希望。我不相信“要么爱这个国家，要么滚蛋”那一套。你可以爱这里，留下来，尝试做些事情改变它不好的一面。我说不清什么是伟大的美国梦。

美国对我而言就是我住的这个街区。我最开始只在一个街区住过，后来又住过另外五个街区。我又扩大范围，知道有二十个街区。之后我发现布鲁克林并不是世界上唯一一个地方。我没有梦想，但我有希望。我希望自己有一天成为人们常听说的那种人，过上好生活。我想当约翰·韦恩，那个常胜将军。也许这才是梦——纯属幻想。

要是常去教堂才算信教，那我不是教徒。可我知道上帝是存在的。这不是我自己选择的人生，而是命中注定的。我不问为什么。我生来就是个窃贼，生来就是瘾君子。我注定要经历那些，所以真的经历了。这不是我自己选择的。谁要是选了吸毒、酒瘾或是坐牢，那他肯定是疯了。有些作家说，我们是按上帝的形象被创造出来的。也许是，但没有完全按他的想法去做。我不认为他想造出我们这样的人。因此我相信，我们还有改进的空间。

① 迪克·格雷戈里（Dick Gregory，1932—），美国社会活动家，喜剧演员。

比尔·莱斯科

他是一名芝加哥警官。今年三十一岁。

“你得到的东西越多，想要的也就越多。”

“我正在攻读两年制学位。我可能会转行去做企业管理什么的。芝加哥警察局就像一个大企业，有员工一万四千人，还有财务、人事和医疗部门。”

第一次穿上这身制服，我觉得自己真是神气。这种感觉一段时间后消失了。人们总觉得这份工作十分刺激——警察的工作就是出生入死，可这种事不经常发生。多数时间我们都坐在警车里巡逻，有时候真够无聊的。

我工作的区域十分嘈杂忙乱，98%都是黑人。穷人也很多。我有个固定的搭档，他也是个白人。我刚入职时是这个班次唯一的新人。于是他们让我每两周换一个地方。训练我的警官有两个黑人，两个白人，我和他们都相处得很好。你要么是个好警察，要么是个坏警察，和肤色没什么关系。

白人想跟白人混在一起，黑人想跟黑人混，这是很自然的，物以类聚嘛。我们友好相处，可黑人最好的朋友总还是黑人。有些人觉得不服气，尤其是在警官考试里，有传闻说，一些名额是要分给黑人的，尽管他们拿不到最好的成绩。不过，一旦在街上遇上麻烦，你一呼救，人人都过来帮忙，不管是黑人还是白人。

你接到电话，说有人持枪行凶。你的肾上腺素开始分泌，紧张而又兴奋，可你接了一百个说有人持枪的电话，却并没有什么持枪的人，你的警惕性就降低了。不过，第一百零一次，可能有人真的持枪行凶，你必须强迫自己全神贯注。

你会发现，最麻烦的就是开违章停车罚单，或者接到家庭纠纷的报警。这时候情况最容易失控。一次我们接到报警，有个家伙叫我们去他家给挡住他车道的人开罚单。我们到达时，发现他正站在自家房子前，手里拿着一条桌子腿，摆出一副要让那个在他家车道停车的人脑浆四溅的架势，因为那家伙正要把车开走，身边还带着个小婴儿。后来，我和报警的人在地上扭打成一团，裤子都扯坏了。最后我们把这人关起来了。他投诉了，我得到一份投诉登记，不得不去职业准则办公室做陈述。

有些警察工作久了就觉得住在这个地区的人都不是好东西。我觉得并非如此。几个星期前，有个黑人妇女来求助我们，她开车时有个轮胎坏了。那时天快黑了，差不多是五点到五点半的样子。她找不到附近能修轮胎的地方。她年纪不小了，看上去有五十多岁。我们让她坐在车里等着，帮她换好了轮胎。她要给我们一些钱，我们没有收。她谢了又谢，坚持记下了我们的姓名和警号。大约一个星期后，我们从警长那里收到了一封特别感人的表扬信。她给我们的领导写了一封信表示感谢，告诉他我们是多么乐于助人。我们觉得心里暖融融的。

我觉得不会有警察真的害怕外出工作。情况并不像没当过警察的人想的那么糟。我和亲戚们聊到白天自己一个人巡逻时，他们简直不敢相信。晚上巡逻时我们会有个搭档。

有很多次，我得自己走进某幢建筑。要是几年前有人告诉我，我得走进这一带某座破楼里去，我准要说他们疯了。如果你在这一带巡逻的时间比在自己家附近待的时间还长，其实也就无所谓害怕了。

人们觉得在这一带工作可怕透顶。要是他们在第六十三街和卡内基街的交叉路口[①]被迫停车，就得准备写遗嘱了。的确，在这里有可能被人抢钱包，也许比在附近散步更危险。如果你连续去那里一百天，早晚可能出点儿事。不过，车胎在第六十三街上坏掉，并不意味着你就得惨遭割喉。

告诉别人我是警察，让我觉得挺自豪的。我不知道其他人是不是对警察有种既畏惧又尊敬的感觉，不过你确实不是普通人了，你是警察。我是我们家第一个当警察的人。

我当上警察以后，我妈有点担心，我爸超级自豪。他告诉所有人自己的儿子是警察。他们有点紧张，因为别人以为警察每晚都经历枪战。实际情况并不是这样。

“我们家每个人都干活，他们一向瞧不起不干活的人。

“我爸七十二岁了，现在还在美国钢铁公司工作，他曾经在威斯康星钢铁公司当了三十六年平炉工人。十三年前，公司购进一批氧气炉，准备裁掉大批工人。工龄够长的人可以领全额退休金，或者降薪留在氧气炉车间干活。我爸那年五十九岁，他领了退休金，去了美国钢铁公司干活。他擦地板，做清洁，天天上班，心情颇为愉快。他总共在钢铁厂工作了大约五十一年。

“从我记事起，我妈就在做各种零工。我小时候她曾在洗衣店工作，那些装衣服的大袋子扔得到处都是。现在她每星期到附近的服装

① 原注：位于芝加哥南部的黑人聚居区内。

店工作两三个晚上，就是为了不让自己闲着。她今年七十岁了。

“要是退回到二三十年代，他们做梦也想不到能拥有如今有的这些东西。不过他们是通过辛勤的劳动才得来的。我们兄弟姐妹都住在我父母家附近四五个街区内。这是种传统的生活。”

我觉得警察身上有一种男子汉气派。上星期日，我开车带老婆孩子回岳父母家，看到有个家伙站在车前清理窗户。我对老婆说：“那人看着像警察。”他当时穿着便装。然后我们开车经过时，果然发现他的汽车前玻璃上贴着警察的标志。我老婆大为惊叹。这是我在工作中学到的，从他的站姿、样子中就能看出来。他的小胡子和头发都修剪得很整齐。我认为警察总是很有自信的。不知道是否因为他们带着枪。也许是吧。我从前有个同学，他说总能看出人群中谁带着枪，因为那人的风度会有所不同。

我不反对和女警察一起工作。很多时候有她们在身边反而是有好处的。人们看到某个身高1.6米的姑娘站在面前，总是非常惊讶，这常常能帮助缓解局势。

上个月我休假时，一个白人女警自己开车去了全是黑人的居住区办案。她接到报警，说有人挨打了。如果是家庭纠纷或入室盗窃案件，他们会派两辆车，但一般性的报案就只派一辆车。所以她独自开车去了。那是一座破宾馆改造的住宅楼，每个房间彼此独立，谁家发生点啥事儿，大家都会知道。她敲敲门，一个男的出来了。她问：“有人报警吗？”他回答：“对，我老婆报的警。我们打起来了，她冲我扑过来，我就打了她。”这个叫玛丽的警察说：“好，等她回来，告诉她我来过了。”这时一个姑娘从房间里跑到过道上，大喊“是我报的警”，然后说了他怎么打她的事。邻居们都打开门，瞪眼看着。玛丽问："你想让我做什么？"她说："我要把我的衣服带走。"于是玛丽对那男的说："你同意她把衣服带走吗？""行啊，我让她进来拿。"于是玛丽控制了局势，问题解决了。

突然间，九个警察冲进了楼道，四个便衣，还有五个穿警服的。玛丽通过无线电说："我不知道这是怎么回事，但是你们稳住，整个警察部队都跑上来了。"调度员告诉她，他们接到这楼里的五个报警电话，说一个年轻的白人女警察有麻烦了，你们快来帮忙。（笑）我猜他们打开门一看就想：老天啊，这个年轻的白人女警察自己来的。那些黑人气急了。整条街上全是警车。那姑娘进屋拿了衣服，什么问题也没有了。

我对生活相当满意。说起梦想嘛，我有一栋房子，有老婆，有两个孩子。生活开支没有问题。我还有辆漂亮汽车。我的工作发展前途也不错。看到前方不是死路一条，对我来讲十分重要。

最近让我觉得不安的是，你得到的东西越多，想要的也就越多。我父母年轻的时候，从没想过要买汽车。他们结婚二十五年以后才买车。现在呢，你十八岁就有车了，要是没有两辆，就觉得低人一等似的。真见鬼，过去有一台收音机就够幸运了，现在你家每个房间都有一台，还有两台彩色电视机，于是你能同时看两个节目。我希望回到事情更简单的那个年代去。真的。我喜欢和爸妈谈谈过去的生活。他们每天晚上围坐在一起，只是聊天，度过了美好的时光。

罗杰·杜特拉普

他五十五岁，矮壮身材，留着平头，声音粗哑。1968年夏天，他在芝加哥警察局颠覆组工作。

“我理想中的生活，应该是一半像中国，一半像这里。干净的街道，健康的居民，走在路上不必担心有人出来捣乱。”

天气闷热异常。一只猫顽皮地嗖的一下跳到他膝上，他抚摸着它。

这是芝加哥北部工人居住区一座公寓的三层。这里毗邻厄普顿区，是气氛更压抑的半过渡性地区，他和妻子不久前才搬过来。

“工作时我是愉快的。唯一的问题是，人们总指使我去做一些事。这就是我胃溃疡的原因，我身体内部在出血。警察局……（他的声音淡出）1968年那些暴乱[①]，我是目击者。我是个为警察局工作的平民百姓。”

我属于计划性编制里，其中差不多一半是警察，另一半是平民。有些家伙已经好多年没上街巡逻过了。他们一出去就想把别人的头打爆。一个人回来后吹牛：“老兄，我打人了！”惹得其他人听了直想吐。市长没处理好这事。我可不会干出去扔棍子、丢粪袋之类的事。一方面，我是警察这边的。可另一方面，真见鬼，为什么我们就不能把公园交给他们？嗯？他们又不会损坏什么。

我还是觉得很难去谴责警察，他们没学过做这些事。他妈的，

---

① 在美国历史上，1968年前后是充满了暴力、分歧、骚乱的时期，发生了越南战争、马丁·路德·金被枪杀等事件。

我当时在海军陆战队经历过这种事。他们教我们，不能用警棍击打一个人肩部以上的位置。

其中可能有我的孩子。我不知道，也许他在那儿。我觉得在大多数情况下，那些孩子是无害的。

“我给你讲过我儿子的事吗？我说，‘我觉得你最好现在入伍，先当兵，再回来上大学。’你知道他怎么说？‘这场战争的性质完全不同。’不管怎样，我供他上了大学。孩子长大了，可以自己做决定了。”

在海军陆战队，你可以一整天站在那里，别人骂你是猪，你只朝他们笑笑。除非有人先动，否则你就一动也不能动。但有些警察想动武，他们想拳打脚踢。其他方面都他妈的挺好。只有一样，他们没学过怎么对付那套玩意儿。

三年里我去了四次医院。一次是背部的问题，这个没法怪他们。还有一次是肺炎，也没法怪他们。但另一次是胃溃疡，这个不好说，总归是有人要我认可一些事……（他的声音淡出）

我知道自己为什么生病。我想脚踏两只船。我觉得警察做得对，我觉得那些年轻人多数事也做得对。真是两难，你不能同时把两边都占了。

我为所谓的红色小分队做了不少工作。我们称之为颠覆组。这是个大玩笑。管这事的那家伙把每个纸片都留下来了。他掌握了一半人的档案，他们要做什么？你知道他们派谁出去做监视这类事吗？该死的，是候补军官！多数是外行，流言就是这么传出去的。好的警察懂得保持安静。他们从不多嘴。

我十七岁加入了海军陆战队。我希望有所成就。我那时在上学，橡树园中学[1]，不错吧？我和家人相处得不太好。我想当英雄。没有当成。我见过一些大场面，但我不是英雄。

我学过遵守纪律。我知道自己得举止得体。我不该当傻瓜，尽管有段时间我确实是。我发觉海军陆战队对我的影响太他妈的大了。我刚去时是个机灵鬼。两年半中，我改变得很快。

对我而言，海军陆战队意味着硬汉无所畏惧。你知道为什么吗？他们有组织和纪律。他们是和你我一样的普通人，但训练教会他们团结协作和遵守指令。你知道自己见鬼的生活得依靠这些邻家小伙子。日子就这么过，你却一直在反抗这个体制。

在战斗中我要服从指令，但其他时候我会说有些规则全他妈的是胡扯。我受过几次惩罚。我守纪律，同时有所不满。

从海军陆战队退伍后，我发誓再也不听别人发号施令了。有人想站在我头上？我要和他们斗。这就是游戏的本质。踢打没法回击的人可不是什么有趣的事。

我曾经试图组织厄普顿我所住的那一带租户。那地方糟透了——四分之三是黑人，还有一个靠吃福利过活的白人妇女，一些阿巴拉契亚山区来的人，几个老弱病残。他们特别害怕房东，不肯跟我走。他们一点胆量也没有。这伤透了我的心。

我们住在那儿的时候很开心。我们感觉相比从前住的中产阶级社区，住在这儿更能给我们安全感。街上人多的时候，街头犯罪会更少。我记得有一天酷热得无以复加，我走进一家有空调的小酒馆，喝了几杯冷啤酒。我十一点半才从酒馆里走出来，很多人坐在

① 原注：芝加哥西部郊区一所中产阶级老校，近年情况有所改变。

外面喝着啤酒，都是黑人。我也坐了下来。我是唯一跟他们喝过啤酒的白人。他们中有些人喜欢我，有些不喜欢。就这么简单。我喜欢这些人。

房东只想勒索房租，才不管破贫民窟里的房屋维修。他们对租户做的事，让我恨不得杀了他们。他们把房子糟蹋了。管事的是个住在楼下的黑人妇女，她是最后一个搬走的。大家声讨这个楼的问题时她却说老鼠到处都有。你知道她站在哪边吗？房东那边。

我上次拜访他时，他还住在厄普顿，我看到除了他那个带着名牌的信箱以外，其他住户的信箱都坏了。门铃也按不响。

我试图把他们组织起来，说："我们要拒绝交房租。"我说："我要把请愿书交到市政府和国会去。只要你们提出来，我他妈的什么事都干得出。"他们说："你怎么知道我们能赢？"他们没有锐气。认为对的事就该去做，看在老天的分上。这些街坊四邻是唯一能让国家正常运转的人。我希望我的邻居们都是和我一样的好人。我不愿意看到那些臭狗屎一样的、恶心的、皮包骨的悲惨浑蛋，那些恶棍，那些半个月要去一次迈阿密海滩的人、靠救济金为生的人。

我并没觉得我们的体制一无是处。不是吗？有些人比别人更富有，我不觉得这有错。我反对的是没有计划。我不在乎要花多少钱。他们应该让每个想工作的人都去工作。

现在，我什么都不做，是个无名小卒。我成天待在家里，除了早上出门拿报纸，偶尔去商店，差不多每半个月去一次图书馆，这得看我借了几本书，还有每三个星期理一次发。我好久才去一次小酒馆，每次要花好多钱。我喜欢曼哈顿啤酒，这酒在附近该死的小酒馆的价钱已经贵过一美元了。

我认为世界上最伟大的事情就是欣赏书籍。这套名著丛书，我已经看了其中一部分，不过和大多数笨蛋一样，我只读自己喜欢的书。我不碰科学著作，读其他的。上小学时，我在拼写方面能打败任何人，包括一个智力竞赛小能人。他现在是耶稣会教士了，级别很高。我本可以沿着那条路走下去，可是我没有。为什么要那样呢？我一直是那种一根筋的人。

我尽量不伤害别人。其实我颇擅长伤害别人。说真的，我做过很多次了。我的复仇心很强。要是有人对我使坏，他们肯定要倒霉的。可我慢慢懂得这解决不了问题。

我不用枪支来保护自己。我过去在这里放一根棒球棒防身，后来我把球棒给了打棒球的小孩，我不再需要这种保护了。我要依靠周围的人们。你知道吗？你可以在每个街区摆一辆警车，可如果百姓不合作，还是不顶用。我看到一条警犬的广告，简直把我气炸了，里面讲为什么人人都需要养一只警犬。我想："天啊，要是人人为了防身而不是友谊养警犬，岂不是要到世界末日了？"要是真到了那天，我就要搬到加拿大、墨西哥或者其他什么地方去。

但我不是非搬走不可。我有种希望。因为不管你怎么想，不管电视台的傻瓜怎么想，战壕里的小伙子们是真的在干活，推动社会的发展。这就是为什么皮特·西格[①]和伍迪·格思里[②]的歌曲能让我潸然泪下的原因。我知道西格是左翼分子，可我喜欢他的音乐。他们歌唱事物本该有的样子。我有很多伍迪·格思里的唱片。《这片土地是你的土地》，应该把这首歌当成国歌。

---

① 皮特·西格（Pete Seeger，1919—2014），歌手，作曲家，美国现代民谣之父。

② 伍迪·格思里（Woody Guthrie，1912—1967），美国最伟大的民谣歌手和作曲家之一。

我理想中的生活，应该是一半像中国，一半像这里。干净的街道，健康的居民，走在路上不必担心有人出来捣乱。

我认为让这个世界有所提升的关键之处在于：读书。因为一旦人人学会了怎样读书，其他问题都能迎刃而解。真见鬼，要是世界上人人都能读懂农业书，就不需要我们这里聪明的浑蛋们去告诉他们怎样做了。他们自己会做。这是最重要的。

鲍勃·卢斯

他是芝加哥及周边地区摔跤比赛的承办人。

“从前，你一眼就能看出谁是英雄。但现在不是了。”

“来看摔跤比赛的都是平民百姓——奇卡诺人、黑人，其他地方的移民也来看。他们心中有自己的英雄，也有不喜欢的选手。

“粗野的摔跤手能赚更多的钱。这一行里粗野的摔跤手比守规矩的要多。”

每个大块头孩子都觉得自己能当摔跤手。很多人来应试，可真正选上的却凤毛麟角。“迪克大汉”是其中独一无二的一个。他有勇有谋，十分卖座，因为人们都认识他。他动作粗野，但不会一味蛮干，十分讨观众喜欢。不过在过去很多年里他都是个坏小子，人们叫他恶人。一个恶人又怎会在摔跤界一举成名呢？勇气。这位大汉表现不佳时，没人支持他。现在他变好了，可仍旧保持着那份粗野。

走进摔跤场，他们必须粗野起来。他们会作弊，惹得观众愤然离席。就算是最温和的观众也会气得发疯，甚至想在摔跤手一走出场地时就揍他一顿。我们有不少摔跤手的脑袋让锤子袭击过。我们的智囊团成员博比·希南的头让圆头锤子敲过。

一开始你是赚不着钱的，只是挨打和受伤。我们有两个摔跤手，叫作“迪林杰兄弟”，杰克和约翰。他们穿着“地狱天使”机车夹克比赛。他们财源滚滚，成了芝加哥的大牌。

在密尔沃基的一场比赛后，“迪林杰兄弟”去了一家小酒馆。柜台前排满了人，都是歹徒和流氓。其中的头头儿对他俩说：“把你们花里胡哨的衣服脱下来！”约翰脱了外套，那家伙说：“操！”另一个人从背后用棒球棒打了他。他们用链条抽他，朝他的一条腿开了七枪，把他扔在小巷里等死。他的摔跤事业曾经极其成功，现在却落得终身残疾。那人打他是因为不喜欢他，仅此而已。

从前，你一眼就能看出谁是英雄。英雄看上去很正派。但现在不是了，糙汉子开始受欢迎了。粉丝们看到“大汉”把对手举起来重重摔在地上，看到他践踏规则，看到他抄起椅子，向观众挑衅。有一天，他和“恐怖的土耳其人”摔跤，这两位都很招粉丝恨。突然，他们开始为“大汉”加油。他们希望他打败那个“土耳其人”。忽然间，他成了新英雄：一个粗鲁野蛮的人物。电影里也净是这种题材。如今我们的英雄是能站起来捍卫自己权利的莽汉，而不是那种漂亮的小白脸。这是1959年到1960年的情况。那时骚乱的年代刚刚开始。

即使到了1968年暴动和游行最盛之时，我们还是能把圆形竞技场的门票销售一空。马丁·路德·金在芝加哥遭砖头袭击的那天晚上，我们这里黑人观众和白人观众都很多。那天有个叫厄尔尼·莱德的黑人摔跤手，他从前是橄榄球运动员。他是个好小伙子。还有一个摔跤手叫“疯狗瓦尚”，一个卑鄙小人，一个白人恶棍。地区警察过来对我说：“别让那个白人赢。”最后“疯狗瓦尚”还是赢了。比赛前我没法和摔跤手交谈。

我还以为谁赢谁输都是事先定好的。

（非常伤心地说）我太惊讶了，真没想到，你竟然问了这种问题。甚至这么想想都是可悲的。摔跤场里发生的一切都取决于摔跤手自己，取决于观众。

我这人做事光明磊落，一切都在明面上操作，不私下与拳击手做这种安排。报纸上说我这行人爱结党营私，可我不做那些事。我有个美满的家庭。我不能让这种事把它毁了。这会把我的美国梦击个粉碎的。

我赚了十万两千美元，场地门票回回销售一空，可报纸不说好话。他们伤害的不是我，而是爱看摔跤比赛的观众。这是让这些小人物最开心过瘾的事。我们的观众多数是工人阶级。我也在斯科奇办过两场比赛，那里的观众是上层犹太人，照样场场爆满。观众欢呼的场面和在圆形竞技场是一样的。可报纸照样诋毁我们。某个精英人士断定摔跤不属于这个国家值得尊敬的体育运动之列。这就是美国梦吗？我想那真是黑色的一天。我的美国梦破灭了，事业完了。再没有什么美国梦了，这是一个诡计，一片让人困惑的虚无。

我们这代人正在死去。再也不会有我这种人了。我不和电脑工作，而是和人工作。新一代比赛承办人举办带劲的比赛时从来不到城里来，而是把票务工作交给计算机辅助售票系统。再没有我这种人了。有一天我死了，这个时代也就结束了。

艾德·萨德洛夫斯基

1976年，他作为有史以来最年轻的地区工会主任，参与竞选美国钢铁工人联合会的主席。他没能当选。如今他是南芝加哥地区的副主任。他已婚，有四个子女，今年三十九岁了。

“你可以站起来说出自己的名字，不管这名字有他妈的怎样一个起源。这就是美国梦：我的名字是‘人’！”

我们身处芝加哥南部一户独门独院的人家中。这里的景象、声响和气息都告诉我们，我们正置身于钢铁之谷。

我一辈子都生活在这方圆几里之内。窗户外映入眼帘的是钢铁厂发出的熊熊火光。你能看到，贝塞麦转炉出铁的时候，整个天空都泛着桔色的光。夏天里，你躺在后廊躲避热浪，望着钢铁厂喷吐而出的浓烟……

我爸是我最好的朋友。很多孩子会跟着爸爸去游艺场。我老爸不光带我去玩游乐设施，还给我展示那些赌徒摊贩是怎么找骗子当托儿的。他给我展示怎么耍蒙特牌戏，还有那家伙怎么切弦。“我给你展示展示窍门”，他常这么说。

十八岁时他是个小阿飞，搭车从来不买票。他在职业棒球小联盟打了差不多十二年球。不管是纽约州的埃尔迈拉还是艾奥瓦州的基奥卡克，一到这些地方我们就满城转。我们会去索克斯公园球场，然后到唐人街的中国饭馆吃饭。他对棒球的了解比我知道的任何家伙都多。他能告诉你乔·杰克逊、斯威德·里斯伯格当年是什么情况，那是1919年的事了。他记得鲁斯是什么时候进入红袜队的。他也记得小熊队在西区球场打球的时候。他还是南芝加哥最棒的台球手。

我长大一点后，他开始和我谈论社会问题。我记得他带我去参加一些群众大会和工会会议。在我的记忆中，爸爸从来没对老板们有什么好评价。我也不记得他对商人或地主有什么好评价。爸爸和我的感情非常亲密。

我爸现在身体不是太好，可他仍旧每天早上五点半出门去工厂大门发传单。他都七十五岁了，这些传单关于工会、社区、政治和社会问题，这些事他已经做了四十年。

大约十四岁时，他写了一篇关于美国宪法的论文，赢得了杰弗逊奖章。不久前我在壁橱的一个盒子里发现了这枚奖章。他从没和我说过这事儿。整个芝加哥，只有我爸赢得了这个奖。之后他退了学，那时他十六岁。

有段时间他干铁矿活，在三十年代，人们什么活都干。我爸有双工人的手，靠自学成才。在我的成长过程中，他让我信仰美国体制。我相信杰弗逊和汤姆·佩恩说过的：美国梦意味着人们有权说想说的话，做想做的事，把世界塑造成对每个人都有益的样子。不受人欺负。你可以站起来说出自己的名字，不管这名字有他妈的怎样一个起源。这就是美国梦：我的名字是“人”！也许就是这种想法把我的脑子搞得有点乱了。我在学校里学的和在大街上看到的完全是两码事。

他们在学校里教育你要自力更生、提升自己，要有很强的职业道德，几乎是一种加尔文主义精神。下苦功、多流汗，你就能获得成功。评价一个人的方式就是去看他能获得多少东西。要是某个家伙拥有一座三层房子，他肯定是个聪明小子。我这一代多数人早就在头脑中充塞了这种想法。

我还在学校时，大约十二三岁吧，做过一些问卷调查，上面问：你的名字是什么？我答：萨德洛夫斯基。你爸爸是做什么的？我写道：钢铁工人。然后咨询顾问就把我放到工艺班去。名字倒挺花哨，其实内容就是你知道的那一套。后来我和朋友们都入了这一行：在玻璃上钻个小孔做谐音乐器，做鞋盒之类的破烂玩意儿。还做你圣诞节送给爸爸的烟灰缸。

要是你姓罗森海姆，或是有个带着漂亮光环的英国味儿名字——而且碰巧你父亲是医生或商人，他们就会让你读商业管理或艺术课程。我认识的孩子后来都进了钢厂。一到毕业的时候，钢厂的王八蛋就来招人了。如今他们还是这样。

我十八岁开始进钢厂干活。那时工会对工人们来说是有影响力的。比现在的影响大太多了。许多孩子不知道没有工会的钢厂会是什么样子。他们中很多人并不是钢厂工人子弟，从没在早餐饭桌上讨论过这些事。

我爷爷也是钢厂工人。人们都叫他“扎扎”。我问他“你从哪里来”时，他有时回答是波兰，有时回答是俄国，有时又回答是德国。哪儿的武力最厉害，我就是哪儿来的，对不对？他其实是从如今的波兰东南部地区来的。

他刚来南芝加哥时，外套上还贴着标签。他来到美国钢铁公司南部工厂干活，当熔炉砌砖工人的帮手。1907年一次高炉爆炸中，他被严重烧伤，在医院里躺了一年。到死都带着那些伤疤。之后他在巴尔的摩-俄亥俄铁路公司干了三十年。他当过场地工、线路工和道班工，一直到三十年代末。他靠退休金过了他妈的三十来年。他每月领一百零八美元。我过去就是在这家营业厅帮他把支票兑换成现金的。他是我所知唯一战胜了这个体制的人。他活到九十岁才去世。

我爱这家伙。我们成了伙伴。我二十岁时他已经八十多岁了。我过去常帮他刮脸，每星期两三次。还跟他一起喝啤酒。他说不清前一天发生了什么事，却能告诉你麦金利是什么时候遭枪杀的，凶手的名字，枪击发生地点，他身上中了几枪。这个人不会读写自己的名字，却能灵敏地意识到自己周围的动向。

他参加了1909年钢铁工人罢工。我的扎扎会用蹩脚的英语给我讲当时的故事。“我们去大芝加哥见格里法官。”他把闹市区叫作“大芝加哥”。格里是美国钢铁公司的头头，董事会主席。我们说：“是的，先生，格里法官，我们有需要，我们要赚更多钱。”格里法官说：“你们要更多的钱干什么？”扎扎说：“买星期天去教堂穿的衣服。”格里说：“去教堂穿工作服就行，够好的了。”他用这种方法表示格里法官是个卑鄙蠢货。这是无可辩驳的事实。

我二十岁时竞选过工会送葬人代表。我爷爷为这事十分欣慰。这家伙离开该死的工厂四五十年了，对工会工作还是了如指掌。我竞选地区工会主席时击败了我的扎扎所说那个大佬。我是在爷爷死后两个月击败他的。他没活到看到这件事发生。这是1964年。

我那时二十四五岁。我记得那些家伙走进我的办公室时都会脱帽行礼，他们都是六十五岁的老人家了。一位老人把帽子拿在手上说：萨德洛夫斯基主席先生——竟然是这么一套！我是个毛头小子，这些老人家却这么和我说话。我觉得这样不大对头。我把这种作风扭转了。我总把门敞开着。我找来锤头和凿子，把门上的合叶拆下来了。

我爷爷是带着希望去世的。他相信美国梦。相信你可以让生活好起来。要不是能让生活好起来，你他妈的还有什么好抗争的？我不相信美国钢铁公司能打败我们，不相信工会的头头们能打败我们。要是我没有这点信念，走到现在又有什么意义呢？

“竞选失败以后，我的心情十分低落。不过，天啊，我们吸引的人数之多是你们怎么也想象不到的。我遇到了许多人。我去了加拿大的萨德伯里。他们在近两千米的地底下挖煤，这是北美大陆最穷困的地方。我也去了明尼苏达的梅萨比山脉——在每个聚居区你都能遇到一两个，或是十到二十个有社会觉悟的人。要是你深入新墨西哥和犹他州的铜矿田，或是明尼苏达、亚拉巴马、俄勒冈、纽约州北部的铁矿田，那里人民的智慧和觉悟真能让你大吃一惊。我发觉，在这些单一工业的小镇中，精明敏锐的人远比大城市要多。

“最精明的就是那些矿工。他们身上有种精神。他们虽然活在农村，却有世界眼光。而且清楚是谁在欺负自己。他们的梦想就是离开这该死的鬼地方。

“他妈的，我从来不后悔自己跑出来了。”

我看到人们不愿再当头脑顽固的工人，那种拼命干活不会动脑子的傻瓜。尽管他们没受过什么正式教育，我却听他们说出过一些真正伟大的观点。我认识很多南芝加哥铁矿工人，他们可不是种族主义者。我很少看到一个家伙在街上走，头戴的礼帽上有美国国旗的图案。好莱坞电影里就是这么描摹的。可并不是礼帽上有这么个该死的标志你就是个美国人了。工人们也不这么看。

给某人一个机会去看看乡村风景，他会欣赏的。让他有时间读一本书，他会读进去的。让他有时间听音乐，他会听进去的。人生不是打卡上下班这么简单。你见过一个人有了全新经历后的骤然成长吗？他简直上瘾了。他开始读书，开始做这做那。不知不觉间——啪！就像花朵在一夜间忽然开放了。

你指给街上的一个小孩看一棵树或一朵花，他会说："没什么意思。"其实是有意思的。你回顾起任何煤矿小镇的历史，直到今天，街道两旁从没有过花坛或成排的绿树。你找不到音乐厅，除非某个家伙自己带着吉他或口琴。要是老板按自己的方法办事，你永远也找不到图书馆和书籍。它们是危险的。我们的社区里难道不该有公园、剧院和图书馆吗？

人们认为烟囱冒烟就意味着餐桌上能有面包，这并非偶然。我过去也是这么想的，我把天空中的石炭看成上帝的给予。你开始抱怨空气不好，人们就说你想把镇上的钢厂都关了。他们信任美国钢铁公司。他们在这方面相当成功。如今出现了一种经济胁迫。环境保护部门一说山谷、河水和空气污染，美国钢铁公司的老板就说："我们必须搬走。"工人们在这方面都被愚弄了。现在他们变聪明了，知道制造钢铁、保持清洁空气、创造利润可以三者兼顾。

工会很久之前错过了把工会思想带出门外、带到社会上去的机会。工会思想不该局限在面包黄油之类的小事上。我出生长大的那条街的对面就是产业工会联合会总部。从我的卧室窗户望出去，一切都跟产联、产联、产联有关。每个人，包括那些店主，都干劲十足。五百万人加入了，五百万工人啊。

如今不再有这种情绪了。哪里还在唱那些歌呢？有句老话这么说：歌声一停止，革命就完了。如今，九千万工人中只有五分之一被组织起来了。

美国工人运动本来可以成为世界上空前的伟大壮举。可实际上挂名脱产的工会干部只想成为整个政治和社会体制的"一部分"，而非"改变"它。于是恶果产生了。你不能玩老板的那套把戏。回头看看真是可悲。我们发展起“工人政治家”，我们让他们当上了体面人，我们都是按所谓的美国风格做了这一切。

对我而言，美国风格就是指追逐金钱。你听到一个工人领袖说：“对公司有好处就是对我们有好处。因为要是他们利润高，我们也能多发工资。”全是瞎扯淡。美国钢铁公司利润提高了，我们的工资当然他妈的没有提高。和二十年前相比，如今的钢铁工人人数少了二十万。

如今工人组织都是揣在政客屁股兜里面的玩意儿。第一国民银行举行落成奠基仪式的时候，我当然他妈的没有去。可我见过太多工人领袖去给市议会砌墙抹砂浆了。

那些家伙觉得自己达到了目标，因为他们被叫去和企业老板们吃祈祷早餐了。他们该祈祷的是提高工人的待遇，而不是坐下来和老板们吃饭，这些人除了压榨工人之外就没做过别的。

我不期待通用汽车或者美国钢铁公司的老板坐下来和我吃一顿晚餐，就能给我我想要的东西。我会提出要求，然后设法实现。工人阶级——这是个阶级问题——越早意识到这一点，他们就能过上越好的日子。

“我母亲在有次感恩节假期和我的孩子们坐在一起玩红心纸牌。她讲了南伊利诺伊煤矿上的事情。她给他们讲起她的父亲，一个大块头浸礼会五旬节派教徒的情况。他十一岁就开始工作了。我母亲家的人全在该死的煤矿上干活。

“我父亲是在煤矿快要枯竭时遇到她的。他当时还在打职业棒球。他上了基厄卡克到伊利诺伊中央铁路网的火车，在肯塔基州线的埃尔多拉多下了车。你吐一口痰，它能在这鬼地方从这头飞到那

头。这儿有一座饮水泉，一个小广场，摆着两条长椅。真是个鸟不拉屎的小镇。

“人们对埃尔多拉多抱有厚望，说这是黄金之城。全是胡扯。我能在地图上找到这座小城，可我永远也找不到一座黄金之城。

“二十年代，煤矿公司从芝加哥卡彭组织弄来一群工贼，矿工把他们带到玉米地里，把他们打倒在地。他们还把流浪汉弄来破坏罢工。来了他妈的一火车的人。车停在铁道旁边。矿工们把打松鼠的枪拿出来了，把他们赶上了火车，让他们打道回府。

“去年夏天，我二十五年来第一次回到那个地方。那儿除了我母亲家族的坟墓之外什么都没有了。真是些黄金啊。”

如今的年轻人迷惘、糊涂。感谢上帝，他们不再信加尔文教那套从日出一直干到日落的理论了。你走进工厂，年轻工人们显然已经摆脱了那套神话。和几年前相比，那套东西变得更不可信了，因为工作很艰难。可事情一旦有所好转，到了休息日他们还是愿意带着女朋友去公园的。

我觉得关于工人都心满意足——住在郊区，有两辆汽车、一艘赛艇之类的——全是瞎扯。你什么时候见过郊区的工人居住区？并没什么好吹嘘的。

买块地、有一座自己的房子一直是美国梦的一部分。如今的孩子们很难做到了。建房子要花六七万乃至八万。一开始就得花两万五。年轻人哪里存得下这么多钱。送孩子上大学？看看不断上涨的各项费用吧。这与他们父辈的梦想不一样了。他如今比他父亲年轻时抱有的期望要小。这是吃薯条、喝百事可乐长大的一代孩子。我不认为这个国家的工人阶级能牢牢抓住他们拥有的东西。失望是明摆着的。焦虑是明摆着的。希望显然也在，人们希望过上更好的生活。

我看到变化即将发生。我听到人们谈论十五年前闻所未闻的事情。我听到人们谈论通货膨胀，谴责老板和他们的利润。我听到有人说："我们应该接管那些破铁路。"我说的不是激进分子，而是在工厂里干了十几二十年的工人。我听到人们议论这个国家的狗屁医疗制度，该死的，也该我们享受国家医疗了。你愿意怎么说都行，叫它社会主义也可以，真见鬼，随你怎么叫。

有人问我："你理想中的医疗制度是怎样的？"我说："有人生病了，就把他治好。不需要带什么照片和编号的绿卡片。要是他胃疼，就治好他。"他说："这行不通。"为什么？要是这个国家需要再增加十万个医生，就优先发展医生数量嘛，让每个街区都有医生，有人生病就把他治好。要是我们能优先处理杀人的事，为什么不能优先发展救人的事呢？

我们中间很多人留恋1937年、1938年。其实2000年离我们近得多啊。只有二十年了！我们这个社会糟糕透顶了，除非……除非有更好的财富分配办法。让你开始意识到那些联合大企业的存在，还有它们是怎样把我们嚼成粉末的。

和那些软弱的小店主不同，工人总有一种直觉。他们知道谁在压榨自己，可又不知道怎么才能不被压榨。而坐在商会门口的那个小个子，却不知道自己正在被压榨。他代表着美国大街上的普通人。

我把希望寄托在工人身上，尽管他们有这样那样的问题。一旦斗争激烈起来，他们仍旧是最可信赖的人。

老街旧邻

雷·克普林格

他是个摄影师，经营这家照相馆已经三十二年了。

“我的希望来源于人人关心他人，并且为他人出力。”

“我的店是附近最老的。这里是工人阶级聚居区，住着德国人、波兰人、希腊人、意大利人。此地有四座教堂，我通过教堂接活儿，也靠口耳相传。我的主顾都是街坊邻居。

“我拍了很多婚礼照片，是小本生意。另外也拍构造图、毕业照、婴儿照。我特别喜欢婴儿，这种照片我拍得最好。我对付婴儿很有两手，拍出的照片效果也好，父母看了总是很喜欢，之后年年当回头客。这些孩子长大了，又请我们拍婚礼照片。然后，这些二十年前被我拍过照的孩子又请我给他们的孩子拍照。”

他五十九岁了。

我这个人从来不会听命于人。我是老派手艺人。我喜欢按自己的风格办事。我不太能接受批评，即使说得有道理，我也不大受得了。（笑）所以我借了一些钱，开了自己的店。是啊，这就是美国梦。一个人从最底层起步，建立起事业，好好经营。我经营得不错。这房子是我自己盖的。

我的祖父母是从德国和卢森堡来的。我父母是工作勤奋的中产阶级。我爸从没领过一分钱救济金，大萧条期间他同时做两份工作。

他们给我们每个孩子灌输的一个原则是：要诚实。我们从来不锁门。做老式的、诚实的手艺人，这是根植在我头脑中的准则，如今我又把它带到了我自己的家庭。我女儿经营密西时髦贵宾犬美容沙龙。我们借给她三百美元去学剪狗毛，她去师傅那儿工作了。她的手艺同样精湛。她喜欢动物。

我们这里邻里间关系和谐，凝聚力强。他们不是容易被什么事端煽动起来的人。他们都住在这儿很多年了。多数情况下，他们都是很善良的人，可他们的偏见和盲从也不少。他们不想让黑人搬进来。可就我而言，我倒愿意有些黑人尽快搬进来。

这座房子是我自己设计的。我年轻时找岳父借钱盖房，之后几年逐渐还清。就在我把钱还清那年，一个建筑商决定在旁边盖一座大型建筑。我们没办法抗议，可后来的事实证明，这件事是需要抗议的。

他在我的照相馆旁边挖了个四米深的大坑。三年过去了，我们开始担心我们的房子受损。距离太近了，下雨时又没有任何防护措施，地基可能受影响。这完全是违反建筑规则的。最坏的事情发生了——冰雪压垮了他的地基，我们的墙也毁了。（他把受损现场的照片拿出来展示）我和市长办公室的人、市政委员谈了这事，但损坏已经造成了。

我试图让那个人赔偿损失，可他不同意。我试图让建筑部门有所行动，可他们什么也不管。市长办公室也坐视不管。于是我把他告上法庭，案子拖了很长时间。举行过十次听证会。九次听证会后，我的律师对我说："这是块烫手山芋。"市政府法律顾问警告他，要是不放弃这个案子，他的法律事业就完蛋了。这都是记录在案的。

这个建筑商门路太广。我辞退了那个律师，又雇了一个年轻的律师。我们在下级法院输了，可这位年轻律师把案件的基础打得非常坚实，我们在上诉法院赢了官司。建筑商又上告到伊利诺伊高等法院，仍旧是我们赢。法院责令那座建筑停止施工。

我们决定办个派对庆祝胜利。我当场演唱了《不可能的梦想》（笑），还发表了一个小演讲，关于“如何击败市政府”。这是九年前的事了。这是美国梦的一部分。我们庆祝得太早了。判决还要回到下级法院执行，而下级法院完全被呼风唤雨的“戴利机器”控制了。这里的法官完全无视判决。我的梦想破碎了，可我没有放弃抗争。

我发觉我的敌人不是建筑商，他也是无足轻重的小人物。我的最大敌人是市政府，是大贼窝里那些小丑。

我决定去上公共演讲课程，学习怎么讲话。我之前甚至连提出附议的勇气也没有。我第一次有机会公共演讲是在市政厅会议室举行的一次预算听证会上。那次是戴利主持的。你必须事先报名才能发言。当时有形形色色的发言者：要求增加经费的警察局代表，要求增加经费的消防队代表，还有市民联合会，等等。所有这些人轮番发言，可到最后，还是没叫到我发言。戴利市长说：“好了，今天大概就到这里。”我站起来说：“戴利市长，我也报名了。我要发言。”他知道那个案子，与此事直接相关的建筑专员是他的好友。我说：“你为什么不叫我发言？”然后他要了发错音的把戏，用错误的读音读我的名字。没人能听懂我的名字。我站起来发言了。

我把演讲的重点记下来了。我说：“这是预算听证会。这是我交的税款。下面我讲讲你们的建筑专员对纳税人做的事。”我讲述了事情的经过，点了当事人的名字。正讲着，市议员基恩[1]说：

① 原注：当时很有权势的市议员，财政委员会负责人，后因渎职罪入狱。

“你说的这些事可能让你涉嫌诽谤遭到起诉。”我说：“欢迎你们告我诽谤罪。我保证这是戴利机器下地狱的第一步。”我讲完后，戴利说：“你说你想送我下地狱？”我回答：“我会是第一个推你的人。”WBBM电视台拍下了这场纷争的画面，我的女儿们感到欢欣鼓舞。她们说：“老爸，我们真为你自豪。”在那之后，每年我都去那里讲话，不仅谈及建筑部，也谈及警察局的腐败。

我一年到头地学。我关注报纸、杂志上有关我们交的税款如何被浪费的文章。你得知道自己在讲什么，不然人们会取笑你。

我也给编辑们写了不少信。我觉得他们做事颇有效率。我写城市腐败问题，也写越南战争。因为一旦你自己受到伤害，也就能看到别人受到的伤害。如果我们的市政府能伤害我这样一个纳税人，我也能看到我们的联邦政府会对其他人做些什么。

这让我开始质疑权威。有一次在耶稣受难日，我坐在一块岩石上，十分痛心，委屈得哭了。（笑）也就在这时，我头脑中灵光闪现，对自己说：我挺高兴这事发生在我身上的。我能看到这家伙在市议会神通广大，一切都明朗起来了。

我是个乐于献身的退伍军官，我看到了当局在越南的所做所为。我们保守伤害，尤其是那些年轻人。但其实完全没有必要。我们可以做点什么。我们不是只能冷眼旁观，坐视不管。我给电台打电话，给编辑写信。人们来找我，叫我共产主义者。

我过去是真正的保守人士。可现在我看明白了，我们不应该袖手旁观，看着政府一意孤行地说他们的所为是正确的，仅仅因为他们是权威。

我太太所在的公司和市政厅有联系，有一次他们受邀参加戴利市长1974年的祈祷早餐会。我看了赞助者名单：亨利·克朗是通用公司的老板，汤姆·基恩是戴利市长手下那伙坏蛋的头目，保罗·威戈德是另一个入狱的市议员，刚获得保释出狱。霍华德·米勒是电台评论员，他曾说应该把有些人炸飞。祈祷早餐会的赞助者就是这些人。我对自己说——没告诉我太太或是其他任何人——我要去这场早餐会抗议。我知道自己会陷入麻烦。我会被逮捕，会受伤害，可我无论如何一定要去。我在高架铁道下遇到我女儿，她说："你又要上电视了吗？"（笑）我说："我觉得是。"不过我其实真的很害怕。

我去了那里，付了六美元。我们吃的是炒蛋，这是我吃过最难吃的炒蛋了。我试着和同桌的人简单交谈。在场的有修女、牧师和各界市民。吃完炒蛋，戴利市长开始讲话了：哦，我们必须支持尼克松总统，我们要为他祈祷。我足够礼貌地让他讲完。之后我站起身来，电视摄像机转向我，我说："这完全是伪善。你们谈的是祈祷，可是看看这些赞助人：亨利·克朗是通用动力公司的老板，他生产的F111型飞机此刻正在非法轰炸柬埔寨医院里的平民，伪君子！霍华德·米勒，好战分子，伪君子！基恩，狡诈的市议员，伪君子！保罗·威戈德，伪君子！"我一直说，直到戴利派出的警察把我抓起来。

他们把我的双手别在背后戴上手铐，铐得太紧了，被塞进警车时我疼得叫出声来。在警察局时，书记官接到一个电话，我能听到每句话，因为他把听到的都重复出来了。是这么说的：和平委员会，有颠覆性。宗教人士和非宗教相关人士组织，有颠覆性。市民行动项目，有颠覆性。一定是情报部门打来的电话，我知道自己被监控了。他们了解我的一些事，一定是监听我的电话得知的。

他们填好了表格，把我扔进牢房。笨重的灰色铁栅门大力关上，已经不让我觉得难受了。我很紧张。我知道回家后我太太会给我好看。我的感觉真是糟透了。这儿只有一个老黑人清洁工在拖地。他给了我三根烟，还有一盒火柴。他是牢里唯一的人。

三个小时后他们告诉我，我没有受到指控。但他们采集了我的指纹，给我拍了面部照片。我对着镜头微笑了，你懂的（笑），为了拍出好照片。

我回到家，在小狗美容院工作的大女儿对我说："爸爸，我们看到了，真为你骄傲！我们为你这么做的勇气骄傲。"我说："我没什么勇气，当时我的膝盖直发抖。"她说："干得漂亮！"

我太太不喜欢我这么做。（笑）我对她说："你现在管家里的事儿，这个关头我要管管世界大事。"（笑）她还是个思想保守的人，她反对平等权利修正案，而我却大力赞成。可她总在旁边支持着我。

我向来是温和、安静的人，我受到了伤害。之后我看清了世界的方方面面。乖乖，有人出于贪婪，去卖力地企图得到一切，也有人努力为他的同胞出力。

我从来不是个暴力的人。我甚至不愿意踩到蚂蚁。我参军出自己的一份力，因为我相信美国是个值得奋力工作、抗争甚至为之牺牲的伟大国家。在我看来，美国现在的局面一团糟。太多人被贪婪所控制——看看水门事件、尼克松、防止政府人员泄密的"堵漏人员"、政治监视吧。我这么一个小人物都有上百页调查报告，受联邦调查局监视。

邻居从来不和我谈这个问题，他们差不多全是把头埋在沙子里的鸵鸟。他们仍旧把戴利、基辛格，甚至尼克松看成圣人。他们只关心自己的一小片土地、夏天他们要修剪的草坪、电视机和啤酒。

他们跑过来帮我在建筑这件事上抗争，因为在这件事上面他们也受到了直接影响。归结为一句话：财产比人更重要。

我的生意并没受到影响。现在我过得相当不错，除了我不喜欢把门锁起来干活这一点之外。我在照相馆遭到了袭击。我永远忘不了那天。有两个年轻男人闯进来，当时照相馆里还有一些小孩。孩子们喜欢过来玩，他们喜欢我。这两个人一进门就脸色难看，我赶快让孩子们出去了，我发觉自己有麻烦了。其中一个人进了摄影室。那里不受准许是不能进去的。另一个人锁上了前门。我的后脑受到重物击打。我摔倒在地，流了很多血。他们没有停手，继续打我。他们把我的前后头骨都打破了（他把严重的伤疤展示给我看）。后来我做了整形手术。他们不是来抢劫的，因为只要把我打倒，就可以拿走我的钱包跑掉。可他们只是不停打我。我知道他们肯定是受雇用的打手。他们受到某个不喜欢我的人的指使。这事就发生在我拿到建筑案件的法律赔偿金之后。

照顾我的医生在医院一整夜陪着我。他本以为我熬不过去了。他说我的身体素质一定很好。

警察完全不管。一个小男孩过来告诉我凶手开走的那辆车的车牌号。我把车牌号给了警察。过了几星期，我打电话给警察局。他们说："那个车牌号不是本县的。"于是我儿子和他的年轻朋友们按照地址开车找过去。看到那家伙正在弄一辆小型货车，我一眼就认出他是凶手。他也看到我了，转过身去。我们找旁边人问他的姓名。他们说不知道，可他们明明是一起的。我跑到县警察局，他们说我得去找州里的律师。可关键在于，他母亲说案发时他在家，这是个无懈可击的不在场证据。所以我只得放弃。

是的，我买了一把枪，以防这种事再次发生。我在门上装了报警系统。我不喜欢在上了锁的门后面工作。总是有顾客走进来，我信任每一个人。以前我们从来不锁门。

现在境况不佳，可我对未来还是抱有许多期望的。我的希望来源于人人关心他人，并且为他人出力。他们不会让这个世界在熊熊的烈火中燃烧殆尽。人们叫我当地激进分子，不过那些年轻人对我做的事倒十分尊敬。他们没有明说过，但我能感觉到。如今人们不像六十年代那样直接表明观点了，不过他们都是诚实的孩子。

我看见到处腐败横行，不过我还是能看到希望。所有那些带着罪恶逃之夭夭的人未来都会遭到报应，公正一定是存在的。有太多小人物受到欺负和践踏，做坏事的人却逍遥法外。有人必须付出代价！而且，上帝为证，要是我必须等到死去那天上天堂——我真的相信存在天堂——我也要指认出这些小丑：就是他们！让他们下地狱吧！

鲁思·柯里

她住在曼哈顿一座房租管制[①]的大楼里。“我已经在这儿住了三十六年。我常邀请邻居来喝上一杯。他们多数人的日子过得沉闷。”她身患好几种重病，却仍热情洋溢，成串的话如大瀑布一样涌出。“你知道一个朋友怎么说我吗？‘思维敏捷，行动轻率’，就像简·奥斯汀的书里的描述。”

“一旦金钱成了我们评判价值的唯一标准，你会赢，但也会输。”

① 房租管制（rent-controlled），美国一些大城市为了保护低收入者，让他们有屋可租，在特定区域实施房租管制政策，规定租金的收费标准，房东不能任意调高。

房间里四处散落着杂志、报纸、书籍——有林恩·拉德纳的选集，柯莱特、纳博科夫的作品，新出版的杰克·伦敦传记，《罪与罚》，还有赛马成绩表。“我什么都读，脑子里对各种琐事的知识特别丰富。我每天花十六个小时阅读。我常去看赛马比赛。每星期六都有一场大型比赛。”

在早前的回忆录里，我回忆过我童年时代一个无比重要的人物：亚瑟·奎因亲王，一个政客、毒品贩子、酒鬼、黑社会大佬。她曾写给我一封长信，其中谈到各种奇闻异事。“我一度迷上了那个无耻浑蛋。我们只是露水情缘罢了。你在吗，莎莉？我在。”

我出生于印第安纳州一个中产阶级家庭。父亲是个落魄医生，他受不了别人超过他。我很小的时候他就离开家了。我知道他为人很风趣。我知道很多奇闻异事，不管是龌龊的、好的、坏的，还是有趣的。做人必须得有趣。没有幽默感，和死了没区别。

我有过很多快活日子。我唯一想要的就是乐趣。我这条小命里塞了这么多东西，难免和其他人一样栽过跟头。我总觉得自己挺有钱，所以我总是濒临破产。我之前也确实破产过。

1959年，我五十九岁——我是世纪之子，对吧？我想：现在我要做什么呢？我这辈子从没出去找过工作。我在莱诺克斯山医院当了夜间接待员，工作时间从午夜十二点到早上八点。在他们找到保安人员之前，我就是保安人员。这份工作的每一分钟我都很享受，因为我是个夜猫子。十六年来我每天晚上都去上班，直到1975年我生了病。六十五岁时我本该退休。他们不知道我的年龄，也就没找我的麻烦。我的老板说："柯里，继续这么干。"我照做了。

害怕？我不害怕任何事。他们非让我在门上装一把特别的锁，因为这里曾经出过很多事。我每晚十一点从纽约治安不好的地方坐公交车去上班，从没感到过害怕。要发生的事总会发生的。我是个宿命论者。轮到你的时候，亲爱的，逃也逃不掉。我害怕的一件事是：丧失官能。我害怕就那样失去享受世间种种馈赠的机会。身体痛苦，可我还能留有清晰的头脑。要是我今晚就会死掉，没什么大不了的。又能怎样呢？我希望自己消失干净，一把火烧掉，游戏结束。我不打算花钱雇人处理自己这副旧皮囊。

在我小时候，美国还处在挣扎的时代。人们多数是移民，拼命寻找立足点。那是个封建年代，你要么什么都有，要么一无所有。强盗式资本家横行。当然了，总有人会这么做，于是他们就这么做了。我恨不得把那些工会头头们给阉了。但如果资本家不压榨工人，钟摆也不会摆得那么快。如今他们把每个人牢牢控制住了，强迫他们去做工。如果我工作的地方没有工会，我一个星期只能挣五十美元，而不是一百五十美元。哦，是啊，我们的生活比过去好了。当然还是很艰难，不过假如一个人真的想成功，他就可以做到，只要他有信心。

"我做事从来没长性，很难真正让自己成事。我总是忙着结

婚，一共结了四次婚。我内心一定是个小贱人。十七岁时，我嫁给了一个像我哥哥的人。他是个好小伙，我嫁给他就是为了离开我本来的窝。男人们都为我发狂，真让我痛快开心啊。我身边总有男人围着，纽约、芝加哥，到处都有。

“许多男人发觉和我随便待在一起比和我睡觉更有乐趣，因为我这方面不咋样。我心不在焉，总想着别的事。有一次我听赛马新闻时，我的某任丈夫说：‘我打赌你在交欢时也会说，上帝，我的马要退赛了。’（笑）

“亚瑟亲王是个邪恶但迷人的家伙。他把我介绍给‘流氓约翰尼’‘澡堂约翰’‘小个子丁克’[①]。他从没受过教育，一辈子也没工作过一天。他怎么谋生呢？他靠依附别人为生。他有巧妙的生存能力，极其聪明狡黠。

“我嫁给第二任丈夫纯为赌气，因为他母亲不喜欢我。我觉得他是同性恋者。他会做漂亮衣服。这段婚姻只持续了三个月。我的第三任丈夫是印第安纳波利斯[②]的一个胖子，长得像杰基·格里森[③]。他是我见过最伶俐、最轻浮的家伙。他和我一样，是天生的骗子。我们是在旧金山分手的。他一旦靠上某个人，就把这个人的钱花个精光。我的第四任丈夫叫朱利安·考夫曼，人们都叫他‘土豆’。我是在赛马场上遇到他的。”

1924年，我做过帽子摄影模特，这工作是小菜一碟。我从来算不上漂亮，只是讨人喜欢罢了。我总要出现在我不该出现的地方。

---

① 原注：第一个是三十年代著名的匪徒，另两个是二十世纪初极有权势的政客。

② 印第安纳波利斯（Indianapolis），美国印第安纳州首府。

③ 杰基·格里森（Jackie Gleason，1916—1987），美国喜剧演员、歌手。

那些小淑女们去的地方我可受不了。我每晚都去夜总会，弗莱亚酒店、安桑尼娅酒店、种植园酒店，等等。我喜欢去这些地方。我就是这样的人。我知道阿尔·卡彭[①]化名成了阿尔·布朗。我抓住了老虎尾巴，不肯放手。

我总想参与行动。在佛罗里达。他们让“土豆”和我去行骗。你看过那些电影吧？就是那样的。他们开了一家店，安排“西联汇款”的一个人在那儿，让我们赢了三四千美元。到了付钱的时候，那家伙真以为自己能分几百万呢。那匹马只输了一个鼻子的距离。我觉得他们其中一个家伙是维克多·鲁斯蒂格伯爵[②]。好啊，我们在骗子的地盘把骗子给骗了。

我跟你说过我们怎么从阿诺德·罗斯坦[③]那儿骗了八万美元吗？要是我告诉你，你准得笑死。他在七十二街的费尔菲尔德酒店有一座赌场。这里是专门骗那些容易入迷的笨蛋的。我们用一个在芝加哥输得精光又停不住手的家伙做诱饵引他上钩。那个抽雪茄的路易。罗斯坦极想拿他试试。我们知道他的习惯——他每天都要到林迪那里去。我们拖住他四五个晚上，当我们知道他去了林迪那儿以后，就让那家伙过来了。我们贿赂了接线女郎二十美元，让林迪那儿的电话总是占线。他们让那家伙赢钱。等罗斯坦过来时，我们已经把那家伙弄走了。八万美元啊。

我不知道人们怎么他妈的那么容易上当。他们太容易受骗了。

---

① 阿尔·卡彭（Al Capone，1899—1947），美国黑帮分子，绰号“疤面”，在1925年至1931年间掌权黑手党。

② 原注：“我的老师是维克多·鲁斯蒂格伯爵。他可能是美国有史以来最厉害的骗子。鲁斯蒂格最卓越的成就是入狱后付给得克萨斯治安官三万美元伪币。”——道克·格林汉姆，《艰难时代》（纽约：众神图书公司，1970年）。

③ 原注：知名赌棍，曾在1919年卷入黑袜丑闻。

（笑）两年前在第二大街，两个女的走到我面前搭话。我和你说，一开始我真的几乎相信了。那个娇小的孕妇说："我捡到这个信封，里面有两万美元。我是那边拐角处一位律师的秘书。他说这是热钱。不会有人来找的。我看见信封里有一些钱。我知道这是那种老式掉包计。我猜我看上去像个容易受骗的笨蛋。她们就是要找我这样的人下手。她们演得多像啊，她和她的女朋友——一个黑人女孩一起。我几乎信了她们，哪怕明知道这是个骗局。她女朋友因为越南的事情得了六千美元，她丈夫在那儿牺牲了。她出于好意把这钱拿出来。她们想知道我是不是会出两千美元来证明我的诚意，然后我们三个平分，每人得七千美元。

我说："我们去喝一杯。"我故意把钱包留在吧台上，存折打开放着，然后去洗手间了。自然，她们看了我的存折。我回来后说："咱们把这事忘了吧，姑娘们。"我知道她们想撤。她们看出我是内行。我想：该死的，放过她们吧，拜拜。我干吗把人们都送进监狱？这姑娘和我一样根本没怀孕。（笑）你知道吗？两个星期前在这座大楼里，有人因为偷了一万九千美元被抓起来了。

我觉得那些匪徒喜欢我，是因为我轻浮有趣。他们并不真正知道怎样征服我。我不当暴徒的女人。我不把这些事混在一起。

有一次，我们和杰克·麦克格恩[①]一起去了佛罗里达。他是个笨蛋。我们带了一些高尔夫球棍，里面藏着机枪。你摆个卖香蕉的小摊都可能被杀。卡彭什么事都要试试。他们正在寻找斯卡利斯和安塞尔米[②]。在杰克逊维尔车站，我大摇大摆地走到杂志柜台，活见

① 原注：公认的"情人节大屠杀"头号杀手，几年后的一个情人节次日，他在打保龄球时遭暗杀。

② 原注：斯卡利斯和安塞尔米，一般认为他们在一次庆祝晚宴上被卡彭亲手暴打致死。

鬼，我看到了谁？正是斯卡利斯。他想过来跟我调情。我是说，他们在找的那家伙正在我们的火车上。（笑）宝贝，那就是黑手党，要是有人说黑手党不存在，那是他们不懂。我认识的小伙子们都是被杀而亡的。

一旦金钱成了我们评判价值的唯一标准，你会赢，但也会输。拿那些在股票市场赚大钱的人来说吧。他们不是进了监狱毁掉一生，就是自杀身亡。我知道很多这样的人。我认识杰西·利弗莫尔[①]。我认识三教九流的人。我和鲁思·爱汀[②]一起工作过。

她不是和“瘸子”结婚了吗？

哦，那个浑蛋。他跟他拉皮条的兄弟让他们的母亲在街头卖火柴。我给你讲讲“土豆”的好朋友麦克斯·格林伯格的事吧。他是在纽瓦克一家酿酒厂被杀害的。那里立刻变成了战斗前线。于是我给“土豆”弄了一顶女士假发，把他送上船，让他逃往国外。在德国，我在巴黎《论坛报》上读到，那个杀人无数的人被杀了。（笑）所以我对“土豆”说，我们能回家了。

我觉得如今的孩子不懂什么是真正的快活日子。他们就像绵羊一样。他们以伤父母的心为乐。我不是说所有孩子都这样。那些抵制越南战争的孩子做得对。我认为那个狗娘养的基辛格是我们历史上最差劲的外交官。

可是我搞不懂现在的年轻人。让我非常恼火的一点是，他们太顺从跟风了。留一样的长发，穿一样的补丁牛仔裤。可如果他们真

① 原注：股票投机商，在雪莉-荷兰旅馆的洗手间自杀。
② 原注：风行一时的演唱感伤歌曲的女歌手。

这么穷，上帝啊，他们又要大声哭喊了。我一生都很叛逆。我一直做我自己。也许我是个卑鄙的家伙，但我希望做自己。

我的美国梦？我活着时每一天都过得有趣。前不久我差点死了。我完全不惧怕死亡。我反应不灵敏了，我得了喉癌。看，我在嚼口香糖。我没办法下馆子了，可我享受生活。我并不是指要建设这个世界之类的。我只是不希望它变得更糟。你知道阿布·本·阿德罕姆[①]吗？愿他的部族兴盛。

我破产过，可我从没欠过别人钱。我不为任何事生气，也不对任何事、任何人抱有歉意。我觉得自己有过很多快乐的日子。我只是不想让这一切终结。我喜欢说亵渎神灵的话。我喜欢说那些坏事情，因为我老了，谁他妈的也不会在意。

---

① 阿布·本·阿德罕姆，Ibrahim ibn Adham的别名，他是早期禁欲主义苏菲派最知名的圣徒之一。

查理·德拉坎普

密西西比州杰克逊市。我们正在他的办公室里，此处是“密西西比精神健康与法律服务项目”所在地。他是社区疗养所的工人。也是一名公开的同性恋者。

“我自己遭遇的偏见让我意识到其他领域也存在偏见。”

他已经五十岁了，一颗牙齿都没有了。牙齿给他找了太多麻烦，所以他把牙都拔了。现在不再有牙齿问题了。

我父亲是南方浸礼会的牧师。我们经常搬家。牧师们总是从一座教堂搬到另一座教堂。我们不得不吃下许多人们施舍的食物。他们给我们的车上装满罐头食品、被子、自己熏的肉。都是这一类东西。

他像地狱之火一样暴躁，喜欢怀疑一切。他从来不满足于现状，却不关心政治。我父亲有他自己的一套偏见。他在种族方面的偏见远比不上宗教方面的偏见。我家欢迎黑人，但不欢迎天主教徒和犹太人。

我父亲曾多次受邀到全是黑人的教堂布道，他都爽快地完成了。尽管这是发生在三十年代的事。我父亲是那种人，他相信如果你想争取某个在啤酒屋喝啤酒的人，你要进去坐下来，和他一起喝啤酒。

十二岁时我已经发现了自己的性取向。作为一个乡下小子，我并不知道同性恋这回事。我只知道男孩子间互相胡搞。我猜这一点乡下孩子和城里孩子是一样的。在农场里我从没听过“酷儿”这样的词。“基佬”这样的词当年也是不用的。小孩们聚到一起过夜，借口要一起做功课。实际上则是互相打飞机、打闹逗弄，还有其他孩子们在谷仓里做的那些事。

之后我搬到了马克姆，成为公开活动的同性恋者。与此同时，我形成了自己的政治观点。我自己遭遇的偏见让我意识到其他领域也存在偏见：年龄歧视、种族歧视，等等。我变成了左派。

1948年，我写信给共产党，开始和一些人保持通讯联系。我希望加入共产党。他们通知我密西西比州还没有基层党支部。我已经开始分发兜售他们党内的报纸了。我告诉我工作的饭馆和马克姆大街上的人们我所做的事情，并没收到什么不好的回应。相比于政治倾向，人们对我的性取向更感兴趣。那时白人至上主义者还没发觉自己受到了威胁。如果是五十年代末、六十年代初发生这样的事，他们的反应可能就完全不同了。

我记得一个黑人小伙子，他在别人的院子里割草。他领钱很困难，如果他走到他们的后廊去，人们就会叫来警察，告他是偷窥狂。我尽全力帮助他。当时密西西比没有美国公民自由协会组织，所以我加入了波士顿的分支。他们告诉我监控庭审经过，我真这么做了。

《企业报》在头版发表了一篇专栏文章，谈到有人把传单和请愿书放到车里、压在挡风玻璃上、塞进门缝。报纸编辑说这个人应该在身上抹上焦油、粘上羽毛去游街。人人知道说的是我。民权运动兴起后，这位编辑变成了自由派。

我为各种各样的事情弄来各种各样的请愿书，找来每个人签名。他们甚至不知道那些内容是关于什么的。我告诉他们这是有意义的事情。他们就会签上自己的名字。

我真没在这些活动中遇到任何阻碍。人们对我的性取向感兴趣。很多来到密西西比州铺设管道的建筑工人放工后总等着我，想和我睡觉。他们离家在外，没有什么顾忌。

我的政治立场只有一次受到了严肃对待。我劝说英文教师把一些书目加入阅读名单，尔后那几位作家陷入麻烦，他们立刻把这些书目删掉了。我因此受到了严厉批评。一些三K党成员跑到我工作的地方，威胁要鞭打我的屁股。那时我在餐厅做招待，公开了同性恋身份，分发共产党材料。我的老板对此倒不怎么在意。

我认为我母亲的角色十分关键。她是人见人爱的那种人物：红皮肤、黄皮肤、黑皮肤和白皮肤的人都喜欢她。她平等地对待每一个人，尽管她完全不懂右派左派这些政治问题。她的许多行动却让我觉得她是一个社会主义者，虽然她不知道这个词是什么意思。她一生都是我的榜样。要是她知道什么是共产主义或社会主义，她会支持的。我的每一次发言，参加的每一次电台或电视台节目她都觉得很棒。她总觉得我应该当一位牧师。

我父亲不大管我的事。他只和我探讨过唯一的一次。他收到一封恐吓信，是关于我的同性恋问题的。他说："这是怎么回事？"我说："就是说我是同性恋。"他说："我很多年前就知道了。"这是我们唯一谈及这件事的一次。

大概1950年，我收到了征兵通知。我来到杰克逊市的征兵中心，告诉他们我是共产党人，还是同性恋者。我把能让我逃脱兵役的一切事情都说给他们听了。他们只是问我，有文件可以证明吗？我告诉他们没有。他们说那就没什么关系。我入伍了。在阿肯色州基础训练营时，我想和谁搞就和谁搞。没遇到什么问题。

那里真有几个白痴，他们希望晋升。他们指控我有天晚上喝醉了酒，在营社值班时跟人调情。第二天早上，广播通知我去炮兵连的长官办公室。他的第一个问题就是："你有女朋友吗？"我说："有啊，怎么了？"他说："有人指控你跟人调情。"我说："有可能，我昨晚喝醉了。"然后他们放我回了连队。

我拒绝接受一般性开除的处理。所以他们把我送上了军事法庭。这可能让我受到不光彩的开除军籍的处理，而且我估计要判入狱十年。开庭两天。我得到了军官和营房里所有士兵的支持。最终他们告我猥亵罪。我请的律师告诉我军事法规里没有针对另一个男性的猥亵罪。所以我没事了。罪名降为普通侵犯。他们判我在军人监狱待三个月。我的长官拒绝执行判决，因而请求休假。我猜这是因为人们都喜欢我。

我在1953年来到杰克逊市。开始在一家高级俱乐部当宴会侍者。有个负责存放衣帽的女侍者，她得了癌症，不让别人照顾她，除了我。我在国民警卫队受过医疗训练。她在卧室里放了一张轻便床，让我住在那儿给她注射镇痛剂。她父母是南方浸礼会教徒，认为我必须离开，不然他们没法向教会解释。我们不得不搬到别的地方去。

我们开始寻找疗养院，只找到一家有相关设备的。那里又阴冷又没有人情味。我们又找到一家有供暖设施的小型疗养院，是新开的。1955年，他们雇我照顾我的朋友，我还成了管理人的助手。甚至当我朋友去世之后，我依然可以留下。晚上我仍旧当宴会侍者，因为在疗养院，很长时间以来我只挣17.5美元。

我的老板很清楚我的性取向。人们一直往她的家里和工作的地方打电话，责骂她容忍我。甚至她的家人都想让她解雇我。可她说这是我的权利，虽然她不赞同我的一些做法。

全国参与这项运动的许多人都知道我。无论他们何时来杰克逊，都可以住到我家。在我住的那条街上，人们把我看成畸形的怪胎。附近的居民曾试图请愿把我逐出社区，但没有成功。他们看到不同种族的人、“垮掉的一代”、留长发的家伙从我家进进出出。早晨，邻居们就聚在垃圾箱旁边围观。要是我的客人把车停在他们的房子门前，这些人就打电话过来威胁要把车拖走。如今他们不太在意了。邻居们有所变化。有些人已经完全不关心谁他妈的从我的房子里进进出出了。

克莱尔·赫尔斯特恩

她是芝加哥“近北成人诊所”的护理部主任。

“如果我们要对别人的生命负责，就应该也要能掌控自己的生活。”

诊所所在的卡布里尼—格林社区是芝加哥最大的公共住宅项目之一。“我刚来时，这里的住户绝大多数是黑人。现在西班牙人越来越多了。”

“我出生在伊利诺伊州加兰纳。那里让我想到罗马，因为城市四周环山。是我祖母为我接生的。她是爱尔兰人，有八个孩子。今年一月，她就满八十岁了。她为教堂做针线活。现在她还能开车。她一个人住在农村，看谁需要食物、谁要去医院，就帮一把。她永远不用担心将来有没有人出席她的葬礼。她丈夫去世时有九百人参加了葬礼。大城市的人会说：我不知道谁会来啊。她是生活在小镇里的人。我相信这就是美国从前的生活方式。我的精力都是源自她的。

“我父母是爱尔兰人和德国人。我名字的意思是‘明亮的星’。我父亲是数学教师，他也做过厨师和幼年童子军领导人。他为人十分严厉。我母亲善良得就像天使。他们都非常爱国，为当美国人感到骄傲。他们有自己的房子，有战时从花园改成的菜园，他们保持房子干净整洁，和邻里间互相帮助。我很高兴自己没有一个软弱的父亲，他说自己要对上帝和我们四个孩子负责。不过他想让我们独立起来。我哥哥被征兵的时候，他想……我说：‘哦，不可以。’他们却说，如果他想去加拿大，全取决于他自己，他有决定权。

“上高中时，我想成为一名护士。所以我去了明尼苏达州罗彻斯特的梅约诊所。在圣玛丽护理学校，有一个我们称之为‘手电筒戈登’的修女，因为她总是拿着手电筒在宿舍间走来走去。我们常有不事先通知的房间检查。修女检查时带着白手套，看看家具最上面有什么东西。我曾经参与了要求放松这类严厉措施的活动。如果我们要对别人的生命负责，就应该也要能掌控自己的生活。”

1968年夏天，我在芝加哥当实习护士。我的精力十分充沛，想去民主党代表大会做志愿服务。我知道天气炎热，人们会到城里来。所以我去了戴利市长办公室，问：“你们想建急救站吗？”他们说不想。

于是我去了麦卡锡那里。麦卡锡那边的人完全没有组织起来。我打电话给医院说：“你们能找人来志愿服务几小时吗？”来了三十五个医生。

那个星期，一些人找到我们，以为自己得了流感或是其他什么病。他们不过是太疲劳罢了。有几个人得了麻疹，还有水痘。还有几个人担心自己的血压。这之后，一个星期三晚上，有人飞奔过来告诉人们要去某个地方。我没料到会出事。我还以为这只是不错的公关手段而已。然后他们去了圆形剧场，果然出了事。于是我们有七到十个房间装满了年轻人。此外，还有一些被打伤的警察、记者。整座房子无比混乱。

有些伤员必须转移到县医院做X光等检查。人人都害怕和那些人同去。我去了。真是够受的。我陪三十五个病人一起过去，其中有扒手，也有抢劫犯。一些人经允许能和他们的律师说话，一些人不被准许打电话。那一晚真是不得安生。

两边的情况我都看到了。眼前所见让我有种感觉，只要你留长头发，就不对。我见到了嬉皮士，他们不关心别人，只要你穿着制服，你就不对。我受不了这样给人分类，不是全对就是全错。因为我在高风险领域工作，觉得说警察全是蠢货是不公平的。

我的一位女友在代表大会两星期后和副市长结婚了。我参加了他们的婚礼。我不想谈任何政治话题，所以就和戴利市长谈守灵和葬礼方面的事情。我告诉他我是这对夫妇的介绍人。他看上去气色不大好，脸是深紫色的。我摸了摸他的脸颊，说："你今晚感觉怎么样？"他说："我感觉很好。"我说："可你看上去不太好。我觉得你得好好保重身体。"我还坐在警察局长旁边。不能狠揍他们一顿真太让人难受了。我觉得他们得增加点悟性。

我对大人物不感兴趣。最近真正让我印象深刻的人是住在卡布里尼—格林地区一座低矮房子里的老太太。有人闯进她家，拿刀指着她，她都六十多岁了。那个人想袭击她、强奸她、抢她的东西。她从二楼的窗户跳下来，双腿都骨折了，来我的诊所就诊。她起诉了凶手，到法庭上作证。他们住在同一个社区。这个老太太很有胆量。这种人让我刮目相看。

有几个看上去有点油滑粗鲁的青年目击了一场可怕的犯罪。有个家伙被车撞到了，还让车从身上碾了好几次。我和律师谈过，他说这些人根本不可能出庭作证。可他们来作证了。还有那些匿名捐款的人、花时间做义工的人，都让我刮目相看。

有个我交往过的男人说我把生活弄得过于有声有色了。他是那种热衷政治、善于公关的人。他特别适合出演广告。我的意思是，他坐下前要把灰尘都掸掉。他会把所有的亚麻制品和白地毯摆出来。你永远也没法知道是不是能相信他，因为他从不表露自己的真正想法。他只摆出一副圆滑的样子。就是这样。这种人和别人一起时非常不自在。他们在经济上取得了成功。可我不知道他们是否能与自我和睦相处。我觉得他们即使照着镜子，也不知道自己是谁。

有一次我和他一起去加里市市长哈彻的家里。我想为我们的诊所募款。现场有许多公司的高层人士。他觉得很不舒服，说："克莱尔，你有点太活跃了。"

我觉得自己不缺乏机敏。如果你每天跟心情沮丧的低收入人群一起工作，或跟加入了黑社会的青少年一起工作，就必须灵活一点。你不能傻乎乎的。否则一出门就可能被打翻在地。我觉得贫民窟里来的人比较敏感，他们知道你是真的喜欢他们还是抱有敌意。我现在可能比过去更小心了，因为我丢过几次钱包。

我来到卡布里尼—格林，因为我想做一份不同寻常的工作。我往各个诊所打电话。没有白打。我募集资金，教学生，搞公共关系，写契据策划书。我成了调查民意的人。有个人忧心忡忡，因为有人说她女儿智力迟钝。我调查了这件事。测试时有些分数漏算了。为了把这件事弄清楚，我打了几个电话。对护士而言，在一份工作里完成这么多事可谓艰难。你要么在班上服务，要么外出探视，要么管理别人。我的工作从来不无聊。很多人讨厌自己的工作。我热爱我的工作。

我不觉得自己是个做善事的人，这是我的工作，我的责任。我一直是这么看的。我猜这种想法源自我祖母。

我收到很多电话的原因在于，我告诉人们："有问题就给我打电话。"他们都叫我克莱尔。人们都直呼我的名字，让我感觉特别好。有很多秘书和店员对顾客而言都是无名无姓的人。有人过来问："你能帮我一下吗？"这是一种快乐。

他们说没人带孩子出去玩。于是我召集了十来个人把孩子带出去玩。他们都来到我的住处。我过去常在晚上跑到聚居区问那些父母——他们家里没有装电话，孩子们能在我那里过夜吗？低收入家庭一般都会愿意，因为他们孩子多。而且他们信任我。

我们最大的问题是失业。这里的失业率达到了40%。靠救济金生活的人们失去了自尊。我见过这种事发生。我认为那些靠公共救济生活的人只要身体没问题，都该出去干活。有纪律是很重要的，人们要按时起床、去单位报到、自尊自重。人们并不是真的希望接受施舍。靠救济金生活并不是好事。

有一次我走路经过克拉克大街的干洗店时，遇到了一个小个子女人，她身高不足一百五十厘米，穿着一双紫色拖鞋，一条腿的膝盖弯曲得能碰到她的另一条腿。我开始和她交谈。她叫埃莉，已经在迪克逊州立医院住了三十年。她的头发是金色的，手指很细小。我的约会对象把我们三个人弄去一起吃饭了（笑），之后我们去州立精神病医院探望她的朋友。

我和她成了朋友，她又介绍我认识了丹尼尔，他是盲人，反应迟钝，讲话有困难。后来我又认识了另一个女人，她叫玛丽，体重一百八十多公斤。我们四个人常在一起，我会帮他们做一些事。

玛丽住在一套地下室公寓里，一共有十二个人住在那儿，租金是一百五十美元。后来她做了一个分流术手术，体重降到了六十八公斤。我帮她找了份工作。她体重一百八十多公斤的时候，只有一条裤子可以穿。现在她仍旧常常打电话给我。我也帮埃莉找了份做电话销售的工作。她生平第一次能住到自己的公寓里了。你能想象吗？她已经在医院里住了三十年。丹尼尔学会了滑雪。他是盲人，智商只有67。他还学会了做饭。他们就像小孩子一样，他们喜欢有事可做。这是种挑战。而且我们在一起时十分开心。

你能想象吗？我们几个人坐在餐馆里就像一个马戏团。他们并非不引人注目，也并非奇形怪状。他们看上去不同寻常，他们自己也知道。他们三个人知道自己有观众，挺享受这种感觉的。我们上了一辆公交车，他们就开始唱歌。车上有个乘客说，唱得好，值得花两美元买门票了。

我也许比同龄人有更丰富的经历，但我可能也面临更多危险。我今天遇到一个做过乳房切除手术的女人，她的眼圈被打黑了，她有十个孩子，可她至少还能来找我。也许我能帮助她。

我想，如果要美国变得更好，普通人也要能成为人们崇拜的偶像。当电影明星或政客不该是人们唯一的追求。要是他们没能当上，就会觉得自己一文不值。

我记得有一次在一辆很拥挤的公交车上，有个家伙坐在后面，体重近一百一十四公斤，上衣只扣了一半纽扣。他留着胡子，头发很长，看上去快四十岁了。他好像朝我挥了挥手叫我过去，于是我过去坐到他旁边。我是很爽快开朗的人。看到一些青少年时我会说："嗨！你们好吗？"我会跟他们闲聊。你主动一点，他们就不会对你有所防范了。而且他们会知道你不是缠住别人要捐款的那种人。人们透过窗帘叫我："克莱尔，克莱尔。"我不记得他们是谁，因为我和太多人说过话了。我们有超过七千名病人。不管怎样，我开始和这家伙交谈起来。"你好吗？"他说糟透了。他以前开卡车，现在领失业救济。我说："你在旅馆干过活吗？去万豪酒店吧，那儿有三千个工作机会。""首先，"我说，"你最好穿上西装，刮刮胡子，理理发。如果你已经有工作了，你也许可以不刮胡子就去上班，可你要是正在找工作，就必须全身心投入。"我还告诉他其他几个可以试一试的地方。他点了一根烟，在这辆很挤的公交车上。一开始，我说："你交得起几百美元的罚款吗？你刚告诉我你失业了。"我说："请把烟掐了。"他不同意。我心想，他脸皮真厚。我刚刚在帮助他，他却拿全车人的生命开玩笑。我说："你会后悔的。"我笑了笑，喊道："救命！救命！"车上的人都开始笑。因为他们之前听到了我们的对话。我说话声音不太大，但也不是耳语。你看，在这辆拥挤的公交车上，我和我身旁的人说话，我们前边和左边的人肯定也能听到，除非我用电话或步话机说话。所以他们笑了。于是他掐灭了烟。

我觉得人们有权坚持自我，坚持自己的感觉。如果你要停车，旁边有人按喇叭，你有权坚持，不会按喇叭，也不大声嚷嚷。这些都让人精神紧张。靠幽默可以化解很多事情。

只有个性强大的小伙子才敢跟我约会。如果他们有偏见，就不会喜欢我工作的地方。也许他遭过抢劫，这是一种危险因素，或者在美国某个地方，人们可能为一个工作机会大打出手。我听说在得克萨斯，西班牙人和黑人经常打架斗殴，因为那里工作机会太少了。我会逐步改变他的态度。我不许别人说那些惹人讨厌的话。我不喜欢庸俗。我不喜欢种族诋毁这一类的事。我期待别人尊重我。他要尊重我工作的地方，不然就靠边站。总之，我只愿意跟美好的人接触。

一些人真是有头脑。我有一个病人，去世时九十六岁。他很聪明。我对他很着迷。他曾经组建过大学俱乐部。他是一位高等白人，为人却相当谦逊。他会修理自己一切东西，电器、盘子、鞋子，等等。他完全靠自己生活。我想，一个人在心目中有些英雄人物是件好事。

我十七岁起就独立生活了。我父母总是为我担心。他们为我祈祷。假期时我们回到家，每个人都围在桌子旁祈祷。这是种玩笑。我先开始。有人祈祷自己能有约会对象，还有他们想要的各种东西。这是个很感性的时刻。我父亲祈祷我能离开诊所。他是开玩笑的样子，不过其中也有一种认真。他知道我不会这么做的。

我经常收到朋友们的邀请，因为他们想听听所有那些异乎寻常的故事。一个姑娘有一次很幽默地对我说："克莱尔，你一天的生活顶得上我的十年。"最贫穷的人、最富有的人、最有权势的人，还有学生，我全接触过。我遇到过激进分子、保守人士和官僚。不幸的是，他们彼此不会交流。如今到处在战斗。武器大量出售，人们谈论的是中子弹，很难说我们不担心。不过我对这个国家没有任何怀疑。我认为情况还可以改善。假如我认为这不可能，我应该搬到别处去。

让我们收拾残局，继续前进吧。

孤　独

乔治·莫利

六月的一个雨天。芝加哥西北部一座两层家庭住宅。这是一个蓝领社区。“叫它中产工薪阶层吧。”他说。

“我们花了太多时间吸收大量的知识，剩下可供理解这些知识的时间却越来越少、越来越少，明白了吗？时间就这样流逝了。”

我第一次遇到他时他还不住在这里，那是十二年前。“我是从住了十八年的老地方搬到这里来的。房子翻修后大批新人搬进来了。那些人都很精明，是年轻的专业人士。不过要说知识分子，他们还算不上。（笑）他们是假知识分子，是的。

“我们决定搬出去。我们不能再在那儿开心地住下去了。我们说的不是同一种语言。实际上，我们连交换的脸色也不一样。（笑）但我还没找到自己在寻找的东西。”

我感到孤独。我害怕。看着人们，我看不到什么希望。我过去觉得这个世界是个美好的地方。我以为最终人类能凌驾于万物。使我感到幻灭的是人类无比巨大的自私。人们是那么不愿意妥协。人们拒绝给予，你懂吗？我看不到一个明亮的美国梦。这是个没有光彩的梦。

我常听听新闻媒体在说些什么。除了我们自己的家庭和窄小的朋友圈子，我们还有什么渠道接触外界的信息呢？他们试图传输给人们成套的观念，可还是只把你放到篱笆上悬着。你懂我的意思吗？我不接受听到的东西。我凡事都靠自己解决。然后我停下来思考：我能相信自己吗？我的智力有限。我们花了太多时间吸收大量的知识，剩下可供理解这些知识的时间却越来越少、越来越少，明白了吗？时间就这样流逝了。

很长一段时间以来，人们感到失望。人们几乎把失望当成了人生本来的一部分。他们不再期待其他东西。我不认为他们能想象得出，世界本该按照什么样子运转。

我不和邻居讨论这个问题，因为我的邻居们什么也不想听。他们不愿理睬我。足球，他们愿意和我谈谈，赛马，他们也愿意聊。还有他们的工作。不过别试着让他们忘记自己。不然你会碰钉子的。

六十年代，我和儿子们常常聊天。那时候他们常和我有异议。我觉得他们是想把我所知道的世界弄个底朝天。现在，真够奇怪的，我看到他们说的很多事都变成了现实。我活到了看见这些事发生。可如今，我的儿子们却采取了截然不同的立场。他们愿意花一切代价来维护法律和秩序。要是没有别的办法，他们宁愿自己被别人打倒。

我想这是因为他们已经是成年人了。在我们这个社会里，如果你是成年人，你就得坚决维护自己的权利。他们如今拥有了自己的财产，都成了家，过得挺好。有一次，儿子们说我偏执、思想偏狭。我说："十五年后，你们会完全变个样。"我说对了。可我自己却成了变化最巨大的人。

十二年前，我不能理解很多今天我已经看明白的事。我对自己感到惊讶。我觉得我现在能和黑人住在一起。是的，我仍旧担心暴力问题。可是我能肯定黑人也有同样的忧虑，甚至比我还担心。所以我们是有一些共同之处的，对不对？

我已经学到，一个人最好不要太过依附于什么东西。你懂我的意思吗？你不能太依赖什么东西到不能放手。我的儿子们到了他们积累财富的阶段。他们头脑里首要的想法就是保护财产。他们必须发现并提防威胁他们财产安全的人。对吗？上帝会帮助捷足先登的人。

我父亲出生在奥地利。到这个国家来是当时每个人的梦想。就算你不是为了提高生活水准，至少你也得吃饭。他是个钢铁工人，是我所知道的最聪明的人。他不会读书写字，需要签名的时候就拿笔打一个叉。可他讲话的时候，吐出的每一句话都有独到的见解。

我父亲讲话时，的确是他本人在讲话，而不是亚里士多德、柏拉图、苏格拉底或其他什么人。那是我父亲，我知道那就是他，你能理解吗？那种感觉很棒。这是我试图教给儿子们的东西。我对他们说："我发觉你们说的大多数东西都是其他聪明人说过的。我想找到这次谈话中你自己的观点。我找不到你的观点。你去哪里了？"

我年轻时做任何事都会想着美元和美分。要是我做了，能赚多少？要是我去受教育，我能得到多少钱？一切都用金钱来衡量。我从来不以知识的名义、以真理的名义来看待知识。我并不是责怪我的父母，因为我不觉得他们自己想明白了这个问题。

过去这些年来，我最满意的时刻是我独处时。我喜欢清晨四点起床，坐在这张椅子上思考。哦，我思考的范围包括过去发生的事情、宗教、科学、将来会发生的事情——哦，就是想一切是怎么回事。只有理解了，知识才具有真正的价值。这很了不起，让人兴奋。

我不是世界上最聪明的人，我也没受过最好的教育。我上学上到五年级就退学了。可我也不是最愚笨的人。也许我只拥有那些饱学之士头脑的一部分，但我强迫自己好好利用那一部分。有时候我发现，我动的脑子比那些饱学之士还要多。

我们必须重新定义教育。我们谈论的是读书、写字和算术吗？

我们应该学点什么，让一个人有能力走出去依靠自己生活？教育是什么？什么时候我真的能说自己知道一些事情？我们知道的所有那些该死的东西，多少年需要重新学习一次？

一般人把积累财物的能力等同于至上的地位和智力。要是我比你拥有的东西多，我就比你更好。就像是附近那个游手好闲的醉鬼，他这辈子从没干过一天活。他在街上走着，踢到一个袋子，里面装着一百万。他成了一个古怪的百万富翁，而不再是个流浪汉或者醉鬼了。你明白我的意思了吗？他有了权力。可他变了吗？有所改变的是，别人把他看成一个有地位的人了。金钱是万能的。

我希望自己生活在一个不知道金钱有何用处的世界里。我希望我生活的世界不以肤色衡量一个人的价值。我希望我可以活到有一天，政府出台法案，让人们每月一次参加公共集会，让他们上课，强迫他们思考，锻炼他们的头脑，让他们习惯于思考，并发现其中美妙的滋味。

我的儿子们说我太柔弱，不适合再生活在这个世界上了。我对他们说："感谢上帝。"

社区新况

玛丽・卢・沃尔夫

她是有九个孩子的家庭主妇，也是社会活动的积极组织者。

“我不喜欢‘梦’这个词。一个人本身就有太多的可能性可以实现。”

“我是在芝加哥西区出生长大的。我父亲是个精细木工。他的父母是世纪之交时从西西里岛来到美国的。他很小的时候，一家人搬到了伊利诺伊州，这里有男人们干的活。他们在西边修铁路，孩子们和妇女们留在这里耕种小片的土地。我家只有哥哥和我两个孩子。我们从没讨论过什么事情。”

这一年，她四十五岁。

我们在学校里学习历史课程。我总有点不自在。我小的时候去芝加哥历史协会时，常有种局促不安的感觉。我觉得那是为高层人士准备的。我感觉自己是外来的。我看到亚伯拉罕·林肯穿过的衣服，或是其他什么展品。可我一直记得那种坐立不安。“民主”“政府”只让我想起学校，还有给我们上课的修女。好像她们说的这些东西都已经陈腐不堪，和芝加哥大街上发生的事情没有一丁点关系。不过我也知道，我的生活正发生着变化。

我读了很多书。但都是南茜·朱尔系列[①]之类的书。里面只关心一种事，我想，那就是要结婚，当一群小孩的妈妈。我第一次对

① 美国作家卡罗琳·基恩创作的少儿侦探系列小说，第一本于1930年出版。

我也许能做的事产生模糊的概念是高中时，在圣玛丽学校。我加入了一个叫青年基督教学生的团体。我们阅读教会社会通谕一类的材料。我开始对劳工问题的社会政策等有所认识。我之前从来没听过这类事，尽管我的父亲就是工人。

我开始遇到从前我从没接触过的那类人。有些是从欧洲来的，有些参加过工人运动，他们偶然来到这里。还有一些是学生。我喜欢到那边和他们交谈。他们对我的态度似乎很认真，好像我真的了解他们所说的内容一样。我常常不能理解，他们却假设我理解。我喜欢这种感觉。

我去芝加哥一所天主教女子学校读了一年书。那并不是中上阶层的学校，我却以为它是。我到那儿的第一个星期，他们为新生举行了欢迎茶会。他们告诉我们应该穿什么样的衣服。你应该穿高跟鞋，戴一副白手套。这真让我为难，因为我没有白手套。我完全不知所措。所以一年后，我决定退学。

我那时有些浪漫的想法。我不知道我过去为什么会认为当一个工人、在工厂上班是世界上最好的事情。现在我觉得那想法真是疯了。我希望自己当初留在那所学校。

我做过很多毫无前途的工作。我糊过纸盒，焊过收音机配件，当过餐馆招待，这些我都做不好。忽然间我意识到这一切是多么无聊。我很困惑。这就是我对工人生活的浪漫幻想，可实际上我并不喜欢。有一次我去糖果公司应聘，他们了解了我的背景，知道我只受过一点教育，最终没有聘用我。他们说：“我们觉得你可以组织工会。”可我跟那一点关系也没有啊。（笑）

在这些疯狂的工作之后，我去了青年基督教学生团体的总部工作。我编辑了一份劳动妇女杂志。我的工资很低。最后我抛开一切结了婚。那时我二十岁。有了几个孩子后，我重读了那些杂志，想到过去那些人，感到十分怀念。我对付这种蒙蒙眬眬的对现实不满的方式就是，我对自己说："那都是小儿科的玩意儿。现在你有责任了。把那些梦想放在一边吧。都结束了。那些人又古怪又不切实际。"

我有九个孩子，他们占据了我的所有时间。偶尔有人想起我，说："你能过来做个演讲吗？"我总是回答："不行啊，我是个母亲，我太忙了。"有时候，我花几个小时坐在摇椅里抱着婴儿，看着他，心想：这究竟是怎么一回事儿啊。

我的朋友们都很好。我们聚在一起，交流咖啡蛋糕的做法。我们还会讨论想做的窗帘的样式。我很享受这些。但我回到家会感到一种蒙蒙眬眬的不满足。我花很长时间读书，尽管没有严格的计划。我随便拿起一本书就读，有时候是古典作品，可我发现自己希望周围有人可以和我讨论那本书。但是周围没有这样的人。

我丈夫努力想搞清楚我说的话是什么意思。他常常把双手一摊，说："玛丽，我不明白你在说什么，你想说什么？你想出去买条新裙子吗？"

我最小的孩子大概三岁时，那是六十年代，教会开始产生激烈的演变。我们是活跃的天主教徒。越南战争开始了。人们开始讨论良心的问题，还有战争问题。那时爱德华有十七八岁了，我开始不安起来。这和政治没什么关系。我只是不想让儿子去打仗。

我甚至连越南在哪儿都不知道。也就是在那时，大一点的孩子开始说："我不想去教堂了。"我没办法心安理得地对他们说："你必须去，因为我们就该这么做。"我有时候端着一杯咖啡，想着孩子们说的有道理的观点。那时各种状况全凑到一起了。我已经能把最小的一个婴儿交给大一点的孩子照看。一位年轻牧师来到了我们的牧区。我对他说："教会工作的很多内容是关于教育孩子的。我们大人都对目前的许多问题、动乱和改变搞不清。你为什么不举办一个让大家都能坐下来讨论讨论的活动呢？我对成人教育很感兴趣。"

几个星期后，啊，你瞧，我不知道他从哪儿找来了这些人。他们在附近住了许多年，可我不认识他们中的任何一个。我们聚集在教区长住所的地下室。让我很惊讶的是，人们都在说："是的，我们觉得很孤立。我们找不到能讨论这些问题的人。我们当然很愿意谈谈这些改变。"

我们决定建立一个组织。那年很多榆树死掉了，还有儿童犯罪、交通拥堵等各种问题。如果我们能把那些死去的榆树砍掉，会是个不错的开端。这是一看便知的事。

有人说："我们和市政委员谈谈吧。"其他人都立刻表示反对："我们为什么去找他？他本来应该做这事，却袖手旁观。我们要直接去相关部门说说。"有个叫多洛雷斯·克鲁兹的女人，把我们社区的每条街走了一遍，列出名单记下每棵死掉的树。我们这伙人把这单子给了负责街道、卫生和林业的领导。他收下了单子，放在一边，什么也没做。这对我们是个教训。

多洛雷斯想出了一个好主意。她给这个地区每棵死树挂上一个牌子，写着：这棵树死了，应该砍掉。这是拿那些官员取笑，因为他们总把人家门前的树砍了，该砍的却不砍。我们一共挂了二百二十五个牌子。不出几天，那些树都被砍了。我们学到了第一个经验：要引起注意、取笑官员、越过市政委员这一层。

还有颇有戏剧性的一件事：修建肯尼迪高速公路的时候，有一条街被划入了快车道。居民区内的这条小街变得危险起来。我们花了好几年呼吁加装交通信号灯，但没有结果。发生了一次摩托车事故，两个孩子死了。我们挨家挨户拜访，得到的回应非常强烈。有三四百人来参加了我们的第一次会议。我们开始建设我们的组织。

我又一次感到：好，我尽到了自己的责任。现在我要回归自己的家庭了。我回到家，又开始烤曲奇饼了。

之后又有一伙妇女说："我们为什么不弄一个名著讨论班呢？"我们都笑了。这附近没人会对这个感兴趣的。这个社区没有那种人。可不出几个星期，名著讨论班建起来了，来参加的都是地道的工人阶级。《独立宣言》是我们最早阅读的篇目之一。我们花了三个小时讨论第一句话的前半句。这是我作为一个成年人，第一次和另一个成年人讨论《独立宣言》对我而言的意义。那些真正有才学的人和我们考虑的是同样的问题啊。

我常常拿起报纸阅读"反污染运动"的消息。杜比神父是领导这个运动的一位年轻牧师。他们打破了一些规定。他们与联邦爱迪生公司展开对抗，最终取胜，制定了一项反污染法令。他们又参与了其他问题的解决，并把名称改成了"公民行动项目"。

我们的社区正处在跨城区高速公路要修建的地方。人们过来问高速公路到底要修在哪里，这样我们就知道究竟要动哪条街了。我们该反对它通过这条街，还是反对它通过那条街？最后有人说："我们为什么要同意修这条高速公路呢？"人们瞬间沉默起来。你看看我，我看看你。说得对啊。我们根本不想要这条高速公路！另一个人说："那太傻了，我们没办法阻止他们，这件事多年前就已经计划好了。"我们其余人说："不行。我们就是不能让这条路修成！"

一个星期天的下午，一件前所未有的事情发生了。我们都去了市政委员办公室。杜比神父是我们的发言人。市政委员普辛斯基说，办公室里容不下这么多人，所以他可以出来。普辛斯基说："我要站在这辆车的车顶上讲话。"他把麦克风从杜比神父手里抢过来，爬上了汽车。杜比神父把麦克风从他手里夺过来，说："这是我们的麦克风，我们正在用呢。"我惊呆了，简直不敢相信。一个牧师竟然从市政委员手里夺过麦克风！

我们之前从没见过这样的事。冲突平息后，人群还逗留在那里。普辛斯基又站出来了。莱恩说："你确定你没持有任何股票吗？"普辛斯基气疯了，说："如果你不是牧师，我肯定要一拳打到你鼻子上。"杜比牧师解开领口说："来打啊，你试试看。"

和我一起去那里的人说："啊，要打架了。"他们就这样走掉了。我却认为这样很好。这恰好与我对空话连篇忍无可忍的心情不谋而合。我开始意识到自己喜欢直接的行动。不只因为这更刺激，更因为我意识到空话太多根本不能成事。在这个紧要关头，你必须有所行动。

行动，这个词变成了我的关键词。"反污染运动"的成员打来电话说："我们明天早上要在市政厅开展行动。"到时会和官员产生冲突。我们要求看跨城区高速公路的修建计划。官员们拒绝给我们看。事情一开始就是一目了然的。他们会说："这不关你们的事。你们也看不懂。"或者："我们还没准备好，还在研究。"我们听过这种话很多次了。他们已经研究了好几年。

忽然间，这里出现了一些我敬佩的人，他们说："你们不必总是客客气气的。"这真让人惊讶。从小我们就学习要彬彬有礼。要是你想得到什么，必须有礼貌才行。根据这个规章，假如有官员说"坐下等着"，你就会坐下来等。

这些人说，你可以站起来，提出自己的要求。一开始，我觉得很困扰。这意味着什么？算不算侮辱别人呢？然后我意识到，不，我并没有看到有谁在侮辱别人。我只看到人们在大胆行动。他们没做错任何事。他们只不过是不肯遵守别人强加的规章。

我开始意识到，一些人制定了规章，目的并不在于维持秩序，而是为了把你圈住。打破这些规章也许就是你的责任。我喜欢这样做，十分享受这个过程。

有一次，我们在县长会议期间去看乔治·邓恩[1]。委员们坐在下面的会场里，我们就像古罗马圆形剧场的观众，坐在那里眼巴巴地看着。委员们坐在漂亮的红色天鹅绒椅子上。我们早到了一点。上个星期我们已经去过那里了，乔治·邓恩警告我们说，如果我们干扰了会议，他就把我们赶出去。所以我们提前到了。

大家都站在走廊里。我们说："咱们别站在这儿了，到下面去吧。"可我们怎么下去呢？没有门，但观众区和演员区是由木质栏杆分开的。很简单，翻过去就行了。每个人都翻了过去，来到了主要区域。我们说："咱们已经过来了，就坐坐那些椅子吧。看看那些椅子，乖乖，真不赖，是不是？"秘书们吓坏了。他们说："你们不能坐在这儿，快离开。"我们说："凭什么？我们是纳税人。"我们都坐在那些椅子上。邓恩先生过来了，他也吓坏了，说："你们这些人最好赶快走。"我们说："不，我们是来找你的。"他拒绝了，回到了办公室。于是我们就坐在那些椅子上开我们的会。这不算什么大事，可这样的冒犯，对于我们所有人都是第一次。

有一次，我们想见见银行的领导。我们去了一大群人。门卫

---

① 原注：库克县委会主席。

说："别踏进铺着地毯的区域，那是公司办公区，你们的人不能进去。"我想，踩不踩地毯本来没什么要紧的，可这时我们必须要说："你开玩笑吗？我们当然可以踩上去。看啊，看着我们的脚，我们就要踩上地毯了。你打算怎么办？"（笑）很多人认为我们在挑事。但并不是这样。你常常要坐下来考察那些规章究竟是怎么一回事——有些是好的，可有些只是为了把你圈住。

我一向是安静、有礼的人。要是我非得站在人前讲话，我会脸红，会觉得尴尬。不过"反污染运动"的成员却看到了我这个人的另一个侧面。他们用我不曾对自己用过的方式来对待我。他们期望我做的事我从没想过自己能做到。也许我这个人并不符合我曾经对自己的看法吧。

人们说我是个组织者。我从前不知道一个组织者究竟会做些什么，还以为他们是很神秘的人。后来我发现他们并不神秘。他们仅仅是在工作而已。他们给我一些严肃的书看，内容关乎主导美国社会的大企业、高速公路等等。通常我会想：让我丈夫去读吧。家庭主妇可没有时间读这些。可他们说："读读吧，然后告诉我们你的看法。"我觉得他们在讨好我，我只好应付一下这种讨好。可过了一段时间，我开始意识到，他们真的相信我有足够的才智搞清那些严肃的话题。我渐渐学到了一些政治方面的知识，我个人也产生了一些深刻的变化。

他们准备在麦考米克广场举行集会，到时将有五六百人参加。我们需要一个主题报告人，这个人要能把观众的情绪带动起来。杜比神父说："我提议让玛丽·卢来讲。"我完全惊呆了。如果在过去，我肯定会说："哦，不，我不行。"但是如今我想：要是他们觉得我行，就算我有点胆怯，也要试试看。于是我回到家，自己动笔写发言稿。那一天到来了。瞧啊，我知道那是一次不错的演讲，因为我看到了听众的反应。

在演讲的结尾，我说——调子有点感性——“每次我们像现在这样聚在一起，决心斗争到底，如果杰斐逊和像他那样的人就在附近看着，一定会感到激动，说：这就是我们心里想做的事。”

从那时起，我开始相信，尽管艰难，但民主是有可能实现的。这是一种试验，有风险，也有机会成功。但是你不能说：“好了，我们已经实现民主了。”这是一个持续的过程，需要每一代人的不懈坚持。所有这些我都在写发言稿的时候想到了。此后我读了更多书，也思考得更多了。我知道这是正确的。我第一次意识到一切究竟是怎么回事。

一个选举日，我们的工作人员走遍了整个选区之后，一个带着浓重德国口音的老人说：“这是我第一次投票。”我想他可能是新来的移民。可他说：“不，你不知道，我投票很多年了，不过这是我第一次真正的投票。我了解了我为什么要这样投票。这是我第一次搞清民主究竟是什么意思。”

我不喜欢“梦”这个词。我甚至不想明确地把它和美国联系起来。我搞清楚的是，人类的潜能很大。一个人本身就有太多的可能性可以实现。在社会和政治上，人们也有太多的可能性可以实现。

特定的条件必须凑到一起。你怎么让它们凑到一起呢？值得兴奋的地方就在于此。如果你能加入其中的一部分，就会觉悟，充满活力。这就是我的梦想。如果非得这么说的话。这不是一个梦想，而是一种可能性。是人们每天看得见摸得着的东西。

南希·杰斐逊

她是中西部社区委员会的主任，这是芝加哥西区的一个草根组织，由五百个街区俱乐部组成。

“在南方乡下，我们一有问题就敲钟，吃饭也要敲钟，总要去拉那条绳子。也许直到你的手快磨破皮的时候，才能听到一点轻微的叮当声。我也是这样看待社区工作的。我父亲说：‘如果你是世界上唯一一个、最后一个做这件事的人，你就必须要去做。’我们会继续拉那条绳子。我相信钟声会响起来的。”

“我们的目标是把人们组织起来，发表看法，决定自己社区内的事。我不觉得工作累，我每天大约要工作三十个小时。”（笑）

我是农民的女儿。我们住在田纳西州山区的帕里斯，我是家里十三个孩子之一。我父亲现在还住在田纳西，他不会读写，却给了我们太多有益的东西。他希望我们每个孩子都学会读书写字。我父亲没受过正规教育，可他是我见过最有教养的人。

我对芝加哥西区的人们说：“教育孩子这件事全取决于你自己。”多数家长觉得：我帮不了自己的孩子，我才上到四年级啊。我们组建了一个知识小组，我把自己的经历讲给他们听。我父亲签名时只会打一个叉，可他教过我怎么读书。我记得我们十三个孩子都坐在壁炉前，油灯里有时有油，有时没有。没油的时候，父亲把火生得旺旺的，用火光给我们照明。我们每天晚上都要读书。

我十一岁时才知道父亲不会读写。我们朗读时把某个词读得磕磕绊绊，父亲会说：“再读一遍。你把那个词读得磕磕绊绊的。”我们还以为他知道那个词是什么呢。他只是觉得那个词听着不大对。他会对我们说：“把那个词拆开读，就像锄棉花地似的。你们知道怎么把杂草从棉花地里除掉吗？读的时候把那个词拆开，再连起

来。”真是个教读音的好方法。（笑）

现在，每当提到这些事，我和哥哥们都会大笑起来，我会说：“拆开读，拆开读，然后再连起来。”结果，我们这些孩子都很擅长朗诵。

我们是收益分成的佃农。我们总是欠债，父亲对儿子们说：“现在你们去田里干活吧，除了你和驴之外，那儿没有别的人，没有人能看见你，但有些事你不能做，因为这关乎你这个人。你不能自己把自己贬损了。”

我母亲能够读写，她还会写一点诗。她为社区里的每个人写诗。她把写的东西叫作“闲篇”。她把我们每个人的未来都筹划好了。我要去教书，把人们组织起来。她不知道社会工作之类的是什么意思。“塞西尔以后要当个黑人总统。”（笑）她把我们每个人的未来都计划好了。

我们的东家，和我们住在一起的白人，不想让我们去上学。他希望我们下地干活。我们必须早起，在上学之前去摘棉花，下午放学以后也得摘棉花。

我永远忘不了有一天，我们的东家骑马来到我家后门口。他对我母亲说：“我要那姑娘，你们家最大的姑娘，今天下地干活，今天我们要把棉花弄完。”我母亲说：“不行，她得去上学。”我一天课也没落下过。他说：“你们打算让她将来怎样啊？”记得我母亲叉着腰说：“她以后可能去当妓女，但也是个有教养的妓女。”（笑）

我想就是这样。我们必须在自己身上投资。如果社区将要改变，邻里间将要改变，社会将要改变，世界将要改变，都要靠个人的作为，而不是靠官僚、埃里克森石油公司之类的东西。全靠个人做决定：我不会贬损自己，也不会让你来贬损我。（笑）

大约在1959年，我带着年幼的孩子住在一座经济住宅里，为肮脏的街道和堆满了旧汽车的空地忧心不已。我是从南方来的，我认为自己无能为力。这是在城市，这座城市作出什么决定都与我无关。我想人们早已对这些事情司空见惯了。在南方，我们非常、非常贫穷，可周围的景色十分美丽，到处是绿草和鲜花。

有一天，一个家伙把一辆报废汽车拖到那片空地来了。我有一张小纸片，上面写着我是社区负责人。我径直走向那人，说："谁授权你把车放在这儿的？"那家伙说："我替一个公司开车，老板一会儿就到。"我说："你最好让他过来。因为我想让你把车开走。"几分钟后，老板开着他的高档车来了。他是个白人。我朝他走过去说："我没有授权你把车停在这儿，我希望你把车弄走。"你知道吗，他真把车弄走了。

如果我们花些时间教育人们，他们就会有行为准则。没有人想当愚昧的人。如果一个人有行为准则，他就会懂得：这是你的街道，这是你的房子，不管你是租户还是房主，这里都是你的社区。我们怎样让人们与他们住的地方产生亲密关系？出于某种原因，我们失去了曾被教导过的做人之道，也就是那种人情味。想要一个人一个人地、一个街区一个街区地、一个城区一个城区地教育那些人是很不容易的，但我对此有信心。

今天早上，有个年轻人来找我。所以我刚才来得有点晚了。他曾经从我们这里拿走了一笔钱，本来以为再也见不到他了。我放话出去："注意提防，他是个坏蛋。"可就在今天，毫无征兆地，他走进了我的办公室。他说："我想和你谈谈。"大家都知道他是我们需要提防的人。他说："我愿意每月还五十美元，逐渐还清我欠的钱。我找到工作了。这之前我一直不愿见你，直到找到了这份工作。"

他醒悟过来了，我感到无比欣慰。我的努力没有付之东流。我给他讲了些道理。悔悟是需要勇气的。你很有勇气，你的内心发生了变化。他笑了。我不知道是什么促使他改过自新的。是社区精神吗？

在南方，是乡村牧师把人们团结起来的。你会和牧师谈谈，寻求帮助。教育方面则靠教师。他们都住在社区里，是社区的一部分。在这里，是街区主任让社区团结起来的。

你还记得多年前芝加哥有个跑来跑去卖玻利希彩票[①]的人吗？他早上三四点钟就在街上转了，带着一卡车准备付给中奖人的钱。（笑）他从没遭过抢劫，尽管他做的是违法生意。大个子吉姆·马丁是老爹式的人物，谁有问题都会去找他：不管是谁短缺食物，谁的房子遭火灾了，或是有什么家具的问题。他总是在街角待着，而且他总有时间。他把商品和服务带给每一个人。他在社区内很知名。他是社区不可或缺的一部分。

我们管辖着十个街区。我们把这里看作是一个小城镇。每个街区都有一个主任。另外，我们还有一个总主任。他是总管十个街区的市长式人物。大家关心各种各样的问题：垃圾处理、交通灯，等等。我们常说："不要看轻自己，也不要让别人轻视自己。"如此这般，你参与了这座城市的政治。

芝加哥民主党核心组织有人负责这个街区，他们是这一带的头头，声称会给人们提供帮助。他们让自己在这里人尽皆知。他们一个叫罗斯玛丽，一个叫查理。有哪些事是他们不能做而你们能做的呢？

---

① 一种抽彩赌博。

我认识那个查理。如果我饿了，去找他说“查理，我饿了”，查理就会给我找点吃的。要是我儿子进了监狱，或是出了别的什么事，也可以去找他。正是这种邻里观念塑造了这个社会。但他和罗斯玛丽是以那个核心集团的最大利益为出发点考虑问题的。而我们的罗斯玛丽和查理是我们的街道主任，他们考虑的是街区本身的最大利益。

我们刚刚完成了两个街区的改造工作，这同时也是社会改造，大家都参与进来了。我们雇用那些没有工作的年轻人来修缮这两个街区的房子。这让人们产生了很大兴趣：在组织社区活动时，我们究竟能成就些什么？这个过程特别了不起。

现在的芝加哥西区，人们在政治上比六十年代更加老练聪明了。我甚至对人们说：“别太信任我。最好去信任你自己。我也许明天就死了（笑），那时你怎么办？你得靠自己。”

我们有一句座右铭，写出来是：“你的房子是街区的一部分，街区是城市的一部分，城市是这个州的一部分，这个州是美利坚合众国的一部分。你和这一切息息相关。”

今年夏天，我们在芝加哥西区的林荫道上举行了一次抗议活动。这条路一直没有种草，让人烦恼。每年相关负责人员都推说草籽用完了，这种情况持续了五年。今年他们又说：“八月才能去你们那儿，我们没有工具。”我们开了个会。我说：“咱们算算税款，看看有多少税是付给林业部门买草籽的。”我们有两位会计师。

我们和官员开会说：“我们算了上缴的税款，并不打算告你们渎职罪，我们明天要举行一个新闻发布会，到时宣布把我们缴的那部分税款收回来，购买我们自己的草籽。我们要自己雇人工作——有不少失业的小伙子可以做，我们会用那钱买机器设备，播种我们自己的草坪。我们办这事不会遇到任何问题。”

第二天早上九点，他们带着上百磅草籽来了，还有所有需要的工人，我们的草坪都种上了草籽。

现在我会说：凡是我们出了钱的事情，我们尽可以作出决断。垃圾、卫生、警察、犯罪、教师等问题都是如此。如今我们过得十分畅快。我们有了一个所谓的“觉悟教育班”。

我们那个地区的警官说，这里的犯罪率降低了。他笑道：“我不想说这里的犯罪率降低是因为你们做的事情，不过很可能是这样的。”我们找来十七个大汉，我对他们说：“你们就站在街角那里。”我们还找来四五个宣传员和他们站在一起。这种做法产生了效果。

电视上不会报道这种事，因为它不够轰动一时。但对在此地生活的人们来说，又的确够轰动的。我父亲谈起过这件事，他说：“别担心那些报纸说什么。重要的是你内心的平静。”我有宗教信仰，我深信基督的教义。如果基督在此，他一定会说：“我们来一起做吧。”（笑）

在南方乡下，我们一有问题就敲钟，吃饭也要敲钟，总要去拉那条绳子。（笑）有时候，尤其是特别寒冷的日子，你得一遍又一遍地去拉，好像怎么都难以听到那声音。也许直到你的手要磨破皮的时候，你才能听到一点轻微的叮当声。我也是这样看待社区工作的。我们都坚持去拉那条绳子，双手都要磨破皮了，可我们确实听到了一点叮当声。这确实带给你一种希望，等一会儿钟就会响起来的。我们要这么做，我们必须这么做。我们别无选择。就像我父亲所说：“如果你是世界上唯一一个、最后一个做这件事的人，你就必须要去做。”我们会继续拉那条绳子。我相信钟声会响起来的。

下　册

美国之所以成为如此不同寻常的地方，原因之一也许就在于，这是历史上唯一一个让数量如此巨大的成员能按照他们的个人梦想来生活的社会。在这个世界中，人们学会了将个人放在首位，而讽刺的是，人们也因而被置于无力的境地。这个国家一直在被少数派拯救，这群人意识到自己正在被掠夺。在纠正个人过失的过程中，他们重振了我们的公共权利。直到那一刻，只想着自己的人们，瞬间从一个简单的统计数字，成为焕发生命力的人。你产生了一种陶醉的感觉：你可以创造自己的历史，你真的有价值。

——尼古拉斯·范·霍夫曼

V

社会梦想与个人梦想

美景

约翰·霍华德·格里芬

这人是一个异想天开的南方白人编辑，用他的大半生和仅有的一点钱来追求正直、欢笑和清醒。

“不管你爱上什么，都是在冒险。每一次。”

这个世界总是被少数亚伯拉罕式的先知式人物挽救的。在纳粹时代我有切身的体会。在大灾难时代，总有一些人敏锐地意识到接下来会发生的悲剧：人类不必要的牺牲。

这些少数人倾其所有，不遗余力，只为弥补多数人的麻木不仁。少数人的数量变得更少，直至最终消失，人类的历史却并不会终结，终结的只是我们所知的那部分人类。

如果我们不抱期望地看待人们，只会让他们变得更糟。如果我们对人们抱有期望，我们会变得更好。我们这里只看重人们此刻的样子。人们心目中只有“我”自己，便没有什么可以填充现存的空虚。如果没有超然的精神，我们是找不到出路的。

我们身处得克萨斯州沃斯堡。他正在家休养。谈话是在他的床边进行的。他一生中的大部分时间都在经历人类所能遭遇的最严重的病痛：失明（这个他克服了）、心脏病、肺气肿、糖尿病、一个肾受损（在南方的土路上被三K党毒打的结果），还有骨髓炎，这让他坐了一年轮椅。

他是小说家（《魔鬼在外飞驰》的作者）、人类学家、神学家，而让他最出名的还是他的回忆录《假如我是“黑人”》。这是

他借助化学药剂由白人变成黑人的记录，也是对挑战的回应：一早醒来拥有了黑人的皮肤，能够不以白人的视角思考问题。

我第一次遇到他时，他正在为P.D.伊斯特的案子辩护，这人是一个异想天开的南方白人编辑，用他的大半生和仅有的一点钱来追求正直、欢笑和清醒。

我父亲是个我永远搞不懂的人。他是佐治亚州人。他成长在基要主义宗教氛围中，认为和欢乐哪怕稍稍沾边的东西都是罪恶的。他总是带着一种严肃持重的态度过星期天。他是在极端种族主义的环境中长大的。不过他从没给我灌输过这些思想。我父亲真是个人间奇迹，为人特别纯洁优雅。他是个极其正派、未受污染的人。

对他而言，把我送到法国读中学简直是一种可怕的牺牲。那时候还没有航空信。在南方人看来，法国是一个不道德而且信仰天主教的国家。他们不知道这两样哪样更可怕。

我有人们所谓过目不忘的本事。我能在一个星期内记住全部功课内容。我觉得特别无聊，所以他们把我送去法国，因为在法国的学校，只要你学得快，就能升级。而且那里有医学奖学金，而我当时对科学极其着迷。

我的青春期没在美国度过，不曾有过对父母的叛逆期。所以我和父母的关系比多数孩子更亲近。我写《假如我是“黑人”》的那段时间，他非常痛苦，尽管他什么也没有说。之后出现了糟糕的公众反应，我受到持续不断的威胁，我父亲在最大限度上保护着我。他坐在那里，警惕地拿着枪。他就是从这时开始变得激进的，对孩子的爱使他的看法发生了改变。

当激进分子并不是我的天性。一个人的职业并不一定符合他的天性。我天生是安静的人，喜爱看书、做研究、搞哲学。可一旦受到号召，你是不能拒绝的。

这源自我的恐惧。我曾经在法国做把在德国的犹太人偷运出国的工作，直到法国也沦陷了。我那时二十岁，在图尔救济院当助理研究员。战争打响了，他们把所有的医生和医学院学生都征入了部队。他们不能征用我，因为我是美国公民。我收到立刻返回美国的命令。我拒绝回去，因为是法国培养了我，我怎能在它有需要的时候逃走呢?

我接管了那所救济院。之后我与法国地下组织合作，将犹太人偷运出德国，穿越法国送往英国。我们可以把难民包扎起来，用救济院的救护车运走。他们不必说话。他们中很多人不会说法语。当然也没有安全通行证。我们不知道怎么偷东西，也不知道怎么造假，完全是干这一行的新手，不过我们尽了全力。

纳粹正在涌入。那些恐怖的场景会一直在我脑海中回旋，直到我死的那天。我们把那些人带进屋子，把他们藏起来。我不得不告诉那些有十五岁以下孩子的家长，我们已经走投无路了。突然间，我经历了一种双重现实。起初，一个家长说："我们完了，把我们的孩子带走吧。"于是我们会把没有安全通行证的十五岁以下孩子带走。你坐在那里，忽然意识到，这些家长正在把自己的孩子送给陌生人。而第二幅画面却是：我下楼走到街上，看到那些看上去特别体面的人正在宣传种族主义。我想，除非我们在这些房间里多见识见识，否则我们会迷失方向的。

在美国，过去三十年我都坐在那样的房间里。克莱德·肯纳德[1]殉难后，我就是在这样的房间里见他母亲的。他死于癌症，因为

---

① 原注：一个南方黑人学生，希望寻求州立大学的录取。

他在密西西比州帕奇曼的监狱里不被允许接受治疗。人人都知道他的案子是个圈套。他们命令他从医院里出来，重进监狱，而且把他编入了体力活最繁重的劳动队。我在那种房间里接待了多少这样的母亲啊。

有一种糟糕透顶的舆论主义，也就是，因为某种普遍流行的看法，我们就得把伦理标准建立在上面。靠多数人制定准则是个好主意，但多数人没有权利把基于偏见的错误观点强加在别人身上。现在就有五个人——更多的人也是有的——都同意把我处死，因为我是个叛徒。（笑）可他们做不到。

我似乎总行进在世界上各种各样的小巷中。你不能沿着一条小巷走着，看到有人受苦，却自顾自地继续往前走。我很早就明白按照别人的标准生活是一件多么可怕的事。其实一个人可以简单地说一句："所谓的成功标准见鬼去吧，按良心做事就行了，不管这有多愚蠢。"所以我不知道自己在干什么。哪里需要我，我就会去哪里。

"（笑）我没有殉道情结。这无助的一年里，最丢脸的事情就是人们那种想把我推向永恒的可怕愿望。（笑）一位年轻的神学家写信给我说："在你经历了所有的磨难后，像圣保罗一样，你会在耶稣的怀抱里融化。去上帝那里吧。"我把那信扔进了废纸篓。（笑）我气坏了。我可不急着做这事儿。（笑）我还想活到最后一分钟呢。

"P.D.伊斯特这个人能把什么事都弄得很搞笑。他像约伯一样受难。临终时，他说：'这是我最后一次受苦了。'人人都关心我的病，他叫我过去，痛斥道：'真可恶，格里芬，你受的苦竟然超过我。胆子够大的！'（笑）他死的那天，他妻子告诉我，他陷入昏迷前的最后一

句话是：‘问问格里芬，他能超过这个吗？’”（笑）

失明后，我学习了全套布莱叶盲文。我学会了打字，写了六本书。他们说：“你很了不起。”我说算不上。我只是反对他们把我送进与世隔绝的工作间罢了。我最愤恨的是人们对盲人、年轻人、黑人另眼看待。对年轻人最大的犯罪就是看低他们。六十年代初，我们也曾求助于“一文不值”的学生在密西西比帮助我们啊。那是一种非凡的英雄主义。

天知道，最沮丧的莫过于一个人各方面都成熟了，却被迫退休，过着毫无意义的生活。这是怎样一种损失啊。就是这种事情在折磨着我们。我们没机会带着理想去体验最初的英雄主义。人们失去了爱心。不管你爱上什么，都是在冒险。每一次。

这就是我们滥用“分享”“爱情”这些词的原因。这些词现在我尽量不用，不是因为它们不庄严，而是因为它们已经失去了原有的意义。它们变得琐碎而庸俗了。我们使用这些词，就像吞食药片一样。

生活是一场冒险。要是你感受不到那些危险，那可是真的恐怖。你会丧失活力，一事无成。

我有心脏病，犯病时如果不在九分钟内抢救，就救不过来了。这很奇妙，我时刻生活在危险中。我天生有种感觉，我一定会熬过去的。

J.布罗诺夫斯基临终前，曾经说出了让我特别震撼的一句话：正义如今已经变成了人们的生理需要。这不是一种选择，而是生理需要。这是我未完成的写作主题之一，因为我不知道自己是否会完成那样一本书。这个主题完全把我迷住了。

P.S. 一个叫马克·雷恩斯的年轻邻居端着一锅汤进了屋。

“我之前见过马克一两次，他是个极其敏感的年轻人，他站起来冲击那面高墙，却落得失望沮丧。他需要为别人做点事。当然了，我也很需要人帮忙。所以他来了。我没期待他来。他不是非得做这些。

“这是无助之人的特权之一。必须依靠他人是一种耻辱。但这会给他人一个宣泄自己渴求的出口。这个年轻人——让我没理由拒绝希望。我只愿，我们不要为实现它而受太多苦。”

乔治·帕特南

他是一位广播评论员，作为“奥兰治县之声”广为人知。

“每个年轻人都该有成为美国总统的梦想。”

他语气真诚友好、声音洪亮地说道：“哦，天啊，我们有六座美丽的乡村。我希望成为南加州之声。”

他们都是从南加州来这里寻找美国梦的。他们期待着树上的橘子伸手可摘。他们期待着能躺在沙滩上晒日光浴。他们期待着去山里滑雪。他们也期待着去荒漠看看。他们中大多数人都期待过上比过去更好的生活。他们不希望继续在明尼苏达州耕田，从早上四点直到晚上八点都在田里撒汗，就像我过去那样。清晨要给奶牛挤奶，晚上还要照顾十六头小母牛。

我出生在明尼苏达州布雷肯里奇，正好处在北达科他州北侧。我祖父二十一岁就当上了北达科他州里士满郡的治安官。他是个身高一米八、体重一百多公斤的家伙。他会把随身带的武器往桌上一放，对那些亡命之徒说：“不是你走就是我走。”我祖父从没输过。

我曾梦想离开明尼苏达州，去当一名律师。我从前去电影院，在银幕上见过那些伟大的律师。我读过克拉伦斯·达罗的生平故事，梦想有一天我也会对陪审团说：“女士们先生们，我的诉讼委托人在这项指控中是无罪的。”大萧条来了，我发觉自己有必要离开学校去工作。

1934年，我在明尼苏达州一家小电台干活。我擦地板、擦窗户，作为替补播音员，有人喝醉了才轮到我上。我就是这么起步的。从那之后，我一共采访了九位总统。

在明尼苏达，我参加了工农党的活动，帮助弗洛依德·B.奥尔森竞选州长。他这个人比今天反动的共产党人还要左二十度。农工党的信仰是给穷苦农民公正的待遇。

富兰克林·D.罗斯福深深地引起了我的兴趣，他是个伟人。我去了纽约后，又开始倾心于艾尔弗雷德·史密斯和菲奥雷洛·拉瓜迪亚。他们在我心中拥有父亲一样的地位。

每个年轻人都会有一番经历。如果一个人年轻时不是极端自由者或者激进派，我他妈的才不会在乎他呢。直到他有了工作和责任，有了妻子和家庭，需要进账养家的时候，他就会向着中间地带移动。等到他五六十岁时，他应该有着中间偏右的立场。这是一个人正常的成长和发展轨迹。随着年龄的增长，人会变得更有责任感。

有一次，我去参加美国社会党人诺曼·托马斯主持的会议，忽然间走廊尽头出现了一面斧头镰刀图案的红色大旗。这面红旗本来是属于社会党人的，后来共产党人把它偷走了。当他谈到我们生活的各个方面都在国有化时，我开始很恼火。他们捏紧拳头唱《国际歌》时，我也觉得很讨厌。

那时候，全国广播公司的一些人十分关心苏俄的战时救济问题。美国广播艺术家联合会还把我放进了理事会中，这个联合会是左翼分子掌控的。我吓坏了。他们不关心美国和美国人的生活，而是去关心苏联。

当我看到他们的名字出现在《赤色频道》杂志上时，我说："啊哈！"去他们的吧。还是回到我们属于的中间地带比较好。

《赤色频道》不是最终名誉扫地了吗?

我对《赤色频道》的撰稿人毫无尊敬。我知道那都是药店店主和杂货店老板写的。

其中一个列入名单的人，约翰·亨利·福克，以受到诽谤而起诉，获得了三百万美元的赔偿。

哦，是的。我在好几个场合采访过约翰。他是个很有魅力的人。沃尔特·温切尔在广播里听到了我的声音，说我有副天生的好嗓子。而且在他的专栏里写了出来。一夜之间，我结束了一个月只赚几百美元的日子，每年能赚几十万美元了。

发生改变总是有原因的。年轻人是极端激进的，他们总在寻觅新的主张。我从未丢掉人道主义的本能。我从小就是全国有色人种协进会的成员。我还是都市同盟的终身会员。在以色列，有数千棵以我的名义栽种的树。我的生活方式和政治毫无关系，只关心人们的实际生活。可如果我们不能让这个国家继续存在下去，又何谈其他事情的价值呢?

我相信我们需要B-1轰炸机。我们需要三叉戟潜艇。我们需要巡航导弹，我们也必须拥有MX导弹。我们需要中子弹，这样就可以抵消掉覆盖了欧洲西部的四万辆苏联坦克。战争是上帝禁止的，可如果下一次战争来临，还将是常规战争。只有紧急时刻我们才会使用核武器。

我认为，关于失业和犯罪问题，总统有两件事可以做。我们为此都非常头疼，可很少有人能想出解决办法。我的建议如下：把那些已经辍学、居无定所的十六七岁的年轻人召集起来，放进类似平民保护军的组织里，直到他们满十八岁。重新设立征兵制，把那些孩子编入后备军，学习怎样做人，直到二十岁。到那时，美国未来的一些领袖人物已经塑造出来了。让他们远离街头，就会杜绝大多数犯罪。他们积攒下的一部分钱可以寄回家，这样一些家长就不用去领救济金了。与此同时，一支军队也建立起来了，它不是为了发动战争，我再重复一遍，而是为了预防战争。

关于超量摧毁力的争论是建立在错误前提上的。估计苏联会首先发动打击，我们所说的是以牙还牙的问题。他们有民防措施来保护人民。我们却没有。警报响起，你他妈的往哪里躲？苏联可以冒损失一千万人口的风险，可我们会丧失1.5亿至1.75亿人口。没有哪个国家能承受这么大的损失。

我的信息都来自参谋长联席会议前任主席海军上将穆勒、美国武装部队前任情报局局长乔治·基根少将，还有简所著的《世界战舰》一书。太多人不肯把他们在台面下讲的话公开讲出来了。可人们有权知道。我这个人，乔治·帕特南，不左倾也不右倾，我的信条是生存下去和防患于未然。我们在世界范围内被苏联包围着。再往后，我担心中国和它庞大的人口。我看到世界将经历长期的动荡，有人富有，有人贫穷。他们想要我们已经得到了的东西。他们希望把我们宝贵的自由夺走。

我担心我们的年轻人。他们拥有能保卫我们生存方式的梦想、勇气、力量和热血吗？我们的祖辈来到这个国家，寻找的就是这些东西。他们建立的这个国家，我要说，是以信仰上帝和神圣宪法为基础的。每个年轻人都该有成为美国总统的梦想。当然了，我信赖霍雷肖·阿尔杰那套理论，我喜欢他的精神。

我永远是个乐观主义者。我有个朋友曾说：“如果在狂暴的激流中，你的独木舟翻了，还失去了一只桨，你大概还是会说，我们会成功脱险的。”

伊丽莎白·罗斯

“我来自特拉华州的阿登地区。这里是由弗兰克·斯蒂文斯在1900年建立的，他是亨利·乔治[1]的信徒。我父母也一样。他们和其他社会主义者不同，因为他们不是马克思主义者。他们相信资本家和劳工是朋友，地主才是最大的恶人。

“斯蒂文斯极其迷恋莎士比亚的作品。他根据莎士比亚作品中出现过的‘阿登森林’，把这地方命名为阿登。”

① 原注：单一税运动发起人，他相信所有的剩余价值都流向地主那里，他将之称作“非劳动所得的增值”。他于1886年竞选纽约市长，普遍认为因坦慕尼协会操纵选票，他即将到手的胜利被窃取了。

我是1911年搬过去的，那年我六岁。之前我们住在费城一座肮脏破旧的公寓里。大人们从来不让我走出门廊，而且说："如果有陌生人给你糖果，你可不能跟他们走。"（笑）阿登对孩子们来说就像天堂一样。

那里是一片开阔的原野，到处绿草丛生，树木成荫，还有大约二三十座红瓦顶房子，房子两边环绕着森林。森林没受过人为开发，没有成排的房子，房子都是零星散落的。这里一条柏油路都没有。道路十分泥泞，如果你是个小孩子，雨后光着脚在地上走的感觉真是美妙极了。

我母亲出生在内布拉斯加州的林肯市，她是理发师的女儿。为了躲债，她总是搬家。我父亲是在肯塔基州出生的。我的祖父和外祖父都参加了内战，一个为北方而战，一个为南方而战。（笑）我父母都是劳动人民，哦，天啊，绝对是。

我外祖母去世时还很年轻。我母亲被寄养在宾夕法尼亚州一户荷兰人家里。他们把她送到一所速记学校学习。她成了一个出色的打字员，感觉自己能独立生活了。他叔叔是个激进派德国人，让她成为亨利·乔治的信徒。她在一次集会上认识了我父亲。

我祖父是个生财有道的人物。他用大号火钳打铁，在别的工人每星期赚六美元时，他能赚六十美元。贝塞麦转炉出现后，他再也没能找到工作，必须靠儿子们来供养。生活很艰难。所以他们的目标是到东部去。年轻人，那里是获得成功的地方。我父亲去了费城，读了夜校，而且受到了亨利·乔治的影响。他们认为自己是普通人。他们有那个时代的一切道德价值准则。

在阿登，土地为社区所有。你可以租到土地，租期是九十九年。只要第一个申请，就能得到地契，不管这个人是谁、经济地位怎样、是什么种族、有什么宗教信仰等等。当年，你可以每年花十五或二十美元租半亩土地。你知道半亩土地有多大吗？那是很大的一片。我们曾经在上面有一个大花园，还有一个果园和一片草地。

斯蒂文斯是演员和讲师，他靠赤土陶器生意赚了一大笔钱。他用那笔钱和费城一个建筑师一起，在特拉华州买下160亩土地。他们决定把这些土地永远租给人们使用。

最初来到阿登定居的人们都是理想主义者、社会主义者、无政府主义者、乔治的信徒，不过乔治主义者人数不是太多。（笑）他们的信条是：如果土地为公共所有，没有人会比别人多占便宜。人人都得到平等的利益。

初来时，人们都住在帐篷里，直到他们有能力建起房子。他们自己变成了木匠。他们逃离了产业年代，逃离了唯利是图之类的念头，回到了过去。那几乎是一个不存在地主的封建社会。

斯蒂文斯希望建立一个手艺人生产陶器并彼此交换的城镇。不过这完全没能实现。那时正有大量廉价制造品涌入美国市场。弗兰克自己有一个锻铁的铁匠铺子。他儿子是个出色的木匠，能做漂亮的橡木雕刻桌椅。在阿登，我们这些居民是买不起我们自己做的物件的。我们得把东西卖到威尔明顿和费城去，阿登只是我们生活的避风港。

在那里当个小孩子真是美妙极了，因为大人们对我们很尊重，待我们就像是他们中的一员。我记得有一次在谷仓跳舞时，我骑到了司科特·尼尔灵的肩膀上。他哥哥，盖伊，是诗人和植物学家，一个天生的教师。他会把我们小孩子带到森林里去，教我们花朵和蘑菇的知识，也会在夜晚带我们出去，教我们辨识天空中的星座。我们和大人们关系非常好。我们一点也不觉得他们专制。

我们那里一所学校也没有。多数人只在夏天去上学。我们是冬天也留在那里的极少数几户。总共只有八到十个孩子吧。建一所学校不太值得。我们的父母雇了一个当过教师的母亲，她每天给我们上不到两个小时的课。其余时间我们都在外面野。（笑）

每当想到自己的孙辈被圈在该死的让人窒息的学校里整天呆坐着，我就十分难受。还有那些纪律，他们关心的只是怎么把那些孩子管住。他们不关心孩子们是否学到了什么。他们在意的是孩子们是否守秩序。我们小时候没经历过这些，我内心十分感激。我们那时很自由，在树林中游荡。我们认识每一座小山丘、每一块石头。

我们在中学里比那些城市孩子表现得更好，因为我们是带着求知的好奇心去上学的。如今的孩子不是这样了。那时学读书认字是很容易的。我不记得自己是怎么学的，不过就是学会了。我后来遇到过在那里长大的人，他们都说："那个镇子对我而言真是奇妙极了。"

斯蒂文斯建起了一座漂亮的小剧院，现在仍在那里。夏日里，我们每天晚上都在那里演出莎士比亚的戏剧。每个想演的人都能得到角色上台。有个约克郡来的老人想扮演布鲁图斯，于是后来他每年都扮演布鲁图斯。我从十五岁到三十岁，一直扮演蒂坦妮亚。蒂坦妮亚不该超过三十岁对吧？所以我后来把这角色让给别人了。我还扮演过奥菲莉亚和朱丽叶……（她的眼睛里闪着光）整个镇子的人都受邀来观看，从来不收分文费用。

这个镇子建成后，必须在法律上属于某人。于是就产生了三个托管人。我父亲去世前一直是托管人，我母亲去世前也一直是托管人。当时有镇会议，由镇里收取地租。我们搬到那里时，地租是每年十四至二十美元。

不幸的是，国家的这片地区发展太快了。从波士顿到华盛顿带状区域的人口急剧稠密起来，工业快速发展，土地价格剧增。阿登不征收财产税，只交地租就行。

这个消息传开了。有些人不像从前那些理想主义者，他们看到这里有利可图。他们说："看，咱们不花分文就能得到那片土地。咱们可以要求行使占地者权利，把托管契约扔到一边去。"我离开后，他们大张旗鼓地提起了诉讼。第一次世界大战开始时，他们人数多到已经可以形成真正的反对派了。

那是我们第一次知道世界上存在着其他价值观。那些新来的人会谈论中欧或东欧佬、波兰佬、犹太佬和意大利佬。我们之前从来没听说过这样的事。

战争爆发后，镇里分成两派。斯蒂文斯是个和平主义者。西奥多·罗斯福去菲律宾时，他说："我祈祷你的军队打败仗。我不会把嘴闭上的。如果你们说这是叛国罪，那随你们怎么说。"1917年，他给伍德罗·威尔逊也写了一封类似的信。战争带给我父母那类人极大的震惊。他们本来相信世界已经文明起来，战争已经是过去的事了，美国决不会参与这场战争。威尔逊再度当选是因为他把我们阻隔在战火之外。1914年最流行的歌曲是《我养儿子不是为了让他去当兵》。

战争一来，我父母完全垮掉了。

我们常去威尔明顿的电影院，在大银幕上看到德国的暴行。回来后我们说：“那些德国人简直是野兽。”我父亲说：“别再去看那些该死的电影了。”镇上的和平主义者有自己的蓝白色旗帜——白色背景，蓝色大字——写着：“世界要和平，人类要友善。”我现在还记得。那些爱国者，那些新人，却举着巨幅美国国旗。

弗兰克的思想中有明显的民主特色，他认为镇上所有居民都应该有选举权，而不仅是持地契的人。甚至孩子也要投票。但在每月一次的镇会议上，那些新人的票数超过了他，他们说：“哦，不行，我们是有地契的人。”阿登不再属于我们了。

那时镇会议上出现了奇怪的争论。新人向托管人争辩道：“我们要那些额外的钱干什么？我们给州里和县里纳税。我们修了路。还要额外留出来的钱干什么？”乔治主义者说：“我们要买更多的农场，之后就能有更多的人享受我们现在得到的好处了。”那些人不予理会。他们坚持压低地租，好做投机买卖。

我母亲终于看到有个人的土地上立着牌子，上面写着：土地出售。她气急了，简直是暴怒。土地出售！这片土地不为任何人所有。她当晚跑到镇会议去，眼睛都急红了，试图解释亨利·乔治的原则。她讲着讲着就倒下来，死了。她这样英勇地死去，我真为她骄傲。这是二十三年前的事了，她当时七十六岁。

我父亲是在那之前几年去世的，死时七十岁。他一辈子都在拼命干活。他做一份保险调查员的工作，要花大量时间在外旅行。我母亲常常好几个月独自在家。那时妇女的生活十分艰辛。我们孩子的日子很轻松。她却一直要干活。和其他工人阶级妇女一样，她受一种强烈的动力牵引，那就是被人尊重。她要给我们浆洗衣服，要熨烫我们的内衣。她常常用洗衣板洗一整天衣服。即使这样她还是很高兴待在阿登。直到1940年，我一直住在那里。我一生有一半时间不是在那里度过的。

阿登镇现在还在。曾经有人起诉企图打破契约，不过没有成功。我不知道是为什么。当然了，他们会付高得多的租金。但那里不再是穷人可以住在帐篷里，直到他们能盖起房子的那个地方了。从前阿登周围是大片的旷野。如今那里都盖起了房子，就像城市郊区一样。杜邦公司的职员住在那里。草坪修建得整整齐齐，看上去十分美观。

我们曾经对二十年代的一切深深着迷。这让我们的父母感到难过。我们迷恋爵士乐年代，还有飞驰的汽车。我们还是小孩时，在阿登，一个星期也见不到一辆汽车或卡车。我们的邮件是一个妇女赶着轻便马车递送的。到了二十年代，阿登有了汽车。（笑）镇会议为此起了很大的纷争。有汽车的人们希望把钱花在铺碎石路上。有越来越多的富裕公民来到了阿登。

阿登没有避开时代的潮流。

那时的我作为一个孩子，并没有意识到表面之下的暗潮涌动。我父母教育我，美国没有阶级之分。富人是存在的，可他们和我们的分别并不大。我必须在离开了阿登这个几乎人人平等的无阶级社会后，才能意识到美国有着极其明确的阶级分别。全能的上帝啊，我每天拿起报纸，读到的是母亲开煤气毒死自己和所有孩子的新闻，因为他们不知道第二天去哪里弄食物。这种绝望改变了我的看法。

我变成马克思主义者之后，我母亲非常失望。她有她的主张，不想放弃。她英勇地坚持自己的观点。回望阿登，我看到一个美梦，那里的人们走在了时代的前面。

我认为现在的美国梦不如从前鲜明了。我父母相信美国会是个例外。我不再相信了。世界其他地方的种种东西正在涌入美国，就像当年美国其他地方的东西涌入了阿登。全球性的压力正在渗入。我再也看不到一个独特的美国梦了。这是一个世界梦。

三年前，阿登举行建成七十五周年的纪念活动，有一个盛大的庆典，人们从加州那么远的地方赶来参加。那情景让人潸然泪下。他们演出了《第十二夜》。我带着我的小孙女去了。我们坐在草地上，我说："哦，要是有引火的干木头就好了。"小时候，我们常点干木头驱赶蚊子。果然，他们搬出了很多木头，人人都去点。演员从树林里走出来，唱着迷人的歌。我的小孙女坐在那里说："我真想看一百万次呀。"

那就是公爵的阿登森林，不是吗？它是虚幻的，是你父亲和母亲的一个梦。

可对他们而言，那却是真实的。

乔治·阿珀姆·贝利斯太太

她是美国革命女儿全国协会的会长。

“我没法评价什么是美国梦。我所能说的就是对国家的爱。”

这个机构的总部设在首都华盛顿D街1776号。“我们的电话号码也是1776，当然了，还得有个前缀。我们的办公建筑是华盛顿妇女组织中最大的。”

要加为会员，申请者必须追溯出一位为美国独立战争出过力或战斗过的祖辈。“我们为新一代公民学习怎样当美国人编了一本DAR[1]指南。已经免费发放了近九千万本。”

我没法评价什么是美国梦。我所能说的就是对国家的爱。每当游行时看到国旗飘扬，你的心中充满自豪，感到很高兴生活在这个自由的国家里。我觉得美国在六十年代及越南战争中受到的批评是被错误地引导了。我不喜欢看到我的国家受批评。

五岁时，我成了美国革命儿童协会的会员。我是DAR的第三代会员。对我而言，这已经是一种生活方式了。当年我祖母和母亲到华盛顿参加大陆会议，我姐姐和我总是说：“她们干吗总去华盛顿？”没想到后来我也追随了她们的脚步。

我父亲是一名准将，他给我和两个姐妹灌输了大量爱国主义思

① 缩写，意为“美国革命女儿”。

想。我们每天清晨都升旗，每天日落都降旗。这是一种仪式，也是一项特权，我们总是很兴奋。

父亲为人严厉，军人作风十足，可我们都很爱他。他参加了波士顿的每一次阅兵，骑在马上，像马歇尔将军那样压在队伍后面走。我们会被带到特定的俱乐部，把头探出窗口观看。有一次，法国总统在场，我也在父亲身旁骑着马。他刚从海外参加第一次世界大战归来，给我们带回了那些法国式帽子。

近来我们接收了越来越多的年轻会员。我们有三分之一的会员年龄在十八至二十五岁之间。我认为有更多的年轻人在关注我们这个组织。国家成立两百周年的庆典活动当然能产生重要的影响。我认为他们已经开始意识到，他们必须紧紧抓住自己的遗产和根基。亚历克斯·黑利在我们的图书馆做了大量相关研究。

人们对DAR存在误解，以为我们都是有钱人。并不是。只要能证明自己的后裔身份，每个人都能参加。如果一个人的祖先参加过美国革命（马上改口）——独立战争，她就有资格入会。

如果那些人不画漫画或者写文章讽刺我们，不是证明我们彻底完蛋了吗？有些会员为此很不高兴，可我恰恰能看到这些事好玩的一面。我既是严肃的人，又是爱趣味的人。我总想当个会腹语术的人，这样我就能站在一旁，让自己想说的话从别人嘴里说出来了。如果能这么做又不被发现的话，我觉得比世界上的任何事情都有趣。

我不想像个一百岁的老太婆那样讲话，不过如今的年轻人做的很多事我都看不惯。比如未婚同居那种事。（笑）那现在好像已经成了一种生活方式。

我们反对“平等权利修正案”。我看不出是什么驱动着那些妇女。就因为她们的种种表现，有时候我甚至为自己是女人感到尴尬。我们有个很好的国防委员会委员长，菲莉斯·施拉夫利。我对自己的生活方式感到无比欣慰和满意。有些女人就是非要做傻事自取其辱。

我最担心的是来自苏联的威胁。前段时间，一位五角大楼的官员给我们放了一部关于此事的片子。我们反对美苏限制战略武器会谈。我们也反对《巴拿马运河条约》。

《巴拿马运河条约》怎么让你们不舒服了？

这个问题很复杂，得花一个小时来讨论。我希望自己已有了决断，可在这个问题上我还没有。我们喜欢感觉到自己是世界第一、是最重要的。我对美国的任何方面都没有怀疑，尽管我认为有时候我们选举出来的官员会让我们误入歧途。并不是政府说什么我都同意。每个人都有自己的意见，这是很自然的。

我已经当了四十一年DAR会员。这已经是我的一种生活方式了。我们的大部分工作是回复全国会员的邮件。还有就是建筑的问题，比如漏水，以及其他种种问题。

在你们收到的信件中，有没有关于那个话题的……

是的，但我不想告诉你。（停顿）哦，我还是说说吧，玛丽安·安德森事件[1]。每隔一段时间，他们就把玛丽安·安德森那件

① 原注：1939年，DAR拒绝了著名黑人女低音歌唱家玛丽安·安德森使用宪法礼堂演唱的请求。事后，埃利诺·罗斯福退出了DAR组织，作为抗议。音乐会后来改在林肯纪念堂举行。

事搬出来。说的无非就是，DAR拒绝让玛丽安·安德森使用宪法礼堂，因为她是黑人。人们谴责我们是种族主义者，可我们和种族歧视完全不沾边。事实上，我们确实有黑人会员。嗯，我特别想起了一个会员。她祖父是黑人，祖母是白人，我猜，或者是反过来，我现在记不清了。有些黑人也参战了。如果她们能证明自己是参战人员的后代，而且得到分会的批准，他们就能被接受为会员。

我们的会员被所谓的玛丽安·安德森事件搞得很不高兴。可我们为什么不说出全部事实呢？我们已经一遍遍讲述了真实的情况。事实上，她的代理人来找我们的时候，我们已经把场地预定给国家交响乐团了。我们希望这个代理人申请另一个时间，可他不肯。我们有文件来证明。他们在这上面大做文章。她的代理人说我们拒绝了，因为她是黑人。

当年事件发生时，如今很多年轻的报纸记者甚至还没有出生。只要一提到玛丽安·安德森事件，他们就会再把那套谣言讲一遍。所以这个故事重复了一遍又一遍。沃尔特·克朗凯特有一次对我说，谣言重复太多次也会变成真的。我对此深感不安和困扰。

一些学校也让我反感。DAR在阿巴拉契亚地区运营了两所学校，学生都来自破碎家庭。我们用爱国主义教育他们。就是我们小时候接受的那种教育。他们现在却说这过时了。你知道现在有些学校没有美国历史这门课吗？如果年轻人不学习他们自己国家的历史，又怎么能像过去的男女英雄学习？

我们也对印第安人做了大量工作。我忘了说印第安人，这很不应该，我们的印第安人委员会是很受欢迎的。

一个女人插话道：“我们也有印第安人会员，还有一两个爱斯基

摩人会员。”

我们为什么非得解释升国旗的原因呢？每天升旗有什么问题吗？我不懂那些问出“哦，为什么今天要升旗”的人。我丈夫和我住在科德角，每天晚上我们都升旗，注视着水面。国旗飘扬在露台上，配上聚光灯，真的非常美。有关国旗的法典规定，如果配上聚光灯，晚上也可以升旗。昨天晚上，我们升起了一面巨大的国旗，乐队奏起《星条旗永不落》。真是一种奇观。

惠特尼·阿丁顿医生

他是芝加哥库克县医院肺科主任。

“生活是不公平的。尽管如此，还是有希望的。”

我是在森林湖长大的，那是全国最富裕的地区。我的早期记忆之一，是跟我祖父[1]一起横跨全国旅行。我们坐在“大北号”的火车驾驶室里，跟列车一起翻山越岭。前面是很大的蒸汽火车头，我记得自己惊异于这个国家是多么广阔，蒸汽机的动能又是怎样强劲。而且我是和祖父这样自信又有权势的人一起旅行啊。这也许可以解释我为什么如此喜爱托马斯·沃尔夫的作品。那大约是1940年，我七岁，整天无忧无虑。

“我祖父远远算不上右派。不过他做的很多事人们已经忘记了。他提出对西尔斯罗巴克公司进行极其重大的改革，因而被人们叫作激进派。那时人们都在缩小经营规模，他却在搞扩张。他看出国家的大幅经济增长会发生在东南部和西南部，于是在那里买下土地，兴建商场，人们都以为他疯了。他去世前常对我说，他最大的骄傲就是他为西尔斯的员工所做的事情：利润分享方案。当年很多商人都为此批评他。”

---

① 原注：罗伯特·E.伍德，西尔斯罗巴克公司增长最快时期的董事会主席。

随着我继续受教育，我认识到生活是不公平的。但我并没有过多思虑这个问题。我特别想赶快超越同龄人。我去上了马萨诸塞州的迪尔菲尔德学院，然后进了普林斯顿大学。我是在1957年毕业的。我们是一群仍在沉睡中的学生。我们不游行，也不抗议，甚至都不去抢短衬裤[①]。我们只顾学习。我想尽力搞好自己的事情，希望进入医学院读书，拿到奖学金，进入医院实习。

我的病人中有很多是富人。也许因为我也是在富裕的环境中长大的，一到周末这些人就成了我的朋友。相对在另一种世界长大的人来说，我并不把为这种病人治病看得那么紧要。在县里，穷人的人口数量是非常巨大的。这怎么能和在时髦的密歇根大街当医生相比呢?

实习期间，我开始意识到事情不大对头。我总认为做什么决定只取决于怎样对病人最好。然后我看到了他们有时候是怎么挑选外科医生的。如果是富裕的病人，或者是由某个医生介绍来的私人朋友……我从小以为医疗界没有这种事情。但其实从前就有，现在依然有。是我过去太天真了。我开始懂得，有些医疗界人士拥有的显要地位是靠医术以外的东西得来的。

美国医学协会的一任主席曾经说过：健康保险是一项特权，而不是普通的权利。就在那一刻，我决定不加入美国医学协会。我现在仍然不是会员。我清醒起来，意识到自己曾经对医学的梦想是不现实的。

我原先以为医生是刻苦、聪明、乐于奉献的人，并不会只顾自己往上爬。我们本以为，自己进医学院是为了无私地服务大众。近十五

① 指大学男生突袭女生宿舍以夺取女衬裤为战利品的玩笑活动。

年医学界竞争过于激烈，人们关心的只是如何出人头地。他们比我们过去聪明多了，但我不认为他们和病人间的融洽程度能赶上我和我的同学们所能做到的。他们不懂得关于人的事情。

他们在理科方面更高明。也许这和人造地球卫星或其他什么东西有关。但他们没有能力拿起笔写一个阐述性的句子。他们不太读书。他们大多数人从没听说过托马斯·沃尔夫是谁。但是他们更擅长数字、数学和生理系统。可要谈及病人的情况时，他们会感到为难。

我负责的一大批年轻病人患有囊性纤维变性疾病，这是一种不治之症。病人有些很穷，有些则不是。情形很让人伤心。不过，还是会有年轻的实习生问："我们应该给病人加呼吸机吗？""用这种药的合理性在于什么？"情况使人绝望，可他们不会谈及悲伤。医生对病人的死亡难以接受的原因还在于，这意味着医生的失败。

上周我去病房看一个二十七岁的女病人，当天下午她就死了。此前一个星期她就已宣告无药可救。她丈夫在场，父亲和母亲也在场。我走进病房，一个医学院的学生在那里，正在给她量血压。他跟我走出来，说："我想和你谈谈这个病人的事。"我说："什么？"我以为他想谈谈这个悲剧。他已经照看她两个星期了。他却说："我们为什么用这种抗生素，而不用另一种？"[1]

我父亲是个商人。而我一直想当医生。也许是我不喜欢自己周围的东西，尽管我当时并不能意识到我究竟看到了什么。或许想当医生是我的一种反叛。

我从前有个幻想，这个主意比国民健康保险更好。我要把穷

---

① 原注：几年前，我听印度导演萨蒂亚吉特·雷伊回答关于他一部感人至深的电影《音乐屋》的问题。那些年轻影迷没有一个人的提问有关影片主题和本质。所有的询问都是针对技术和资金筹集的。

人生病、富人健康的局面换一下，让富人生病、穷人健康。看病仍旧收费，私人开业。受利益驱使，整体医疗局面会比实施国民健康保险时好。作为胸科医生，我知道肺结核是穷人得的病。去年在温尼特卡和森林湖地区一例新增肺结核病例都没有。可如果我们能把肺结核放到温尼特卡和森林湖地区，五年内就可以消灭穷苦地区的肺结核病。治疗那些有钱人会对医疗体制有利。现在的情况对体制不利。照顾患病的人比照顾健康的人更费钱。因此，健康又富裕的人得到了更多的照顾。你能明白吗？不管怎样，这只是一种幻想。（笑）这就是我们需要国民健康保险的原因。我认为，如果你是卖鞋的，资本主义会是伟大的体制。可你不能像卖鞋那样用普通的衡量原则，也就是利润的盈亏，来衡量对病人的照顾。

我很忧虑。我有四个孩子，他们都目光敏锐，比我当年老练精明多了。他们很难被吓住。我年轻时却很容易被吓到。如果我认为什么事情是不公平或残忍的，我会被含蓄地告知不要去谈论。我们的孩子则对每件事都要评论一番。

我对自己的孩子感到乐观，对这个国家感到悲观。尽管如此，还是有希望的。也许我是个愚蠢的乐观主义者：一些病人的精神让我深深地折服了。直到今天，还有些穷苦的黑人家庭，这些家庭通常没有男人，当家主事的一般是母亲，她肩负着沉重的问题和责任。可我每天都能见到，她们有一种坚忍的力量。即使是在县里出现那些不幸的时刻，她们也使人们深受震撼和感动。

厄玛·小不点儿·莫顿

她是穷人，没受过教育，她丈夫也是。但又似乎不仅仅如此。

“就像蚂蚁一样，我在扭动着往前爬。我不责怪社会或任何人，只求改变我自己。”

“我丈夫心脏瓣膜上有几个洞，不能干重活。他没受过教育，我也一样。我是卡鲁索思维尔人，那地方在密苏里州与阿肯色州交界处的山脚下，是个农业区，出产棉花和大豆。那里小农户很少，土地都被大农场主接管了。

“生活非常艰辛，多数村镇的人口从七千减少到五百，而且留下的主要是老人和小孩，中间的人，也就是二十五到四十岁的人很少。这些人都走了，去了他们觉得好一点的地方。

“低收入白人的情况也很差，很多时候甚至更差。他们不能团结到一起。情况很让人难受。我搞不太懂。至于我自己，我是穷人，一辈子都在受穷，大概死的时候也很穷。但是我经历了一些事，很难说清……”

我还是个小女孩的时候，人们教育我说，我和别人一样好。别人能做什么，我也能做。长大后，我看到自己和我的孩子身上发生的事情，每一件都让我的感觉无比糟糕。我从小学到的那些事都被他们毁了。那些好事不是给我准备的。我说我要离开这见鬼的处境，如果这是我最后能做的事的话。所以我开始打零工，把孩子丢给我母亲照看，这里存一点钱，那里存一点钱。直到有一天我能说："喂，拿开你的福利金支票，随便处理了吧。"

我所说的打零工就是去别人家里干活，在我应该照看自己孩子的时候去照看别人的孩子，还有洗衣服、熨衣服，等等。我受够了那些对生活的认识还没有我多的人奚落我，让我知道是他们在付给我工钱。"你一文不值，谁也不是。是我们在养活你。你在干吗？你也配有孩子？你根本照顾不了他们。"我是在正经家庭长大的，我认为拥有孩子和家庭是最重要的事情。那些话对我是迎头一击。我是个健全的女人，我也认为我父亲是健全的男人。我却经常要受别人言语上的打击侮辱：你不配有孩子，你不配得到人生的满足，不配当母亲。福利部门的工作人员来我家问我愚蠢的问题时，我也觉得备受侮辱，他们问："你丈夫去哪里了？他最后一次回家是什么时候？你怎么买得起电视机呢？你的房子怎么这么干净？你的孩子怎么能穿得起那种鞋？"那些人让我觉得自己什么也配不上。而从小我父母就教我要自尊自爱啊。

我发生了一些变化，我想是愤怒。我感觉到：啊，我要从这老一套里跳出来。我不要再受奴役了，我的祖辈从前过的就是这种日子。我不能让我的孩子们也开始认为他们一文不值，只是靠救济金过日子。

我迈出了一步，上帝啊，真是一大步。十二年前我找到了第一份工作，第一份我认为体面的工作。从那时起我就加油向前冲了。我开始参加大学课程，读书、做一切力所能及的事。我交不起大学的学费，不过可以读校外延伸课程。我工作的时候留意一切机会。我做两份工作，四个小时有工资，四个小时没工资，每星期工作五天。每星期有三个晚上去上课。余下的晚上我去别人家里做家务。我在教室里学习，也观察人，我的笔记做得很好。我从来没忽视过孩子，因为我自己小时候受到的关注不够。

我们每星期有三个晚上的课，是在离我住的地方二十二公里外的一个小镇上。老师们从大学坐车赶来给我们上课。

我也在努力照顾孩子。我发觉当母亲并不意味着真的了解孩子。仅仅因为有孩子，并不能让我成为最好的母亲。所以我愿意学习关于孩子和人的一切知识。我开始学习儿童心理，这是第一步。我还学习英语写作，写点小东西。之后我开始上儿童发展课程。我又上了第二阶段的写作课，学了更多心理学。

我有一种动力。我觉得不只男人有这东西，而是每个人都有。我认为每个人都希望对自己感觉良好。他们迫切地需要喜爱自己。当你开始对自己好的时候，你也就开始对别人好了。这是问题的关键。我必须为我和我的家人，也就是我丈夫和五个孩子做些事。这促使我开始为他人着想。

真正发生的变化是，我认识了自己。第一次，我看清了自己。这就是我，“小不点儿”厄玛·莫顿，我有经济困难，有时候我们食物不够，有时候我丈夫和孩子们生病。我也会生病。但我继续撑着，假装自己没病。我生病的时候也干活，没病的时候也干活。我坚持去上课，并且保持家里一尘不染。上课时我坐得直直的，回到家再也没法学下去了，因为我太累了。在班里，坐在我身边听课的那些中等收入的人拥有我梦想的一切，我的分数和他们一样高。这为我证明了一些事，我可以像任何人一样优秀。

我晚上不能回家学习，不能去书店买教授指定阅读的参考书。我不得不找教授借书看，然后细细地读。我必须好好记笔记、认真听讲。我必须巧妙地让他告诉我考试时应该怎么答卷。我必须得机灵点。我对自己说：“啊，你为人挺灵巧的。你活在压力之下，取得了好分数，你挺会算计，你让一个有博士学位的人把他想怎么考你都告诉你了。哦，你会成功的，你知道这一点。”这种想法推动着我前进。

我说：对我而言，这还不够。我奋力拼搏已有七年。我不责怪社会或任何人，只求改变我自己。我只责备小不点儿。上帝在上，是我自己和一些人拖住了小不点儿。要想出头，小不点儿还有很长一段路要走，不过就像蚂蚁一样，我在扭动着往前爬。这就是我的处境。

美国梦对我就意味着，我的孩子能按照任何他们希望的方式生活，甚至也能回到他们出生长大的地方来，找一份好工作，把头昂得高高的。不被强加一些东西，只因为他们是黑人；也不会被拿走一些东西，只因为他们是黑人。不过他们应该得到一些东西，因为他们是人，他们值得。这就是我的美国梦。我确信事情正有进展。

我希望长命百岁。我想看到这个世界真的彻底转变，人民都团结在一起。因为世界不是非得像现在这个样子啊。

取　胜

李·昆兹曼

他是一位职业赛车手。参加过印第安纳波利斯八百公里汽车大奖赛。

“梦想总是很难捉摸的，所以才要永远追寻下去。”

“每年五月，只在印第安纳波利斯一个地方就有一百万喜爱追求刺激的观众。到目前为止，赛车有着世界上最广大的观众群。”

对我而言，美国梦就是在印第安纳波利斯八百公里汽车大奖赛中取胜。我做其他任何事情都是为了朝这个方向努力。我赢过三十次职业车赛，可那些都是大目标前的小小垫脚石。一切都要追溯到那一天，我听着广播，命运从此改变，这个目标左右了我的生活。

那天是阵亡将士纪念日，我十二岁，我真正的梦想就此起航了。我坐在那儿听八百公里汽车大奖赛的广播节目。我家人想让我起身，出门去参加家庭野餐，可我不愿动，直到比赛结束。我一个劲儿地对父母说：“将来有一天我也要去参加八百公里汽车大奖赛。”

也许是广播员解说比赛时那种魅力迷住了我。不管怎样，要去参赛的念头印在了我的脑海里。我必须得这么做。生活里的其他事都是次要的。

满足感这东西很难捉摸。一旦你完成了某件事，那件事看上去就不那么难了。于是你把梦想更延伸一点，让它更难实现。我参加过四次八百公里汽车大奖赛，两次进入了前十。起初，这样的结果很让我满意，我是参赛的全世界三十三名顶尖赛车手之一。可在我完成了这个之后，目标又变成了在比赛中取胜。我的梦想就是得第一名。

要想入围八百公里大奖赛需要跨过许多关卡。你的履历十分重要。近几年来，比赛费用飞涨，荷包鼓鼓的人相比其他人就更有优势了。（笑）他们的账户里有很多钱。如今，年轻人想要和我有一样的梦想变得困难了。光是买汽车就要花七万五千美元。发动机每台四万，一场比赛要用掉好几台，总共要花费二十五万到三十万美元。通常，像我一样的赛车手会受汽车老板或赞助商的资助：我开你的车参赛，需要付若干美元。

我不认为一个人能获得彻底的满足。如果一个人拥有一生的梦想，他会害怕实现它吗？你认为你能伴随着真正的成功生活吗？我想，许多人没有实现他们的梦想，是因为他们害怕那些伴随成功而来的东西。

我实现的第一个梦想是我祖父给我做的一辆踏板车。他是艾奥瓦州伏尔加城一座小农场的铁匠。我那时七八岁。这件事给我留下了极深刻的印象。之后我狠骑了一阵，意识到它不够快。于是我祖父换了一套传动装置。

因为他对这套机械装置很着迷，我也开始着迷起来。他想到一种改进方法来让车跑得更快。从那以后，我就迷上了机械装置。自从汽车在人们的生活中扮演了重要角色，每个年轻人就很自然地和它打起交道来。有些人对它的兴趣比其他人来得更长久。童年的梦想贯穿了这种人的一生。而在其他人那里，这兴趣很快就淡漠了。

我从小就喜欢改造东西，让它们完成本来做不到的事。我致力于如何让人和汽车结合一体。这恰恰是当赛车手的关键所在。汽车成了我身体的延伸。那件工具，那件物体，那辆车成了我实现梦想的一种方式。我不是孤单一人，我们两者合二为一。开车时，我觉得汽车在告诉我它想怎样。我也会告诉它一些我想让它做而它不想做的事。我们就那么说来说去的。如果比赛时人们能听到我头脑中的想法，他们一定会说我是个怪人，因为我真的在和那辆车说话。我说："汽车，你不能那么做。"而汽车告诉我："不，我可以。"

对我而言汽车是通人性的。它为人不怎么低调，我不能让它来主导我。我要主导它。我说：我要利用你来得到我想要的东西，尽管你不想这么做——来实现我的梦想。

我觉得自己比这机器聪明太多了，我能做的事更多，比它反应敏捷，我能改变自己，随机应变。我说：我是A型计算机，我比B型计算机聪明。而如今，有时计算机比我聪明。它装有的内置特性我想象不到，也无法解释。

从事一件总处在灾难边缘的事情，你会一直想去触碰极限。很快，你发现自己可以突破局限，继续活着。这让你产生了再往前一点的需求。你还处在灾难的另一边，保守的一边，事故并未发生。

真正吸引我的东西，我猜，是逃脱灾难。我一直很享受做那些不特别保险的事，那些自由狂野、要冒风险的事。那种生活让我感到刺激。我愿意做开飞机等不那么安全的行当。我的个人气质偏向铤而走险那种。我一坐进汽车里，就从一个随和、平静的人转变成一个极度专注的车手，肾上腺素激增。在高速公路上，我开得十分淡定。我开着一辆小型汽车，时速才六十公里。可一旦坐进赛车，经过急转弯跑道时，我又变成那个开快车的、争强好胜的家伙。

我在广播里收听八百公里大奖赛时，听到过几场事故。我不记得有没有死人。当时这件事对我并不重要。爬进赛车时，我不觉得自己会因此受伤。我受过伤。不过我心里想的只有享受。如果有意外发生，也只是整件事的一部分。就像晨跑时不小心踩到石头扭伤脚踝一样，只是个小障碍而已。

1970年，在密苏里州，我第一次撞车了，是一项机械故障引起的。车子本来跑得好好的，可突然出了毛病，我以一百四十公里的时速撞上了水泥墙。车子冲出赛道很远，像罗马焰火筒一样爆炸了。救援人员一时赶不过来。我困在一个停车场中间，脖子、背部、左臂和左腿都受了伤。车子在燃烧，我困在里面。这种处境怪怪的。我的求生欲望很强，根本没考虑到自己会致残或死掉。那似乎并不重要。这份职业并不是自取灭亡型的，而是奋力求生型的。这一行里人们求生的欲望比其他任何行业都要强。

我那次差点丢掉小命。我屏住呼吸，坚持了好久。如果我吸一口气，就会吸入烟和火，当然了，然后会死于肺炎。我意识到没人能过来救我。我的右臂卡在了汽车里。我判断出右臂没有折断，但其他地方伤得很重。我必须作出决定。我是把胳膊拉断从车子里出来呢，还是待在车里等待救援？很幸运，我抽出了胳膊，逃出了汽车。我活下来了，逃过一劫。我的胳膊受了伤，不过我出来了。他们很久不敢搬动我，因为我伤得太重了。幸运的是，我的一个朋友是医生，那天他碰巧在场。他做了一副特殊的担架把我送到了医院。所以凭着求生本能和现场这位医生，我活了下来。1973年，我试开新车时出了另一场事故。这些伤疤是第一次车祸中留下的，就像1970年刻下的刺青一般。

那些看台上的观众不是来看赛车手怎样致残的。他们来观赛，因为他们敬佩你。我认为他们来看比赛，是想看自己的梦想通过赛车手来实现。他们在利用赛车手来满足自己的幻想。他们仿佛看到自己坐在驾驶室里。他们挑选出自己最喜欢的赛车手，你成了对他们有重要意义的那个人。

我要说，只有很少一部分人，大约5%吧，是来看撞车、受伤和死亡这些疯狂的事的。或者站台上有人因为汽水瓶爆炸摔下来，那部分人也喜欢看，不过95%的观众是来看你实现他们的梦想的。

看台上有大约60%的观众每年的收入超过一万五千美元。其中又有60%的人收入在两万四千至三万五千美元之间。他们晚年也许会很富裕。他们有钱，可以把自己的幻想投射到别的东西上。

在赛车时表现出色是首要的事。你日程中的每件事都围绕这个来制定：个人生活、家庭生活等都是如此。最紧要的是，这些会怎么影响我赛车？当然，我的个人生活因此受到了影响。我的外貌改变了，我这辈子5%的时间是因为赛车受伤在医院度过的。不过，这些都不重要。和其他事相比，赛车是我最想做的。

我还没有成家。我把这件事一直往后推。赛车会干扰家庭生活。我认为，只因为我想要赛车而让人家受到牵连，是一件不公平的事。这也许是我的借口。相比于面对现实、成熟起来，我更愿意说，这对对方不公平。

当赛车手要保持避免私人交情，就算对他们的机械师也是一样。你的生命都得依靠那个人。假如你感到他不可靠，想换一个，你们是朋友的话就会很不好办。更重要的是，要是你在比赛中想超过某人，有时你得采取一些战术把他甩在后面。如果你们是真正要好的朋友，就很难下手了。于是你变成了一个有点冷漠的人。

如果我从没在印第安纳波利斯八百公里大奖赛中取胜，我确定我也能活下去。如果能胜出，我会活得更开心。人们的大多数梦想都没办法完全实现。梦想总是很难捉摸的，所以才要永远追寻下去。

克劳德·汉弗莱

他是职业橄榄球队费城之鹰队的防守队员。作为亚特兰大猎鹰队球员，他曾多次入选全明星队。

“你得让自己怒气冲冲，不这样就打不好球。”

1978年，他宣布退出球坛。

我是在上大学之后开始想当职业球员的。高中时，我曾告诉那个后来成了我太太的姑娘，我要成为杂志中的风云人物。我们俩那时常去孟菲斯市的市中心，下了公交车就是一个报摊。我把那些体育杂志从头翻到尾，告诉她有一天我的照片也会出现在上面。上大学后，我果然上了杂志。

在田纳西州，我的一切都围绕着当上职业橄榄球运动员这个目标。我不知道没当职业球员的话我会做什么，因为我只想着这个。

在大学时我的教练是乔·吉列姆，他是我最好的朋友之一。他儿子在匹兹堡钢铁人队当四分卫，他是第一个打这个位置的黑人。他上中学我上大学时，我跟他一起打过球。而我第一次作为职业运动员和他比赛时，却没有掺入一丁点个人情感。我不会故意让他受伤，可不管是不是朋友，我绝不会轻易放过他，我又抓又踢，用尽一切招数。

一个星期天，我们在坦帕打球，我冲破防线面对道格·威廉姆斯时，状况有些不同了。我产生了一种跟遭遇其他四分卫时有所不同的感觉。我真的有机会把他放倒、伤害他，可我却发现自己有所退缩，没有去攻击他。他是第一个打四分卫位置的黑人，似乎表现很不错。他们也让这家伙放手去打，看看能发挥到多好。在我要把他放倒时，我却发现自己不能够……不能够……（声音淡出）我希望这个黑兄弟表现出色。你懂我的意思吗？如果那天是乔·布罗当四分卫，情况就会不同了。

如果队里有三个黑人四分卫，我可能也不会有这种感觉。但只有一个黑人小伙子有这个机会给人们展示他的本事。和其他队员一样，四分卫是整支球队的一部分。所有人都要团结协作，投球手和接球手都是如此。我希望人们懂得这个道理。每个人都可以当四分卫，不一定非得是白人。

威廉姆斯打得很漂亮。他已经成功完成一次长传和两次落地球。我发觉自己不想伤害这家伙。我当时在想什么呢？我意识到自己希望他表现出众。尽管他表现好会对我队不利，不过我觉得这没什么。我不想搅了他的局。

我为什么有这种感觉呢？你会以为，我不想伤害道格·威廉姆斯是因为我想讨好乔·吉列姆。但这并不是我的想法。我猜我知道吉列姆没有多少机会，因为布拉德肖[1]的缘故。但在现场，人人都看着威廉姆斯，期待他成为英雄人物。我希望他作为攻方连连持球触地得分。

就是在这时，我觉得我得坐下来，好好审视一下自己未来的橄榄球职业生涯。因为我不能再打了，这项运动不是我那样玩的。我想，我可能正在失去比赛的本能，也许该退役了。

走出球场，我的个性全变了。我不得不变。首先，这是一项关

① 原注：特里·布拉德肖，匹兹堡钢铁人队明星四分卫。

乎技巧的比赛，但也是充满侵略性的比赛。你得让自己怒气冲冲，不这样就打不好球。你必须编个理由这样做。约翰·威廉姆斯是公羊队的截锋队员，他是我的好朋友。可我在比赛中面对他时，我不得不对自己说，约翰想伤害我。他想让我的家人没饭吃。他要让我难堪、出尽洋相。比赛时我想着所有这些约翰对我做的事，气得发疯。我一旦对他生气，就不会手下留情了。怎么解气怎么来。伤了他也没什么。你知道我的意思吗？要是他受伤了，他就不会断了一个孩子全家的生路了。我对他一点私人感情也没有。我怎么对待他都行，因为他不再像个真实具体的人了。

比赛一结束，他又变成了约翰，我的朋友。我会跟他去喝啤酒、聊聊天，当好哥们儿。可一旦来到球场上，我们就是敌人。

我在球场上一个朋友也没有。就算是自己队里的人也是敌人。要是我和一个队友合作，可他没做好，那他就是在害我的家人没饭吃。如果他没做好，就会影响我。可那个星期天，那一刻，道格·威廉姆斯却不是我的敌人。这件事让我很想不通。

回到家，我思考了这件事。我觉得我没尽到职责。那感觉就和我受伤之后一样。我下了决心，再打球也没什么意义了，因为我的比赛精神已经荡然无存。所以我决定挂靴，回去种田。

目前，我还要再打两年。我希望自己的比赛本能更强烈些。比赛时我常常自言自语，我想着要怎么抓住四分位，如果他逃了，我就绊住他，要是我踢中了，就算我走运。我能看到自己拉住那家伙的胳膊，和他纠缠在一起。我看到自己占了优势，粉丝们大声喝彩。

我要取胜。但我给自己设立了一些准则，如果做不到，那我的球队取胜也没有意义，没什么可高兴的。如果我们输了比赛，但我每件事都是按照我的准则做的，我会为球队输球而沮丧，也会为我自己做的事感到欣慰。你懂我的意思吗？这比赢球更重要。

我不想当教练，因为我觉得自己没法做教练该做的事。我没法将我过去那种做法教给孩子们。我觉得那是不对的，不符合逻辑。在我看来，在同一天里，一会儿憎恨一个人，一会儿又转过头来和他做朋友是不合逻辑的。

我用一个星期来酝酿仇恨，好在星期天能对那家伙来个大爆发。伤人而不感到内疚，这是不对的。我相信感情，认为不该无理由地伤害别人。出去打一下狗或踢两下牛都是不对的。这不是上帝想让我们做的事。你懂我的意思吗？等到我离开橄榄球这行的那天，所有这些纠结的感觉就会烟消云散了。

尽人事，听天命

米尔德丽德·奥姆斯特德

我们在火车站偶然相遇。她住在克利夫兰郊外的农业小镇上，为一家图书批发商工作。她丈夫是个中层经理。他们有四个孩子，其中两个在上大学。

“你知道的，可能永远不会成功，但梦想支撑人们活下去。”

我总想变成有钱人，怎样变我倒不关心。家财万贯多好啊，因为我们从来没有过很多钱。你总想要自己没有的东西。

美国梦是好东西。它激励人们前进。每个人都可以靠自己的努力去实现梦想。要是你没有梦想，是很容易放弃的。人们总抱有伟大的想法，觉得自己就要成功了。其实，你知道的，他们可能永远不会成功，但梦想支撑人们活下去。

我丈夫的弟弟就是这样。他总有些荒唐的空想。他不愿意每天辛勤工作。那不是他的作风。他总觉得自己明天就要当百万富翁了。如果他连这个念头都失去了，就真的一无所有了。

他做什么事都觉得挺容易，什么事都容易上手。他现在就是这么生活的。他靠小聪明活着，总要欺诈别人。他开了一家洗车店。没装合适的下水道，也不交水费。他知道自己会闯出一片天地，这一点他毫不怀疑。我可不觉得他能行，他太容易上当了。他很容易被人忽悠。狡猾的人容易被更狡猾的人骗啊。

他从前是个受宠的孩子。什么都有，人见人爱。他能说会道，可以说服任何人，得到自己想要的东西。但有些事情不大对头。

什么事情出了问题，总是别人的错。他被坑了吗？是的。他似乎总要结交坏朋友。结果差点入狱。可就算遭遇了这点小失败，他还是觉得自己能把事情搞大。他曾经对我丈夫说："在生活这盘象棋里，我只差两步就赢了。"他是从一本讲成功学的杂志里学到这句话的。他喜欢订阅这种杂志。他也在电视上看那些广告——怎么在二十天内变成百万富翁之类的。

我担心有一天他会彻底暴怒。我丈夫认为他对"他们"抱有偏执的妄想。他极其右倾，极其反政府，极其、极其反黑人。过去几年里，他的仇恨明显在递增。有时我们聚在一起谈论重大政治议题。从前这总是饶有趣味的，可最近几年，他越走越远，几乎没法跟他交谈了。他好像总想抓起一把枪朝那些人射击。这时我丈夫会说："我不想再争论这个了。这么谈只会让大家都生气。"

他家就像一个小军火库。（笑）他老想给你看看他的枪。他有一把M-1还是什么，反正是一把大枪。他说："子弹已经在膛。"我说："你想拿它干什么？"他说："他们来的时候，我要有所准备。"我说："你说的是谁？要是你家孩子长大了，约会之后回到家，会发生什么？你会给孩子来一枪的。"但他还是时刻准备着，不管"他们"什么时候到来。

他试图做个完美家长，但方法非常诡异。我不知道怎么形容。孩子们也变得非常不自然，非常刻板、就像有程序设定好的一样。很自然地，孩子们也憎恨黑人。这成了他们的生活方式。每个星期天都得去教堂，不去你就有麻烦了。他只知道自己想让孩子们做什么。可结果是，孩子们会起来造反的，如果他们能活到那个时候的话。他老婆是个很好的人。她没日没夜地干活。起初，她想让他走正道。可她后来和丈夫想到一块儿去了，甚至在用枪这个问题上也是如此。我吓坏了。

假如我想弄到好多钱，我会去抢银行——（笑）如果我觉得自己能逃脱的话。一个人不是坏透了，没伤害别人，大家总会为他开脱。你会想：上帝啊，饶了他吧。真见鬼，肯定有人能还回他偷的东西，而另一些人……

堕落是一种生活方式。为了生存，有时你必须把游戏玩下去。有些事你就是会去做。有一次我和丈夫超速行驶，被警察拦下了。警官拿了他的驾驶证。杰克说：“我知道我超速驾驶了，不过我们真的有急事，要迟到了。我是市议员。”警察把证件还给我们，说：“最好小心点。”没有罚单。我说：“你这么做不对。该受惩罚。”杰克说：“我知道，可这是一种生活的游戏。”

（她忽然大笑起来）我在说一种双重性。我说我想抢银行。然后我又说自己憎恨堕落。哦，这是一种双重人格。

我想发大财，可我看到那些很穷的人的时候，这个想法又松动了。我会想：如果我有了很多钱，看到这些人这样，还是没法真正好好享用。我希望看到没有人——听上去像是共产主义国家（笑）——没有人一无所有。那样多好啊，你觉得呢？

P.S. 1979年5月25日，她死于美国航空公司DC-10型客机空难。

斯蒂芬·克鲁兹

美国大企业高管，墨西哥裔。这一年，他三十九岁。

“你越是上层，就不得不失去越多东西。这个梦是关于‘不失败’的。”

“一个家庭是一点一点从墨西哥迁来的。通常是爷爷、奶奶先来，做点小活、打打基础、攒些钱，然后把家里人带出来，每次带一个。那时边境控制不像现在这样严。”

社会制度要求你怎样，你就得拼命努力达到那些要求。我过去是个好学生，我个子虽小，却是个很出色的运动员。我觉得人们都喜欢我。我们的日子过得挺富裕，却偏要住在遍地是废物白人的地方。我家只能找到那样的地方住。我那时还是小孩，完全搞不懂这是为什么。我们什么事都没做错。我们说话没有墨西哥口音，我们也从来不靠救济金生活。爸爸为了良心安宁，宁愿死掉也不领救济金。他在大萧条期间也有工作。直到今天，他都为此感到骄傲。

五个孩子中，我是唯一一个真正进入商界的。我们很快学到，一个人必须寻觅机遇，快速反应。我本来是学文科的，可苏联的人造卫星一上天，天啊，该死，你知道钱在哪里了。我立刻冲到注册处，签字改学工科。1962年我拿到了学位。要是你再有个商科硕士学位，他们就会塞给你大把的钱。于是我就这么做了。果然，这一行的市场没得比。有十四家单位愿意让我去工作，如果我继续找，一百家也是可能的。

我从没把这些工作邀约和我的少数族裔身份联系起来。我知道1964年有一项民权法案出台，可我还是很自信地以为那些企业愿意接收我是因为我的能力出众。回头看看，我比别人得到更多的工作邀约，就是因为那项政府法案。我却还以为是因为我他妈的才华横溢呢。（笑）1962年，我拿的工作邀约比那些资历浅于我的人要少。你更想指责就业市场，而不愿去面对歧视问题。

我去了宝洁公司工作。两年后，他们告诉我，我是他们用过的最好的管理人员，他们打算提升我。好啊，我去了人事部门。又一次，我觉得这是因为我有才华。如今我开始能看透美国梦的套路了。我的办公室是玻璃外墙的，其他人的办公室则是密闭的，你看不到他们。而人人都能看到我。

他们安排我来接待大多数来访者。我一直没觉得有什么问题，直到我们那儿来了一个新的工厂经理，一个南方人。我收到了他关于怎样面试黑人的指示。看看他们有没有不正常的地方就行了，好吗？我所受的培训就是这样开始的。我禁不住疑问：我们为什么不多雇一些少数族裔人员？我意识到自己是管理层唯一的少数族裔。

我猜想，作为一个墨西哥人，我是更容易被接受的，因为我并不是真正的黑人。我是个不错的折中办法。谁看我都觉得挺不错。我雇了一个黑人秘书，这是被明令禁止的。等我休假回来时，她已经走人了。我的上司趁我不在时解雇了她。我追问过原因，但没有人给我一个过得去的解释。

直到那时，我还是没有质疑过美国梦。我相信如果你努力工作，就能取得成功。我一直没想过自己会有所不同。这就是问题所在。我们受到各种歧视，我却从没把这与社会联系起来。我还以为那只是一些个人行为。他们是坏人，我母亲曾经这么说。到了1968

年，我开始有所质疑了。

我混得顺风顺水。大学毕业的第一年就赚了两万美元。之后我离开了宝洁公司，因为在那儿我看不到任何前途。他们倒挺愿意把我摆在那儿的，但我自己的想法可不是这样。由于那个工厂经理的态度，我的反应可能有点过激，但我深感一个墨西哥人在那儿没有任何前途可言。

我去了蓝十字会工作。那是1969年。当时“伟大社会”方案正如火如荼地实施着。过去从没意识到自己是少数族裔的人也行动起来了。人们做了很多唤起觉悟的工作。大学里出现了各种黑人教学项目，还有文化认同感等议题的讨论。可是这个国家的重要问题——经济方面呢？企业管理层几乎没有给少数族裔的职位，尤其是黑人。

那套老生常谈又来了。如果你是东方人，你就一定擅长数学。如果你是墨西哥人，你能让周围的气氛轻松愉快，你讨人喜欢，但有点情绪化。墨西哥人不是整天睡觉，就是整天大笑。生活本身是一件大大的乐事。明天也一样。只要你不处在决策人的位置，进入管理层还真是不错。

那时我认为，少数族裔进不了企业管理层有两种可能的原因。一是根深蒂固的种族主义。但也有可能因为他们本身确实是糟糕的管理者，没法担任要职。你看，我到那时还相信从小学到的美国梦：美国商人是无所不能、公平正直的。如果我们让那些不开眼的家伙看到雇用少数族裔能多赚钱，那些商人——优秀的经理、优秀的决策者们，将会有所回应。我还天真地以为美国的商人们他妈的在乎这个社会呢，这会让他们选择去做正确的事。我那时还抱有这个信念。

我急切地学习决策制定的标准。我还是距离顶级管理层太远了，看不到他们是怎么工作的。我需要学更多的东西。啊，多学习，你会获得成功。这部分梦想还没远离我。我仍然抱着一定要拼命工作的念头，要学得比别人更多，然后你就会进入社会上层。

在蓝十字会的第五年，我发现了美国梦的另一个弊端。少数族裔彼此间也像白人对少数族裔那样看不惯。白人老板最强大的武器还是老式的分而治之的那一套。我的错误在于以为我们的觉悟都达到了同样的水平。

我试图把一些黑人和其他少数族裔聚集在一起。这些人本来也不太多。东方人从来不会真的融入进来。黑人则完全误解了我的意思，也许是我的表达不够清楚吧。他们当时正在致力于文化上的反抗。如果一个经理叫他们“黑鬼”而非“黑人”，他们就会对他大加诋毁。我说不管被叫作“黑鬼”还是“黑人”，只要能找到工作，别人叫什么又有什么关系呢？我们为此产生了激烈的冲突。管理层的人，当然了，对此一笑了之。整个斗争浮于表面。分裂导致了运动的垮台。所以我学到了另外一课。人人都有自己的打算。不管人们参加了什么团体，总是倾向于不管不顾地把别人踩在脚下。

美国梦变得看上去他妈的如此复杂了，我开始想：该死，要是我愿意，本可以退回去，先把自己的日子过好。那时我已经每年能赚两万五千美元了。我自己的情况开始好转，别人的境遇也好起来了。于是有人开始说：“哦，美国梦，你已经实现了。你为啥还不歇歇呢？”我不肯和他们站到同一队伍里去。

我的老板对我说，我有当高级管理人员的一切素质。他们需要的就是“知道我们是干什么的”这句话总是出现。我想警告少数族裔和妇女们，不管何时你听到“知道我们是干什么的”这句话，意思就是让你“安分守己”。只要你别玩出圈，荣华富贵有的是。我感到幻灭，我辞职离开蓝十字会之前，他们本来想邀请我当董事的，年薪是三万美元。

我要做的只是表现自己。我有当个好奇卡诺人的“素质”，和当个好黑人是一样的。我很机灵，精于算计。人们从我的言谈举止中根本看不出我是墨西哥人。有些人对我说，我看上去不像墨西哥人，倒像意大利人、黎巴嫩人，或者谁知道什么地方的人。（笑）

说来容易：“喂，你还抱怨什么？美国待你够好的了。闭上嘴吧，别瞎扯那一大堆了。”这的确是个问题。每次我回想起来，美国似乎真的对我不错。

真见鬼，我甚至想要放弃了，让那些事都滚蛋吧。也许我该在工厂里找一份工作。可发生了什么呢？工作邀约一份接一份地来了。我对自己说：“上帝啊，这不是很傻吗？你可以一边赚钱一边继续探索答案。”于是我这么做了。可我每次拿了钱，思想斗争总是更加激烈，而不是逐渐缓和下来。

哇，我的年薪升到了三万五千美元。那是一家做储蓄和贷款业务的企业。我信任这里的执行经理。他是那种我一直寻找的高层管理人员：通情达理、有人情味，也坚持照章办事。直到上面考虑让他升至全公司的执行副总裁，忽然间一切都改变了。我看到这家伙的突变，才意识到既得利益的威力有多大。他出人意料地说出这样的话：“别捣乱，低调点，你要安分守己。”我又一次感到了失望。

这之后，我去了一家咨询公司工作。我对自己说：“好了，这下我离那些决策人很近了。我要看看他们是怎么工作的。哇，这可是一家咨询公司。”

咨询公司正在拯救美国的很多生意人。他们的做法完全违背了资本主义的观念。他们不让那些企业倒闭。洛克希德公司成功获得了美国基金的保证，正是因为咨询公司在帮他们美化公司。在这种工作中，你是看不到少数族裔的。你得先证明自己事业有成才能去那里。

美国梦，现在我看清了，它不取决于教育、机遇和刻苦工作，而是靠权力和恐惧摆布。你越是上层，就不得不失去越多东西。这个梦是关于“不失败”的。如今美国流行的观点就是：别失败。

离开咨询公司后，我每年能赚五万五千美元。我的上一份绩效评估是：你在这个行业大有可为，你能成为合伙人，但你要知道我们是干什么的。又是老一套。这一次我不会再抱幻想了。一个上层人士是多么容易被控制这类人的同一套价值体系吞没啊。我也变成了那个样子。我担心自己失去每年五万美元的收入。所以我跑去问其他高收入的少数族裔：“你看，我们走到这一步应该感谢什么人吗？”回答是：“我们谁的情也不欠。”他们从民权运动中得到了好处，却毫不领情。他们很快就把事情的来龙去脉忘得一干二净。就像我刚大学毕业那时一样。啊，都是因为我自己，我太厉害了。我对这些人的愤怒和对那些上层人士的愤怒是一样的。

现在，情况很让人困惑。我在商界的十五年被认为是一个“成功”。很多英裔美国人嫉妒我的成就。每年收入五万美元的顶层人士只占美国总人口的1%或2%。而且我太太每年还能收入三万美元。我们很富有。每当我放弃一份工作时，同事们总是以异样的眼光看我，好像我是个叛徒。“你把我们的一切都搞砸了，你是我们中的一员，我们是精英，我们就该统治别人，该死的，你在干吗？”所以如今我的同类人也都用怀疑的眼光看我。

我目前在普拉特维尔的威斯康星大学教书。这里很不错，同事们都能和我说心里话。我在普拉特维尔附近买了一座农场。就目前的农场价格行情来看（笑），我们做的是亏本生意。不过有这份大学的工作，再加上我们过去存下的钱，日子过得还不错。

美国梦变得更难以捉摸了。这个梦是由某些人的看法左右的。有时候我觉得，一小撮金融家每年聚会一次，就决定了世界上的所有大小事情。

如今的企业越做越大。小企业已经很难再生存下去。企业过于庞大，难以控制，从其内部是不能改变的。我们需要一股与之对立的制衡力量。

琳达·克里斯汀森

她回忆起自己曾在这个国家最富有的社区的生活经历。那是北方一座大城市的郊区。

“每得到一美元的财富，就伴随着两美元的麻烦。”

小镇里没有工业。店主和加油站老板都不住在这里。他们只是提供维持小镇运转的种种服务罢了。住在那儿的人都在大城市工作。人们搭乘公共交通上下班，早上搭哪班车去，晚上搭哪班车回都有严格的时间表。那些人每天都坐在固定车厢的某个固定座位上。

哦（笑），但愿你别在下午五点一刻或五点二十一分这类倒霉的时间去杂货店买牛奶。那时镇里的一切都停滞了。就像麦克·塞纳特电影里的场景一样。汽车从四面八方聚集到火车站。交通彻底阻塞。你困在那里，动弹不得。这种情况大约持续十分钟。男人们带着公文包从车厢里突然钻出来，急匆匆地朝四面走去。他们的太太都在固定的地方等着。那些人看都不用看就径直朝汽车走去。

我想，这个镇每平方米上的梅赛德斯汽车比世界上的任何地方都要多。在这之前则有很多福特旅行车。不是别克，那东西太朴素。我们买得起凯迪拉克，不过这车又太笨拙。但在某些其他场合，它倒显得挺华丽的。如果你刚从曼谷、马达加斯加或香港回来，要用从那里带回来的食品举行一次晚餐派对，届时对邀请来的宾客吹嘘一番，这种车还是能充充门面的。

那些在车里等待丈夫的娇小太太们，如果把她们排起来，简直就像站成一排的小企鹅。同样款式的轻便大衣，无处不在的原色哔叽，同样的鞋子，同样的裙子，几乎同样颜色的头发，是那种带一点金色的浅棕色。没有人是金发的，哦，绝对没有。也没有人是深棕色或黑色头发。只是脏老鼠那种褐色。

我是第二次世界大战的产物。我小时候看的电影、读过的故事书，讲的全是同一套东西。作为一个女人，我会长大，有一幢白色房子，花园有白色的木栅栏，还有一个从事某项职业的非常富有的丈夫。我们会穿着很漂亮可爱的衣服。丈夫下班回来时，我还穿着方格条纹围裙，从烤箱里端出巧克力薄片小甜饼。我们会永远快乐地生活下去。这就是美国梦。

有种不成文的说法：这里有取之不尽的存款，男人们工作，但是工作地点较远。他穿西装而不是工装上班。你们去世界各处可爱的地方度假，孩子们留在家有人照看。他们不跟着一起去。你和你丈夫去那些浪漫的地方度假。一切皆有可能。你可能就希望这样，事实也确实如此。我就是抱着这种梦想长大的。

我在欧洲住了一年，学会了足够多的语言来让我在一家制造公司当处理外国事务的翻译。我很快离开了这份工作，因为我的老板决定玩“在办公室追求我”这个小游戏。我又在一家经纪公司找到工作。我果然遇到并嫁给了一个非常富有的男人。

他家是城里最富有的。他家不仅有钱，而且在政治上有权有势，大学里很多教授也是他家的朋友。

我发现他家和我家简直有天壤之别。邀请他们共进晚餐时，如果在餐桌上摆好了餐具垫，我婆婆立刻会问：“买这些花了多少钱？”她会说“我买那辆新车花了八千美元”，却不会说“我买了这辆新车，激动坏了，乖乖，我等不及开车带你到附近兜兜风啦”这种话。完全是另一回事。

我学会了怎么对付这些。我不吹嘘某样东西花了多少钱，而是彻底反着来。我要吹嘘某样东西是多么划算。“我有两件小古董，我在旧货店发现的，才花了两三美元。”有客人称赞时，我就说：“是的，1966年我花两美元买到的。”话一出口，我接着说，“哦，别这么说，我现在已经不怎么喜欢这个了。”

我工作的那家经纪公司的人都住在这个社区里。他们都是些呼风唤雨的人物，是各个公司创始人的孙辈和曾孙辈。一个年轻雇员在这里干得很不错，他既聪明又受过良好的教育，你准以为他能轻易地进来。但他和他妻子犯了个大错误。他们没从城市搬到能当垫脚石的郊外社区来。如果你祖父或曾祖父没有创立一番事业、几个世纪里都没进入社交花名册，而你又想钻进这个社区的后门，办法倒是有的，不过你得慢慢来。你必须站稳脚跟。你丈夫得在公司证明自己，至少要做到执行副总裁这一级。妻子则要在慈善界有一席之地。你要一步一步来。

那男人和他妻子的两个孩子已经在这里注册过了。他们想在这个社区盖一幢房子，特别兴奋地和我说起这件事。有一天，我老板和另一个高级合伙人一起抱怨从城里搬来的人，连声音都不愿压低。他们以为自己是谁？他们不是我们当中的一员。我离开公司后，有一次又遇到这个人。他那天无意中听到了那番话，自尊心受到的伤害他永远也忘不了。他本以为自己已经能融入进去了。我说的这个人是个盎格鲁-撒克逊新教徒，一个文雅且受过优质教育的人。我说的可不是那些奇怪团体或是其他种族来的人。就算这样他还不是他们中的一员。

靠着我丈夫的地位，我的日子过得并不艰难。不过，我还是要谈谈一次煎熬的经历！我发现我们住的地方附近是没有小孩子的。

房子都很大，草坪就像足球场似的。说到那个街区的房子，你可能得走过一个街区才能到达另一幢房子。我有两个幼小的孩子，我希望他们有地方玩耍。我听说镇里有个私人俱乐部，那里面向孩子的夏令营项目是最好的。你得加入这个俱乐部，这样你的孩子才能参加活动。想加入的话要得到主任们的准许，有一个人不同意你都加入不了。于是我们举办了一次鸡尾酒会，这样那些主任们才能见见我们。

鸡尾酒会定在五点二十开始。多奇怪的时间啊，我想。为什么不是五点或五点半呢？我们早到了一些。突然间许许多多小汽车出现在车道上，太太们穿着她们精心准备的衣服——平纹小棉布裙子、彼得潘领的素雅白色上衣，从车里下来。男士们穿着非常服帖的西装，带着公文包，下了车。他们踏着沉重的脚步走了进来。

他们很快走进酒吧间，拿起一杯饮料，一个一个朝我们走过来。几乎没人说“你好”或是“过得怎么样”，问我的第一个问题就是：你是哪个妇女联谊会的？然后是：你上的哪所学校？你娘家的姓是什么？之后他们就转身走了。男人们也问了我丈夫类似的问题，然后也转身走了。最多只花了四十分钟，一切都完事了。我从来没参加过比这更不同寻常的社交聚会啊，简直像部落仪式一样。我就是祭台上的肉食和羔羊。感谢上帝，我连开胃小菜都没来得及吃。

在这以前，我婆婆已经教过我应该怎样穿衣打扮了。我那天穿了一件两年前添的衣服，几乎没化妆。我说话轻声轻气，声音柔和悦耳。我通过了，因为我没说什么有争议性的话。其实什么话我都没机会说。

那些女人梳的发型，穿的衣服，一切都能让她们回到大学时代。一个姑娘穿着卡迪根式开襟毛衣，双臂露在外面，用带子在脖子那里打一个结。那是一种很文静的东部女学生打扮。她们都活在自己的过去中，没为自己创造出任何新的生活方式。

她们都是从享有盛名的七姐妹学院毕业的，丈夫也都出身常春藤名校，可他们没法谈论书籍或音乐，不会谈论政治。他们的世界是干燥而贫瘠的。他们关心的是谁被邀请去了谁的聚会，谁都穿了什么衣服。男人们聚在房间的一头，女人们聚在另一头。这些太太们谈论着约翰尼的麻疹，以及她们去哪儿给丈夫买袜子。男人们都谈论着股票市场和银行投资，他们没有人做其他职业。如果他们在法律界工作，也是从事公司法的。所以谈来谈去总是那些。

我关心我的孩子会受到怎样的教育。于是我开始留意附近的环境。我去了公立学校，发现债券的八年期限还没过。那些人的孩子已经长大了，该去上高中或大学了，或者他们已经送孩子去了私立学校。镇里送不起孩子上私立学校的人极少，力量不够，无法投票通过任何事情。美术课取消了，音乐课也取消了。学校里四年没添过一件科学仪器。我说的可是世界上最富有的社区啊。

多年来，很多寡妇继承了大量股票、财产和大房子。那些房子要二三十个，甚至四十个用人照管。那些可爱的小老太太要比她们的丈夫多活二三十年，随着各项支出的增长，用人被一个个打发走了。这些老太太也被迫离开了家，或者死掉了。所以这些大型房产被分割了，房产经纪人来了，把地产分成每份一公顷大小。其他人也来了，这是年轻的有钱人的时代。他们还没得到社会承认，但手里有的是钱。在他们的美国梦里，旗帜飘扬，凯歌高唱。他们带来了学龄儿童，但这个该死的地方没有一所公立学校。

这里还有一个潜藏的社区：那些退休扈从和用人的家庭。还有那些人们聚会时从来不会谈到的人：住在店铺楼上的老寡妇们。高贵之人的行为理应高尚？我曾经在上百个晚宴上与宾客讨论大量靠领救济金的人的生活问题，把那些聚会搞得不欢而散。

我有编织的技能。有一天我接到社区娱乐中心的电话，问我是否愿意教老年班编织课。于是我接触到很多可爱的靠救济金生活的小老太太。她们住在镇里店铺楼上的公寓小房间里，多数人连厨房都没有，只有个小电炉。她们中一些人的丈夫曾经是市里首屈一指的银行家。钱都不见了。也有些人不靠福利金而是靠社会保险过活，靠一张又一张的租金支票。

有几个我熟识的老太太的孩子在国内其他地方住，房子都很漂亮。他们每年给母亲寄一张飞机票，准许母亲过来住十天，看看孙辈，然后又把母亲打发回去。

我有几件曾祖母留下的爱尔兰亚麻织品，特别好看。有一次我邀请编织班上的一个老太太来家里喝茶。我说的这些小茶巾现在看来简直微不足道，值不了几个钱。（笑）她却小心翼翼地用手指抚摸着它，不舍得放开。她说："我从前有三十个用人。"真是个天文数字。然后我们聊起了那些往事。我只对她过去的生活匆匆一瞥，就看到了那富丽堂皇的餐厅、长长的餐桌、蜡烛、漂亮的水晶制品和银器。我能看到她坐在长桌的一头，仆人们在身旁来来往往。可她现在却坐在我的起居室里，穿着小小的居家便服，抚摸着我家茶巾上的蕾丝，回忆着往事。

对我而言，这是个难以生存的世界。我离婚的事搞得一团糟。在这种社区里，一旦女人离婚了，地位就一落千丈。她可能曾被人们接受，可能是这个协会的主席，或那个互济会的主任，就像我过去那样。不过她很快就被隔绝在外了。哦，是的，人们曾经在文章中描述我出现在怎样怎样的舞会，穿着怎样怎样的礼服。可我后来像烫手的土豆一样被人们扔掉了。圈外人都亲切友好，圈内人则对我保持疏远的礼貌，或者干脆十分粗鲁。

我在美国梦里生活过。我嫁给了千万富翁。我立刻拥有了地位。我住在价值百万的房子里。我环游世界，有很多用人。这些都是不劳而获的，但也付出了该死的太多代价。每得到一美元的财富，就伴随着两美元的麻烦。

我正在回到我从前的价值观。我并不是从喝酸牛奶那样的糟糕境地起步的，所以我离奶油蛋糕也不是很远。我不认为自己能忍受贫穷的生活。我头脑聪明，应该不会陷入贫困。我能得到够用的东西，但多少算够用呢。我不知道。

卡罗尔·丹洛与托尼·丹洛

1975年2月，他们赢了伊利诺伊州彩票大奖：一百万美元。

“我们现在就活在美国梦里。对我而言，这就是生活。”

洛克波特位于芝加哥西部郊区：农田上起了高楼，这里是一片仍未确立法人的新住宅区。她对邻居们的描述是："为过上更好的生活而努力工作的人，他们的房子特别奢华，一般的年轻夫妇基本无法企及。"他俩的房子也在其中，布置得非常有品位。

她说："我们之前住的房子比这儿更豪华。我们在常青公园有一栋办公楼，还有一套十间卧室的公寓，比这儿大多了。真的特别棒。我们有漩涡式浴缸，餐厅里有上菜架，以及各种各样的漂亮玩意儿。"

尽管三个子女都已成婚，他俩看上去却惊人的年轻。"我们成家早。"他笑着说。他俩都四十七岁。

卡罗尔：我们一直喜欢小赌几把。从一开始我们就买彩票，每个星期花十到十五美元，不过从没想过中大奖。

托尼：我在大西洋与太平洋茶叶公司当了二十八年卡车司机。我喜欢那份工作，对其他事情也满意。一旦你中了彩票，周围的人对你的态度就改变了。他们觉得你不该再出去工作。我仍旧去上班，可忽然间他们都特别诧异为什么要这样。他们觉得你做的这份工作是另外一些人真正需要的。就连公司老板和工会官员也不站在我这边。他们工作赚的钱比中彩票得的钱多得多。他们自己继续工作是没问题的，却认为我该放弃这辈子干了二十年的工作。如今一年赚五万美元算得了什么呢？山姆大叔扣完税之后就不多了。很多人都赚这么多，有的人会更多。

卡罗尔：每年五万美元，干了二十年。我们的钱就是这么赚来的。

托尼：我们本来有两份不错的工作。我们坚持上班，直到实在受不了那些诋毁为止。我们挺走运的。我们了解一点房地产，于是进行了投资。我们就是在这上面赚了很多钱。这实际上是中彩票之前的事。

卡罗尔：那天我们到了米尔伦大厦的晚宴剧场，抽签就是在那里举行的。那是一座大礼堂，你可以带自己的助威团过去。我们抱的希望真是很大。有人给我们发了一个小球，上面带数字，代表马的位置和编号。他们把小球放到一个大桶里。叫到我名字的时候，我当场就歇斯底里了！（笑）太疯狂了。这是最激动人心的事情。我一会儿发冷，一会儿颤抖，什么滋味都尝遍了。

托尼：我们的儿子当时二十三岁。他一下蹿过了六排椅子，嚷嚷着他再也不用去工作了。我说："该死的，你敢辞职试试！"他在建筑行业当木匠。

卡罗尔：大家似乎都为我们高兴，可还是有些眼红妒忌的人。我们失去了几个本以为是朋友的家伙。可能是出于嫉妒还是什么，忽然间我们的友情就冷淡下来了。

托尼：中奖一周之内，情况还不错。可在那之后，人们都觉得我应该辞职，因为他们自己中奖的话肯定会这么做的。他们总在我们背后瞎议论。但是我真的喜欢我的工作啊。我想工作。辞职倒没什么，因为我们本来就打算五十岁退休。当时我们已经四十四五岁了。

卡罗尔：我是大西洋与太平洋茶叶公司的收款员。人们说：“你怎么还工作呢？”尤其是有个老板在我们中奖后也抱怨说：“我觉得她是想要个金柜台。”全是这种话。本来都是些无足轻重的蠢话，可听多了还是让人很恼火。

托尼：我觉得如果大西洋与太平洋茶叶公司没解雇我的话，我是不会辞职的。两个老板碰了碰头，以违抗指令为名解雇了我。

卡罗尔：人们觉得得用不一样的方式和我们说话了。我辞掉工作后，又到一家旅行社工作。好吧，我刚开始这份工作，《太阳时报》就大写特写我中奖的事，而且配了照片。那些女人看了报纸，还互相打电话：“你看报纸了吗？”“没有。”“好吧，快打开看，看看你在跟谁一起上班。”那个人照做了，她又说：“对吧，你打算怎么办？”她说：“咱们明天跟她说什么呢？”她们全说：“不知道。”

她们都是很好的人，我们在一起相处得挺和睦，可我总觉得，她们以为要用不同的方式对待我。第二天我照常上班，她们都有点羞答答的。突然间，一个女士说：“我在昨天的报纸上看到你了。”“哦，真的吗？”她说：“我不知道该对你说什么。”她们现在觉得我是个不一样的人了。

托尼：最早有这么一对中奖的夫妇，他们上了年纪，爱去街角的小酒馆喝几杯。中奖后，每次他走进小酒馆，人们都想让他请客，让在场每个人免费喝酒。这么做是不对的。洛克菲勒也不能走进鸡尾酒酒廊请每个人喝酒。（笑）

卡罗尔：美国梦？我们现在就活在美国梦里。（笑）对我而言，这就是生活。我们想去打高尔夫就去，想做什么就做什么，只要我们还干得动。除了美国，还有哪里能实现这一切呢？

我们睁大双眼寻找新的投资项目。哪里最适合、最赚钱就把钱投到哪里去。

托尼：我在报纸上读到过，有人相信轮回转世。我不希望有这一出。因为我不希望来生的日子没有此生这么富足。我对我们这辈子的生活非常满意。如果非要重过一遍，我希望来生与此生一模一样。

海伦·聂尔宁与斯科特·聂尔宁

他九十五岁。那张坚韧的脸上爬满了皱纹和被人殴打留下的伤疤，反映出他一生的坎坷遭遇。可他仍旧屹立不倒。他已经写了五十本书。

她七十七岁。走路的样子还像年轻姑娘那样优雅轻快。

他手里挥着斧子，正在用力砍一块铁杉木。她则在简陋的石头房子里忙来忙去。“海伦盖了这座房子，还有外面放杂物的房子、厕所。每一块石头都是她亲手砌的。”他说。在那些希望回归自然的年轻人心目中，他已经成了一位民间英雄。

沿着缅因州的海岸去往哈伯赛德的一路上惊涛拍岸。那是一段蜿蜒的土路，距离新英格兰各个小镇特别远。那些小镇里有很多人们已经非常熟悉的广告牌：麦当劳、肯德基、邓肯甜甜圈、假日酒店，还有各类汽车经销商。

斯科特：美国梦？你真是个没道理的乐观主义者。你知道那个从纽约坐飞机到芝加哥来的人的故事吗？他们快到机场时，机长宣布："你们旅程中安全的部分已经结束了。你们正在进入芝加哥航道。请当心。"（笑）

我们这里有森林，也有小海湾。大西洋和佩诺布斯科特湾的漂流物遇到涨潮会冲到海湾里来，落潮后，有一些原木留在那里。我们有一些非常简单的工具。我们把一块原木切成大约十二段，冬天烧来取暖。

海伦：我们并不是完全遗世独立。我们不自己做鞋，也不自己养羊剪羊毛。我们极其接近自给自足，但也不会给自己找麻烦。我们不是纯粹主义者。我们不说"如果那东西是商店里的，我们就不要"这种话。虽然不大情愿，我们还是要去商店买点东西。斯科特会去纽约的梅西百货公司买鞋带，出来的时候真的只拿着一副鞋带。百货公司的其他所有东西他都不感兴趣。（笑）我得承认如果我去买毛衣，我可能还会带着买到的围巾和袜子出来，但斯科特不这样。

你们在佛蒙特住了二十年。在那儿盖了自己的房子，制作和售卖枫糖浆。你们已经适应了那里，扎下根了。为什么要搬走呢？

斯科特：我们住在荒野的边缘地带，斯特拉顿山。我们住在那儿的时候，他们把山上的树都砍光了，然后把木材运走。造纸厂把那座山转让给了滑雪集团。那地方离我家只隔着一条路。我们决定不再住在那里了。我们希望跟用普通手段而非旁门左道谋生的人住在一起。我们更喜欢农民。

那片土地的价值直冲云霄，从每公顷两美元七十五美分激增到八千美元。离滑雪场越近，地价就越高。小块小块的土地上都建起了滑雪度假别墅。我们有七百五十亩地，买的时候只花了两千两百美元。现在却值六百万美元了。我们反对任何形式的剥削或不劳而获。我们什么都没做，没办法让升值显得有道理。是朝鲜战争使土地升值的，这是发战争财。如果我们按新的价格出售土地，就是发战争财。我们反对投机倒把，也反对战争。于是我们把土地上交给文荷镇了。依照佛蒙特法律，是我们创建了文荷镇林区。

他们召开了镇特别会议，讨论是否应该接受这七百五十亩土地的馈赠。决议时以二比一的票数同意接受土地。他们连句“谢谢”都没说。他们甚至都没写信告诉我“我们接受了那片土地”。

那时朝鲜战争还在继续。反对接受土地的人把我们叫作共产党。他们以为我们想用某种方式贿赂镇政府。具体怎么操作他们却不知道。但我们怎么会把这么棒的一片森林白白送出去呢？一定是个陷阱。

海伦：也有人以为我们在用这种方式避税。

斯科特：我们参加了镇里所有的会议，办了所有手续。

海伦：就算这样，离开的时候，我们就像是异乡人一样。

斯科特：他们一直把我们看成局外人。

一战期间，我们的一个邻居过来说："你们愿意买点德国公债吗？"想都没想，我就说买。我花了八百美元买公债，然后就放在一旁不管了。后来，那些公债值数万美元了。但我把那些债券扔进了火炉里。我不想发国难财。

你怎么会这样理解呢？

斯科特：我出生于宾夕法尼亚州的一座煤矿和木材工人营。十九世纪八十年代，我祖父是那里的主管。那里的木材、道路、房屋、学校、教堂都归莫里斯伦煤矿公司所有。只要你能想到的东西，都归公司所有。在镇里居住和工作的人都得规规矩矩的。镇里的一切都和公司有关。我则出身于特权家庭。

有一天，当时我还是个五六岁的小孩，我和祖父一起出去，站在运木头的火车车皮旁边。地上有一条拉木头的大铁链。铁链的圆环每个有约一厘米长，一共六米。一个男人拾起链条，把它拖到车里去。我心想：这家伙怎么不快点拉呢？他怎么不紧不慢的？我跑过去，也拾起一根链条。当我试着把它抬起来时，立刻就知道他为什么走得那么慢了。（笑）这是我最初学到的一课。有些人必须干搬链条、劈木头等等需要体力、决心和精神头的活儿。有些人却躺在吊床里整天懒洋洋的。

我十四岁才上学。之前有私人教师教我。我家搬到费城之后，我去了公立学校。我开始学法律，但发现这并不是理想的职业。于是我决定教书。我在宾夕法尼亚大学当老师，并且开始写书。

海伦：是谁对你说“你怎么不领了版税，把嘴缝上呢”？

斯科特：（笑）是另一个老师。他说：“你个该死的傻瓜，你怎么不接受提升，领了书的版税，把嘴闭上，管好自己的事呢。你为什么非要谈论那些事情呢？”

那时我是宾夕法尼亚童工委员会书记。我们在试图为限制童工立法。约瑟夫·格伦迪却出现了，他拥有一座纺织厂，而且是宾夕法尼亚州制造协会的主席。当然，他雇用了童工。格伦迪对学校说：“除非你们摆脱聂尔宁，否则别想得到拨款。”

1965年6月15日，大学已经放假，教职员工都去过暑假了，学生们也都回家了，校长给我写了一封非常简短的信。他写道：“下学年学校将不再聘用你。埃德加·F.史密斯。”

系主任和教职员工都百分之百支持我。我那时住在特拉华州的阿登镇，那里当时实行单一税。收到解雇信的这天晚上，我登上了一列巴尔的摩—俄亥俄的火车。当晚我们就在全国范围内分发了一千五百封信。从那以后，战斗开始了。现在仍在继续。1975年，宾夕法尼亚大学发给我一个名誉学位。差不多六十年过去了。（他露出一个难以察觉的微笑）

1917年，联邦政府因为我写的一本小册子起诉了我。我在书里描述了1914年到1918年一战发生的经济原因。政府认为任何人读了这本书都不会去当兵了，因此我这是一种叛国行为。我在联邦法庭受审。我被判无罪，但出版商却被判有罪，罚款三千美元。案子上诉到高等法院，最终维持原判。我们筹集了三千张一美元钞票，在纽约交给了联邦当局。

本世纪初是美国历史上一段激动人心的时期。几乎每个团体都有发声渠道：城市俱乐部、商会、中央机构、公共论坛、古柏联合学校等等。这些团体的人有成千上万的机会聚在一起，发表自己的看法，接触志同道合之人。我曾经在托莱多大学待过，后来被那儿开除了（笑），不过我在那里时，中央工会每星期聚会一次。礼堂里的每个人，只要没喝醉，只要不说亵渎神灵的话（笑），都能起立发言，只要观众愿意听，想说多久都行。

基督教一位论派举办了公开讨论会。发言者从一个州跑到另一个州，一个镇跑到另一个镇，这里得十美元，那里得五十美元，跑到纽约，跑到加州，一直做这种事为生。愿意来听吉恩·德布斯、我自己，以及克拉伦斯·达罗演说的人有成千上万，放眼望去，人群挤满了麦迪逊广场公园。

我曾和达罗辩论“生命有价值吗？”这个问题，克拉伦斯说没有。我那时还很年轻，克拉伦斯比我大三十岁。一个上了年纪的人说活着没有价值，而一个年轻人说有价值。（笑）我说活着不仅有价值，而且必须要活着。

这本来是一个人们可以发声的国家。第一次世界大战终结了这个局面。战争期间，人们的言论受到密切注意。到了二战，共用讨论会彻底关闭了。战争期间，军队的人掌权。1931年，我思考着人类应该做些更好的事情。环顾四周，我只能看到贫穷、无知、愚蠢和浪费。我们为什么不尽自己所能过上更好的生活呢？

海伦：我们讨论过，为什么要在城市当穷人呢？我们要看看能不能在农村买下一处地方。我们两个人的钱加在一起也超不过一千美元。斯科特跑到佛蒙特花了三百美元，外加八百美元抵押买了一座在走下坡路的破败农庄。他有一辆旧的二手轻便福特车，花了多少钱买的来着？

斯科特：三百美元。

海伦：于是我们北上佛蒙特了。土地非常贫瘠，大约有六十公顷地，那时并不算多。我们发现在那儿我们能够自给自足。在农村我们也过着穷日子，但总比在城市当穷人强。我们不用去垃圾箱里翻找吃的，而是吃自己的菜园子种的菜。这对我来讲很是新奇。我家有菜园和菜农。

我们有这座破败、老旧、衰颓的房子，而我们希望让房间更多一些。于是斯科特说，在原有房子的基础上再盖几间就好了。那是我们的第一座石头房子。之后我们又建起了九座石头房子：主屋、车库、工作室、木柴间、温室等等。这是斯科特的林间工作室，他现在在写一本新书。

多数来这里的年轻人属于中上阶层。很少有工人阶级或黑人来我们这儿。那些年轻人什么都经历过了，能习惯于轻松地接受任何事情。另一方面，他们已经和社会决裂了。他们把舒适惬意的家抛在身后，背上了行囊。这是值得称赞的。很多人只是到处流浪，出来享受好时光，感受乐趣，就是这样。但我们惊讶于有些人的态度十分严肃，他们开始建起自己的家。我对此感到乐观。

斯科特：我曾经在阿尔巴尼亚待过。我问一个司机那个国家有多少辆汽车。他回答："正好够用。"

海伦：我们在这里拥有的东西刚好够用。我们的穷朋友以为我们很富有，我们的富朋友以为我们很贫穷。我们建起了结实、宽敞、坚固、漂亮的房子，因为这是我们自己一手修建的，是按我们希望的样子造的，这就足够了。如果明天有人给我们一百万美元，我们还是会住在这里，而且将为怎么处理这一百万感到困扰。斯科特可能会把那些钱扔进火炉。

斯科特：我们要做的就是自立谋生，并且贡献自己的一份力量，来让这个垂死的社会尽可能好过一些。

母与子

多萝西·劳森·麦考尔

第一次拜访：1975年。

那是她八十六岁生日前的一个星期。她儿子汤姆·麦考尔正在担任俄勒冈州州长，这是他的第二个任期。他是个很受欢迎、特立独行的共和党人。他正在争取史无前例的第三个任期。她自己则是波特兰远近闻名的“人物”，正在一半认真、一半心血来潮地考虑自己是否也要争取候选人资格。“我的政治纲领是取消‘六十五岁退休’。我希望打碎这个规定。是谁凭空制造出这项糟糕的法律的？只要身体还可以，人们就应该继续干下去。”

她已经在俄勒冈州生活了六十多年，却依然保持着波士顿高雅之士的口音，讲起话来无拘无束，言辞流畅，思维奔溢。一杯双份曼哈顿鸡尾酒让她双颊绯红。她仍然会卖弄风情。

“全是假装出来的，是逢场作戏。我饱受伤痛，凡是人们能想到的事情我都经历过。”

“有人说过你很像萨拉·德拉诺·罗斯福吗？富兰克林·罗斯福的母亲？”

“我对富兰克林·罗斯福的了解比对我孙子的了解还多。他在哈佛大学上三年级时，我认识那个金发男孩。他看上去就像是一尊古希腊神，是我一生中见过的最美的男人。我还是个小女孩时，对他极其着迷。”

她写过两本回忆录：《铜王的女儿》和《岩崖下的牧场》。

她顺口对我说：“把那本粉色封面的书拖出来。”那是一本厚厚的剪贴簿，记载着当年的婚礼。1910年12月15日，多萝西·劳森，铜王之女，与哈罗德·麦考尔，马萨诸塞州州长之子喜结连理：《波士顿星期日邮报》《波士顿旅行者报》《波士顿文抄报》《纽约时报》和《匹兹堡太阳报》都有报道。很明显，他俩风华正茂。“你看到的照片上的东西都烟消云散了。”

我父亲，汤姆·劳森，既是天才又是傻瓜。他是有史以来最伟大的天才。哦，他是个强大的人，我的老天。（她读起《铜王的女儿》的开头一段）

“你能挖金子吗？”那个男人问小男孩。“我能挖金子吗？一想到这个我简直要跌倒了。过了一会儿，我就开始挖金子了。这是四十三年前的事情，那之后我一直在挖金子。”铜王托马斯·W.劳森在他事业的鼎盛时期如是说。

我父亲是公认的神奇小子，三十岁就成了百万富翁，到二十世纪初财产又增长了三十倍。1897年，他想出一个主意，要在美洲和欧洲做最赚钱的铜矿生意。他联合标准石油公司的亨利·罗杰斯和威廉·洛克菲勒，组建了混合铜业公司。后来破产了，托马斯·W.劳森损失了数百万，有些公司内部人士却赚了数百万。

我父亲是个赌徒，全靠自己的直觉赌博。我母亲死后，他去了欧洲。我们两个变得非常亲密。我说：“爸爸，把蒙特卡洛赌场的钱赢光。”他真这么做了。他把一切都押上，然后赢了。失去三万美元让蒙特卡洛的赌场好多天缓不过来。他走出赌场，把三万美元全花了，因为他说那是不义之财。

他在肯塔基州赌马赢了五万美元，给了黑人儿童之家两万五千美元，另外两万五千美元给了白人儿童医院。他说：“那是不义之财。”

我母亲死后，他不像从前那么机灵了。她是个敏感聪慧的人。他则狂暴躁动。她暗中留了一些钱，不然他肯定会把钱全投进一个大生意里，所谓赢者通吃。我的坚定和智慧来自母亲，我永不满足的性格则像父亲。

她站起来，急匆匆走向桌子，回来时拿着一个盘子。“读一读。”

“如果上天选中某人去过有追求的一生，这个人是会知道的。他胸中的雄鹰永不止息地驱策着他。如果他想回过头停下追寻，那只鹰会吃了他的心。休息？胸中有一只鹰的追寻者永不休息。”

人根本控制不了自己，对不对？我就是没办法坐下来当个八十六岁的老人。（叹气）我最需要的就是内心的平和。我想把那只鹰从胸口拿出来扔掉。但我的头脑还好用。我不知道有一天我卧床不起了会怎么样。

我本可以写一本书，叫《从三千万美元到三十美分》，因为1929年和1930年，我们真的一无所有了。我们有五个孩子，这座牧场因为沉重的贷款被抵押出去了。男人们为一日三餐而干活。我丈夫说：“你能去工地做饭吗？我没钱付给他们……”你知道我有五个月每天要做四十五顿饭吗？那时的关键词是“毅力”。我和软弱无力的人毫无交集。人活着就要做事。所以现在我在这里，这就是我还活着的原因。

我不是胜利者。我总扮演着失败者的角色。他们需要我。胜利者不需要我。佐治亚—太平洋公司没有我也办得挺好。我是个失败者。但我们绝不能失去牧场，不惜一切代价也要保住它。活着是为它，死也是为它。再没有钱涌入了，再没有富有的父亲了。一个有钱的朋友说：“你为什么不招点寄宿者呢？”于是我们找来了寄宿者，他们都是我那些富裕朋友的孩子。我和他们一起游泳，给他们读书、做饭。我丈夫得到牧场去和工人们一起干活。我们保住了牧场，因为我下了苦功。

看到这两把纯金左轮手枪了吗？“送给多萝西，爸爸，1913年。”他送枪给我是因为我们要搬家到边远地区了。这两把枪世间罕见。我把它们拿到赌宫去，那是个冷酷危险的地方。我到老板面前说：“我想把枪押在这里，借一百美元。”高中要开学了，别的男孩都有好衣服穿，我的儿子们却没有。

我不以此为耻。我丈夫只会为一件事感到羞耻，那就是欠债。但我们真的欠债了。当时的局势一触即发。我们那些有钱的朋友，那些东部人，把俄勒冈州中部地区全买下了，一切都在蒸蒸日上。等局势一变，他们又把所有都卖掉。只有我们始终和那些粗野的工人待在一起。我们总是有东西吃。在农场或牧场里，你杀掉什么都行，甚至是自相残杀。我做饭时什么食材都用过。直到1933年，我一共招了四年寄宿的房客。我为此特别自豪。

在极度沮丧的时候我常说，我要双手各拿一支纯金手枪，把自己的脑袋轰掉，像个百万富翁那样死去。够惊人的，是不是？《海达·高布乐》[①]那出戏已经印到我心里去了。我有各种各样的书，关于各种各样的悲剧。

那些在我是铜王的女儿的时候舔我们鞋子的人跑到哪里去了？他们想取消我们对抵押品的赎回权。有个人掌握了我们的牛群的赎回权，那是落基山西部规模最大的牛群啊。他说他正在雇人把牛运走。一个小个子城里人，如今他已经成了显要人物了。他说接管牛群是出于好意，我应该回到我所属的地方去。我说：“看啊，那些工人正等

① 挪威剧作家易卜生的后期作品，展现了十九世纪后半期没落贵族女性海达·高布乐的内心冲突和悲剧命运。

着吃我的煎饼呢。你快从我的厨房里滚出去！”那些难对付的人都来找我战斗。那些粗人都帮我战斗。我当然是有本事的。我绝不会让牧场落在哈尔和他的孩子们手里。我们可是麦考尔家族啊。

我的星座是天秤座。根据古老的希腊寓言，这个星座的母亲是会吃掉自己的小孩的。大约二十年前，我发现自己确实在“吃”自己的孩子。我告诉他们去做这做那。现在的孩子很叛逆。我生活在一个很美妙的年代，希望我能把握得住这个时代。

在杂货店，一个大个子胖男孩拍拍我的背，说：“喂，亲爱的。”旁边一个太太说：“你听到那孩子叫你什么吗？”我说：“那是我听过的最好的恭维话了。”我经常拍拍别人的背。我看不出什么阶级之分。根本就不该有什么阶级制度，这样官僚们就不会统治这个世界了。

第二次拜访：1979年。

她和四年前相比没什么改变，只是微露疲惫的神色。

本世纪初，我父亲控制了美国的全部铜矿。他那时三十七岁，简直有点石成金的本事。之后他公然违抗他曾经工作过的标准石油公司，开始了一场斗争。他看到那里有多么腐败卑鄙，开始写《疯狂的金融》那本书。第一章在《人人杂志》上发表。他们三次派人来波士顿找我父亲。第一次他们给他一大笔钱，我不知道具体有多少。然后他们来到贝肯街的房子说：“劳森先生，你有两个年幼的孩子。有天你会从那条河里捞出两具湿漉漉的小尸体的。你最好拿了那钱。”可他不肯停笔写书。

我父亲生来就有这种劲头。

“我记得三次在莫德·豪·埃利奥特[①]的陪伴下去欧洲的旅行。她母亲是茱莉亚·沃德·豪，专门把百万富翁的女儿介绍到欧洲宫廷。我们从马萨诸塞州的温彻斯特搬走后的第一件事就是旅行，温彻斯特是布思·塔金顿[②]书里描写的那种好地方。人们财产不是很多，但很快乐。

“我是躺在楼上的卧室里长大的，我生来就有风湿病。我美丽的母亲会在楼下弹钢琴。他们还有关于内战的种种书籍。那些参加过战争的男人们唱着歌。不要再有战争了。我父亲一支接一支地抽烟。每次我闻到雪茄烟的味道，总会听到楼下的音乐声。温彻斯特一百号大街——真是个奇妙的地方。”

我祖父是个木匠，参加完内战回来，死在了坎布里奇。他留下了四个孩子，没有钱，什么也没有。小女儿因为营养不良死了。汤姆·劳森心急如焚，祖父因为伤口病发死了。他要去国家大街找一份工作。他听说有人在那儿挖黄金。一个十二岁的男孩从坎布里奇走到波士顿去做那份工作，而后他与华尔街展开了一场大战。他看到自己的母亲因为营养不良濒临死亡边缘。有一天，杂货店老板对他母亲说：“要是我告诉你汤米做了什么事，你肯定得给他一巴掌。他一直偷鸡蛋。”他八岁时不得不偷鸡蛋来让母亲吃了活命。我父亲是个特立独行的人。我们当时不会这个词，那时的词典里还没有

① 莫德·豪·埃利奥特（Maud Howe Elliott，1854—1948），美国女作家，和姐姐劳拉·E.理查德兹共同创作的传记《茱莉亚·沃德·豪的一生》获普利策奖。

② 布思·塔金顿（Booth Tarkington，1869—1946），美国小说家、剧作家，代表作有获得普利策奖的小说《伟大的安伯逊家族》《爱丽丝·亚当斯》。

这个词。他是个有看法的人。

他在1900年去了标准石油公司后，创立了“梦幻世界”。那地方占据了马萨诸塞州整整一千英亩土地。他要给三百个工人开工资。他说赚钱不是为了存起来的。钱，钱，钱——应该分给人们，每个人都应该有钱。这就是他的看法。

在你眼里，我是老古董了，但我永远是父亲英勇善战的女儿。

汤姆·麦考尔

我们第一次见面是在1975年，在萨勒姆的议会大厦，那时正值他作为俄勒冈州州长的第二任期。他是个关节松弛，举止有点笨拙的大块头男人。

“英雄不是红色天空下伫立着的巨大雕像，而是说出‘这是我生活的社会，我有责任让它变得更好’的人。”

他吃力地从办公室走出来，跳过了介绍环节，单刀直入主题：“我喜欢你昨晚在科瓦利斯的发言。‘人们不应该担心自己在别人眼中是否愚蠢、担心别人怎么看待自己。’如今，生活成本飞涨，那些靠救济金生活的贫穷妇女的日子过不下去了。我们要提高她们的补助配额。”

我们第二次见面是在1979年。地点是他老旧、凌乱的家里。“我喜欢这地方，不过现在要把它卖掉了。我要还选举时欠下的债务。我正身处困境。”为了竞选第三任期，他在共和党预选时遭遇了意料之外的惨败。讽刺的是，人们普遍认为如果他以个人身份参选，本来可以轻而易举地获胜。

我想我一直是个特立独行的人。我觉得这样挺好。我长得太快了，有一双大脚，一副圆肩膀。我很羞怯，如果一个房间里有两个人，我就不愿意进去了。黑人的心情我有点能理解。我有种相似的感觉。我大概是你见过的手脚最笨拙的人了。

我出生在马萨诸塞州。我们五个孩子都是在祖父家出生的。那是世界上装修得最富丽堂皇的房子之一。到了夏天，他要雇一百个园丁。他有洛克莫比牌汽车，就相当于现在的凯迪拉克。他常用这种高级轿车把我们送到学校去。他会坐在后座上给我们讲故事。他是个无与伦比的讲故事高手。

他在股票市场是个天才。乔治·韦斯汀豪斯的股价大跌，他跑到我外公那里说："你能搞到多少？"汤姆·劳森告诉他："我只能弄到一千七百万美元周转，不过让我再试试。"股票市场经过他一操纵，韦斯汀豪斯的股票价值超过了通用电气。

他自己曾是个没节操的资本家，后来又转过头来专门反对这种人。他写了那本最著名的《揭露：疯狂的金融》。1907年在《人人杂志》上连载。他就是要揭露那个体制。他展示了保险公司怎样投资，怎样要花招。这导致了联邦政府对整个保险行业的调查和重组。我认为他是个有良心的人。他卷入了和洛克菲勒家族一场可怕的斗争中，最终输得一塌糊涂。

我的祖父塞姆·麦考尔是唯一一个三次当选马萨诸塞州州长的人。他当了二十年国会议员，被认为是最有独立性、最有头脑的议员。竞选参议员时，他受到共和党右翼的伏击。我让这种事在自己身上重演，真是太愚蠢了。我已经有了祖父的前车之鉴。那些位高权重的人在幕后操纵一切，拉动线绳，制定政策。现在仍然是这样。

这个州的人民在心底都是无党派人士。有人说两党制是唯一行得通的制度。我能用自己的经历驳斥这种观点。我相信第三股力量。我不知道你们是否把这叫作平民主义。我认为他应该反映民众的意愿而不受任何人的控制。（叹气）我没有作为无党派人士参选，当然是很愚蠢的。

1969年我发起过交易税运动，以八比一落败。第二天我就道歉了。我说我想把事情澄清。从来没有一个州长敢这么做。第二年我又参加了竞选，以更大的优势获胜。所以你看，我并不太相信民意测验。我知道他们会说："好了，老汤姆不会错得更离谱了。咱们再试试他，也许他能做得更好。"

哦，也有些让人欣慰的时刻。一次，人民军和有五万八千人的美国退伍军人团产生了冲突。有三万五千人的人民军反对越南战争，他们情绪激动，要到波特兰和美国退伍军人团对峙。那将成为你见过的最糟糕透顶的冲突。

我们找了波特兰以南三十多公里外的一座公园，在那里组织野营和迪斯科舞会。那些孩子就止步在那里了。我对双方都发出了警告。我在广播里说："退伍军人们，你们不应该因为那些年轻人留胡子就朝他们射击。年轻人，你们不应该诋毁那些军人，因为是他们拯救了这个世界的民主。我们看问题要全面。"军人团给我发了一面奖章。年轻人都朝我欢呼。

一个在政治上很有头脑的人曾经告诉我：你在自己折磨自己。你永远不会当选替班的。有很多吸大麻的人、裸泳的人，但谁没有人死掉。他们说，所谓的州长大麻派对将来会闻名于世。1970年，我却以比以往更大的优势重新当选。

美国梦？天啊，我希望我能说得清。我们的方向是正确的，但又不大对头。你有种沮丧的感觉，因为问题如此复杂，又总有无知的人出现，随便给一个简单的答案，玩弄人们的恐惧。

我做过一些鲁莽的事，为此付出了惨重的代价。我常想：如果我能再深思熟虑一下……但又为什么要这样呢？

我有些疲惫了，但我还有用。我一天又一天地过着日子，做做演讲，挑战那些无知之人，也告诉人们他们的意见有人听到了。让我奇怪的是，昨日的光辉跑到哪里去了？英雄们去了哪里？天啊，我不知道他们多久之前离开的。

英雄不是红色天空下伫立着的巨大雕像，而是说出“这是我生活的社会，我有责任让它变得更好”的人。把一个个小社会交织在一起，美国才能真正站稳脚跟，再度成为一个能舒适地生活其中的国家。我真的认为，我们应该重新评估怎样才算得上真正的英雄。

Ⅵ

履行职责

政　治

詹姆士·阿布雷兹克

他是南达科他州的参议员。他已经决定不再竞选连任。

“我对美国梦的看法十分悲观。只要少数人拥有压制多数人的权力，这个梦就不会实现。”

这是一个星期六下午，1977年万圣节的前两天。我们身处他在华盛顿的参议院办公室内。他和俄亥俄州议员霍华德·梅岑鲍姆为反对撤销控制油价的法案已经举行了十三天阻挠议事活动。

如萨姆·雷伯恩[①]所说，如果你想勉强过活，就得随大流。这是此地多数人的生存哲学。这里很少有人坚定地支持某样东西。他们很把民意测验当回事。民意测验没什么错，但一旦你开始算计那些小问题时，事情就变味了——我做这件事会讨人喜欢吗？我怎样耍个小花招躲回家避开麻烦呢？这里几乎没有人不害怕卷入麻烦，任何麻烦都算在内。

他们害怕全身心投入，因为外面总好像有个人形怪兽给他们找各种麻烦。对他们来说，任职本身比任职期间有何作为更重要。与其说是政客，他们更像是技术专家治国论者，不管走到哪儿都要了解民意测验的动向。

他们身居高位，算计得如此精细，技术上如此巧妙，以至于忘

① 萨姆·雷伯恩（Sam Rayburn，1882—1961），美国民主党议员，也是美国历史上任期最长（17年）的众议院议长。

记了公众真正需要什么。公众才不需要听那些废话。卡特[1]跑到国家电视台说：我们必须作出牺牲，因为有一天我们的资源将会耗尽。见鬼，这谁都知道啊。资源是有限的。为什么总是那两亿人民作出牺牲，而不是最上层的五万人牺牲？公众不了解能源计划的细节。那太复杂了，不过他们能感觉到其中有问题。

公众并不是野蛮疯狂的。公众欣赏独立的头脑。去过南达科他州的每个人都会说："像麦戈文和阿布雷兹克那样的两个人怎么能在那个保守的州当选呢？"事实上，人们了解政客的个性。我们站起来说："也许你们不喜欢这样，但良心告诉我们要这样投票。"你知道吗？对此，他们是欣赏的。

参议员和他们的选民之间的双向对话已不复存在。那些家伙参加民意调查，上电视，按照民意调查的结果利用媒体展开竞选活动。他们不去真的倾听选民的心声，不去了解选民深层次的感受。

如今，我认为在议会内能完成的事并不比在议会外能完成的更多。你唯一有机会获胜的只是些无关紧要的事。那些事没有他妈的一丁点意义。人们说："你得留下来，你是代表反石油公司的群体发声的人。"他们以为我是无可取代的。真该死，我们其实都是小兵。一个倒下了，另一个就去接替他的位置。这里有些人却以为我们是指挥官而非前线小兵。

在某种意义上，霍华德·梅岑鲍姆和我组织的十三天阻挠议事活动是小兵的一次反叛和接管行为。我们像其他接管者一样失败了，但这个问题引起了国家的注意。这就是阻挠活动的意义所在。我了解我的同事和外界对我们的压力。《华盛顿邮报》谴责了我们。我之所

① 此处指第39任美国总统吉米·卡特，任期为1977年至1981年。

以这样做，是因为我的行政助理皮特·斯塔夫里亚诺斯将了我一军：“我劝你竞选时，你说不管有没有你都没什么所谓。如果你能阻止那帮浑蛋对放开天然气价格限制的企图，那份成就真比你过去八年在国会里做的所有事都大。”所以我说：“那为什么不试试呢？”

我收到成百上千来自全国各地的信件、电报和电话。我们之所以失败是因为没有与白宫合作。阻挠活动的最后一天，副总统来了，他和大多数领导人一起密谋搞垮了这次行动。

天然气问题辩论期间，我注意到一件事——埃克森在电视上进行了猛烈的广告宣传。你知道广告投放最多的地方是哪里吗？是华盛顿。比全国其他地方更无孔不入。参议员们坐在那里想：好家伙，我的选民都在看这玩意儿。这想法开始渗入观众的潜意识了，他们却毫不自知。他们中了广告的圈套。

我父亲是从黎巴嫩来的。1898年他来到南达科他州，对美国相当感激。他本是黎巴嫩一个非常非常贫穷的农民。所以他离开了那里。那国家很美，但穷得可怕。

到了1910年，存够了买轻便马车和马的钱之后，他买下一个商店。1920年，他又开了另一家商店。大萧条期间，他经历了两三次破产。印第安人也好，非印第安人也罢，他一直为住在那儿的人赊账。但只有印第安人会把欠的钱还回来。白人从来不还。（笑）他总说：“得确保没有人挨饿。”

作为一个小孩，谁有梦想呢？我只知道吃。一天三顿。我希望像爸爸那样当个店铺老板。我父母都没受过教育。他们不会读写英语，不过他们能读写阿拉伯语。我父亲是个相当成功的小镇商人。他最后拥有了两三家店铺和一座牧场。地点是在罗斯巴德的印第安人居留地。不过不知怎的我还是受到了蒙蔽，尽管我和那里的人们关系紧密。我想我小时候多少是个种族主义者。我把自己看成印第安人的恩人，用俯视的姿态和他们讲话。我那时觉得印第安人比浅肤色的人要低等。直到后来我上了大学，才发现自己究竟是怎样一个人。

我们一直听说美国梦是存在的，人们有权得到平等的对待。可我知道那不可能发生。按照那些竞选宣传中的说法，只要你让那些大权在握的人管理这个国家，你就能尝尝美国梦的滋味。如果你让掌权的人为所欲为，你就不会进监狱、不会惹上麻烦。我觉得美国梦根本就不存在。特权阶层能设法通过某项法律来让他们的需求合法化。他们从别人手里夺走财产或权利，却有办法免受牢狱之苦。不管在城市还是农场，情况都是一样的。

我很清楚那些石油公司想通过取消天然气价格管制得到什么。他们想洗劫公众的钱包。如果我是石油公司总裁，可能我也会做同样的事情。我无法理解的是，那些名义上代表公众的人，我的那些参议员同事们，竟然会坐视不管。表面上我们的政府是由人民的意愿经营的，但事实并非如此。我们的政府是由权力集团经营的，为权力集团的利益服务。如果能落下一星半点好处给老百姓，那就相当不错了。最多只是零星的好处。

有一天，那些资源都会耗尽的。富足的日子将到此为止。从现在算起的五十年后，你将看到美国与不发达国家不会有什么区别，只能艰难度日。你将看到经济、社会和政治体制都发生了改变。我们现在的体制仅仅是在贪婪的基础上运营的。物质充足的时候，这个体制能运转得不错。可一旦资源耗尽，灾难就要发生了。暴力政治动乱将会发生。我们的体制将发生改变，也许会转向社会主义。厌恶这个词和这个想法的人，如果他们的眼光没有被贪婪遮蔽的话，是能够改变现存的体制，让权利分配更加均等，以避免社会主义或其他什么制度的发生的。否则出现法西斯主义也不是没有可能。

我对美国梦的看法十分悲观。只要少数人拥有压制多数人的权力，这个梦就不会实现。

掌控这个国家的是跨国公司、银行和五百强企业。它们有一点是相同的，那就是追求利润。它们连合谋都不需要。有多少家银行需要坐下来讨论收多少利息？有多少家石油公司需要坐下来讨论如何分配石油、如何收费？它们不需要。

如果美国人真的了解真相，他们就能作出更加公平的判断。你要信任他们，但报纸和广播展现的只是最表面的事情。在电视上，你很难听到讲两三分钟以上的故事。这么短的时间，怎么能展示清楚一个问题呢？

门铃响了。他要在十五分钟内回到议员席去发言。他叹了一口气。

我希望看到这样一个美国，它的巨大权力不掌握在少数人手里。在那里人人都能得到公平的待遇。权力集团想得到不均等的机会。他们在扑克牌上打记号，就算已经比别人更会打牌，他们还是要靠作弊来确保自己不会输。

也许印第安人一直就了解这些。他们早就察觉到了。你知道他们怎么说吗？卡斯特是自食恶果[1]。（笑）

---

① 乔治·阿姆斯壮·卡斯特（George Armstrong Custer，1839—1876），美国军官，以骁勇闻名，曾参加北美印第安战争，在大小角战役中饮弹阵亡（一说为自杀）。

杰西·赫尔姆斯

他是北卡罗来纳州的参议员。他办公室的墙壁上挂着关于他的政治漫画，画中的内容并非全是恭维性的。他的桌上放着一本巨大的《圣经》。

我们每个人都把童年时代看作过去的美好日子。其实不都是那么好。只是在我们的记忆中很美好罢了。我怀念我的父母和他们过去的简单生活。我知道他们的生活可能也不那么简单，但我就是情愿这么想。

我猜过去我父亲一年能挣的钱不会超过七千美元。他是个警察，后来当上了警察局长。有一段时间，他是我们小镇的警察局长和消防局长。我家在北卡罗来纳州的门罗，我们常说它是在七十四号公路的右侧。他不太在乎钱，他家里人也是如此。我从没听他说过他嫉妒哪个更有钱的人。我们都没意识到自己是生活在贫困线以下的。有些事比这更重要。如今人们的个人责任感没有过去那么强烈了，至少和我的记忆中的过去不同。

哦，我还能记得高中时的校长。他对我的影响比我父亲还要大。毕业前夕的一天早晨，他叫了一些学生去办公室。那时正是大萧条时代。他说："我希望你们知道，只要你们愿意刻苦工作，就能成为任何你们想成为的人。我能预见你们每个人都能有自己的房子，至少有一辆车，或许是两辆。"我们都笑了，因为那时没有人有两辆车，也很少有人有自己的房子。我想，如果没有他轻轻推这一把，我是不会去上大学的。

“如果你离开这里，尽最大努力工作，就会取得成功。如果没成功，肯定是没有尽力。别回来跟我哭哭啼啼的。”我们那个四十三个人的班里出了一个福莱斯特号舰长，他现在在五角大楼任职，还出了芝加哥商会会长、总统行政助理、雷克索尔医药公司总裁，还出了几个，外科医生和口腔医生，以及一两个牧师。这些人都是从那么小一个班里出来的。这不是什么意外。第二次世界大战期间，校长坚持给我们班每个男生写信，每月一封。

出发去上大学前的那个夏天，我为农村电气化管理局挖坑，每小时赚二十五美分，一星期收入十美元。他们扣除十美分交社会保险。我得到九十九美分。

农村电气化管理局——那不是“新政”的产物吗？

嗯。我认为生活在今天的美国人几乎没有不愿意回到富兰克林·罗斯福的时代的。当时有许多人找他哲学上的毛病。罗斯福先生自己从未想到，政府的概念、规模、花费和控制力等能达到如此地步。在艰难的三十年代，政府的公共事业振兴署[①]为失业者提供数百万份工作，如今却又有数百万失业者……（他的声音淡出）

人们叫我保守人士、极端保守人士、主要的保守人士和极端保守反动派。我不知道这些标签是什么意思。它们都很有误导性。如果我把谁称之为极端自由派——虽然我不会这么做，也是一样的糟糕。我认为我们应该停止这么做，而是根据具体情况来考量。吉

① 公共事业振兴署Works Progress Administration（WPA），大萧条时期美国总统罗斯福实施新政时建立的一个政府机构，以助解决当时大规模的失业问题。

姆·阿布雷兹克[①]——如果真有“极端自由派”的话，我想那就是吉姆。我像喜欢我遇到的其他人一样喜欢吉姆。他是个讨人喜欢的家伙。也许吉姆和我在很多问题上的看法不一样，不同的并不是那个我们希望达成的目标，而是怎样达成。

我对自由企业制度抱有不变的信念。我从多方了解得出判断，我们这个国家真的是人类历史上独一无二的。如果我们相信自由企业制度，我们就应该让它发挥作用。这就是我和吉姆在撤销政府监管这个问题上站在对立面的原因。但这不会影响到我对吉姆的个人感情。

我不太清楚怎么表述这个问题才能听起来不那么像是在布道。这个国家的创建者们对上帝有着独一无二的信仰。对我自己而言，日子变艰难之后，我知道该转向哪里寻求帮助。这给了我很大的安慰。

我在过去的五年里去过四十三个州。我看到我小时候人们所重视的个人信仰正在得到强调。我知道我父母是多么的虔诚。我们会在家里举行祈祷会。现在国内这种活动很多，年轻男女都喜欢参加。我们每星期三早上举行祈祷会。我第一次到华盛顿时，只有七位参议员参加，如今已经有二十五位到三十位了。

人们越来越注重精神，越来越关心这个国家，是我之前从没见过的。我抱有很大的希望。每天都有四五拨年轻人来到这里。我在他们身上看到了十年前的人没有的个性和品质。十年前我听到的都是睡大觉、喝酒、闹事这类事情。现在我看到这些孩子都在渴求一些他们可以真正依赖的东西。这是一种深层次的精神觉醒。他们对政治的理解是十年前的人所不曾有的。

---

① 吉姆·阿布雷兹克（James Abourezk，1931—），前美国民主党议员、参议员，也是首位在美国参议院任职的希腊东正教后裔。

在谢尔比法院大楼的一次小型会议中，最低工资问题得到了讨论。一个年轻人站起来说：“你对最低工资问题怎么看？”我说：“希望在不引起通货膨胀、不伤害商业的情况下，出台一项法律使每人每小时都能赚三十美元。”他说：“我同意。但是，对那些更急需工作的人来说，不是每一次提高最低工资，梯子最下面的踏板都被撤掉一个吗？”我认为他说出的这些话非常深刻。

我想现在的年轻人懂得什么是资产负债表。他们了解利润动机。曾几何时，这些在学术界是不会得到讨论的。如今，看看学生们对待企业制造的利润的态度吧。很多人认为企业能有50%到60%的利润。实际上利润却只有3%或4%。学生们开始了解这些了。他们也了解国家债务。他们知道社会保险是指望不上的，他们对政府可能做到什么和不可能做到什么有着实际的认识。他们给了我很大希望。

在北卡罗来纳州，我曾经以为我会被那些年轻人从台上轰下来。可他们只是对我说：“上帝保佑你。”

丹尼斯·库辛尼奇

进行这次对话时，他是克利夫兰市市长。

他三十二岁，但看上去就像二十二岁。

“我相信人应当有职业操守。卖力干、向前看，我的美国梦就是这样。”

他家是一座独栋平房，他的太太桑迪正在煮咖啡。除了一架自动钢琴之外，他家的简单布置和这个工人阶级社区的任何一家人无异。“我的一些邻居十年内就要退休了。”墙上有点阴暗的地方挂着一幅杰斐逊的画像。

我年轻时做梦也没想过会住在这样的房子里。我家人口很多，每添一个孩子，就不得不搬家。因为我们需要更大的空间。我们老是租房子住。我父母从来没真正拥有过自己的房子。我们每次搬家都是被房东踢出来的。并不是因为我们交不起租金，而是因为我们家人口实在太多了。有时候，我们为了找到住处，要把一个孩子藏到壁橱里。（笑）

我们搬家的次数太频繁了，所以从来没法和邻居们建立亲密的联系。我们总住在铁道旁边，工业噪音不绝于耳。有时候我们起床时能听到拖船的声音，长长的洪亮的汽笛声。如今我们听到的都是飞机飞过房子上空的声音。

我是七个孩子中最大的一个。日子过得相当艰苦。我父亲有十三个兄弟姐妹，我母亲则有十二个。我们家的故事就像是一部少数族裔的《飘》。（笑）

我的整个青春期都用在体验聚居区生活上了。在这里长大是艰难的，也是荒诞的。我有大把的时间在大街上度过。五岁时我就自己出去乱逛了。为此没少挨我父母的骂。我会跳上一辆公共汽车，去城里看棒球比赛。只要跟着一个成年人进场，就不用买票了。我溜进去白看过好多次。

也有好多次我被人拦住，问："你和谁一块儿来的？"我是混街头的，我的教育都从那里得来的。我和各式各样的人交朋友，有黑人，也有白人。还有那些开商店的邻居，我总是停下来和他们说几句话，替他们跑跑腿。

我父亲从海军退役后就当了卡车司机。他颇有雄心壮志。他的梦想就是让儿子们都去当海军。我弟弟弗兰克在海军服役四年，其中有两年半是在越南过的。我弟弟加里服役五年，多数时间都待在夏威夷。我父亲从来不会顶撞上级。他的上级就是经营卡车公司的那个家伙。

我一直都受到"要尊重权威"的教育，可不知怎么的，我总比同龄人更喜欢独立。我常和老师发生争执。我是父母两边亲戚中第一个大学毕业的。我热爱文学。三岁起母亲就教我读书了。

六十年代晚期，我没有高中一毕业就去上大学。我工作了两年半。十七岁那年，我从家里搬出来，在钢铁厂附近租了一套公寓。电影《猎鹿人》[①]就是在那个地区取景的。（笑）我住的那座框架结构的房子正好能俯瞰钢铁厂。那景象无比壮观。一座座烟囱伫立在星空之下的景象，真是叹为观止。

上小学时，我必须靠擦地板和帮看门人干活来赚学费。上高中

① 于1978年在美国上映的战争片，以越战为背景，刻画了战争对人的肉体和精神的双重摧残。该片获得了1979年奥斯卡最佳影片、最佳导演等五项大奖。

以后，从1959年到1964年，我都在乡村俱乐部当高尔夫球童。我给医生、律师、保险推销员和房地产商人当过球童。我背两个装球杆的袋子。他们把这叫作“干双份”。一天跑四十五个球洞，一星期干六天。在夏天，我有时一个星期能挣一百美元。

我相信人应当有职业操守。工作中自有无限的尊严，不管工作内容是什么。某些人看来不体面的工作，在我看来只是一种谋生的手段。那时，我总是尽力做好每一份工作。卖力干、向前看，我的美国梦就是这样。

我很早就意识到，相比其他社区的人，我和邻居们有更多的共同点。我们家隔壁住的是黑人。那里是混居区。很多贫穷的工人阶级少数族裔不得不挣扎着在这个国家的体制中立足，这和黑人的抗争是一样的。我试图向双方证明，他们的敌人既不是黑人也不是白人，也许是绿种人吧。（笑）

这座城市是被“五月花号”式贵族统治的。人民却好像根本不存在似的。直到最近事情发生了变化。我们通过投票箱获得了决策权。黑人谈论着他们的汤姆叔叔[①]，其他各个种族中也都有类似的人物。如果黑人运动真的有一项成就，那就是创造了种族自豪感。

我问自己，为什么这么多人都试图改变社会，而真正的改变却不大。环顾四周，我发现和我一起长大的那些人都陷入了困境，无法实现他们的愿望。我开始奇怪：这该死的是怎么回事？不管他们多么努力工作，总是没法成功。看到这些人被工作累得都要断气了，你就会觉得这个国家的体制有问题。

起初，我没有去质疑社会制度。我没从全局把事情连起来看。

---

① 美国作家斯陀夫人于1852年发表的一部反奴隶制小说《汤姆叔叔的小屋》中的主人公。这部小说被认为是刺激十九世纪五十年代废奴主义兴起的一大原因。

我认为是越南战争的问题。我看到有些人从中获利，同时却有数以万计的人为之送命。我的一些朋友也上了战场，并且阵亡了。这些人是我小时候一起坐校车去上学的老友啊。我开始思考：这件事有肮脏的目的。我最好着手更多地了解这件事。

我开始研究城市政治。1967年，我参加了市政务会竞选活动。当时我准备好去支持任何能真正代表我们那一带的人，结果我却是唯一一个挑战者。我那时二十一岁。

我挨家挨户拜访，了解人民的想法。每次我组织的竞选活动都是靠挨家走访完成的。我花了几个月和人们谈话。他们的要求并不多，但一样都没有实现。他们的问题可能仅仅是街灯坏了，路面塌方，消防栓漏了，地下室进水了，没有人扫雪，等等。（笑）

过去那些年里我拜访过上万户人家。我就是这样获得了真正的教育。靠挨家挨户拜访。

1969年，我当选了市政务会委员。那年我才二十三岁。我的选区由波兰人、乌克兰人、俄罗斯人、希腊人、斯洛伐克人、阿巴拉契亚山区人、波多黎各人和黑人组成。不仅是克利夫兰有这样的人口剖面图，而是整个美国都有。他们在这里的工厂上班。有些人已经在这个社区住了六十年。同样的一些家庭，同样的教堂仍旧在这里。他们仍旧用波兰语、斯洛伐克语和俄语做弥撒。有了他们，这个社区才如此生机勃勃。我很喜欢这一点。

人们很奇怪我究竟是怎么当选委员的。没有人相信那个老的委员可以被击败。他的地位看上去特别稳固。起初，人们怀疑是银行，或者是公共事业公司、大型房地产利益集团把我送进去的。总之是所有那些收买候选人的传统赞助者。

我只有很少的钱用于竞选。竞选用的所有钱我差不多都是自掏腰包，取自我那点不多的存款。（笑）我把对现状不满和被忽视的那部分人都团结起来了。

首先，一些年长的家伙过来找到我说："你现在成功了，孩子，你要做的就是坐在那个席位上，把嘴巴闭严。如果你按我们说的做，有一天你会成为城里的大人物。"（笑）

我惹恼了一些人，自己却还没有意识到。我仅仅是代表把我送进市政务会的人。我不知道我对除此之外的人还有什么义务。我很快发现有些特别利益集团把市政厅变成了他们的私人领地。一共有三十三个委员，常常是三十二比一。

报纸上全是些矫揉造作的报道。有时他们把我比作毛泽东、斯大林或麦卡锡，（笑）或者希特勒、吉姆·琼斯。我们的组织被比作红色高棉或统一教。我们谈论的是这个时代的中心议题——财富分配不均问题。但富裕的人不愿意听这一套。

我当选市长之后，正如我进入市政务会一样，有些人希望我能听命于体制。一旦我开始挑战现存体制，克利夫兰的巨头们就开始充满恶意地动用他们在媒体的门路来诋毁当局。我了解到大企业都对城市有一套封建的看法，市政厅不过是受他们控制的世袭地盘而已。

1977年11月8日，我当选市长。我发现之前的政府浪费了数千万美元的债券型基金。他们没法交代清楚。市政府试图和几家本地银行谈判，试图继续它们持有的一万四千美元期票。有家银行从中作梗，那就是克利夫兰信托公司。在面临违约的那天早上，我和市政务会主席，也即克利夫兰信托公司董事会主席进行了会面，他是个当地商人，也是我的老友。谈话立刻转入了市政府发电厂的问题[①]。

① 原注：市电光源厂是由克利夫兰市所有的。"它已经存在了超过七十年。"二十世纪初，该厂建立于平民党市长、绰号"黄金准则先生"的汤姆·约翰逊任期内。

克利夫兰信托公司董事会主席明确指出，如果我把市政府发电厂出售给克利夫兰电力照明公司，他就可以延长信贷期限，让市政摆脱违约的困境。克利夫兰电力照明的最大持股人就是克利夫兰信托公司。克利夫兰信托公司有四名成员在克利夫兰电力照明公司担任主管。如果我不同意，就别想从他的银行得到任何帮助。

市政府发电厂在克利夫兰有4.6万消费者。市政府发电厂与克利夫兰电力照明公司在多数社区都是竞争关系，每条街、每户人家都要争抢一番。市政府发电厂的产品价格最近十年比克利夫兰电力照明公司便宜20%至60%，但近年来由于克利夫兰电力照明公司在管理上的干涉，市政府发电厂的竞争优势下降了。

自从维尔先生[1]告诉我他的价格，我就下定决心，宁可在财政上违约，也不能在道德上有所亏欠。如果我跟他们合作，把市政府发电厂卖给私营企业，家家户户的电费就会自动上涨，而且是永无止境地上涨。印第安纳州的韦恩堡放弃市政电力系统的权力后，就是同样的结果。

布洛克·维尔和乔治·福布斯[2]交谈时，我在一旁听着，心里祈祷着我坚守阵地是正确的做法。我必须告诉他们这不可以。我觉得他们是想出卖这座城市，正在对我进行敲诈。他们说得很清楚，如果我按他们的意思走，事情就会很简单。维尔先生说他会给市里五千万美元的新的信贷。这样财政问题就能解决了。我的市长任期会变得轻轻松松，并且会为未来我个人与商界的合作打好基础。

媒体开始煽风点火：你为什么不把市政府发电厂脱手？在一次电视直播节目中我被问到这个问题。我回答说市政府发电厂的问题是

---

① 原注：布洛克·维尔，克利夫兰电力照明公司董事会主席。

② 原注：市政务会主席。

个假命题。它并没有亏损。它的麻烦可能是由克利夫兰电力照明公司的干涉引起的。我上任不过一年多，是从上一任手里接过这个烂摊子的。市政府制订了计划来避免违约，五六家银行已经同意增加所得税，严格控制市政府的开支经费。这就是我当选的原因之一。

我知道，我在拿自己的全部政治生涯冒险。但是你必须立场明确。

公民复决投票在2月27日举行。投票针对两项议题：增加所得税和市政府发电厂出售问题。

我们把志愿者组织起来。人们冒着冻雨、严寒，在零度以下的气温和纷飞的大雪中挨家挨户拜访。（笑）我们把严酷的事实摆在人们面前。我们没有许下新的诺言。我们告诉人们，除非所得税增加提案通过了，否则州里会派来一个行政官员，取消我们的自治权。另外一个市政府发电厂的议题就更复杂了。我们面对着企业想掌控城市的企图。我们给人们的选择是：你们想要一个有责任心的民选政府，还是一个不可靠的傀儡政府？

我们本来以1∶2.5落后，但我们创造出一个气氛，让人们知道，每个人都有能力改变局势。最后，我们在两个议题上都以2∶1取胜。

这在克利夫兰历史上是第一次，黑人和白人、穷人和中产阶级在经济问题上团结了起来。而以往他们总是在某些人的操纵下互相为敌。这次却不一样。

我对美国梦的看法？这里不是IBM公司的美国，也不是国际电话电报公司和埃克森公司的美国。这里是佩恩、杰弗逊和萨缪尔·亚当斯的美国。如今两个美国的界限越来越清晰：一个美国是受各跨国公司发号施令的华盛顿政府，一个美国是城市和乡村里感到被排挤的人们。我能预料未来的大变革：人民的力量聚集在一起，对抗对群众的需求毫不在意的经济界精英。这种冲突已经在成形过程中了。

美国革命永远不会真的结束。这是一个持续的过程。我认为一场希望的革命正在到来。我们这个类型的国家能使之成为现实，前提是人们通过投票箱保住政府的控制权，以一种和平的方式实现这个理想。

进入政界前，我真的不知道自己是否能有所影响。现在我懂了。每个人都可以拥有影响力。我认为所有人都了解这一点。关键在于，你要无所畏惧。

P.S. 1979年11月，克利夫兰的报纸、电视、广播电台和企业都联合起来反对他。他选举失败，未能连任。

维托·马苏略

他是民主党的芝加哥市议员，每届任期四年，这已是他的第七个任期了。

“干活去！你个游手好闲的家伙。”

“我参加竞选公职二十年，总能获胜。我七次竞选立法机关职务，六次竞选选区委员会成员，只有一次遇到了对手。1967年，我以一万五千票比一千票击败了对手。十九年来从没有人玷污我的名声，连那些公害人物也不例外。（笑）从1919年起，我真的是唯选民之命是从。”

在他市政厅办公室的墙上，挂着他的家庭合影、他手下市议员合影，当然了，也有他和前市长理查德·J.戴利的合影。“他是个伟大的人道主义者，重视家庭，有坚定的宗教信仰。”

他西装左右翻领上各别着一枚莱茵石做的国旗小徽章。“只要我活着，我就戴着它。你敢跟我打赌吗？我不光把它别在袖子上，不管走到哪儿，全身上下都想别着这种徽章。我为自己在意大利出生感到自豪，但我毕竟来到了这个国家当美国人。如果我想当意大利人，我会待在意大利。我想对任何一个来到美国的外国人说：‘要是你对这个国家不满意，你为什么不哪儿来的回哪儿去呢？’”

我八十一岁了。十二岁半时，我从意大利来到了这里，之后一直没离开过。我上学上到四年级就去工厂干活了，一星期赚四美元。同时，我去上了五年夜校，学习机械。

1918年，他们让我这个新手竞选民主党选区区长。一开始我是闹着玩的。第一场竞选，我作为民主党人得了31票，对手共和党人得了347票。那个选区的政党领袖对我说，这是我们在这个选区取得过的最好成绩了。之前民主党人最多只得过11票。1922年，我结了婚。最了不起的结婚礼物就是，我以80票的领先优势使那个选区成了民主党的天下。从那以后，再没有人能与我争锋。

已故的戴利市长曾说，我做的事比其他哪个库克县选举出来的官员都要多。他说："你是怎么做到的？"我回答："我爱人民。"我感激这个国家为我所做的一切，而且我不是喜欢蓄意阻挠的人。在这方面，我还是常常教育我那些结了婚的孩子和孙辈们。我有六个已婚子女和十九个曾孙。

我每星期有五天来这里，有两个晚上去总部。每一场社交活动和每一件公民事务我都参加。我甚至还去哈佛大学演讲。他们想要我去，因为他们知道我讲的都是肺腑之言。我们这个国家的问题，自总统到下级，就是不肯告诉人民实情。他们害怕伤害人民的感情。我却伤害了一些人的感情，这挺糟糕的。

美国已经变了，而且改变还会更大。我希望他们不会为了满足那些蛊惑人心的政客和吵吵嚷嚷的暴民去作出改变。我刚从意大利来到这里时，每四五个街区就有一个族群：犹太人、波兰人、波西米亚人、意大利人、爱尔兰人、德国人等等。我们都必须挣扎着学习美国的生存方式。我们谁也不会来到这里，然后对美国人说：学学我们在意大利、德国或爱尔兰是怎么生活的吧！现在这个阶段的社会上却有了学习外语的迹象。我们要学西班牙语和意第绪语——不，不学意第绪语，也不学意大利语或爱尔兰语，而仅仅是拉丁美洲的语言。他们不要求拉美人学美国的生活方式，而是告诉拉美人要学会读写西班牙语。如今要雇用的人太多了，不管那些人是否足够合格都给招了进去。他们没有让很多人去上学，学习美国的语言。我可不喜欢这样。

我对“要求”这个词极其反感。我更喜欢“需求”这个词。如果人们像太太和绅士那样行事，我也会以礼相待。但如果他们张牙舞爪，我也会像对待动物那样对待他们。我才不在乎他们是谁哩！我要一再地让他们见识见识我的厉害。这不是因为我不喜欢黑人、德国人或拉美人。所有人我都喜欢。但是我不会走进公共机构和企业里去要这要那、取笑讥讽、藐视法律、发号施令，摧残人们的生命和财物。我不喜欢这样。所以我们要奋力抗争，让国家文明起来。我们干得不错。我们要回到革命时期去吗？不，我不愿回去。我信仰上帝，我喜欢从容友善的方式。

他们请了一个血统高贵的爱尔兰牧师来到我的选区。他还带来了一个十六岁的爱尔兰姑娘和十个黑人、十个爱尔兰人。我看了一眼这些人，就像二十个魔鬼似的。他们一走进来，我就看懂了他们脸上的表情。一个和牧师一起过来的黑人说：“市议员，我们有一些要求要提。”说着还摇摇胳膊。这个黑人手里拿着一张皱巴巴的纸。我往四周看了看，说：“先生，在你继续说下去之前，我要告诉你，你别想在我这个市议员面前提什么该死的要求，懂了吗？”那个爱尔兰牧师说：“市议员，你就这么和我们讲话吗？”我看着他说：“你闭嘴。你不仅玷污了我的宗教，还玷污了所有的宗教。你和这些畜生来这里干什么？从这里滚出去！不许再回来。”我大发雷霆，南欧拉丁人的血性又流露出来了。因为牧师在那儿，小女孩也在那儿，惹得我很生气。我说：“你们这些不要脸的东西，狗娘养的。如果我是靠你们当上的市议员，我宁愿不当。但是我会一直当市议员，亲眼看着你们死掉、入土。滚吧！别再回来，如果你们回来了，就别想再活着出去。”

他们想修一座公园。好吧，附近的居民并不想要。所以我也不会赞成。很自然，我让他们连说话的机会都没有，把他们撵走了。

如果有人像太太和绅士那样走进来，不管他们是谁，我都会像带着丝绸手套那样接待他们。如果有意大利人像那伙人那副德行走进来，我也照撵不误。

在我的选区，只有5%是意大利人。还有波兰人、黑人、墨西哥人、立陶宛人等族裔。1975年，我还没决定是否竞选连任，消息却不胫而走。有天晚上，二十个人来到总部。其中有混血人种、黑人和墨西哥人，等等。老天，我以为他们要搞突袭呢。我说：“怎么了，先生们？有什么问题吗？”他们说：“我们就是想来告诉您，市议员先生，如果您不竞选连任，我们就每天在您家门前抗议二十四个小时。不会让您睡觉的。我们不想让别人在这里当市议员。”

1919年，我当上了选区区长，同时还当着机械工。1921年，我在县财务部门找了份工作，因为一旦当上选区区长，是没法在工厂干活的。你在政治上要活跃。你要去别人家里拜访，要参加社交活动。这就是那些知识分子和空想社会改良家不喜欢从政的原因。他们喜欢通过新闻媒体来操纵一切。

他们就会哇啦哇啦瞎扯。没有人搭腔。他们自然无往不胜。让他们来找我，我会骑在他们背上，讲话毫不含糊。他们说我们是民主机器。他们不知道靠石油和电力驱动的机器和靠人操作的机器有什么不同。我和他们过招之后，他们就不再称之为机器了。

一个靠五六百张选票、三四个街区的居民支持而生存的人知道利害关系是怎样的。他要确保选民们都注册登记。他去参加婚礼，参加守灵，哪儿哪儿都要去到。人们有什么需求的时候，不会去找美国总统，甚至不会去找市议员，而是去找当地的人，找选区区长。而那些知识分子和万事通呢，给他们十美元，他们连怎么把狗从狗栅栏里弄出来都不会。

如今，我们通过了平等住房法令。第二天《论坛报》上就登满了这方面的消息。原来的法令上写着："任何房地产不得例外，任何人不得例外。"我们通过这项法令前，戴利市长派人去找我。我说我不会投赞成票。要把"任何人"这一条拿出去。只用于房地产业就行了，他们有执照。但别把"任何人"写进去，因为这里面也包含了你和我。法令因此做了修正。

我们开了会。一个大个子波兰人站起来说："能讲讲你们这些绅士通过的公开法令对我们会有什么影响吗？"我说："先生，这不是公开占地，是公开住房。"我读了修正案。他站起来说："哦，感谢上帝，我们有一个能看清怎么回事的市议员。"我又对牧师们说："好心的宗教领袖们，听我说几句吧。如果你们只能看到自己的鼻子尖，看不到那些不良分子正在摧残人们的生命、财产、教堂和墓地，那就太糟糕了。这个县也就要被毁灭殆尽了。"举座哗然，屋顶似乎都要塌下来了。结果首先过来和我握手的就是那些牧师。

"不良分子"就是非美国人、摧残生命和财产的人、蔑视法律和秩序的人。我不喜欢他们。但我接触过的很多黑人都是绝对的大好人。相信我，我对他们完全信任，敢把一切托付给他们。我有个秘书是墨西哥人，他是个忠于家庭的好男人。有些意大利人我却也会称之为不良分子。

我这个人不爱抖机灵。我去给学生演讲时说："只有上帝知道，你们的父母牺牲了多少才把你们送到这里学习。你们以后回了家，要靠那张文凭吃饭。在美国这样的国家，这么做肯定错不了。但是，我要警告你们。要是你回家说‘我有文凭了，这个世界欠我一口饭吃’，那我得告诉你，你将游手好闲、一事无成。如果你不学以致用，文凭也就成了厕纸。”在哈佛大学，他们全都起立欢呼。我对自己的孩子也是这么说的。

我给你讲个意大利人的小故事好吗？意大利人隔一段时间要回意大利待上些日子，花点钱。有人问：“你怎么有这么多钱呢？”他回答：“哦，在美国，点石成金，想赚钱的话真是左右逢源。”所以那家伙说：“天啊，我也要去美国！我要多赚点钱再回来。”于是他去了美国，在那儿待了两星期、一个月、两个月，回来了。他一毛钱也赚不着。于是他每天早上去教堂祈祷：“哦，上帝，帮我找到发财的办法吧。”有人告诉他得去忏悔室祈求上帝显灵。上帝会告诉你怎么办。结果在他祈求的时候，藏在忏悔室里的牧师朝他吼道：“干活去！你个游手好闲的家伙。”那人说：“该死，要是我想干活，我就留在意大利干了。我去美国是为了干活吗？”（笑）

问题就在于此。很多人觉得这世界欠他们一口饭吃，就是这样。他们想靠福利金，靠别人的血汗钱度日。我不喜欢这样。

看看我自己吧。我从没想过自己能走到这一步。1968年竞选后，我和妻子回到了意大利。我们在罗马一家酒店办理入住时，接待员看到我的名字，问：“戴利市长怎么样？”他拿出一张意大利报纸，上面有我和戴利的合影。你能想象吗？当初那个十二岁离开意大利的孩子走到今天这地步？

我不是知识分子，也不是百万富翁或什么了不起的人。我像刚从意大利来到美国时一样，是个普普通通的门外汉，所走的路也没什么与众不同之处。起初是上帝，后来连公众也待我不薄。

科尔曼·扬

他是底特律市市长。

“人们无论做什么都是为了自身利益，而不是为了理想中的乌托邦。如果你懂得这一点，就能理解什么是联合——人人都能得利。这是一切的出发点。”

我父亲做过各种各样的事情。第一次世界大战之后，根据退伍军人安置法案，他成了一个裁缝。他此前当过理发师和侍者。当时军队受到种族隔离法的严格控制。他在一战期间是一名水牛战士[①]，属于370步兵团。

“内战之后，有四个骑兵团被派往西部。第七团和第八团全是白人。第七团赫赫有名，是卡斯特的队伍。第九团和第十团全是黑人。

“他们的声望也很好。印第安人把他们叫作‘水牛战士’，因为他们的卷发都剪得短短的。第十步兵团是和西奥多·罗斯福一起冲上圣胡安山[②]的。是第十步兵团救了他一命，这件事没有写进史书里。第二次世界大战期间，我成了水牛师的一员。

“这种事我多是从我父亲那儿听来的。黑人注重保护历史的连续性，外界对这一点普遍认识不足。记得我六岁时，祖母有一本大书，里面记载了黑人的历史。我读过黑人历史中的每一件事。关于劳工的书我也读。”

---

① 1866年，美军经国会批准组建了历史上第一个黑人军团，这个黑人军团的士兵绰号“水牛战士”。后来这个群体逐渐壮大，在二战时达到顶峰。

② 美西战争中重要一役所在地，位于古巴。

像很多二十世纪的黑人一样，我父亲是个共和党人。1929年大萧条时，他成了富兰克林·罗斯福的狂热支持者。他把能搞到手的书全看了。我母亲是教师。我父亲激进好斗，我母亲则相当沉稳。她总担心我，因为我很像父亲。他总是和别人争论。他个子不大，但我见过他抄起瓶子、剪刀或任何能够到的东西痛打体型比他大两倍的家伙。他一直憎恨白人，直到他遇到一个待他如朋友的白人。那人是个天主教徒。我们都改信了天主教。

我母亲在生活中注重整洁，并且要求我们说标准的英语。我是五个孩子中的老大，因而成了帮她看管弟妹的助手。我成了纪律委员，告密的狗腿子。（笑）我是母亲的小打手。（笑）

我们是12月23日那天从亚拉巴马州来到底特律的。我们住在下东区，那里是当时的主要贫民区。我学习很好，颇为自大。在圣玛丽学校，我成了童子军的队长。有一次我们出去远足，到一座小岛时，我被命令返回，因为我是黑人。这是我第一次真正体会到愤怒。在此之后，我变得很警觉。这也许是我变成激进派过程中的重要一环。我这辈子受过的冷落和拒绝太多了。

从圣玛丽学校毕业后，我的成绩排在全市前十，获得了奖学金。有个兄弟会修士走过来，困惑地看着我问：“你到底是什么人？是日本人还是……”我说：“不，修士，我是黑人。”他拿过我的证书，撕碎了扔到我脸上。我回到了公立学校，从此和天主教分道扬镳。

1928年是大繁荣的一年，对我影响很大。我那时十岁，给一个裁缝干活。我一放学就过去，星期六也去，我扫地、送衣服。那条街和你知道的任何一条都不一样。街坊邻居都要做些见不得人的事。那个裁缝很不错，他的里屋却在赌骰子。隔壁是擦皮鞋的，是东区最大的扑克牌赌场。沿街走下去有一家佐治亚皮革店，兼赌二十一点。糖果店老板拉蒂默先生则非法酿酒。

我每星期赚三美元，外加小费。人们那时很慷慨，钱袋鼓鼓的。洗一套西装一美元五十美分。我拿到两美元，那人说："不用找零了，小鬼。"酿造私酒的拉蒂默先生回收旧酒瓶，我跑了十五、二十个地方捡空瓶子，以每个两美分的价格卖给他。老天爷，光靠卖瓶子我一个星期就能赚九到十美元。只要我安静地坐在角落里，就能看他们掷骰子。才十岁而已，我就知道掷骰子的奥秘了。（笑）那些人玩得太好了，受到从南方来的黑人的崇拜。从前南方黑人尊敬的成功典范可是双手纤细、身着华服的奴隶主。如今那些人也穿得华华丽丽的，有"狡猾萨姆""快手老黑"这类奇特的名字。有很多人我至今不知道他们的真名。（笑）

所以我听到的全是这些废话。那些家伙看不起工人，把在福特公司上班的人称为福特的毛驴。这些人会谈起工人上班时自己怎么跟他们的老婆鬼混。这些人给福特公司的工人编了句顺口溜：你们养她们，我们睡她们。我学会了他们的某些习气，但日后又都摒弃了，因为街对面有一家叫威廉斯的人开的理发店，他有点像马克思主义者。直到我十二三岁，那些理发师一直把我当成他们的宠儿，原因就在于我敢说话。他们鼓励我说话。到我十五岁时，他们已经把我当自己人了。

后来我去上东部高中，是成绩全A的好学生。1935年，我毕业了，那年我十七岁。我想当律师。我以为当了律师，就能和种族歧视作斗争了。我个人很在意这件事。我读了很多狄更斯的书。那时我也发现了杜波依斯写的《黑人的灵魂》。当时所有黑人写的和关于黑人的书我都看。

毕业前一星期，校长把我叫去说："我们有四个奖学金名额，两个去密歇根大学，两个去城市学院。你可以选择。"我说，当然要去密歇根大学。他说："你有工作吗？有钱付住宿费吗？"我说："没有，我以为有奖学金就有工作了。"他说："不是的。"我说："这样的话，我去城市学院好了。""太晚了，"他说，"名额已经被人占了。"我发现去年也有黑人孩子有同样遭遇。我被骗了，怀恨在心。我几乎是下意识地开始对社会抱敌对态度。

1935年和1936年，我在福特公司当学徒。我每天晚上都去夜校学习电压和电流之类的知识。代数是基础知识，我已经在学校学过所有的数学课程了，所以我的数学很厉害。所有考试我都得一百分。出现了一个工作机会，我和另一个人一起竞争。当时我是学徒班里唯一的黑人。我那个对手的平均分只有六十二分。但他父亲是个工头，所以他得到了那份工作。

我仍旧去上夜校，幻想未来成为一名熟练的电工。福特公司一个黑人电工也没有。他们派我去了电机大楼，在那里我听说了工会。我常去威廉斯的理发店理发，那里也是美国联合汽车工会的黑人组织者们常去的地方。他们常在那里谈论哲学，展开大讨论，比如：布克·T.华盛顿①、弗雷德里克·道格拉斯②和杜波依斯③，究竟谁更伟大。

这类思想交流和回击方式深深吸引了我，影响了我一辈子。这

---

① 布克·T.华盛顿（Booker Taliaferro Washington，1856—1915），美国的黑人运动领袖，也是政治家、教育家和作家。

② 弗雷德里克·道格拉斯（Frederick Douglass，1817—1895），美国废奴运动领袖，杰出的演说家、作家、人道主义者和政治活动家。

③ 杜波依斯（W.E.B. Du Bois，1868—1963），美国社会学家、历史学家、民权运动者、泛非主义者、作家和编辑。

不是突然发生的事情。我并没有立刻抛弃小阿飞的作风。我继续到赌博的地方鬼混，做点小手脚。不过我已经处在转变的过程中。小偷小摸和胡搞乱搞的事都少了。（笑）

我了解三类黑人的生活。一类是工人阶级黑人，另外两类是骗子和赌徒。还有一部分中产阶级，我后来和他们疏远了。我父母的肤色都比较浅。在早期，南方黑人的价值是由白人决定的。有一条劝告是这样的：找个肤色比自己更浅的人结婚，你就能更白一点。这是一种逃避的方式。我反对这种做法，因为我有些最好的朋友肤色很黑。他们是我认识了快一辈子的朋友。我家很穷，不是中产阶级，但就因为我肤色淡一点，我本可以被人们接受。有一些黑人教堂，如果你肤色太黑，就不让你加入。

我进入福特公司和工人混在一起前，以为自己能上大学的．就在那段日子，我加入了一个黑人兄弟会。那是一个势利而排外的社团，里面都是些浅肤色的黑人。他们在大学生团体的社交活动中相当专横。我有一次受邀参加他们的舞会，这标志着莫大的荣誉。我带了一个朋友一同过去跳舞，他的肤色很黑。那个黑人社团的成员，我们所谓的精英们，处处采纳白人的礼仪。他们跳舞时的动作很僵硬，一点也不自然。现在人们跳舞倒都很自然了。（笑）我朋友在其中跳得最好，玩得痛快。其他家伙对他却很反感，为我把他带来感到极其恼火。他的肤色太黑了。最终我和他们打了一架。我和黑人社团的交往也走到了尽头。

如果这些人都进了大学，把那里搞得乌烟瘴气，我可不愿意也进去当个赌徒，一辈子掷骰子过活。所以我参加了工人运动，并且第一次听说了对我而言很在理的一套哲学：黑人和白人要团结起来。

我那时差不多过着一种双重生活。我走进弹子房，不管靠什么骗术赢几美元。下一分钟，我又穿过马路到理发店去大谈马克思主义理论。这两件事我都感兴趣。但逐渐后者占了上风。二者不可兼得，对不对？

1937年，我成了一名工会会员，在地下秘密活动。那时福特公司弄了个打手队。他们称之为服务人员。他们看上去和普通员工并无二致，无从分辨。这个工厂的工会组建后，我们做的头几件事情之一就是让那些人穿上制服，这样就能把他们认出来了。

他们穿着沾满油污的旧工作服，在外面数着你去了几分钟厕所。工作特别艰苦，工人们都未老先衰，能干到四十五岁就算幸运的了，一旦你在生产线上慢下来，你就得走人。工人们走进厕所，不是要拉屎，而是为了休息。厕所是没有门的，没有隐私。我见过有工人进了那该死的厕所，只为睡五分钟觉。方法是拿一张报纸假装在看，睡觉时一只脚点着地。服务人员走过时看到他在读报，一只脚还点着地，以为他醒着。为了活命，人们什么都做得出来，真是好笑。

我遇到的第一个联合汽车工会成员是个南方白人。我们成了很要好的朋友。南方白人和黑人在文化上有太多共同点了。他们讲话的方式一样，吃的东西也一样，来自同一个地方。一旦克服了种族主义，彼此的交流就会十分顺畅。

主要的紧张因素来自黑人和波兰人之间。波兰人是最晚移居到底特律的族裔，因而处在社会底层。黑人和波兰人在底层为了生存打得不可开交，为了一份脏活累活争个你死我活。

即便在黑人社区已经被推土机铲平之后，波兰人依然没有搬走。对他们而言，家就是家。哈姆特拉米克还是一座波兰人之城，随处可见的是粉刷得很整洁的木头房子，无比老旧但保存完好。那真是一座城中城。

贝内特[1]雇用的那些人过去都是暴徒、摔跤手和拳击手——越粗暴越好。他们把一个家伙安排在我对面，一个狗娘养的大个子，体重肯定有一百三十公斤，身高有260厘米。他知道我是工会的，总找我麻烦。我们俩的滚轧机之间有一条传送带。我有一根钢管，机器塞住时就拿它清理。有一次那家伙朝我猛冲过来，如果他抓住我，我他妈的肯定活不了了。我能看到他越过那条传送带过来了，就抄起那根该死的钢管横挡在他头上。我把他拉到那该死的传送带上，传送带一路拉着他，把他扔进一辆货车。（笑）他伤得不重，缝了五六针，包扎了几处伤口。他们因此叫我滚蛋了。（笑）官方的理由是我因为打架被开除。真实的原因则是我从事工会活动。

我去了邮政局工作，开始组织工会。试用期六个月，狗娘养的让我干了五个月零二十九天，把我开除了。我成了联合汽车工会的志愿组织者。我还在索杰纳·特鲁斯[2]住房工程干过一段时间。为了有口饭吃，我进进出出干过好多份工作。1942年春天，我参了军。

“他们在塔斯克基建了一所吉姆·克劳式推行种族隔离的空军学校。他们把标准要求定得极高，我们实际上变成了一个精英团队。我们经过一次又一次筛选，无疑是全国头脑最聪明、身体最棒的黑人青年。因为荒谬的各式吉姆·克劳法[3]，我们变得更厉害了。

① 原注：亨利·福特公司曾经雇用哈利·贝内特组建服务部。其主要目的是监视可能“制造麻烦”的工人。

② 索杰纳·特鲁斯（Sojourner Truth，1797—1883），美国黑人女传教士、改革家、人权卫士、妇女权益运动领袖。

③ 泛指1876年至1965年间美国南部各州以及边境各州对有色人种（主要针对非洲裔美国人）实行种族隔离制度的法律。

你不可能把那么多聪明的年轻人聚在一起，训练他们战斗，同时又希望欺负他们的时候他们能俯首帖耳，对不对？这怎么可能呢？他们这是自讨苦吃。（笑）

“他们取消了我当战斗机驾驶员的资格，说这是因为联邦调查局的干预。1942年10月，我已经从班宁堡的军官学校毕业了。他们简直是把我们从台上硬拽下来，就因为伯明翰的联邦调查局指控我们搞颠覆活动，而实际上我们仅仅是参加了基督教青年会的反歧视活动而已。

“当时军队是由南方的将军控制的，多数位置从第一次世界大战起就被占据了，从一战起就没变过。要么全是白人，要么全是黑人。空军却想出个新点子，完全另起炉灶。

“我给检察长写了一封信。我学会了军队的全套规章，就好像成了个糟糕的律师，目的则是保护自己。在这里，我们这些军官被隔离在军官俱乐部之外。检察长坐飞机过来，做了一些变更。那是1944年，军队刚刚开始取消种族隔离。

“我们又从那里去了得克萨斯州的米德兰的炮兵军事学校。我们五个人占据了全部访问军官的住处，每个人两间套房，但仍为不能进入军官俱乐部愤愤不平。我们又写信给检察长。驻地指挥官是得克萨斯人，一个地道的军人。这是欧战胜利日之后的事情了。他把驻地的军官召集在一起，用典型的军队作风说：‘可能我不喜欢这样，你们也不喜欢这样，但命令就是命令。这些军官将享受军官的待遇，享有全部的特权，任何人不许找他们的麻烦，清楚了吗？’（笑）我们这些老兵已经取得两次斗争胜利了，但等等，事情还没有结束。

“我们四十五个人又来到附属于诺克斯堡的戈德曼基地。吉姆·克劳那套东西又把我们困住了。白人军官能到诺克斯堡军官俱乐部当座上宾。我们却没有收到邀请。我猜是因为我把厌恶情绪表现得太明显了，所以他们把我调离本师，放进了预备役部队，爱惹麻烦的家伙都以送到那里告终。我们开始听到流言，说是他们要让戈德曼军官俱乐部只接纳白人，黑人军官都要去军士俱乐部。真是往伤口上撒盐，我们在军官俱乐部还存了好几千美元呢。我们发誓不接受这个待遇。好，他们把我们遣送走了，一次一个中队，去往印第安纳州靠近西摩的弗里曼基地。

“那边的人已经准备好接驾，知道麻烦就要来了。我们到达的当晚，有军警把守俱乐部，不让我们进去。我们决定八九个人一起进去。我们准备一进去就分散开，玩弹子，喝饮料，买香烟。我是第一波。有个白人军官说：‘你不能进去。’我们越过他，分散开了。指挥官勃然大怒，将我们就地拘捕。

“我的任务就是说服其他人，他们就该进去，并且受到逮捕。（笑）最初的九个人之后，再进去就难了。但是我们破冰前进，又闯进去两批人，他们也被逮捕了。他们不得不关了那个狗娘养的俱乐部，否则全驻地的人都要被逮捕了。他们想给我们安上不服从驻地指挥官命令的罪名。

“指挥官宣读了那该死的玩意儿，命令我们每个人都上去签字。如果你上去了又不签字，他们就处分你。驻地指挥官说：‘你们知道根据战争法第六十条，战争期间如不服从直接命令可被判处死刑吗？好吧，给他下一道命令，我特此命令你签字。’他就这样制服了很多小伙子。我很走运。他们是按名字的字母顺序点名的，对吧？（笑）我有了片刻喘息的机会。我记得战争法有一项条款大体类似于宪法第五修正案。我们想了一个对策。我们全按那套形式走一遍，然后规规矩矩地敬个礼，说：‘是的，长官。’他给你直接下达命令后，你说：‘抱歉，长官，根据战争法第六十六条，这样做恐怕会牵连我自己。我拒绝签字。’一百零一个小伙子一个个站上去用了这一招。我们全都被逮捕了。

“消息传了出去，当兵的黑人都怒了，他们不给飞机加油了。局势一片混乱。他们找了五六架C-47型飞机想把我们送走，因为我们就是骚乱的源头。他们把军官住处用铁丝网围起来，白人军警在那里巡逻。聚光灯也架了起来。可又一次，他们吃了种族主义的亏。他们想隔离我们，但有一条军规不容忽视：军官们是‘绅士’，因此要有仆从为之服务，对不对？要有人来给我们铺床、擦鞋和做饭。他们不能忍受派白人士兵来为黑人军官做这些事，于是派了些黑人过来。（笑）真走运，我恰好和来我们这儿的那个中士在底特律玩过弹子。这些人是我们联系外界的关键。他们替我们把信息传了出去。我们成了整个诺克斯堡的英雄。‘将军’詹姆士那哥们儿也是被拘留者之一。

“他们把詹姆士放了，因为他得驾驶我们的C-47型通讯飞机。每天他都带着命令飞到华盛顿去，他同时也带着我们写的新闻稿以及给罗斯福夫人、哈斯汀法官和全国有色人种协进会的信件。我们那里还有位老兄，他的打字速度能和我讲话的速度一样快。于是我的口述新闻稿交给那个中士，再由他交给詹姆士，詹姆士开飞机把信带走。（笑）

“他们派了调查人员过来，但没法让一百零一个小伙子开口说出谁是领头的。这一点，我认为，真是非常了不起。

“一个月之后，是战胜日本日。我们选择在那天入侵在门罗的白人军官俱乐部。还是该死的老一套。我们被告知，第二天早上要

作出选择，要么签字再服役三年，要么立刻滚蛋。当然，我选择立刻走人。

“这件事的结果是，他们发表了450–50号战争部备忘录，那是军队中取消种族隔离的开始。所有的军官俱乐部、士兵俱乐部和娱乐设施面向全体军事人员开放，不论种族。不久之后，杜鲁门在陆军取消了种族隔离。哦，450–50号备忘录我记得非常清楚。相当来之不易。”

回到底特律，我当上了联合公用事业工人工会的国际代表，这个公会后来被产联以有颠覆性为由消灭了。其中包括垃圾工人、医院工人和市政工人。如今我还是和这些人打交道。（笑）

我们举行了一次罢工，是一次垃圾工人罢工，抗争的目标是提高收入。争论是没完没了的。所以我们弄来了二十辆垃圾车，把它们装满。全是敞篷垃圾车，上面只盖着层油布。当时是夏天，垃圾车臭气熏天，而冬天是从来不会有垃圾工人罢工的。我们让垃圾发酵了四天，把那些该死的卡车开到市政厅旁边，把他妈的车钥匙扔进了下水道。（笑）不用说，罢工立刻以胜利告终。

1947年，我当选韦恩县产联委员会执行副主席。我是第一个当选的黑人。有很多年轻人是从军队退伍回来的，黑人和白人都有，为我们增添了活力。他们知道我不是汤姆叔叔那种逆来顺受的人物，但我也不会有什么大动静，白人们能够接受我。为此我看得很透彻。我是在正确的时间处在了正确的位置。历史往往就是这样。

我成了市里的活跃分子。有两家黑人搬到了如今已是贫民窟的老虎体育场附近。三K党的人常跑来恐吓他们。我们派了一组既有白人也有黑人的工会会员带着枪去保护他们。之后又让白人建筑工人和工会领袖去油漆房屋，换掉碎了的玻璃窗，修好篱笆。弄完之后，他们的房子比刚搬来时增值了四千美元。那些当地白人工会主席一露面，情况就缓和下来了。此后我就在黑人社区里出了名。

我是从东城来的，所以底特律的所有人我都认识。底特律本是个小地方，之后突然发展得很快。多数后来成为领袖的人曾经都是我的邻居。还有一件事让我更为出名。当时正在抓赤色分子进行政治迫害。众议院的非美活动调查委员会来了。那些人来到市里，制造恐怖，找一个该死的线人来作证。他匆匆列一个单子，上面提到的人就被开除了，名声遭毁，上了黑名单。

我被委员会叫过去了。我发现的第一件事就是，那鬼地方的主席是从佐治亚来的。我心想：我为什么要让从佐治亚州来的狗娘养的在我头上拉屎？他怎么能质疑我对美国是否忠诚？我费力做了些调查。他的选区90%是黑人，所以这个狗娘养的是那里不到百分之十的人选出来的。然后他却要谈谈反美主义！

我的律师建议我引用宪法第五修正案。我本以为用第一修正案就够用了。但他说服我，第五条也有用。我告诉他们，如果他们想谈反美主义，我愿意奉陪。私刑、选举税等等，我们都提到了。（笑）这些该死的话都广播出来了，市里人人都听见了。这件事就像世界职业棒球大赛一样轰动。我们把全国黑人委员会和联合汽车工会地方六百分会的人都请来了。我们是发动进攻的第一分队。第二站是芝加哥，在那儿又好好踢了踢那些人的屁股。他们从这里开始走下坡路了。事情全登在了报纸头版上。他们说我这个目击者很不友好。但这件事让我成了黑人们拥戴的知心人。我奋勇回击，说出了他们一辈子想对南方白人说的话。

1955年到1960年的五年间，我一直在黑名单上。因此我没法到任何工厂车间上班。我开起了出租车，觉得挺有意思。我还干了三年做清洁和去油污的活。我一贫如洗。开出租、搬牛肉、当油漆工和装饰工，什么活我都干过。然后我决定尝试一下政治。

我竞选进入市议会。我知道自己肯定赢不了，但我要试试政治这滩水。我发现自己在东区颇有优势，我就是在那里长大的。我竞选了宪法大会代表。这是一次重量级的较量，因为半个世纪以来宪法第一次被修改。有几项重大的议题亟待解决。大会产生了一批全新的政治领袖。我从左翼赢得了提名，这让民主党和工会组织大为惊讶。民主党不承认我，另找了一个很难搞的候选人和我作对。我仍旧被视为危险的赤色分子。我赢了那该死的竞选。在大会上，我们成功落实了几件事。我起草了第一版密歇根州民权委员会条款。这是将人权条款加入州宪法的唯一一个州。

我又竞选了州代表。工人是中立的。有三个我曾经击败过的黑人再次参加了竞选，分散了选票。我以四票之差落败。1964年，我当选州参议员，之后次次当选，一直连任至今。

我感到一位黑人市长横空出世的时机已到。我相信我们很快会变成一个军事国家。这一局面是随着警察局局长当选市长的趋势形成的。“向犯罪宣战”实际上是一句反黑人的暗号。我深切地感到，除非黑人在政府机构里得到平等的机会，否则警察将会统治我们的城市。

1973年，我成了五位市长候选人之一。候选人中有另外两个黑人、一个自由派白人，还有一个叫约翰·尼科尔斯的警察局局长。我入围得晚，被排在第五位。如果没有人赢得多数票，前两名就再展开竞争。我仅次于尼科尔斯。

我们进行了一系列面对面的辩论，这是一种典型的对抗方式。

不幸的是，这成了黑人群体和白人群体的对抗，尽管这场比拼是公平的。尼科尔斯和我达成了共识，不让辩论掉入种族主义的陷阱，我们都遵守了诺言。为这一点，我一直很尊敬他。

当时的主要议题之一是STRESS问题，这是“制止抢劫，享受安全的街道”这句话的首字母缩写。他们使用了圈套诱捕的方法。本来是可以奏效的，但底特律的野小子们却把它变成了一场可恶的枪战。我记不清有多少市民被杀了。人数在二十人以上，其中至少有六到七名警察。警察报纸上不断地将黑人称作“丛林兔”。

另一个主要议题是居住问题。我坚持认为，作为市长，我要取消STRESS，建立一个一半黑人一半白人、能真正代表底特律的警察局。警察与人民要互相尊重。我希望看到所有市政部门都能有一半黑人一半白人，而且要多雇用女性。很多人对我这个想法感到惊异。他们以为我会用95%的黑人和5%的白人。但那是愚蠢的。我保留了一位白人警察局长，直到后来我不得不辞退他，他在任时我找了一个黑人当执行副局长。现在的警察局长是黑人，我就找了一个白人当执行官。

我们建立了新的警察工作机制：小型警察站。有五十个站点设在犯罪率高的地方，那里的受害人多是老人。街坊邻居来当志愿者，发养狗证，做点其他小事情，警察就能解放出来去街上巡逻了。我们总共有至少两组警察同时巡逻。

底层黑人社区居住着老人和享受贫困儿童补助计划、布鲁斯特尔住房计划的人们。我们在那儿建立了第一座小型警察站。我当选时，只有15%的警察是黑人。因此看到姑娘们给警察送来多纳圈和咖啡表示欢迎的场景，心里总是暖暖的。白人警察们十分惊讶：老年黑人妇女和孩子们给他们送来了咖啡，一开始他们中很多人竟感到挺害怕。市里形成了一种新的风气。警察不再被视为一支外来的占领军了。

我想，警察本以为我会报复。他们那个世界的处世之道就是：给人当头一棒。他们期待我也给他们的脑袋来那么一下。我的目的可不是惩罚警察。我只要求他们称职和公平。

我当上市长的前两个月，至少参加了三次警察葬礼，而且似乎都是冒着冬日的严寒参加的。死者都是年轻人。这是极其可怕和让人心痛的事情。但自1974年以来，还没有一个底特律警察因公殉职。这在本市是前所未有的记录。不可能只是运气问题。它反映出人民和警察之间一种新的互相尊重。

有一件事，我认为是个转折点。那是1974年夏天，我上任不过六个月。一个白人酒吧老板杀了一个黑人青年。类似的事件曾经引发过暴乱。常见的谣言是：他背后中了一枪。人群令人不安地聚集起来了。我冲到了现场。我站在一辆汽车车顶上，劝阻那些想冲到酒吧里去的年轻人。他们想把那地方烧了，把那个老板抓住。这种煽动闹事的人我这辈子见得多了。我告诉手下的警察局长，把所有的黑人警官都派到这条街上来。他说："我怎么知道谁是黑人？"我说："你他妈的当然知道谁是。快把他们叫来。"一小时之内，他们都来了。我们有大量新任黑人指挥官帮忙控制人群。最重要的是，我们已经和人民建立起了联系。牧师和街道俱乐部的老板也加入进来了。我们走在警察前面，把人们挡在后面，疏散人群，劝他们回家。

让情况更糟糕的是，一个当面包师的无辜波兰移民在回家的路上经过了闹事地区。人们拦住了他的车子，把他拉了出来，用石块把他砸死了。你能想象会发生什么事吧。我立刻召集了克拉夫丘克主教和其他波兰人领袖，表达我的同情，请求他们的合作。他们和其他黑人牧师聚到了一起。我去拜访了那个波兰人的寡妇，她所住那个地区的人们对我们抱有敌意。我也拜访了被杀的那个黑人青年的母亲。我认为正是我去的这两趟扭转了局势。

第二天，我说，这次警察在极端的挑衅面前表现极为称职，即使有砖头或者什么东西扔过来，他们也一枪未发。警察们全副防爆武装，其中很多是身材娇小的女性，手里拿着大号警棍站在那里。对我而言，这是一个转折点。

警察和我仍有一个很大的分歧。我认为他们的工资过高。他们是全国收入最高的警察。他们从一个能制服市政府的决策者那里得到了这样的好处。一个非选举出来的决策者能在市民身上征税，这样的体制一定是存在问题的。

哦，市长先生，记得吗，你就是老牌劳工代表啊。（笑）

是的，但我宁愿让那些该死的事件发展成罢工，也不愿意人为地草草解决了事。同样，这是因为我对人民抱有信任。如果警察有合理的委屈，人民也会支持他们的。如果他们没有，该死的，那人民就不会支持他们。工人运动就是这样教育我的，对吗？你要到街头去解决问题。我就是从街头走出来的。我为此感到骄傲。我认为只要你注意倾听，就能在那里得到许多的教育。

我只从一位企业家那里得到过支持——亨利·福特。他给了我三千美元。他也给了尼科尔斯三千美元。我对他说："你应该把钱多给获胜者啊，我是获胜者。"他笑了。（笑）

我认为他们有点担心尼科尔斯。他是严肃认真、毫不留情的警察，容易引起更多的冲突。他们担心自己在市里的投资。我邀请他们合作，这是符合他们自身利益的。

最近四年，他们相信了我不是野蛮人。预算非砍不可时，我就狠心砍。这是很痛心的。我们有些法律是关于给予本市企业税收优惠的，鼓励它们留在这里，不要搬走。为此引发了很多争议。有人说这是给企业津贴。我要说，这恰恰是关键啊！只要我们还生活在一个挑动密西西比工人反对密歇根工人的社会里，就要作出这种让步来保护我们的工厂。我们要提高市民的就业率。

你和亨利·福特共进午餐时觉不觉得有点好笑和讽刺？

是有些讽刺意味。这在二三十年前是不可想象的。不过我并没做什么与众不同的事。我一直觉得，人们无论做什么都是为了自身利益，而不是为了理想中的乌托邦。如果你懂得这一点，就能理解什么是联合——人人都能得利。这是一切的出发点。

哈利·贝内特的年代已经过去很久了。当然，反动的极端保守主义还是经常抬头，让人不安。我们仍然受到种族主义的困扰。但我一直对人民的智慧抱有坚定的信心——前提是你能去接近他们。有些人相信，只要把一套胡扯的废话包起来，系上绸缎带子，就能兜售给人民。对此我毫不赞同。

我现在六十岁了，我愿意培养一批青年干部，其中有黑人也有白人，而他们能把这项工作继续下去。这是没有保证的事情。如果某些人相信美国梦是一个苹果派，肯定有快乐的结局，那真是大错特错。不一定有这么好。整套该死的玩意可能会烟消云散。重建计划已经教会你这一点了，对吗？挣扎和抗争将持续存在。哪怕忘记半刻，你的小命就要了结了。

我知道，是利润在驱动着美国的一切运转。如果底特律不想衰败，我们必须创造出一个能让商人盈利的环境。这是他们的利益所在。我们的利益则是就业。他们在底特律投资得越多，我们就越能让他们的利益转化成我们的利益。如今美国的游戏规则就是这样。我不认为明天会爆发革命。年轻时我本以为会有革命的，而现在我觉得那是别人的事。

（他轻轻笑了，忽然回忆起往事）如果当初我留在天主教学校，我可能会当神父做弥撒时的助手。我倒挺愿意这样的。圣玛丽是座美丽、古老的德国教堂，一座真正的建筑瑰宝。我十四岁时离开了那里。我作为市长回来，参加圣名姐妹175周年纪念活动。那祭坛还是老样子。修女们为我在祭坛上准备了一张大椅子，好像国王的宝座一样。（笑）我在上面坐下来。那是我作为市长最辉煌的一刻。这让我回想起自己的童年，比跟亨利·福特或卡特总统坐在一起还要让我印象深刻。（笑）这就是我的美国梦。（笑）

约翰和卡尔

约翰·麦克劳格里

他是保守主义核心会议的领导人。这个组织由不满共和党和保守党两大党发展趋势的保守派组成。他们认为应该继续右倾。

“你不确定自己将会做什么，但确定有些事是肯定不会做的。”

他住在佛蒙特州科比地区一座自己造的小木屋里。此刻他正戴着一顶海军杂役小帽，不安地来回走动。

我曾问过自己，我是什么时候变成托马斯·杰斐逊[①]的信徒的。我一直支持广泛分权，从高中起就已如此了。

我母亲去世时，我才出生一个月。十二岁前我是由几个老太太带大的。我祖母的住所附近都住着她那个年纪的人。我是整个街区唯一的小孩。我三岁时，伯祖母就教我认字了。我还记得我刚进小学发现别人都不认字时有多么震惊。

我的生活非常孤独，终日埋头读书。我比班里别的孩子小一岁，看上去特别瘦小，周围也没有小伙伴，平时只好装懂事。我把大量时间花在思考和阅读上，形成了一套自己的价值观。

我的外祖母和祖母一个像耶稣，一个像耶和华。她们都是长老会教堂的中坚分子，一个住在伊利诺伊州的帕里斯，一个住在密歇根州的庞蒂亚克。我的外祖母真是耶稣式的人物：自谦、自我牺牲、有理想、虔诚，一个真正可爱的人。她去世多年后，人们依然

① 托马斯·杰斐逊（Thomas Jefferson，1743—1826），美国第三任总统，也是《独立宣言》主要起草人。

悼念她。我曾经和祖母在庞蒂亚克过了几个夏天，她固执、正直，强力推行上帝的主张，恪守纪律，注重人格和端正的作风，尊重传统。总之是个坚强的女人。

我是她俩性格的融合体。每年九个月和“耶稣”住，三个月和“耶和华”住。因为我没有朋友圈子，也就不会顾及那些圈子的意见。如果有道理，我就赞成。没道理呢，那很抱歉。

我接受的价值观不是自己这一代的，而是我父母那代的。所以我的观点比本人老三十岁。我现在四十岁，但看法就像七十岁的人一样。

殖民地威廉斯堡[①]在我看来极其迷人，因为我就像一个十八世纪的孩子。我在游客中心看过五遍介绍那地方的电影，每次看都爱得发疯。如果不是要治病，我一定回去重温杰斐逊的时代。

据我所知我家没有任何造反的传统。他们都是你们所谓的体面的小资产阶级，从不闹事，本本分分的。我自己也没有叛逆的想法。人们一直觉得我是模范儿童。

我的生活方式有点不合时宜。我喜欢穿旧衣服，不爱趋炎附势，也不爱去什么鸡尾酒会。但我行事注重合乎礼节。艾伯特·J.诺克[②]曾说：“有些事保守主义者是肯定不会做的。”你不确定自己将会做什么，但你确定有些事自己是肯定不会做的。

我一直深知一个人有机会发展自己的才能而不受宗教、政府、同侪或其他什么蠢笨的权威约束的重要性。这种事最容易让我发火了。1976年9月，我大闹共和党州立大会，因为他们公然操纵提名总统人选。我从后排猛冲到前面，对主席大喊大叫，所有

① 弗吉尼亚州威廉斯堡市的一个历史保护区。

② 艾伯特·J.诺克（Albert Jay Nock，1870—1945），美国自由意志主义作家、教育理论家、社会评论家。

人都吓坏了。整个会场局势大为转变，州立主席强烈反对，后来还是被开除了。

我当然担心大企业，但这比不上我对政府的担心。对企业，至少你有的选，不是非买哪家的东西不可，还可以换一家。政府却可以让你陷进去。政府能发表长篇大论强制你执行它的决策。通用公司可不会这样。所以我加入了共和党而不是民主党。他们太喜欢搞集体主义和政府计划了。

我反对消费者协会。它隐含的意思是要别人替你留神。这是一种倒退。抑制了人们自己留神的精气神。而这是保持一个自由的共和政体的唯一方法。我曾为我在大学里办的寄宿俱乐部到杂货店采购。我带了一把计算尺，好看看买什么最合算。

你建议消费者带着计算尺去采购？

哦，是的。另外，那些不愿用计算尺的人可以带便携式计算器。上过四年级的人都学过怎么用计算尺。

一个人，没有别人的帮助，能反抗大人物吗？

不是任何人都能办到。我认为理想的局面是，有足够多的人能掌控自己的命运和言行，有必要的话，能说出“见鬼去吧！我不干”。我面对社区企业、小企业、合作性组织、小农场和自由职业者时总是很有气势。

我帮忙起草了保守主义核心会议纲领。我认为那份文件相当不错。其中涉及军事至上的部分给我找了一些麻烦，因为这容易被当成国防花销浪费和大型重武器激增的借口。铺展得太大了，但并不是说我看低了苏联的威胁。我对步兵部队抱有同情，但对超级航母和空军轰炸人员就不这么看了。我是“波塞冬–特里同体系”的坚定支持者。我无论如何也不是个和平主义者。

我是在1966年转过来反对越南战争的。我们给予援助的那些人并不值得我们帮助。总而言之，我宁愿西贡政府当权，但还不到派四万美国人去送命的程度。我看不到这场战争的道义所在。任何战争都是非道义的。我的确是一个鹰派。东京湾事件后，我和美国退伍军人团的人一样气得口吐白沫。现在我相信这件事是约翰逊总统捏造的。

我无处可去了，不断地质疑自己的信仰。我欢迎异议和讨论。我寻找能挑战我观点的人。但目前为止还没发现有人能成功挑战我。但我还在找寻。如果不这样，你就滑落到教条主义的模式去了，那里的答案都是现成的。

最近十年是我一生中最沮丧的十年。我很少遇到需要我施展全部天赋的挑战。我在佛蒙特州议会待了四年，从1969年到1972年。那地方是由一个个有钱人组成的。一百五十个人里只有几个律师，其中两个我连交通罚款的案子也不愿雇他们来辩护。我以为我能为州议会带来一些职业精神。但我很快发现在那儿我连能说说话的人也找不到。我的表现越出众，就越被孤立起来。他们坐在棋牌室，打打克里比奇牌，讲讲猎狗逐鹿之类的故事。议会休会时，我就去图书馆。图书管理员很喜欢我，因为我是她多年里见过的唯一不止一次来州立图书馆的读者。我回到家，就打字直到深夜。其他人则到蒙彼利埃酒馆客栈买醉去了。

谁也不知道拿我如何是好。我没有亲戚，谁都搞不清我究竟是什么情况。我就像是坐飞碟“啪嗒”掉到地球上的一样。每个人都认为我很神秘。不过，任何人只要了解杰斐逊，就能立刻了解我。我们两个人没有丝毫的分别。

我和克鲁泡特金、普鲁东这些无政府主义者在思想上有很多共同之处，都主张打破藩篱、除掉枷锁、重振精神。我有很多朋友是极左派。他们坚持立场，对社会有很激进的看法。自由主义左派却值得鄙视。他们既无规矩，也无准则。右派做事是纯属为了赚钱。即便如此，我对他们的尊敬也比那些脑子不清楚的自由主义蠢货和卖假药的荒唐政客要多。后者才是最低贱的。不过保守党内也没什么乐趣，气氛紧张，所以我始终是个孤独者。

我是我们这个时代最会写信的怪人。我打字速度飞快，三分钟就能写完一封信。我这么做的部分原因是想磨砺思想。我最近十年的生活都花在写信上面。在我死掉之前，我真的需要一个机会来发挥我的特长，会是怎样一个机会呢？我还不知道。

卡尔·海丝

他为巴里·戈特华德写过演讲稿，并为他在报纸上代笔写专栏。1972年，他因抗议越南战争在华盛顿被捕。

“美国梦关乎一种观念：我不必非要听从世界上某个人的意见。并不是我不关心别人。它仅仅意味着，我为自己说话。”

我们身处西弗吉尼亚州马丁斯堡。这座房子他是在妻子和两个儿子的帮助下造的。“还有什么比住在一座装满一切记忆的房子里更美妙的呢？哪怕你犯过的错误也在里面。这不仅是一座房子，而是一场奇遇。”

他们养了三只猫，名字分别是莫莉·马吉尔、琼斯妈妈和艾玛·哥德曼。

我是在华盛顿长大的。我母亲嫁了个百万富翁，生下了我。我们到菲律宾居住。我父亲的情妇多得数不清，为此她非常恼火。于是她离开他回到了美国，甚至连抚养费也不要。她当起了电话接线员。

我母亲带我去过很多地方。我们走啊走啊，一边走一边交谈。我们讨论过许多问题。我每提出一个问题，我们就走到公共图书馆去查找答案。我问她时间，她会说：“咱们去看看钟。”然后我就学会看时间了。我指指某个人，她就给我看格雷的《解剖学》，说：“你研究一下。”我们一本接一本地读啊读。她教会我怎样读书，这样就不用回答我的问题了。（笑）直到今天，我也不知道她是不是真的知道答案。我们过去常常查字典。你想知道一个词是什么意思，就得去查字典。那感觉就像有个当学者的父亲似的。

我十五岁时实在厌倦了上学。她说我不想再去上学也没什么关系。但怎么做到呢？她没说。我想出了一个办法，而且奏效了。我注册了华盛顿的所有学校，然后办转学。我从学校登记册上消失了。之后我再也没收到过入学通知。

十五岁，我开始为一家广播电台干活。我为博克·卡特和小富尔顿·刘易斯的节目写新闻稿。我还做过一档智力测试节目，叫《双倍还是没有》。

做智力测试节目，你得不停阅读百科全书。做新闻节目，你要读新闻速递。我一直做得挺好，直到有一天我因为无证驾驶被捕。广播电台发现我只有十五岁，解雇了我。我是个未被承认的神童。我又去了《亚历山德里亚报》，之后就如履平地了。我以为自己什么都能做到，什么想要的都能得到。我能轻易从一份工作换到另一份工作，因为我确实擅长此道。我步步高升，速度惊人。

我小时候就想当个共产党。后来我加入了社会党。我是当不了共产党的。谢天谢地，因为当社会党就够无聊的了。取而代之，我又加入了共和党。我认为这是下一个城里最好玩的游戏。他们那时还很激进。有很多小企业主，他们反对大企业。他们是被孤立的人，也即反对帝国主义的人——他们还没有聪明到能运用后面那个词。我不爱上学，他们也不喜欢学校。我们有很多共同点。之后不久，我去了共和党全国委员会工作。那是1944年，杜威刚刚竞选失败。

一个人一旦将某件事作为职业，意识形态就退居第二位了。你变成了一个技术专家治国论者。从那时起，能帮我晋升的政治就成了我所信奉的政治。我会调整自己的政治观点来适应我的工作需要。如果工作需要我偏袒大企业，后来果然很快如此，我就会偏袒大企业。

我遇到很多富人。我认为他们的日子过得很好。穿着考究，有人侍奉。我有种感觉，就像很多报道富人的新闻人一样，我觉得自己真心喜欢他们。

我和巴尼·巴鲁克[1]坐在同一条公园长椅上。好了，我每周赚七十五美元，却和世界首富之一坐在一起。这个人一挥手，就能改变一个帝国的航向。那个下午之后，我有什么想法呢？我认为巴鲁克和我真是一见如故。实际上他根本不记得我，但我记得他，对吗？我希望他能记住我，我也表现得好像他记得我一样。这些大人物总给我这种错误的认同感。这种错觉大大扭转了我生活的方向。

我有时候会开车上街，看看那些劳作的人们，然后开始思考：我不过现在这种生活的话，就得变成他们。他们渴望着我所拥有的、我为之工作的一切。事实上，我纯属靠运气。我不费吹灰之力就得到了那些东西。那是我母亲的馈赠：语言。有段时间我为H.L.亨特[2]工作。我为所有共和党大人物写文章。我还为他们做了几场演讲。我觉得自己特别了不起。

那感觉真是无与伦比。当我在白宫工作，在艾森豪威尔手下执行特别任务时，如果我迟到一点，他们会推迟飞机的起飞时间。有几个月，我上飞机从来不走正门，坐火车也一样。在纽约有一辆火车随时为我待命，每个小时都能发车。有一次我乘船外出，特工组织派了一架直升飞机来接我。（笑）这样生活一小段时间，你就会以为自己……（笑）

你坐车出门的时候有摩托护送。你坐在高级轿车里，在喧哗

① 巴尼·巴鲁克（Bernard Mannes Baruch，1870—1965），美国金融家、股票投资者、慈善家、政治家和政治顾问。

② H.L.亨特（H. L. Hunt, Jr.，1889—1974），得克萨斯州石油业巨头。

的大街上飞驰而过，透过车窗看到街上的人们都好像冻住了一般。这是有力的一课。我把自己和普通人区别开来了。你坐在豪华轿车里，手放在西班牙皮革垫子上。你望着自己的手。多可爱的一只手啊。你望着自己的袖口。多漂亮的袖口啊。袖扣也特别精致。你的西装不也剪裁得特别得体吗？

现在你常说的词变成了“我们”。（笑）我们想被带到火车站去。“我们”意味着那个袖扣、那件丝绸衬衫、那双鞋子，所有那些东西。你是一首交响乐，而不再是一个人。你变成了帝王般的人物。我告诉你，一旦你产生了那种情绪，就会拼命战斗。

我相信我所得到的一切都是当之无愧的。如果其他人也想要，按照我的方法做就行。其他人也确实想要。（笑）于是你产生了防卫的想法。我们要对抗他们。

我为戈德华特[①]工作时遇到了泰蕾兹。她曾问过“战争究竟有什么好处？”这样的问题。千真万确，我会说：“如果你知道我所知道的东西，就会了解我们为什么需要一场战争了。”她会接着说：“也许你该给我说说。”我说：“不能告诉你。”

你的全部生活就是特殊情报、特殊权力、离群索居，哦，多么的虚假。一切完全是人为的、不真实的。也许你以为自己获得了特殊情报，但有十六个人对你撒谎了。也许他们都知道信息，除了你。也许你以为你和巴尼·巴鲁克坐在一起，你就成了他那个阶级的人。绝对是胡扯。他们中的任何一个在街上看到你，都会从你身上碾过去的。

我为海军上将阿利·伯克工作过一段时间。他曾任海军作战部

① 戈德华特（Barry Morris Goldwater，1909—1998），美国政治家，共和党人，被视为二十世纪六十年代开始美国保守主义运动复苏的主要精神人物。

部长。我为他写过一些演讲稿。我也参与了乔治城大学战略和国际问题研究中心[①]的建立工作。我们两个的关系相当密切。我退出政界后，有一次骑摩托车外出，身上穿着人们骑摩托车时会穿的装束。我在小巷里等一个人。这时阿利·伯克走进了这条小巷。我没戴头盔，就站在那里，暴露在光天化日之下。阿利·伯克径直朝我走过来，看看我，走了过去。他不知道我是谁。因为我从来不是一个“人”。我总是穿着特定的衣服，说着特定的辞令，那一切都和摩托车、穿着粗蓝布工装裤和黑皮夹克的人没什么关系。如果你以为自己在那些特定的场合里还是一个“人”，那绝对是开玩笑。你只是一个表演者，扮演着一个角色。

一段时间之后，当你变成一个职业保守党人士，你也就成了一个职业反共人士。这意味着你不仅不喜欢苏联，还厌恶、害怕、追捕、骚扰一切自称有左翼思想的人。但你并不真正在乎那是什么东西、他们说了什么。我也陷入了国家的大规模歇斯底里当中。我仍旧认为其中大部分是有道理的。苏联现在和过去都是我们的敌人，或许将来也仍旧是。

我在《新闻周刊》任编辑后，又去给《反击》写时事简讯。这份刊物是由三个前联邦调查局人员创办的。一些大公司帮他们创建刊物，为的是建立搞清楚人们的政治和经济上从属关系的独立消息来源。这些前联邦调查局人员懂得怎样建立档案。他们知道怎样处理很多第一手材料。你每天拿一份《工人日报》，从头到尾读一遍，将出现过的所有名字制成索引。比方说，在一次请愿中，有五百人签了字。请愿的内容可以是任何事，比如保存母

① 美国具有保守色彩的重要战略和政策研究机构，1962年由前海军作战部部长阿利·伯克海军上校建立。

乳之类的事。然后你就写一份时事简讯：约翰·琼斯，与共产党的关系人尽皆知。或是某个同路人，他经常在赤色请愿书上签名。好吧，我猜记下这些会对一些人有用。有用的原因就在于，不管是谁在《工人日报》上签名请愿，都该被轰出这个社会。我真的觉得他们是敌人。

让我的思想发生动摇的一件事，是贝托尔德·布莱希特之死。那时我正要写一篇时事简讯特别稿。我搜集到了所有布莱希特的资料。他的童年时代，哎呀，成年以后，啊，这个布莱希特，一个共产党，甚至他自己都承认了！哇，真是个可怕的家伙！我们把关于布莱希特的一切都发表了。不出一个星期，无党派的报道出来了。在布莱希特的最后岁月里，他一直对东德政府持有异议。他也许是共产主义者，但不是独裁主义者。他反对独裁统治。我感到非常不安，好像自己也参加了对这个人的迫害，而他实际上是个英雄。这是我最后一次为《反击》写稿。

我去了美国普莱伍德冠军纸品公司做总裁助理。为他写演讲稿，做公关工作。那是家很大的公司，在五百强企业里处于中游。我原以为这家公司是造纸的，结果却不是。它只关系到对人员的管理。后来我才明白，那些管理人员只是一群企图保住自己饭碗的家伙。他们所做的一切不过是要给普通人还有那些工程师找麻烦。

其他人都在忙着干活，管理人员却在算计怎样压低人们的工资，怎样降低成本，怎样把职工调来调去。日复一日，他们只知道制订组织计划。

如果你是由一个疯疯癫癫的母亲带大的，她拉着你满城转悠，跟你讨论各种问题，那你很可能会是个好奇心深重的人。你想知道一切是怎么一回事。让我恼火的是，我每天早上很早就来到公司，心里却知道这么做只是为了取悦老板。其实我没什么正事可做。人到中年还要玩这套小把戏，真是特别悲哀。

人们说，一个好经理能管理好任何企业。不管是经营一家焚烧犹太人的工厂还是编花篮的工厂，我看都是一样的。他们才不关心究竟做什么呢。

我回到华盛顿，再入政界。在华盛顿，你看不到任何在工作的人，你和他们没有直接交往。偶尔，你看到一个人在悄无声息地换灯泡。但那不是真实的人，而仅仅是让你的生活更便捷的人。他们不允许你做任何浪费时间的事情，因为你的时间是极其宝贵的。喔！想象一下，只要你在华盛顿浪费五分钟，整个西方文明就轰然瓦解了。我又产生了那种感觉，觉得自己是什么特殊人物。1960年总统竞选活动期间，我深信自己已经超凡入圣了。

1960年，我是共和党纲领的主要起草者。当时发生了同洛克菲勒的著名妥协事件。实际上没什么大不了的，只是装点门面而已。双方并没有真正的分歧。如今吉米・卡特是一个洛克菲勒派的共和党人。

1960年到1964年，很多事情都变得模糊起来。1964年大选成了我危机的起点。我那时是戈德华特演讲稿的主要撰写人。选举之后，如果你想继续当共和党人，就要和这个人划清界限，痛斥一番。可我不想这么做。我不知道究竟为什么。我之前从没做过什么尊重原则的事，因为我只对前途感兴趣。但我喜欢戈德华特。在我看来他是个很有魅力的人。所以我决心忠于戈德华特。我继续为他撰写联合专栏。不过我也确实不得不另谋生路了。一切都乱了套。但我是个乐观主义者。

我仍然认为我们的国家是健康的，人民是健康的。的确有一大批人服食安定药片，但这并不代表所有人都是如此。人们依然互相帮助。真正的美国梦存在于小镇中，存在于在城市里熟悉的社区或是城镇会议中。它关乎这样一种观念：涉及我的生活时，我不必非要听从世界上某个人的意见。并不是说我不关心别人。它仅仅意味着，我为自己说话。

城市的社区可以自力更生。居民们可以团结起来，重建社区。我认为这些事在城市内外都在发生。大型农业企业正在面临水、石油化工产品、废料等自然条件的限制。家庭农场则是高产的。如果你居住的那片土地都不归你所有，那我以上说的就都是废话了，一切都行不通。我们必须开始讨论一些重大的改变。比如矿产资源的所有权问题。我不知道为什么西弗吉尼亚的矿工能忍受棕榈滩的人拥有他们为之劳作的那些资源。为什么呢？这说不通。我知道那是合法的（笑），但合法的不一定就是正确的。如果那些矿井是靠手腕操纵获得的，为什么不能通过另一种办法重新得到它们？那些矿井都是由顽强的开拓者建起来的，但企业是由那些一辈子没动手干过活的经理人开办的。

这不是什么社会主义。我能理解为什么多数美国人一听这个词连脚趾都蜷缩起来了。组织群众政党之类的话全是不切实际的胡扯。他们需要的是社区。如果你想浪漫一点，叫它共产主义也可以。但我不认为它必须得贴上标签。那是美国人一起工作、相互合作的一种方式。建起谷仓之类的什么东西。

我加入了世界产业工人组织。哪怕对我这种最老派的保守天性而言，这个组织也是很有吸引力的，因为他们指出为工资而工作是一种糟糕的处境。为工资而干活，你就永远是半个奴隶。要想获得真正的自由，你必须成为企业的一部分。

关于责任的说教

弗兰克·威利斯

他是在水门大厦[1]夜间巡逻时发现胶带的那个警卫。

“我相信诚实自有其报偿。我的信念就是当个诚实的人，积极地看待自己的处境。”

① 水门综合大厦（Watergate complex），始建于1967年，是位于美国华盛顿哥伦比亚特区西北部的一座综合楼宇群。1972年水门事件发生于此，使得该地名声大噪。

我母亲一直希望我当个诚实、体面的人。要是有什么问题，我得规规矩矩地去跟她老实交代。因为我母亲的缘故，我有个诚实的童年。她工作得十分艰辛，却有一种帝王式的尊严。

我的第一份警卫工作是在底特律，受雇于福特汽车公司。那时我二十三岁。在华盛顿，一家私营公司雇用我看守水门大厦的财产。

出事那天是个平常日子。早上起床后，我做了点家务活，洗了几件衣服，把制服送到洗衣店，买了些日用品和食品，还有点心，可以留着下午看电视的时候吃。我读了书，休息了一会儿。大约午夜十二点，我要开始值那八小时的班。

午夜十二点，我接了另一个警卫的班。他已经把检查过的区域都明明白白地记在工作日志里了。我很谨慎，总要再亲自检查一遍，然后就能说，好了，这里那里我都检查过了，如果后来发生了什么事，嗯，我就可以表示，我全查过了，没什么可怪罪到我头上来的。

那件事肯定发生在6月17日夜里一点到两点之间。我哪能忘了呢？天啊。那天夜里，我检查了各个门和各处必须检查的地方，门确保没有人忘了锁门或藏在浴室里。换句话说，来了一次彻底大检查。几乎像军事行动那样严谨。

事件发生前两个星期，一个技师来大楼检查了供暖设施，他用一块木头别住门，方便他进进出出。但这件事和往门上贴胶带并不一样。大约一个半小时之后，我又在门上发现了另一条胶带。这很古怪。

这就像是一台电脑，你输入信息，确定情况的确如此，确保得出准确的结果。我发现第二条胶带后，问题就十分明显了。你得知道安全保卫的意义，因为你就是干这行的。我替班的那个人可能并没有细细检查两三遍。原谅我爆句粗口，我可是他娘的竭尽全力检查的。

首先，我为自己感到骄傲。这份工作的收入不算太高，但能满足我的日常开支了。我喜欢我周围那些人，所以我工作挺卖力的。

发现第二条胶带后，我给警察局打了电话，然后他们发现了涉案的六七个人。我还要继续值那八小时的班。我不能给上级打电话说："今晚我抓到了几个人，能回去休息了吗？"警察把那几个人押上警车回警察局，我留下来继续巡逻。

我对整件事一无所知，直到联邦调查局和司法部的几个先生来找我，问我当晚的详细经过。我不知道这会牵涉到美国总统。事情可能比这更糟糕啊，也许是某个外国人所为，也许会威胁到国家安全。也许这块胶带能拯救整个国家。

我以为会接受——倒不一定是表扬，起码是对我工作负责的赞赏。可让我惊讶的是，公司对我的态度就像在说：你不该这么做。他们看我的眼神十分古怪，我想知道自己究竟做错了什么，因为我一向把自己看成一个诚实的人，并且已经通过事实证明了这一点。我还以为公司会说：干得不错，弗兰克——倒不是说我想当这家公司的副总裁、总裁，或是董事会主席，起码我希望能因为自己的所作所为而赢得一些敬意。

他们的态度十分消极。真奇怪，因为我不太清楚事出何因，也许是上级什么人物的意思？我甚至觉得自己不再是公司的一员了。就是那样。事情变得难以解决。大家都没多说什么。为了搞个明白，我去找上级谈话，好像当时还有些根本超出我想象之外的事情。

我有种强烈的感觉，天啊，我拼了命想把工作做好，公司却完全没用同样的态度对待我。我感到自己的处境十分奇怪，就像被丢到一片旷野里似的。

我记得自己继续在那儿工作了大约三个多星期。我曾经试着在公司建立一个工会。这是水门事件之前的事情了。我们想为其他警卫人员争取更好的福利。公司对此并不高兴。

税后，我们每星期赚八十五美元。我记得，联邦劳工局调查某些记录之后说，公司应该补给警卫人员五千到八千美元，因为他们在休假问题上有所欺瞒。发起调查是我自己的主意。他们查看了大约两星期的记录，调查了大约八十个人。公司把我们休假津贴的一半都转移到自己账上去了。

我决定破釜沉舟。如果他们拒绝成立任何形式的工会，我就辞职不干。他们必须得付那八千美元。我的态度似乎太强硬了。

水门事件爆发出来时，哦，天啊，伍德沃德和贝恩斯坦[①]大肆宣扬了一番——新闻界简直燃烧起来了。我工作的那家公司免费上了报纸，可能得到了金钱上的好处。

他们大出风头。我觉得既然自己是个机警的门卫——还是换个说法吧，我不太喜欢这个——说成安全警卫更好，因为我很机警，

① 《华盛顿邮报》的两位记者。

公司也许会说：哦，这家伙，也许能让他去搞培训，把这种敬业精神传递给别人。

他们给我涨了十五或二十美分薪水，把我从班长升职到队长。他们以为这样待我已经不薄了。可这对我有什么用呢？我没法在休息日带女朋友出去玩，去城里的好地方吃顿饭。我没法把自己的警卫级别换成钱啊。你懂吗？我需要别的东西。我走了，他们十分高兴。

有其他公司想雇你吗？

很奇怪，一家也没有。

你认为自己上了黑名单吗？

永远没法查证。我申请到华盛顿一家大学当警卫。那里保卫处的主任告诉我，如果他们雇我，那所大学的经费来源就会被切断。我说的是真的。我是说，我是一个每星期收入八十五美元的纳税人，竟然有人对我说："因为你做的那件事，我们会受惩罚。"我实在没法相信。

那段时间对我来说，很难熬。我让自己打起精神来，期待事情会有转机。你得有点信念，保持对未来积极的看法。我可能不是最完美的人，但和人相处时，我是最诚实的。如果我非得去乞求什么从人道主义的角度来说本该得到的东西，那真是对我的诚实的最大不敬。也许有人会说："他不该额外得到什么，因为那本是他的职责所在。"当然是这样的。

你常听人们说自己相信真理，说"我们信赖上帝"等常用的名言，一到星期天人们都去教堂做礼拜。可你怀疑，他们是否真的知行合一呢？人人都说，罪犯必须受惩罚。如果他们能逍遥法外，那我们也可以。

不管怎样，我毫不后悔。我充满希望地觉得，自己对某些事是有所贡献的。一些人也许不同意。反正你从来没法期待别人都赞同你的看法。如果你开始发现人人都赞同你了，肯定是有什么地方出了问题。

但这件事我真的很难忘掉。不是说我对人民的态度是完全消极的，也不是说我恨得希望他们遇到不幸。我的意思是，如果我犯罪时被抓住，我理应受到惩罚。但不该有什么特例——如果你是有钱人就能逍遥法外。换句话说，就像是花钱买你的真理一样。我的真理可没有拿出去卖，我把真相公布了出来。我并不对谁真的怀恨在心，因为我觉得自己只是做了本职工作而已。

我相信诚实自有其报偿。我现在和过去仍有一样的信念。我的信念就是当个诚实的人，积极地看待自己的处境。我现在没弄到十万八万的，可谁知道以后怎样呢？

我认识的一些人说："如果我是你，我会把嘴巴闭严。"也就是说，他们愿意接受某种形式的贿赂。听到这话，你知道这是他们作为真朋友的肺腑之言，但他们确实没多少信念可言。他们的内心没有骨气。他们外表上像我，但本真的地方并不像我。所以他们才做着鬼脸对我说："如果我是你，我宁愿接受贿赂。"我本可以拥有某种犯罪动机，但我没这么做。

有些人说："你应该感到愤怒。如果我身在你的处境，我会离开这个国家。"我要说这些人缺乏希望，可能从未有过任何希望。我是抱有希望的。如果我没有希望，我不认为自己会像现在这样。我仍旧是一名安全警卫。我没有机会成为百万富翁。我不过是个普普通通的家伙。我努力当个诚实的人，保持正常，不对任何人不敬。我希望拥有真正的信念。

小时候我母亲教我的每件事都收到了回报，而且是以最好的方式回报的。她会觉得，我当时的做法八成是最好的。我希望自己能以各种各样的方式报答她。但我没法完全报答，因为如果没有她的教导，1972年6月17日我就不会出现在那里了。

编辑和出版人

帕特·吉什与汤姆·吉什

这里是肯塔基州的怀茨堡。他是《山鹰》报的编辑和出版人。这份报纸在这个州的东部有庞大的读者群。她是他的同事。

“我认为许多报纸犯的错误是低估了读者的智慧。”

他赢得了为“促进出版自由”设立的约翰·彼得·曾格奖，以及为“新闻工作中的勇气”设立的伊莱贾·洛夫乔伊奖。

十一月的晚上，我们驱车经过煤矿谷和棚屋地区。那是靠近弗吉尼亚州边境的采煤区。“在肯塔基东部，一年有九个月季节分明，和其他地方一样美好。到了冬天，此地却是一片世界末日的景象。浓雾弥漫，人们永远看不到太阳。现在煤矿的污染不像过去那么厉害了，但出现了洛杉矶那种汽车污染。”

从列克星敦的蓝草之乡出发，沿着帕克微山的清凉地带行进，穿过弥漫着秋日气息和色彩的丹尼尔·布恩公园，一路来到这个村子，真是绝妙的经历。

在低矮的山谷下方，我们能看到残留的人类生活遗迹。“这地方叫塞谷，是一座属于东南煤矿公司的小镇。我是在这里出生长大的。我父母在1917年从肯塔基州西部的穆伦堡县来到这里。约翰·普莱恩写过一首歌[①]，就是关于这个的。”

“父亲从最低等的矿工一直升到了公司的头头。”他指着一座只

① 原注：爸爸，带我去穆伦堡县吧/沿着青青的小河，去那天堂所在的地方/哦，对不起，我的儿子，你问得太晚了/皮博迪先生的煤车已经把它拖走了——摘自约翰·普莱恩的《天堂》

剩下框架结构的建筑，“我就是在那座房子里出生的。我父亲当矿工时住在那里（笑），当上工头后搬到了那边。”（笑）他指了指高一些的平原，“他变成矿上的指挥之后，我们从山里搬出来，住进了镇上最大的房子。”（笑）他指指更高的一片地方。

一家花店很突兀地出现在这片被遗弃的地区。它还营业吗？抑或仅为唤回早已消失不见的美感？

汤姆：我在塞谷度过了很多美好的日子。你认识镇里每一个人，走到哪里都很受欢迎。我们有镇里唯一的汽车和电话。电话和汽车直到四十年代早期、二战结束后才普及起来。

帕特：当领导的总有汽车和电话。

汤姆：我父亲很大程度上站在工人这边，他非常支持工会，尽管工会从未真正了解这一点。我一生中只看见我父亲哭过两三次。其中一次就是煤矿企业工会解散的时候。一场斗争开始了。肯塔基州东部矿工联合会的解散只是前奏。他对煤矿主没有幻想。在六十年代，工会一解散，你就得为了两三美元下煤田。常常一星期要工作四十个小时，拿的还不是实得工资。

在塞谷，法律和秩序占上风。如果你或某个矿工不守规矩，就会变成社区的问题，后果是被驱逐出社区。（笑）捣乱的人被封杀出局。有个工会组织者是三K党成员，他出去到处打击坏女人。

工人斗争期间，我记得我曾让父亲藏在旧车库后面躲子弹。我们很确定自己就是射击目标，因为他是公司负责人。那是五六十年代的一段骚乱时期，工会遭到破坏，国民警卫队被叫来了，军队接管了县政府。

我没想过成为报纸出版人。可事情就那么发生了。1947年，我从肯塔基大学毕业，为法兰克福的合众社工作。我在那里待了十年，回到家乡。我的家乡与其说是个地方，还不如说是个小地区，就像是这个州的私生子一样。它不大像一座煤矿，倒更像一座山。人们在向西跋涉时常在这里歇歇脚。这里正好位于荒野公路上。住在这儿的人多数是个人主义者。他们喜欢孤独，喜欢打猎和钓鱼。这些人都是来当仆役的英格兰异乡客。

我们本来可以办成一份公司官方报纸的。有时我们在想，如果公司吸收、接受我们，而不是反对我们，事情又会是怎样？我们本不想当挑战者。我们确信自己会成为公司的一部分。我仍然想不通，我们为什么不是公司真正的一部分。（笑）

帕特：我们做的第一件事就是报道政府发生的事情。这里的人并不知道公共机构理应对公众开放。财政法庭做的第一件事是就私下表决进行投票。（笑）

汤姆：我们被禁止参加财政法庭会议，禁止参加学校董事会会议，禁止参加一切公开集会。（笑）真该死，我觉得他们当真没发现政府是一个公共机构。

帕特：最近五年这几个小镇才归属到公司名下。过去一直是少数人管理的封闭社会。

汤姆：最初几年，我们一直在尝试重新推动车轮，恢复出版自由和我们生存的权利。战斗仍在继续。在这个漫长的过程中，我们失掉了大多数广告机会。

帕特：我们的报纸也承接一些印刷业务。他们威胁我们的首要方法是，如果我们报纸上写的东西他们不爱听，他们就要撤走这个县的印刷业务，而这是我们的主要业务。我们几乎要破产了。

汤姆：我们之所以能生存下来，完全是靠我父亲的威望和财力。他出钱让我们吃饱肚子，给我们交电费，让我们勉强为生。

起初，我的父母不理解我们。让我个人感到欣慰的是，他们去世前都已能理解并支持我们了。这对他们是很不容易的事。他们的终生好友常来找他们说："你们能说服汤姆别干这个了吗？"

头几场战斗之一，是关于县图书馆的。我们有三千册破破烂烂的旧书储藏在棚屋里，那肯定是你见过的最可怜的所谓图书馆了。财政部决定让我们放弃所有这些，找了一套虚伪的托词。措辞极其愚蠢，我们在报上直接引用了过去。嘴上说是一回事，看到那些话登在报纸上就是另一回事了。

另一件事是关于医院的。最终商界和政治家都对我们很恼火。1965年，矿工联合会连续建了十所医院。其中一所就建在这里——所以仍会保留一些公司的医生对吧？那些医生认为工会医院把医药事业社会化了。他们不仅在当地指责这一做法，还把事情闹到了州议会和肯塔基州医疗协会。他们坚持认为矿工联合会没有建立医院这一自由选择权。

汤姆和工会的几个年轻医生去法兰克福为医院问题进行游说。

汤姆：当地医生是反工会的。他们极尽所能想把工会医院关掉。所以他们对我们很反感。

矿工们用怀疑的态度对待我们，因为我是大名鼎鼎的煤矿公司领导的儿子。他们的怀疑也不是没有道理的。我取得他们信任的过程非常缓慢，差不多花了二十年。这个地区的事情变得越来越棘手了。1957年发了一场洪水，肯塔基州东部的一切毁于一旦。煤矿工业几乎面临着彻底崩溃的窘境。从前每星期开工三四天的煤矿变成了每星期只开工一次，甚至根本不开工。很多煤矿关闭了。1961年，我们差不多陷入了大饥荒，而且没有任何举措来改善局面。我们自己也处在崩溃的边缘。

人们在怀茨堡的街头要饭，乞求衣服和看病买药的钱。我不认为国家其他地方的人们知道这里发生的事情。触动我的转折点是，我遇到一个全身散发着恶臭、死亡气息和烂肉味道的妇女，她拿着医生开的条子，上面写着如果她想活下去，就必须做手术。她有糖尿病，必须把双腿截掉。她在怀茨堡的大街上游荡，希望讨到足够的钱来做手术。

我们意识到必须做点什么。世界其他地方的人们必须知道肯塔基州东部的糟糕情况。后面的几年里，我们所有的业余时间都花在带着十几个来访记者、作家和政府官员到处参观上了。这么做的感觉就像犯罪一样。过去此地人民的自尊心那么强烈，而展示这里的种种问题，简直是滔天大罪啊。

帕特：过去没冒犯过的人，后来都被我们冒犯遍了。（笑）

汤姆：任何人我们都没放过。（笑）

后来，大约四年前，我们的房子着火被烧毁了。我说不准我们是否知道其中的原因。但我们知道是谁纵的火。州里的警察告诉我们，他们相信我们是一个全镇范围内的阴谋的受害者。他们在法庭和市政厅的所有谈话对象几乎都从纵火发生的那天起就知道是谁干的了。可他们却保守秘密，掩盖真相。调查的结果是逮捕了四个人，给一个人定了罪。

帕特：整个审讯过程中，怀茨堡市长都和那个定罪的城市警察坐在一起。（笑）

汤姆：我们在镇里的日子并不好过。人们都希望我们搬走。我们和他们的关系很尴尬。让我和帕特特别伤心的是，镇里都没有人过来对我们说，他们为我们的房子被烧掉感到难过。他们完全不想帮我们。我们遭到指控说是我们自己烧掉了房子的那几个月，他们只是站得远远地冷眼旁观。那些人其实什么都知道。这真的很难让人原谅。

镇上的一千两百人中，有三四百人是医生、律师、工程师，等等。按受教育程度来说，他们不会是主张焚书的人。我认为他们根我们，只是不知道该怎么办而已。可如果其他人对我们下手，他们绝不会反对。

帕特：我从小就相信上帝和天堂，相信世上的一切是完美无缺的。长大后，我发现事实并非如此，受到的刺激不小。

汤姆：但我们活了下来。我认为我们和哈利·考迪尔[①]互相拯救了彼此。如果换一座山区小镇，大家的处境可能就会更艰难。

帕特：这座小镇的好处是，它足够小，你能对情况有所掌控。你知道哪一方的势力如何。

有段时间，我一回家就发火，踱来踱去地说："我们再也不能在这儿住下去了！"汤姆静静地听着，不说话，全是我在说。等我闭上嘴，他会说："你愿意去费耶特县帮那儿的人弄弄新的下水道系统吗？还是你有别的地方想去？（笑）当然了，我们没有别的想做的事，所以我们还待在这里。我们不认为自己是十字军。我们所做的只不过是我们理解中一份好的报纸应该做的事。

汤姆：我认为许多报纸犯的错误是低估了读者的智慧。结果他们写了很多废话放在报纸上。我倒是假设，如果一个内容让我感兴趣，别人也会感兴趣的。我们的儿子每到夏天就到煤矿和那帮老

① 原注：一位怀茨堡律师，代表肯塔基东部工人阶级反抗有权力的势力集团。他是《坎伯兰夜幕降临》的作者，这本广受好评的书激怒了镇里的居民。"每个人都以为他们的祖先不是契约佣工和罪犯，"汤姆讥讽地说，"但事实并非如此。"

前辈一起干活，他告诉我，每星期至少有一天，他们会互相讨论在《山鹰》上读到的内容。（笑）我们知道，这份报纸可读性很强，值得探讨一番。

我快离开的时候，电话响了。汤姆去接，电话另一头是哈利·考迪尔。他们进行了一次简短的交谈。

汤姆：哈利问我是否还记得，大约两年前我们写了一篇关于因露天煤矿滑坡遭掩埋的房屋的报道。他告诉我们，有些家庭提起了诉讼，他们得到了五万八千美元的赔偿，州最高法院至今维持原判。所以说我们有时候还是有影响力的。（笑）我们知道，我们的文章和照片对案子有所帮助。镇子很小，消息很快就能传遍，因而能有所影响。

衡量事物有各种不同的方法。很多次我们走在镇里最主要的大街上去邮局取信，一路上和来来往往的人们碰面，他们脸上厌恶的表情让我很难承受。然后你会想：官司赢了，一些小小的胜利也随之而来。但一切又都互相抵消了。

和汤姆·吉什与帕特·吉什告别之后，我离开煤矿谷，抬头仰望天空，发现漫天繁星从未像现在这样明亮过。

鲍勃·布朗

他是美国陆军后备队中校，《幸运士兵》杂志编辑和出版人。

“民主不是免费的。你必须付出代价，有时甚至是血的代价。”

他的办公室位于科罗拉多州博尔德。墙上挂着很多签名照片和勋章——有越南共和国的，也有特种部队的，还有一份是手写的越南文，一幅漫画海报，旁边的说明文字是："巴拿马最好的朋友。"

另一面墙上挂着一把手枪。"这是市面上能见到的CAR-15型步枪，半自动的。我在越南用过这类武器。可以说我是因为行业原因才把它摆出来的。"

他靠在椅背上，脚跷到桌子上，吸了吸鼻烟。他的眼睛是蓝色的，身材精瘦结实，看上去与明尼苏达维京人队的四分卫弗朗·塔肯顿惊人的相似。

在我看来，美国梦就是要维护美国在全世界的威望。我对此感到很悲观。如果让我来解释约翰·F.肯尼迪的意思，他是在说：涉及国防问题时，不能有"是否""但是""怎样"之类的犹疑。如果为了维护我们的自由，必须增加国防预算，那么就增加好了！

民主不是免费的。你必须付出代价，有时甚至是血的代价。有太多人想削弱我们的力量。为了维护民主，你不得不作出牺牲。

我认为我们这个国家是有史以来最伟大的。不幸的是，大多数民众没能认识到这一点。我出国看过世界其他地方的大多数人是怎么生活的。而普通的游客到了开罗就只在希尔顿酒店待着。

我的童年平静而无聊。我们常常搬家。我父亲是因兰德钢厂的工头，他是个善良、认真、任劳任怨的美国中产者。我母亲是教师，进取心强，出身中产阶级。她是个特别强势的女性。如果她年轻三十岁，准能当上通用汽车公司的总裁。她是个伟大的女性。我们过去常常意见不合，不过现在好多了。

我当过装甲车警卫，当过私人调查员。有段时间我还当过柔道教练。如今我是个活跃的记者，哪里有情况就去哪里。我喜欢冒险，喜欢肾上腺素激增的感觉，或者说，我喜欢让自己身处危险边缘。

《幸运士兵》是目前市面上唯一货真价实的冒险故事杂志。《真实》杂志停刊了，《萨迦》杂志停刊了，《大商船》杂志也停刊了。我们却不一样。我们采取严格的编辑标准。我们大力支持民众的枪支所有权，坚决反对让民众缴械。我们把酒、税和武器局看成美国的盖世太保。也是同样的一批人渣在操纵麻醉品领域。他们用各种的非法手段提起诉讼。

我们非常支持军队力量，崇拜勇士形象。越南战争以来，勇士形象完全毁了。纵观历史，勇士是那些能冲到最前线的人，不管是亚历山大大帝、汉尼拔、恺撒，还是色诺芬，都是世界上最早的军队统帅。巴顿、麦克阿瑟、约克中士，他们脱颖而出，在战斗中表现出英勇的事迹。美国在这方面有悠久的传统。

由于我们的软弱无力，我们正在失去越来越多的同盟者。伊朗已经完全垮了。我们正在从朝鲜撤出。我们把台湾也甩掉了。当然，还有东南亚。再也看不到那些只会机械反应的自由派报纸质疑多米诺骨牌理论了。原因何在？因为事实证明这理论是正确的。现在越南和柬埔寨……

我在越南的十四个月里担任过三种职务。最初六个月我担任情报官员。后来我转去了“绿色贝雷帽”陆军特种部队。我管理A营。（他指着墙上一幅画说：“那是我和我手下两个人。”）我差不多管着一千号人。他们都是山区部落民。我们有五百六十七个外国雇用兵，他们是蒙塔格纳德人或柬埔寨人。一支很棒的部队，由美国政府提供经费。

最近的友军在二十二公里之外。我们就像古老的西部堡垒里的印第安人。我是国防部长、教育和福利部长，又是道路总监和婚姻顾问，怎么说都行。我对那里每个人的生命负责。尽管如此，我的官方身份只是顾问，虽然实际上事事都由我掌管。那儿就像个小小的公爵领地一般。

那地方的小日子过得真让人高兴啊。我自愿去那里的原因，除了我的哲学思想使然，还在于我想看看如果有人朝我开枪结果会怎么样。一旦搞清楚，我就要还击了。

审问时，我从来不使用残忍的手段。我只会问些有深度的问题。如果有人对你撒谎的话，除非他实在老谋深算，否则肯定会有疏漏的。我破过一个案子——你在《是的》杂志上读过我那段访问吗？我卷入了一场我并没参与的谋杀案。有个人在我的营内被杀了，我为此好好闹腾了一番。我通过让真实凶手讲述自己当时的经历而破了案。他说他从没带枪。过了一会儿，我说：“美国人靠近时，你怎么提醒你们队的人警觉起来？”他说：“我用卡宾枪朝天上开枪。”话一出口，那人就失控喊叫起来。他这才把实话说出来了。

有人曾经指控我招募雇用军去南非打仗。关于这个的胡说八道很多。有些狂热分子就喜欢这样指控。他们看看杂志，情绪激动地得出结论：我们在为中央情报局工作。其实全是扯淡！你怎么说服这样的人？没有办法，我们只好选择漠视。

我们登广告招人做某些风险很高的工作，去当外国雇佣兵、安全警卫、顾问等。我们的确知道有些人就是这样找到了工作。倒不一定是当雇佣兵——这是个口语说法，现在越来越广为接受了——而是去执行一些奇怪的任务，说成“使命”也行，要是你愿意的话。

当然了，有很多军人买我们的杂志。我们的故事是关于英雄的。办这本杂志的想法在我脑袋里转悠好多年了。故事关乎具体的个人，而非军队里发布的“什么团队做了什么事”。我们说的是人，出去做了大事的人。

信不信由你，我过去是校园里的激进分子之一。1957年，我在科罗拉多大学读研究生。我那年碰巧去了芝加哥，在北区一路买醉，收到综合学院[①]派发的一些小传单。我去了那里，见了那些古巴逃亡者。他们都反对巴蒂斯塔[②]，但也不支持卡斯特罗。我告诉他们我有个朋友是卖机枪的。我那时以为，他们需要枪，就像我需要钱一样。可我什么也没能卖给他们。他们根本没有钱。他们是典型的只会瞎扯淡的古巴艺术家。

我回到这里，开始在校园里组织一场反巴蒂斯塔的运动。我不喜欢独裁者，而这里也有些人是反对共产党的。那时，卡斯特罗被塑造成一个自由派民主人士。我们绞死了巴蒂斯塔的模拟像，还弄了个坟场，把所有的拉丁美洲独裁者都葬在里面。艾森豪威尔的顾问阿瑟·拉森来到那所大学时，我组织示威抗议，要他停止向巴蒂

① 原注：前世界产业工会会员经营的举行非正式讲座的小酒馆，特点是演讲人多为学术体制外的有色人种，其中不乏一些知名“人物”。

② 鲁本·富尔亨西奥·巴蒂斯塔·萨尔迪瓦（1901—1973），古巴军事领导人，第14任、第17任古巴总统。他的独裁政府招致了诸多反对，1959年巴蒂斯塔被卡斯特罗领导的游击运动驱逐出境，史称“古巴革命”。

斯塔运送武器。

我心里发痒，想着如果能南下加入卡斯特罗的队伍，该有多么激动人心啊。我哥们儿和我到了墨西哥调查情况。我们失去了耐心。我们和“7·26”运动的人接触。我们作为特种人员在反情报部队待过。那是在1958年8月。卡斯特罗正要接管政权。我们在那个小旅馆走廊里，有两个在八月里戴帽子穿西装的家伙走了过来。他们说：“你们最好不要去那边，否则会有麻烦的。”而我们说：“不管怎样，我们肯定要去。”

我们没能联系上那边。革命结束了。我那时二十六岁，想等学期结束了再去，写一写权力交接的事。我当时是十足的理想主义者。

我最后还是去了。哈瓦那变成了从拉丁美洲和加勒比地区各处而来的革命者的朝圣地。我所知的一些美国人在那儿卷进一大堆乱七八糟的事情。人们策划阴谋。我们四处游走。去哪儿能弄到钱？我那时为美联社写各种稿子赚点钱。我就是在这种情况下遇到了巴基洛将军。

他带着西班牙流亡者组成的随行团来到了哈瓦那。他们一直在进行反对佛朗哥[①]的斗争。他计划着侵入西班牙。这对我很有吸引力。我对游击战感兴趣就是从这时开始的。那老人脑袋里装满幻想。尽管他是共产党，却是个很有趣的人。我为《游击队员一百五十问》那本书写了序言。我还把书翻译了，花了四百美元自费出版。

1960年我在那里的时候，卡斯特罗政权的性质已经十分明显，所以我开始和反革命分子合作。我卷入了——我更愿意把自己称作一个外部观察者——进攻海地推翻杜瓦利埃的计划。他是个浑蛋纨

① 弗朗西斯科·佛朗哥（Francisco Franco，1892—1975），西班牙政治家、军人，1936年发动西班牙内战，自1939年到1975年独裁统治西班牙长达30多年。

绔子弟。事情发生在1966年11月。那真是一场错误的喜剧。一切形式的暴君我都反对。

我1974年回到了罗德西亚。我打电话给《萨迦》杂志说："有个爆炸性故事，关于在非洲的美国雇用兵，有图片。"他们说："我们早对这种事不感兴趣了。"我说："他娘的，你们算得上冒险杂志？还能有什么比这更有冒险性的？"我总觉得这种东西会有市场。

第一期出版时，我们有四千四百个订阅者。那是1975年7月。如今我们的付费发行量大约有十万六千份。

我们有很多文章是有关武器评价的。我们有篇文章写一种糟糕的新型枪支。"快把这该死的破枪扔了吧，这玩意儿不好使。"我们有很多读者，因为我们爱说这样的大实话。大多数枪支杂志不会这么做，因为这样他们会丢掉广告。

我们49%的读者是越南战争的老兵。没人做关于他们的杂志。他们感受着主流社会对他们的恶意。而我们每期都有一篇关于越南的文章。很多人信任我们所做的工作。从来没人去倾听那些人的心声。他们是尼克松所谓的沉默的大多数。他们满怀悲愤。

我们的读者中有28%是军人，16%是执法机关的人，还有——你也许会惊讶，22%是医生或律师之类的专业人士。买我们杂志的人几乎全是狂热的枪支爱好者。我们的杂志到处都在卖。

我很确信会有这么一种人。他从装配线上放工回家，邋遢的老婆朝他大喊大叫，孩子们也闹得天翻地覆。他倒一杯啤酒，拿起我们的杂志说："我也想去什么地方当雇佣兵。"他哪儿也不会去的，但有那么一小段时间，他想要逃离现实。

人们太关心自己的两辆汽车和足够的汽油了。如果问题是继续支持以色列还是拥有汽车，可能有大批的人会说，让以色列见鬼去吧。我是非常支持以色列的。我钦佩这个民族。我钦佩他们的顽强，钦佩他们不计成败地为国家抗争的意愿。我钦佩他们快速反应的决断。袭击恩德培的行动是在一个星期内组织起来的。我们搞这样的袭击要策划一年。嘭！以色列人做到了。我钦佩他们的魄力、胆量和勇气。

民主不是为那些强大的人存在的。在民主社会，你得找出这样一个人，他投其所好，使迥然不同、利益冲突的多个群体都支持他。现在没有一个活着的领袖使我着迷。我喜欢西奥多·罗斯福：他温和地走着，手里拿着一根大棒。

我们在国外受到鄙视，因为我们想跟每个人做朋友。人们或许害怕苏俄，但不会看不起他们。苏俄人只要看到一种情况对他们有利，就说：去他娘的公共舆论。看看匈牙利、捷克斯洛伐克，现在谁还会想到捷克斯洛伐克？我们见到谁的屁股都想亲两下。

美国是有史以来唯一一个拥有完备而无可否认的力量却不加以利用的国家。我们从来都不利用。

我们本来应该做什么？

美国要用强权维护世界和平。俄国人封锁柏林时，我会说："好好遵守协议，不然我们就要扔炸弹了。"我认为发生核战争的可能性非常大。

我们会赢吗？

哦，不会。

他们会赢吗?

哦，不会。

如果有这么一场战争，任何人都无法生存了，那战争的意义何在?

你总能找到一个目的。你我这样有理性的人考虑它是否合理是一方面，但关键在于按下红色小电钮的那个人脑子里是怎么想的。

你小时候是不是头脑中总有一个高大人物的形象?

我个头很小。我去踢足球，尽管体重只有50公斤。我没坚持很久，因为我眼睛近视，手又小，反应慢，而且跑不快。我还参加田径赛和棒球赛，但没能进入过任何球队。这就是我后来去学拳击的原因。一切全得靠自己。第一场比赛的第一轮我就被人打倒了。所以我喜欢《洛奇》①系列电影，还有约翰·韦恩。哦，对了，还有塔肯顿②，对吗?我喜欢那项运动。我真想当一个职业橄榄球四分卫。或者像乔治·巴顿③一样。

---

① 讲述半路出家的拳击手洛奇最终获得拳王称号的励志电影。

② 弗兰·塔肯顿（Fran Tarkenton，1940—），前美国国家橄榄球联盟著名四分卫。

③ 乔治·巴顿（George Patton，1885—1945），美国陆军四星上将，以在第二次世界大战欧洲战场先后指挥美国陆军第7集团军和第3集团军而闻名。

詹恩·温纳

《滚石》杂志在纽约的办公室占据了第五大街一幢建筑的四个楼层。这里处处洋溢着轻松惬意的气氛，仿佛成功唾手可得。

杂志发行人办公室位于大厦二十三层，能观赏到壮观的城市天际线。他三十二岁，看上去却要更年轻。他坐在一张安乐椅上，露出一副游移不定的神情。

“一团糟是一种生活方式，每个人的生活都乱糟糟的。我们就处在这个操蛋的世界的中央。”

2

“我们的发行量有六十万。这意味着有三百万人读我们的杂志。所有音乐界名人都读。作家和文化人也读，而且喜欢。因为他们自己也写文章。这是美国仅存的几份优秀的报章杂志之一，可以与好莱坞电影媲美。”

后面走廊的墙上倚着几辆时髦而轻盈的变速自行车。墙上更起眼的地方挂着伍迪·艾伦和穆罕默德·阿里的照片。这让出名的人变得更加出名。员工们都年轻亲切，一副聪明有见识的神气。几个月前，这家杂志的所有人员和设施刚刚从旧金山搬到“大苹果”纽约来。

我们问起一位记者他们东迁的理由时，他说：“我们起步的那个地方糟糕透顶。过去硬新闻总是压制音乐和文化新闻。如今这种情况不复存在了。文化新闻自己站住了脚跟。吉米·卡特赢得总统候选人提名，走进民主党大会会场前，现场不是奏起了格雷格·奥尔曼写的一首歌吗？这是个成功还是失败呢？”（笑）

我好奇美国梦是否如亨特·汤普生[1]说过的那样丑陋。我们了

① 原注：该杂志的著名记者。

解这个国家长久以来贪婪的掠夺，以及它是怎样对待自己的人民的。历史上冷酷无情的贵族统治只为自己的利益操控世界，相比起来，现在的制度毕竟更好一些，不是吗？对我和其他很多人来说，现在的生活相当不错。愿意刻苦工作的人、天资卓越的人、愿意作出某些妥协的人都收获了大量回报和满足感。我宁愿生活在美国梦的中心，而不是去做什么英国梦。（笑）

我从不怀疑这个梦能否实现。我想做什么都能做到，这似乎是很自然的事情。我总能得到我想要的东西。我五六岁时就办过一份在邻里间流通的小报了。八个月之后，1956年或1955年吧，或者是1954年还是1953年？管它哪年，反正我们赚了十四美元。这些年来，直到现在，我一直在做这件事，就像是我的第二天性。我总能获得成功。这就是我从来不对自己有太多怀疑的原因。

我是在旧金山以北、金门大桥另一边的马林县长大的。我家是中上阶级的完美典型。我们那里是第一批出现的郊区居民点，可以称作是西海岸的威彻斯特镇。

我过去常常在晚上蒙在被子里，打着手电看书。上到五年级，我就把当时畅销书榜上的所有书读了个遍。我九岁时就读了《看不见的人》。开始办《滚石》杂志时我就不读书了。（笑）我总是班上最聪明的那个学生。

到了八年级，我不再去公立学校，开始上寄宿学校。所有电影明星的孩子都去这所学校。前三个星期我简直目瞪口呆，后来也就习惯了。那感觉就像是早早上了大学。十二岁，你就被扔进学校接受精英训练。

我第一次知道地位这回事是因为我家有一座泳池。有些人家里有泳池，有些人没有。我去念了加州大学伯克利分校。哈佛大学没录取我，我难过了一整天。如今我和哈佛大学有些往来。我们有很多作者来自波士顿。我和尼曼学者[①]谈话时常想：天啊，如果我当年去了哈佛，一切就会大大不同了。几年前我在哈佛商学院演讲时也谈过这一点。

我进入新闻界，有了一份工作。我连续两年夏天在旧金山的国家广播公司新闻部工作。1964年，我为亨特利和布林克利这对搭档在共和党大会工作。那年我十八岁。那份工作是很有些特权的。我是部门经理的秘书。会议期间，我连续四天待在亨特利和布林克利的直播间里，喝他们的咖啡，抽他们的萨勒姆牌香烟。

有些人工作时带着很强的政治目的，为了地位总要操纵一番，动点手脚。我本来也有可能变成那种人，说不定得心应手。如果我作弊，再加上天生的聪明和魄力，我本来可以变得有权有势的，不过也可能彻底完蛋。我从来不是当两面派的材料。

大约1970年，《滚石》杂志出版的第三年，我遇到了真正的压力。公司实质上已经破产。我之前的野心太大了。我想：他妈的，我把一切都抛在脑后，顺其自然得了。我那时才二十四岁。

我记得有一天，我开车在街上乱转悠，专等出事。倒不是自杀。我马马虎虎地开着伤感小车，心里想：他妈的，可能有人会来撞我一下吧。我正面临着失败，真正的失败。我之前还从没遇到过真正的失败。我沮丧透顶。回头看看，二十四岁时经历一份小报的破产并不是最糟糕的事。真是荒谬。这种感觉没持续多久。那时候我的信心真的被击得粉碎，需要有人来帮我重拾信心，说：振奋点儿，不就是个烂摊子嘛！我开始振作起来，一点点收拾。

---

① 原注：为进修记者发放的奖学金，参加该项目的记者由所在报纸提供一年假期。

人们都不喜欢失败。那是真正的污点，尤其是在商界。但商界有太多傻瓜总想把自己的失败藏起来。（叹气）我不相信失败是一种耻辱。我们有好几个作者都是生活上一塌糊涂的人。我们两个最好的作者是被别的报纸开除才过来的。一团糟是一种生活方式，每个人的生活都乱糟糟的。

创办《滚石》杂志是我的直觉本能。我完全是在摇滚乐革命中长大的。还有高保真音响。我是个高保真音响专家。（笑）我写的真的全是自己感兴趣的内容。我从没想过去做市场调查或者大规模读者问卷。我们就是要好好写摇滚乐而已。拉尔夫[1]和我都是这么做的。我们从来不会经过反复揣摩才做某件事。我们只知道这种音乐了不起，观众有一百万之多。

拉尔夫总想让人们以史为鉴。我有时听着某段音乐，说，这是史上最棒的吉他演奏。他会说："哦，得了吧，你听过查理·克里斯蒂安[2]的演奏吗？"他确立了《滚石》杂志的理念，我把它写了出来。时间久了，我的经验超过了拉尔夫，学会了怎么做生意之类的事情。

人们总觉得我聪明伶俐、受宠过头、早熟、放肆。高中老师给我起了个外号叫"诺克斯"，也就是"闹腾死"的谐音。我被逼无奈、待人刻薄的时候并不多。我这个人也非常残酷，但我不喜欢残酷。我喜欢开诚布公地和别人谈话，如果这样对那人有好处的话。年纪轻轻地去解雇别人，摆弄人家的生活，心里是很不好受的。可如果他们没法搞定工作，我就只好放他们走。

① 原注：已故的拉尔夫·格里森是最敏锐的爵士乐乐评家，也许是第一个理解摇滚乐文化对青年人的影响之人。

② 查理·克里斯蒂安（Charles Christian，1916—1942），美国摇摆爵士乐吉他演奏家。

我们要小心翼翼地使用权力，因为我们的读者非常多疑，受教育程度很高。他们见过太多赤裸裸的权力互相拉扯同归于尽之事。我看如今再没有人能像赫斯特[1]从前那样侥幸成功了。那时的人比现在天真得多。

至于出点小名这件事，对我并没有影响。我做这行已经十来年了。一夜成名是很讨厌的，有时甚至会让某些人的小命都玩完。在娱乐圈，你遇到的那些人都是春风得意、赫赫有名。当你读了太多写自己的文章，尤其是在纽约，读了所有那些闲言碎语的胡扯，你的脸皮就一点点厚起来了。从前我看到这些破烂文章，确实觉得很伤心。如今这些诋毁要更上一个台阶才能触动我。

我们的刊物不仅有关音乐，也关乎政治。我是在一个政治氛围浓郁的家庭长大的。我八岁就看了陆军和麦卡锡的听证会。我了解事态进展的情况，因为我母亲对这件事热切关注。和现在相比，尼克松当总统时人们的情绪更加容易被煽动起来，政治热情更高涨。如今的气氛沉闷多了，尽管权力部门还是阴险狡诈，势力强劲。也许他们更可怕了，因为他们以隐秘的方式操纵一切。但对着吉米·卡特总是没法发火啊！这是更可怕的情形。

有种扯淡的言论是，如今的年轻人不再关心政治了，校园里非常安静，学生们人人想当牙医，我可不信这些鬼话。我认为这是《时代》之类的杂志炮制的另一个谎言。他们蠢到家了，从来不去看看社会最前沿的情况，现在依然不会。他们以为年轻人都退回了消极阵营。太荒唐了。他们非要等时候到了有人给他们当头一棒才能明白过来。媒体都在热衷谈论生态学，可他们却看不到另一种暗涌。

① 威廉·伦道夫·赫斯特（William Randolph Hearst，1863—1951），美国报业大王，赫斯特国际集团创始人。电影《公民凯恩》即以他的真实生活为故事蓝本。

严肃认真的年轻人是很多的，他们都准备好行动了。人们正在更认真地生活，希望他们的生活与以往不同。另一方面，又有多少人三十岁当了领袖呢？六十年代不是鼓励领袖的年代，因为当年的时尚恰恰是反对领袖。

至于我本人，我的自信心比以往任何时候都强，因为如今做事更容易了。你不是非要证明自己。你只要说“这就是我的感觉，这就是事情发展的方向”就行了。你得处理更麻烦的问题、经手更多的钱，指挥的队伍也更庞大了。我们就处在这个操蛋的世界的中央。

（他指指窗外的天际线）你看，那边有美国广播公司、哥伦比亚广播公司、全国广播公司。你也能看到美国无线公司和洛克菲勒中心。可以说纽约在金融和传播业方面是全世界的首都，第五十七街和第五大街的交会处又是纽约的中心，而我们就身处第五十八街之上。真疯狂。我的意思是说，这美妙极了。

罗恩·麦克雷

他是《麦迪逊报业同人》日报的编辑，三十五岁。这份报纸是在反对《国会时报》的罢工中创办的，目前这场罢工仍在持续。

“所谓梦，就是要创造你自己的东西，在一定程度上掌控自己的命运。”

把美国梦强加在别人身上是险恶的。过去十多年我一直没太把自己看成美国人。六十年代我经历了一段和美国逐渐疏远的时期。

“我在哈佛读研究生[①]时与来自亚洲和非洲的孩子住在一起。我开始发觉自己更像一个国际主义者，忽略我是美国人这一点。我确实觉得自己像美国中西部人，如果说我相信美国主义，那么也是有中西部特色的美国主义。”

“我在密歇根州的萨吉诺城长大。我祖父也是办报纸的。我祖父离开农场，开始沿街兜售报纸，最后成了马斯基根县一家报社的编辑。他算是那个社区的栋梁之才。我父亲是在他的阴影中长大的。他自己最终也进了报纸行业。他的兴趣就在于报道。”

我最早的记忆之一是父亲抱着我走进《萨吉诺新闻》印刷间的情景。我听到老旧的印刷设备在轰鸣。那是一种连续而清脆的大声撞击，听上去挺吓人的，我尖叫起来。后来我讽刺地说，我本该从中吸取些教训。

① 原注：弗莱彻法律与外交学院。

我母亲时常发火，因为我父亲总是出差。我记得她曾对我说："如果你要干新闻这行，就别结婚。"我真的干了这行，我也确实没结婚。（笑）我是个新闻人，我没结婚。我觉得自己和报纸结婚了，甚至比牧师献身于教堂还厉害。

记忆中我总是很喜欢报业人士。我过去常去父亲的办公室，从废纸篓里搜寻旧照片，听记者们站在那里交谈。他们似乎投身于真实的世界中，而且都极有幽默感。我花了九年时间读大学和研究生，而后必须在当大学老师和做记者之间作出选择。我最终作出了决断，因为我记得自己是多么喜欢那些报业人士。不知怎的，他们的张扬和自负让我觉得比那些学者更有魅力。

萨吉诺是个中等城镇。在那儿你找不到能上头版的多姿多彩的人物。不过跟我父亲和城里来的一些人去脏兮兮的小饭馆吃饭还是很开心的。他们争辩国家的对外政策，或是谁在市政厅又被人坑了。他们中很多人有酗酒问题，我父亲常去给他们调解家庭纠纷。我知道这当然没有什么田园诗情，但对我来说确实如此。

我还记得小学同学们来我家在电视上看艾森豪威尔总统就职典礼。他当选了，我母亲多高兴啊！他是她的大英雄。我记得艾森豪威尔坐火车来我们镇上做竞选活动的情景。他是个极其文雅、友善的人，朝为他的到访放假一天的孩子们挥手。那是段美好的没什么争议的日子。我不记得五十年代有任何恼人的事情。

有一天晚上，我的父母心神不宁地回到家。有人邀请他们去地下室看电影。其中一部是关于共产主义正在怎样接管世界的。让他们不安的是那种极端的表现手法。我父亲曾告诉我，在麦卡锡时代当社论主笔是很难的。当时很多人都吓坏了。我记得自己听过陆军—麦卡锡听证会，但我真的什么都听不懂。我那时上四年级。

那时候，好多人都去上钢琴课，好多人都有大轿车，电视机也是新买的。人人都对电视着迷，什么都要看，连电视机的测试图也不放过。那时我父母对社会没什么质疑，基本上是随大流。

在艾尔比奥学院，我很卖力地为巴里·戈德华特工作。大学第一年我读了他的《一个保守派的良心》这本书。他对政治有精辟的见解，是我之前从未接触过的。我被深深吸引了，而如今我认识到那就是自由意志论。他针对个人主动性、国家不干预公民生活的讨论在我看来很有道理。我投入了青年保守派的政治活动中。

我记得我曾经作为校报编辑上电视说了些支持战争的话。北方的入侵必须制止。我只是装腔作势地嘴上说说而已。1965年我去西北大学的梅迪尔新闻学院念书，思想发生了重大觉醒。

在芝加哥，我第一次意识到世界的差异性究竟有多大。我记得有一次自己搭高架铁路从埃文斯顿到芝加哥大学。那真是对地球人口情况的一次取样。在埃文斯顿上车的女士们穿着毛皮大衣拿着手包，在靠近北方地区上车的是阿巴拉契亚山民，接下来是西班牙裔和大混居商业区，之后黑人就越来越多了。这和我之前想象的社会有很大不同。芝加哥是我的革命。它撼动了我那颗天真脑袋里的许多想法。

首先，我意识到越南是个问题，其次，我发觉保守哲学经常用来证明一些可怕的社会不公正问题的合理性。新闻学院是现实的，要求以严峻的目光审视一切。我开始了批判性阅读，尤其针对越南战争和种族问题。我还为此给父亲写信，极大地影响了他的思想。

他没有立刻赞同我的观点。他保持沉默。尽管我一直把他视为一个极为明智之人，他却总把自己看得很低。我特别希望他能和我分享那些激动人心的思想。他越是读我推荐给他的东西，对萨吉诺城的看法就越严峻。

他早就知道我们这里的黑人人口数是州里第三多的。但在我看来，他们就像阿富汗人一样遥远而陌生。这座城市被河流一分为二，所有的黑人在一边，所有的白人在另一边。黑人居住的岸边长着奇怪的丛林。这就是我所知道的一切。我不记得报纸上写过黑人的事情。我父亲长久以来对这些事视而不见，可现在他却关心市内的种族主义，开始写关于民权的文章了。他也写反对越南战争的文章。我们父子俩产生了一种真正的亲密，甚至超越了以往任何时候。

有位编辑曾经是我父亲的盟友，他转去了另一家报社。替换他的新编辑开始大力删改我父亲的文章，对他文章中有关战争和种族问题的观点大加质疑。我父亲在各个方面得罪了他们，最后他们告诉他，他不能再代表报纸写社论专栏了，他可以去其他版面以自己的名义开专栏。这让他极其难受。他一直相信报纸与开化的公众一起努力，是可以改变社会局势的。他对民主体制抱有信心，但他不了解这座城市的权力架构，甚至连他这家报社的权力架构都不了解。

和我祖父一样，他一直为能代表报纸发声感到非常骄傲。他真的另开专栏，写了一篇针对漏洞百出的开放住房法令的文章。第二天那位编辑说："我们办报纸不是为了取笑官员的。你去编辑部吧。"也就是说，他不能再为那家报纸写文章了。

他五十七岁了，已经在那家报纸工作了三十年。所以他拒绝汇报工作。就像是静坐罢工。他在家待了一个月。他最终是否辞职，我无从了解。他没拿到遣散费，没拿到退休金，什么都没有。他最后去了《托莱多刀锋报》当社论撰稿人之一。就算如此，那里还是让他失望了，因为那份报纸支持尼克松的政策，越来越保守了。现在他已经不写文章了，为自己的整个经历感到愤懑。

显然，他本可以服从上级的指令，写点轻松简单的专栏。但这不符合我们的家族传统。我家有一种强烈的苏格兰长老会牧师气质。我认为这就是我们喜欢写社论，像个主教般自命不凡的原因所在。卫理公会没有主教，但他们也有很好的社论作家。而且我家还有一种我愿意称之为殉道者气质的东西存在。

我在尝试着保留我认为值得延续的家族传统，但我想摆脱那种致命的、殉道者式的个性。我从来不想像我父亲一样对权力那般天真。

1969年夏天，我加入了《国会时报》。我进入了行业工会，很快又当选了官员。在这一行里我唯一听到的议论工会的话就是：五点之后新闻不会停止，你不能打卡下班。真正的专业人士不考虑时间问题。

1970年到1977年我在那里工作。1972年，一些老员工退休后我当上了新闻编辑。在那段时间负责头版是很好玩的。我们经历了尼克松的时代和水门事件。那份报纸一直有着活跃、好斗的坏脾气，观点总是与众不同。那是全国第一份支持吉恩·麦卡锡[1]的报纸。当时在那里工作是很愉快的。从技术上看，我仍在为他们工作，只不过现在在罢工。

那份报纸仍归一个独立经营的家族所有，不过是作为一个联合大企业的弱小姊妹分支而存在。真正控制它的是艾奥瓦州达文波特的一家企业。他们试图大量解雇印刷工人、切断工资以击垮工会时，我们举行了所谓的罢工。

我们的罢工报纸《麦迪逊报业同人》是由职工所有、职工掌

① 吉恩·麦卡锡（Eugene Joseph McCarthy，1916—2005），美国政治家，曾竞选美国总统，竞选纲领中反对越南战争。

控的。我们相信，经营任何企业的最佳办法就是让人们自己掌握权力。人人都说这份报纸六星期内就得完蛋。一年过去了，我们还在做。我认为是我父亲和祖父身上的那种固执在坚持着。我唯一一次感到害怕是我开始考虑自己是否太固执了，而非收到搜查证的时候。我不在乎明年自己是否还是编辑，经历这一切就够好玩的了。我知道自己对权力的态度已经比我祖父和父亲现实得多。

我不能理解那些从全国各地来到《国会时报》的年轻人。《华盛顿邮报》派人来审查这些人，看看他们支持工人运动的程度，以及他们是否会跨越罢工纠察线去工作。

这些年轻人开车越过纠察线时，我们有过正面交锋。我们对他们很好奇。他们是怎样一种人呢？我们曾经坐下来交谈过。他们说："好吧，你看上去又讨人喜欢又聪明，我也是这种人。你有你的观点，我也有我的观点。我们为什么不能做朋友呢？"我说："尽管我同意你讨人喜欢又聪明，但你别忘了，我希望你明天就丢掉这份工作，我希望你离开那家工厂。你改变了力量的平衡，对人们的生活造成了很大的损害。"他们弄不明白是怎么一回事。"这不关乎政治，只是职业上的晋升。"我说，"如果你是煤矿上破坏罢工的人，你会对煤矿安全有什么影响？"他们看不出其中的联系。好吧，他们应该读读《麦迪逊报业同人》报。（笑）

他们只是野心勃勃的人而已。美国一直盛产野心勃勃之人。我从未真正当过他们中的一员。像我父亲一样，我相信善有善报。那些年轻人对此毫不在意。他们只关心自己的工作。让我恼火的是，他们怎么能去一家自由派报纸工作，以进步记者自居？如果他们自己都参与了社会中不公正的事，又怎能看到社会的不公正呢？

为我们的罢工报纸工作的年轻人又如何呢？那些工贼都是一味

追求名利的野心家。（笑）他们不是为钱来的。我们也没钱可给。他们来这里，是为了接触一下某种新闻理想。

如今我们可能拥有史上受教育程度最高的民众。我们拥有解决大量难题的技术能力，不仅是我们自己的难题，还包括世界性的难题。但我仍然担心，这几乎是个初期的法西斯时代。太多人的生活中没有争论，没有思想，没有信念。差不多任何事都有可能发生。一种柔性暴政正在向我们逼近。

我人生的大部分时间都在为工人而战，我没机会去过我想要的那种生活：生活在巴赫变奏曲、钢琴、竖琴和拨弦古钢琴的世界中。我喜欢演奏这些。（叹息）但外面有广阔的世界……我想我们会再次看到直接的行动。我不确定究竟是谁去做。工厂和车间里的活动已经沉寂了太久。人们也许都被收买了。我不知道。这是个不确定的时代。我仍旧对做试验很感兴趣，只要哪里还有燃烧的火苗，我就愿意去把它搜寻出来。

Ⅶ

年轻一代：观众与斗士

邻家女孩

琳达·哈斯

她在芝加哥一所大型技术中学上学，这所学校的学生大多来自蓝领家庭。

“我不需要让别人害怕我，以此来显示自己了不起。我的生命中还有其他东西要追求。”

“我住的地方人口变动频繁，出出进进的有波兰人、西班牙人和南方人。

“我爸本来是弗吉尼亚州西部的山民。他当过农民，在海岸警卫队服过役，做过很多工作。他可聪明了，但是不肯去上大学。我妈妈来自密苏里州的一座小镇。她上到八年级，一直是拿全A的好学生。可她的后妈不让她去上高中，她一直为此愤愤不平。我妈妈真的特别渴求知识，这让她特别难过。”

我爸在大西洋和太平洋茶叶公司当了二十六年肉贩。从没旷过一天工。他是那种就算快死了也要去上班的人。他骨子里有德国人的传统，认为人必须去工作，就这么简单。我为他伤心，因为他就像一条离开水的鱼。我想他如果能回弗吉尼亚州西部的话，会更开心一点吧。

他工作的那家公司已经改变了。从前他为在那儿工作感到骄傲。现在不行了。他们二话不说就把人解雇了，却并没意识到他们已经在那儿工作了多久。真让人悲伤。他本应该为这么多年的辛勤工作和做过的牺牲得到些好处。可他们现在几乎确定要解雇他了，连句解释都没有。

他们送他到各个店铺轮换。之前只有年轻的临时工才这么工作呢。我爸都五十一岁了。每个星期他都得等着看自己又被分去了哪家店铺。工作了那么多年之后，这对他来说真是种屈辱。他经常要打听他是否可以去哪家店铺。太让他伤心了。不该这样。

他从没说过自己伤心，但他会大吼大叫。他一不高兴就发火。他在家因为很多小事嚷嚷。为了电话账单啊，灯坏了啊之类的问题他能咆哮两个小时。我知道他其实不在乎电话账单和电灯。他把所有想对别人吼叫的情绪都对着灯泡发泄出去。

我总能同情别人，因为我知道那是什么滋味。成长过程中有很多事让我伤心过。我试着通过人们的行为看透他们。大多数人看到我父亲对着电话账单吼叫只会说："啊，好大的脾气！"我却能更深入一层来看，因为我知道一个人这样那样是有原因的。

莱恩技校，我上的那所学校，学生颇为混杂。那是工人阶级的学校，可也有很多富裕的学生。学校太大了，并不是个快乐的地方。有钱人家的孩子们什么都有，穿着古驰牌鞋子和从马歇尔·菲尔德商店买的衣服，聚在他们那边，我们也聚在我们自己这边。还有一些挺受欢迎的黑人小孩，有钱人家的孩子也愿意跟他们玩，但是不理我们。我们互不干扰，各玩各的。

我想我爸爸和他那代人的梦想就是有个家、生活有保障之类。因为他们出身贫寒。我说不清现在是什么情况，我的同学们谈到梦想时不会提房子和银行里的存款，说的却更像是个人满足之类的。他们不知道自己想要什么。我也不知道自己想要什么。我不知道自己的梦想是什么。有太多我喜欢的东西，然后……

我想上大学，做些真正有贡献的事。但我看看街坊邻居，看看朋友和家人，又会想：我去上大学，当个作家，我就会和他们产生隔阂，那感觉就像是背离了他们，似乎我再也不能回去和朋友们一起坐在门廊上了。一切都会改变的。我将无家可归。每天早上我一睡醒都会说：哦，我要上大学。第二天我又想：不，我不能去。毕业以后我要找份工作。唉，真的拿不定主意。

我认识的一些上了大学的人暑假回到我们这里，拜访朋友——我们坐在一起聊天，感觉却不同了。人们对待他们的态度不同了，倒不是真正的反感，而更像是嫉妒。再也没法一起玩耍着消磨时光了。人们就像对陌生人那样对待他们。我觉得这很伤感。我不想让他们表现得就像我不是他们的朋友一样。

我们认识这样一些人，他们上了大学，自命不凡，看不起街坊邻居了。他们不好意思告诉别人自己是哪里人。我住的街区不像样，但我确实住在这里。这是我的家，我不觉得丢人。可我还是希望上大学。

她最近在英语课上写了一篇作文，题目是对某个邻居的印象。“我是跟那家伙一道长大的，他是西班牙裔，人很好，但后来加入了黑帮。”她倾倒记忆，写出了这篇作文。

人人都以为他又冷酷又狠心，因为他总表现出这副样子。他本来有感情，但不知在什么地方泯灭了。他只有十六岁，却十分冷血。他喜欢僵尸。不管谁死了，或者他的朋友死了，他都丝毫不会动容。他从来不哭，从来不会真的在乎谁。我觉得他被糟蹋了，因为我记得他从前的样子。

他小时候，我们还是幼儿园小朋友的时候，他真是个甜蜜可人的小家伙，在乎很多事，感情丰富。这些年来看着他一步步倒退，变得冷血麻木，特别让人痛心。别人伤害了我的感情，我就自己克服，不会心生怨恨。他却要恨之入骨，变得愤世嫉俗。他把任何事情都看成人身攻击。一切不断地积累，他又不肯谈论，都积压在心里。

他今年十七岁，正在坐牢。事情就是这样。他做了我四年的好朋友。可之后我们就分道扬镳了。我不知道他现在身处何方。我去年见过他一面，但已经没什么好说的了。怎么说他也是个人啊，而且很聪明，可他染上了毒瘾，待在监狱里。他的人生全毁了。

他曾经是个好孩子，友善又逗趣。人人都喜欢他，是那种你愿意让他当自己儿子的小孩。他就是那样，是个“小可爱先生”。（笑）他有才华。我本来以为他会成为艺术家的。他七八岁时画过紫色的牛。人人都问：“你为什么把牛画成紫色的？”他回答：“紫色的牛好看呀。等我长大了，我要当农民，养紫色的牛。”多么天马行空。他后来开始和大一点的黑帮少年混在一起了——你知道的，冷酷的黑帮成员哪能允许你拿着画笔在旁边画画。反正我们这一带的黑帮不行。于是他放弃了绘画。

我们这一带人人都怕他。如果他不在监狱里待着，走在大街上，人们都会回家躲着。他并不会对他们怎么样，但他们为耳闻的他那些事感到害怕。他为自己制造了坏形象，如今深陷其中。

六十年代，黑帮开始在我们那一带兴盛。他们每天暴打你，直到你同意加入他们为止。他那时太小了，不知道自己加入了什么组织。他们总打他，所以他说：好吧，我加入。在那里，女的也和男的一样讨厌。（笑）

他们不在乎我，我们继续交往着，还算合得来。我是我们那一带跟黑帮没关系的五个人之一。他们没试图拉我入伙。他们觉得我太傻了，没法加入。我又觉得他们太傻。但我们相处得不错。

我的另外一些朋友认为他们是社会底层的渣滓，不懂我为什么在街上跟那些人打招呼。我能跟那些人说话，这让他们想不通。

我常常惹恼爸爸，因为我总是去看一个人好的那面。也有些人我的确没法忍受，但我和绝大多数人都合得来。

我家很和睦，我们做事踏实。我不需要让别人害怕我，以此来显示自己了不起。我的生命中还有其他东西要追求。如果人们一在大街上看见我就要跑回家躲着，我也不在乎。他们需要这么做。因为他们在家里闲得难受，要做点什么显示自己的重要。可我有其他要做的事。

有一天，我在报纸上读到一篇文章，写世道变坏了，孩子们不再尊敬父母，犯罪率正在飙升。写啊写，全是这些。文章最后是：写于1922年。我不认为人们变坏了。我觉得还是有好人的。

我父亲的为人与我不同。他忍受不了一些人。如果你不跟他们一起上学，就很难发现他们身上好的那部分。他就是没法忍受他们。他这辈子的所有收获都是靠劳动换来的。他受不了盗窃和斗殴。我理解他的观点。

我母亲和我观点相近。她不想和我父亲争论，所以她两边都不会说太多。她热爱学习。她刚从乡下来这里时只有十八岁。她进了一家她以为有资质的护士学校。但事实不是这样。为了生存，她开始工作。然后结了婚。后来我们都上了学，她想：如果我现在不做，以后就再没有机会了。她回到学校，取得了同等学历证书。她去念了大学，赢得了各种奖状。

我家里人都读了很多书。我父亲有空就爱读书，手边不管有什么都拿来读。我自己读什么，就让他也读读。我拿书给爸妈，要是他们不读，我准能唠唠叨叨把他们烦死。不管搞到什么书我都会读。我读书没有固定的套路。我能一边读介绍球类比赛的书，一边读诗集，这样好像有点怪。我受两位小学老师的影响，从小养成了这个习惯。

我愿意当个作家，做点社会工作。我的梦想可不是有一座郊区住宅。家长教师协会、合伙用车、抵押房屋这些事对我都没有吸引力。我不想三十岁就有了三个孩子，还有一台美泰克牌洗衣机。那样我会发疯的。我父亲担心我会嫁给一个像我一样离经叛道的疯子。他希望我嫁给一个存车会付款的老实公民。

爸妈嫌我回家太晚，因为我不害怕晚上自己在外面待着。这一带的所有人我都认识，没啥好担心的。我不觉得会发生什么事。为什么要害怕呢？除非人们给我一个理由不去信任他们，这之前我就要一直信任下去。通常看来，他们没让我失望。

我认为如果你努力去发现，每个人内心都有好的一面，我不觉得哪个人生来就是邪恶、残忍的。假如你深入挖掘，每个人身上都有闪光点。我爸说我太爱幻想了。但我就是觉得人们身上都有优点。我不能说："哦，那是个游手好闲的废柴。"我说不出口。我总是期待还有别的东西，然后去寻找。我不能把那些优点抹杀掉。

我不喜欢说自己信教，因为我不去教堂。这么说显得虚伪。但我相信上帝的存在。我有点说不清。我希望上帝是存在的。我感到担心时就祈祷，把心里话讲出来。我担心朋友们的时候，就讲出来。如果真有上帝，他会做点什么的。就是这样。我会说："好啦，上帝，我又有麻烦了，现在和你说一说。"

我有时很担心这个世界。我在想我们能不能撑到2000年呢？那时会是什么样？我为人们担忧。能做点什么呢？就我自己而言，倒没什么好担心的。不就是上不上大学这个问题嘛。（笑）我会慢慢长大，变老。

我感到自己变老了。每一天过去了就不再回来，不管你五岁、十岁，还是十六岁。我的朋友们常常看着我说：“你疯了吗？”过去的十六年已经消逝了。（笑）我倒不担心身体上的衰老。那没什么。我害怕一无所成地变老，这让我忧心。我在十六年里都做了什么呢？活过十六年是很长一段时间了，我什么都没干，除了上学。

我学到的东西都是经过粉饰的。在学校里我没法了解真正的美国。我学的是他们希望我学的东西。我对美国的真正感觉是靠我自己学到的。在学校里，似乎每样事情都棒极了：我们什么都没做错过。一切都是公正合理的。我直到十三岁都是这么相信的。在那之后，我的思想发生了转变，有了自己的见解。

我喜欢生活在这里。我应该更加感激这一切。我们有这么多的自由，有各种东西。很大程度上我们觉得理所当然。我不知道这里是否是最好的居住地，因为我从没去过别的地方。所以我没法说这里是最棒的，直到有一天我去过别处才能这么说吧。我知道这是个好地方。目前，我一点也不想搬到别的地方去。

毕业生

萨姆·洛佩斯

他是东北大学附属上城中心的主任。

“我取得成功是因为我积极地对抗那些说‘不行，你永远成功不了’的人。”

我最初认识他时他才十二岁，那时他是个在学校和家里净惹麻烦的小男孩，芝加哥西部拉丁区众多孩子中的一个。

他是家里十个孩子中的老四。

我上公立学校的第一年，被编入了智力低下儿童班。当时我说不好英语。那个班里有黑人小孩，也有穷人家的白人小孩，都被归类为智力低下。我记得其他孩子说："他们是疯子小孩。"我觉察到那些同龄的七八岁孩子都指指点点地取笑我。刚开始上学时，很多事情我都搞不懂。不过，我本应该把自己当成正常的七八岁的孩子。

我父母都没文化，不知道要到学校开家长会，也不知道怎么坐下来和教师交谈。我父亲上到八年级，我母亲完全不会读写。他们俩都在工厂干活。他们不知道怎么谈论孩子的问题。

我家在很多方面非常严格。只有男的才有自由，女的就留在家里做饭、打扫卫生。我们男孩可以无所事事，我的姐妹们却只有一条路可走，早早就都结婚了。只剩下一个小妹妹没出嫁，她十五岁了。其他姐妹都是十五岁就嫁人了。真是悲剧。她们没有机会去体验自己的人生。

我父母经常不在家。他们有活儿干的时候就要倒夜班。所以我们被留在家里，想干什么都行。

我二十七岁了，经历了些事情，去过不少地方……每当我坐下来给他们讲我的经历，看着他们二十一二岁的年纪就有了三四个孩子，就感到很难过。我本来是个普普通通的街头小子。九岁时每晚要在街头逛荡到十一点才回家。差不多九岁或十岁时我就接触到毒品了，学会了用鼻子吸那玩意儿。

我认为所有家长都希望自己的孩子拥有最好的东西。可在我家，上学并不是头等大事。男孩子上完小学，或许再上一年中学，然后就退学找一份工作来养家。我竭力劝说几个弟弟继续上学，可他们还是退学了。我是我们家祖祖辈辈第一个大学生。

我每次回家都是一次尴尬之旅。他们拿我当偶像崇拜。我只是觉得好笑。人人都说："萨姆回来了！他来了！来了！"人们都围坐在桌子旁边。我们的教授来了。（笑）让我觉得恼火的是，就因为我是大学毕业生，他们就以为你知晓一切。

我总是个反叛者，一直是所谓的害群之马。我是爱冒险的那种人。我不害怕尝试毒品、外出晚归这些事。我大哥是一个拉丁区的帮派成员。他会往家里带镇静剂和毒品。他不敢尝试这些东西。我却说："不想要就给我吧。"（笑）

随着时间的流逝，我开始讨厌学校了。小时候我有一头卷发。别的孩子说："看看那个绵羊头！"这倒是引起注意的一个办法，但会引起一场吵闹。我总是扰乱课堂的那个家伙，因为那些聪明学生本来就容易引人注目。

有一次我迟到了，一个老师把我推下了楼梯。我永远都会记着她。一个大块头女人，穿着短袜和高跟靴子。她站在楼梯的最高处说："洛佩兹，你迟到了。"别人都叫约翰、吉姆、乔这类名字，只有我叫洛佩兹[①]。（笑）她开始使劲戳我的胸口，把我推了下去。我只记得自己气疯了，跑上楼梯出拳打她，然后跑走了。一眨眼的工夫，旷课督察官就来了。我在小学受过二十二次停课察看处理。

有一天晚上大约十点半，一个警察把我送回了家。我父母说：“这孩子跟我们没关系了。”我大脑一片空白。该死，他们这是什么意思？警察把我带去了安迪之家[②]。我第一次去那种地方。

“有个人从背后揪住我的衬衫，说：‘坐下，把鞋脱了。’他们弄了一整套必经流程。他们要搜我的身。这是座青少年监狱，似乎接收的是十二岁到十六岁的孩子。我坐在那儿，他给了我的后脑勺一掌。‘拎着你的鞋头，往地上甩。’要是你藏着什么东西，这样就会掉出来了，对吧？

“我只记得那是个寒冷肮脏的地方。做什么事都要分个一二三，如果你不守规矩，就要被关到‘黑石’那里去。那是监狱里隔离人的地方，一个小土牢。

“你整天坐在那个小房间里，听广播，看电视，《约会游戏》很受欢迎，因为它跟女人有关。没有教学计划，也没有咨询帮助。要是你上法庭前要在那儿等两个星期，你就待着，什么也不干，只剩下堕落的份儿。所有人都挤在一间屋子里，一个个脾气都暴躁极了。除掉吃饭的时间，我们从早上六点一直坐到将近晚上十点。如果你要在那儿待一个月，就会被带到楼上，分配你上课和干活。

“我在那儿的第一晚就被一个小子性骚扰了。忽然间，那人爬

---

① 洛佩兹是萨姆的姓氏，此处指老师用亲昵的名字称呼其他人，对萨姆却疏远地称呼姓氏。

② 原注：城市里收留问题儿童的地方。

上我的床。他用手捂住我的嘴，我吓坏了。我们刚扭打起来，警卫就进来了。那小子对我说：‘你敢说出来试试。’警卫问：‘怎么了？’没人说话。正值冬天。他打开窗户，我们挨了一整夜的冻。

“睡觉前，他们要你手脚伸开趴在床上，检查你的屁股。他们还让你用手指去拢头发。他们是要搜查香烟和小刀。

“那里的孩子个别有严重问题，有的只是从家里跑出来了，这些人混在一起。我也在其中，进进出出，第一次待了一个星期。”

我们上了法庭，然后我父母把我接回家。我当然不想回家。我也讨厌学校。他们一把我放出来，我就又回去和小混混们在街角厮混。我后来成了那片旧社区的头头之一。在我们眼中，谁问题最严重、莽撞胆大，谁就最厉害。

有时候我不回家，就和朋友们待在一起。我记得我睡过一栋破烂楼房。那时已经过了某个钟点，我父亲威胁过我，要是我回家晚了，他就要把我的胳膊掰断。如果我回家晚了，我就干脆两三天不回家。我只有知道他不在家时才会回家。我的兄弟姐妹悄悄把我领进屋，拿吃的给我。那是个艰难的年代。我父亲失业了。我记得家里的孩子们曾经为了抢最后一片面包打架。如果还有一点肉或是什么，是要归我父亲的。他仍旧是一家之主。我记得我们这些小孩为争他剩下的一口吃的大打出手。这常常让我很气恼。我只记得，我不喜欢这样的生活。

后来，一些人走进了我的生活。我们搬了家，那里住的大多是意大利人，墨西哥人不多。我花了很长时间才和那些家伙混熟了。他们怎样，我就怎样。很快我的名字就在那一带广为人知了。我是老大。要是那一带出了什么事，我就是要负责的那个人。雪莉·加扎图就是这么听说我的。

她那时大约二十八岁，已经结婚，有两个孩子。我之前从没接触过会画画的艺术家。我一下子就被吸引住了。她给我介绍油画、雕塑和写作。带我去一些艺术机构。通过她和圣·提摩太俱乐部，我们很多人都被介绍去看“白雪溜冰团”的演出。我以前从没去过，那是不怎么时髦的家长带孩子看演出的地方。（笑）

那段时间，我结识了罗兹。我们本属于两个对立的帮派。那边想要接管我们的街区。她那时大约十五岁。我十三岁。该死的，这姑娘是谁？就是她管着那些人。（笑）慢慢地，雪莉和她丈夫冈萨雷斯把我们都团结起来了。哦，他们那儿似乎是个真正温馨的家。人们彼此关心。他们回到家，坐下来聊天。墙上挂着画。

雪莉和冈萨雷斯决定送我去上学。我放学就回到他们家，把白天发生的事一股脑儿讲出来。我在自己家从来不能这样。我开始喜欢这种生活了。有人坐着那儿帮助我。我想：哦，干吗不待在这儿？我父母很不高兴。他们去找雪莉和冈萨雷斯吵架。我最终离家出走了。有一两个星期都待在外面，在老楼里找地方住，在朋友家借宿。警察到处找我。事情上了法庭就是从这时开始的。

我父母不想让雪莉和冈萨雷斯收留我，对吧？他们找了律师来把我送到别处去。第一次判决，法庭同意雪莉和冈萨雷斯做我的养父母。我继续上学，也渐渐不再混街头了。但我父母决意把我从他们家弄出来。

我们大约上了八次法庭。每一次开庭我都情绪激动。我常常失眠，早上醒来时忐忑不安，就像要死了似的。你得去站到那些人面前，他们一点也不了解你是谁。一切都是冷冰冰的。没有人问我：“萨姆，你感觉怎样？”法官高高在上地坐在那里。缓刑监督官站在四周。一个州里派来的人被指定作为我的代表。就是这些人要决定是否把我送走。他们只是自言自语。我气急了，说："等一下。你们怎么不问问我？我究竟是谁？我就站在你们面前，你们却不问我的意见。我觉得自己像个橡皮球，让你们拍来拍去。"我在庭上闹了闹。他们决定把我送到南达科他州。我进了那个州的看守所。那年我十四岁。

"我这辈子第一次坐那么大的飞机。我晕得像条狗一样。在飞机上，我遇到了那个黑人小孩凯利，我只记得他的姓。我们变成了很要好的朋友。他差不多和我一样大。一眨眼的工夫，飞机降落在一个全是牛仔的地方。我记得每个人都问我：你是印第安人吗？我还记得我们的大旅行车行驶在一条漫长的土路上，路的两旁没有树，也没有房子。

"那地方叫作天空牧场，由方济会的人经营。你准以为天主教的慈善机构按照人道主义布道。我觉得那些人倒像是看守，他们就是这号人。要是你表现不好……他们有一个板子，橡木做的，上面有十二个孔。扁平的板子会受到空气阻力，如果上面钉了孔，风就能穿过去，这样打人更疼。你就挨这玩意儿的打。我记得有个孩子，长得很胖，大约十二岁。他挨了这东西一顿暴打，屁股给打开了花。他们还用手里的钥匙打孩子们的头。

"凯利和我向大伙儿明确表示，我们要当这里的头头。那些孩子都比我们大。人人都为当头而战。我们每晚睡觉前都被强迫念玫瑰经。到那儿的第三个晚上，我决心不念了，我不是这种人，不想待在这儿。所以夜里我叫醒凯利，偷偷溜了出去。

"那条土路漆黑一片，伸手不见五指。我们走过大草原，吓得要

死。有辆卡车开过来，我告诉司机我们是兄弟俩。（笑）我们没动脑子，对吧？我们说父母的汽车没油了，我们想去最近的城镇。我们搭上了顺风车，从车子后面跳了上去。车大约开了十分钟，那家伙说：‘我们到了。’那座小镇只有七十五个居民，加油站也是消防站，兼做百货店和邮局。我们来到了一座全是白人的小镇。我们逃出去的消息已经传开了。我们坐在小吃吧里，那个人给了我们一瓶可乐。我猜他给管牧场的人打电话了。他们过来把我们抓了回去。

“他们把我们的头发剪得特别短，别人一看就知道我们干了坏事。我们挨了板子的打。我只记得自己下定决心，不在打我的那个人面前流露感情。我不能让他在我的哭声中获得满足！

“我读到雪莉和冈萨雷斯寄来的信时，有些字已经被抹掉了。该死的，我们又不是罪犯。他们说抹掉的那些字对我的心智没有好处。

“我还想起一件事。我们很多孩子都和一只猫玩。有个修士，他很高大，身高接近两米，他看到我们玩得开心，就把猫抓到一个饼干盒里，拿一把点12口径的霰弹枪，当着我们的面把它一枪打死了。为什么要这样？

“只要你不听他们讲话，不干活，就挨揍。所有活儿都是孩子们做。我们是那些修士的仆人，给他们做早餐，洗碗碟，铺床。

“修士们买来汽水和糖果，从来不分给孩子们。凯利和我决定弄点汽水喝。我们知道修士们把汽水藏在哪儿。结果我们喝了24瓶七喜汽水。（笑）我们全喝光了。把那些瓶子灌上水。第二天午饭时，那人叫一个孩子拿七喜给他。他喝了一口就全吐出来了。他跑过去拿出了一整箱，把每一瓶都打开尝了个遍，说：‘好啊，谁干的？’没人说话。凯利和我的人缘很好。孩子们都挺崇拜我们，于是那人说：‘既然没人说话，我要你们排好队，站成单行。’我们沿着螺旋楼梯排了三层楼那么长。每个人都挨了一板。他知道是我们干的，狠揍了我们一顿。

“我什么也没学到，只感到特别孤单，希望自己能撑到回家。我们被放回去过圣诞节了。我径直跑到了雪莉家。我父母不知怎么发现我回家了。上法庭那一套又来了。他们说如果我不回天空牧场，麻烦可就大了。

“我厌倦了每晚躲来躲去，于是露了面。法庭依然判定我不能待在雪莉家。由于我不想回父母家，他们又把我送走了。这一回是另外一座天主教慈善学校，在印第安纳州的特雷霍特。

“他们让我坐下，对我说，如果他们不能把我扳过来，那我就真无药可救了。他们也有一块带孔的板子。我们发明了很多办法逃避惩罚。要是我们被罚不许看电影，我们就在鞋子上放个指甲钳或者小镜子，背对着屏幕看电影。

“在厨房帮厨是个好差事，因为修士们吃的上好食物都放在那里。我们还得当修士和牧师的仆人。他们有满满一柜子酒，而且经常办派对。我把各种饮料全倒在一个玻璃杯里喝。于是惹了麻烦。

“有个修士要抓我。我到这儿的第一天他就说：‘你小心点儿，我要收拾你，要把你……’我当时是新来的，之前没招惹过他，早餐时我得服侍他。我穿着白制服，戴着领结，胳膊上搭着一条餐巾。我负责照看好几张桌子，他们有个小铃摇来摇去。

“那家伙要喝咖啡。我把咖啡壶放在炉子上加热。我用防烫布垫端着壶，把它放在桌子上，我尽量快地跑走了，知道他肯定要在拿壶的时候挨烫。他果然拿了那壶，只听见‘啊！’的一声惨叫。他喊道：‘洛佩兹！’他把我赶到专门打孩子的那个房间。我摊开手脚趴在那里，双腿叉开，双手握着脚踝。他说：‘洛佩兹，终于让我逮着了！’我能看到他眼睛里的欢快，他要好好打我一顿。他用那板子打了我一十大板。这一次，我还是没有哭。我没有退缩，没有求饶。打完了，我站起来说：‘你满意了？开心了？’我说得很讽刺。他说‘洛佩兹，你趴下’这一次，我上了当。要是我知道他要踢我，我本该有所防备。他拿着板子过来，又把板子丢掉，抬起脚踢向我胯下，我立刻瘫倒在地。我记得我哭了起来。（笑）他们把我弄到楼上，让我躺着。

“他们有几个问这问那的心理咨询师。让我看一堆纸片上的图案，然后问我看见了什么。（笑）我和一个修士关系不错，他是唯一一个真心关心孩子的。他说：‘你们没法从这里逃出去的，除非听话按要求做。’所以最终我决定老实干活儿。他们后来把我放了。那年我十六岁。”

我父母在特雷霍特接我。去芝加哥的路上，我告诉父亲我不回家。你可以打我，把我送走，但我不回家。我在家待了一晚，第二天就走了。我试着回中学上学，但功课跟不上。雪莉把我送到了艺术学校。我上了雕塑课，画了些油画。有一段时间，因为雪莉的缘故，我希望当个艺术家。她拿给我一些书读，比如《破落街头》《希望之乡的男孩》，等等。在这些书里我看到了自己的影子。我猜她是要我树立自立自尊的念头。

我找到一份当运务员的工作。我很兴奋。可左等右等，其他同事也没有出现。我去问上级。他说：“其他人？你就是运务员的头头。”（笑）我参加志愿服务工作，为厄普顿的孩子们读书，也在戒毒项目中帮忙。

我不喜欢那些中产阶级的社工，他们一进社区就表现出一副恩赐的态度。他们还有一套解决问题的理论。我记得我遇到过会心团体[①]的人，那些人喊着："摸摸我吧，感受我的存在！"幸亏人们不理那套。

我那时差不多二十岁。我一边上大学，一边在中心工作，帮着设计项目。我在东北大学主修心理学专业。我对课程很感兴趣。我修了人类行为和青少年方面的课程。如果说我学到了什么，那就是它们帮我了解了自己。我不认为这会帮我找一份工作，但这些课程帮助我理解了自己的存在。

我们在厄普顿招募的学生里有从监狱释放的犯人、吸过毒的人、辍学的人、失业的人。我觉得除非我们先解决导致他们现状的社会顽疾，否则很难解决他们的问题。一个人如果住房有问题，就没法好好上学。健康有问题，也上不了学。如果我们要帮助这个社区的人，就要走出去，解决影响人们生活的种种问题。

不久之前，我下楼时遇到了罗兹，她是过去我们那一带和我敌对的那个帮派的头头。我心想：哦，不——我要不要说你好呢？最后，我喊道："罗兹！"我们四目相对，不知道要说点什么好。她告诉我她正准备去上居民区办的大学。我说服她到中心去，聊聊上学的事。现在罗兹在我们的社会福利项目工作。一位东北大学的官员打电话过来说："嗨，罗兹，我有个学生要申请福利，你能帮帮忙吗？"各式各样的人都打电话过来："我们听说了你做的事。你能帮帮我们吗？"她可真了不起！

我一直在鼓励罗兹。我希望她三年后毕业。我们还聊到读研究生的事。她对人和人的需求有很强的洞察力。我觉得他是MSW[②]学

---

① 人本主义心理学家卡尔·罗杰斯发起的一种心理治疗法。

② 原注：社会工作硕士，萨姆·洛佩斯去年取得了这个学位。

位的有力竞争者。

人们必须受教育。这个社会让穷人和工人阶级学到，他们天生就是一文不值的劳动者：你们要在工厂干活，给我们制造汽车，把我们养得肥肥胖胖的。而我们进行教育时，首先要让他们意识到，有些事情是不合理的，并不是因为他们天生愚笨。

我想这就是我父母让我痛心之处。我的与众不同之处在于随时渴望起身出发。每当我看到有些人过着真正消极的生活，没有醒悟到要去经历不同的事情、尝试改变时，我就非常恼火。

我们不太会谈到过去那段往事。只是有时候我的某个弟弟捣蛋时，会听到我妈说："我们要用以前对付萨姆那招来治治你。"我的所有兄弟姐妹都是很消极的人。爸妈对此毫无反思。

我不认为我的生活和美国梦有什么关系。我走到今天不是因为什么美国梦。我不认为美国帮了我，如果你所谓的美国是白宫，是体制和构成这个国家的种种要素的话，我取得成功是因为我积极地对抗那些说"不行，你永远成功不了"的人。我的成功是因为我在生命中遇到了一些人，那些帮助过我的普通人。

我感到乐观。我看到自己正在前进。我不知道两三年后自己会身处何方。也许我会在得克萨斯州，谁知道呢？但我知道，我会一直努力改变，不管是改变一个人的生活还是一个社区。我喜欢挑战。总有需要我做的事情。

我对目前的生活感到惊喜。我挺为自己骄傲的。我心里仍然有很多愤怒。可我正在努力克服。眼下我真是忙疯了。唯一的苦恼就是我还想做得更多。（笑）

罗兹·里斯比

我第一次遇到她是十三年前。她白皙的手臂上纹了一颗黑色的心。“有人对我说‘你这人没有心’，所以我摆了一颗在手上。”

她在芝加哥某个中下层白人社区的同辈中相当知名，因为她曾是一个帮派的头头。十四岁那年，她写过一首诗：

我不是我母亲或上帝的孩子
而是我自己的孩子
我不靠泥土的滋养而活
一个独立的孩子，没有人牵着我的手
一个不属于尘世的孩子，不属于这片土地

如果我只为自己而活
我又算得了什么？

她中学上了三个月就退学了："我卷入了一场麻烦。"她没被"送"进市里或州里的教养所时，就和母亲、继父、十个兄弟姐妹住在一起。

她曾给一个十五岁的朋友写了一封长信，他被"送"去州里的教养所两年，信中写道："……别再像过去一样了，不然你会变得和我一样，在上帝眼中是一个又大又胖的'零'。"

如今我在上大学，为厄普顿中心工作。我要和人打交道，工作对象不是普通学生。不仅要处理学习问题，还有整个人的问题。

如果一个人连温饱都做不到，你就不能对他说"我只关心你能得多少分"。这样毫无意义。学生们过来说："我今天没法去上课了，我没找到替我照看孩子们的临时保姆。""房东把我们的暖气停了。""我连坐车的钱都没有。"于是我们就要帮助他们。

这儿有我的位置。我感到有人需要我。感到为人所需是很重要的。十三年来，我不认为上帝和我走的是一条路。（笑）我确实觉得自己在他眼中是一个又大又胖的"零"。我之前从没想过自己能在这世界上找到一个容身之地。可现在……

如今很多人不能感到自己为人所需。他们天天去上班，变成了一个空壳。比如那个填表格的女士。她把表格填得那么顺手，以至于你说什么她完全听不到。你可以坐下来肆无忌惮地跟她说最无耻的话，可她只是继续在那里填表格。

她问我有什么信仰，我说了些混话。可她说："把那个词拼出来。"她问我的种族，我说是黑人。她就这么写上去，因为她不肯抬眼看看我。她对我视而不见。

看看十三年前我的生活，再看看现在，真是难以想象。我沿着那条街走着，带我儿子去看病，有个人从旁边经过，叫我"罗兹"。我转过身，看看他，说："萨姆。"我七年没见过萨姆了，真是出人意料。我们聊了几句，他告诉我厄普顿正在运行的项目。感觉这个项目是非常现实的。哦，这是件我能做的事。他说："来吧，来看看。要是你喜欢的话，这里能有你一个位置。"就这么简单。我对他说，这就是命运。（笑）

我没上完八年级，学校就把我踢了出来。我并不想走。我学到了什么？我会读会写，会做加法。其他还有什么呢？那里毫无挑战。我考试得到那些分数又有什么用？他们只会叫你顺从一致，宣誓效忠国家，信任那面国旗，唱什么"上帝保佑美国"。

我永远忘不了丘克叔叔给我们讲什么是美国时的情景。有个叫尼奇的家伙，说不想参军。天啊，我想当时起居室里就像开始了一场战争。我叔叔朝他大吼大叫，说什么从飞机上掉下来、挨枪子之类的。那个尼奇坐在椅子上说："我就是不想参军。"他们说他是共产主义者。他们说："你怎么了？孩子，你十七岁了，就应该上战场，到时候了。"然后我仿佛看到人们轰然倒地，感到炸弹会随时落下。他们喝了几杯。我们看着那孩子，等着我父亲和叔叔从两面夹击揍他。他只是坐在那儿摇着摇椅，说："我不想做那些事。""你必须要做。每个年轻人都要做。你得长大，成为战士。”可之后我发现丘克叔叔服役期间根本没上过战场。战争期间他一直在弹吉他。我父亲倒是得了紫心勋章。（笑）

他们告诉他必须要为国家而战，这样才能抵抗共产主义，否则他就是共产主义者。我们坐在沙发上，等着看他被围攻。看样子，那些人要么把他弄死，要么把他踢出房子。他们喊着：“我看着我朋友在自己身边死了。”他说：“我不想让我的朋友去送死。”他们说：“你怎么了？朋友们不能怕死。你得去参战，你这个共产佬！”他对他们说：“我不知道共产主义是什么。”他们告诉他：“这个我们懂。查查卡尔·马克思就行，他会告诉你共产主义是什么。”于是他们都跑去查百科全书。他们要找到卡尔·马克思的条目。那孩子只是坐在摇椅上摇啊摇。

他们找到了卡尔·马克思的条目，把那几段话读出来，说：“你明白了吗？”他说没有，继续摇着摇椅。我从他们背后看到他们读的是什么。我看到了卡尔·马克思的照片，哦，天啊，他长得很像丘克叔叔。“安静点，安静点，”尼奇说，“他们会连你一块轰炸的。”我们非得把那家伙弄出房间不可。我真的觉得他们会把他打死的。那个晚上真是诡异。

美国是什么？你说给我听听？它指的是有一个车库两辆汽车，两个半孩子，树木都长得一样高吗？

我想着二十八岁时要重回学校。这样的话，如果今后我不同意某些人的看法，就更有能力跟他们比试一番了。我不是说我受教育是为了获得成功。但我也不能甘愿一无所成啊。

学校把我赶出来了，我成了一个麻烦。如果你不按别人说的做，你就是个麻烦。我们只会把问题儿童塞到这个机构或那个机构，然后就能眼不见心不烦了。我们用不着每天都为他们操心。我们已经消灭了这些问题。

我记得肯尼迪总统遇刺那天，我照常去了精神病院。一个大房间里的差不多一百人看着电视上的总统葬礼全都在哭，却意识不到自己为什么会哭。有些人在房间里走来走去，试图弄明白其余的人为什么哭。我们孤立无援，只拥有彼此。我们有属于自己的一个小美国——这里有一百个疯子。我觉得外面也有很多疯子走来走去。他们说自己是清醒的，但并非如此。

我见识过有史以来最疯狂的司法制度，就是所谓的少年法庭。法律的规定程序在那里不存在。你没有为自己讲话的权利。他们派一个办案员替你讲话。没有人问你任何问题。他们只是互相交谈。

你的罪名是：屡教不改。我们把问题放到一边，直到这孩子长到二十一岁。如果那个问题儿童十三岁，这中间的八年怎么办？就是当那个问题而已。在公正的名义下，我们持续在疯人院里做着这样的事。我们告诉他们：待在自己的地方。如果有人反抗，我们就骂他一顿。我们给他们贴上标签定罪。

我家衣食无忧，但从来不谈上大学的事。钱是不花在这上面的。主要的任务就是念完高中。他们从来不谈论国家大事。我和母亲针对越南战争有过一场大争论。她说："整件事是有解决办法的。"问题小孩？把他送走。问题国家？把它轰炸到大海里了事。

我的工作是做顾问。我是没有头衔的。我也不想要头衔。我们有一对夫妇的案例。他们俩都去上学了。他们有两个孩子。人们说那个父亲应该去干活，而不是上学。他们都靠福利金生活，那个男人没接受过任何技能培训。我们想做的是给这个人足够的钱来生活、养育孩子，同时还能上学。他有自己的梦想，对于家庭也有梦想。你能从人们的脸上看出来。他们一直听别人说自己的梦想一文不值。你看到他们回过头来重新开始，就想帮助他们坚持下去。我们的体制却说：不行，他是个劳力，让他去干活。

他说英语有困难。他是说西班牙语的。首先你得解决这个问题，他并不笨。只是语言问题而已。我们这儿有个了不起的律师，她做了很多工作，抓住那些人的立场，把他们击败了。这对那对夫妇和他们的两个孩子来说意义重大。我们给了他本来就该得的东西。在此之前我们奔走了八个月。我没法描述那种感觉。真是兴奋异常。我们都高兴得飘飘然了。

十三年前，我第一次遇到你时，人们说："看，那就是罗兹，帮派头头——她可不是省油的灯。"

我从问题儿童的头头变成了解决问题的人，对吧？（笑）一段漫长的路途啊。那时我已经绝望了。我会待在那个地方，嫁给一个人，他打我，而且酗酒。我会生一大堆到处乱跑的小孩，有时候喂得饱他们，有时候喂不饱。本来可能是这样的。假如我有个每天都出去干活，每月只打我一次的丈夫，我就不该抱怨了。

我遇到洛佩兹的那天，刚刚拿到高中毕业同等学历证书，有资格按自己的选择去上大学。我参加了那个考试，因为在那个工厂干下去我是不会开心的。有一天我醒来，已经五十岁了。我会说："哦，天啊，我已经做了九千块糖了，我一点也不开心。"

最近我母亲对我说，她为我骄傲。我等了二十九年才听到她这么说。我对她的理解比过去深刻多了。我现在不和她闹别扭了。她却自己和自己过不去。她总觉得自己的工作就是生儿育女。忽然间工作都完成了。什么都没留下。她醒悟过来了，在五十二三岁的年纪说：“谁还需要我？他们都长翅膀飞走了。”她和我父亲非常关心孩子，但不知道该怎样做。她打电话给我，问我能不能帮帮她。情况真是来了个大转变。

她内心有许多恐惧。我觉得她害怕的很多东西源自她自己。其中有孩子的问题，她不知道怎么对付他们。其实主要是一个孩子的问题，具体来说——就是我。也许她在我身上看到了她自己希望的东西。那是某种力量，但她又害怕这些东西。我母亲不好斗，她是个性格安静、只会干活的女人。她害怕那些反抗的人。我想，人生第一次，她学会了质疑。

我们长大的过程中学到了很多偏见。黑人都站在一边，拉美人站在另一边。我们的街头帮派，他们的帮派。我们知道自己的地盘应该在哪一片。如今朋友们把这些都学得太好了。有个姑娘是我的小学同学，我看到她结婚、离婚、再婚，生了四个小孩。我告诉她：“你可以摆脱出来。”她说：“我做不了你做的事。我不够好，不够聪明。”人们说，他们不够好，就永远游手好闲。他们的家长、警察、学校、邻居都在窗外喊：“喂，滚开这个街角，你不属于这儿。你们这群废物！”他们这样长大，相信了这些话。我如今遇到一些人，很想摇着他们的肩膀说：“你不是非得相信那些话。”

还记得你十四岁写的那首诗的最后两句吗？

记得。（轻轻地说）“如果我只为自己而活，我又算得了什么？”我认为大家是联系在一起的。我想必是找到了自己的归宿，找到了与我密切相关的那些人。

贫民区出身的姑娘

萨拉·帕尔默

她是三个孩子的母亲：两个男孩分别十岁和八岁，还有一个六岁的女儿。她二十七岁，没有结婚。

“小女孩应该这样或那样。可谁也没告诉我要怎样做一个女人，或一个人——或者说怎么成才。我只知道一件事，就是怎么做自己。”

她坐在汽车后排座位上，说话如连珠炮一般。我们正在离开她坐落在明尼苏达州东北部、人口约两千五百人的故乡，前往埃维列斯机场，然后去德卢斯。

“我祖父是从爱尔兰来的，我祖母家则是挪威人。她十六岁就嫁给他了，他是个木工。他们在大草原上生下一对双胞胎，都死掉了。方圆几里都没有医疗设施。”

我继父是矿工，在铁矿干活。他和我母亲生了两个孩子。我出生在我母亲的两次婚姻之间。我的两个弟弟和一个妹妹是她第二任丈夫带过来的。我还有两个姐姐，是她第一任丈夫带来的。我们这八个孩子有四个父亲。

我们到处受排挤，因为我母亲是个酒鬼。在学校我们烦恼不断。你和一个孩子在她家院子里玩得好好的，那孩子的母亲就跑出来大吵大闹，让你滚出去，因为你一无是处，因为你是帕尔默家的孩子。我一直就过着这样的日子。

我十四岁开始和朋友们鬼混，居无定所。后来就搬到我第一个儿子的父亲比尔和他父母家去了。怀上乔伊后，我搬到明尼阿波利斯我姐姐那里。我没嫁给比尔，因为不是我想要的。他父母倒是完全接受我。我照顾他们的孙子，他们跑来看看，喝点酒，挺好的。

比尔的父亲在西宾矿上干活，他母亲是酒馆女招待。我继父在矿上干活，我母亲也是酒馆女招待。挺可怕的吧？我现在就在她做过的同一家酒馆工作。

我在学校里常常跳级，因为我脑袋好使。我天生聪明。这是遗传。我祖母十六岁就当老师了。我母亲十五岁就中学毕业了。天啊，她过去可真聪明。或者说现在也聪明。不过她如今老了。

我总是找个地方待下来，直到那儿的人赶我走。我会悄悄溜进别人家的地下室，直到人家的父母抓住我说“滚出去！”。我太小了，没法装作已满十八岁，所以找不到工作。十四岁那年夏天，我给一个女人看了三个月孩子。那是1964年。信不信由你，我那时对大麻了解不多。我们觉得菲佛啤酒就够了不起的了。（笑）

我十六岁时，带着乔伊住在明尼阿波利斯，找到了我的第一份工作。我在“白城堡”路边餐厅当服务员。我当过餐厅女招待，当过厨师，当过酒吧伙计。我还在办公室里帮过忙，差点儿就疯了。

这些年来，我只想着把孩子养大、教育他们。我希望给他们一切所需的安定感和教养，让他们好好成长，这样我们才不会走上邪路。如果一个人受不到持续的关心和抚慰，心理就会扭曲。我怀了老大之后的最大目标就是当个好母亲。我希望孩子们就像我自己小时候所盼望的那样长大。

哦，我本希望每天早上起床都有干净衣服穿，饭桌上有吃的。有个为我准备饭的妈妈。我想穿着漂亮的小裙子和鞋子，头发编成小辫子或扎个马尾辫去上学。放学回到家，妈妈正坐在那儿等着我吃午饭，说几句贴心的话。那就是我的美国梦。我以为一般的家庭都像是《反斗小宝贝》[1]电视剧里那样。

小宝贝早上起床，妈妈在家，爸爸上班，家人互相吻别。小宝贝上学，午饭回家吃。妈妈坐着，熬好了汤，还准备了一杯牛奶。爸爸晚上回家，大家都洗得干干净净，一起坐着吃晚饭。每个人都很风趣，关心彼此。我从八岁到十二岁一直在看《反斗小宝贝》。

我希望做心目中的普通妈妈。所以每天打扫房子好多遍，然后找个靠得住的男人，虽然我不想，但似乎应该这么做。我希望组建一个“家庭”。（笑）渐渐地，我发觉一个家庭不是非得像《反斗小宝贝》里那样才算真实。事实上，不像节目里那样才真实呢。

我家不像《反斗小宝贝》。博比和珍妮爱在沙发上乱蹦，要是你经过，有时他们会撞你身上。乔伊爱把自行车、电视机、立体声设备都拆开。有时却不知道怎么装回去。不过，天啊，他知道它们是怎么工作的。博比呢，大家在学校叫他博比·巴巴里诺，因为他挺酷的。这个典故是《欢迎归来，科特先生》里的。约翰·特拉沃尔塔扮演文尼·巴巴里诺。于是现在博比是酷先生了。（笑）

珍妮呢，她有双棕色大眼睛，长长的棕色头发，小脸蛋就像爱神丘比特一样，特别懂怎么招人喜爱。什么事她都知道一点，真的。她六岁了，快满七岁了。她是个爱卖弄风情的小女人。

她常看《查理的天使》[2]这个节目。她觉得自己就像是其中的人物。我觉得我让她有点不自在，因为我表现得不那么女性化。我觉得珍妮长大了不太想像我一样。她爸爸来看她时说：“你想要件漂亮的小裙子吗？咱们去奶奶家时，她会给你卷头发的。”她也常对她爸爸撒娇。小女孩都爱这样。她在他面前把眼睛往上一翻，他就

① *Leave It to Beaver*，1957年到1963年间播出的一部家庭情景喜剧。

② *Charlie's Angels*，1976年到1981年期间播出的一部电视剧。

乖乖带她去买蛋卷冰淇淋了。她从房间里走过去，回过头来扭扭捏捏地看他一眼，他就恨不得把她走过的地板都亲吻一遍。她真把他收拾得服服帖帖。

今年夏天孩子们没看成《查理的天使》。我不准他们在家里玩那套操纵人心的把戏。

自从我独立生活以来，我发现我只要为自己的生活负责，别人的事都与我无关。我的孩子们除外，直到他们长大成人能为自己负责为止。所以，如果有人再走过来对我说“你妈是个酒鬼”，我得看看他们说话的方式，要么回答“说的对，她就是”，要么走上去给他几个耳光，告诉他少管闲事。

我遇到过很多像我这样没结婚的姑娘。我找到了自我，而且要坚持下去。大约一年前，我感到自己终于找到了内心的平静。我的大多数朋友都出卖了自己，或是躲了起来。只为了经济上的安全感就找个自己不喜欢的人结婚。因为不想有孩子的负担就去堕胎。这样嫁一个人就和卖淫没什么区别啊。因为不想有个孩子在旁边捣乱就做掉这个孩子，完全是不人道的。

我很受不了这一点，因为我自己就是个没人要的孩子。我从来没有自己的位置。我知道如果我再生一个孩子，在家里和我的心中，总会有他的位置的。我会热烈期待并且欢迎那个孩子。

我们领救济金，一个月424美元，日子过得相当艰难。人们常想让我出丑，不管是换食品券时遇到的职员，还是酒吧里的醉鬼。晚上孩子们睡着之后，有时我会出去。我的朋友帮忙照看孩子，我上楼去喝一杯，然后一个醉鬼就过来说：“你们这些领救济金的当妈的都是一路货色，永远喝得醉醺醺的。”我没有隐瞒自己是领救济金的母亲。我什么也不藏起来。我不需要这么做。我领救济金，因为我的孩子需要吃饭，我也要吃饭，就这么简单。领救济金的懒蛋？他们在我背后这么议论，但不敢当面说。

我想尽可能快地摆脱依赖救济金的生活。我对福利制度没什么感激之情，因为他们不是出于内心的善意做这件事的。他们只是被迫才这么做。这是一方面。你走进办公室，他们把你当成个物件似的打量，而不把你看成是人。他们让你坐下。让你坐多久你就得坐多久。他们出去喝咖啡休息了。回来时是那么冷漠和高傲。他们就待在那座陵墓一样的巨大老建筑里。你坐在那儿，听着回音。人们在走廊里经过的脚步声产生了回音。这倒也没什么。

我在学校里学过——霍雷肖·阿尔杰写的东西，对吧？叫人不能懈怠，要刻苦工作。还是小女孩时，老师就教我："别把泥点弄到身上，脏兮兮的。"我母亲也这么说。（笑）小女孩应该这样或那样。可谁也没告诉我要怎样做一个女人，或一个人——或者说怎么成才。我只知道一件事，就是怎么做自己。我没有需要克服的神经官能症，灵魂深处也没有抹不掉的污点。（笑）

你知道我从五岁起就有的梦想是什么吗？当作家。好笑吧？有时我崩溃了就写诗。我给老师念我写的故事，他们要用录音带录下来，因为我的口齿太伶俐了。八年级时我拿到了普通教育发展证书。我十九岁时拿到了奖学金，在明尼阿波利斯大学念了一年。上大学是因为我拿了奖学金，为什么不去呢？我以为拿到普通教育发展证书的人都有奖学金呢。我不知道是因为我成绩好。

我为自己现在的处境和孩子们的成长情况感到满意。我过上了某种稳定的生活，并准备继续向上攀登。哦，我很坚强的，而且聪明。这是真的，我没法否认。

我现在依赖救济金，但我的人格独立。我不需要一个男人来依靠。我的每个孩子都有各自的爸爸。我不想结婚，尽管他们每个人都向我求过婚。我不觉得他们是我想嫁的人。乔伊的爸爸想娶我，但我们那时都太年轻了，再说我也不喜欢他了。博比的爸爸本来想让我堕胎的，我不同意。然后他又说服我离开这地方，把孩子生下来送人，回来后我们再结婚。我说："不行，我要按自己的想法办。我要生下孩子，你从我的生活里滚蛋吧。"我告诉珍妮的父亲我怀孕了，他说："怎么办？"我说："我不知道你打算怎么办，反正我要把这孩子生下来。"他想让我去纽约或什么地方把这孩子做掉。我叫他走。语气可没这么客气。

我不在乎他们怎么说我，但我担心孩子们，我小时候因为我妈而受到的歧视，我怕他们也会经历。但我现在知道我是对的。如果一个孩子有家可归，那么他在街头的遭遇就不会有太大影响了。因为如果他回到家，妈妈说"晚上你想吃蛋糕吗？"，他就知道自己是有家的，会获得力量。妈妈还会说："别碰我的孩子！"现在我的主要任务就是教孩子们怎样躲避伤害。

现在我的孩子们都全天上学了，所以我希望能有属于自己的时间来成长和提高。当然了，我的人生还没达到顶点呢。谁也不会达到顶点的。

家庭画像

弗兰克·米勒

他主动提出开车载我从法兰克福到东肯塔基。

“我断断续续地上大学已经有差不多十年时间了。我上自己感兴趣的课程。我对目标啊学位啊什么的都不感兴趣。我让好奇心来引导我。”

回去的路上，有的是反思的时间。

他二十六岁。

我七岁前住在印第安纳州的芒西。那时我每天的生活仍历历在目。中午我在厨房里听着那台红色的大收音机。是保尔·哈维的新闻节目。我母亲很喜欢听。她认为他说的话很深刻。她喜欢听那些有人情味的逸事。保守的美国的声音，现在已经衰落了，不再像从前那样广受欢迎。

那时，我父亲谁的话也不听。失败的人生折磨着他。五十年代晚期，他遇到新的工作机会，当起了电话推销员。他努力干活。要不是我母亲死了，他也许会获得梦寐以求的成功。他彻底垮了。他以前对她不好，我猜他很愧疚。之后他的生活又陷入了混乱。

他祖上是德国人。他父母坐船来到了美国。那时正是世纪之交，到处是雄心壮志。他的家庭也在他心中播下了发财致富的愿望。他们家的一些人也确实做到了。

我父亲就是没法长时间专注做一件事来赚钱。就我家而言，他换工作的次数太多了。几次投机活动都因为大萧条而失败了。这对他打击颇大。他是个有天赋的人。我想人人都能感觉出来。大家都不上大学的时候，他就上了几年大学。可他还是没能成功。他说他的人生是昙花一现。到今天他还这么说。他已经七十多岁了。

他真的相信如果自己足够努力，就可以获得想要的成功。大萧条把这些确信击得粉碎。四十年后的今天，他还是常常谈起这些。辛勤工作不一定能带来成功。我家的其他亲戚觉得尴尬，他们担心我父亲的失败会影响他们的社会地位。

母亲死后，我断断续续地和父亲住过。我们吵过几次。他总是一副推销员腔调，说话添油加醋。他在很多事情上不说实话，让我越来越恼火。很多时候我都没法相信他。我说了些孩子不该对父亲说的话。他也说了些不该对我说的话。离开他的时候我十二岁。

我有段时间和哥嫂住在一起。之后我去列克星敦和另一个哥哥住。十七岁那年，我开始独居。母亲死后，我发现独立非常重要。还很小的时候，家里每个人都指责我过分独立。可这是有必要的。

最近两三年，我父亲有些开始理解我所追求的是什么了。不过他不支持我的志向。他认为我以写诗为生真是傻透了。在他看来，写作基本上就是浪费时间。他总是看不起书面文字。他声称自己的头脑走在笔的前面。不过他是真的具有演说天分。他对着别人说上一段就能改变那个人的看法。他是个段位超高的推销大师。

我总把自己视为威利·洛曼的儿子比夫[1]，但我父亲现在不再像威利了。他如今怀疑一切。他病得厉害，人生中第一次面对着那绝对的死亡。他渴望死亡。他厌倦了活着。活着对他而言已经是一种负担。他离群索居，而从前他一直是个爱待在人堆里的人。现在却待在公寓里不出来。他靠社会保险而活，靠字谜游戏而活，靠单人纸牌而活。他一连能玩好几个小时。过去三年他的活动范围没出过那间公寓以外八米的范围。这是真的。

当他开始质疑生命中的一切，我的哥哥们真的觉得很苦恼。他

---

① 亚瑟·米勒创作于1949年的剧本《推销员之死》中的人物。

们对“父亲”的理解被击垮了。

我有三个兄弟。和我年龄最近的那个在工厂当机械师。他是三兄弟中唯一不把金钱当作衡量成功标志的人。他天资卓越，是我们家的学者。父亲从来不鼓励我们在学业上进取和钻研。我其他两个哥哥都和我父亲一样，批评他不努力赚大钱。他自己却心满意足，做着自己想做的事。他喜欢打猎，钓鱼，享受生活。

我大哥和我父亲是一个模子倒出来的，一个喜欢热闹、巧舌如簧的浑蛋。他给一家公司当了很多年推销员，往上爬得相当快，然后栽了跟头。公司把他解雇了。他的鬼话坑了自己。不过他恢复了元气，又找到一份在谁看来都很好的工作。他买下一座价值七万美元的房子，有个很体面的家。

我的另一个哥哥性格沉静，做事有条不紊，数学特别棒。他在洛克威尔国际公司工作。一开始他做的是每天吊升32公斤重的齿轮的活，后来觉得这破活儿不是他该做的，急匆匆地离开那里，找了份当工头的事做。现在他是个会计，每年赚好几万。以我家的标准来看，他俩都差不多是成功了。

父亲现在跟我们夫妇住在一起。哥哥们的老婆直接表示不想管他。我想他代表着一种失败的恐怖。我大哥和我父亲百分之百沉浸在崇拜力量、至高地位、男子气概和功成名就的思想中。

过去五六年里，我干过很多不体面的工作。但我挺享受。除了给人扫地，我还在餐馆烤过馅饼，刷过盘子。我从前看不起这些工作。这是家庭对我的影响。库尔特·冯内古特[①]把这称之为“从你母亲膝下学到的真理”。对我而言，则是从父亲那儿学来的。

① 库尔特·冯内古特（Kurt Vonnegut，1922—2007），美国黑色幽默文学的代表作家之一。

贝思·坎贝尔

她是中西部一家杂志的编辑。今年二十八岁。

“爸爸希望我拿到一张师范文凭，或者去上秘书课程，这样才能应付现实生活。他把这世界看成一个谋生艰难的地方……”

我爸只知道工作。他把工作带回家做，一直忙到深夜。周末也不例外。他不再和别人来往了。我不知道他还有什么朋友。他常说五年内要退休。我想象不出他到时候会做什么。我觉得他甚至也不那么享受他的工作。他为人相当慷慨，总是为家庭自我牺牲。

他所在的公司遇到了麻烦，如今他自己干。他没能把属于自己的钱都要回来。他们把他本该退休后领的钱扣住了。公司突然宣布："我们许诺过的那些钱不能给你了。"这样就把事情了解了。在这之后，他就什么都不相信了。这让他开始质疑商界。他曾经以为公司像父亲一样，不会做任何伤害他的事。他工作那么努力。可忽然间他们就开始坑他了。我记得他看上去是那样疲惫和消沉。我真担心他会死掉。（笑）他曾经很相信自由企业等等那套东西，后来却对商界幻灭了。我猛然间想到：我父亲付出的一切真的就这么付之东流了吗？

所有的孩子都搬到其他州住了，没有一个离得近的。他一年见到他们一两次。他继续卖力工作，我说不准是为了什么。为了大房子吗？我们已经有了一座避暑别墅，湖面上可以泛舟，我们小时候很爱去那儿玩。我今年夏天不会再去了。我弟弟今年夏天也不会再去。我哥哥会带孩子去那儿待一周。仅此而已。于是那些空船泊在岸边，绳索上挂着旧泳衣。这让我特别伤感。我觉得自己应该回到新罕布什尔，回到那片湖边去过夏天。

一到周末，家里总要出点问题。比如抽水机坏了，他就要爬到房子下面满是蜘蛛网的地方去修理。他的周末全花在维修那座别墅上面了。我妈妈和外婆整个夏天都待在那儿。爸爸周末才去。妈妈觉得挺愧疚。摩托艇坏了，停在沙滩上，帆船泊在岸边，一只独木舟划走了，另一只泊在码头，无精打采地漂浮着。（笑）

爸爸曾说想卖掉那所房子。我强烈反对，因为我最美好的回忆全在新罕布什尔啊。

我时常梦到那里，梦到那些空船。（笑）我也会想起那些园艺工具房。我们就在那儿换泳衣。每次回去我都看到好多年前穿过的泳衣，挂在小衣钩上，已经发霉了。从前所有的玩具都在——绳球、羽毛球拍，就像是阁楼上的过气玩具。

我对美国梦没什么概念。也许我爸爸的梦就是美国梦吧，可对我来说那根本不是梦想。我和他聊过一次。他坚持为自己辩护："我挺快乐的。"真让我生气。你怎么能彻底否认自己的一切需要呢？你已经失去了一切，而且没有人对此心存感激。他不得不否认，因为如果他承认了，他的整个人生似乎就会陷入伤感中。但他确实给过我非常美妙的回忆，这些记忆会永远陪着我。

我自己的梦想与他人无关。我的梦里有一条土路，我摘蓝莓，去野餐，听涛声。我现在的生活非常像个城里人。我常去看电影、看演出。我的梦想就是抛开这些，回到我的童年。爸爸的梦想和我的童年时代的生活就是我如今的梦想。但是我回不去了。那是不可能的。

爸爸脸上满是皱纹，不仅仅是上了年纪的缘故。他感到与世隔绝。小时候，我把他看成英雄。他长得很帅，行动敏捷，而且富有。我记得妈妈去购物时，他就从口袋里抽出十美元、二十美元的钞票给她。

我母亲有时对我发火，说："你们这些孩子都是宠坏了的小浑蛋！你们不知道我们在大萧条时代过的是什么日子。"她对钱的态度很诡异。去欧洲度假时，她爱逛菲利内百货的地下室，买打折衣服，为此感到挺骄傲。她对花钱有种愧疚感。爸爸从来不让我们提钱的事。他觉得提钱有点尴尬。如果他买了一辆新车，他开回家时我们才会知道。那总是一个惊喜。

我小时候觉得父亲似乎无所不能，可到了青春期就开始不太喜欢他了。他有点过时，把我当成他的骄傲，时常大吹特吹一番，炫耀自己的女儿。我却只觉得尴尬。我觉得自己那时对他真够刻薄的。我记得妈妈说："你怎么能那么对待你爸爸呢？太让他伤心了。"我上大学时觉得很愧疚，因为爸爸要帮我付学费。我迫不及待想要找一份工作。我不想欠他任何东西。自食其力让我很有满足感。

他总说我不会扬长避短。让我申请拉德克利夫学院那样的学校。我说："爸，我不是班里最聪明的学生。"他说："你能行。"结果我就哭了。父母对此摸不着头脑，他们不知道自己的孩子为什么缺乏自信。我觉得这是因为他们一直逼迫我们做这做那。

我们几个兄弟姐妹都不怎么争强好胜。他总希望我们站出去比试一番。我们几个都不喜欢参加体育比赛。我妈常说："人家会一下子超过你的。"其实我心底挺好胜。（笑）胜利让我觉得尴尬。失败也让我觉得丢脸，所以我尽量避免非胜即败的场合。

我爸非常信任资本主义和自由企业体制。我记得我还很小的时候和他有过一场争论。他被彻底激怒了。他说没有竞争就不会有任何自由企业。那天他真是大为光火。

承认曾经投票给尼克松这件事一点也不让他觉得尴尬。我妈妈则总是羞于承认自己把票投给了谁。他反对救济金之类的东西。“我工作努力，没有特殊待遇。”他虽然没明说，心里却是这么想的。我爷爷工作极其卖力，干过报童之类的活儿，他自然不愿意看到任何人不劳而获。我弟弟经常和他辩论。我哥哥却同意他的观点。我则对政治毫不关心。

我得强迫自己读报纸。我更像是生活在一个幻想的世界中。在六十年代我也远离政治。政治让我觉得不舒服。我觉得特别困惑。那是我的一段艰难岁月。我尽量逃避。我对越南战争之类的事几乎一无所知。我觉得自己本该行动起来做点什么，但那不是我的本性。

我没什么国家意识。美国似乎很遥远、很缥缈。我觉得自己不像美国人，因为我不知道当美国人意味着什么。我只知道怎么做贝思。（笑）我感到很惭愧，因为我总要先安顿好自己再去照顾别人。

我有种超然物外的好奇心。我喜欢主宰自己的世界。我希望保持适度的疏离感，这样我才能把握好自己。最近让我伤感的是我意识到自己没有老朋友。我经常过河拆桥。每次离开旧工作，我都感到一阵解脱，因为我不用再和那些旧同事打交道了。不管何时有机会和他们重聚，我总是设法逃避。过去的日子从不让我觉得坦然。我的本能就是不去回想过去。

P.S. 她的父母在1979年5月的一场车祸中去世了。

某种微笑

詹妮弗·泰勒

她今年二十七岁。“大多数人看到我以为我只有二十一岁。我觉得自己内心有种孩子式的好奇心。人们和我交谈之后，会从我的观点和看法中察觉到我比看上去要成熟。”

她时而微笑，时而大笑，始终表现出一副好脾气。

我是一个再生基督教徒，信仰上帝的绝对。但我讨厌别人叫我宗教狂。我知道有人会这么想。我不会去劝别人信教。只有谈话中提到信仰问题我才会说一说。我可不会说“哦，你需要耶稣”这种话。我很讨厌这样的做法。我不吸毒，但也没那么多清规戒律。酒我还是要喝的。

我的父母是卫理公会教徒，每个星期天都去教堂做礼拜，但其实他们没把这太当回事。我目睹了过去那些年他们生活中的变化。他们现在在电视上看葛培理牧师①和奥罗尔·罗伯茨②的节目。他们过去从不看这类节目的。我十三岁那年参加基督教青年大会并开始信教，他们也看到了我这个女儿的变化。他们看到女儿生活愉快，而且具有他们所期望的道德标准。

上一次我离开家，爸爸说：“我们会为你祈祷的。”我大吃一惊。他以前从没说过这样的话。

我在俄亥俄州上高中时，我的一个好朋友来自基督教家庭，相信耶稣基督是来到这个世界把人和上帝连接起来的人。我就是带着

---

① 葛培理（Billy Graham，1918—），美国当代著名的基督教福音布道家。

② 奥罗尔·罗伯茨（Oral Roberts，1918—2009），美国卫理公会五旬节派布道家，二十世纪美国最有争议的知名宗教领袖之一。

这个想法上了惠顿教会学院。另一方面，我也想离开俄亥俄州，去一个靠近类似芝加哥那样大城市的地方。

葛培理牧师去了惠顿。我崇拜和尊敬这个人，我相信他所说一切都是符合《圣经》教义的，他成为传道者是受到了上帝的感召。此外，我的一个朋友了解他，据说他是个知行合一的人。他不只是口头说说。关于葛培理牧师基金会经济问题的传闻，我分不清真假。不过假如他真的有错，将来是要向上帝交代清楚的。

你也喜欢看奥罗尔·罗伯茨吗?

你干吗非要问这个？（笑）我回答不了。奥罗尔·罗伯茨那套东西更像是“把你的手放到电视机上，相信你的病会治好”。葛培理牧师可不会说这种话。

你不相信信仰能治病?

不，我相信。因为我亲眼见到过。我的一个朋友两条腿不一样长。她在瑞典，一个信仰治疗师为她祈祷，她较短的那条腿就长得和另一条腿一样长了。有人会说那是心理作用，但我确实相信万能的上帝，他有力量治愈疾病。

有些人相信基督教是人类唯一的出路，我同意他们的观点。在我看来，东方宗教中没有个人成长、发挥创造力、坚持个性的空间。唱颂哈瑞·奎师那[①]的信徒都身着同样的服装，留着同样的发

---

① 印度教毗湿奴派信徒唱颂的十六字祷文，六十年代印度人跋蒂吠檀多和其领导的国际黑天觉悟运动使该教派在欧美大为流行。

型。我不能赞同这些宗教。

我反对越南战争。我不喜欢美国表现得像全世界的救世主一样。我不愿看到我们的国民战死或者变成残废。我不记得我家曾经讨论过战争的话题。我父亲在空军工作，研究试验轰炸机。我父母从来不把心声表露出来。我没听过他们说起反对黑人或外国人的话。我知道我父母对这些人并无歧视。

在大学里，我不关心时事。我在高中就是个用功的学生，门门得A，天天泡图书馆。到了惠顿学院之后，气氛一下子变成了“咱们去玩吧！去参加派对”。我可能是为数不多的坚持服从惠顿校规的人。不喝酒、不吸烟、不跳交际舞。服从的人可不多。你可以跳方块舞，但不能跳迪斯科。

我姐姐说得好：“看样子你是要进修道院了。”其实这样做完全没妨碍到我的个性发展。我姐姐比我大四岁。她很悲观，高中时曾经吞掉一瓶巴非林片自杀。她现在是个护士。

她看待人生的态度是消沉的。我的观点则是，上帝给了我生命，让我活下去，我希望为他增光，为他服务，不断成长，从工作中有所领悟，进而去帮助他人。我记得埃米莉·狄金森的一句诗：“假如我此生只帮助过一个人……”

有段时间我认为美国不是一片伟大的土地。现在我确信它是。自从我到欧洲、墨西哥、危地马拉旅行，对其他国家有所了解之后，我才感觉到我们这里拥有真正的自由。瑞典是另一个我非常钦佩的国家，尽管那是个社会主义国家。年长的人在那里都得到了很好的照顾。人们能享受免费医疗。他们所交税款的三分之二都归政府支配，不过他们能享受到很多福利。在美国是不可能做到的。我能肯定那些钱会流进坏人的腰包，什么事都做不成。我们的国家太大了，政府没法施行社会主义。

对我而言，成功就是去做基督希望我成为的那种人。那跟金钱没有关系。我看到有些人虽然有钱，但人品堕落。我不会因为某人是大人物就去卑躬屈膝。一个人仅仅靠富有是没法赢得我、当我男朋友的，重要的是他的内心。

如果我是男人，我大概会做个出于道德或宗教上的原因拒服兵役的人。我永远不会愿意杀人。最近几年我变得更加激进，我可能上街游行。我不再软弱无力了，因为我具备了自己的是非准则。我更愿意为自己的信仰发表看法了。我要支持自己相信的东西。我相信耶稣基督是激进的。在他那个年代，敢于宣称自己是上帝之子，真了不起！

这不是一个基督教国家。我看到美国正在走下坡路。我看到人们的生活十分艰难。人们谎话连篇。人们为了达到目的无所不用其极。家庭破裂比比皆是。到处有人在离婚。贫民窟的范围在扩大。带来改变的唯一希望就是，人们了解到基督也是一个人。基督改变了历史。古老的先知说："悔改吧，悔改吧，悔改吧！"从某种程度上说，这话如今仍很有道理。《阿摩司书》曾对那些肥胖而富有的犹太人说——他们简直是巨富，我不想冒犯犹太人，这话只适用于特定情形——你们不关心穷人，不关心身边的人。我认为说得很有道理。人们做一切事情都是为了自己。

我的乐观来源于我知道存在着天堂，那里有永恒的快乐。同时，我愿意帮助穷人和老人。我把收入的10%捐给传教士，看到有人缺钱我也会帮一把。我说不清，也许这个国家创立初期时人们就是这么做的。也许美国没有我想象中那么糟糕。人总归是人，他们的内心并没有发生过太大变化。

潘达里克·达斯（哈罗德·刘易斯）

“潘达里克·达斯是我的教名。潘达里克的意思是‘莲花’，达斯的意思是‘上帝之仆’。我现在的人生目标就是努力搞清楚这几个问题：我究竟是谁？我是个美国人吗？我属于这个社会和我的家庭吗？我死后一切真的就完结了？或者会变成其他什么东西？”

他是国际黑天觉悟会的成员。属于中上阶级。他二十五岁。

我读的是学费昂贵的私立学校。有段时间，我以为自己将来会成为科学家。其他想法我现在都不记得了。上高中以后，我变得对什么事都不满意，整天气冲冲的。社会上针对越南战争的讨论日益激烈起来。大麻和致幻剂渐渐潜入了校园生活。1968年民主党召开全国代表大会时我十五岁。

我的思想相当混乱。不然我也不会走上自我毁灭的道路。当时我的很多同伴也是那样的。我在寻找某种方法，使生活变得更令人满意。我倒是不能责怪我的朋友们。吸毒、诽谤等等污染我们心灵的事情都是我起的头。

我的家人尽了最大的努力照顾我。但我变得越来越忘恩负义，成了家里的负担。他们花了那么多钱送我上私立学校，我却完全糟蹋了他们的良苦用心。我吸毒，没来由地对他们生气。当时就流行这个：恨父母、恨国家。什么都要恨。

我甚至愤恨到了自杀的地步。1969年，我十六岁时，父母把我送进了医院。我在那儿住了十个月。那是家最好的私立医院，但那里的精神科医生却说不出你会变成什么样，说不出这是为什么。精神科医生不能证明有一种能超越物质的愉悦。他们说会把我变成正常人。但他们是怎么理解正常的？我很清楚他们想从我这里听到什么。所以我告诉了他们。我记不清当时具体说了什么，但我不想做他们希望我做的任何一件事。

1970年，我出院了。那时我十七岁。整个世界都在变，政府也在变，太阳升起又落下，我只想着吸一支大麻烟，让自己快速兴奋起来。我三心二意，尝试上大学。不知道家里为此送出去多少钱。我读了一个学季，全部不及格。我退回到前途未卜的境地。我觉得自己应该换个地方。在新奥尔良法国区的一家便宜旅馆里，我租了一个房间，又厌倦了，跑到达拉斯，差点被人用刀子捅死。

我当时在房顶上，一把刀架在我脖子上，好像五分钟之后我的小命就要完结一般。这让我开始思考：如果我每分钟都可能死掉，那我为什么要浪费生命呢？这副躯体灭亡之后，我将往何处去？我开始思索躯体与灵魂，良心与物质之类的事情。

我也开始思考在芝加哥的家。我想改变一下，为他们付出，而不再只是索取。大街上也有国际黑天觉悟会信徒。我接受他们的邀请，星期天过去吃晚饭。这是个循序渐进的过程。1972年秋天，我搬进了寺庙。

我注意到的第一个征兆是，我的焦虑和欲望减少了。人们总是不开心，因为没法满足自己的欲望和物质追求。接受了享乐主义哲学的人和动物没什么分别。动物不穿衣服到处跑，只要想要就随时随地交配。狗在大街上也会如此。那是狗的生活，不是人类的。那是我能想象的最污秽的一种生活。总想着自己、自己、自己是不可能快乐的。我们屈服于上帝这个“至高无上的我”。我们为上帝服务，也就是为社会服务。

通晓了因果报应，你就不会允许自己做不道德的事情了。我们不会带着手枪到机场去劫持人质。

我们的传道人员似乎不带手枪也能在机场做得挺好。我们的资金大部分来自卖书的钱。推销可不需要博士学位。你友善地接近某个人，通常这会由女性来做，在那个人身上别一朵花。有些传道人员确实太鲁莽了。但我们认为强势一点是我们的责任。

看，每个男人、女人、孩子和动物，每一个都要变老和死去。所有这些死亡都不是令人愉快的。上帝安排的物质世界是一片灾难之地。我们过分信任了人类发明创造的能力。

人类有一点点独立性，他们可以试图服务上帝或杀死上帝。当人类滥用自己的智力，企图取代上帝、反抗上帝时，他们就变成了灾难的罪魁祸首。现代文明的失误就在于教给人们，他们68公斤重的身体是非常重要的。

要是你真诚地想为越南战争或者罗伯特·泰勒住宅区[①]奔走呼号，请先看看自己是否对其他有生命的实体使用了不必要的暴力，因为这会贬低我们对一切生命的尊重。只要人类继续肆意残杀动物，也就无从摆脱针对人类本身的无理暴行。

我说过很多对上帝傲慢无礼的话，但我还没见过上帝。以我们黑天觉悟会的标准看来，我还只是个野蛮人。我的前面还有很长一段路要走，这真让人兴奋。

你才二十五岁，前面的日子还长着呢。

也许是这样吧。

---

① 芝加哥一个臭名昭著、问题频发的公共住房社区。

人到三十

布鲁斯·本丁格尔

他是广告业的自由职业者，事业相当成功。他为很多大公司工作过，如今可以挑挑拣拣地接活了，凡事都听自己的。

“其实我什么也做不了。我当不了国王，当不了总统。要是我那时还足够清醒，只愿把我的花园打理得漂漂亮亮的。”

通常，他是这么描述自己的公寓的。“我得说，那是座双层八角形建筑，曾经是一座有七十五年历史的老房子的后院。”有一座雕塑，“几乎要碰到天花板了，名字叫作‘无言之歌’。那感觉就像住在雕塑里一样，真的，可又像是在四处漂荡。下午的光线划过房间，特别美好，投射到我们头顶的那幅画上。”那里还有一套昂贵的高保真音响设备。

他坐在钢琴前，弹唱起一首自己写的歌。

人们都在世间奔走，跟随队伍或者踽踽独行
脚踩大地，头脑升入云霄之境
看他们曳足而行，慌乱混战，酝酿虚无风景
日复一日地生活，只伴着美国梦影

“然后是中间的一段爵士乐独奏……”

简单的答案已经不再
比分变成唯一的挂碍
嘴上说着和平，手里却制造战争

谁能给出我们为什么活着的证明？

是啊，我过得不错。我有些天赋，而且挺幸运的，能靠自己喜欢做的事情谋生，专搞些标新立异的事情。

我在学校里就常写滑稽短剧，也画点漫画。那是在威斯康星州的白鱼湾。当地最出名的人是伯纳丁·多恩[①]。她在联邦调查局的通缉名单上排前十。那地方在密尔沃基北郊，住的多是中上阶级。

我是战时出生的孩子。那段时间人们生了很多小孩，形成了婴儿潮，父母的理想都寄托在我们身上。我们生于四十年代中期，上到八年级，苏联的人造卫星上天，于是我们的学业压力增大了。到了高中，我们要么使用新的科学实验室，要么去参加新的数学课程。我大学快毕业时，越战开始了。我正好全踩在点上。

大三大四之前，我对这件事没什么认识。我上大一那年发生了古巴导弹危机，我们的爱国情绪高涨，好人坏人的分界线也十分清晰。那段时间很多事都像一场好玩的冒险游戏。我有了一个孩子，后背常常不舒服，所以这些事我都没跟着掺和。我一毕业就结婚了。那时就流行这个。

我上的是威斯康星大学，毕业一个星期我就去密歇根大道的J.沃尔特·桑普森公司上班了，到现在我已经入行十一年。那是六十年代，一切都让人兴奋。他们待我很好，我对他们也够意思。我在哪儿都是最年轻的一个。我总是知道自己能做什么，对自己很有把握，学东西也快。这在这一行很重要，因为总有人扔给你一大堆数据，你得立刻化身某个客户所在领域的专家。这是个古怪的行业。我

① 伯纳丁·多恩（Bernardine Dohrn，1942—），西北大学教授，激进分子，六十年代风云人物。

从前是走在大街上的神童之一，如今却已经三十三岁了。

我刚入行时二十一岁。我二十八岁就成了芝加哥最大的广告公司的副总裁兼创意总监。当创意人士很有意思。1972年某本杂志举行投票，选举最有创意的广告人，在芝加哥的提名者中我是最年轻的，入选了美国创意人士百强名单。他们倒是把我的名字拼写得很准确。我后来没有订那份杂志，于是第二年他们提名了别人。（笑）

满三十岁前的一星期，我彻底辞职了。然后我按照自己的生活方式，作曲写歌，帮朋友做做广告。如今这样的生活已经过了三年半。我有了很多奇异的经历。其中最奇异的要数1976年春天我给美国总统福特当创意指导的经历。

我那时邋邋遢遢，留着胡子和长发，穿着蓝色牛仔裤，参加共和党的初选会。我在白宫椭圆形办公室搞过几次录音，观察着总统的一举一动。你懂的，你见过玻璃杯旁边的啄木鸟吧？把头前后一点一点的。前前后后有好几个聪明的年轻助手在他身旁做着简要汇报。他只管点头就行了。政府就是这样。远见啊、目标啊，都远远谈不上，最多只有一点残存的大急流城商务部那种作风和思想。电脑仍在扣除每个人的工资，一切还在运转，但我觉得与其说这是一个有意识的过程，不如说是一种惯性。

我到那里的时候，那地方已经是一团糟了。我只好试着把事情理出个头绪。每天早晨要在广播中插播六十秒当地初选会信息：我是吉米·雷·李·鲍勃，我号召田纳西第二选区的朋友们把选票投给我们的总统福特。下午写情况备忘录，不管遇到谁都恳求他像总统一样办事，而非某个担心留不住自己议员席位的人。之后想到自己失礼的地方，心里不由得打个寒战。等我赶过去，生米已经煮成熟饭了。我们做过一次五分钟演讲，稿子有个严重的打字错误，那位演讲的老兄——也就是总统，竟然视而不见地读过去了。太荒谬了。人们都兴奋过头，迷迷糊糊的，也就没人提起这件事。简直是重演了《皇帝的新装》！我的生活又是怎样的呢？每周我一领了工资就飞回芝加哥和朋友们共度周末。我在芝加哥为艾德莱·史蒂文森[1]这样的人做些政治工作。

我承诺过要在政治上做点事。那时的决定是帮助杰拉德·福特打败罗纳德·里根，赢得总统候选人提名。我签下合同帮他竞选，直到共和党预选结束。我以善于解决问题著称。有些别人解决不了的难搞的事，我却特别擅长处理。

刚开始在那家大广告公司上班时，我自觉位高应不负众望，全力支持民权运动。高中时我组过一个爵士乐乐队，黑人白人都有。我对公司表示，黑人能搞定很多工作岗位，一点不比别人差。如果我们额外努力一下，搞点培训项目，找几个聪明的黑人年轻人加入公司，也许是个好主意。

我尝试了各种渠道，却总被礼貌地告知：对于我们这群WASP，公司已经把该做的都做了。然后，他们在孟菲斯杀了马丁·路德·金。回到芝加哥，麦迪逊大道上的大火烧了八公里远。在密歇根大道，一整天你都能看到那些白人的眼睛快瞪出来了。他们早早下班，坐火车穿过燃烧着的城市回到郊区的家。第二个月，整个广告业都热切地搞起我曾经建议过的那种培训了。我不知道人们的道德感跑到哪里去了。真该死，我们付出的代价太大了。

我从广告这一行里学到了很多。就算是拿到博士学位的人，他的注意力和领悟力可能还是相当低的。你得像对驴子那样教训他几

---

① 艾德莱·史蒂文森（Adlai Ewing Stevenson II，1900—1965），美国政治家。

下，才能让他精神起来。你得让他看十点的新闻节目，如果想卖东西给他，方法要简单。我不太看电视，就算看也是为了解其中的商业技巧，而不是被推销什么东西。人们的脑子里想法很多。你不能表达得太隐晦。这么做是没有市场的。

七十年代初期，我在美国石油研究所当创意部主任，那时能源危机快要发生了。我们的公司收到他们的委托。你一坐下来，周围全是美孚石油总裁助理、海湾石油市场部主任、康菲公司公共关系部主任、标准印第安纳公司的行政副经理之类的人物。所有这些人都坐在那里充满智慧地点着头，说："今年冬天是不会缺液态燃料的。"可两个月之后，我却和其他人一样，在加油站排长队，求他们赏赐两美元的汽油。

没多少美梦可做了。人们曾经以为自己长大之后，就会像霍雷肖·阿尔杰书里描写的一样，组建起美国钢铁公司那样的企业，或是做成其他大事。现在剩下的唯一可做的梦就是当电影导演或者摇滚明星了。我从前觉得自己可能会在广告业成为大人物。算我走运，我早早看透了。混出点名堂之后，我发现实际情况和人们想的不一样。大多数人的梦想都实现不了。不过我实现了不少梦想。现在我想过得更自在一点。我挺走运，在家待着也有工作送上门。不工作的时候，我就在家打理花园，或者写写歌。

我结过两次婚。现在我有家人相伴，我太太人特别好。可以说是事事顺心。过去顺心，现在顺心，估计将来也错不了。我太太是服装业的，与法国和纽约的服装公司有业务往来。我的女儿和前妻住在康涅狄格州，这孩子一心想当科马内奇[①]。

① 纳迪娅·埃列娜·科马内奇（Nadia Elena Comaneci，1961—），罗马尼亚女运动员，世界体操史上最耀眼的明星之一。

年轻人身上寄托着父母的期望。可消沉的社会气氛让他们没有我们过去那样的童年，也没有曾经的富足和安全感。这些似乎都会对他们有所影响。所有的梦想，所有的抱负（他双手一拍）——全完了，消失了。人们不再生活在“明天会更好”这个假设里。

我写了一首歌，用“从前有一天”开头，放在这里再合适不过了。歌名叫《1955》（他坐到钢琴前，边弹边唱）。

你可曾记得约翰·杜勒斯[①]的战争边缘外交？
那时我们知道怎样思考
和诺曼·皮尔[②]一道乐观喜悦
那时我们知道怎样感觉
你可曾记得板门店和三八线？
那时我们憎恨敌人毫不手软
你可曾记得我们有个领袖名唤艾克[③]？
那时我们热爱总统天真几何
纵使无知是一种幸福，好景却不会常留
只有美梦还留在这里
我的朋友啊，1955年的光景再不会出现
如今已是白云苍狗，沧海桑田

我还编过一个寓言小故事，关于白宫椭圆形办公室的地板。那

① 约翰·福斯特·杜勒斯（John Foster Dulles，1888—1959），美国政治家，1953年至1959年担任美国国务卿。
② 诺曼·文森特·皮尔（Norman Vincent Peale，1898—1993），牧师、演讲家和作家，一生充满传奇，是数任美国总统的顾问，里根总统曾为他颁发美国自由勋章。
③ 美国陆军五星上将艾森豪威尔，二战期间士兵们都称他为艾克（Ike）。

里的老木地板是白宫刚修建时铺上的。五十年代，艾克穿着高尔夫球鞋在上面踩来踩去，坏运气从破损的地板里钻出来了。如今那里铺上了塑料地板。挺不错的小故事吧，现在就流行这些。

我不认为我的生活态度和当今的同行有什么区别。我们都是做传媒的，只不过我比大多数朋友更理想主义一点。多数人已经放弃了希望，理由我倒不见得同意。似乎你不管做什么都是徒劳。所以还有什么可在意的？再喝一杯吧。

干这一行就是要当个专业的聪明人。全凭口才。要是提起什么重大的人间惨剧，似乎也没什么了不起的，人们的反应都疲沓了，冷淡而麻木。你打开电视看新闻，索马里又死了一百人，或者是愚蠢的官僚主义又导致一些穷困家庭居无定所。你对任何事都无动于衷，真的是这样。电视上呈现的生活方式却引起了人们对自己生活的不满，然而又无能为力。那些貌似无所不能的专家教训着你，大量商业广告也集中火力向你开炮。传递的信息就是：如果你买下那件东西，你的生活就会改善，不管那东西是一副安慰剂药物、一剂毒品、一杯酒还是去佛罗里达旅游一趟。每晚三个频道播的全是这些。

热情？（笑）我现在有点被搞糊涂了。我热爱生活，总想每天过得有意思一点。但如果你说的是双眼迸发出疯狂的火花、有种救世主的感觉，我想那都是有危险的东西，都不可靠。要是我觉得自己两眼放光放得太厉害了，我就赶快把墨镜戴上。

美国搞了两百多年的牛仔式资本主义之旅快要走到尽头了。转变的过程会很混乱，这种事一向如此。可人们一旦从那一头钻出来，就会发现——噢！其实我什么也做不了。我当不了国王，当不了总统。要是我那时还足够清醒，只愿把我的花园打理得漂漂亮亮的。

乔迪安·卡尔伯特

她是一位芝加哥女演员，今年三十一岁。

“冷冰冰的人是没法改变世界的。没有哪本文学名著是冷冰冰的人写出来的。”

“我是在非常民主、支持世界产业工人组织的气氛里长大的，我家的美国梦是反麦卡锡主义的。我父亲是伊利诺伊大学的教授，他关心政治，是极端温和派。”

1968年至1972年，我在越南，跟随劳军联合组织做巡回演出。所以和大多数人相比，越南对我的意义不同寻常。我能分清炮弹的来去走向，知道什么时候要找个掩体躲避一下。我记得我有一次抓起道具登上一架直升机，那架飞机碰巧是载运尸袋的。那感觉和坐在家里看电视真的太不一样了。

我在冲绳岛的时候，曾经观看过B-52型轰炸机起飞。我永远也忘不了有一年圣诞节，下午四点我看着这飞机起飞，它载满沉甸甸的炸药，两翼被压得快要碰到地面了。八小时后这架飞机回来了，两翼轻盈舒展。能够亲历现场真是最奇特的经历。那就像人们在电视上看的纪录片中的场景。对我而言却异常真实。

我参加了六十年代革命的全过程。我本来相信我们可以改变这个世界。就像琼尼·米歇尔[1]所说的：“我们是星尘，我们是金

① 琼尼·米歇尔（Joni Mitchell，1943—），加拿大音乐家、词作者、画家。

子！”我们确实这样相信着。我们去上大学，感觉自己与众不同。我知道每个人都是与众不同的，我们是特别的。可你知道吗？我们其实什么也不缺，想要什么父母就能给我们什么。

我认为那些五十年代出生的人已经形成了一个群体，他们的年龄在二十二到二十五岁之间。我和他们有代沟。与他们相比，我跟我父母在思想上更为接近。其实我和那些年轻人只相差五六岁。可有时候他们的行为真让我甘拜下风，震惊汗颜。

有天晚上我参加了一场聚会。没有畅所欲言的人，也没说什么很有意思的话。大家聊了很多，但没引发任何讨论。人们谈论自己的工作、房子，以及哪里发生了谋杀案，谁比谁混得好，谁要赚大钱了，谁要升官了（笑），谁的名气更大了。我觉得特别无聊。

我理解不了那些人。他们能力出众，处在社会上层，谈话时从不犯错，为人冷静，思路清晰，把工作干得又快又好，对不对？要是有人争斗起来，他们就绕道避开那里。有一次我丢了工作，就因为我不肯放弃。你肯定想象不到，我竟然做了那么傻的事，你懂吗？做人不该有那么傻的举动。非要犯傻才能有所得吗？很明显，他们看到了我们的失败，我们一无所得。

我看不到人们的激情。他们一点热情也没有！我看不到人们振臂呐喊、大发脾气、摔门而去，或者因为气愤而一支接一支地抽烟。也没有人说“等一下，你听我说”这种话。

我尴尬而窘迫，对人充满防备。他们让我觉得自己是个傻瓜。我空有满腔热情，却热过了头，总想彻底崩溃大哭一场，他们问：“你为什么不开心？”我说：“因为有些事值得我不开心。”“什么事值得你不开心？”“嗯，我就是这种人。”我想象不出为什么有人不会为那些事不开心……为什么有人喝完饮料不退瓶子？我从来不买不能退瓶子的饮料，我在这方面是很认真的。可他们都嘲笑我，具体发生了什么我就不提了。都因为我是个傻瓜。

我爸常说：“我们是怎么走到如今这地步的？怎么走过了麦卡锡时代，又赶上了开卖回忆录的尼克松时代？他打算定价多少钱，19.95美元？”他说:“有时候我真想撂挑子不干了。做什么都没意义了。我觉得自己像个傻瓜那样被人玩弄。”他曾经当兵参加过第二次世界大战，那时他还信任这个国家。可他如今不再把自己的美国人身份当回事了。他的活力已经不在，变得非常含蓄。他也曾充满激情，但之后只能摇摇头。他说：“你听说过的最后一位光明磊落的政客是哪个？全是臭狗屎。”我父亲平时可是从不骂人的。

我不再读报了，也不再看电视里的新闻，因为里面全是些世故冷漠的内容！我在电视机面前手足无措，坐立不安。

现在我不再躲躲闪闪了。六十年代的年轻人一直在科罗拉多避世隐居，现在他们回来了，正在从森林里走出来。他们年过三十，开始意识到自己所走的道路是正确的。他们的革命失败了。他们穿上苦修者穿的刚毛衬衫，愤世嫉俗，做着一个受伤的人在静修期间所做的一切事情。突然，你意识到：“他们才是疯子，我并不是。等一下，而且我过去是对的！”也许我做得稍微有点不妥，但是去他的，基本原则是对的。有点奇怪吧？十年后，我还相信这些。

我发觉他们又开始讨论这些事了，至少是在彼此小规模地讨论。事已至此，我不会再麻木不仁、保持沉默了，我不会再把自己关到厨房里，靠喝酒让自己冷静下来。

忽然间我听到了自己的心声，我的声音响彻整个房间。我如今依然大声疾呼。也许因为我们在那些群众大会上必须通过麦克风大声说话才能让人们听清楚。（笑）他们学会了该怎样表现。我的意思是，谁希望自己上电视的时候看起来像嬉皮士呢？谁愿意自己在新闻里吵嚷尖叫、披头散发？那是不够冷静的。

可我不想改变！我不想冷静下来。我不在乎自己听上去有多傻。我不想像他们一样。我不想当个只是工作上能合格的人。这不是我想要的生活。我认为那种该死的生活只有死路一条。

谁想冷冰冰地死去呢？冷冰冰的人是没法改变世界的。没有哪本文学名著是冷冰冰的人写出来的。如果你一直冷眼旁观，不积极参与到这个世界的事务中，又怎能写出伟大的美国小说呢？

也许再没什么可信仰的了。对吗？我没有国家至上的思想，但也许真的没有什么会留下来。也许最后我们人人都有信用卡，VISA信用卡会控制我们，美国银行和美国运通卡会控制我们，我们每个人都有一张小小的塑料卡片，政府会变成一个联合大企业。我们人人有工作，有崭新的电镀家具，有新出的唱片集，还有音响设备，你还需要什么呢？我觉得这很病态，你认为呢？美国将变成一个又大又蠢、无比空虚的废物。我希望美国能够觉醒，赶快行动起来。

我父亲不再热衷谈论政治。哦，乖乖，过去没人理他的时候，他就坐在后廊对着我们家的猫谈政治。（笑）现在他只是看着我，摇摇头说:“乔，我搞不懂现在世上的事情。”他再也不会兴致勃勃地谈起那些事了。他整天只关心孩子，说:“孩子们回家了，孩子们上学去了，别的没什么。”他不知道他们心里是怎么想的。

不要走开，和我聊聊。你们很懂生态学对吧，问题到底出在哪里？你们想通过一项法案？你们就真不能把瓶子退回去吗？我不在乎人们是否突然就不邀请我去参加他们的鸡尾酒会了。我开始领悟到这些人也并非真的富足。我感到自己曾经弄丢了梦想，现在正把它找回来。这种感觉就像是举行一场派对，庆祝自己的复出。

汤姆·伯恩斯

他一头金发，蓝色眼睛，头脑冷静，身材瘦削。他很少微笑，也不皱眉，但不经意间会偶然爆发一阵大笑。他三十二岁。

“我赞同这样的理想：人在头脑和身体上都该出色。我希望得到幸福和快乐。美国是实现这个理想的最佳平台。这里的人们和他们的思想来自世界各地。人们仍在涌入美国，到这里寻找他们的美国梦。”

我住在一套公寓的单人房里，同住的还有波兰人、墨西哥人和波多黎各人。楼里住的人彼此都认识。我的房东是西西里人。我跟他是同事，我们有意见了就打一架，过一会儿又变成好得能拥抱的哥们儿。我住的时间够长了，好像已经成了那个大家庭的一员。我是个非正式的社会工作者。

我和一个芝加哥女孩好上了。她父亲在附近有一间理发店，其实算是她把我引到这里来的。这里最适合我住，环境对我而言是最好的，价格也最便宜。我是越南战争老兵，这附近住着很多老兵。我们有不少共同语言。

我父亲在第二次世界大战期间是部队教官。后来他在皮奥里亚定居，我就是在那儿出生的。我是独生子。他去了希拉姆·沃克公司工作，做低层领导工作，当检验员。他几天前退休了，搬到了劳德代尔堡[1]。这是他们的梦想，如今实现了。（笑）

我父母一直不顺心，不过现在比过去好些了。他们要么觉得我是个恶魔，要么全当我死了。我就像是他们已经死了的儿子。好像有什么东西遮住了他们的眼睛，让他们不知道我每天在做什么。我

---

① 位于美国佛罗里达州布劳沃德县，因绵密的运河系统而有“美国威尼斯”之称。

们没法交流，一说话就发火。所以我不经常去看他们。我对他们从来没有亲密的感觉，总觉得孤单。可能我再放假时要去佛罗里达看看他们吧，他们寄给我两百美元让我去。（笑）

我父亲过去希望我当医生。我不知道母亲想让我做什么。当医生是收入最高、最受尊敬的职业。我在高中时有朋友的父亲是医生。人们上医学院，然后成为医生。医学院我也上了。我退学不是因为成绩不合格，而是因为我失去了兴趣。我开始对越南感兴趣了。但我不是激进派。我感到意志消沉。所以我退学参军，加入了空降部队。

我还记得中学二年级时在河滨公园①跳伞的情景。那真是我空前绝后的经历！我看到一幅征兵广告——一个人带着降落伞从飞机上一跃而出，而后越南和河滨公园融为一体……

我本来想当通讯员。我认为这是了解越南的最佳途径。物色人才的军官来到跳伞学校。我在一份文件上签了字，但没能如愿以偿。我成了军医。（笑）我加入了“绿色贝雷帽”特种部队，对，当卫生员。

我希望带着一台照相机，而非一支枪。我一到那里就拿到了枪。我害怕了，担心自己的安全。在那里我时时刻刻都在担心。那是我一生中最宝贵的经历之一，也是我如今住在贫民窟的原因之一。我找不到任何一份能让我满意的工作。住在那儿的很多人都有这个问题。他们是流离失所的人，有外国人也有本国人。

一个波兰老人曾住在这里。二战一开始他就被俘虏了，整个战争期间都关在监狱里。他们天天唠叨共产党的事情。可我关心的是

① 原注：芝加哥著名公园，后来被拆除，成了停车场。

健康，对吧？如果苏联的坦克开到大街上，你怎么办？你会像布达佩斯的小伙子们一样去消灭苏联坦克吗？他们的勇气从何而来？那些人就坐在酒吧里，状况一天不如一天。假如发生了危机，他们能怎么办？也许美国坦克会开来吧。（笑）

（叹息）对我而言，住在这里比住在其他别的地方都要舒服。我和这里的人相处得不错，觉得房子本身也挺好。我的床边就是窗户，我可以把它打开，让房间保持凉爽。它不是那种密闭的公寓，房间没有锁。你想怎么生活就怎么生活。如果我不想洗衣服，就可以不洗，不想打扫房间卫生，就不打扫。可如果我想做这些事，纯属为了我自己，而不是为其他什么人。我喜欢这种没人管的感觉。

我没有酗酒或吸毒之类的毛病。我不想染上这些。我渴望建立家庭，实现我的目标。我希望自己勇往直前，尽最大的努力，当出色的人。就像古希腊的人曾说的：幸福和快乐的源泉是……（他没说下去）做到每天无忧无虑、有家庭有孩子才算得上出色。这是个大目标。我做很多事都是为此做准备。

相比起来，有些日子是很快乐的。我也曾有过这样的好日子。那感觉真好。因为我有所成就，离目标又近了一步。

今天早上我去铲雪，赚了几美元。我更喜欢用双手在户外干体力活。我能干什么就干什么，能找到什么活儿就做什么活儿。我今天没什么计划，又发现那个人可能想找人把走道上的积雪铲掉，于是给她打了电话。我到那儿的时候他们已经把大门敞开等着我了。我是很值得信任的。我从去年夏天起就给那个人干活。她刚买了一座房子，我帮她打理了很多事情。她也帮了我很大忙，我在银行的存款增加了很多。（笑）

我打零工，虽说不是手艺人，却尽我所能学习熟练掌握各种技术。我在工厂待过，上白班，时作时歇。现在我为刚才提到的那位女士工作。她想教我怎么绷画布。她是艺术家，和人家签了合同作画。星期一我为另一位女士干活，给她家糊墙缝，好让房子的密封性更好。我粉刷过很多房子，是我开始做手工活儿的第一步。我不像专业人员干得那么好，可我要价便宜，而且靠得住。

我曾在郊区有一个家，那是个相当体面的社区。我十六岁就有汽车了。那是我离开学校的另一个原因。我那时开始读陀思妥耶夫斯基的书和《日瓦戈医生》，开始思考一些问题。我并不幸福。人们的幸福感在哪里？到哪里去找呢？我的内心无法平静。

直到亲眼所见，我才知道“贫民窟”这个词究竟是什么意思。我曾经在城南为一位医生工作。名义上我是司机，可实际上我也穿着白大褂，替人量血压，给人诊病。我曾经花费若干小时只身穿过整座贫民窟。如今我年岁大些了，不经常这么做了。我不想因为好奇心惹来杀身之祸。

我正面遭遇过几次危险。经历几次之后就像掌握了某种技能。一开始总是很温和的，很多时候并不是背后突然蹿上来一个人。他们要先试试你有什么可抢的，或者你有什么防身本事。这是力量的游戏。一开始可能只是“嗨，能借个火吗？”“你有两美元五十美分吗？”之类的。我被抢劫过几次，倒是从来没挨过打。

我也用同样的方法对付他们。我也先考量一下他们有多大力量，想想那家伙有什么本事，我的胜算如何，我应该怎么做等等。有一次我在一条陋巷走着，手腕上带着一个镯子。我过去常带着手镯、项链和耳环。那个人说：“镯子给我。”那时我对自己很有自信。我说：“你想要是因为我有。你并不是真的想要它。”我等着他出招。就像一场战争似的。你不想让任何人从自己头上踩过去。你做此姿态，就是想让他们犹豫一下，掂量掂量局势。不过要是你真想走极端，你要做好豁出小命的心理准备。

你不会为了那个手镯豁出性命吗？

我不知道。问题不在手镯本身，那是种象征。有些事我没经历过。真的斗起来我会怎么表现？要发生了才能知道。

你真的会为了一个象征去死吗？

那要看情况。在部队时我就是嬉皮士，退伍后我成了战争贩子。我在布雷格堡时，每两个星期就要去一次华盛顿参加聚会，当然了，那些聚会都跟反战活动有关。我一去人们就都围上来，表现出一种敌意。

我不为战争辩护，但也不反对。这是我到那儿去的原因之一。我想亲眼看看。这也是我住在这条街的原因之一。我深入芝加哥的贫民窟和工厂。我每次听到有人抱怨，都知道人们的意见中掺杂了自己的偏见。我也有一些偏见，但不想接受别人的。我是那种相信眼见为实的人。所以我如今的生活是这个样子。

我曾经在暴风雪中跑到马路上去搭便车。去墨西哥、加拿大、阿拉斯加，哪儿都行。一无所有的时候你似乎也能得到最大的收获。这时你就变成了动物，严峻的生存问题能激发你的生命力。麻烦事最能唤起你的生机。就算在战争中也是一样，那些找不到生活满足感的老兵也是一样。

冒险，没错。既然我不开心，总要做点什么。我不会自杀，我不想这样做。但或许我可以采取离自杀只差一步的举动，也就是去越南，对不对？

有人说我是个接受能力很强的人。不管一个人是怎样的，或本该怎样，我都能接受他。我也接受了自己，这就是问题所在。我重新振作起来，比过去更出色了。吃了太多垃圾食品也是我堕落的原因之一。我现在相信健康饮食。正在用新的健康观念教育自己。

我不再像过去那样对人来者不拒了。我说："我要好好照顾自己了。"现在我需要钱，我要为自己着想。过去我把东西都给了别人。现在我想要一个银行账户。我想结婚。这些我都想要。我常常缺钱，但最近这次真的让我有些害怕了。

我的房东说："搬出来吧，咱们去另一栋楼住，到那边干活。你花点时间帮帮我。我付给你工钱。"可我宁愿留在这里。付我多少都行，反正我也没什么期待。他就像我的教父。他说付我工钱，只是说说而已。你知道芝加哥是什么世道。（笑）我有点沮丧。

有些人坦率，有些人不是。我厌倦了猜来猜去，想着这个人是想跟我喝一杯吗，或者那个人是不是想跟我胡搞一下。有的人一开始是一个样子，到最后像完全变了个人。我全看透了。（笑）

我没工作也没成家的原因之一就在于，我坦率到了惹人讨厌的地步。让我撒谎真太难了。他们说我太理想主义了。我只想和自己争第一，而不是和别人。如果每个人都当自己的第一，所有人合在一起也是第一，对不对？谁赢谁输并不重要。我打篮球时从来不在意比分。我只和自己竞争。表现得好，我乐在其中，表现不好，我也不在意。

我去看过精神科医生和心理医生。有个医生说我疯了，但还没疯到领取国家援助的程度。（笑）我倒觉得人人都是疯的。（笑）

威廉·戈瑟德

我们是在洛杉矶到芝加哥的航班上偶遇的。在他转机的间隙，我们有了如下谈话。

“我是个二十七岁的美国白人，是公司法方面的律师。我这辈子大多数时间都待在纽约，在俄亥俄州上中学，在加州上大学，在洛杉矶当开业律师。我的体重超重。”（笑）

“只有极少数人找到了美国梦。一旦你停止追寻，就失去了这个梦。”

我家属于四处迁徙的中产阶级。自我出生后，我们搬过七次家。我在一个地方待过的最长时间是八年。我父亲属于新兴管理阶层，不依附于任何一派。他没为任何公司工作过。他在一所学校当行政官员，对自己的要求十分严格，像个牧师似的从一个地方跑到另一个地方，或是去参加大型集会，或是去某个更大的校区。我来自循道宗牧师家庭，（笑）我们是中产阶级郊区风格的卫理公会教徒，而不是卖力传教、高唱福音的那种。

我家是没有根的。祖上不是德国人，也不是荷兰人或英国人，最远只能追溯到我的曾祖父。我不知道他是不是在美国出生的。他是奥奈达人[①]的牧师。我们现在仍然保留着一本印第安语的《圣经》。他是1907年前后去世的。关于我的祖先，我只知道这么多。

我家从没在晚餐桌上讨论过当美国人意味着什么。小时候，父母常带我到美国各处旅游。我们去过葛底斯堡。我对南北战争十分着迷。我去过四十六个州。我愿意经历美国的方方面面，不只要一种经历，而要很多很多。可以去发现的东西太多了。只有极少数人找到了美国梦。一旦你停止追寻，就失去了这个梦。

① 北美印第安人，易洛魁人的一支。

我相当佩服我父亲。他之所以不再当行政管理人员转行当教授，是因为觉得在老位置再做下去没什么乐趣了。他厌倦了政治，也厌倦了老师们变来变去的态度。

他是莱维敦一所学校的行政管理人员，那是战后最能代表美国梦的一座城镇。根据退伍军人法案，你可以买下一座过去买不起的房子，在那里安居乐业。就好比那种老式的福特T型汽车，不管你想玩什么花样，它永远是黑色的。一座座家宅好像是在一条生产线上组装的，这种趋势就是从那时开始的。

我们住在花园城，是个上流社区。教育质量好得没话说。我五年级时就是学校乐队的首席黑管手。这在当年轰动一时。（笑）

说到美国的中产阶级，我父亲曾是“鹰级童军”[①]，参加过1939年的全国童子军大会。他还参加过同济会[②]，当过国际扶轮社的主席。我哥哥也是个“鹰级童军”，他得了铜棕榈奖章，在基本要求之外又额外获得五项技能资格徽章。我小时候就超重得厉害，上山远足真够要命的。可我必须加入“鹰级童军”，我们家骨子里就流着这样的血啊。我果然也加入了，并额外获得二十项技能资格徽章，当上了同济会的主席，还在一家教堂给教士当助手。做这些对我来说可不容易，我在街区里忙前忙后地到处跑，体重掉了14公斤。（笑）我家很看重这个，所以我才这么做。我母亲是职工家属会的主席。

我很有福气，有一对特别好的父母。我家从来没有特别富，但他

① 美国童子军的最高等级，要求也最严格，要求包括必须取得二十一项技能资格徽章，独立完成一项社区服务等。

② 国际同济会是一个以“关怀儿童，无远弗届”为目标的服务性组织，1915年创建于底特律。

们总送我去上一流的学校。父亲每年赚三万美元时，我还是能去斯坦福和哥伦比亚大学读书。他们为我牺牲了很多，我很感激。

我时常为如今中产阶级的危机苦恼。如果你很穷，或是少数族裔，你可以享受优待，靠国家的经济援助去上学。如果你是富人，是商界大佬的孩子，上学也不是什么问题。可对于靠专业吃饭的中产阶级来说，花大钱接受好教育还是很困难的一件事。

我真的热爱美国，尽管——有点不好意思承认，我开的是外国进口车。（笑）外国汽车质量更好，手艺精湛。我希望尽可能少地靠政府解决问题。我渴求的是使这个国家得以建成的那种精神。

我认为我们拥有世界上最棒的政治体系，其他国家都比不了。但我也看到了问题。我从来没因为我是白人和中产阶级而歧视过别人，可现在情况反过来了。我们的处境变成了最惨的。

美国变得强大，是因为她的人民凭着进取精神获得了成功。那些鱼贩子和裁缝的儿女成了律师、医生、企业总裁。他们驱策自己不断向前。我们的社会阶级有流动性，只要你有动力，就能成功。我意识到如果你出生在瓦茨或者哈莱姆①，就拿到了一副坏牌，前面的道路会很艰辛，可犹太人在美国混得相当成功，他们有良好的教育传统，惯于向上奋斗。爱尔兰人和意大利人也过得不错。西班牙裔和黑人想要融入就不那么容易了。可有些少数族裔根本没有进取心，他们面临的首要问题不过是生存下来。

我相信任何人只要天生具有足够的进取心，受到父母恰当的教导，都可以成为美国总统的。这么说可能有点牵强。（笑）当个律师总不成问题。（笑）

---

① 均为社会问题频发的黑人聚居区。

我工作所在的洛杉矶既体现着美国生活最好的一面，也体现出最坏的一面。快餐连锁店就是从这里兴起的，它还是汽车社会潮流的发源地、好莱坞的故乡。这里有你的幻想，你无尽的美国梦。但一切都是缥缈无根的。

我想结婚，生两个孩子，有两辆汽车、两台彩电，住洛杉矶郊区的别墅。但我也希望自己保持独立性。在公司，我讨厌别人只喊我的姓氏戈瑟德，或是叫我的大名威廉。我喜欢别人叫我比尔。作为专业人士，我希望秘书在客户面前叫我戈瑟德先生。

我对这个国家感到乐观。我没经历过大萧条年代，否则我会对前景更加清醒。我不是含着银汤匙出生的富贵孩子，但也没饿过肚子，否则可能我就不会这么乐观了。我就像美林证券[①]的创始人那样，对美国抱有信心。（笑）

---

① 世界最大的证券零售商和投资银行之一，总部位于纽约。

萨姆·洛夫乔伊

他天性开朗，对无可救药之事也能乐观看待。纪录片《萨姆的核战争》就是根据他在马萨诸塞州的活动拍摄的。

他三十三岁。

“我觉得一个人应当自食其力。努力工作赚钱和继承财产之间是有分别的。金钱能把人毁了。”

我是1946年出生的。由于当时我父亲在占领军供职，我出生才五个星期，我们就举家搬到了日本。当时美国军队相当偏执多疑，所有高级军官都要在停靠在东京湾的密苏里号上待一年或一年半。我家是被送去做试验的，父亲带着妻儿坐船到了日本，在本州岛登岸，看看日本人是不是要把我们生吞活剥了。后来他们发现日本人也是人，军官们也纷纷登岸了。我家是试验品家庭中的一个。我们住在一栋巨型大楼里，只有十五个用人，真是难以置信。（笑）我父亲在部队里级别比较低。他死在朝鲜战争中。我那时六岁。我们搬回了马萨诸塞州，我就是在那儿长大的。

我在威尔布拉汉姆上学，那座小镇有五千人口。人人彼此相识。感恩节绝对是个重大节日。独立日也要好好庆祝一番。我记得我们学的都是美国梦、殖民地、国家纲领之类的东西。

我父亲是在那里长大的。他和一个老农民交了朋友。他是个“亚美利加先生”，热衷于镇里的集会。他在很多方面相当保守，教育我说共和党人有勇气、信仰坚定，自由党人只会夸夸其谈，没有立场，是随风倒的墙头草。

那时常常只有我们一老一小待在果园里。他给我一个接一个地讲故事。我当时完全被那种参与式民主制征服了。默里太太和波特先生竟然为有关栓狗链的法律闹得不可开交。这两位邻居私交很好，现在却在各自严肃看待的问题上大吵大嚷，这激起了我的好奇心。

我认为那座新英格兰小镇的良好教育对我的影响极大。我有很多好邻居，干了很多体力活。我一向尊重劳动。我九岁就开拖拉机了。十三岁时我开卡车上了高速路。不管我在哪儿坐下，不管是书、报纸还是杂志，身边有什么都要拿起来读。那是五十年代，人人觉得世界是我们的，一切都是美好的。

我白天去上预科学校，但不在那儿食宿。家里极其有钱、脑袋又好使的孩子才在学校食宿。真够我受的，我发现了那些有钱人是多么令人作呕。我在学校非常刻苦，可那些孩子的一双鞋就值五百美元，够我交一年学费了。

我觉得一个人应当自食其力。努力工作赚钱和继承财产之间是有分别的。金钱能把人毁了。我遇到的有钱人个个对社会适应不良。（笑）

毕业时我作为学生代表作告别致辞，全是胡说八道的玩意儿。我还成了参加过苏联人造卫星知识问答的孩子之一。我上五年级时，苏联打败了我们，在我们之前把人造卫星送上了太空。国会通过一项法案，为全国的学校投资数十亿美元，为的是把我们培养成科学家。他们风风火火地把数理化等科学知识推到我们面前。那时我在读大学预科班，把所有的高等课程学了个遍。最后我去了安默斯特学院。

那是1966年，越南战争正如火如荼。我开始阅读一些这方面的材料。我的一个朋友应征入伍，他在给我的信里写道："天啊，这里太诡异了。"我确信这场战争是疯狂的，参与了一些大学师生针对争议问题发表意见的宣讲会。

我遇到了人生的分水岭。有一天我在听多元量子力学微积分课。那个数学老师的形象相当经典，像个卡通人物：个子矮小，眼镜片非常厚。他是一位聪明的数学家，却对社会适应不良。这种人不管讲什么，你都得一字不差记下来，连标点和符号也不能落下。我坐在那儿抄抄写写，忽然间，我开了窍，我他妈的坐在那儿是在干吗呀？我在这儿学的东西和外面那个浑蛋世界有什么关系？我停下来，不再做笔记，下课铃一响就走出了教室。

我搬到了马萨诸塞州蒙塔格的一座公社，和一群人生活在一起，共享资源、财产和想法。那是一座有机农场。我们生活得很舒适。十二个成人和两个孩子，一年有一万美元收入。我们有花园，有牛有猪。我们出售干草、牛奶和枫糖浆。

我们什么事都一起做，但1973年夏天前后，我越来越感到不安。正当我开始考虑下一步要把能量用在哪里时，传来了要建蒙塔格核电厂的消息。出于环境方面的考虑，最初我是反对的。我担心数十亿美元的大项目会破坏这个小村子的美好。

起初我并不反对核能。我相信我当物理学家时学到的那些废话，把核能看成大救星。我那时就像如今所有缺乏社会意识的科学家一样，以为一切都能靠技术解决。他们爱用的一个词是“信念”。

我把能弄到手的书读了个遍。我重读了过去的物理书，整天泡图书馆，农场附近的人都惊讶于我的用功。我越来越确信，建核电站是个极其恐怖的想法。可在法律上，我没法阻止建厂。

在此之前，原子能委员会从未制止过任何一座核电厂的修建。艾森豪威尔、肯尼迪、约翰逊、尼克松和福特全都大力赞成发展核能。卡特当然也一样。公用事业公司正在往镇里渗透。他们把反对核能的人比作当年试图阻止修建铁路的印第安人。

我们的镇议会本来在土地问题上拥有全部的发言权，可公用事业公司说："去你的吧，我们要从你们身上碾过去。"我过去学过的东西都跑到哪里去了？同时，那些公司还有数百万公关预算，我要去哪里募集五千美元来教育蒙塔格的民众呢？

他们已经在镇里计划好的地点修了核电厂的象征：一座150多米高的细塔，上面有很多红灯和闪烁的白灯。第一次看见这塔时我心想："哦，有个人以后会把它弄倒的。"我越是看那座塔，就越觉得它是一切事物的象征。我下决心一定要把它弄倒。

当时有这么一条规定：公共事业公司要花一年时间收集环境数据，之后才能取得许可证。他们在1973年6月修了这座塔。我发现如果在1974年6月前把它弄倒，我就能妨碍他们收集数据，把建厂的事往后拖一年。

我试图在镇里发起一个活动。但没能成功。人们有种感觉，个人是没法打败大公司的。再加上公共事业公司贿赂镇里，把财产税降低了99%，人们对我的活动就更不热心了。他们被税收上的甜果子收买，认为我根本就是疯了。

那天是乔治·华盛顿的诞辰日，1974年。我没法说谎，就是我砍倒了樱桃树。那座塔上面的红灯确实挺多。（笑）凌晨两点，我跑到那个地方，把塔弄倒了。我把固定塔的螺旋拧开，放开拉着塔的电缆，塔就倒了。过程挺简单，只用了两个小时。

我径直去警察局自首，交给他们一份四页声明，表示我负全责。我之前读了相关法律。我在声明中引用了一些刑法条文，这些引用在七个月后让法官大吃一惊。我自首后受到蓄意破坏财产的指控，面临着五年监禁的惩罚。

于是乎，媒体前所未有地报道了除支持核电厂以外的立场。

马萨诸塞州西部每一份报纸的头版大标题都是：把塔推倒，抗议核能。要的就是这种震撼效果。人们突然意识到，原来还存在着不同的声音。

在此之前一个月，我还没决定采用“公民不服从”的策略。我读了一些政治书籍，研究了梭罗[①]的作品。起初，我打算把塔弄倒，然后给媒体写信。而后我把“公民不服从”策略运用到环保运动中。参加的那些人都是相当正直的自由派人士，他们只会去国会游说，不知道该怎么采取行动。这种中产阶级白人的花招没少让他们吃苦头。

所以我决定自首，这样针对我破坏财产的怀疑就无效了。如果我不自首，我做的事就会被解读成暴力行为。这步棋会把我带上第二个舞台。第一次是把塔弄倒，第二次则是走上法庭。

我充当自己的律师，并请霍华德·津恩和约翰·戈夫曼[②]坐上了听证席。戈夫曼博士作证指出，核能足以成为人类杀手。九天的审讯之后，根据法官给陪审员的命令，我被宣告无罪。我认为这次审讯使法官也成了反核人士。陪审团的十二名成员中有十一名都表示，在审讯之前他们就相信我是无罪的。

陪审团成员有老中青三代，男女都有。他们仿佛是社会的一个切片，能完美地代表这个国家。在此之前，他们没有一个人听说过关于核能的种种事实。我在被告席待了两天时间，回答了每一个问题，哪怕是最让人反感的问题也不例外。我把一切讲给他们听，让

---

① 亨利·戴维·梭罗（Henry David Thoreau，1817—1862），美国作家、哲学家，超验主义代表人物，代表作有长篇散文《瓦尔登湖》、政论《论公民不服从》。

② 原注：霍华德·津恩是波士顿大学政治学教授，约翰·戈夫曼是位于伯克利的利弗莫尔辐射实验室副主任、曼哈顿工程科研人员、原子能委员会的创建者。1968年，他针对低强度辐射对人类有害发出了警告。

他们了解我的生活，以及思考的过程。这种教育的潜在影响非比寻常。整整两个星期，各家报纸的头版全在质疑核能。

审判结束那天，公共事业公司宣布蒙塔格核电厂的计划推迟四年半。我非但没进监狱，到头来还成了搞运动的人物。（笑）我开始在国内到处旅行。

我是乐观主义者。如果我是悲观主义者的话，就不会成为政治运动的组织者了。我充分相信人类所具有的常识。如果有人告诉人们事实真相，事实真相就会占上风。谁也别想向我兜售精英路线那套东西——“交给我来处理”什么的——我并没有叫别人依赖我、相信我。我只是让他们去质疑自己。

一些人对我们说，有的问题太复杂了，普通百姓是没法理解的，那些专家……

全是胡说八道。这是哄骗人民的最好借口。我们听到的越南战争那些事也是如此。如果我们的国家要推行民主，就必须开始告诉人民真相。爱因斯坦三十年前就说过：我们必须把关于核能的真相带到每个村镇的广场上谈论，那些村镇的广场必须发出美国之声。可以说，我就是在村镇广场长大的。

专家们总爱说技术术语，人们听不懂，转身就走了。其实事情很简单：我们需要那东西吗？得花多少钱？步骤行得通吗？有什么影响？总体看来核电站不过是一套把水烧开推动涡轮转动的设备而已。

第一批站出来反对西布鲁克核电站的是一些挖蛤人。我们组织的名字“蛤壳联盟”就是这么得来的。多好的名字，完胜那些政治性强又啰啰嗦嗦的缩写字母组成的名字。这名字很吸引人，一听就有趣，还带点环保色彩。

我们搞了一次非暴力公民不服从运动来阻止工厂占领那个地区。十八人遭到逮捕。西布鲁克的大多数人都反对这座工厂。其中有一个主要的反核声音就来自当地警察局局长的太太。

我们召集了第二次示威。西布鲁克的警察拒绝逮捕任何人，工厂叫来了州警察局的人，逮捕了一百八十人。他们本以为我们是一群疯子，却发现我们老中青三代齐全，一个个都负责任、有原则、值得尊敬。他们用五辆大巴车把我们拉走了。司机都是州警察。他们的上司下令把车开到活动地点两公里以外，这样示威群众就看不见他们了，但五个司机中却有两个不服从指令，他们开到群众大会地点把车停下，让人们尽情欢呼、挥手致意。然后才又把车开走。

州警察把他们锁在兵工厂里过夜，所有人都被关在一间大屋子里。示威者和警察之间进行了大量对话。

4月30日，我们把两千人带到集会地点。州长不信任州警察了，动用了国民警卫队。一千四百人被捕，在五座兵工厂里关了两星期。这件事引起的宣传反响比蛤壳联盟过去参加的任何活动都要大。那些遭逮捕的人在关押期间开办了讲习班。国民警卫队的看守也站在那里听，而且还参与。他们也是当地村镇的居民，只是有点胆怯，就和你我一样。他们是从本职工作中抽调到这里的，搞不懂自己为什么要在这儿看守这样一群大好人。

你知道两星期结束后发生了什么吗？关在兵工厂里的人凑钱给国家警卫队的人买啤酒喝。

被逮捕的人们当中有两百多位年龄在六十岁以上。与那些终日忙碌、心神不宁的人相比，上了年纪的人更有时间和能力来反思。也发生了一些意想不到的事。一位老妇人说：“你该用当年我们在波士顿南部对付黑鬼的那套办法来对付公共服务公司。”（笑）你知道这是怎么回事吗？她明白过来了，看到她的种族主义还有针对反战示威者的偏见与那些公司对我们的做法并没实质分别。她自己教育了自己。

媒体整天向我们宣传这个国家冷漠和麻痹的一面。全是扯淡。这场运动并没有结束，而是走出了最聪明的一步：去找自己的家。活动如今深入社区，在街头巷尾悄无声息地进行着，并且开始开花结果、建立同盟和联系。我走遍了全国，不管走进哪一个社区，都能找到和我志同道合的人。

如果美国能发生改变，一定是因为美国的每一座社区都做好了准备，然后——嘭的一声，一个巨浪席卷华盛顿，人们的呼声终于得到了倾听。

尾　声

丛 林

鲍勃·齐亚克

我们正身处俄勒冈州克纳帕的一个伐木区。这里靠近哥伦比亚河口。

他矮壮结实，肌肉发达，体型与前小熊队强击手哈克·威尔逊差不多。今年六十二岁。

“能有机会不作为有钱人生活在这个世界上，也许是一个人所能获得的最大幸运。”

他兴致勃勃地谈了起来：“那是一片广阔的针叶树林。如果你是伐木工，就总能闻到树木的清香。这味道让你莫名兴奋。你知道自己面对的那棵雪松也许两百年前就已扎根在那里了。”

美景正在消逝。古老的参天大树已经不复存在。古时候，花旗松、西特卡云杉、西部铁杉和大雪松是混杂在一起的。透过丛林，你能看到各式各样的树木。今天呢，树木都种在提前划定好的区域，每两棵之间保持划定好的距离，变成了人为控制的东西。

在我看来，森林是个可畏而又美丽的地方。你看到树丛中那头小驼鹿了吗？漂亮得想抱在怀里是不是？可是看吧，等它长大了，终要变成一头威武的雄鹿，有一对巨大的鹿角，深厚的胸脯，骄傲的眼睛。它不再是个毛茸茸的小可爱。它变得令人敬畏。那些树木也是一样。你见过的那些摆在桌上的可爱的小圣诞树，只是还没长大的小家伙，没获得过大自然赋予五百年古树的那种雄伟气概。那些古树有自己的个性，它们总在战斗中经受狂风和闪电的追逐……

木材公司一棵树也不想留下了。他们哪里知道每棵树、每个断枝都不仅仅是鸟儿、蝙蝠和蜜蜂的旅馆，而是大自然创造出的壮美艺术品，根本不为人力所能企及。我认为他们对于美、对于古老的东西没有任何感觉。沿这条路走下去，几公里之外有一棵根部直径3米的大树，树顶有一顶“宝石皇冠”——一窝秃鹰。木材公司对你的感情麻木不仁，唯一关心的就是从这儿涌出的数以吨计的纸浆。

如今，人们一到峡谷就用推土机沿着曲折的路线推来推去，剖开土地，堵塞小溪，每修约1公里道路就要动用19亩土地。过去的伐木工人没法到达许多崎岖难行的地方，于是那里的草地和树木留了下来。年轻的伐木工人没来过，不知道这里以前是什么样子。如果你没欣赏过曾经有的，就难以明白已经失去了的。

我是在伐木营出生长大的。我爸是个伐木工，又高又瘦，强壮有力，天性开朗。（柔声说）现在我仿佛还能看到他穿着那身伐木工作服回家，手里拿着来复枪，身上背着一头鹿。我最初记得的声音就是伐木工的说话声、锅驼机发出的声音，还有驴叫声。小时候，我觉得万物都是丰富多彩的。当时森林还没被开发，泥潭里鱼儿游来游去，还有好多水鸟。那时候的日子真快活。任何一个在那儿长大的人都不会对那些鸟儿、动物和河流无动于衷。它们融入了你的血液、思想和生活方式。

从前，你走进一个伐木营，会感到一种节奏、激情和骚动。那里就像一片战场。我看到遍地是伐木工人，不是要出发去哪里，就是刚刚回来。总能看到锅驼机移进移出，变换轨道。你能听到打开阀门蒸汽溢出的声音，能闻到原油的气味。那里总有种激动的感觉挥之不去。

旧日里，火车总是全速行驶。那才是真正的旅行。总有个工头告诉某个新来的人：“我们不是在这儿走来走去，也不是跑来跑去，我们在飞。”事故频繁发生，不是断了胳膊就是摔了屁股，死法相当壮烈。

伐木营是所属于公司的一座小镇。小镇的组织者是一些世界产业工人组织的人。他们在这些人身上涂上焦油，粘上羽毛，让这些人赤身裸体地沿着铁道一直走。我母亲记得当时的情景，她为人们对那些人的做法感到非常伤心。

“他们”是谁?

是那些害怕丢掉工作的公司员工。他们的工作没有保障，就拿产业工人组织的人出气。老工人们总谈起解雇的事。他们有三拨人，一拨干活，一拨是从劳工介绍所新来的，还有一拨正要走人。工作很艰苦，方法也不安全。他们用人太狠了，逼着工人干活，每天工作时间很长，一连干好多天。一旦公司不喜欢你了，随便找个理由就把你解雇了。

我爸是工会成员。如今，我们所有的伐木工都加入了工会。我姐姐现在仍在家里保存着她的工会手册。大饭堂里，一声锣响，代表吃饭时间到了。饭菜不错，他们吃得带劲。那时候一个肥胖的伐木工人都见不到。他们一个个都瘦骨嶙峋的。当时体力活很多，如今已经被机器取代了。

我还记得那些把树木放倒的伐木工。那时候不用电锯，他们的锯子会发出美妙的嗖嗖声，有种韵律。工人不穿衬衫，只穿着羊毛内衣。每个人都嚼着一大口烟叶。一个人忽然停下手里的活，对另一个说：“你起来吧，让我弄一会儿。”意思是他要把活儿全包了。

每个人都有自己的强项。你作为伐木工的价值不只体现在你放倒了多少树，更在于你保护了多少树。在树木倒下之前，你能听到他们喊着号子：“木——材——”（他用唱歌的调子模仿，直到声音逐渐消失）这样的喊声可以传到山下，穿越峡谷。

如今的木材小多了。原木都没法跟从前相比。过去的原木生得粗野、美丽、无拘无束，如今都一去不返。我站在山上放眼望去，看到的全是把树木砍伐殆尽的土地。我几乎没法理解，那些土地会被区区人类踏平。那些树木遭遇了什么事情？这是世间困扰我想象力为数不多的几件事情之一。

的确，有些动物对人来说是危险的。它们威胁到人的生命，致人残废甚至丧命。如今它们的野性体现在不同的方面，体现在被四轮野营车追捕的时候。我不再猎杀动物了。我还很年轻的时候就不干了。当我杀掉什么东西，看着它死去，注视着它的眼睛，我知道我拿走了最吸引我的东西——一条生命。可除了一具尸体我还拥有什么呢？我并不饥饿。

我不再猎杀，因为我能领略动物身上的美——不管是小鹿、驼鹿，还是熊。如果是一只鸭子，死掉变僵，我会把它的羽毛理顺，让它不那么难看。动物们的野性已经不再，它们总被人类追逐。

这里的雌麋狩猎季刚刚过去，目的是减少它们的数量。林业部门说雌麋的数量太多了，会危害树木幼苗。这时候打雌麋，真是非常不光彩的。所有的植物上都冻了冰。那些雌麋怀着小鹿，蜷缩在树丛里一动不动地待着，借以保存脂肪和热量。可那些猎人却要跑过来追捕它们。

我搞了一个小小的禁猎区，我见过美丽的大型加拿大黑雁、加拿大鹅来到这里。它们是自由的，我不会剪去它们的飞羽。剪去鸟的飞羽就和为了不让小孩子乱跑而把他的腿截掉是一个道理。看着那些鸟被猎枪打下来，一条腿只靠一块厚皮连着，来回晃荡，心里真是难受。人们跑出去打死的鸟太多了。他们根本没时间把它们一只只全捡起来。就那样扔在一边不管了。

我死之前，希望听到过去林子里那些狼的嚎叫。现在该死的猎人太多，狼绝迹了。我们需要更多的美洲狮，更少的猎人。

熊也是捕猎的对象。有时看似是熊破坏了树木，可实际上，这样只会让树木播撒下更多的种子。我曾经发现一个直径3米的树桩中央有熊咬过的痕迹，也许是五百年前留下来的，可见如今的熊和当初一样无害。所以说熊并不是太坏的东西。我们问过木材公司到底允许保留多少熊吗？我相信动物和鸟类有权利在这片土地上繁衍生息。人们不能说“我是这里的主人，其他东西都滚蛋”。

在猎熊的问题上，我和一些带猎犬的猎人有过争执。他们到处捕杀。猎犬的价值达到数千美元，猎人们组织得力，背后还有国会权力的支持。那次争吵是动了拳头的。幸亏我有能力很好地保护自己。

一辆轻便卡车开过，带来了一伙人。我正往我的车子那边走，其中一个人示意我过去。我们之前狠狠打过几次架。他有一次去敲我母亲的门，说：“要是你哪个儿子敢动我的猎犬，我就他妈的杀了他。”他因为在狩猎季之外猎熊而被判有罪时，我又见过他一次，我们在法庭外面又差点动了手。这一次，我开车经过的时候，他透过打开的车窗猛然出拳打了我的脸。我跳出车子，一下就把那人逮住了。我把他拉到距离我30厘米的地方，他朝我脸上啐了一口，我一拳揍在他脸上，他那张嘴当场开了花。他回到卡车上，之后再也没找过我的麻烦。

我曾经受过威胁，有人打电话到我家说要杀了我。有段时间情况很紧张，我不得不随身带一把手枪。我常常独自在数里以外的林子里开着大卡车。路上总能遇到猎人，他们带着刀，还有来复枪。在某个峡谷中，朝我的脑袋里射一颗子弹，真是世界上最轻而易举的事情了。

人们时常犹疑着不肯行动，尽管他们知道那是应该做的事。有一次，我和一个公司的人走在这条路上。瞧，我们发现了一头大熊的漂亮脚印。它就在附近，一头老母熊，也许还带着几头小熊。我们不能让那些猎人看到它们。那个公司的人——他大概穿十号的鞋——跑到那条路上把熊脚印蹭掉了。（笑）他在保护那些熊，尽管他的本质工作是消灭熊。很多人内心深处都有种下意识的愿望，虽然平时不会流露出来。

我只对那些明白我在说什么的人表达我的看法。很多人根本不在乎，也不关心，但有时会有出乎意料的人帮忙。我收到过在一家大木材厂工作的人写来的信，信上说："你得罪过我好多次。现在我准备好退休了，我想告诉你，我是支持你的。你不用知道我是谁，因为他们会把我送到西伯利亚去的。"

很多人因为自己所处的位置不敢说话。我碰巧是个单身汉，想饿死我是很难的。（笑）所以我他妈的想说什么就说什么。父亲死后，我也离开了树林，提前退休了。只为我自己砍柴。

能有机会不作为有钱人生活在这个世界上，也许是一个人所能获得的最大幸运。我从没有过被人打败的感觉，也不觉得自己是穷人。我在很多方面很富有。我觉得自己有责任在有生之年保留住一些美好的东西，把它们传到下一代。因为如果我不把一些东西传下去，那些孩子，以及孩子的孩子，将会面临一个贫瘠荒芜的世界。

我相信，只有留住美，还有我们周围那些伟大的事物，人类才能最终摆脱想要彼此杀戮的该死的仇恨。我们渐渐懂得，我们生活在世间的时间那么短暂，如果还要把有限的时间花在互相怨恨和残杀上，真是太不可思议了。

列　车

克拉伦斯·斯潘塞

1963年8月25日，我们乘坐一列没有卧铺的火车前往华盛顿。那是马丁·路德·金领导的“向华盛顿进军”[①]前夕。时间已晚，多数客人已经睡着，还有一些在打盹。可他仍然很清醒。他七十五岁了。

“一个人不是非得去追赶其他人，如果他自己不想这么做的话。”

① 发生于1963年8月28日，这是美国历史上规模最大的一场人权政治集会，目的在于为黑人争取民权和经济权利。

这就像一场梦，孩子们。搭上这趟列车，我特别自豪，不管我是不是在向华盛顿进军，能够参与进来我就觉得骄傲。自打我懂事起，我就盼着这件事。这是我的自由，让我觉得自己是个堂堂正正的人，就和其他任何人一样。我十岁起就有这种感觉了。

我是在路易斯安那州出生长大的。什么活儿我都干过。我在锯木厂、码头营、铁路、甘蔗园和棉花田都干过活儿。可我一直不明白，为什么世界上有些人总觉得自己比别人强得多？我看不出有什么原因。我搞不懂。我对你讲，你听我说，你理解我。你和我一样工作，和我一样吃饭，和我一样睡觉。可我们仍然不平等，怎么回事？为什么总是他们占便宜？所以说，来这一趟就像是我的一个梦想。

这么说吧，如果一个人穷困潦倒，心里想要一件什么东西，而有个人过来一下把你引到一条能找到那件东西的路上，你就觉得自己好像焕然一新了，对不对？我现在就有这种感觉。我觉得自己正走在追求什么东西的路上，也许有生之年还能看到那样东西带来的好处。也许一天，也许两天，可那也比我过去活过的这七十年都要好。我就是想看到自己活得像个人。皮肤黑没关系，这什么也代表不了。我仍旧是人。

这件事刚开始的时候，我对我老伴说：“我想参加。我不想只从电视上看到或者广播里听到。我希望参加。我渴望亲历那片光明。有一天我坐在家里，读着《圣经》中的一个片段。我记得那是《耶利米哀歌》的第三章。其中写道："他引导我，使我行在黑暗中，不行在光明里。"我希望走出黑暗，走进光明。我正在为此努力。

我已经为这件事奋斗了很多年，并且还想亲身参与。1918年在军队服役时，我就觉得自己正在出力，很有尊严。如果我在战场上做得到，在别处也一定行。换成是你不也一样吗？所以我不会嫌这列开往华盛顿的火车开得太快的。就算我不参加游行，只站在某个地方，看着那些奋起的伟大人群，还有过来声援我们的白人，也是好的。让我们大家生活在一起吧，我们能做到的。

一个人不是非得去追赶其他人，如果他自己不想这么做的话。如果你说了什么我不喜欢的事，我可以和你谈谈。如果有个人对我犯错，我会把他当成一个男人那样和他理论，而不是把他看成动物。不是他说什么我都要点头称是。每次不管你说什么，也不是非得完全正确，因为你只是在说话而已。也许对于你说的那件事，我比你有更深入的见解。但也有很多时候是反过来的。

1925年，我无缘无故收到三K党寄来的一封信，可我从没对那个写信人做过什么。他们那时出了一本小杂志，叫《真实故事》。他买了一本。杂志的某个撰稿人写了一则故事，关于一个黑人小孩和一条追这个小孩的鳄鱼。那孩子光着脚丫在街上跑，好像过去他们常画的那种头发直立的黑人。还记得吧？就是想把他弄成个蠢货的样子。那人对我说："斯宾塞，你是南方来的？我在南方看见过鳄鱼追黑人小孩。"我说："鳄鱼怎么会只追黑人小孩不追白人小孩？凭动物那点脑力根本看不出分别来。"你知道吗？就因为这点小摩擦，差点让我丢了性命。我们吵啊吵啊，他威胁要杀了我，给我写了三K党的那封信，还拿一根绳子挂在某个地方，正好可以绕在我脖子上。

我并没对他怎么样，只是想纠正他们做的蠢事，可他们却说要吊死我。太糟糕了，是不是？我很难过，心情久久不能平复。这件事的阴影会笼罩我很长很长时间。

这就是我登上这趟列车的原因。这列火车上不拉骗子，这列火车就是这样。那是一首很好听的老歌。

这列火车驶向辉煌……

就是这列火车，没错，我们知道。我们的人可以写出这样的老歌来。像在南方一样，我们有古老的布鲁斯歌曲。世道艰难，找工作不易，就像回到了三十年代。“我要走路离开这里，宝贝，也许能搭上车。”我们要搭上车，不管走哪条路，用什么办法。这就是我们的斗争方式。不管走什么路线，用怎样的方法和手段，我们一定会取胜。斗争中我们没有别的可以依靠，凭的是公理和正义。很久以来，政府只在为一些人争取正义，而非所有人。

最让我们伤心的是，是我们建设起了这个国家。我爸爸是奴隶。我们都卖力干活。修铁路的是我们，铺公路的是我们，挖沟的是我们，清理地面的也是我们。可他们对我说，我们白干了三百六十五年，我们又干了一百零二年、一百零三年，只得到该死的一丁点儿收入。你知道吗？一个人这样走到现在会累垮的。他应该已经相当疲惫，精疲力竭。但我很自豪能登上这趟列车，简直有点欣喜若狂。

感谢和道歉

我要特别感谢我的编辑安德烈·希夫林。我的自我怀疑一再出现时，他对我的温柔鼓励已在本书的字里行间显露无遗。他的同事厄休拉·本德、汤姆·恩格尔哈特在本书接近完成之际也提供了特别有益的建议。我还要感谢唐娜·巴斯，感谢她审读如山书稿时的慧眼，以及康妮·艾伦塔克，感谢她隔着千山万水倾听我的种种题外话。

这已是大约第五次，凯西·祖达为我用打字机打出了成千上万的文字——这一次，我猜真有上百万个字母——它们在纸上焕发了生命。由于这次打字压力增大，瓦伦蒂娜·里根、德鲁·卡斯、弗洛伦斯·麦克诺顿也英勇地提供了帮助。

我在WFMT广播电台[①]的同事们，特别是雷·诺德斯特兰、诺曼·佩莱格里尼、路易斯·鲍姆和吉姆·安拉特，都对我一再延长的休假表现出非凡的包容与合作。和以往一样，我给他们添了不少麻烦。他们的耐心实在出人意料，我太太已经听我这样唠叨过一百次了。

最后，我要向杰出而无私的探路者们致敬：桑迪·麦考尔开车

① 坐落在芝加哥，以播放高质量古典音乐著称。斯塔兹·特克尔在WFMT-FM98.7有一档以他名字命名的广播节目，主持了超过45年之久，在美国家喻户晓。

载我驶过南加州的数百里水泥路；托尼·贾奇载我穿过新英格兰全然陌生的村庄；约翰·帕拉特和伊丽莎白·弗斯，他们载我去往西北部的林地；加里·福特曼载我从蓝草乡村到东肯塔基；奥索·戴伊和亨利·奥斯博恩，载我穿越高速公路和乡间小道，从陶格鲁学院驶向密西西比州的农场；艾德·麦康维尔是我在南卡罗莱纳州和北卡罗来纳州的向导；比尔·奥加拉和多萝西·奥加拉是我在北明尼苏达州的房东和导游；还有玛丽·西冈，她领我去往一个芝加哥居住区，发现那地方如此陌生，而我本以为自己对那里非常了解。

我要向我的朋友们、熟人和在我徒步旅行时慷慨地给过我建议的陌生人致敬，还有一些人，天知道他们花了多长时间打电话说："我知道一个人，他肯定知道你在找的那个谁……"他们是：兰迪·哈维、爱洛伊斯·琼斯、希德·布鲁门萨尔、贝拉·司汤波，杰瑞·沃德、贝内特·斯奈德、诺曼·罗斯、安·班克斯、比尔·麦克洛里、朱迪·韦克斯、薇薇安·凯伯里、格里·特米纳、芭芭拉·波顿、莫·方纳、比尔·纽曼、詹姆斯·格拉汉姆、杰克·斯科特、艾斯特·奥尔、迪克·辛普森、保罗·特克尔、帕斯特拉·卡弗蒂、比尔·斯普拉金斯、奎因·扬、罗恩·希夫曼、迪蒂·哈尔金、帕特·莱昂斯、比阿特丽斯·内博格、恰克·加德尼尔、乔治·巴里斯、威尔·D.坎贝尔、迈尔斯·霍顿、芭芭拉·科纳科尔斯、亨利·德·祖特、唐·克里姆维奇，以及马文·米勒。

所以，说这本书是集体智慧和好奇心的产物，真是毫不夸张。

此外，还有我走访过的两百人没能出现在这本书里。我发觉他们每个人都是独特的，都有自己的风格，充满奇思妙想。他们每一位都好心地留给我采访时间，为此给自己添了不少麻烦。他们每一位都毫不吝惜地讲述自己的人生，借此反映出公众的梦想。他们的故事没有纳入此书是由于已经有人涉及了相似的话题，由于我是随心所欲地穿梭在人迹罕至的乡间，像体育比赛解说员常说的那样，这都只是基于我的主观判断。我要对这两百人表示深深的歉意和感激。从更深刻的意义上看，他们的故事也已包含在了这些书页中。

——斯塔兹·特克尔

芝加哥

1980年2月

图书在版编目（CIP）数据

美国梦 / (美) 特克尔 (Terkel,S.) 著；孙安逸译
. -- 南京：江苏凤凰文艺出版社, 2017.5

书名原文：American Dreams :Lost and Found

ISBN 978-7-5399-9246-4

Ⅰ.①美… Ⅱ.①特… ②孙… Ⅲ.①纪实文学－美国－现代 Ⅳ.①I712.55

中国版本图书馆CIP数据核字（2016）第097168号

图字：10-2016-197号

书　　名　美国梦

著　　者　（美）斯塔兹·特克尔
译　　者　孙安逸
责任编辑　丁小卉　姚　丽
特邀编辑　闵　唯　周奥扬
责任监制　刘　巍　江伟明
策　　划　读客图书
版　　权　读客图书
封面设计　读客图书　021-33608311
出版发行　江苏凤凰文艺出版社
出版社地址　南京市中央路165号，邮编：210009
出版社网址　http://www.jswenyi.com
印　　刷　北京中科印刷有限公司
开　　本　880mm x 1230mm　1/32
印　　张　26.25
字　　数　587千
版　　次　2017年5月第1版　2017年5月第1次印刷
标准书号　ISBN 978-7-5399-9246-4
定　　价　138.00元